KB264528

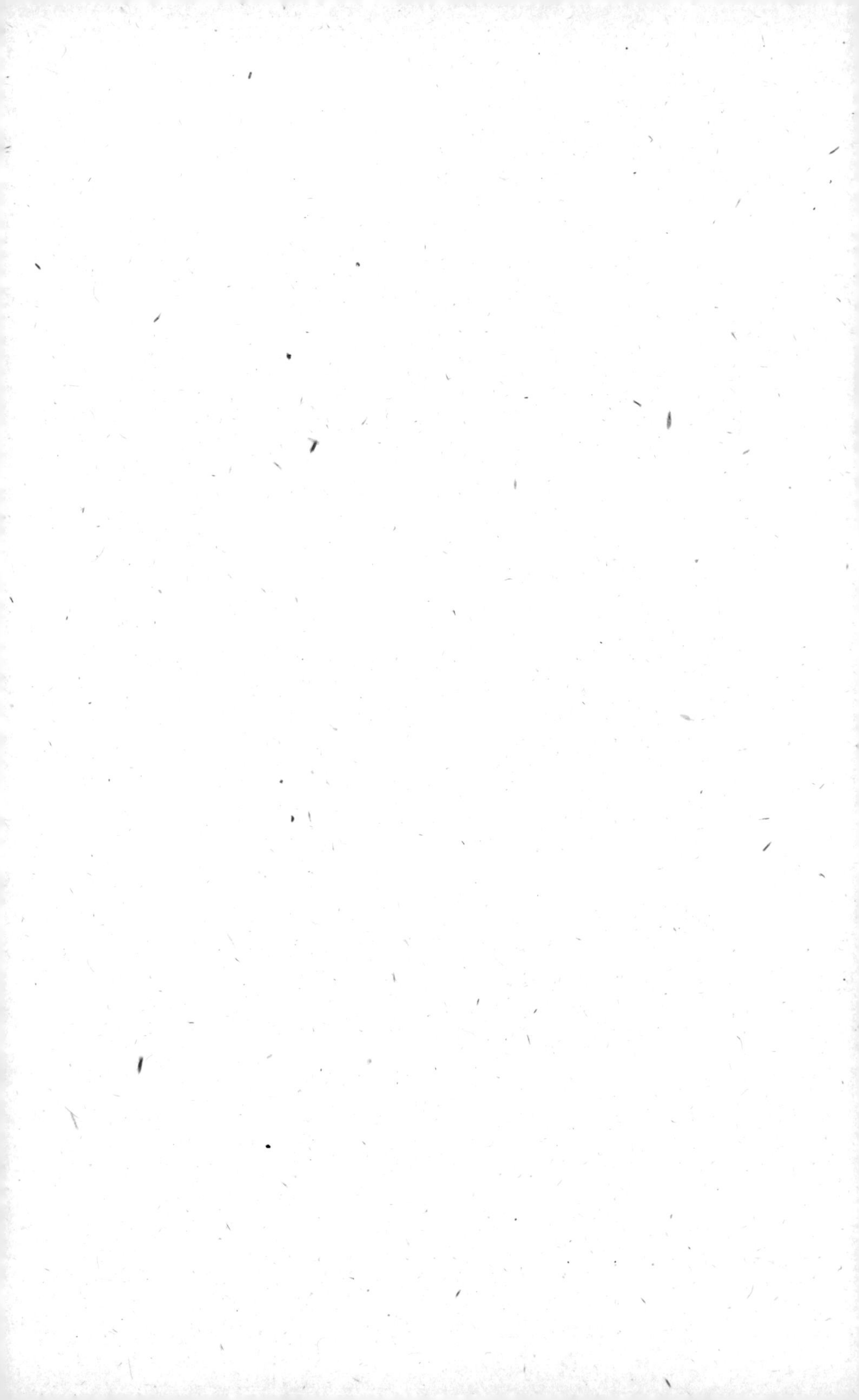

이현수 교수의

서울사용설명서

2084

사랑하는 아내 일하, 아들 여름에게

이현수 교수의 서울사용설명서 2084

글 • 이현수   사진 • 이현수, 이주현, 오정아, 김정윤, 김준지, 양혜원, 채민석, 김소연   기획 • 이주현   발행인 • 김윤태   발행처 • 도서출판 선
북디자인 • 디자인 이즈   등록번호 • 제15-201호   등록일자 • 1995년 3월 27일   초판 1쇄 발행 • 2008년 4월 25일   주소 • 서울시 종로구
낙원동 58-1 종로오피스텔 314호   전화 • 02-762-3335   전송 • 02-762-3371   값 29,000원   ISBN 89-86509-85-4 03810

이현수 교수의

서울사용
설명서 2084

산

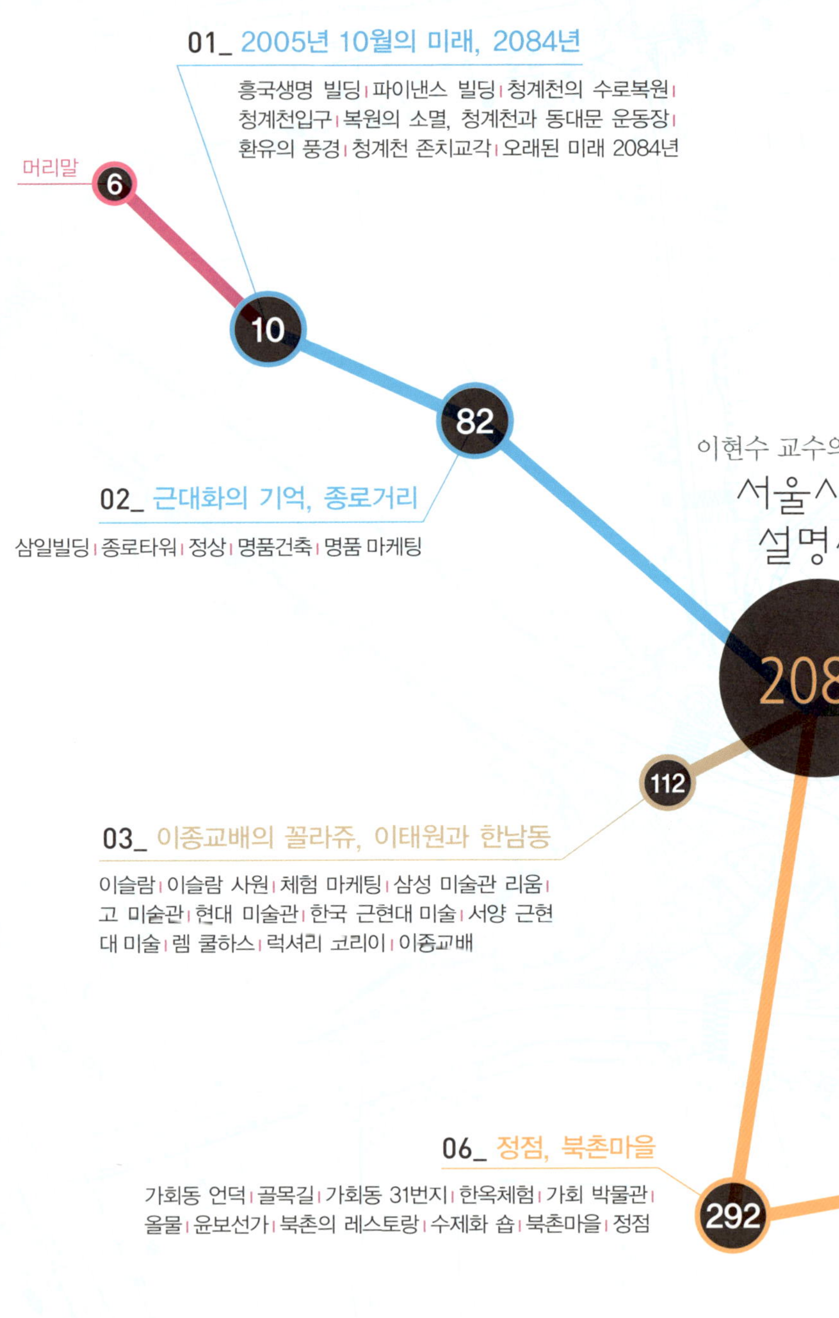

머리말
6

01_ 2005년 10월의 미래, 2084년
흥국생명 빌딩 | 파이낸스 빌딩 | 청계천의 수로복원 |
청계천입구 | 복원의 소멸, 청계천과 동대문 운동장 |
환유의 풍경 | 청계천 존치교각 | 오래된 미래 2084년
10

82

02_ 근대화의 기억, 종로거리
삼일빌딩 | 종로타워 | 정상 | 명품건축 | 명품 마케팅

이현수 교수의
서울사
설명서

2084

112

03_ 이종교배의 꼴라쥬, 이태원과 한남동
이슬람 | 이슬람 사원 | 체험 마케팅 | 삼성 미술관 리움 |
고 미술관 | 현대 미술관 | 한국 근현대 미술 | 서양 근현
대 미술 | 렘 쿨하스 | 럭셔리 고리이 | 이종교배

06_ 정점, 북촌마을
가회동 언덕 | 골목길 | 가회동 31번지 | 한옥체험 | 가회 박물관 |
올물 | 윤보선가 | 북촌의 레스토랑 | 수제화 숍 | 북촌마을 | 정점
292

머리말

나는 광화문에 가기를 좋아한다. 왜냐하면 광화문에는 예술영화를 상영하는 시네 큐브가 있기 때문이다. 나는 매년 부산 국제영화제를 가고 싶어 한다. 나는 DVD 영화 '스모크', '라비 앙 로즈', '노트 북'을 이따금씩 반복해서 보는 것을 사랑한다. 나는 영화 일루미나타의 '나는 불완전한 부모에서 태어났고, 불완전한 교육을 받았고, 불완전한 사회에서 성장했다. 그런 나 바로 여기에 있어! 그래도 좋으면 나를 사랑해 줘' 라는 대사를 잊어버리지 않으려고 노력한다.

나는 청계천을 좋아한다. 청계천에서는 웃는 얼굴을 많이 볼 수 있어서 좋다. 나는 아름다운 도시를 사랑한다. 나는 아름다운 도시에서의 행복을 꿈꾼다. 나는 편안한 공간을 좋아한다. 나는 많은 사람들이 모일 수 있는 광장은 많을수록 좋다고 생각한다. 나는 골목길을 좋아한다. 새로 생긴 골목길보다는 오래된 골목길을 더 좋아한다.

나는 커피 끓이는 냄새를 좋아한다. 나는 분위기 있는 레스토랑에서 맛있는 음식을 먹기를 좋아한다. 아니, 굳이 맛있는 음식이 아니더라도 잔잔한 음악이 흐르는 가운데 사람들과 살아가는 이야기를 나누고 싶어 한다. 나는 샹송을 특히 좋아한다. 나는 색다른 체험을 할 수 있는 레스토랑을 찾는 편이다. 나는 가끔 미술관을 찾을 수 있는 여유가 있어야 한다고 생각한다. 르느와르도 좋아하고 키리코도 좋아하지만, 장욱진을 특히 존경한다.

나는 벽돌건축을 좋아한다. 강남의 교보빌딩은 마리오 보타가 설계한 벽돌건축이다. 벽돌건축은 따스함을 주면서도 삶의 무게를 느끼게 한다. 삶의 무게를 느낄 때 나는 책을 읽는다. 외국 작가의 책보다는 국내 작가의 책을 읽으려고 하는 편이다. 나는 은희경의 '아름다움이 나를 멸시한다' 를 읽기도 하며, 이승우의 '그곳이 어디든' 을 읽는다. 또 마음의 수련을 위해 정민의 '다산어록청상' 을 읽는다.

나는 공연을 미리 예약하는 편이다. 나는 예약한 공연을 생각하며 행복을 느낀다. 나는 뮤지컬 '로미오와 줄리엣'을 머리에 떠올릴 때마다 기분 좋아한다. 나는 십계를 보고 노트르담 드 파리를 보았다. 노트르담 드 파리의 노래 '보헤미언' 은 언제나 내 가슴을 뛰게 한다. 나는 즐기기 위해 일한다. 나는 새롭게 맞는 매 순간을 생애 최고의 순간이라고 생각하려고 노력한다. 공연 보는 때를 내 생애 최고의 순간이라고 생각한다.

나는 그림 보기를 좋아한다. 그림 속에 담긴 많은 메시지를 들으려 한다. 나는 장르에 관계 없이 음악을 들으려 한다. 나는 장사익의 '찔레꽃'을 사랑하며, 김덕수의 사물놀이를 즐긴다. 존 레논의 '이매진'은 나를 언제나 희망에 머물게 한다. 이매진의 가사 '누군가 나를 몽상가라고 부를지 모르겠지만, 나처럼 생각하는 사람이 적어도 한사람 이상 더 있을 것' 이라는 가사에 희망과 용기를 갖는다. 나는 더 많은 곳을 여행하고 싶어 한다. 나는 북촌의 삼청동 길과 신사동의 가로수 길을 좋아한다. 삼일로 빌딩을 볼 때마다 고교 시절을 떠 올린다. 나는 세종로 길이 복원되는 것을 빨리 보고 싶어 한다. 나는 베를린 '소니 센터'에서 마셨던 맥주를 잊지 못한다. 이집트에 갔다 온 걸 정말 잘한 일이라고 생각한다.

나는 지금의 호기심을 계속 간직하길 원한다. 나는 행복도 연습해야 한다는 것을 믿는다. 나는 공간이 행복을 줄 수 있을 때, 공간은 완성된다고 믿는다. '천국은 여기나 저기에 있지 않고 너희 마음속에 있다.'는 복음서의 말을 절대적으로 순종하려 든다. 내가 할 수 있는 여러 가지 것들 중에 나는 행복해 지기를 가장 원한다. 나는 행복지수를 높이고 싶어 한다. 아울러 나는 대한민국 국민의 행복지수를 높이는 일을 하고 싶어 한다.

앞에서 열거한 내가 좋아하는 모든 것들은 나를 행복하게 하는 것들 이다. 그래서 행복해지기 위해 내가 좋아하는 것들과 함께 행복을 연습하려 든다. 행복을 위해 다양한 연습을 하고 싶어 한다. 내가 현재 살고 있는 서울 이라는 무대 위에서 고품격의 일류인생을 살고 싶은 거다. 그래서 난 행복의 연습을 위한 안내서를 필요로 한다. 그러나 행복의 연습을 위한 안내서를 발 견하지는 못했다. 그래서 스스로 행복 안내서를 준비했다. 안내서를 준비하 면서 다른 사람들에게도 도움이 되는 책을 만들고 싶었다. 나는 이 책을 서울 사용설명서로 라고 이름 붙이기로 했다. 제품 사용설명서가 있는 것처럼 서울사용설명서가 필요하다고 생각한다.

　　서울사용설명서의 뒤에 2084를 붙이게 된 것은 조지 오웰의 '1984년'의 덕분이다. 조지 오웰은 1948년에 1984년을 썼다. 또 2048년은 우리나라가 건국 100주년을 맞는 해이다. 2048년을 생각하며 서울사용설명서 2084라고 제목을 지었다.

　　서울사용설명서는 서울 사람들의 행복은 물론 대한민국의 국민을 보다 행복하게 만들려는 의도에서 쓰여진 책이다. 사람이 공간을 만들지만 공간은 사람을 만든다. 나는 공간이란 매개체가 사람들을 얼마든지 행복하게 만들 수 있다고 믿는다. 이것이 내가 생각하는 공간행복론이다. 이 책은 공간행복론에 의해 쓰여진 책이다. 공간행복론은 공간을 공급하는 사람과 공간을 사용하는 사람 모두를 위한 이론이다. 이 책은 명소를 중심으로 청계천, 종로, 이태원, 한남동, 강남, 북촌마을, 인사동, 코엑스, 광화문 등의 서울 여러 지역의 공간문화를 소개한다. 사용자를 위해 공간 사용의 가이드라인을 제안한다. 공간을 제공하는 사람들을 위해서는 다양한 공간 마케팅 방법을 소개한다. 이 책은 서울 마케팅과 대한민국 마케팅을 위한 지침서이다. 대한민국 국민의 교양과 품격은 물론 대한민국의 국격을 높이려는 책이다. 이 책은 대한민국 한사람, 한사람이 주인공이 되는 행복지수 1위의 대한민국을 위한 책이다.

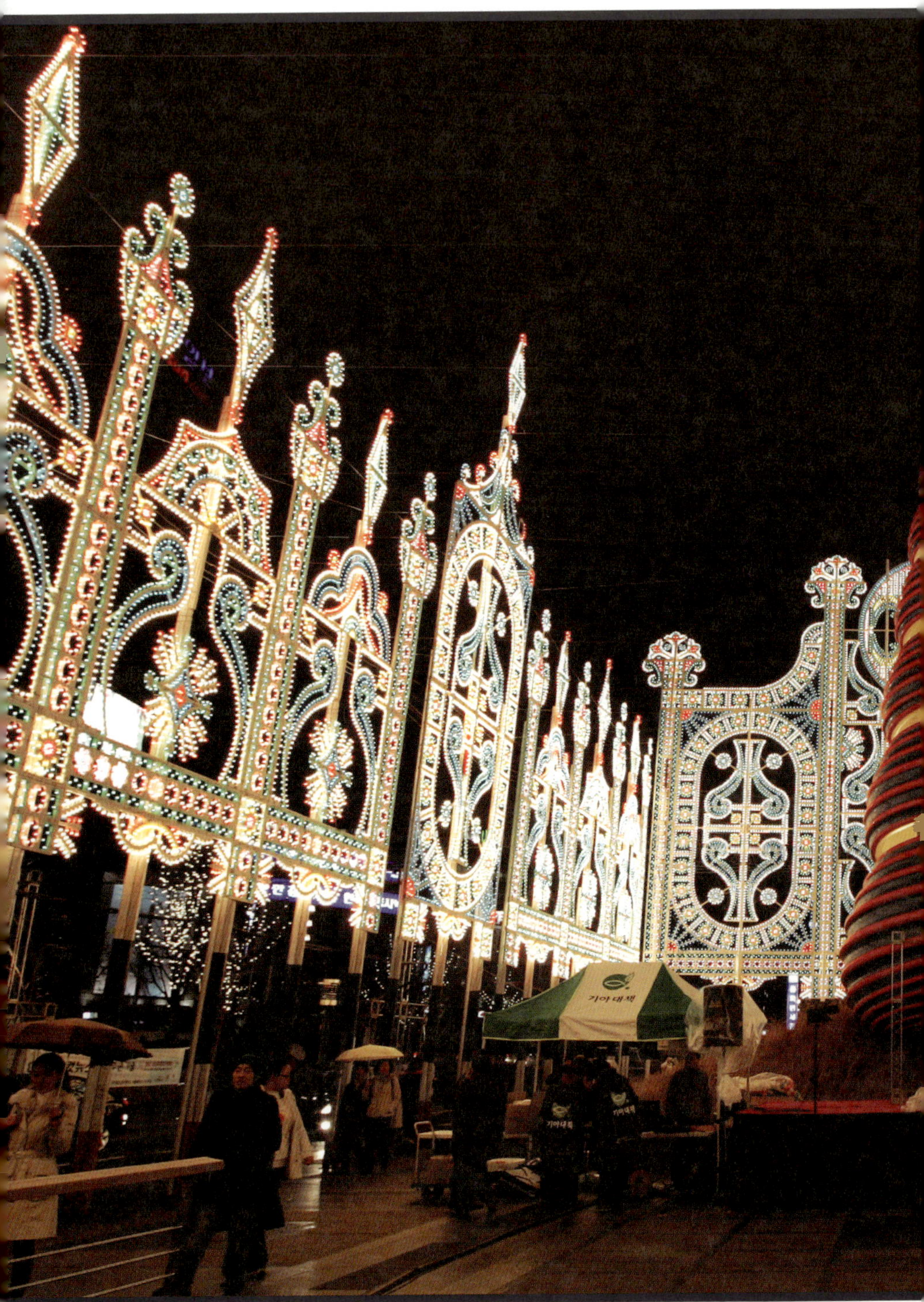
기아 대책

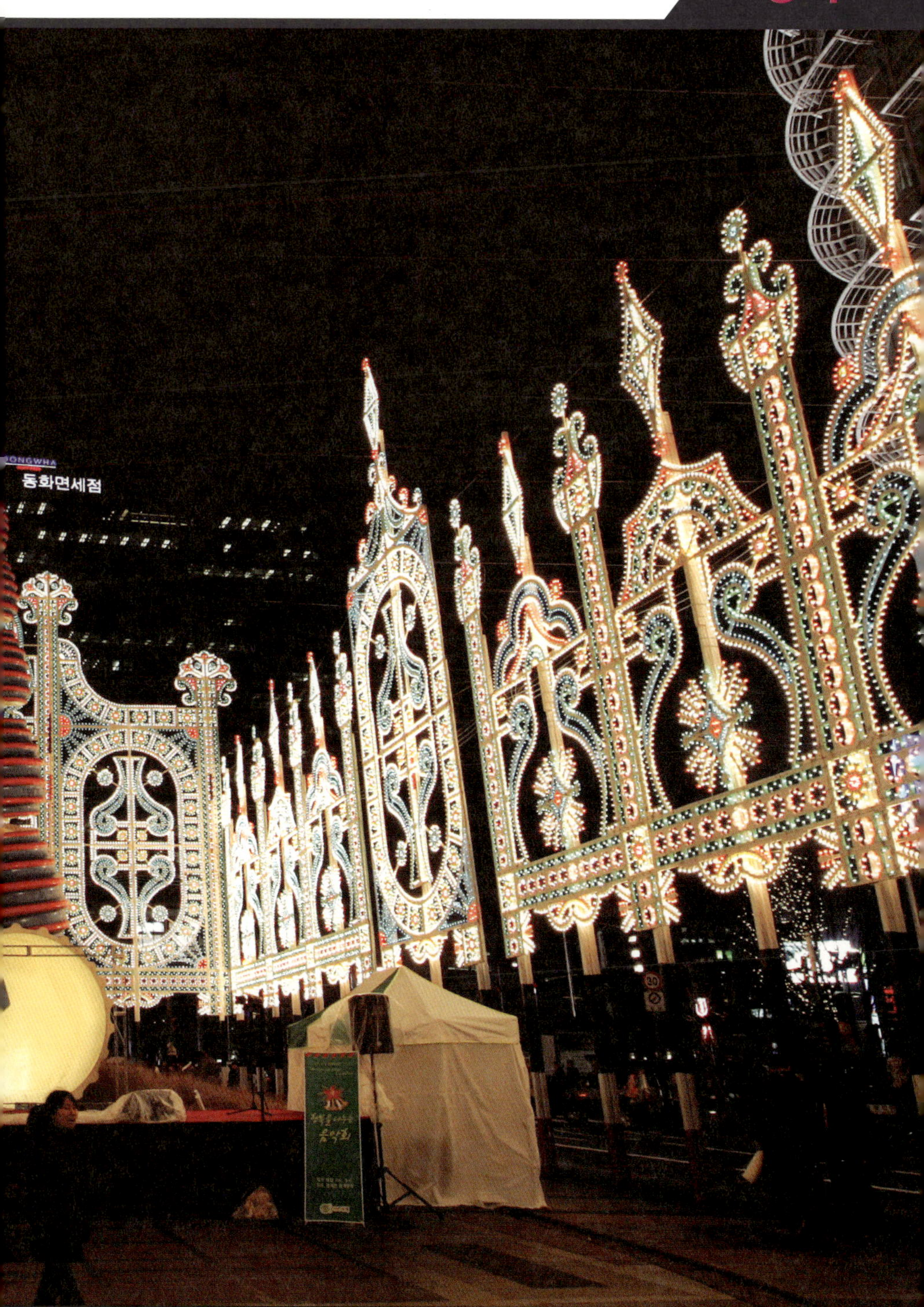
JONGWHA
동화면세점

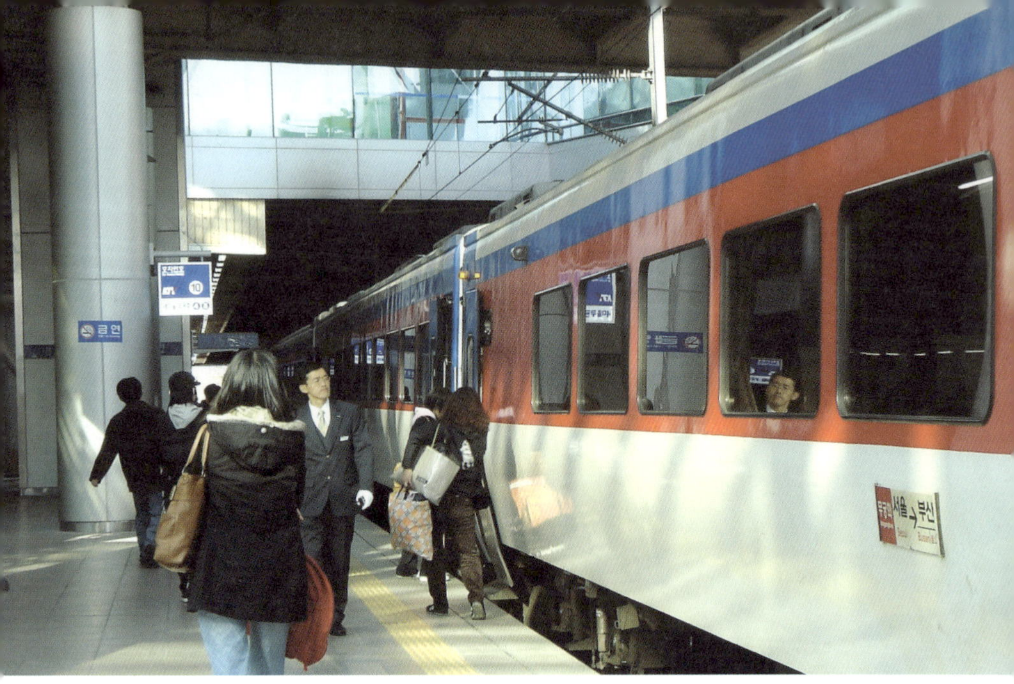

:: 목적지를 향해 떠나는 기차, 서울역

광화문 사거리에서 서대문 방향 왼쪽길로 걷다 보면 아파트 5층 높이의 커다란 조형물을 만나게 된다. 검정색 철판으로 된 22m 높이의 사람 모양의 조각은 끊임없이 망치질하는 모습으로 사람들의 시선을 사로잡는다. 공공조각 분야의 세계적인 조각가 '조나단 보롭스키'의 작품이지만 이 망치질하는 사람이 이처럼 유명한 작품이란 걸 아는 사람은 그렇게 많지 않다. 보롭스키는 1992년 독일 카셀 프리데리치아눔 광장 앞에 '하늘을 향해 걷는 사람'을 설치해 유명해진 조각가이다. 광화문의 흥국생명 빌딩 앞에 있는 망치질하는 사람은 독일의 프랑크푸르트, 베를린, 스위스의 바젤, 미국의 시애틀과 댈러스 등의 도시에서도 볼 수 있다. 흥국생명빌딩 앞에 세워진 이 조각은 7번째로 만들어진 조각물이다. 조각에서 통상 7번째까지는 진품으로 인정하는 관행에 의한다면 이 조각은 분명 진품임에 틀림없다.

어디로 가는지 생각할 틈도 없이 바쁘게 살아가는 현대인의 모습을 닮은 망치질하는 사람. 그래서 망치질하는 사람이 고달퍼 보이기도 하고, 안스럽게 느껴지기도 한다. 분명 현대인은 일하기 위해 태어난 것은 아닐 거다. 그러나 아이러니컬하게도 현대인은 끊임없이 쉬지 않고 일한다.

나는 조르지오 데 키리코Giorgio de Chirico의 '우리는 모두 죽음으로 향하는 기차를 탄 승객'이라는 말을 전적으로 동의한다. 연기를 뿜어내는 기차와 그림자를 소재로 많은 그림을 그린 키리코를 나는 좋아한다. 더군다나 '건물'을 언제나 작품에 등장시키는 작가이어서 특히 키리코를 좋아한다. 서로 연관성이 없는 사물을 배열하여 새로운 의미를 찾으려는 키리코의 작업방식에는 많은 매력이 있다. 키리코는 그리스를 연상시키는 석고상과 연기를 내뿜으며 달리는 기차와 그림자 같은 오브제를 자주 작품에서 등장시킨다. 키리코는 새로운 이미지를 만들지 않고 이미 만들어진 사물을 새롭게 배치하여 새로운 의미를 찾아가는 과정을 펼친다. 키리코의 작품 안에는 암시가 가득 차 있다. 화면의 반을 넘게 차지하는 큰 건물이 거의 모든 경우 작품에 나타난다. 건물처럼 거의 예외없이 보여지는 것이 바로 그림자이다. 그림자 뿐만 아니라 연기를 내뿜으며 달려가는 기차도 키리코의 작품에서 중요한 요소이다. 키리코는 쉴새없이 바쁜 우리가 죽음으로 향하는 기차를 탄 승객이라는 것을 일깨워 준다.

죽음으로 가는 기차가 내일 종착역에 다다른다면 일을 계속할 수 있는 사람이 얼마나 될까? 평소 우리는 평생 살 것 같은 착각 속에 빠져 산다. 그러나 우리는 언젠가는 떠나야 할 사람들이다. 이런 사정을 안다면, 떠날 준비를 하며 사는게 당연한 것 아닌가? 세상을 뒤로 하고 떠날 준비를 하는 것과 하지 않는 것이 어떤 차이가 있겠냐마는, 왠지 준비를 해야 잘하는 일인 것 같다. 산 다는 건 죽음을 준비하는 것!

다른 사람들과 인간적 소통없이 일만 하고 살아가는 현대인은 고독하다. 국제 갤러리 옥상에 있는 걷는 사람도 보롭스키의 작품이다. 아무런 목적없이 무작정 걷고 싶은 사람은 없을 줄 안다. 그러나 허상을 쫓아 일만 하는 사람들이 많다. 그러면서도 진정으로 자기 자신을 찾고 싶다고 말한다. 진정 자기 자신을 찾으려면 나만의 시간을 갖는 것이 중요하다. 그러나 큰 결심을 하지 않는 한, 나만의 시간을 갖기가 그리 쉽지 않다. 흥국생명 빌딩은 나만의 시간을 찾으려고 즐겨 찾는 장소이다. 흥국생명 빌딩을 이용하면서 나는 많은 행복을 느낀다.

조선일보 특파원 선우정과의 인터뷰에서 재일교포 유미리는 말한다. "행복과 불행은 서로 다른 게 아닙니다. 죽어가는 동안의 짧은 하루, 그리고 짧은 꿈이 있지만, 인생은 대부분 불행의 상태들 유지합니다. 행복은 순간이고, 살아있으면 파도가 햇빛에 반짝거리듯 행복한 순간이 있기 마련입니다. 하지만 행복은 절대 지속되지 않습니다. 순간순간 반짝입니다. 사람이 살아가는 것은 죽음을 향해 다가가는 것, 얻는 것보다 상실하는 것이 압도적으로

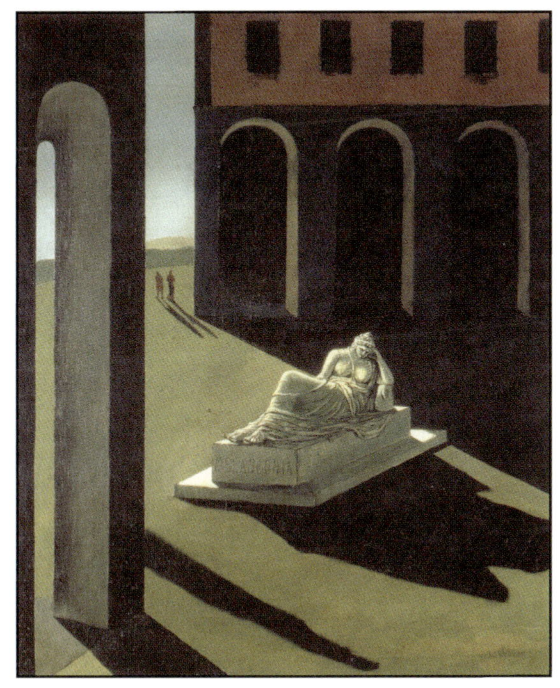

:: 고독, ⓒ 키리코, 1912, Taschen

많은 과정입니다. 젊음을 잃고, 최후에는 목숨을 잃고, 인생은 중요한 것을 잃어가는 과정입니다. 이런 과정에서 행복의 순간을 많이 만들어 가는 것은 중요합니다."

홍국생명 빌딩

나는 여느 건물과 다른 실내의 분위기와 품격이 느껴지는 홍국생명 빌딩을 자주 찾는 편이다. 홍국생명 건물 안에는 예술 작품이 많이 설치되어 있다. 로비에 있는 강익중의 아름다운 강산을 그냥 지나치기에는 너무 아까운 작품 이다 7,500개의 장미목에 하나하나 그림을 정교하게 그려 배열해 놓은 작품 에서 창작을 향한 작가의 열정을 실감하게 된다.

로비 뒤쪽의 '홀논즈키의 사열'이라는 작품도 그냥 지나칠 수 없는 작품이다. 독일의 세계적인 조명 아티스트 잉고 마우러Ingo Maurer가 홀로그램 기술의 조 명에 이용하여 디자인한 것을 알고나서 더 많은 관심을 갖게 되었다. 잉고 마 우러는 광주 디자인 비엔날레 개막을 앞두고, 김대중 컨벤션 센터에서 열린 오픈 행사에서 세계디자인 평화선언 기념 조형물인 "평화의 빛"을 디자인하

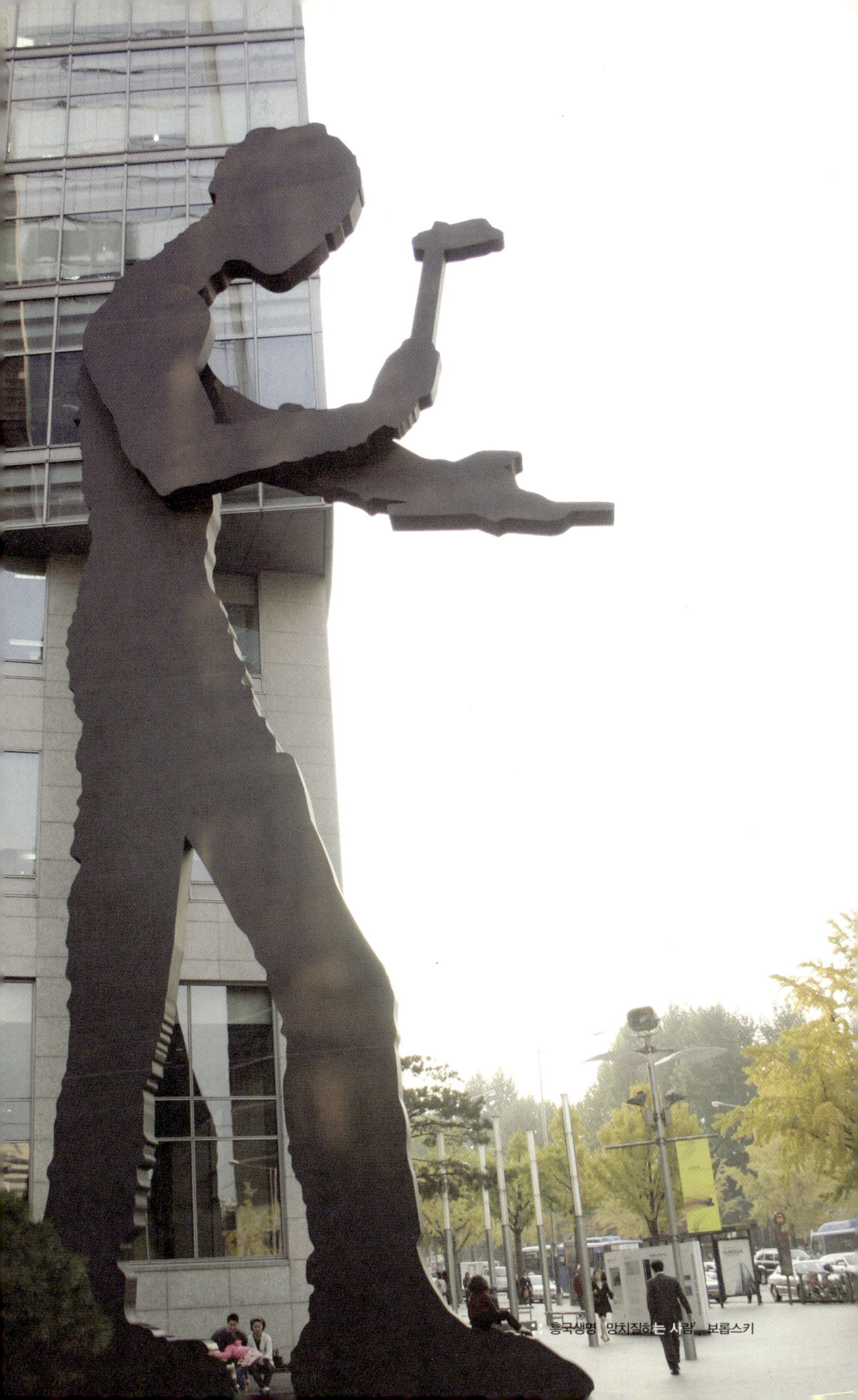

흥국생명 '망치질하는 사람' 보롭스키

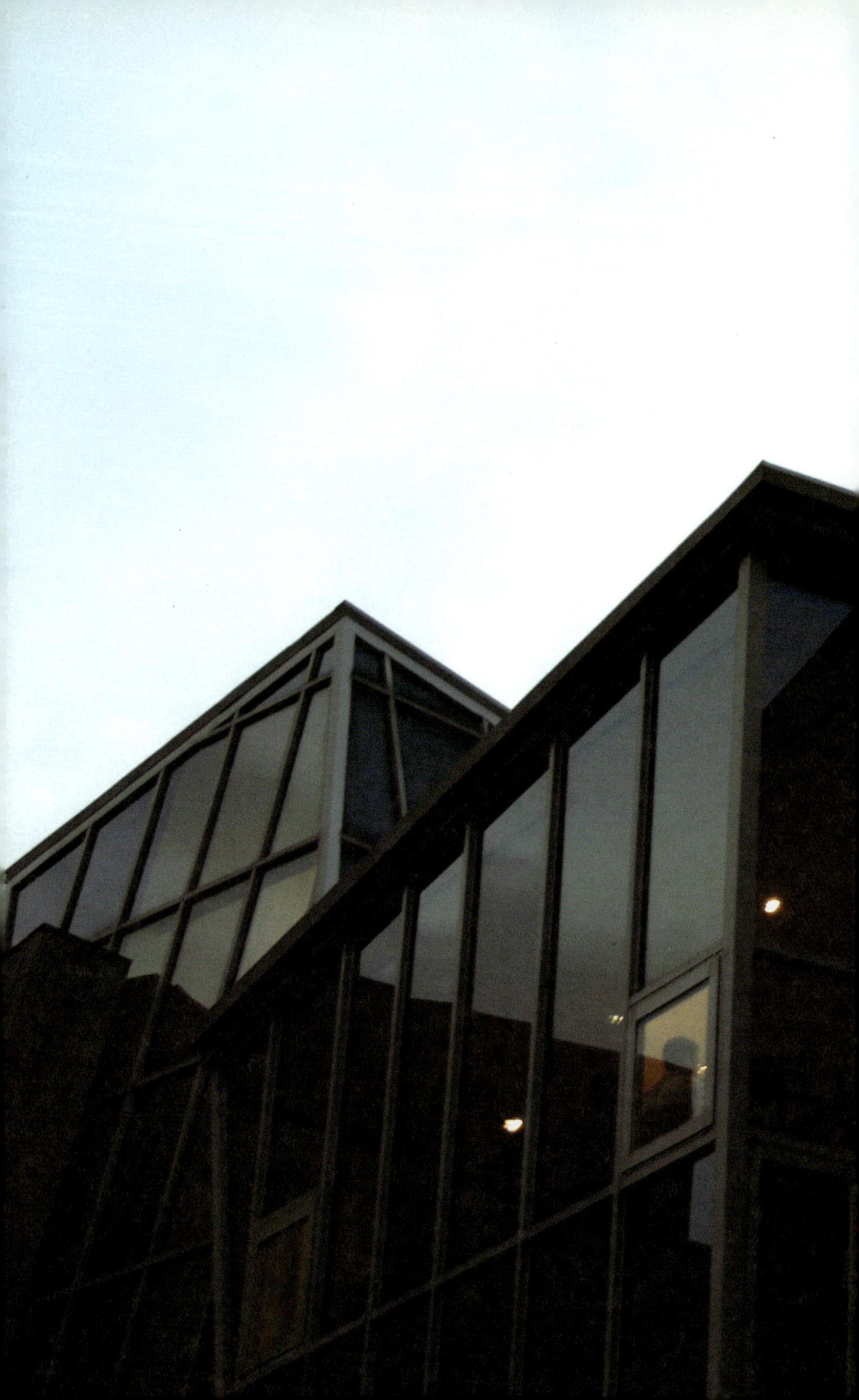

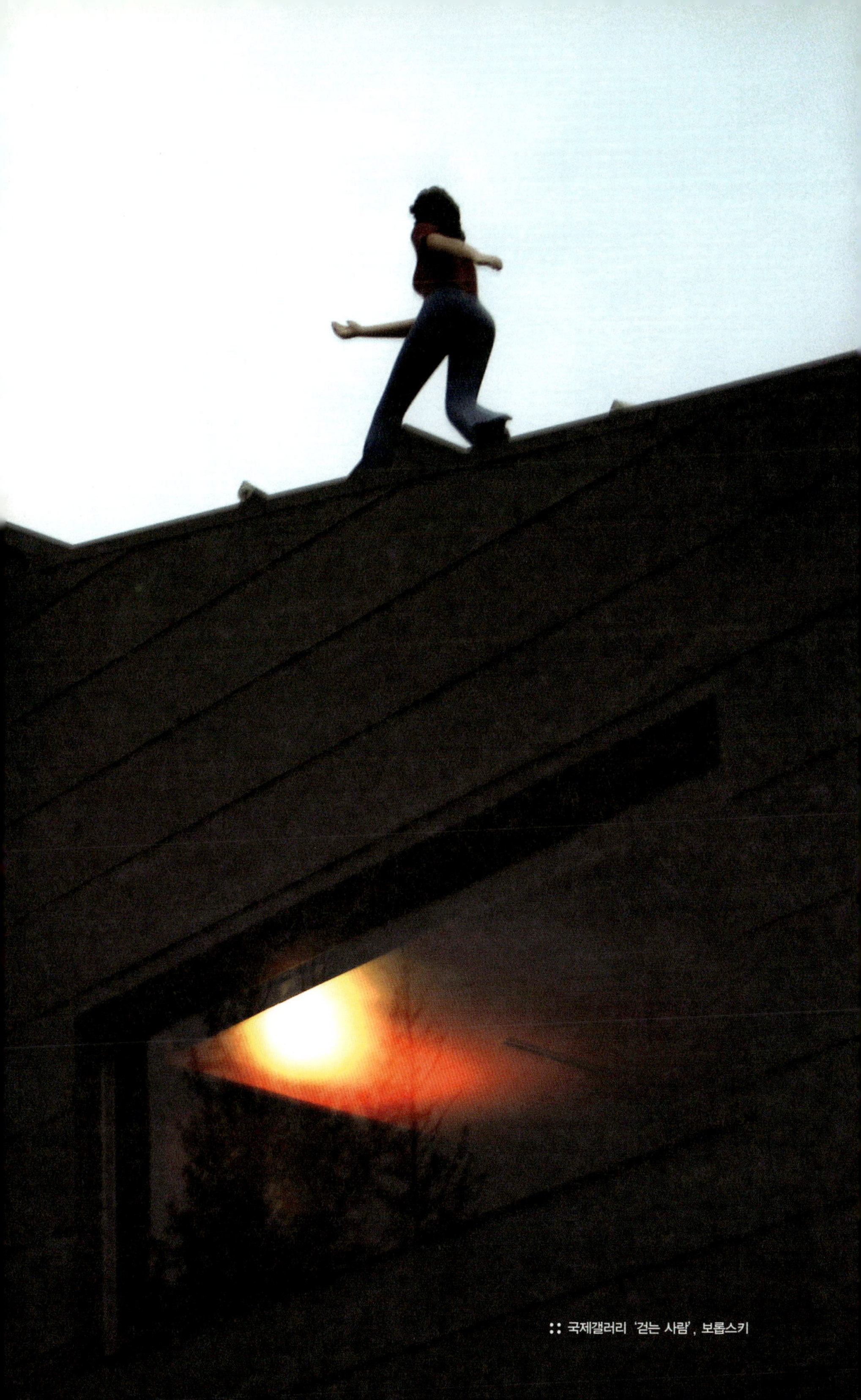

:: 국제갤러리 '걷는 사람', 보롭스키

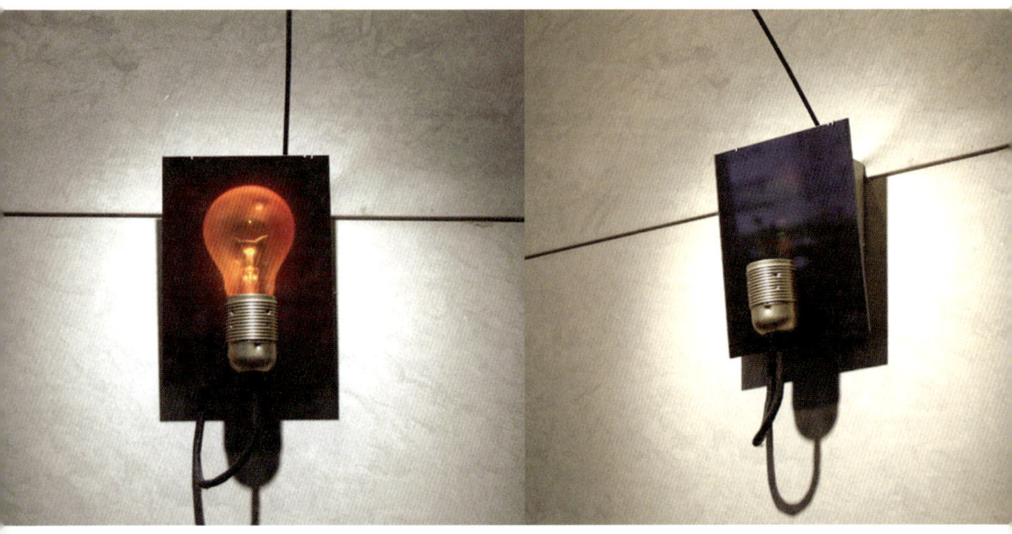

:: 홀논즈키의 '사열', 잉고 마우러

였다. '디자인계의 뛰어난 빛의 시인' 으로 불릴만큼 유명한 조명가구 디자이너이다. 잉고 마우러는 새로운 기술과 신소재가 끊임없이 두뇌를 번쩍이게 하는 활력소라고 말한다. 이를 반영이라도 하듯 그는 색상을 조절할 수 있는 LED 벽지, 녹색의 천장에 걸려있는 매직 카펫 LED, 그리고 빛을 발하는 LED 테이블 등을 제작하였다. 이 홀논즈키의 사열을 정면에서 보면 전구의 유리가 보인다. 그러나 측면에서는 전구의 유리를 볼 수 없다. 이 성노쯤 되니까 그를 빛의 마술사라고 부르는 것이다.

사람들이 흥국생명 빌딩을 찾는 또 다른 이유는 영화관이 있기 때문이다. 흥국생명빌딩에는 아트 큐브와 씨네 큐브라는 두 개의 영화관이 있다. 하지만 이들 영화관은 우리가 흔히 가는 일반 영화관과는 사뭇 다르다.

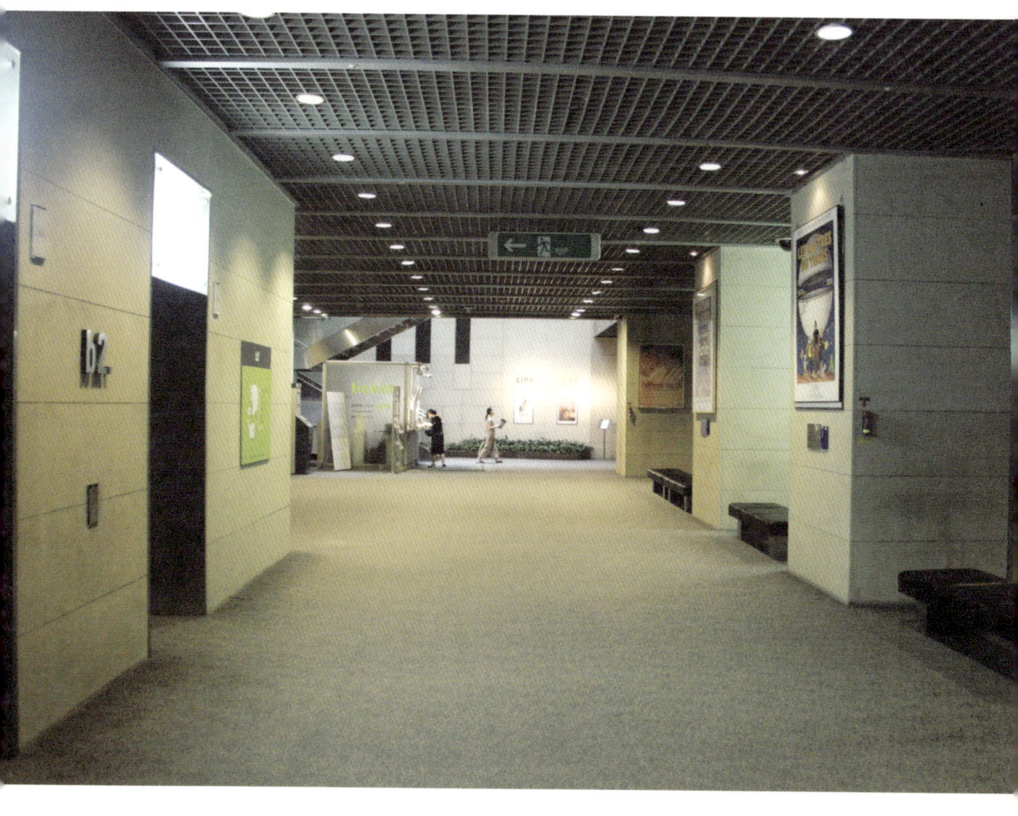

:: 씨네큐브 극장 매표소 입구로비

씨네 큐브는 영화인들 간의 소통이 가능한 공간이기도 하다. 그러나 단순히 연말이나 각종 기념일에 이벤트성 행사만을 하는 문화소통의 공간만은 아니다. 영화인들이라면 누구나 관심을 가질 만한 개봉 예정작을 미리 상영하는 영화축제, 작품성과 관객선호도가 높았던 영화를 선정하여 재상영하는 기획전 그리고 각종 영화에 관련된 자료를 직접 판매하거나 구입하는 나눔 장터 등이 씨네큐브에 있다. 씨네 큐브는 예술영화를 사랑하는 사람들을 위한 문화공간이기도 하다. 씨네 큐브에서는 멀티플렉스와 달리 음식물 반입을 금지하고 있으며, 관객들이 영화의 여운을 충분히 느낄 수 있도록 엔딩곡이 끝날 때까지 불을 켜지 않는다. 그러나 관객들 중에 영화가 끝나기가 무섭게 영화관을 빠져나가는 사람도 있다. 이처럼 자리를 떠나면서 그들은 자리에 남아 있는 사람들에게 피해를 준다는 생각을 전혀 하지 않는다. 그렇지만 분명 남아 있는 사람들에게 피해를 준다. 여유는 진정으로 멋있는 사람만이 가질 수 있는 특권임을 실감한다.

사실 예술영화는 상업영화에 비해 대중들이 접하기가 어렵다. 멀티플렉스 영화관이 돈이 되지 않는 예술영화를 기피하기 때문이다. 하지만 예술영화에는 상업영화에서 느낄 수 없는 색다른 맛과 향기가 있다. 검증되지 않은 내용으로 무차별적인 문화공격을 하는 상업영화와 달리 예술영화는 이미 국제영화제나 조직위원회에서 스크리닝되어 선별된 수준급 작품이어서 수준급이다. 헐리웃이나 대중적인 상업영화도 물론 의미가 있겠지만 영화제에서 소개되는 영화들은 일상이 아닌 새로운 시각에서 본 삶을 조명한다. 그래서 나는 예술영화에서 신선한 에너지를 받는다.

인상 깊게 본 영화 중 '스모크Smoke'라는 영화가 있다. 홍콩의 '웨인 왕Wayne Wang'이 감독한 영화로 담배 가게에서 일하는 주인공인 오기 렌에 대한 이야기다. 오기는 아마추어 사진가로 매일 같은 장소 같은 시각에 14년간 사진을 찍는다. 그래서 어디에도 가지 않는다. 그러던 어느 날 크리스마스에 관한 단편 때문에 고민하던 소설가인 폴에게 자신이 찍은 사진을 보여 준다. 한 장씩 넘기는 사진들에는 세월의 흐름이 존재하고 있었다. 연기처럼 사라지는 세월은 정말 덧없다. 덧없이 사라지는 한 순간을 영원으로 담아내려는 인간의 욕망은 사진으로 투영된다.

우수한 인디 영화로 평가 받고 있는 'once'도 볼만한 영화이다. 순간이 연속되는 인생에는 좋을 때도, 나쁠 때도 있다. 사람들은 자기 인생의 특별했던 어떤 '한때'를 간직하고 싶어한다. 또한 그 순간을 놓치고 싶어하지 않지만, 자신도 모르게 놓치고 후회한다. 영화는 끝이 나고, 순간은 지나가지만 여전히 삶은 계속된다.

시네 큐브에서 본 영화 중 '라비앙 로즈'를 생각하면 지금도 감동으로 가슴이 뛴다. 한 남자만을 진정으로 사랑했던 에디트 피아프. 파란만장한 삶을 살았으면서도 죽기 전 '난 아무 것도 후회하지 않아요'를 노래 불렀던 에디트. 이 영화의 후회하지 않는 인생에 대한 여운이 아직도 머리에 생생하다.

:: 2007 부산 영화제 PIFF Pavilion

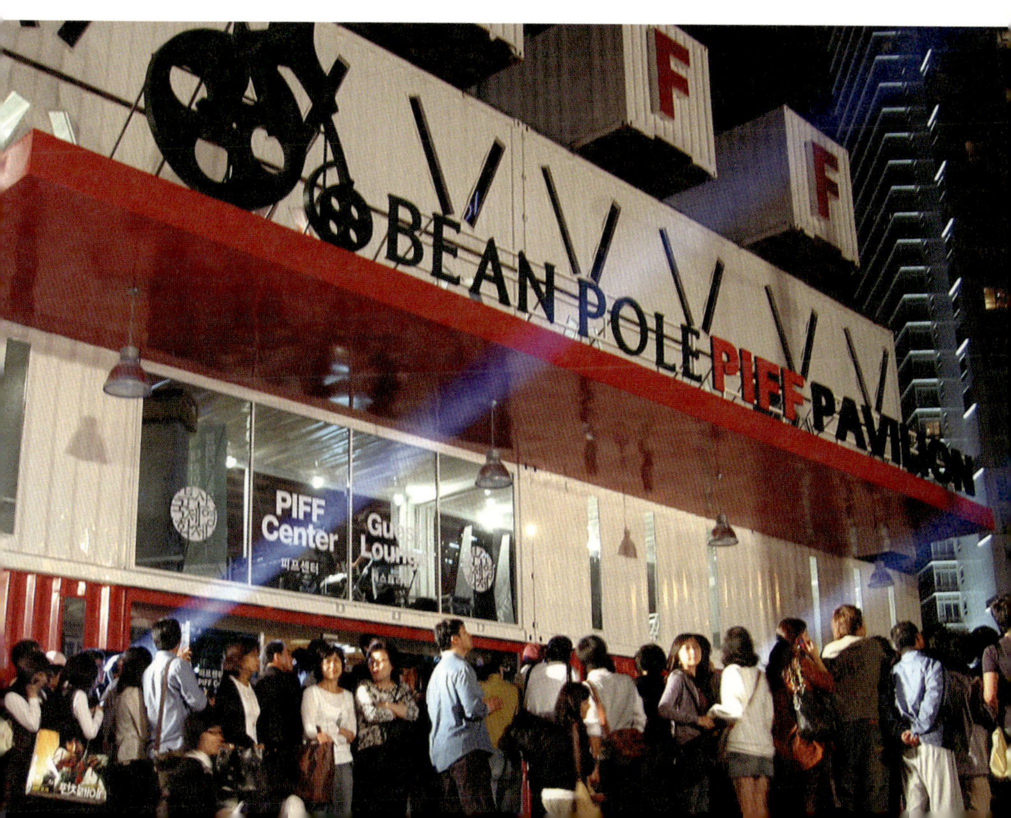

"아니요! 아무것도, 그 어떤 곳도
아니요! 난 아무 것도 후회하지 않아요
사람들이 내게 준 행복도, 고통도
나한테는 모두 다 마찬 가지인걸요!…"

살아가면서 펼쳐지는 이야기를 담고 있는 예술영화는 언제나 내 영혼을 자극한다. 그래서 나는 매년 '부산국제영화제'를 찾는다. 1996년을 시작으로 대중들에게 다양한 시각과 스타일을 지닌 아시아 영화감독들과 예술영화들을 소개하는 이 영화제는 내 행복의 출발점이다.

흥국생명빌딩의 '세븐 스프링스' 피아자도로, 타코 팩토리, 토니 로마스, 스파게티아 등의 레스토랑은 글루미족과 연인들이 한가로운 여유를 즐기기 위해 즐겨찾는 공간이다. 복잡한 멀티플렉스관을 벗어나 한가로운 여유와 낭만을 즐기고 싶다면, 꼭 흥국생명빌딩을 방문하라고 말하고 싶다.

TACOMA'S
SEAFOOD - STEAK
Spaghetti
스.파.게.띠
TACO FACTORY
FRESH MEXICAN
CAFE
PIAZZA
BAR
ablooming.com
since 2000
say Love with
flowers
PIAZZA D'ORO
ESPRESSO
피아자도로
COFFEE & DELI
세븐스프링스
SALAD & GRILL RESTAURANT
GS25

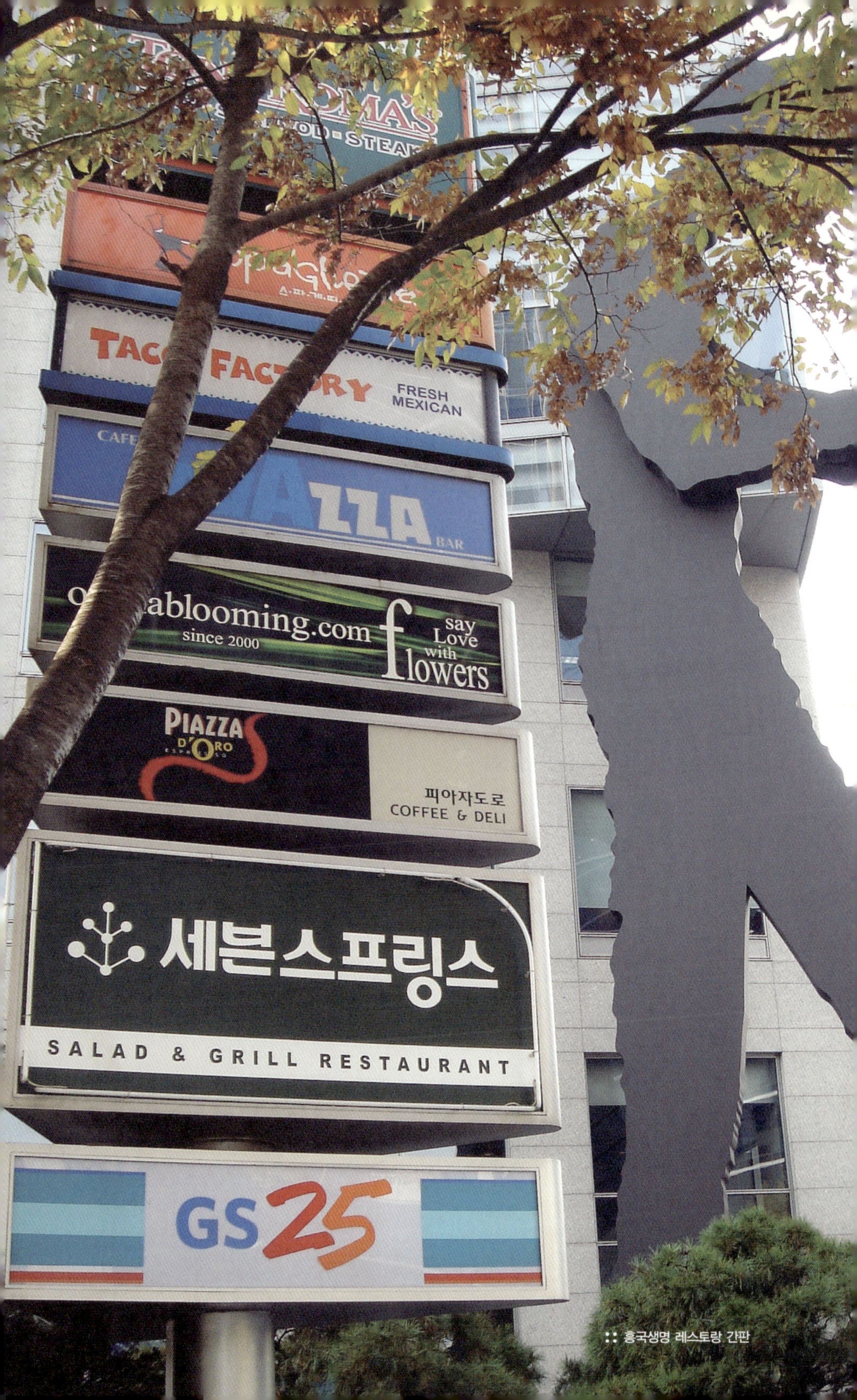

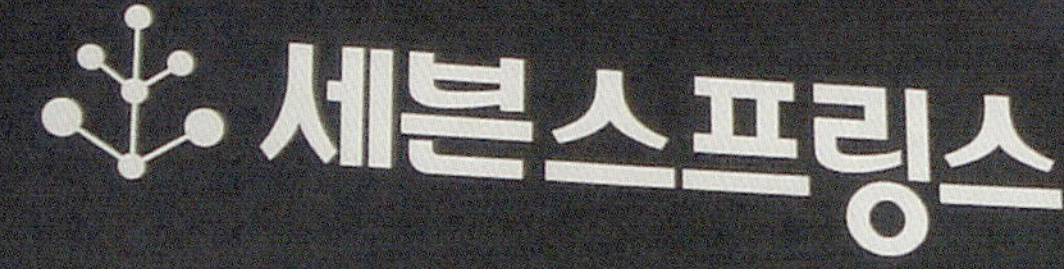

∷ 흥국생명 레스토랑 간판

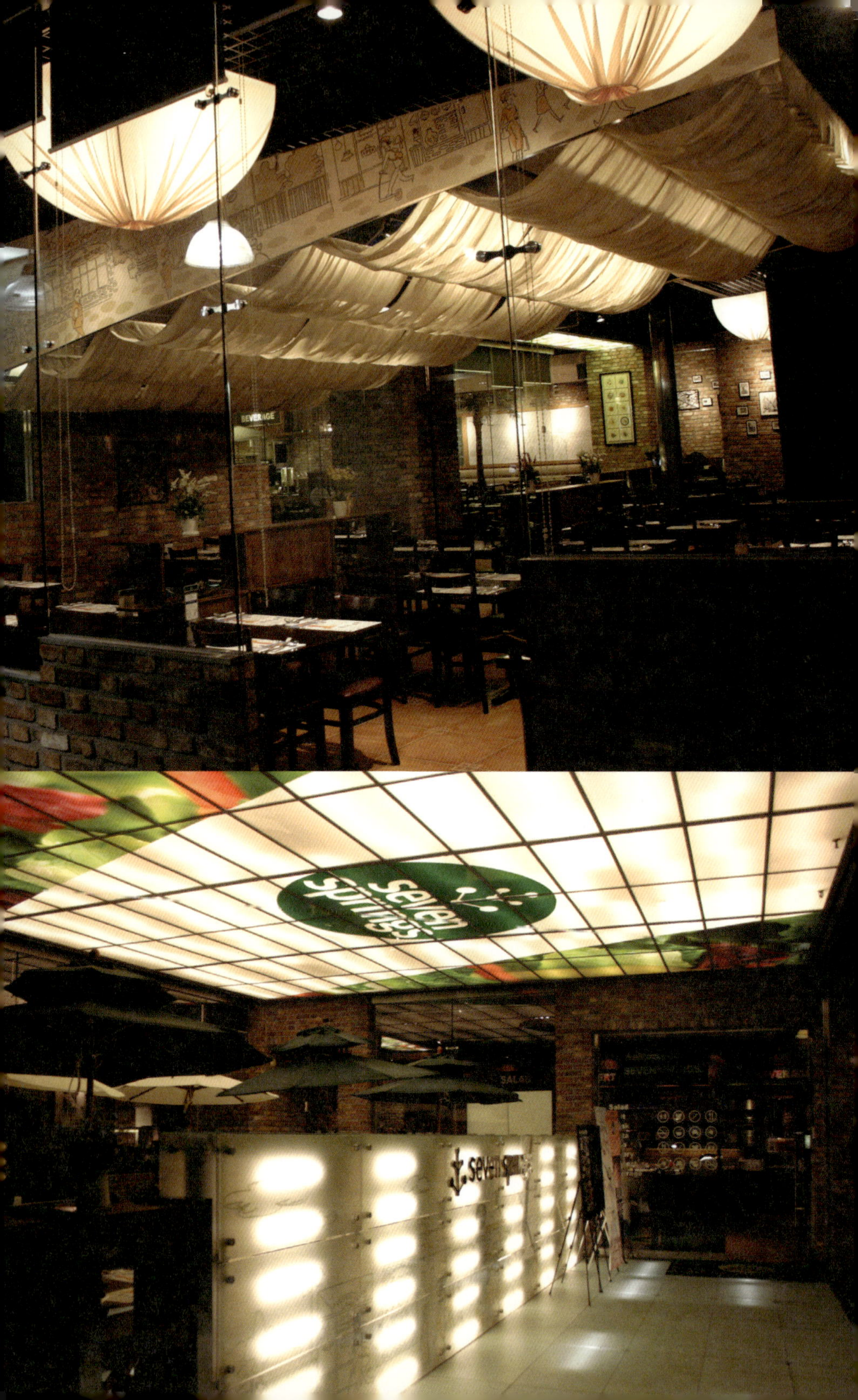

:: 파이낸스 빌딩

광화문 거리의 흥국생명 빌딩이 연인들과 글루미족의 아지트라면, 파이낸스
빌딩은 직장인들이 즐겨 찾는 공간이다. 나는 파이낸스 빌딩의 소유주가 한
국인이 아니라는 것을 생각하지 못했었다. 처음 이 사실을 알고 그리 기분이
좋지는 않았다. 한국인이라면 한 번쯤 이런 생각을 하지 않겠는가? 그러나
좀 더 넓은 스케일로 생각해 보면, 이러한 민족구분은 편협한 생각이다. 나는
민족을 넘어 다 같은 인간, 함께 어울려 사는 사회가 이상적인 사회라고 생
각한다. 이 빌딩을 싱가폴인이 소유하든지, 미국인이 소유하든지 그게 무슨
큰 상관이겠는가. 이제는 민족의 차원을 넘어 인류의 차원으로 생각의 폭을
넓힐 때이다. 존 레논도 노래 'Imagine' 에서 말하지 않았던가? No Religion,
No Country!

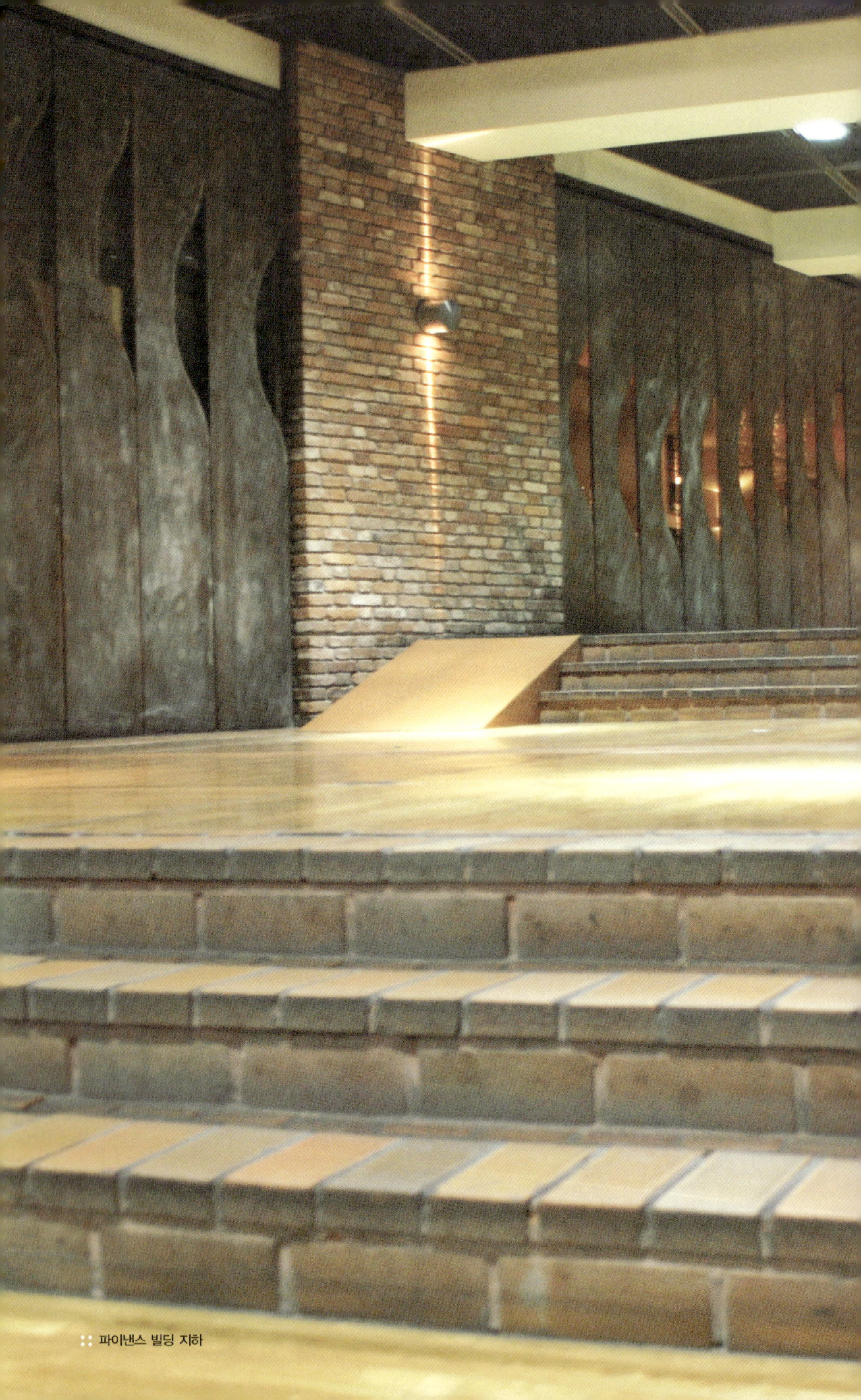

파이낸스 빌딩 지하

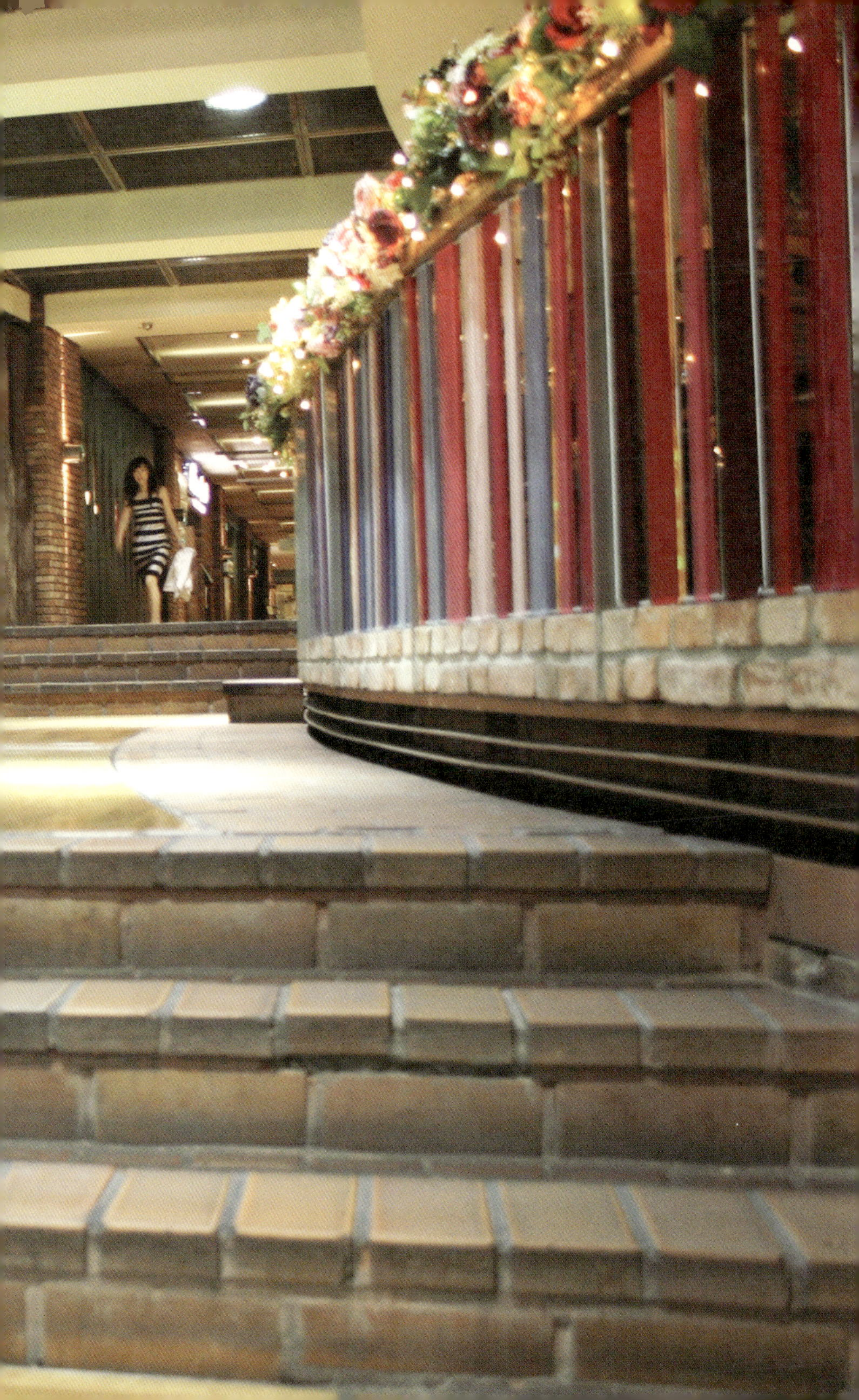

마당
성인전용
커뮤터방
금강제화앞 정문으로
생고기전
인사동 생삼겹
생 목
불 고
점심메
할머니집 닭 곰
어서 김치찌
오십시 부대찌
인사동 할머니집

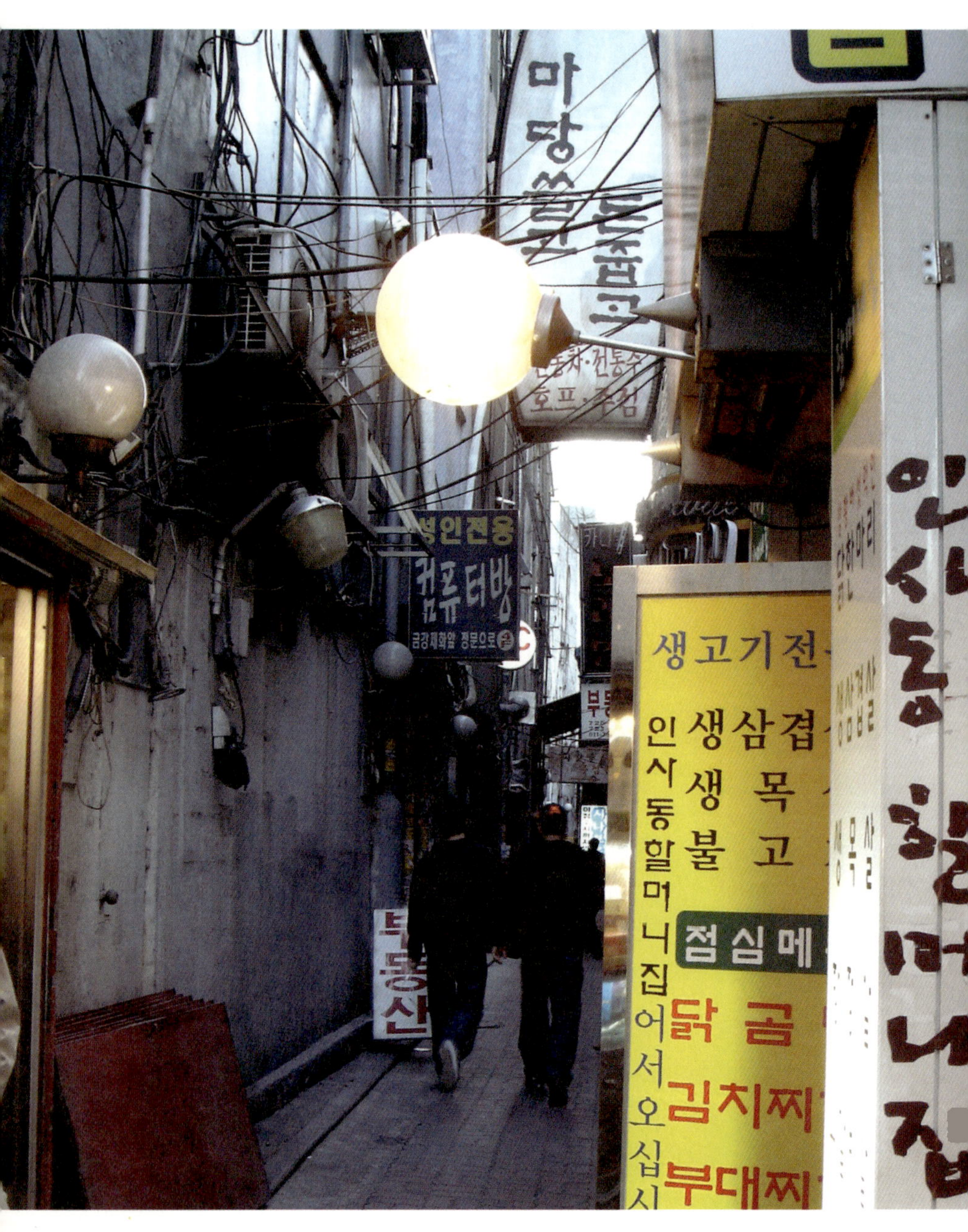

:: 피맛골

파이낸스 지하몰은 고급식당이 주가 되어 세련된 인테리어와 고급스러운 분위기를 자랑한다. 사실 건물이 위치한 무교동 인근은 옛적부터 서민의 애환이 서려는 곳이다. 거드름을 피우며 온갖 호령을 치는 양반들을 피해 서민들이 주로 이용하던 골목길을 시작으로 생겨난 피맛避馬골은 고급스러움이나 세련됨과는 거리가 있다. 이런 곳에 오피스빌딩을 중점으로 하는 상권이 조성되면서 많은 음식점이 활기를 찾았다. 그렇지만 무교동이나 피맛골 등의 먹거리만 직장인들이 찾는 것은 아니다. 파이낸스 센터는 세련되면서도 고급스럽고 고풍스러운 느낌을 즐기려는 직장인들이 찾는 장소다.

파이낸스 센터 몰의 벽돌건축은 왠지 따뜻한 것 같아 푸근하다. 사실 벽돌은 가장 오래된 건축재료 중의 하나로, 이집트 시대에서 활발하게 사용되었던 재료이기도 하다. 그래서 벽돌에는 그 본성 자체가 오래된 태고의 추억이 있다. 근원이라는 느낌을 주기에 편안한 느낌을 갖게 되는지도 모른다. 벽돌건축은 사람들을 과거로 회귀하게 만든다. 과거로의 회귀는 사람들의 마음을 긴장시키고 흥분시키는 힘을 발휘한다. 벽돌을 재료로 사용하고 있는 파이낸스 센터 빌딩의 실내 내부는 차분하면서도 극적이다. 차분하면서도 극적이라는 서로 상반된 특성이 파이낸스 센터 빌딩에 공존한다. 파이낸스 센터 빌딩은 쾌적감과 오래된 기억을 브랜드로 한다. 이것은 파이낸스 센터 빌딩이 가지고 있는 매력 중의 하나다.

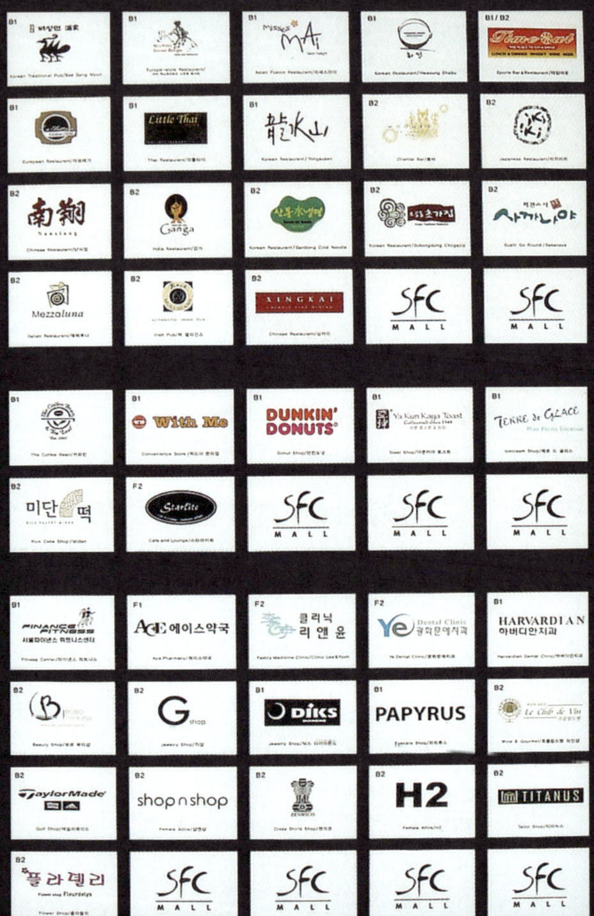

:: 파이낸스 빌딩의 레스토랑들

건물적인 매력과 더불어 사람들의 마음을 즐겁게 하는 데에는 건물 내에 입주한 많은 레스토랑과 상점이 건물에 있다. 파이낸스 빌딩에는 인도 레스토랑 '강가'가 있으며, 중국 레스토랑 '싱카이'가 있다. 세미나를 겸하면서 회식을 하려는 경우에 '싱카이'가 적합하다. 빔 프로젝트의 사용이 가능하여 회의가 가능하기 때문이다. 중국의 음식문화 예절에 따르면 음식을 남김없이 먹으면 안된다. 왜냐하면 그건 음식이 모자랐다는 것을 의미하니까. 중국요리에서는 냉채, 야채볶음요리, 고기볶음요리 순으로 먹는 것이 일반적이다. 생선을 먹을 때는 생선을 절대로 뒤집지 않는다. 이는 배가 뒤집어진다는 생각 때문에 특히 연해지역에 사는 사람들에게는 거의 철칙과 같다.

'배상면 주가'는 한국의 전통 술을 마실 수 있는 곳으로서 식사 대용의 안주와 함께 술을 즐길 수 있는 장소이다. 건강을 생각하는 웰빙의 개념으로 적당하게 술을 즐길 수 있는 장소이다. 젊은 분위기 속에서 술을 마실 수 있는 곳으로 'time out'이 있다.

적당히 품위를 지키면서 시간을 보내며 바쁜 일과를 마치고 하루의 피로를 달랠 수 있는 곳. 그러면서 집으로 돌아가기에 교통도 편리한 곳이 파이낸스 센터 빌딩이다. 파이낸스 빌딩을 찾을 때마다 벽돌이 갖는 근원성에 자극 받아 내가 누구인가를 한 번쯤 생각한다. 사람이 사람에게 영향을 주듯 건물도 사람에게 영향을 준다. 파이낸스 빌딩은 사람들에게 좋은 영향과 자극을 주는 건물이다. 삶의 에너지를 재충전 하기를 원하는 직장인들이라면 가끔 파이낸스 빌딩을 찾아보라.

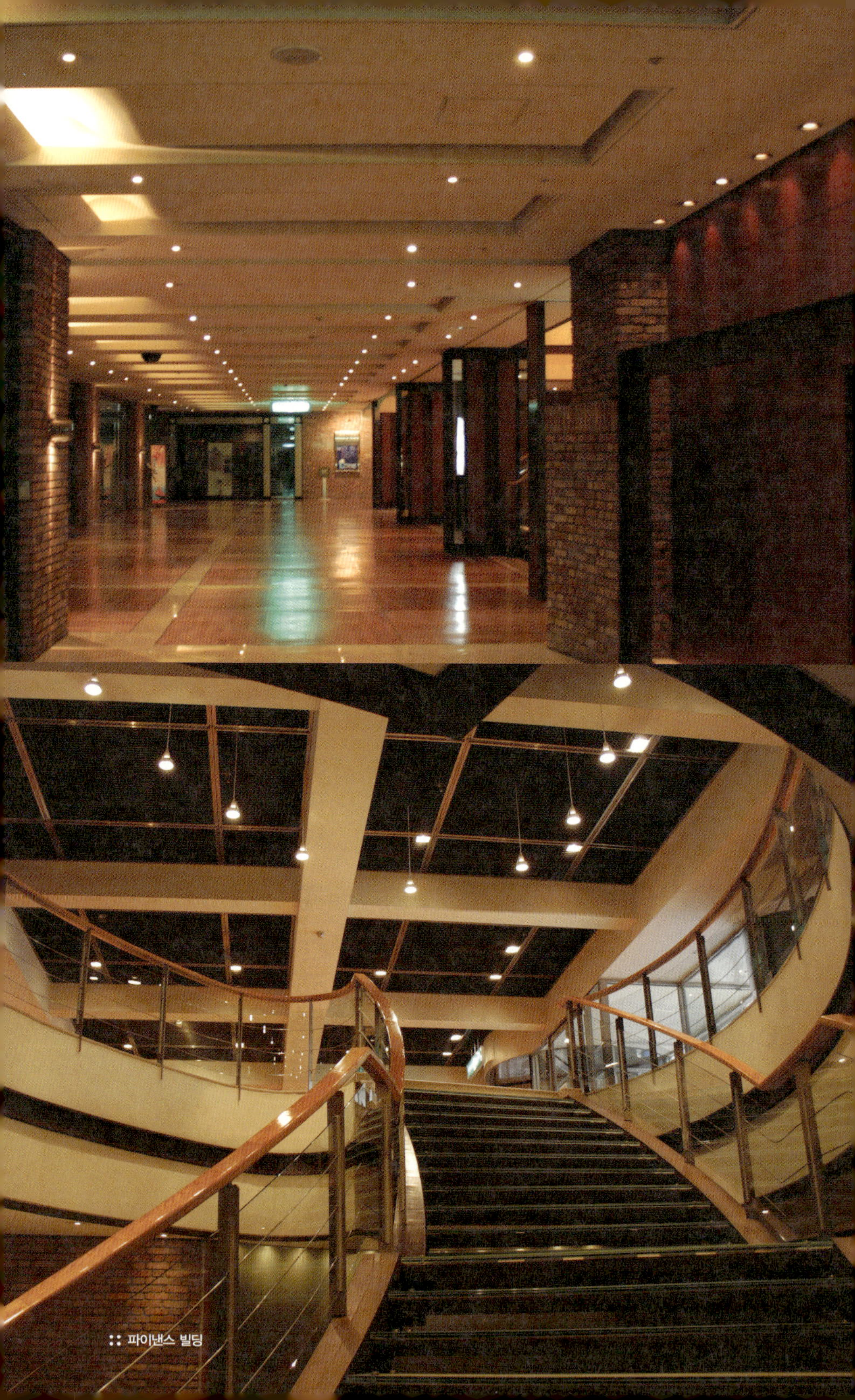

파이낸스 빌딩

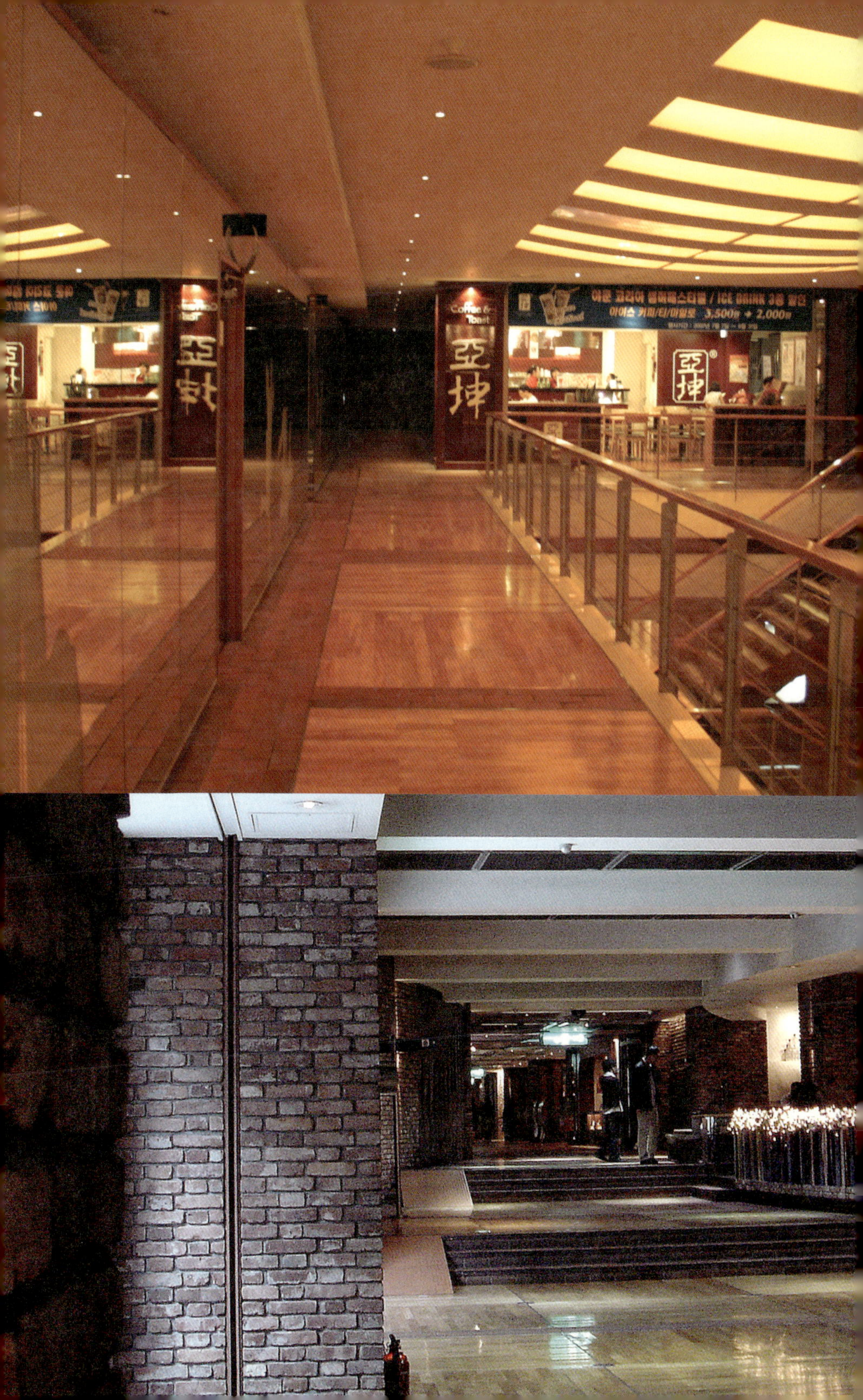

청계천의 수로복원

청계천을 보니 조지 오웰의 1984년이 머리에 떠오른다. 또 1984, 애플사의
스티브 잡스를 생각한다. 1984년 1월 24일 스티브 잡스는 밥 딜런의 노랫말
'시대는 변해가네'를 연설 중간중간 인용했다. 시간은 흘러가니까 현재 가진
권력이나 힘을 휘두르지 말라는 가사나, 지금의 패자가 나중에 승자가 될 수
있다는 가사가 의미심장하다. 밥 딜런의 노래 기사에는 인생을 살아가는 지
혜가 있다. 이 가사를 듣고 있으면 왜 스티브 잡스가 밥 딜런을 좋아하는지를
막연하게나마 알 것 같다.

밥 딜런의 노래 뿐만 아니라 스티브 잡스의 말도 가슴에 맺히는 뭔가 있다.
"디자인은 재미있는 단어다. 어떤 이들은 디자인을 순전히 어떻게 보이는가
의 관점에서만 생각한다. 하지만 좀 더 깊이 생각하면 디자인은 어떻게 작동

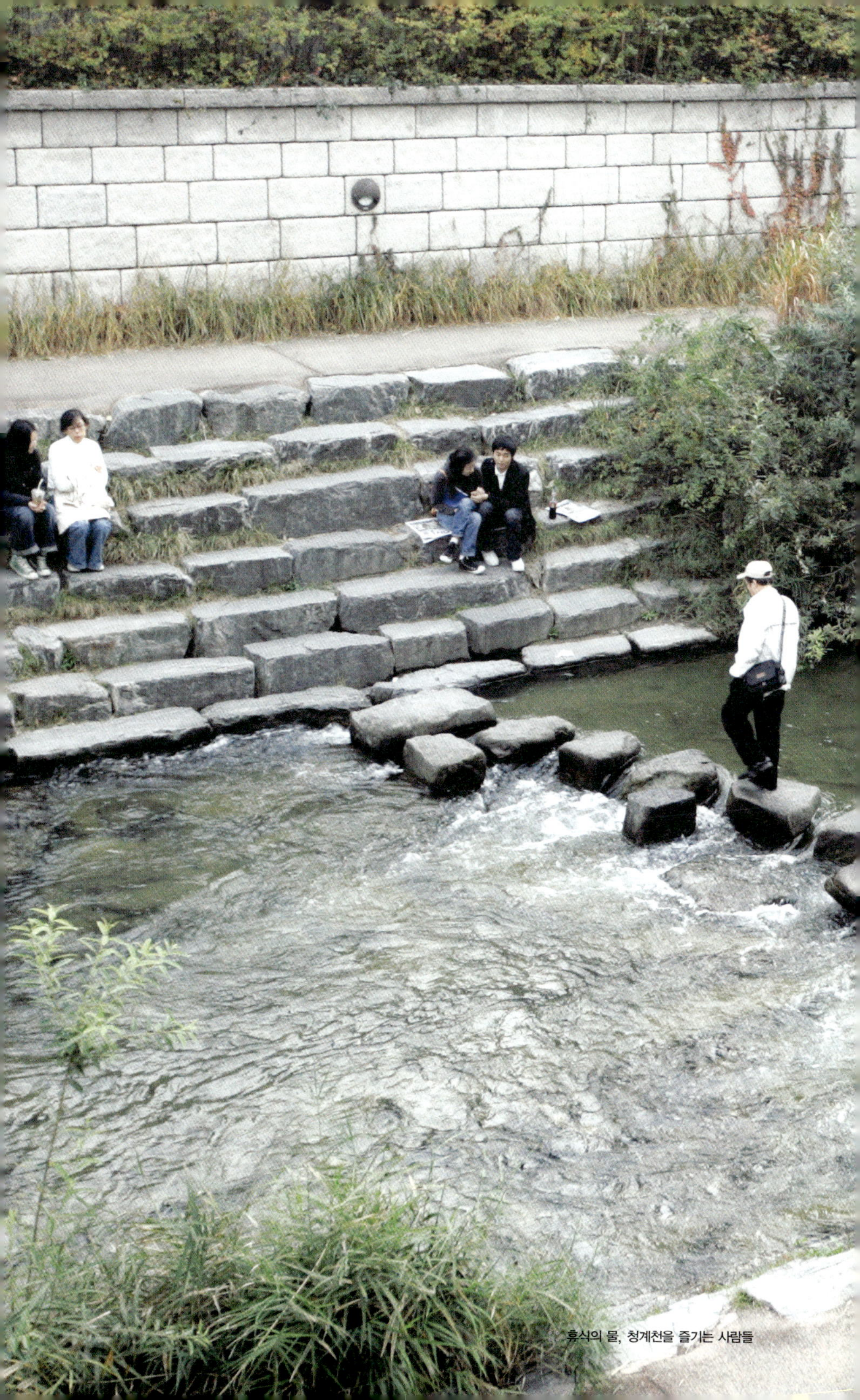

휴식의 물, 청계천을 즐기는 사람들

하는가의 문제다. 어떤 제품의 디자인을 정말로 잘하기 위해선 그 제품을 정확하게 알아야 한다. 디자인은 단지 신기하고 색다른 물건을 만드는 것이 아니다. 무언가를 철저히 이해하기 위해서는 열정적인 노력이 필요하다. 그러나 그 만큼 노력하는 사람은 별로 없다. 제 아버지가 나한테 그랬듯이 나도 아이들한테 좋은 아빠가 되려고 많이 노력한다.”

스티브 잡스는 보통 사람과는 다른 강한 성격의 소유자이다. 다음은 스티브 잡스의 인생을 서술한 책 ‘아이콘’ 의 일부 내용이다.

1984년 1월 미국 대학에서 매킨토시를 소개한 지 21년이 지난 2005년 1월 11일 오전 9시가 조금 넘은 시각, 스티브 잡스는 무대에 올랐다. 21년 전에 스티브 잡스는 단추가 두 개 달린 줄 무늬 양복을 입었었다. 하지만 2005년 스티브 잡스가 입고 나온 옷은 검정 티셔츠와 청바지였다. 그러나 열정적인 모습은 예전 그대로였다. 스티브 잡스는 예전과 다르게 좀 더 쾌활하고 명랑하였으며, 자주 웃었다. 객석에 들어찬 사람들은 4,000 여명이나 되었다. 많은 사람들은 거대한 프로젝트 스크린(빅 브라더 최신 버전)에 나타난 잡스를 볼 수밖에 없었다. 스티브 잡스는 쉰 살의 나이가 되었지만 지금도 그는 이제 막 시작한 것처럼 행동한다. 스티브 잡스의 근본적인 기질은 변하지 않았다. 그는 여전히 공격적이고 독단적이었다. 거의 불가능한 과제를 달성하기 위해 주변 사람들을 밀어 붙이는 태도 역시 그대로다. 그러나 아이가 셋이나 되고 산전수전을 겪은 중년 나이의 스티브 잡스는 좀 더 따뜻한 사람, 좀 더 부유한 사람, 좀 더 용서하고 이해할 줄 아는 사람으로 조금은 변화해 있었다.

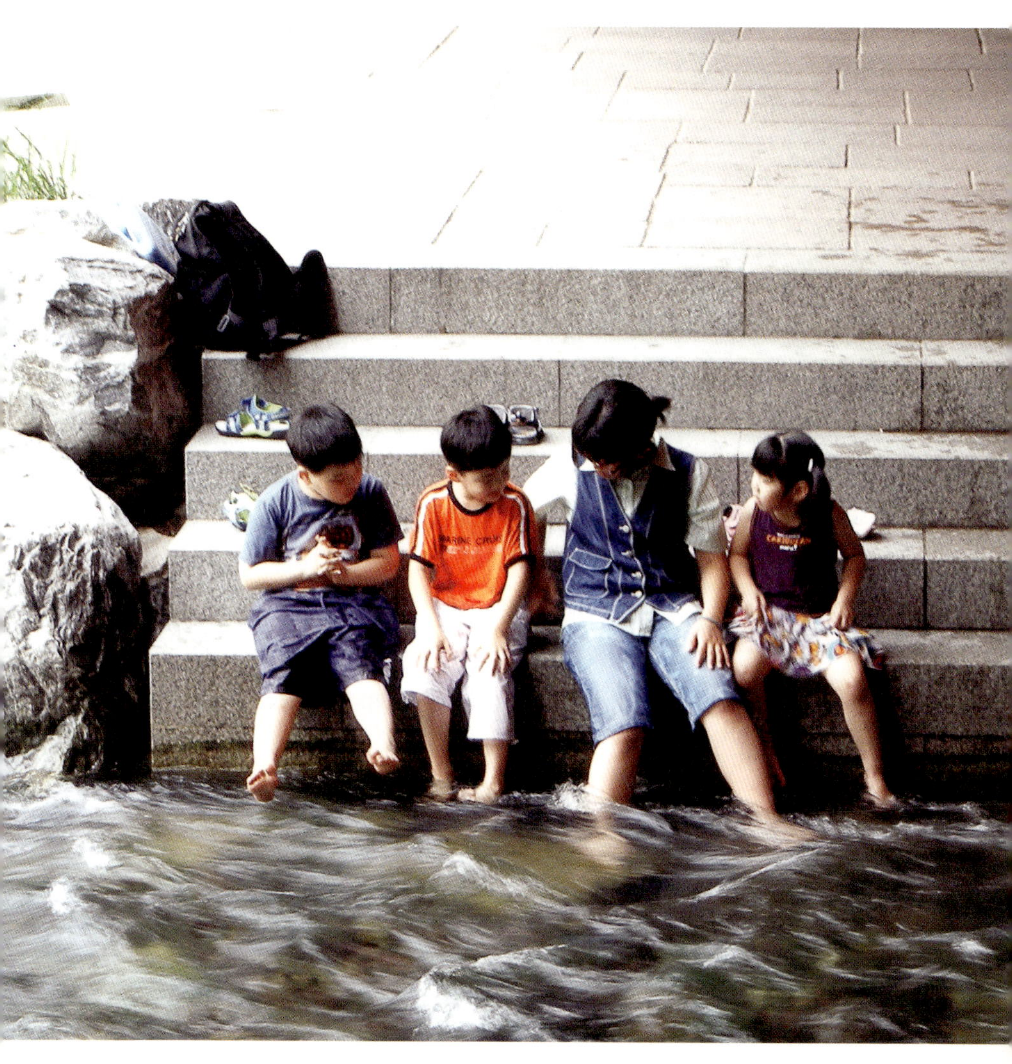

:: 가족, 청계천

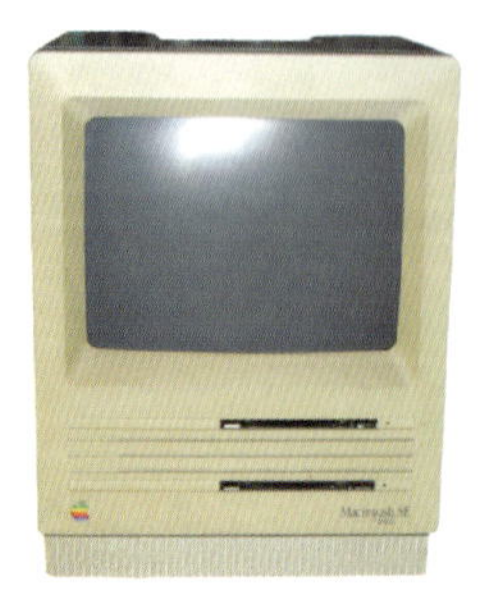

:: 초기 매킨토시

조지 오웰의 1984년은 미래를 예측한 소설이다. 그러나 조지 오웰이 예측한 1984년에는 이렇다 할 특별한 사건이 일어나지 않았다. 단지 애플사의 스티브 잡스가 매킨토시 컴퓨터를 광고에 등장시켰을 뿐이다. 스티브 잡스가 조지 오웰의 1984년을 광고에 패러디 한 내용은 이러했다. 머리를 박박 민 죄수복 차림의 남자들이 강당에 앉아 빅 브라더가 연설하는 거대한 스크린을 멍하니 바라보고 있다. 이때 금발의 매력적인 여자가 감시원들로부터 도망쳐 나와 강당으로 뛰어 들어온다. 스크린에 다가선 그녀는 커다란 망치를 휙휙 돌리더니 스크린 한 가운데로 던진다. 그러자 거대한 스크린은 눈부신 섬광을 일으키며 폭발하며 산산조각이 난다. 바로 이순간 간단한 멘트가 흘러 나온다. 화면에도 똑같은 문구가 떠오른다. "1월 24일은 애플 컴퓨터가 등장한 날입니다. 그 때 당신은 왜 우리의 '1984년' 이 조지 오웰의 1984년과 다른지 알게 됩니다." 이 광고는 매킨토시의 등장을 혁명과 연결시킨 성공적인 광고였다.

하지만 당시 컴퓨터를 잘 모르는 일반 사람들에게 애플 매킨토시의 등장은 그다지 큰 사건이 아닌 것처럼 보였다. 그러나 요즘 생각해보면 그건 큰 사건의 시작이었다.

스티브 잡스의 애플사가 만든 제품은 요즈음의 현대인에게 많은 영향을 미치고 있다. 많

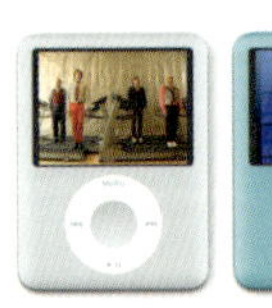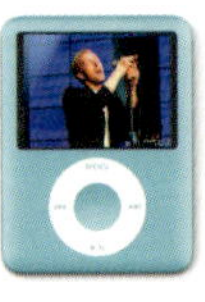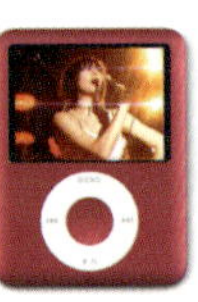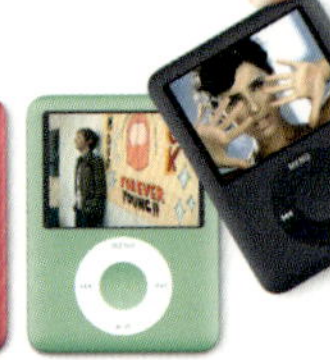

:: 아이팟, © 애플, www.apple.com

은 사람들이 갖고 싶어하는 Mp3 플레이어 아이팟Ipod은 현대인들을 즐겁게 만든다. 아이폰Iphone은 전화의 기능은 물론이고 카메라, Mp3 플레이어 등의 기능이 복합된 전화기이다. 이처럼 개발된 아이팟이나 아이폰의 인기와 영향력의 파워는 대단하다. 이런 시각에서 보았을 때, 애플의 등장은 예고된 혁명이었다. 사실 따지고 보면 조지 오웰은 감시사회의 도래를 정확하게 예측하였다. 그건 거리 곳곳에 깔려 우리의 행동 하나하나를 담고 있는 감시카메라를 보면 쉽게 알 수 있다.

이처럼 대사건이 이미 예전에 일어났으나 우리가 미처 인지하지 못하는 경우가 많다. 대개의 경우, 우리는 시간이 한참 지난 후에야 대사건의 발생을 깨닫게 된다. 큰 변화가 일어났으나 우리는 그 변화를 큰 변화라고 생각하지 않는다. 이러한 것은 청계천의 경우도 예외는 아닌 것 같다. 많은 사람들은 청계천의 복원이 갖는 사회변화의 파괴력을 크게 인지하지는 못하는 것 같다. 그러나 나는 2005년 10월에 완성된 청계천 복원을 혁명적인 대사건이라고 생각한다. 조지 오웰이 예측했듯 1984년에 시동을 건 사회의 대변혁의 사건이 서울의 청계천에서 2005년 10월 점화된 것이다.

청계천 복원은 과거로의 회귀이면서 미래로 향한 생각의 이동이다. 청계천의 복원은 한국인의 저력과 추진력을 보여준 사건이다. 나는 청계천 복원이 우리의 생각을 이동시키는 출발점이었다고 믿고 싶다. 아마도 시간이 흐른 뒤, 이 사건이 큰 변화를 만든 작은 변화의 시작이었음을 알게 될 것이다.

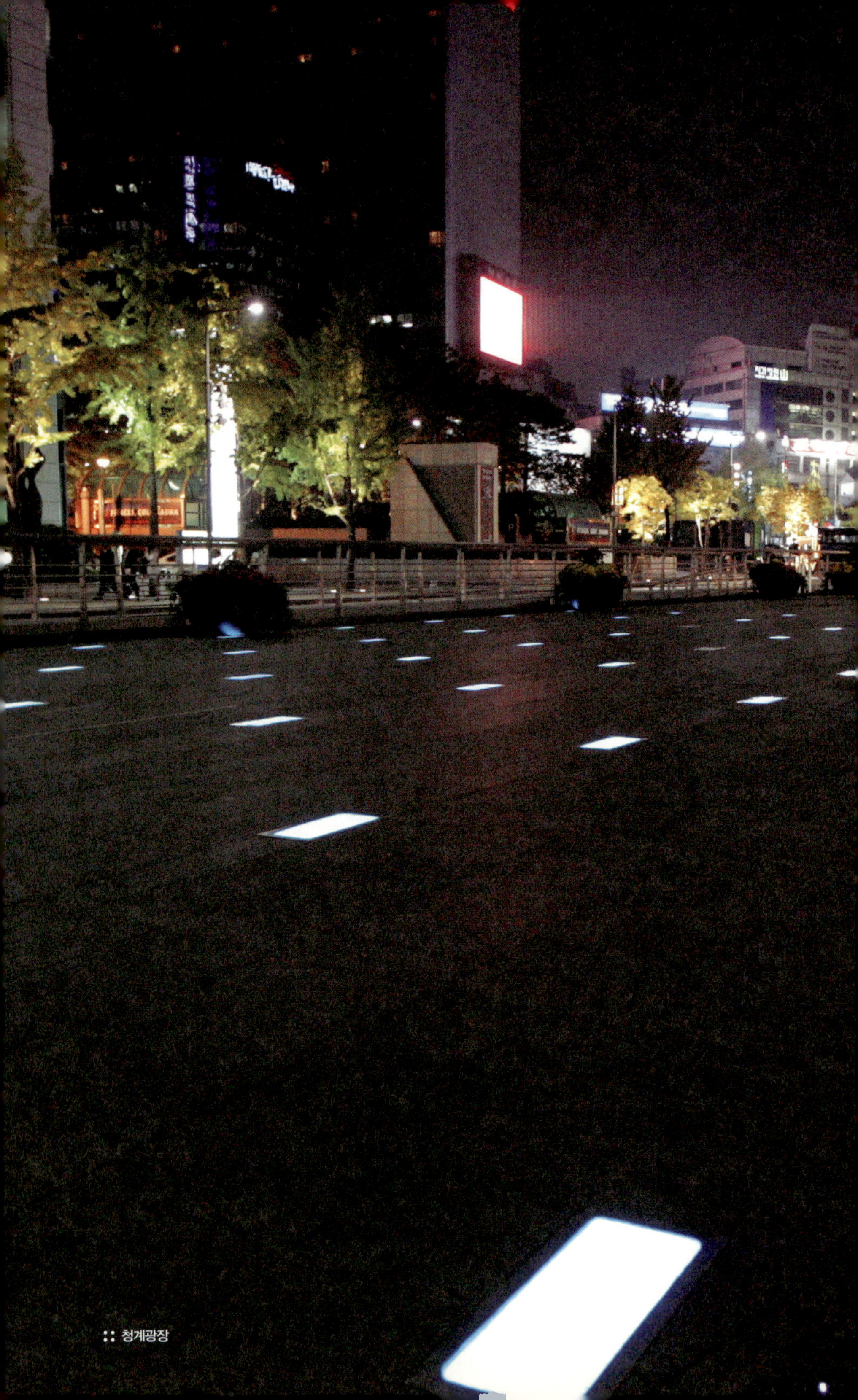

:: 청계광장

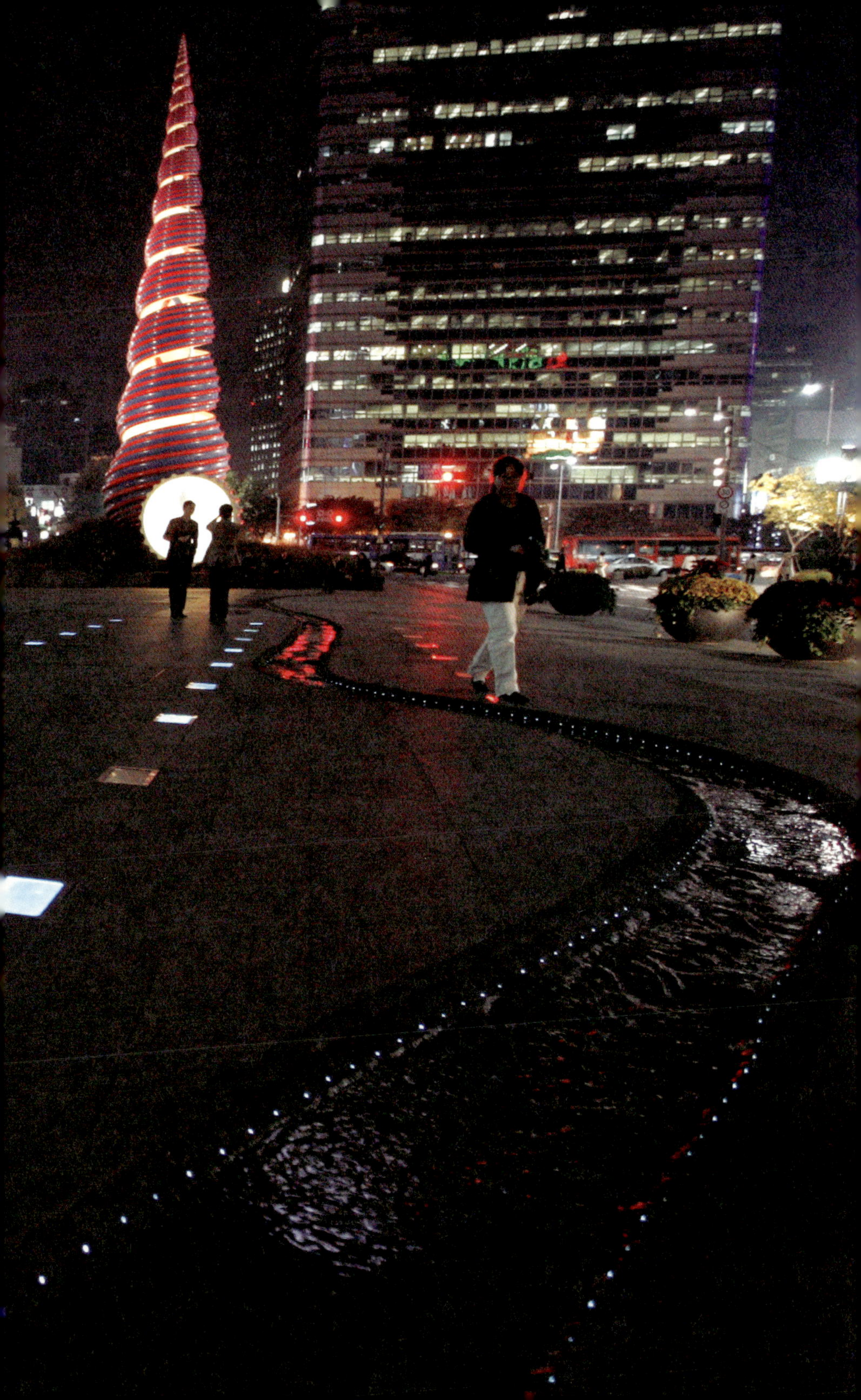

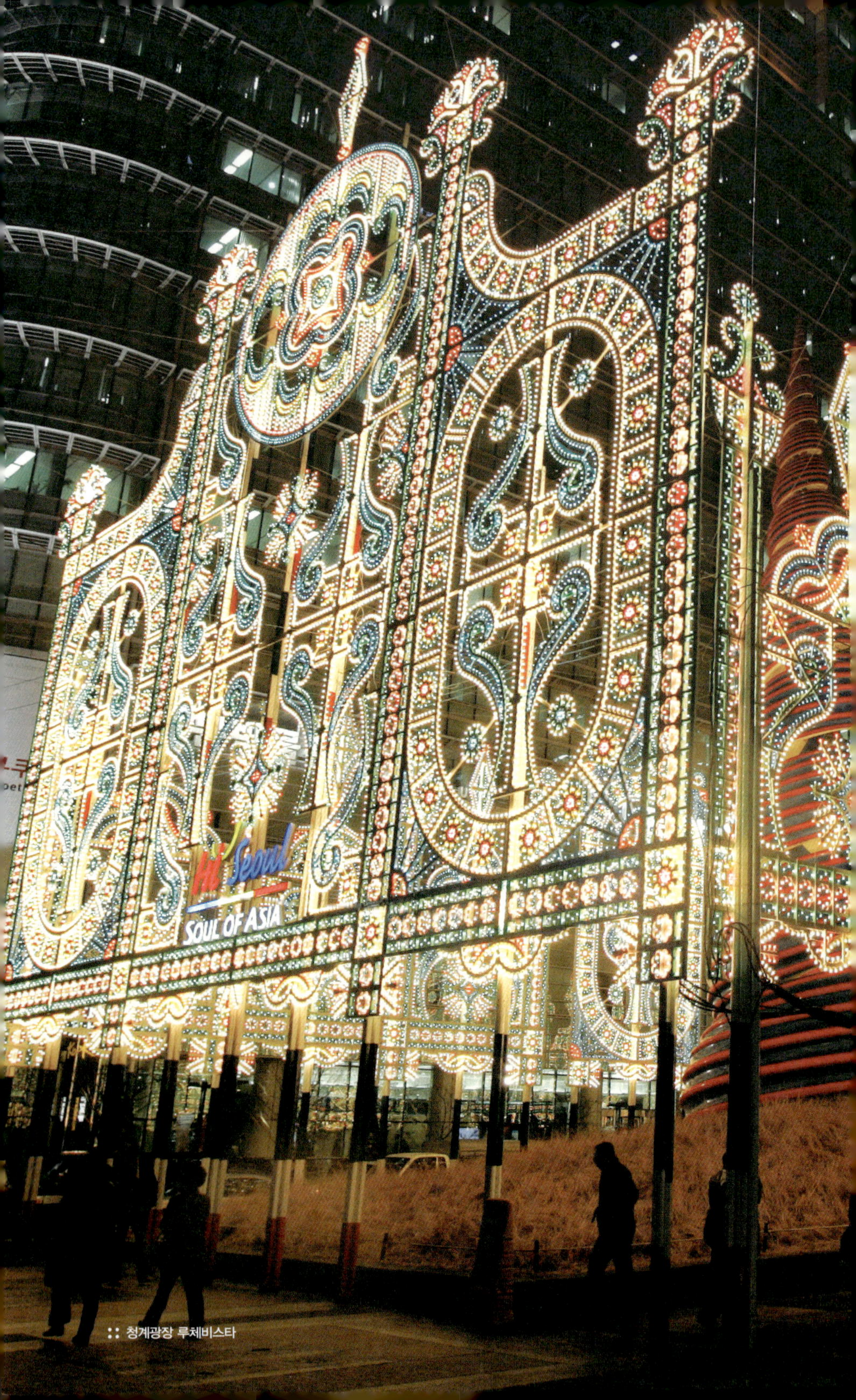

:: 청계광장 루체비스타

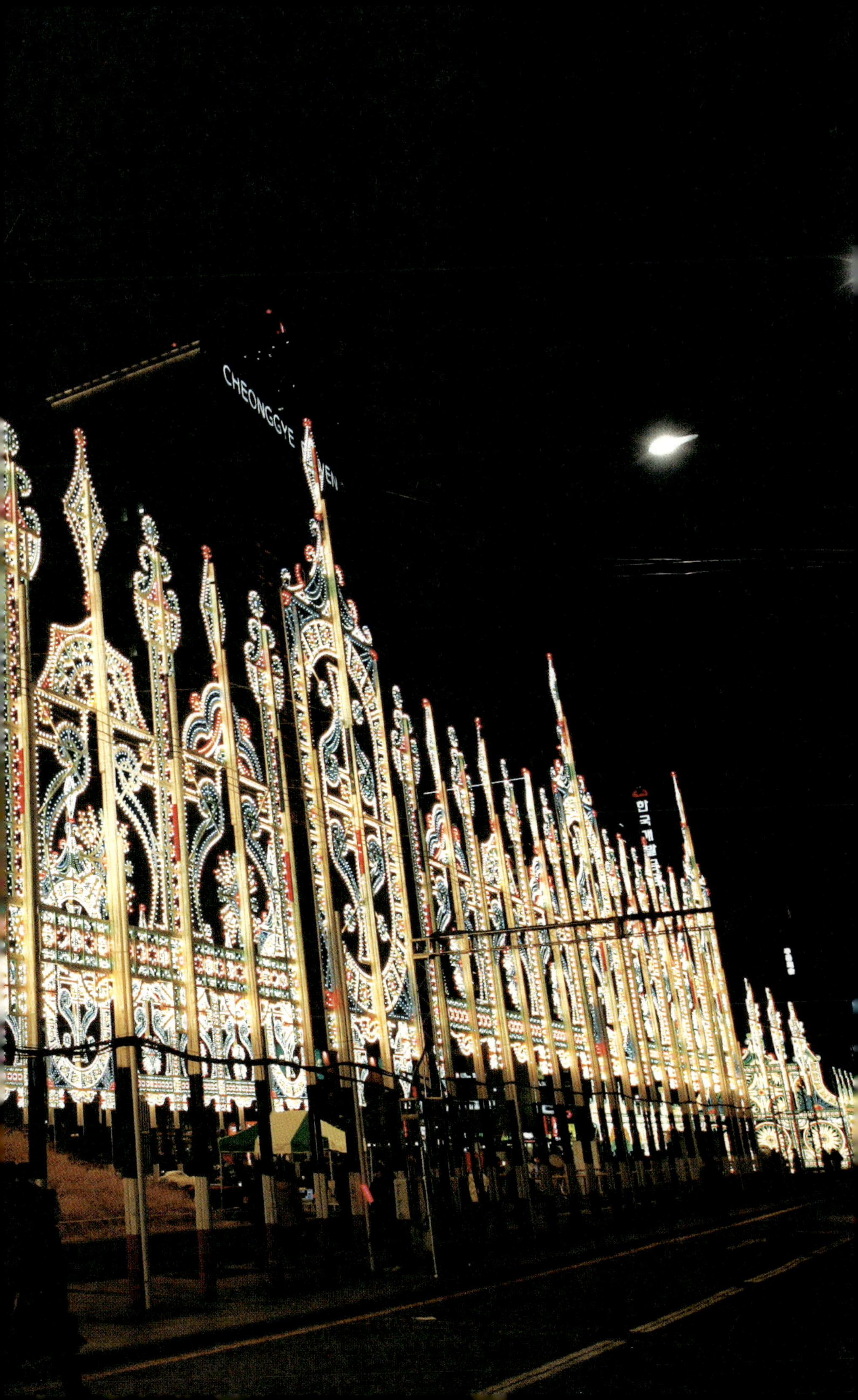

CHEONGGYE CHEON
한국

청계천 입구에 서 있는 스프링에 자연스레 눈길이 간다. 그러나 스프링을 만든 작가가 팝 아트의 대가, 클래스 올덴버그와 부인 쿠제 반 브르겐이라는 것을 아는 사람이 많지는 않은 것 같다. 외부의 청색과 홍색의 선이 나선형을 이루는 형상을 띤 스프링은 한복의 옷고름의 이미지를 상징한다. 또 스프링의 상승하는 듯한 수직적 이미지는 청계천의 샘솟는 모양과 서울의 발전하는 이미지를 상징하기도 한다.

일상의 오브제를 거대하게 확대시키는 작업을 트레이드 마크로 하는 클래스 올덴버그의 작품에는 흥미로움과 신선과 충격이 있다. 스톡홀름에서 스웨덴 외교관의 아들로 태어났던 클래스 올덴버그를 화가라기 보다는 물체를 만드는 작가로 보는 것이 더 적절할지도 모른다. 올덴버그는 우리 주변에 흔하게

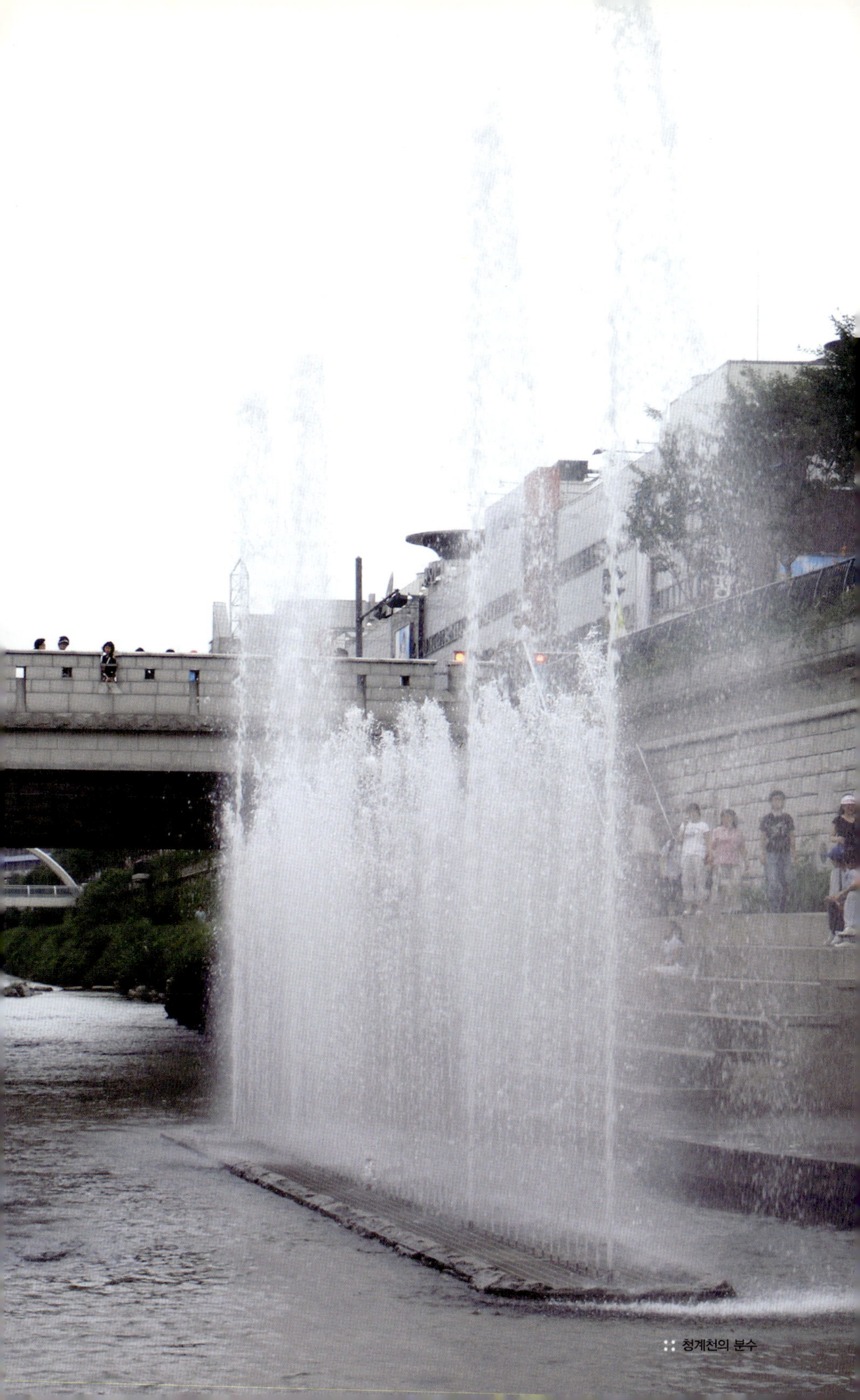

청계천의 분수

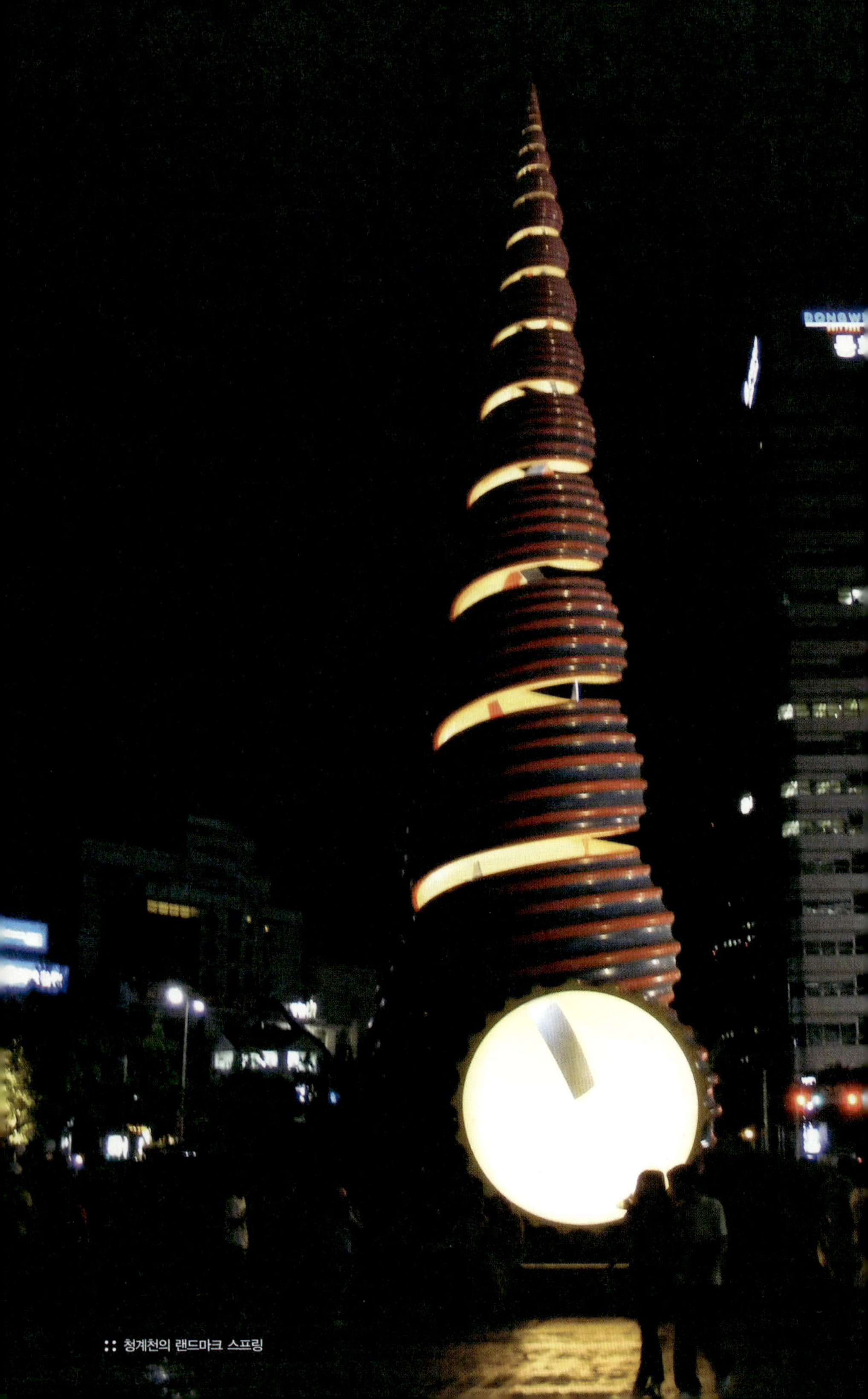

:: 청계천의 랜드마크 스프링

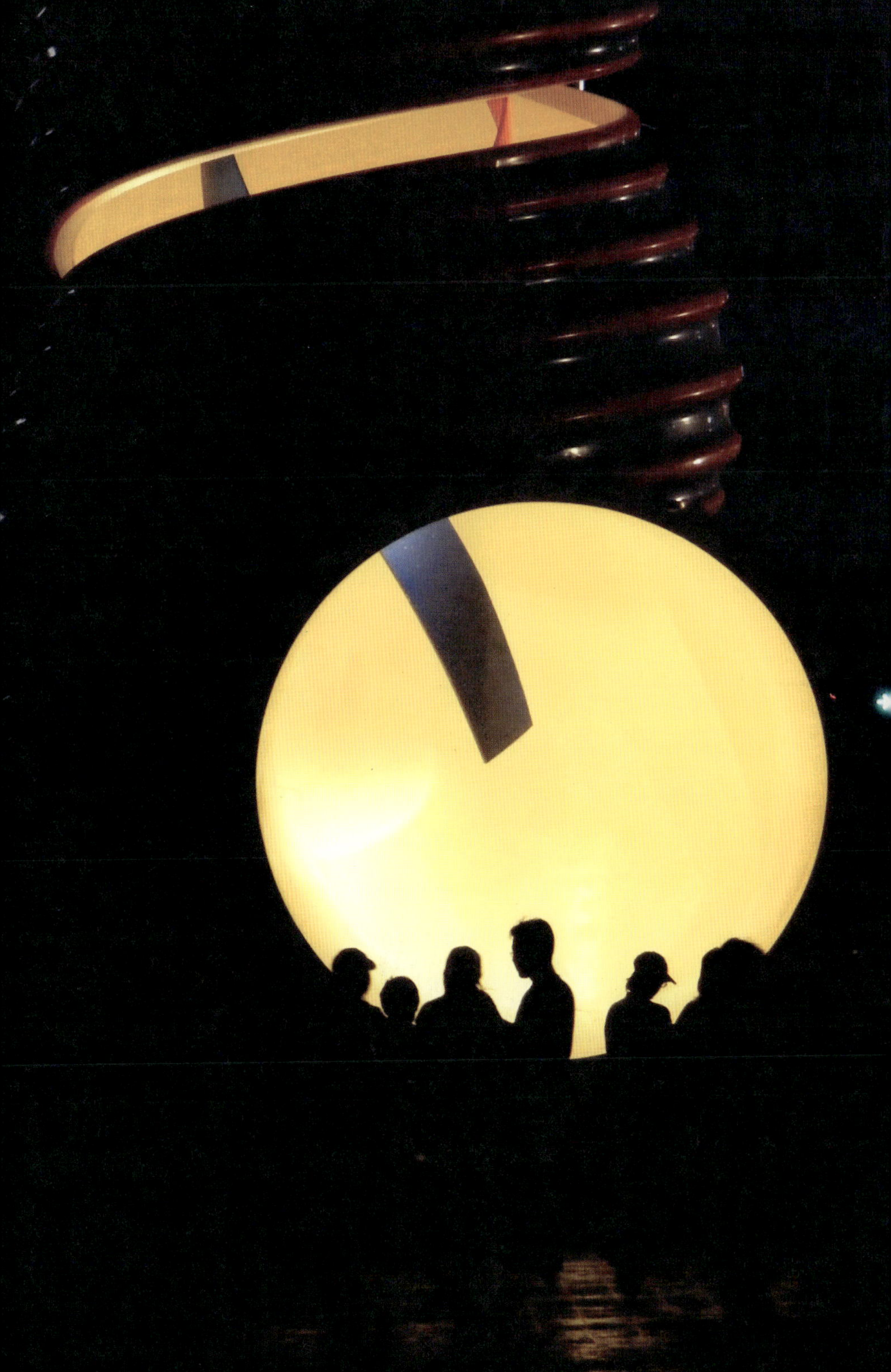

:: 청계천에 떨어진 달(스프링)

볼 수 있지만 누구도 관심을 기울이지 않는 햄버거나 아이스크림 등을 주제로 크기, 재료, 질감을 이용해 대중들을 놀라게 만든다. 햄버거나 아이스크림이 아니더라도 전기청소기, 선풍기 등의 딱딱한 재질의 기계제품을 부드러운 천이나 비닐로 바꿔 만들기도 한다. 클래스 올덴버그가 이런 시도를 하는 이유는 무엇일까? 그건 우리가 평소 무관심하게 보는 부분을 한 번쯤 깊게 생각해보라는 이유 때문이다. 이런 작가의 의도를 반영한 작품이 바로 청계천 입구의 스프링이다.

유명작가의 작품이라는 희소성에도 불구하고 사실 스프링은 클래스 올덴버그의 다른 작품만큼 사람들의 시선을 강하게 끌어들이지는 못하고 있다. 그 이유는 무엇일까? 아마 그것은 스프링이 크지도 작지도 않은, 어중간한 스케일 때문일 거라고 생각한다. 나는 사람들의 흥미와 시선을 압도하기 위해서는 스프링은 지금의 것 보다는 더 크게 만들었어야 했었다고 생각한다. 그래서 스프링에 대해 많은 아쉬움을 갖는다. 그러나 아쉬움 만큼 애착이 크다고나 할까, 나는 청계천을 좋아한다. 왜냐하면 빌딩숲 속 도시 사람들에게 자연을 느끼며 걸을 수 있는 기회를 주니까.

청계천 입구의 계단을 내려가면 산책로를 따라 흐르는 물과 풀숲을 바로 만나게 된다. 시냇물에서 발 담그고 놀았던 추억을 자극하기 때문인지 많은 부모들이 아이들의 손을 잡고 청계천으로 모여든다. 그래서 주말이면 가족 나들이를 나온 사람들로 청계천의 공간은 가득하다. 잠시나마 일상을 떠나고 싶다면 청계천 수변 공간을 걸어보라. 이곳에서는 자동차를 염려하지 않고 마음껏 걸어도 된다. 이처럼 청계천은 서울 도심 한 복판을 마음껏 걸어볼 수 있는 작은 행복을 준다.

곳곳에 설치되어 있는 벽화는 청계천을 상징하는 예술 작품으로 사람들의 마음을 즐겁게 한다. 청계 2가 삼일빌딩 아래의 청계천에는 타일 벽화가 있다. 바로 정조반차도다. 세계 최대 규모라는 이름에 걸맞게 백자도판 벽화로 가로, 세로 30cm의 세라믹 자기타일을 5,120장이나 썼다고 한다. 그러나 이 정조반차도를 조금이라도 이해할 수 있는 사람이 얼마나 될까?

정조반차도는 1795년(정조19년)에 어머니 혜경궁과 아버지 사도세자의 회갑을 맞이하여 정조가 화성(현재의 수원)과 현륭원에 다녀와서 만든 8일간의 행차보고서로 창덕궁을 떠나 광통교를 지나는 광경을 보여주는 그림이다. '<반차도>로 따라가는 정조의 화성행차'의 저자 한영우는 정조의 화성 원행 목적이 화산으로 이장한 아버지 묘소를 참배하기 위한 한 가지 이유만은 아니라고 밝힌다. 대규모 인원을 이동시키려면 자연히 길을 닦고 다리를 건설, 보수하여야 한다. 치도治道의 효과를 얻을 수 있는 것이다. 많은 군사를 거느리고 감으로써 군사를 훈련시키는 효과도 얻었을 것이다. 반차도의 1,779명의 인물과 779필의 행진하는 말만 보더라도 얼마나 큰 규모의 행차였는지 실감할 수 있다. 당대 최고의 화가이던 김홍도 지휘 아래 김득신, 이인문, 장한종, 이명규 등의 쟁쟁한 화원들이 합작하여 만든 우수한 작품이다. 왕실 기록화이자 한 폭의 커다란 풍속화! 볼만한 광경이다.

그러나 완벽하게 구현되지 못한 청계천의 반차도에서 완벽성에 대한 인간의 한계를 느낀다. 아무리 우리 인간이 완벽하지 못한 존재라고 하더라도, 반차도쯤은 조금만 신경을 썼더라면 완벽하게 만들 수 있었던 것은 아닌가? 무슨 이야기냐고 의아하게 생각하는 독자가 있을 줄 안다. 반차도의 몇몇 타일이 서로 어긋나게 부착되어 있다. 완벽하지 못한 우리이기에 완벽성을 추구한다.

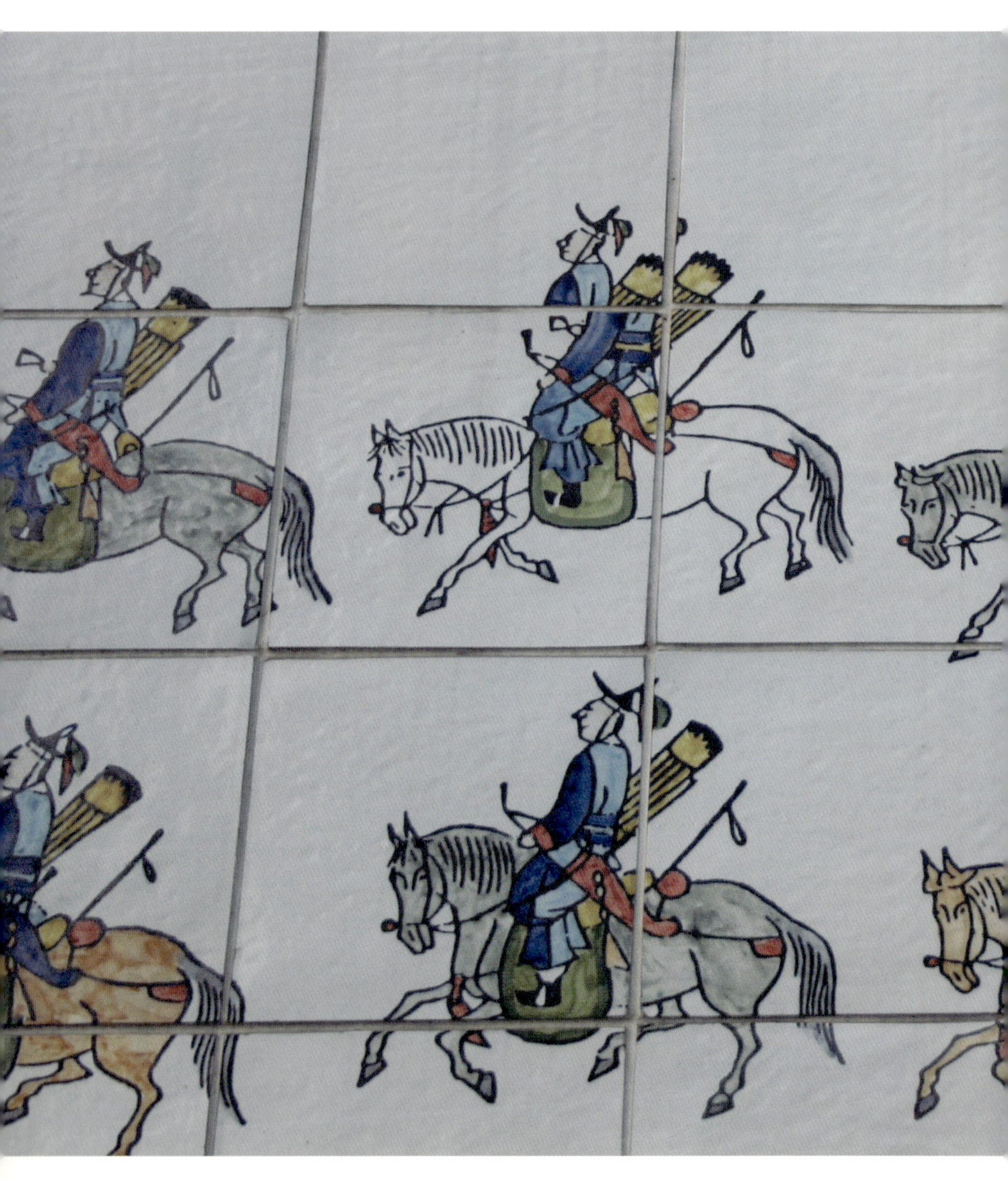

:: 어긋나게 붙여진 타일들, 정조 반차도

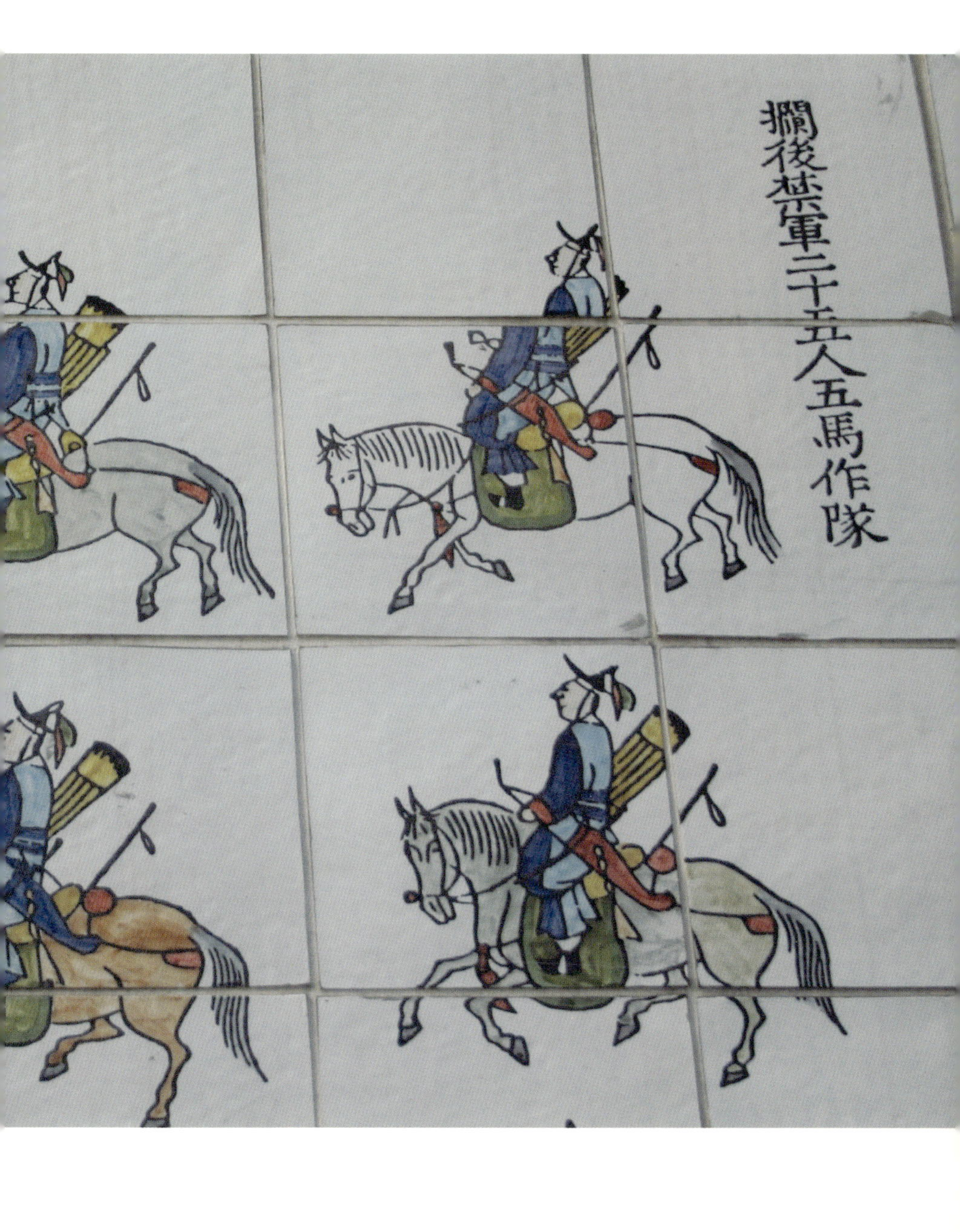

攔後禁軍二十五人五馬作隊

복원의 소멸, 청계천과 동대문 운동장

이 세상의 모든 것들은 서로 영향을 받고 영향을 준다. 사람과 사람은 서로 영향을 주고 받는 사이다. 물론 광장과 사람도 서로 영향을 주고 받는 사이다. 광장은 사람들이 많이 모여들어야 제 맛이다. 사람이 많을수록 공간은 활발해지기 마련이다.

이렇게 사람들이 몰리다 보니 청계천 주변의 공간구조도 자연스레 변하게 되었다. 광장을 주변으로 건물이 변하였으며 먹자골목도 활발해졌다. 대우조선 해양 빌딩의 레스토랑 Café de marine과 SK사옥의 행복 광장은 한 번쯤 가볼만한 장소이다. 나는 Café de marine의 백설공주와 일곱 난장이 인형, 버섯과 배 모양의 조형물을 볼 때마다 동화의 세계로 온 듯한 착각에 빠진다. 한국 화장품의 이미지 월의 색채 이미지에서 음악적 리듬이 파열하는 듯 하다.

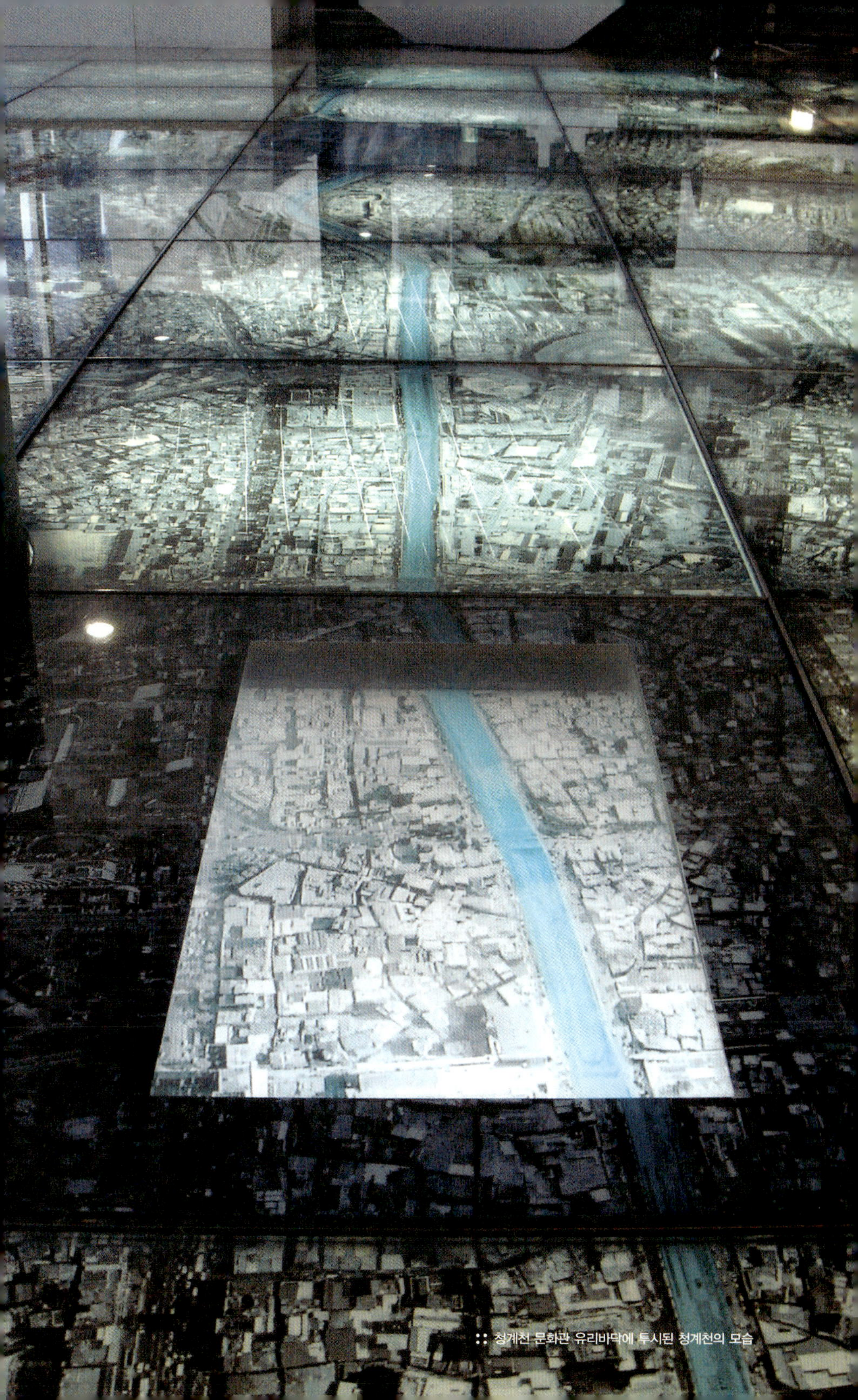

청계천 문화관 유리바닥에 투시된 청계천의 모습

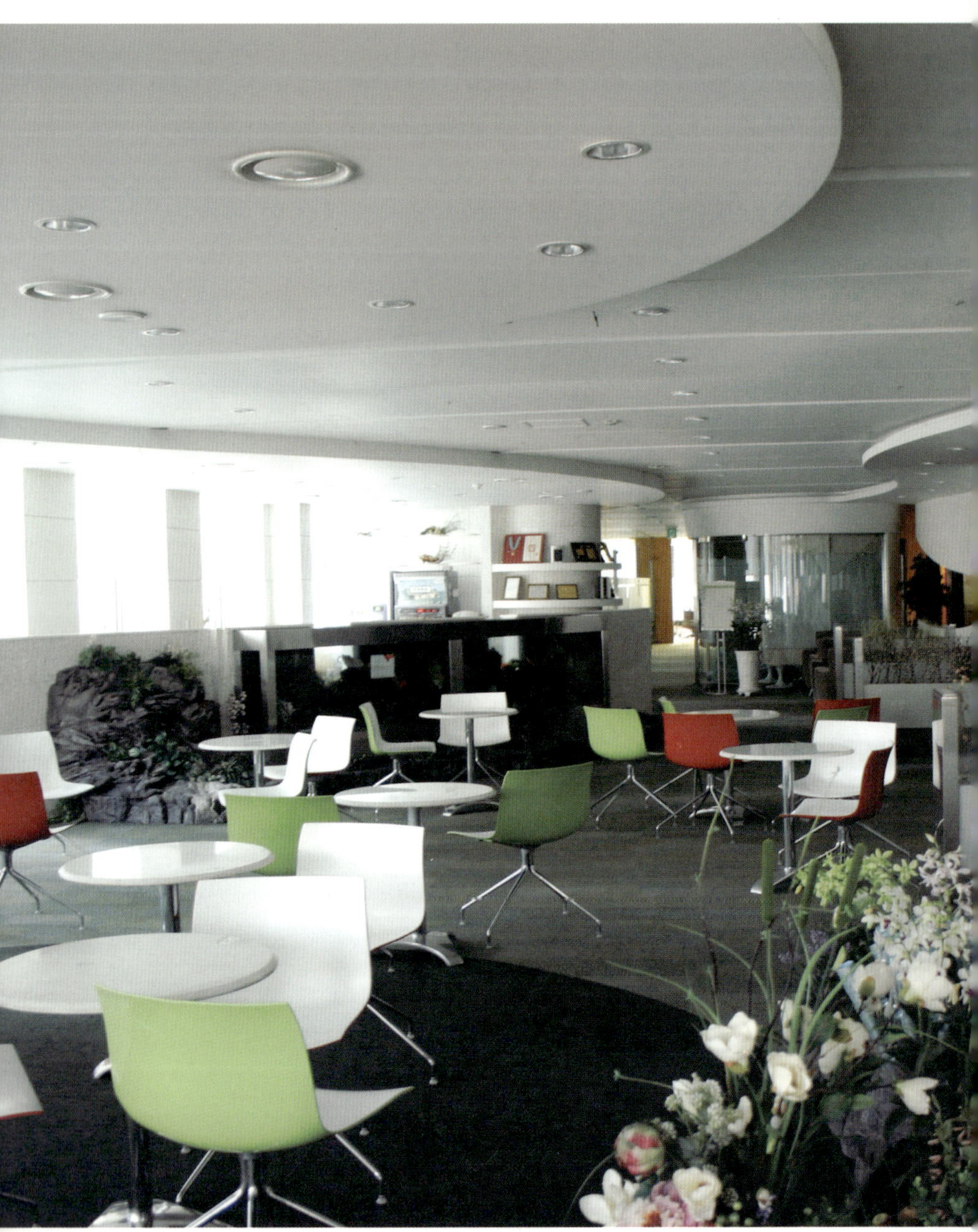

:: SK사옥 행복광장 내부 인테리어

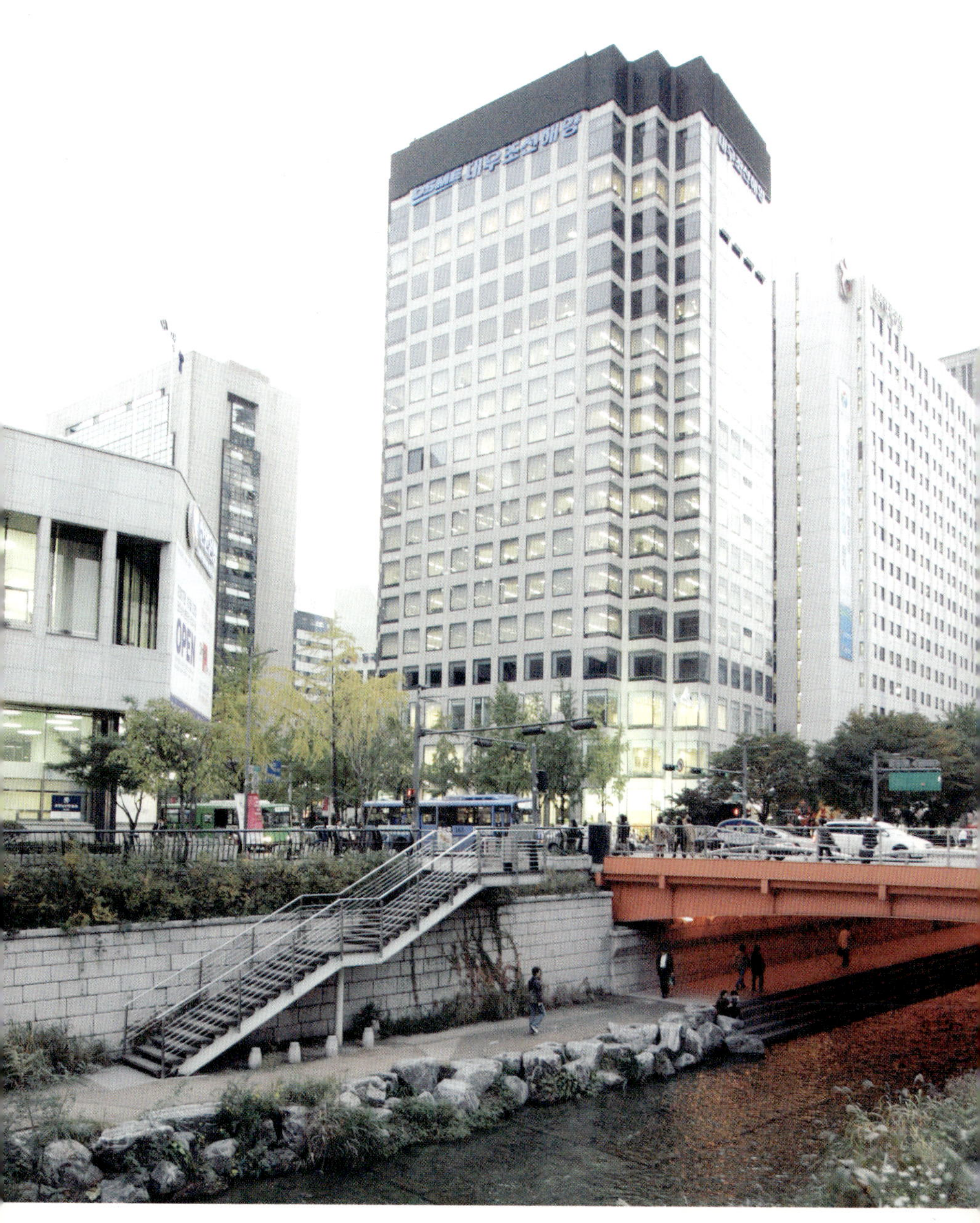

:: 대우조선해양 외관

청계천은 이제 사람들의 이야기를 만들어가는 공간이 되었다. 뭐니 뭐니해도 공간에는 사람들을 모여들게 하고 볼 일이다. 나는 공간은 집객 능력을 가질 때 매력적이라고 생각한다. 그러나 집객 능력은 그냥 생기지는 않는다. 집객 능력은 공간마케팅의 접근을 통해 이루어질 수 있다. 공간 마케팅은 집객 능력을 전제로 하여 사람들을 행복하게 만드는 것을 궁극적인 목표로 한다. 공간마케팅의 관점에서 보았을 때, 청계천 광장은 사람들을 추억의 공간으로 초대하였다는 점에서 성공작이다.

그러나 청계천에 장점만 있고 문제가 없는 것은 아니다. 청계천에서 공간을 찾는 사람들이 먹거리와 볼거리 외에 다양하게 즐길 수 있는 요소를 찾기가 쉽지 않다. 그리고 인공적으로 만든 공간이다 보니 청계천에서 자연스러운 은

:: Cafe de Marine 외부 모습

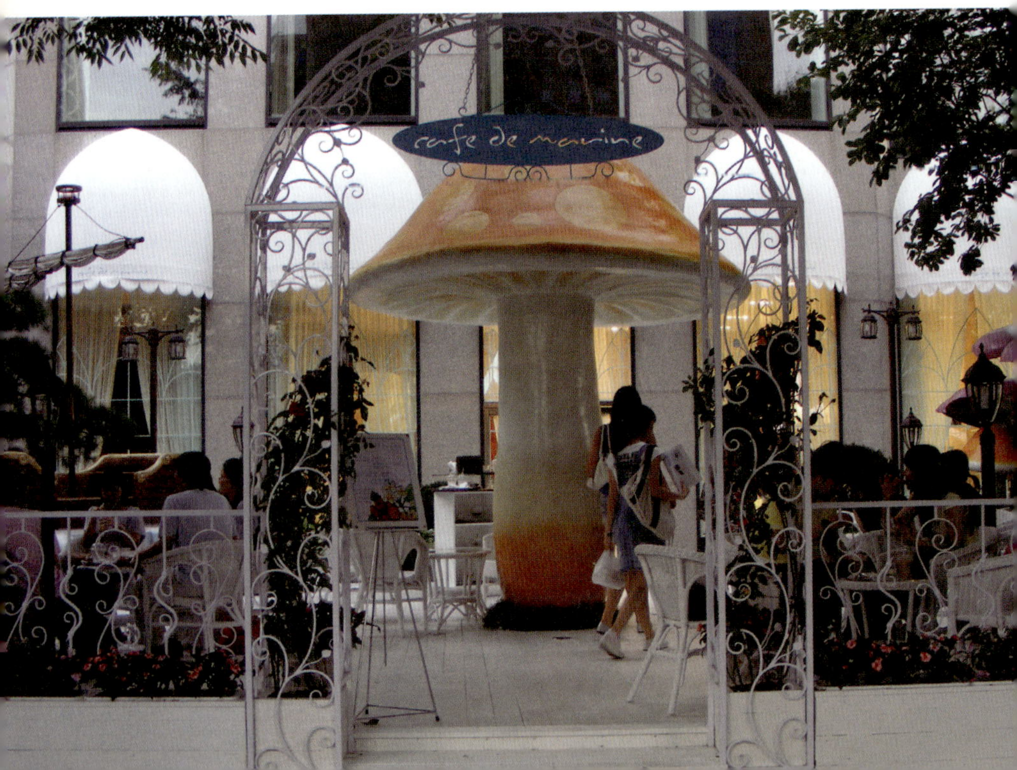

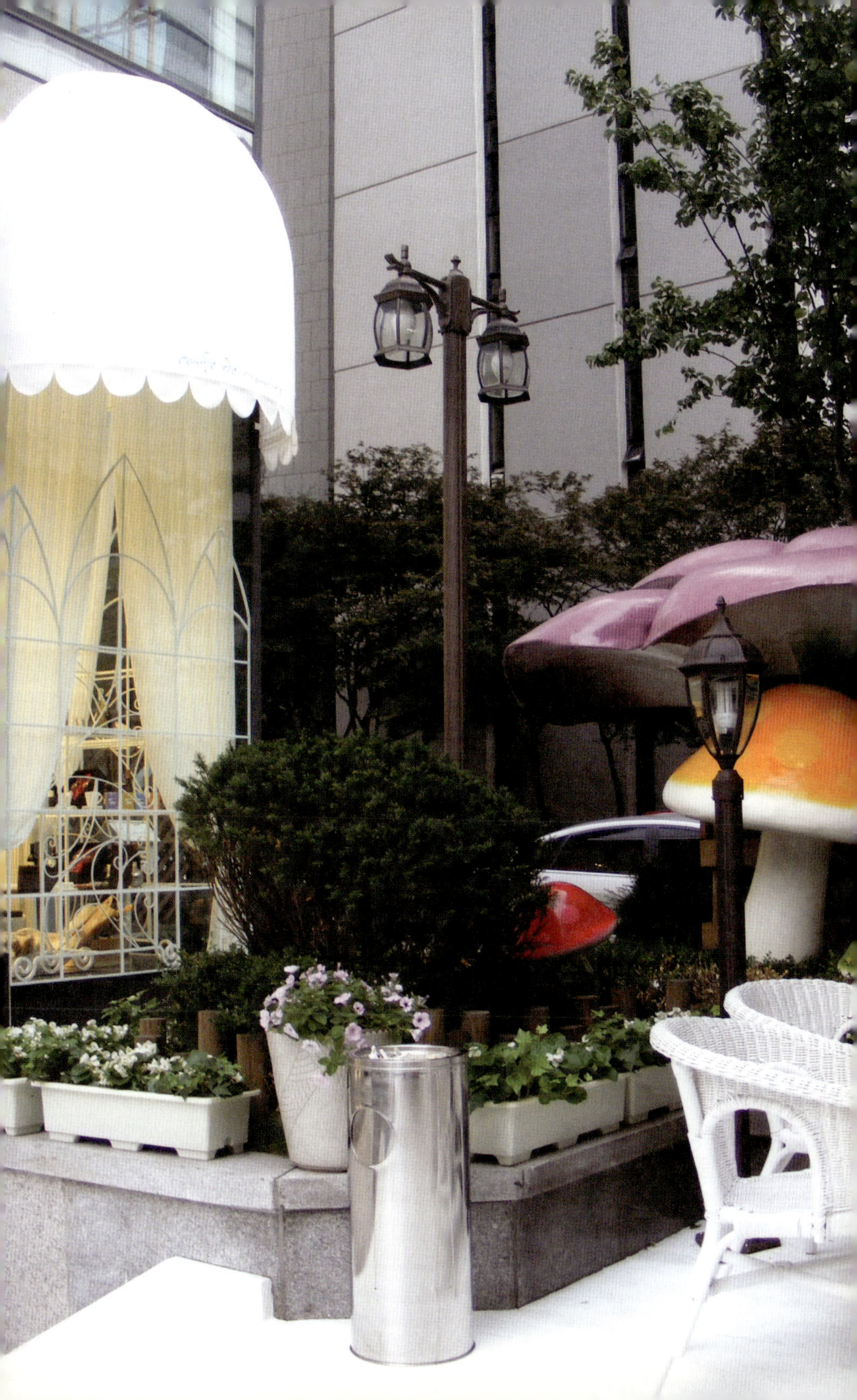

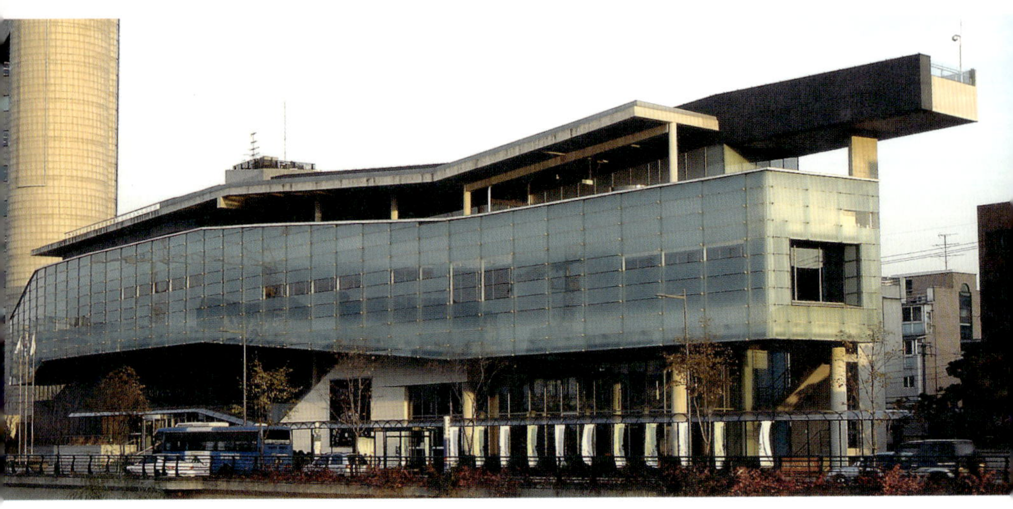

은함을 발견하기란 쉽지가 않다. 이러다 보니 스프링이 위치한 청계천 광장 입구에만 인파가 몰린다. 청계천의 활성화를 위해서는 다양한 체험 요소를 설치하는 것은 필수적일 것이다.

청계천 입구에서 동대문 방향으로 가다 보면 청계천을 소개하는 문화관이 있다. 청계천의 복원과 더불어 문을 연 청계천 문화관은 청계천 복원을 기념하기 위해 세워졌다. 건물 정면의 긴 유리 튜브 형태가 청계천의 물길을 상징한다고 하니 유리 튜브를 한번 더 보게 된다. 청계천 문화관은 지상 4층, 지하 2층의 총 6개 층의 건물이다. 여느 전시관과 마찬가지로 문화관은 상설 전시실과, 기획 전시실, 그리고 교육실과 소강당 등을 포함한다. 상설 전시관은 청계천의 역사적 여정을 주제별로 보여준다. 복원되기 이전의 청계천 모습에서부터 2003년 7월부터 2005년 9월까지 진행되었던 복원공사와, 복원 이후의 도시 모습에는 시간의 흐름이 존재한다. 기획 전시실의 청계천 문화와 관련된 다양한 주제의 전시는 한번쯤 볼 만하다. 그러나 청계천 문화관은 대중들에게 많이 알려져 있지 않다. 바로 접근성 때문이다. 청계천의 끝자락인 청계9가, 보존된 존치 교각을 지나야만 만날 수 있는 이곳은 지리적 특성 때문인지 찾는 사람이 많지 않다. 아직까지 이곳을 모르는 사람들이 많아서일까? 아니면 사람들을 끌어 모을만한 매력이나 재미가 없어서일까? 문화관이 사람들을 모으기 위해서는 펀fun이 있어야 한다. 관객들에게 재미를 주려면 관객의 심리를 잘 알고 있어야 한다. 세상이 바뀌어서 강제적으로 할 수 있는 것이 점차 줄어들고 있다. 현대는 참여의 시대이다. 공간은 관객이 신이 나서 자발적으로 찾아 오게 하는 매력을 갖는 것이 중요하다.

동대문 운동장을 허물고 세워지는 동대문 월드 디자인 콤플렉스도 공간의 흡인력을 생각하며 설계하였을거다. 사람들을 많이 모으기 위해 이 콤플렉스에 도심지 공원과 더불어 컨벤션 센터, 디자인 자원 센터 등이 계획되어 있다.

일제에 의해 1925년 근대 공설운동장으로 건립되어 해방 후 각종 스포츠 행사를 개최하는 중심공간의 역할을 했던 동대문 운동장을 보며 세월의 무상함을 느낀다. 모든 것은 변한다. 변하지 않는 것은 아무것도 없다. 영원한 일등은 없다. 또 영원한 꼴찌도 없다. 현재 내가 주인공이라고 해서 자만해서는 안된다. 이건 동대문 운동장을 보면 바로 알 수 있다. 사람들의 사랑을 한 몸에 받았던 동대문 운동장이지만 이제는 천덕꾸러기의 대접을 받는다. 1984년 잠실 운동장이 등장하면서 대표 종합 운동장이라는 지위를 잃은 걸 조금이라도 생각해 보면 우리가 얼마나 부질 없는 것에 일희일비하는지를 깨닫게 된다. 축구 경기장으로서의 생명도 다하고 풍물시장과 임시 주차장으로 사용되던 것 마저 할 수 없게 된 동대문 운동장은 우리들 앞에서 사라지는 운명을 맞게 되었다.

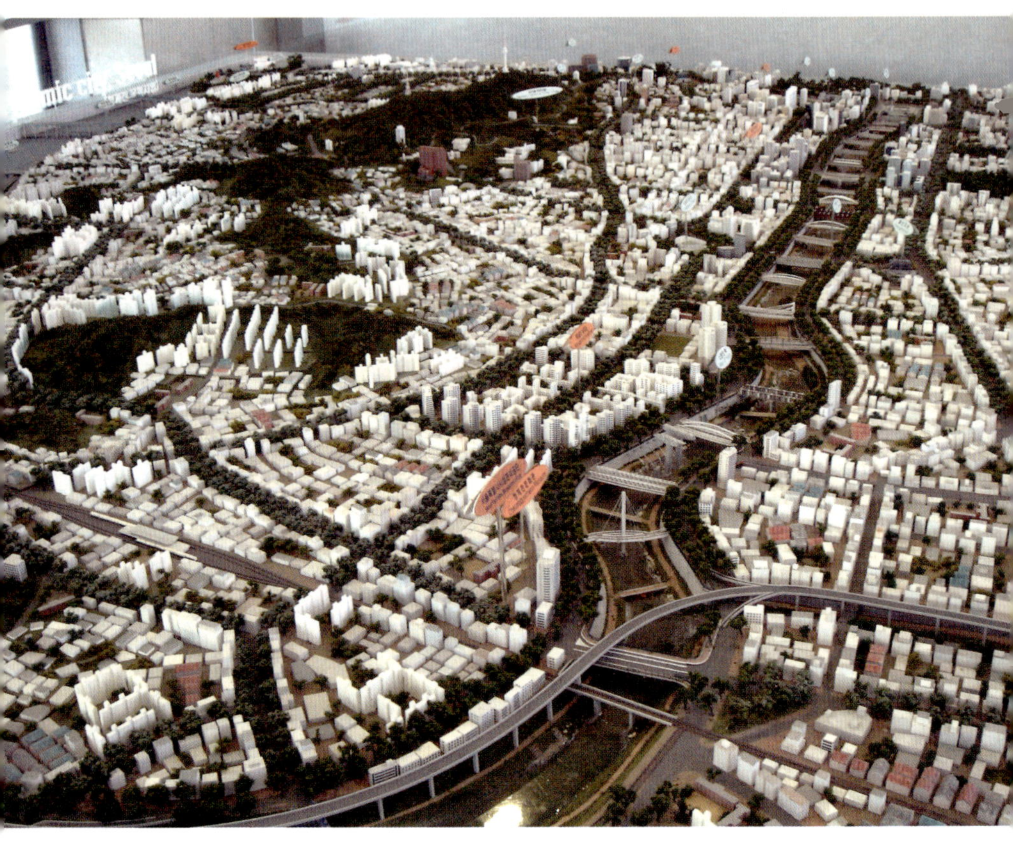

:: 청계천의 전체 모형도

이러한 사정을 아는지 모르는지 동대문 주변은 여전히 역동적이다. 하긴, 가까운 사람을 저 세상으로 떠나 보내고도 계속 살아가는 것이 사람인데 이것을 이해할 수 없는 것도 아니다. 동대문 운동장 주변은 밤이면 많은 사람들이 몰려들어 밤새 사고 팔고 마시는 광경을 연출한다. 얼마 후면 이런 광경도

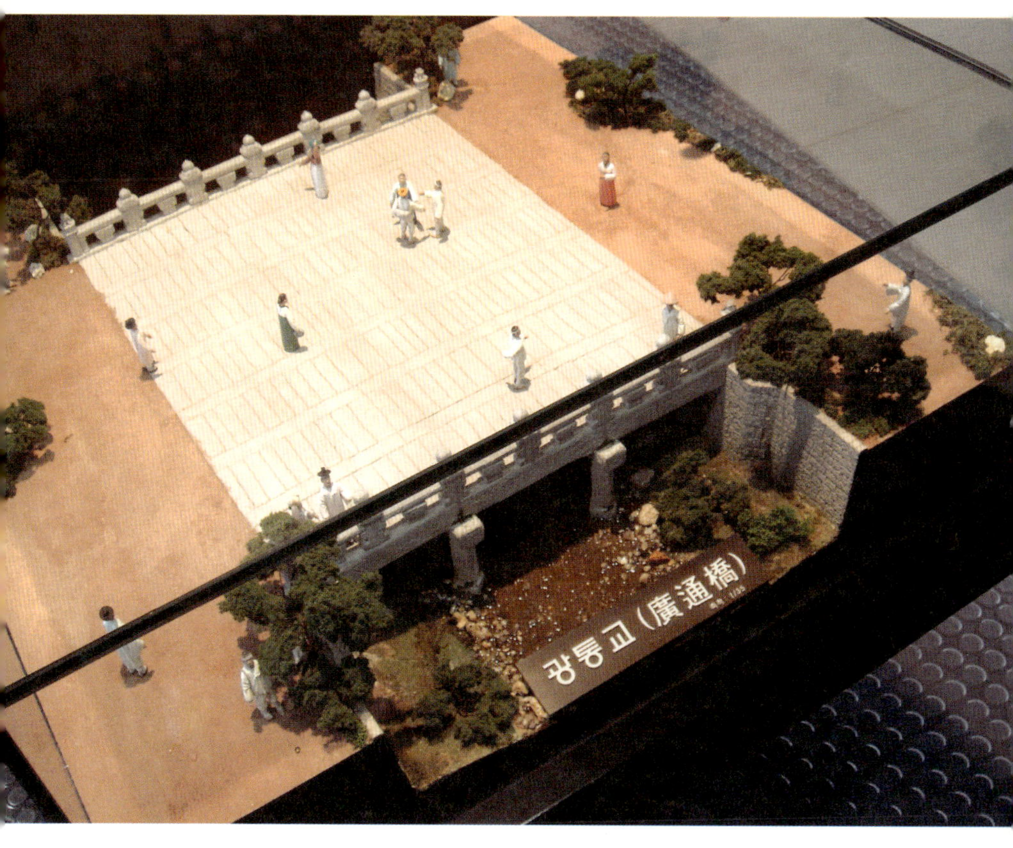

:: 광통교의 옛 모습 모형

사라질 것이다. 일본이 만든 건물이라고 해서 건물을 꼭 없애야만 하는 걸까? 건물을 없앤다고 한들 지나간 역사를 지울 수 있을까? 동대문 운동장의 흔적을 남길 수는 없는 걸까?

모든 것이 소멸된다는 말은 슬프다. 그러나 어찌 보면 슬픔이 있기에 즐거움이 있는 것 아니겠는가. 죽음이 있기 때문에 생명이 있고, 시작이 있기 때문에 끝이 있다. 소멸의 아픔이 있기 때문에 그것을 극복하려는 의지가 있다. 동대문을 소멸시키고 새로운 것을 창조하려는 시도가 동대문 디자인 플라자 사업이다. 동대문 디자인 플라자는 세계적인 건축가인 자하 하디드Zaha Hadid 의 안으로 지어지게 된다.

2004년 여성으로서는 최초로 '프리츠커 상Pritzker Prize'을 수상한 이라크 출신의 영국 건축가 자하 하디드는 영국 런던의 명문 건축 학교인 AA스쿨 Architecture Association School을 졸업한 후 렘 쿨하스가 있는 OMA Office of Metropolitan Architecture에서 경력을 쌓았다. 그녀는 개인적인 조사 및 연구 작

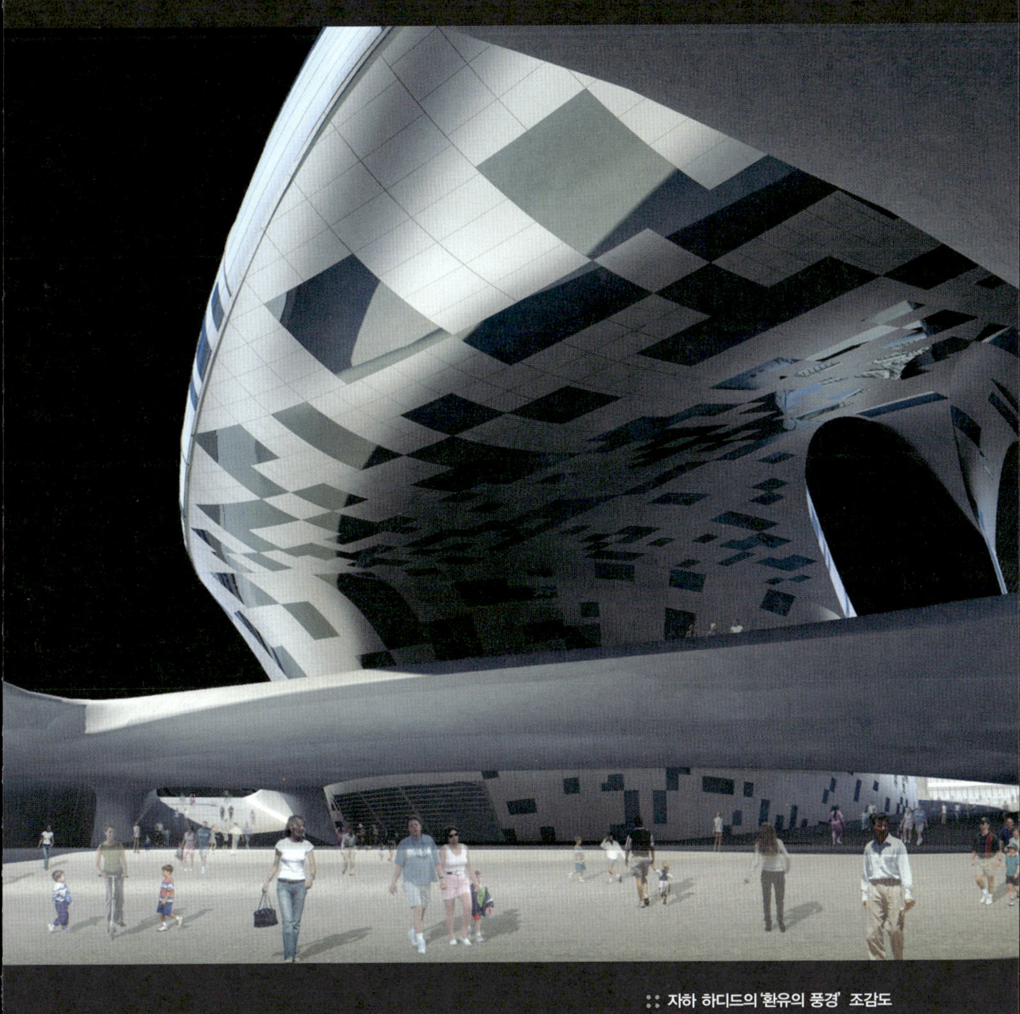

:: 자하 하디드의 '환유의 풍경' 조감도

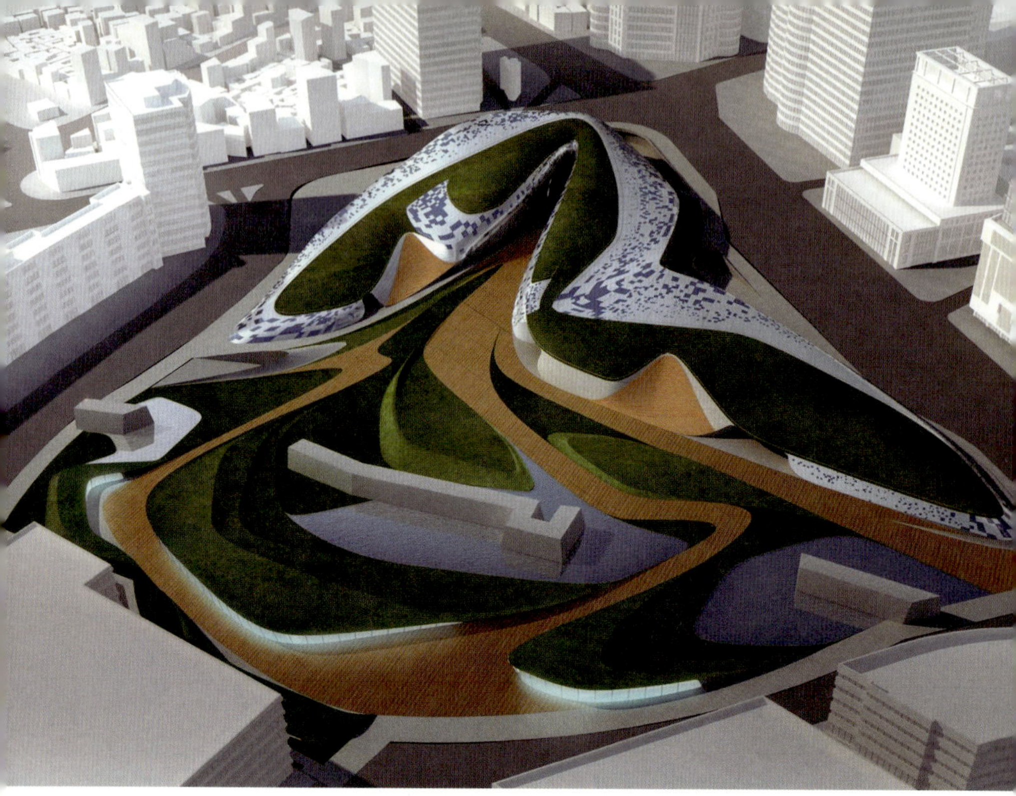

업을 통해 작품에 상당한 아이디어를 반영하는 작품 경향을 보인다. 하디드는 한 가지 아이디어로 설명할 수 없는 형식상의 레파토리가 존재하지 않는 스타일을 추구한다. 그녀의 대표적인 프로젝트로는 독일 바일 암 라인의 비트라 소방서, 미국 신시내티의 로젠탈 현대 미술 센터, 독일 라이프치히의 BMW 빌딩 등이 있다.

동대문에 지어질 자하 하디드의 작품 역시 사람들의 생각을 자극하는 건물로 디자인 되었다. 그녀는 건축은 사람들이 생각할 수 없는 것을 생각하게 만들어야 한다고 말한다. 그녀의 작품은 그 동안의 직선적인 형태를 탈피하여 곡선의 유동적인 형태를 띠며 시대의 에너지를 분출한다.

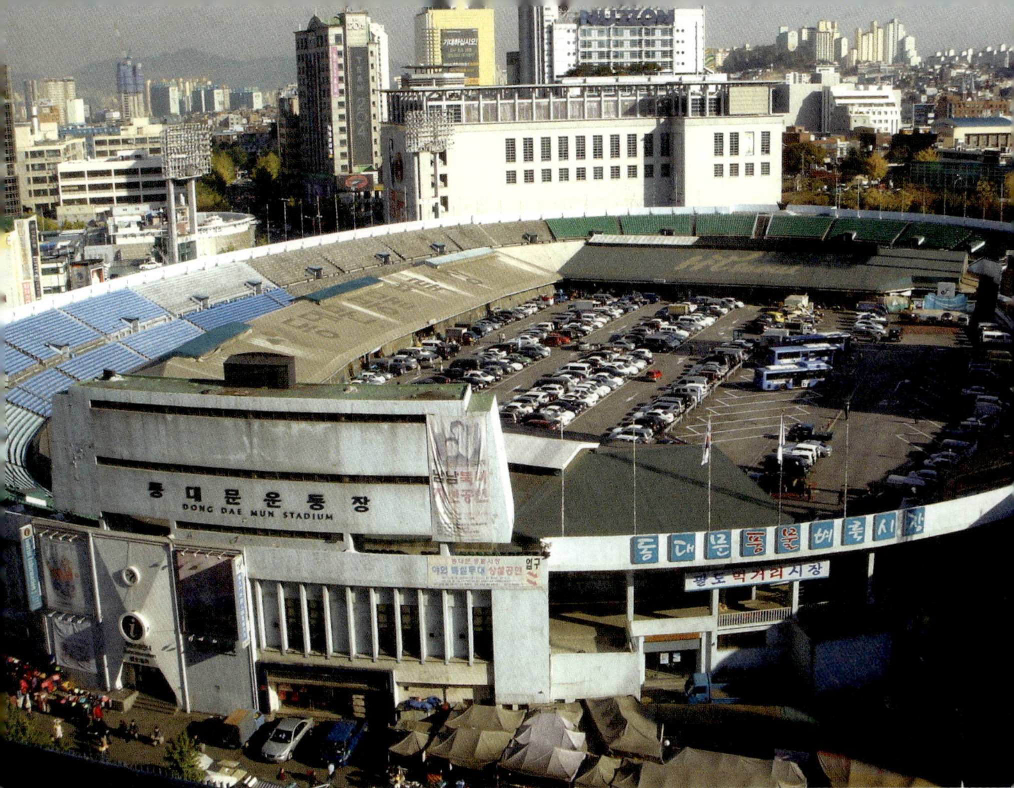

:: 동대문 운동장 전경

이 세상에 완전한 직선은 존재하지 않는다. 직선이라는 것은 우리의 관념 속에 존재할 뿐이다. 그래서 직선은 이질적이며, 인간적이지 않다. 보통 어떤 정신을 부각시키고자 할 때 직선의 이미지가 조금 더 강한 자극의 역할을 한다. 그러나 우리는 곡선의 자연스러움에서 친숙함을 발견한다. 인공적으로 만들었으되 자연적을 닮게 하려는 인간적 욕심은 언제나 있기 마련이다.

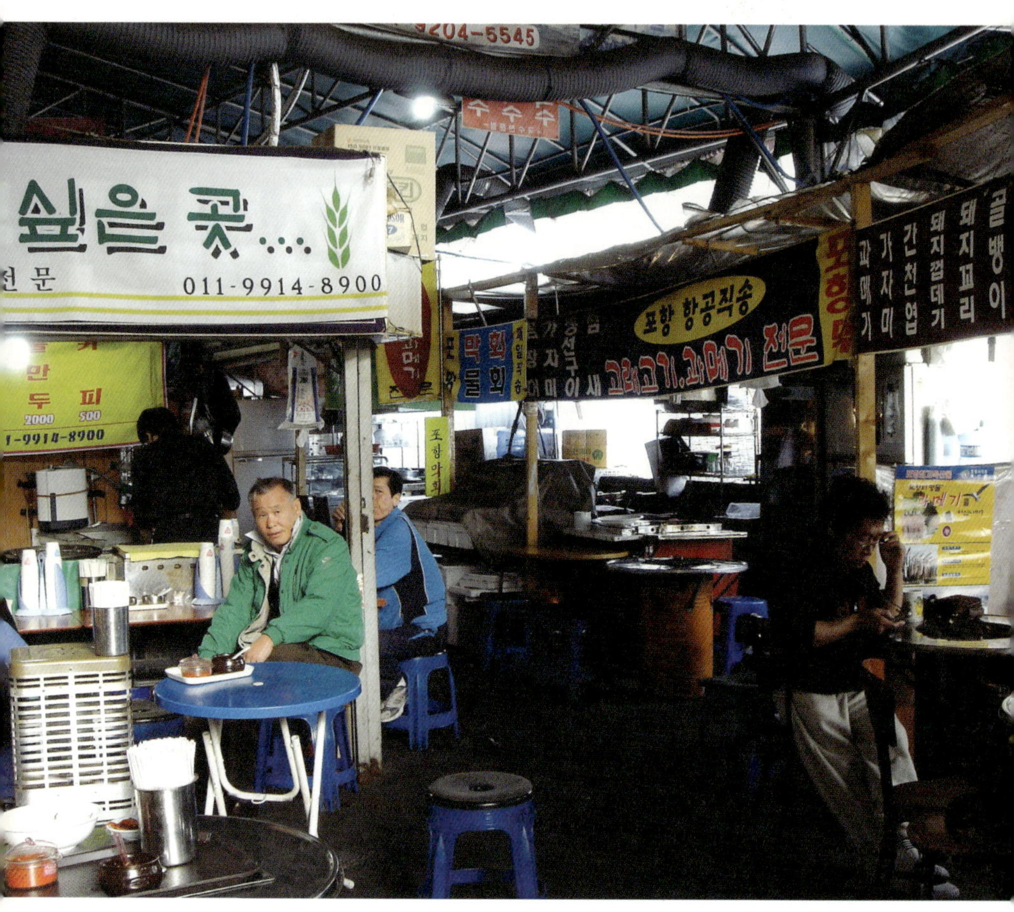

:: 동대문 운동장 내 풍물시장의 먹거리 장터

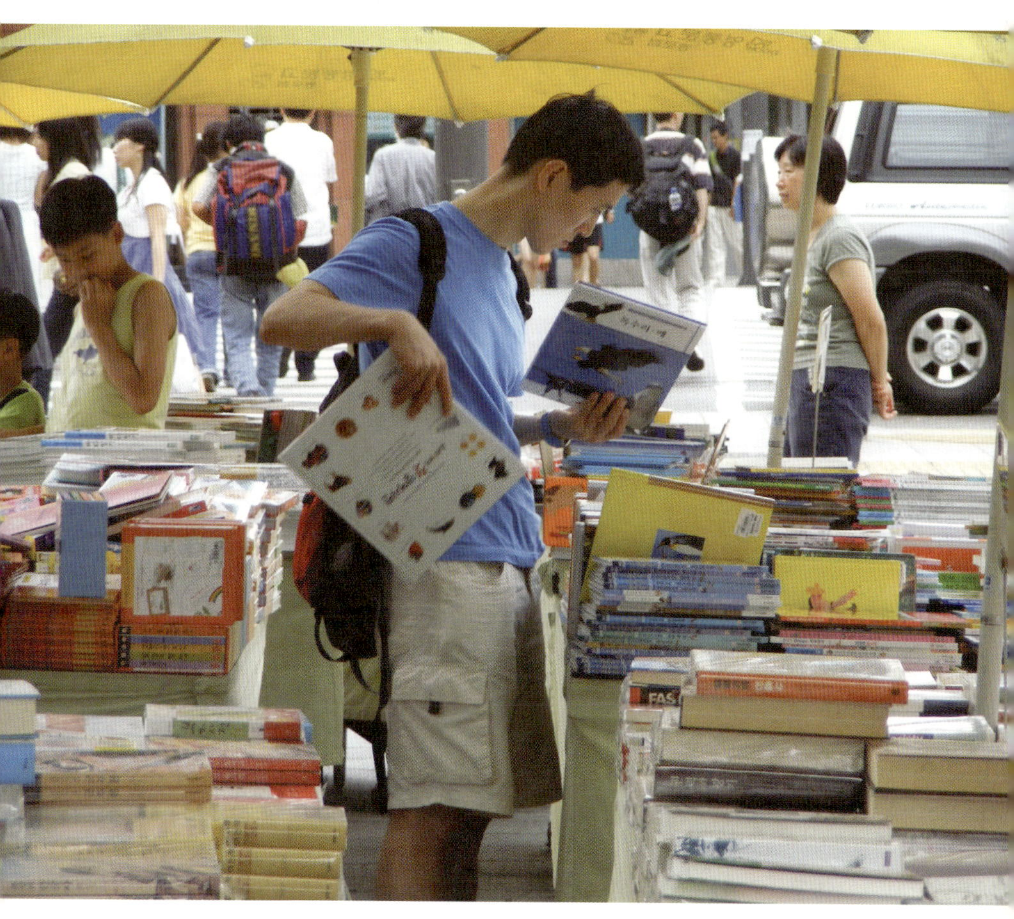

:: 청계천 주변의 책을 구경하는 사람

청계천 존치교각

종로 주변 거리를 걷다 보면 삼일빌딩 건너편 한화빌딩 앞에 시선을 끄는 조형물이 있다. 바로 베를린 장벽이다. 독일에나 있어야 할 베를린 장벽이 서울에 있다니 무슨 말인가? 그러나 실제로 독일을 둘로 나누었던 분단의 상징인 베를린 장벽이 서울에 있다. 이 장벽이 아무런 이야기를 갖고 있지 않다면 우리들에게 의미가 있는 장벽은 아닐 것이다. 베를린 장벽은 분단의 아픔을 상징하는 역사를 담고 있기에 그 존재 의미가 있다. 우리나라는 분단의 설움을 안고 있는 국가이다. 베를린 장벽이 붕괴되면서 우리나라는 세계 유일한 분단국가라는 이름을 갖게 되었다.

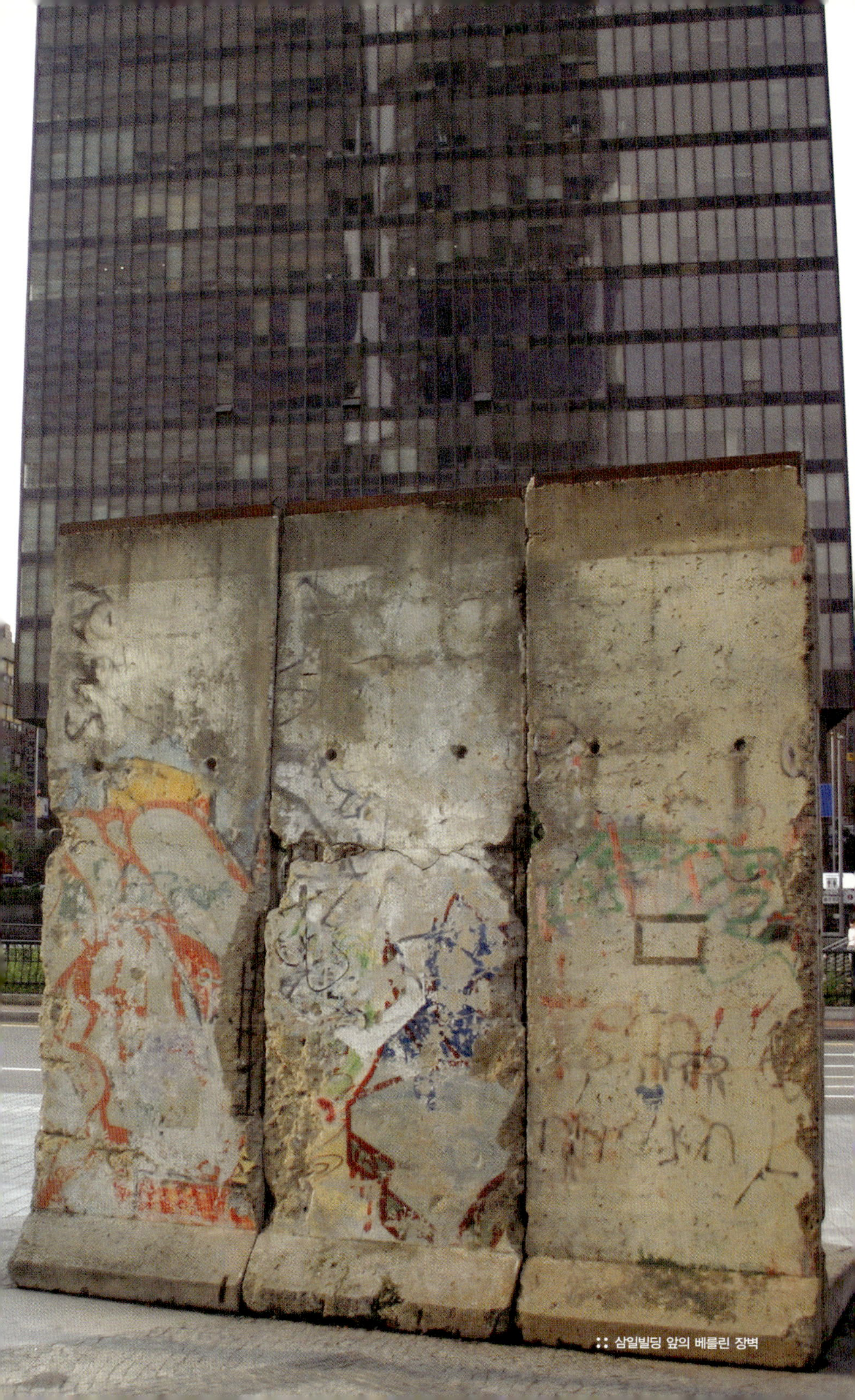

:: 삼일빌딩 앞의 베를린 장벽

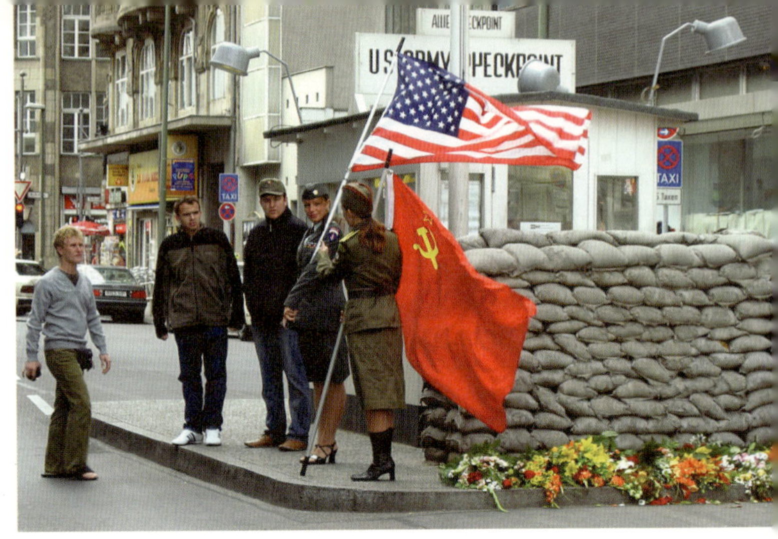

:: 동서독의 분기점, 체크 포인트 찰리

서울에서 머나 먼 이국 땅의 역사적 아픔을 접하는 것도 찡한 느낌을 갖게 되지만, 실제 독일 베를린의 베를린 장벽에서 느끼는 아픔의 회환은 더 많이 생생하다. 전쟁으로 고통 받으며 죽어간 사람들이 머리에 떠오른다. 지나간 역사는 현재를 살아가는 사람들을 위한 교과서이다. 그래서 독일사람들은 그 역사적 아픔을 사람들에게 기억시키기 위해 베를린 장벽을 여러 조각으로 나누어 베를린 거리 곳곳에 놓았다. 그 중의 일부가 서울에 온 것일까?

현대의 독일인들은 미래로 향하는 현대에 살면서도, 거리 곳곳에서 과거를 만난다. 오랜 세월의 풍상을 거친 구조물을 대한다는 것은 과거로의 시간여행과 같다. 그런 시간여행을 통해 그들은 과거의 아픔과 상처를 기억한다. 잘못된 역사를 다시 되풀이하면 안 된다는 것을 마음 속 깊이 새긴다. 이런 관점에서 볼 때 아픔은 희망과 통한다. 누가 강요하지 않아도 역사와, 과거를 만나며 우리는 교훈을 얻고 이야기 속에 빠져든다.

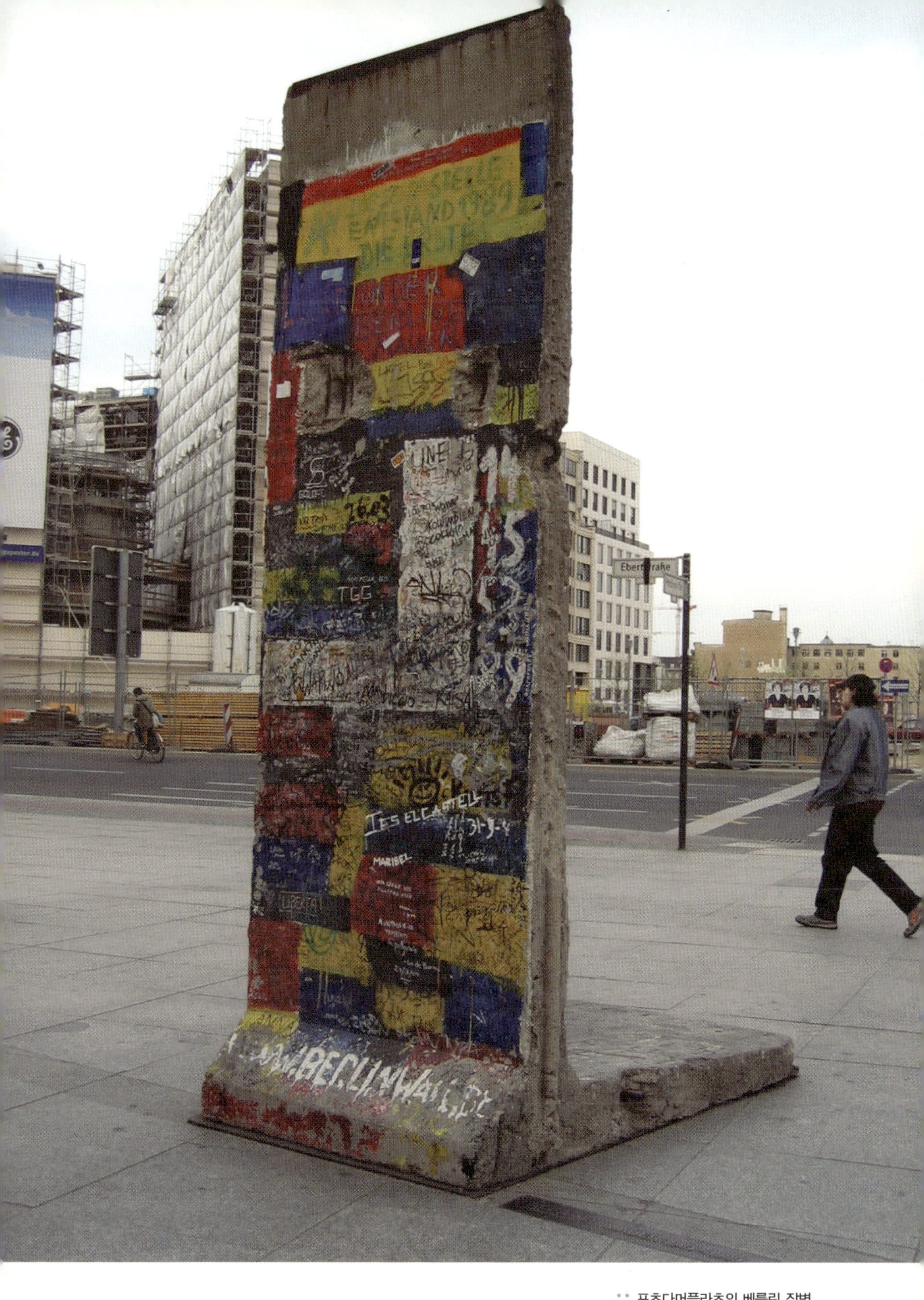

:: 포츠다머플라츠의 베를린 장벽

HAUS AM CHECKPOINT CHARLIE
DIE LETZTE KREMLFAHNE
THE LAST KREMLIN FLAG
D-EDDG
HAUS AM CHECKPOINT CHARLIE
HAUS AM CHECKPOINT CHARL

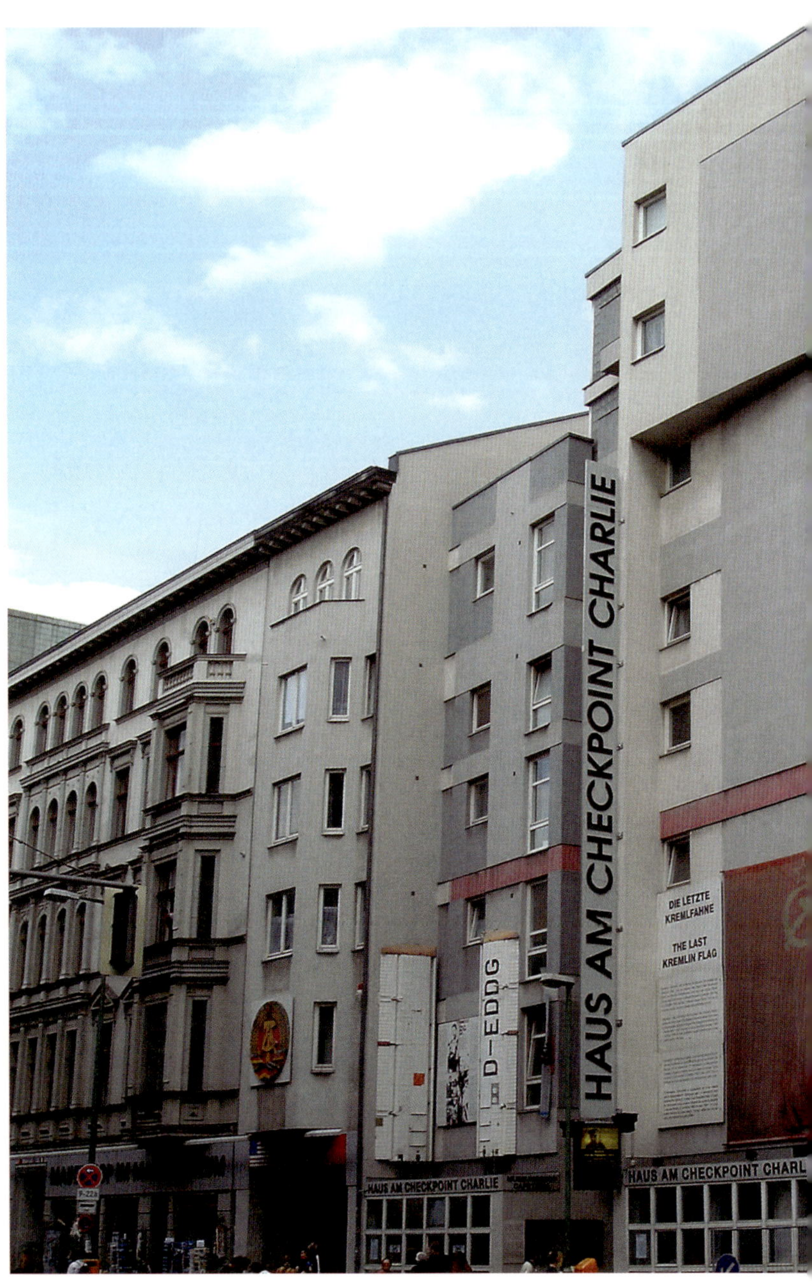

:: 체크포인트 찰리 박물관

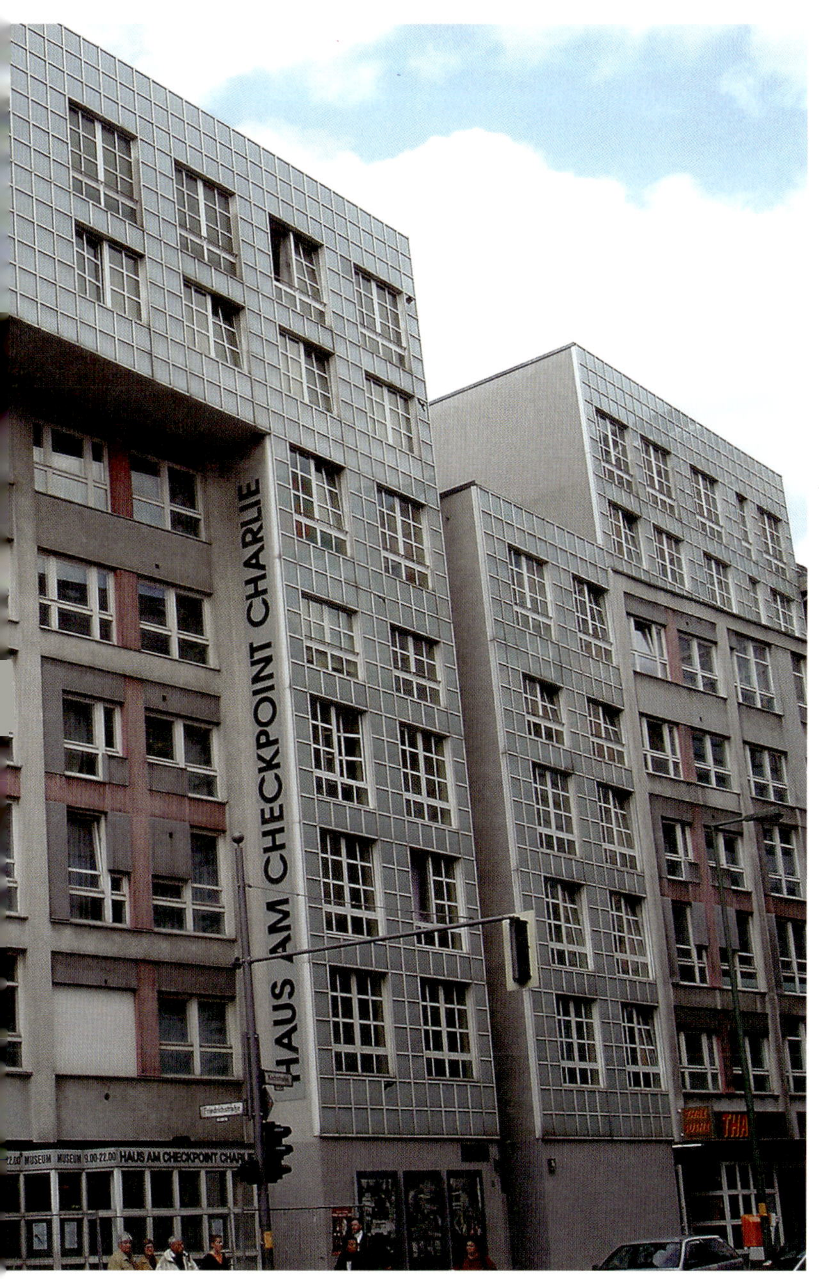

HAUS AM CHECKPOINT CHARLIE
Friedrichstraße
MUSEUM 9.00-22.00   HAUS AM CHECKPOINT CHARLIE
THA

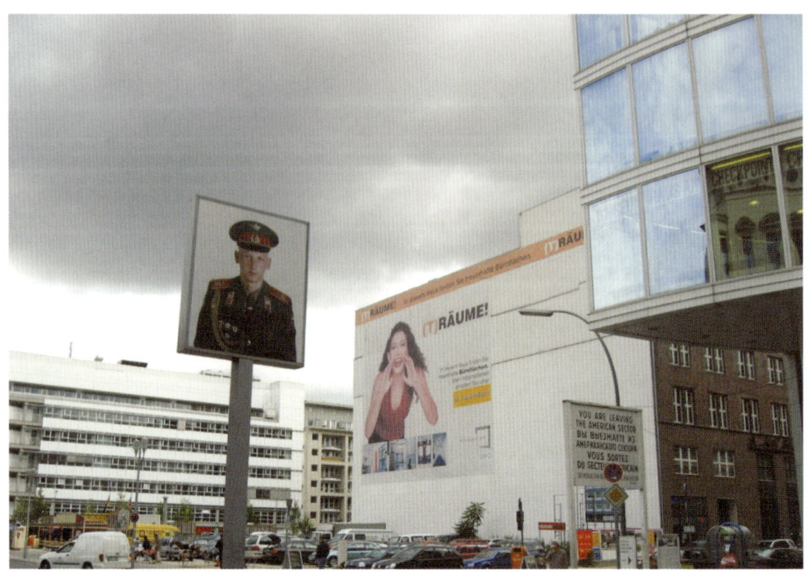

:: 체크포인트 찰리 앞 풍경

정확하게 어떤 연유에서 베를린 장벽이 서울 한 복판에 있는지는 몰라도 우리들이 독일인들처럼 전쟁의 고통을 기억하고 통일을 염원하라는 마음을 갖도록 하기 위해 누군가 갖다 놓은 모양이다. 서울에 놓인 베를린 장벽을 직접 본다는 것은 그 자체로 의미가 깊다. 말로만 듣던 역사의 흔적을 마주볼 수 있으니 어찌 아무 느낌이 없겠는가?

베를린 장벽은 '아픈 역사를 기억하라고, 더 이상 슬픈 전쟁의 역사를 반복해서는 안 된다'고 말한다. 사람들이 그 교훈을 얼마나 심각하게 받아들이고 있는지는 모르겠지만, 사람들은 베를린 장벽을 만져보기도 하고 그 앞에서 사진을 찍기도 한다. 베를린 장벽은 사람들과 대화하려고 한다. 베를린 장벽이 남겨진 바닥에 그려진 선은 역사의 뒤안길로 사라진 베를린 장벽을 상징한다. 소멸되었으나 흔적을 남겼기에 우리는 베를린 장벽에 관심을 쏟는다. 의

도적이던 그렇지 않던간에 베를린 장벽은 역사 마케팅의 역할을 한다. 그래서 사람들은 모여들고 삶의 에너지를 보충받는다.

독일의 베를린에는 베를린 장벽만 있는 게 아니다. 동서독의 분기점을 상징하는 체크포인트 찰리Checkpoint Charlie가 있다. 체크포인트 찰리는 분단시절 동서 베를린을 넘나들던 사람들의 신분을 확인하던 검문소였다. 사람들은 그 앞에서 사진을 찍으며 독일의 옛 과거를 회상한다. 체크포인트 찰리 박물관 Museum Haus am Checkpoint Charlie에는 베를린 장벽이 설치된 후 동베를린을 탈출하려는 수많은 사람들의 사진과 이들이 사용한 도구들이 전시되어 있다.

염세주의 철학자였던 쇼펜하우어Schopenhauer는 '인간 현존의 최대 행복은 장애의 극복이다' 라고 말했다. 여기에서 장애는 바로 콤플렉스, 고난, 또는 역경을 의미한다. 이집트는 비만 오면 범람하는 나일강을 극복하기 위해 수학과 기하학을 발전시켰다. 어찌 보면 살아가는 것 자체가 자기 자신, 또는 삶의 역경을 극복하는 끊임없는 과정이다. 그 중에서 시간은 인간이 극복은 할 수 없는 한계이다. 그것은 순리로서 받아들여야만 될 숙명이다. 숙명을 받아들여야만 우리가 행복해질 수 있다. 그러나 옛 것을 접할 때 우리는 시간을 극복했다는 느낌을 받는다. 그런 느낌을 갖기 위해 본능적으로 우리는 흔적을 원한다. 흔적을 원할 뿐만 아니라 흔적을 남기고 싶어한다.

이런 베를린 장벽처럼 우리들도 청계천 존치 교각을 남겼다. 베를린 장벽에 비해 존치 교각이 세계사적 역사와 관련이 없더라도 우리들에게 존치 교각은 베를린 장벽보다 더 소중하다. 좋은 공간은 사람들의 이야기를 담고 있다. 이야기가 있는 공간은 우리들이 추구해야 할 미래공간이다. 존치교각은 우리가 살아온 이야기를 후세의 사람들에게까지도 전할 것이다.

그 동안 우리들은 경제 논리 속에서 사람과의 관계를 그렇게 중요하게 생각하지 않았다. 또 일부 건축가들은 그 공간 속에서 살아가는 사람들보다는 자기 자신의 건축 철학이나 작품을 더 중요하게 생각했던 일부 건축가들도 있었다.

허상의 명품건축은 건물의 사용자를 배려하지 않고 형태적 작품성만을 고집한다. 이 얼마나 편협한 생각인가. 공간은 하나의 매개체에 불과하다. 바로 사람과 사람을 연결해 주는 매개체이다. 또한 사람들의 생각에 영향을 미치는 매개체이기도 하다. 앞으로 우리들은 청계천의 존치교각처럼 이야기가 담겨있는 도시 건축물을 만들어야 한다. 그래서 우리가 만든 흔적으로 미래의 사람들과 교감할 수 있게 될 것이다. 흔적을 남기려는 인간적 욕망은 사람으로서 포기하기 어려운 욕망이다. 왜냐하면 그것은 너무나 사람다운 것이니까.

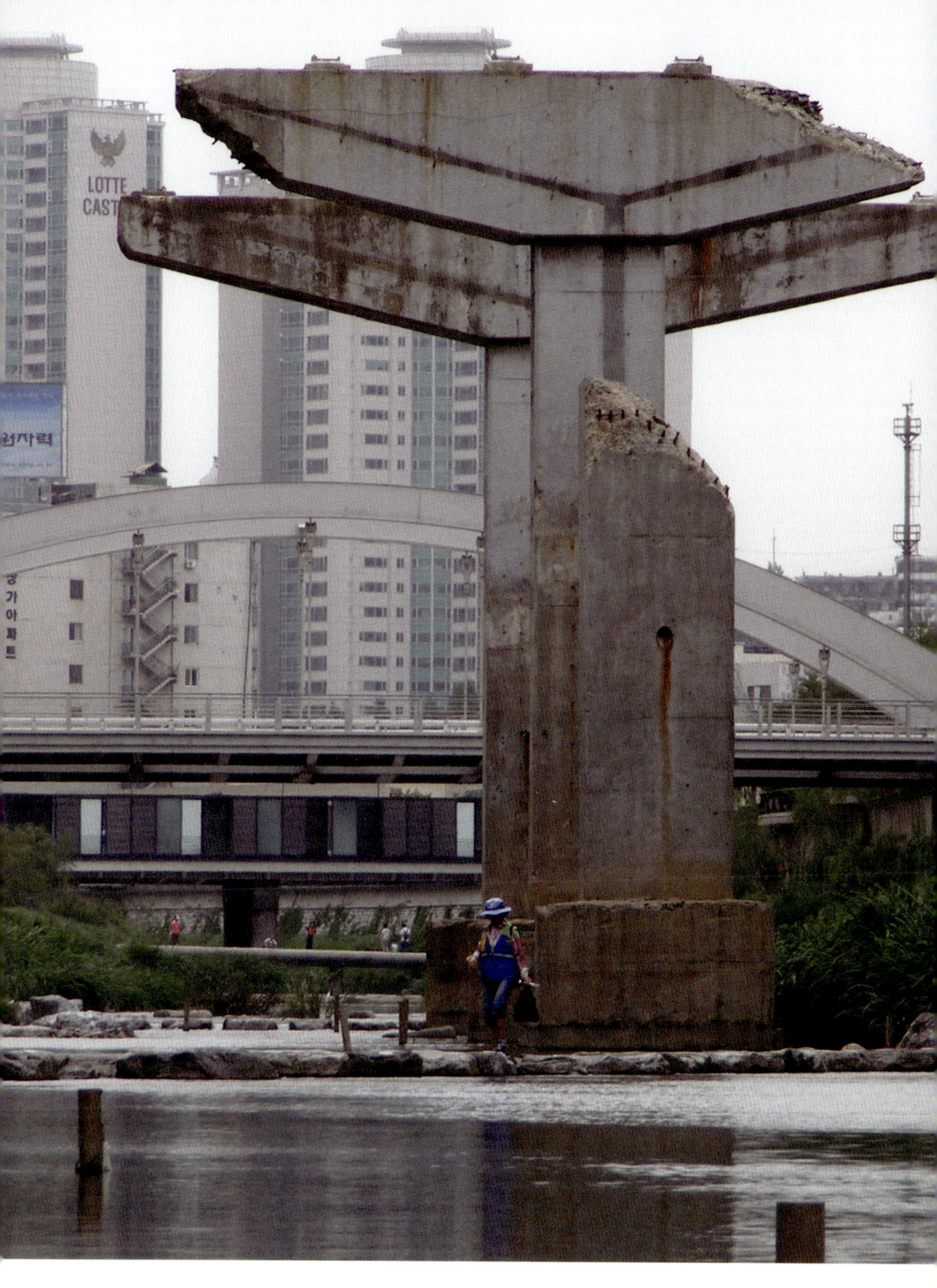

:: 청계천 존치교각

오래된 미래 2084년

그간의 우리나라의 흐름을 살펴보면, 대한민국이라는 이름을 세계적으로 알릴만한 역사적 사건이 많지 않았다. 조지 오웰의 '1984년'도, 베수비오 화산의 폭발로 폼페이라는 도시가 사라진 사실도, 타이타닉의 침몰도 모두 역사적인 사건이다. 역사적 사건은 사람들의 관심을 모으기에 충분하다. 그러나 우리나라는 세계사의 역사 속에서 큰 획을 차지하는 대사건을 많이 만들지는 못했다. 그래서 그 동안 세계인들의 이목도 우리들에게 많이 집중하지 않았다. 관심을 모은다는 점에서는 우리는 역사적 사건을 일으켜야 한다. 그러나 쥬비된 자만이 역사적 사건을 일으킬 수 있다. 현재의 생각에서 다른 생각으로 이동할 수 있는 용기를 가진 사람이 많지가 않다. 새로운 것을 시작하는 모든 사람들은 용기 있는 사람이다. 용기 있는 사람을 위해서 우리는 많은 격려를 아끼지 않아야 할 것이다. 격려라는 말에는 사람의 심장을 준다는 의미가 담겨있다. 그 동안의 관념을 깬 새로운 시도 중 하나가 분명 청계천에 복원이다. 신화는 없다에 적힌 "사람들은 나를 신화의 주인공이라고 말한다, 그러나 신화는 신화를 밖에서 보는 사람들에게만 신화일 뿐이다. 그 안에 있는 사람에게 그것은 겹겹의 위기와 안팎의 도전으로 둘러싸인 냉혹한 현실이다. 나는 나를 가로막던 위기와 도전 앞에서 우회하지 않고 정면에서 돌파했다"라는 생각이 있었기에 청계천의 복원은 가능하였다. 청계천의 복원은 사람들의 생각을 이동시기에 충분한 계기를 마련했다. 조지 오웰에게 '1984년'이 미래였듯이 '2084년'는 2005년 청계천 복원의 미래이다. 더 풍부하고 다양한 문화를 만들어나가는 기회를 만들기 위해 모두가 노력하는 모습, 특히 대한민국의 수도로서 서울이 세계적인 도시로 거듭나기 위해서는 모두가 따뜻한 박수로 격려해 주는 성숙한 민주주의의 풍토가 있어야 한다. 2084년 대한민국은 모든 세계인이 주목하는 국가로 변해있을 것이다.

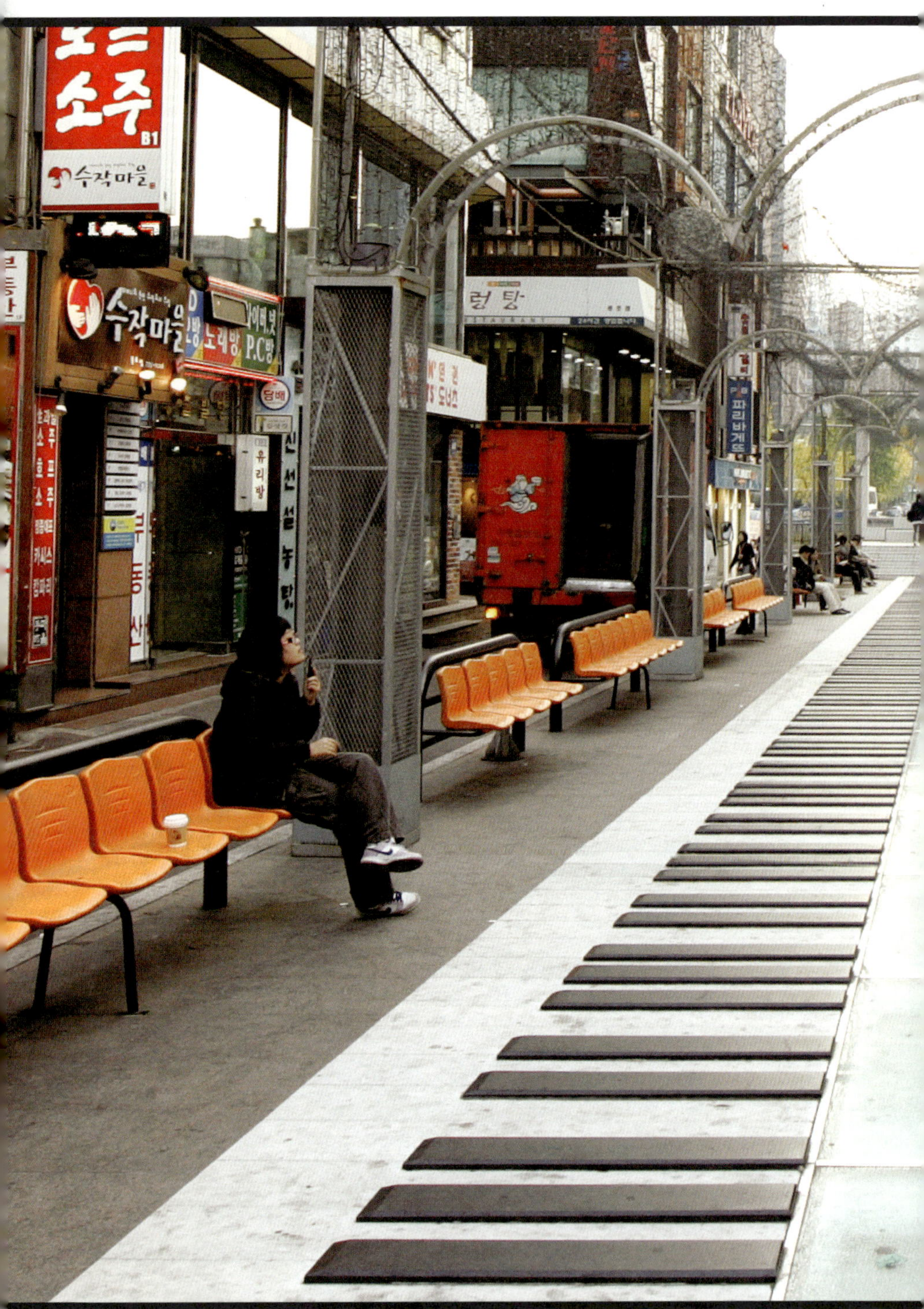
소주
B1
수작마을
수작마을
노래방
P.C방
당배
유리방
신선설농탕
럼 탕

근대화의 기억, 종로거리

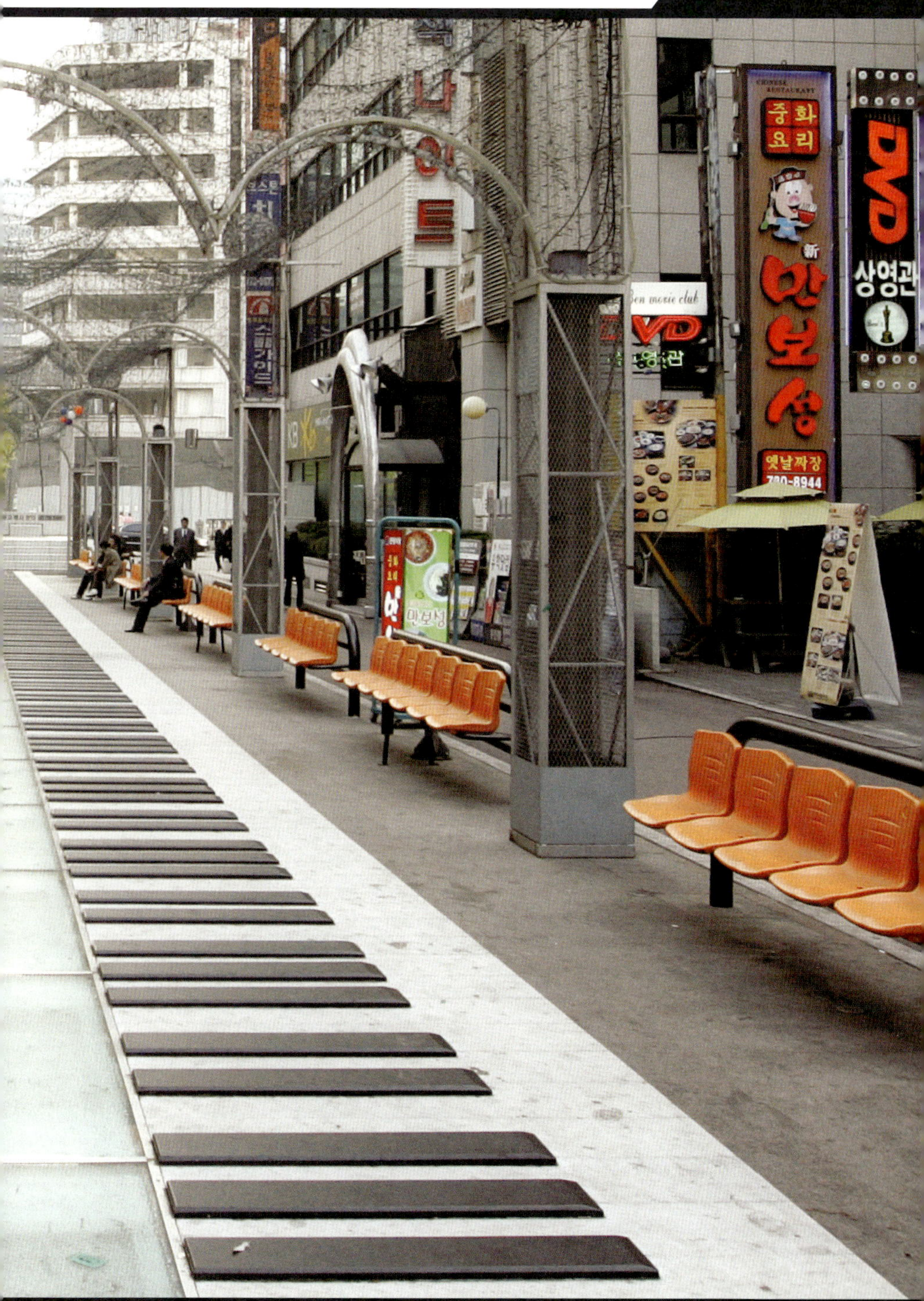

"오늘은 또 누가, 누구를 찾아

헤매다가, 아무도 없는 것을

알고, 홀로 돌아 오며 몇 번씩

저 거리에서, 미끌어지고 있는가.

내일은 또 누가, 믿지도 않는

세상으로 무엇을 얻으로 떠나가선.

그 열 곱절이나, 피를 흘린 뒤에.

스스로. 거리의 어둠이 되어, 쓰러지고 있는가.

그리하여 또 누가, 생각이라도

한 것인가. 서로의 개죽음들을 노을만

차갑게 비웃을 때. 이거리에.

우리는 같이, 빛처럼 살아 남을 수

있다는 것을."

– 장영수 '거리'

청계천 존치교각 보다는 우리의 삶의 이야기나 흔적을 더욱 많이 경험할 수 있는 종로거리는 왠지 포근하다. 종로거리에는 삼일빌딩과 종로타워가 있다. 특히 삼일빌딩은 근대화의 상징적 건물이었다. 종로타워는 화신백화점이 있었던 자리에 세워진 건물이다. 시간의 단층을 확인할 수 있는 곳, 종로는 그 나름의 맛을 아직 간직하고 있다. 대학입시학원이 몰려있었던 종로는 어학학원가로 유명하다.

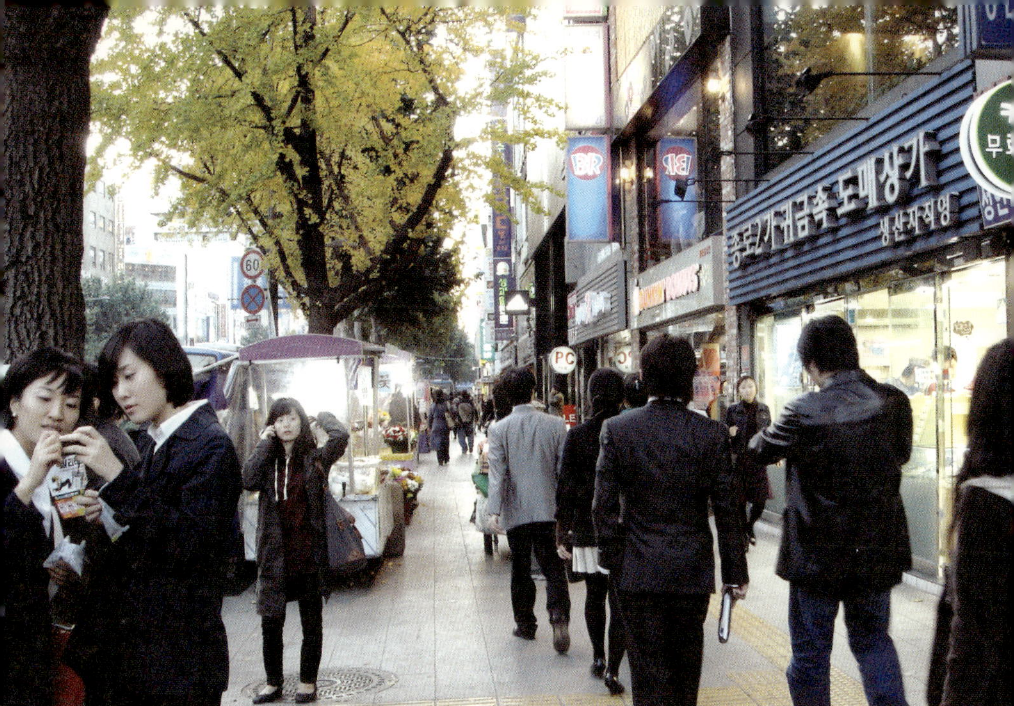

:: 종로거리 풍경

서대문에서 동대문까지 가로지르는 종로거리는 조선시대 최고의 중심도로였다. 그만큼 서울의 다른 거리에 비해 역사가 긴 거리이다. 강남이 새로운 거리라는 특징을 갖는다면, 종로거리는 그런 새로움 대신 옛것이라는 그윽함이 있다. 옛 것의 그윽함은 삶의 진한 향기가 있어 좋은 것이다. 종로거리에는 새 건물이나 고층빌딩이 많지 않아 사람들의 시선을 끄는 신선함이 덜하지만, 친숙해서 편안하다.

지금은 강남이 서울의 번화가로 자리잡고 있지만, 종로는 강남이 생기기 훨씬 오래 전부터 서울의 핵심지로서 다른 지역의 모델이 되었던 동네였다. 한때 종로는 학원가가 밀집해 있어 대학 입시를 준비하기 위해 수험생들이 많이 모였던 곳이다. 또한 명동과 함께 젊은이들의 거리 문화를 이끌어 가던 곳이었기도 하다. 또한 영화관이 밀집해 있어 영화를 보려는 젊은이들로 장사

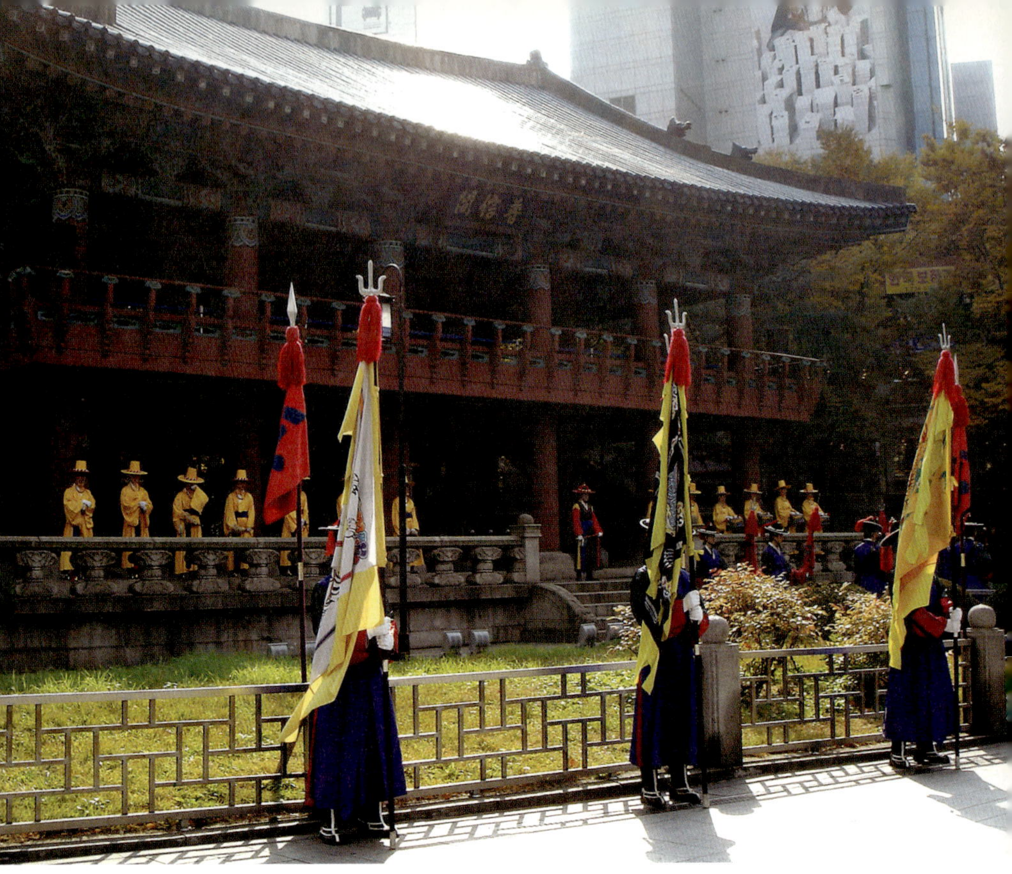

진을 이루었던 곳이기도 하다. 바로 50~60대의 우리 어머니 아버지들의 향수가 진하게 어려 있는 곳이 바로 종로이다. 그러니 서울의 일번지로서 중요한 위치를 차지하던 종로는 이제는 그 영광의 자리를 강남에 물려준 듯 하다. 그러나 종로거리에는 강남에서는 느낄 수 없는 그 무엇이 있다.

경제로 대표되는 강남에는 종로와 같은 특색 있는 분위기와 맛이 없다. 물론 종로도 이제 상업화가 많이 이루어져 옛 모습을 많이 사라지긴 했지만, 종로거리에는 여전히 옛날의 흔적이 남아있다. 종로 1가에는 책을 좋아하는 샐러리맨으로 가득 차 있고, 2가에는 레스토랑과 술집이 많아서 젊은이들의 열기

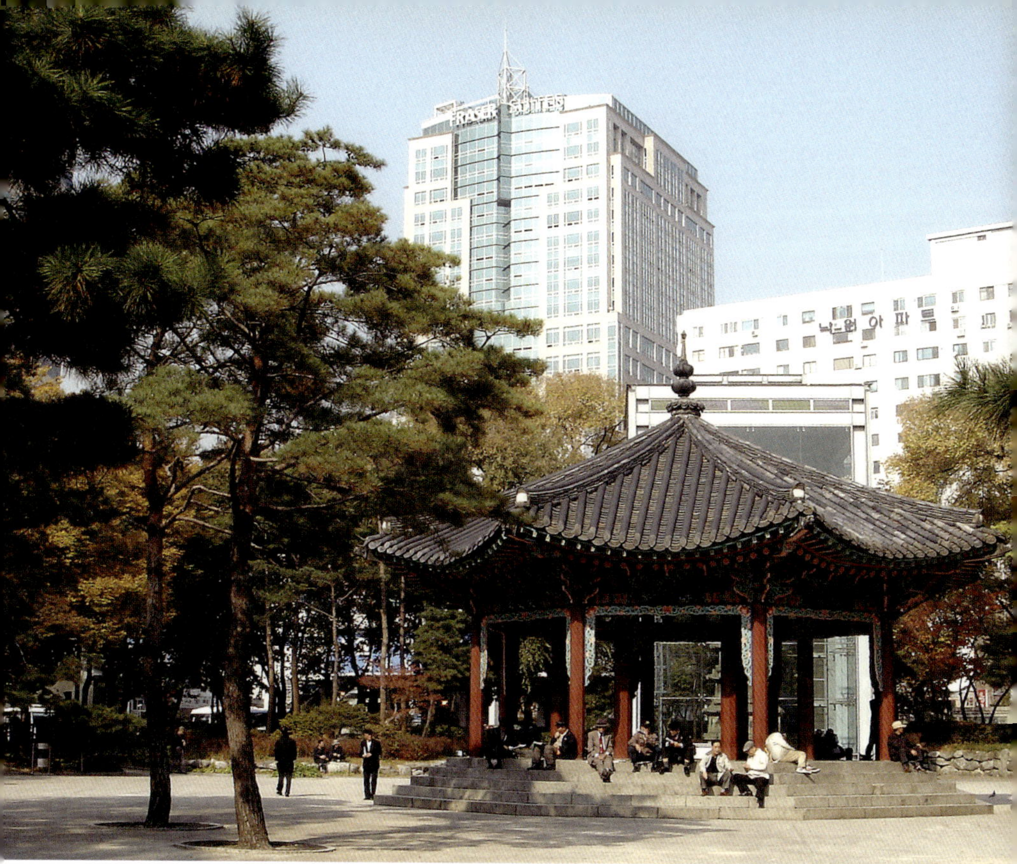

:: 탑골공원

가 여전히 존재한다. 종로 3가의 탑골 공원에서 자신들의 건재함을 과시하는 할머니와 할아버지들의 휴식처를 발견한다. 매년 연말이면 종각에서 우리들은 타종 체험을 경험한다. 종로 거리를 걷다가 피곤함을 느낄 때 종각 뒤 피아노 거리에서 쉴 수가 있다.

이렇듯 강남이 아무리 경제적 파워를 내세워 서울 1번지를 차지했다 하더라도 종로는 종로 나름의 잠재력을 여전히 갖고 있다. 종로 거리에서 우리는 역사적 흔적을 곳곳에서 발견한다. 한국 근대화의 대표로 상징되는 삼일빌딩과 현대건축의 아이콘인 종로타워는 종로거리의 랜드마크적 건물이다.

삼일빌딩

하늘 높이 오르고자 하는 인간의 욕망은 어디에서 비롯된 것일까? 구약성경 창세기 11장에 나오는 구절에는 하늘 높이 오르려는 인간의 욕구와 바벨탑에 관한 이야기가 있다. 바벨탑은 구약성서의 창세기 11장에 전해지는 이야기로, 동일한 언어를 사용하던 인류의 비극을 주제로 하고 있다. 한 가지 말을 쓰던 인류는 스스로 교만하고 강해져 자신의 이름을 내고 서로 흩어짐을 방지하기 위하여 도시를 세우고 그 중심에 꼭대기가 하늘에 닿을 탑을 세우기 시작하였다. 이에 하나님은 인간의 반역이 단일 언어에서 비롯되었음을 알게 된다. 결국 인간은 서로 다른 언어를 사용하게 되어 의사 소통을 원활하게 할 수 없게 되었다. 그 결과, 바벨탑 역사는 중단되었다. 이렇듯 하늘에 보다 가깝게 가려는 인간의 욕구는 신에 가까이 가려는 욕망을 표현한 것이기도 하거니와 이 세상에서 가장 최고가 되려는 욕망을 표출한 것이기도 하다.

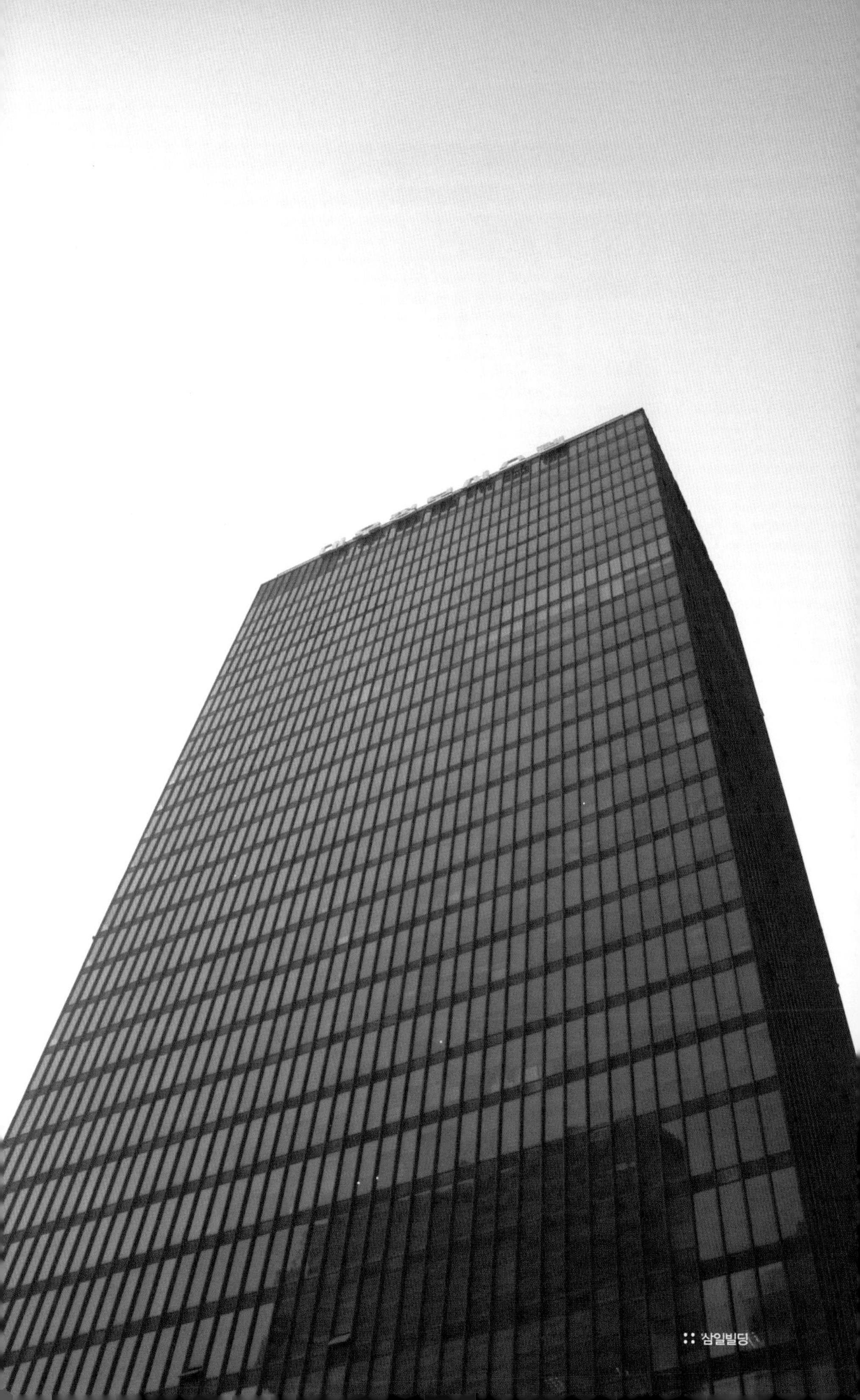
삼일빌딩
삼일빌딩

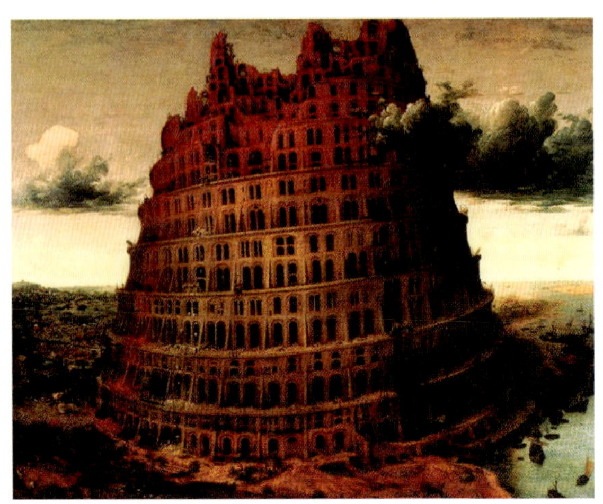

최고의 자리에는 세상의 풍경들이 한 눈에 모두 들어온다. 초고층 빌딩의 꼭대기 층에 서 밑을 내려다 보면 이 세상에서 가장 신분이 높은 사람이 된 것 같은 기분 좋은 착각을 하게 된다.

왜 세계의 많은 사람들이 앞다투어 초고층 빌딩건축을 건축하려는 걸까?

현재 세계에서 가장 높은 건물은 대만에 있는 타이페이 '101 금융센터' 이다. 하지만 2009년이면 두바이에 있는 '버즈 두바이' 에 최고의 자리를 내놓아야 한다. 이 버즈 두바이는 무려 162층에 808m의 높이로, 우리나라 63빌딩의 3배에 이른다. 어린 시절 100미터 달리기에 숨이 차 헉헉거리던 길이의 8배에 달하는 상당히 높은 빌딩. 콘크리트와 철골로 된 808m 높이의 건물은 일등이 되려는 인간적 욕망의 표상이다.

과거에는 10층만 넘어도 높은 빌딩이었다. 하물며 31층의 건물이라면 그 당시 사람들이 그 건물을 얼마나 높은 건물이라고 생각했을까. 삼일빌딩의 등장은 그 당시를 살았던 서울 사람들의 관심을 끌기에 충분했다. 주변의 건물보다 훨씬 더 높은 건물이 세워졌으니 그 건물을 모르는 사람이 어디 있겠는가. 그래서 삼일빌딩은 그 당시 서울 시민들의 기억 속에 아직도 살아남아 있다.

시대가 아무리 지나도 처음으로 했다는 것은 오래 기억되기 마련이다. 요즘은 삼일빌딩에 시선을 두는 사람들이 예전 만큼 많지는 않지만, 당시 프랑스르 꼬르뷔지에Le Corbusier의 수제자라고 하는 김중업씨가 서울에서 처음으로 세워진 최고 높이의 빌딩은 한때 대한민국의 대표 건물이었다.

겉에서 보면 그저 60년대 스타일로만 느껴지는 평범한 건물이지만 그 내부를 들어가 보면 그 생각은 바뀌게 된다. 주변 건물의 최신식 설비가 아닌 1960년대의 엘리베이터를 볼 수 있으며, 그 이름도 LG의 옛 이름 'Goldstar'이다. "전자제품"으로 'Goldstar'를 최고로 인정하던 그 시절, 삼일빌딩은 최신식의 세련된 고급빌딩이었다.

7,80년대의 옛날로 돌아가 시간을 갖고 싶다면 삼일빌딩의 하이마트Heimatort 뷔페를 이용해 보라. 뷔페 안 북쪽으로 청와대, 남쪽으로 남산타워가 있다. 또 동대문 시장과 청계천을 걸어가는 사람들도 볼 수 있다. 세련된 인테리어는 아니지만 옛날의 느낌이 있어 친숙하고 편하다. 삼일빌딩에도 베를린 장벽이나 청계천의 존치교각과 같은 옛날의 흔적이 있다.

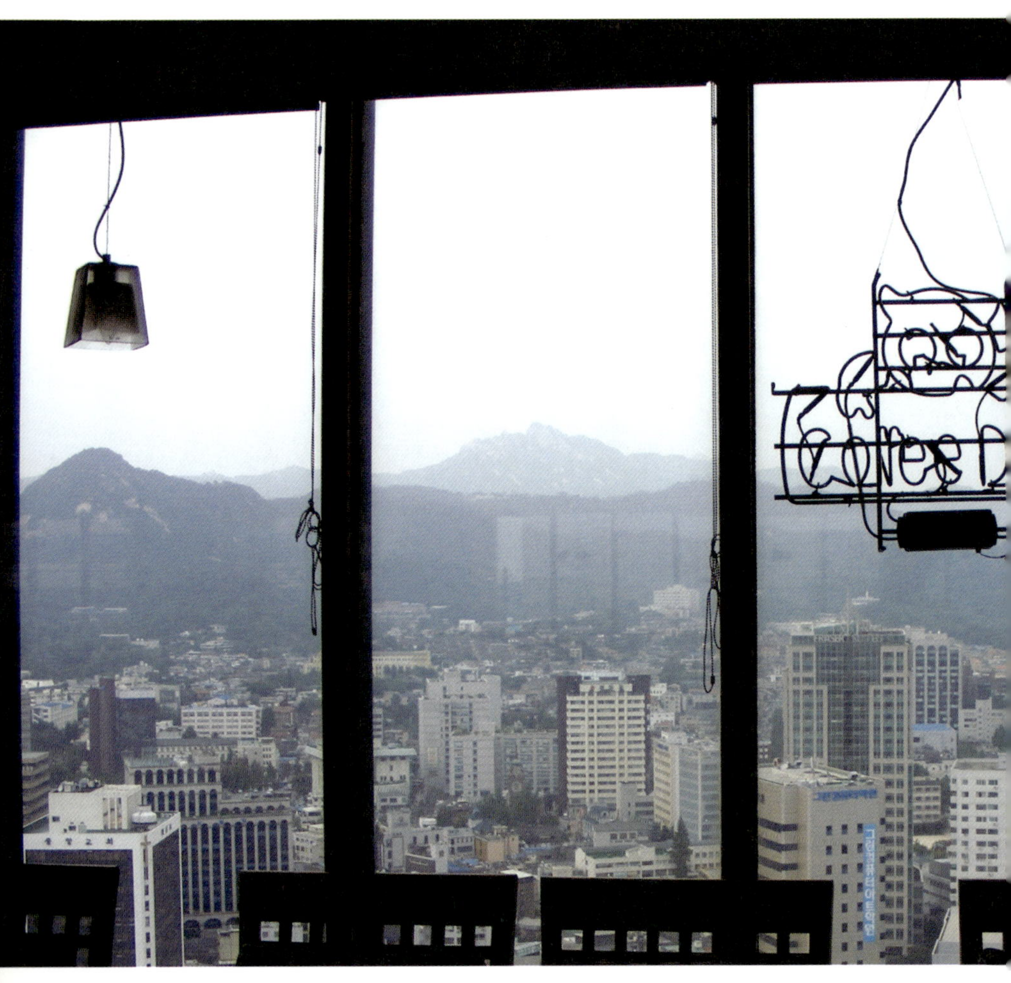

:: 하이마트 뷔페에서 바라본 서울의 모습

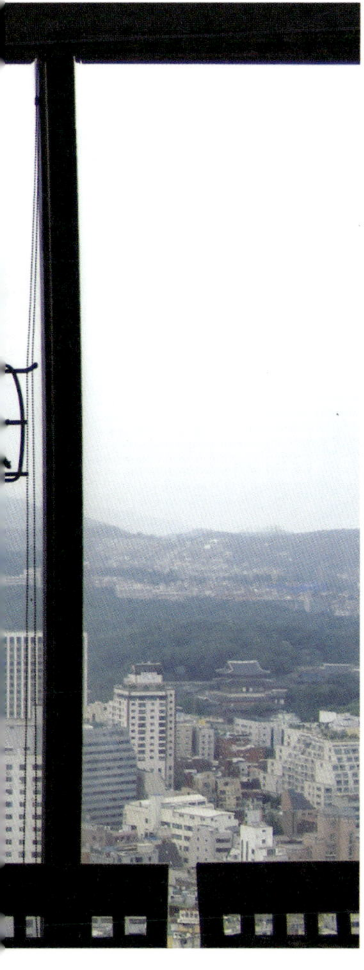

사실 건물을 제대로 느끼려면 내부 공간을 봐야 한다. 곁에서 보는 건물의 겉모습만 가지고는 그 건물의 진짜 맛을 느낄 수 없다. 사람으로 치면 겉모습만 보고 내면의 세계를 보지 않는 것과 같은 이치이다. 건물의 외관은 그 시대를 주도하는 디자인 스타일을 반영하지만 정작 사람들의 삶에 대해서는 많은 이야기를 해주지 못한다. 결국 삶의 공간이라는 소프트웨어가 많이 결여돼 있다는 말이다. 그런 면에서 건물의 내부 공간은 삶의 소프트웨어를 보여준다. 그래서 살아가는 이야기를 담고 있는 내부 공간이 좋다.

그렇지만 건축적 양식 측면에서 삼일빌딩의 외관을 그냥 넘어갈 수는 없다. 삼일빌딩은 철제와 콘크리트로 된 고층빌딩으로, 전면이 유리로 되어있다. 근대 건축의 정신 속에 서울의 대표적인 건물이 삼일빌딩이다. 삼일빌딩은 미스 반 데어 로에Mies van der Rohe와 같은 근대 건축가의 영향을 받아 지은 빌딩이다.

미스 반 데어 로에는 철과 유리를 사용한 단순한 건축물을 디자인한 건축가로 유명하다. 철이 주는 세련된 느낌과 유리가 주는 투명성은 그 당시의 사람들을 매료시키기에 충분한 것이었다. 거기다가 높은 건물을 지을 수 있다는 것은 많은 사람들을 꿈으로 가득 차게 만들었다.

건축물의 양식을 모더니즘의 양식과 포스트 모더니즘의 양식으로 나누어 비교해 볼 때, 모더니즘은 이성에 가깝고, 포스트 모더니즘은 감성에 가깝다. 이성은 정확하되 딱딱하지만, 감성은 애매모호하지만 부드럽다. 따라서 이 둘을 잘 조화시키면 보다 좋은 것을 만들 수 있는 것이다.

이성이 극대화된 삼일 빌딩은 차갑다. 그래서 개인적으로 완벽한 느낌을 갖는 삼일빌딩에 대해 매력을 느끼지는 않는다. 사실 따지고 보면 너무 완벽한 사람은 매력이 없다. 완벽성을 추구한 건축물이기는 하나 그것은 인간으로선 절대 충족할 수 있는 욕망은 아니다. 부족한 인간은 포기하지 않고 끊임없이 완벽성을 추구한다. 그러나 그것은 인간의 본성과는 거리가 멀다. 인간의 본성은 그저 불완전하고 약하고 애매모호하고 기계적이지 않다. 또 부드럽고 이성과 감성 중에서 하나를 고르라고 한다면 감성을 선택하고 싶다. 그럼에도 불구하고 요즘의 시대는 기술이 발전함에 따라 감성보다는 이성이 강조되는 경우가 많다. 삼일 빌딩이 발전하여 만들어진 종로타워의 하이테크적 모습에 인간적인 면이 많이 없어 못내 아쉽다. 그러나 종로타워는 첨단의 시설을 자랑한다.

:: 종로타워

종로타워는 1999년 라파엘 비뇰리Rafael Vinoly라는 건축가가 설계한 건물이다. 그는 우르과이에서 태어나 부에노스 아이레스에서 학위를 받고 1964년 6명의 다른 건축가와 함께 Estudio de Arquitectura라는 건축사무소를 열었다. 그 후 1978년 미국으로 건너가 뉴욕에 자신의 이름을 딴 'Rafael Vinoly Architects PC'를 열었다.

비뇰리는 건축가의 예술적인 열정이 아니라 클라이언트의 다양한 요구를 충족시켜야 한다며 건축에 대한 자세를 이야기한다. 클라이언트의 신체적, 문화적 사항을 다각도로 성찰하여 탐구하여야 한다는 그의 말에 나는 백 번 동의한다. 사실 설계를 하다보면 클라이언트의 의견을 충분하게 받아들이지 못할 때가 많다. 건축가는 자신의 건축적 철학에 앞서 실질적으로 공간을 사용하는 거주자의 입장을 가장 먼저 중시할 필요가 있다.

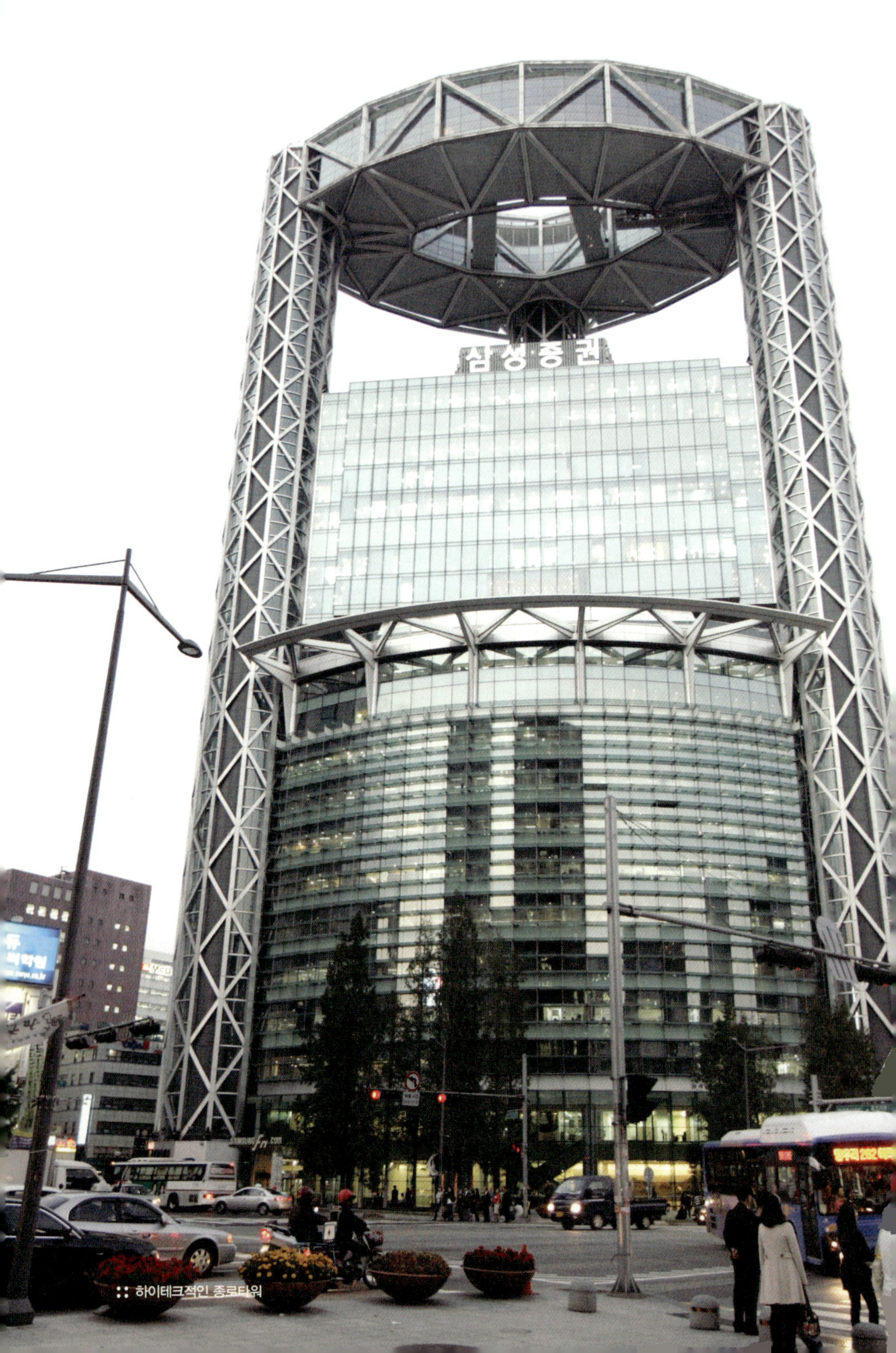

:: 하이테크적인 종로타워

그런 면에서 종로타워는 시사하는 바가 크다. 종로타워는 과거 일제시대 순수민족자본으로 건립된 최초의 백화점인 화신 백화점이 있던 자리에 세워졌다. 종로타워의 외관에서 상층부의 부분을 void처리하여 거리를 걷는 사람들에게 개방감을 준 것은 도시를 걷는 사람들에 대한 배려이자, 하늘을 보고 싶은 사람들의 작은 바람을 반영한 것이다. 이는 경제적인 논리를 일부 포기한 것이다. 공간의 여백은 여유의 표현이며 아름다움의 시작점이다.

이런 외관적인 특성 외에 사람들이 종로타워를 찾게 하는데 일등 공신의 역할을 하는 공간이 있다. 바로 탑 클라우드Top Cloud이다.

탑 클라우드의 인테리어는 세계적으로 유명한 필립 스탁Philippe Starck이 디자인했다. 이 시대 최고의 산업 디자이너로 손꼽히는 그는 부자를 위해 2억 달러 짜리 요트를 디자인 하기도 했지만 가난한 사람도 살 수 있는 2달러 짜리 우유병을 디자인하기도 했다고 말한다. 이는 돈이 많고 적음에 구애 받지 않고 그 제품을 사용할 사람에 대한 존경심과 사랑을 갖고 디자인 한다는 것을 의미한다. 그의 디자인에는 이렇듯 경계가 없다. 사뭇 진지하면서도 재치와 유머가 가득하다. 곡선을 많이 사용하고, 간결한 형태를 창출해내는 시도 때문에 미래 지향적인 디자이너라는 비판을 받기도 하지만, 마치 예술작품 같은 디자인은 우수한 기능성으로 우리를 깜짝 놀라게 한다. 디자인도 좋으면서 기능도 좋기란 쉬운 일이 아니다. 종로타워의 탑 클라우드에서 천정의 원형등, 그리고 엘리베이터로 가는 복도 좌 우측 벽면에 원형 시디가 인테리어 공간을 주도한다.

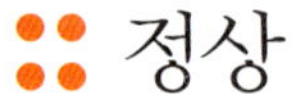 정상

어둠이 내리고 도시에 불이 하나 둘씩 켜질 때 도시가 내려다 보이는 높은 위치에 올라가 본 기억이 있는 사람이라면 그 높이가 주는 아름다움이 얼마나 큰 것인지 알 것이다. 예를 들어, 예나 지금이나 서울 시민들이 많이 올라가는 남산은 우리들에게 즐거움을 주는 공간이다. 멀리 내려다 보이는 크고 작은 건물들을 정말 많이 사람들은 만들었다. 그렇다고 해서 한 순간에 그 많은 것들이 생긴 것은 아니다. 오랜 시간을 두고 만든 것이 모여 현재의 모습을 갖게 된 것이다. 평상시의 인간은 약하면서도 강하다. 인간이 만든 거대한 건물에서 창조에 대한 인간의 열정이 얼마나 뜨거운지를 실감하게 된다. 하늘이나 바다를 보고 마음이 넓어지듯이 높은 곳에 올라가 도시 전체를 내려다 보면 마음이 넓어진다. 내가 살고 있는 공간이 얼마나 작은지를 실감하며 저 공간 속에서 아웅다웅 하며 사는 나 자신을 돌아본다.

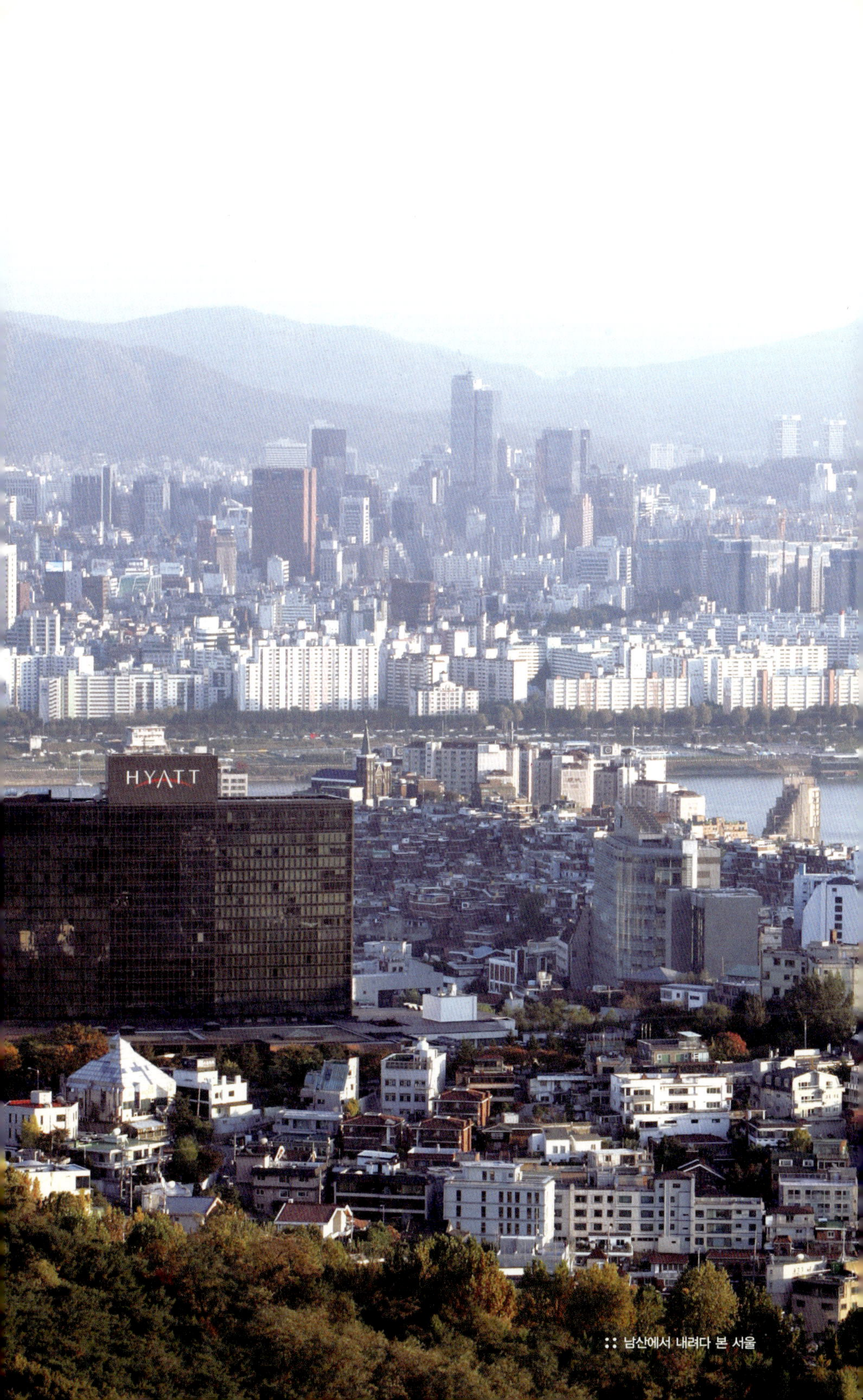

:: 남산에서 내려다 본 서울

일상에서 탈출하여 높은 언덕에 서서 자기 자신을 객관적으로 볼 수 있기에 정상은 더욱 더 남다른 느낌이 있다. 세상을 조금이라도 여유 있게 살고 싶다면 일 년에 한 번쯤은 남산을 찾아보기를 권한다.

인간 자신의 힘으로는 날 수도 없고, 높이 뛰어 오를 수도 없다. 우리가 높은 위치에서 아래를 내려다 보기 위해서는 인간이 만든 기계나 물건의 힘을 빌려야 한다. 고층 빌딩의 엘리베이터를 타고 눈깜짝할 사이에 꼭대기 층에 올라 처음으로 그 밑을 바라다 볼 때의 기분을 상상해 보자. 우리 스스로의 힘으로는 오를 수 없는 높은 위치에서 아래를 내려다 볼 때, 기분은 짜릿하고 통쾌하다. 멀리 보이는 강과, 한 점의 작은 사람들, 그리고 장난감 같은 차들, 그 풍경은 우리들을 겸손하게 만든다.

높이 오른다는 행위, 높이 오른 위치, 그리고 높은 곳에서 다른 사람을 아래로 내려다 보는 것은 희열과 묘한 자부심을 느끼게 한다. 높은 곳에서는 삶을 생각하게 한다.

우리는 높이 오를수록 하늘에 더 가까이 다가간다. 정상은 우리의 마음을 편하게 하고 세상 만사를 잊게해 준다. 엠파이어 스테이트 빌딩 전망대에서 내려다 본 뉴욕의 전경이나 존헨콕 타워에서 내려다본 시카고의 야경은 우리의 눈을 매혹시킨다. 나방만 빛을 좋아하는 것이 아니라, 사람도 빛을 보면 열광한다. 멋진 야경을 한눈에 볼 수 있는 공간이기에 우리는 더욱 높은 초고층 빌딩을 열망한다.

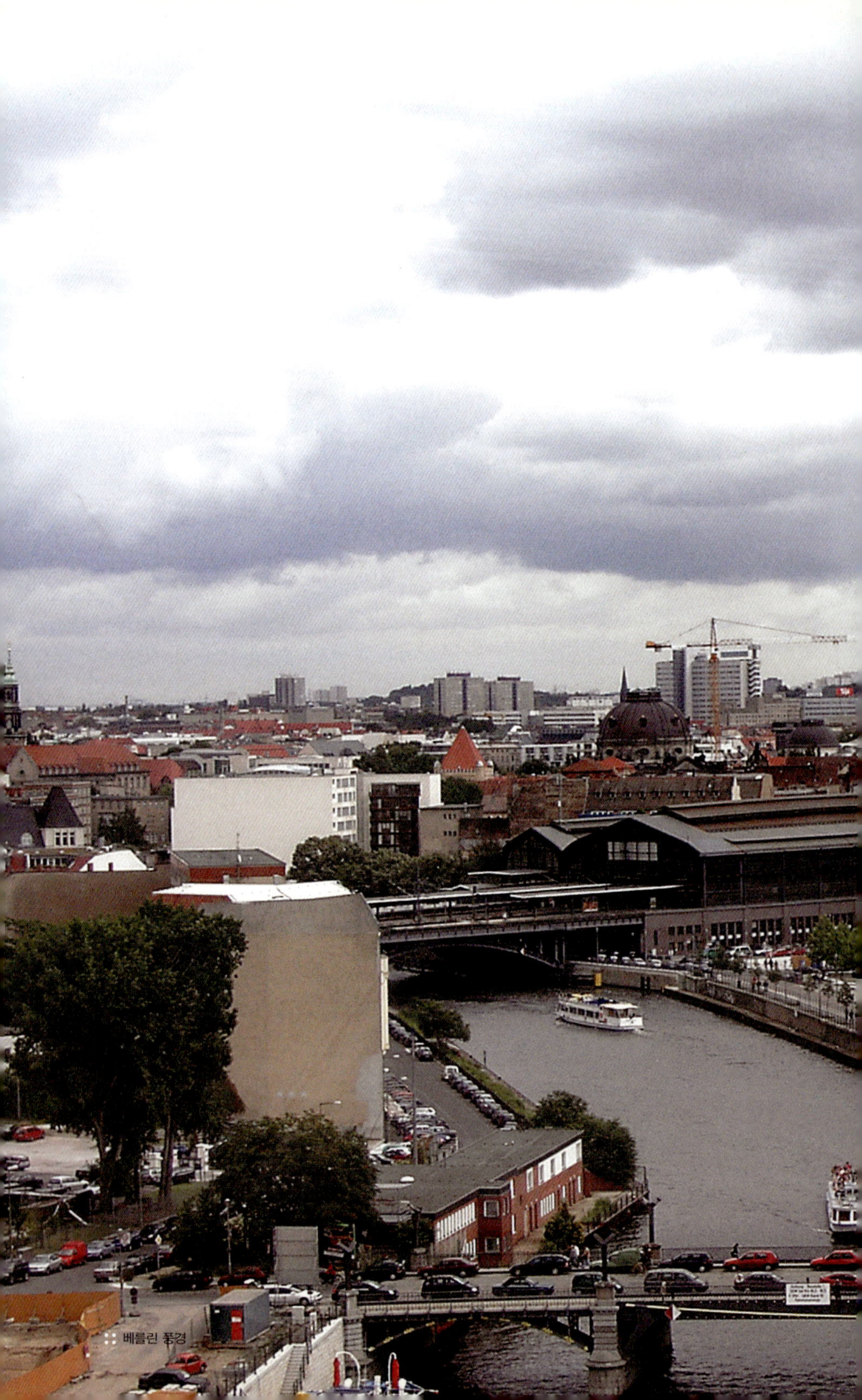

베를린 풍경

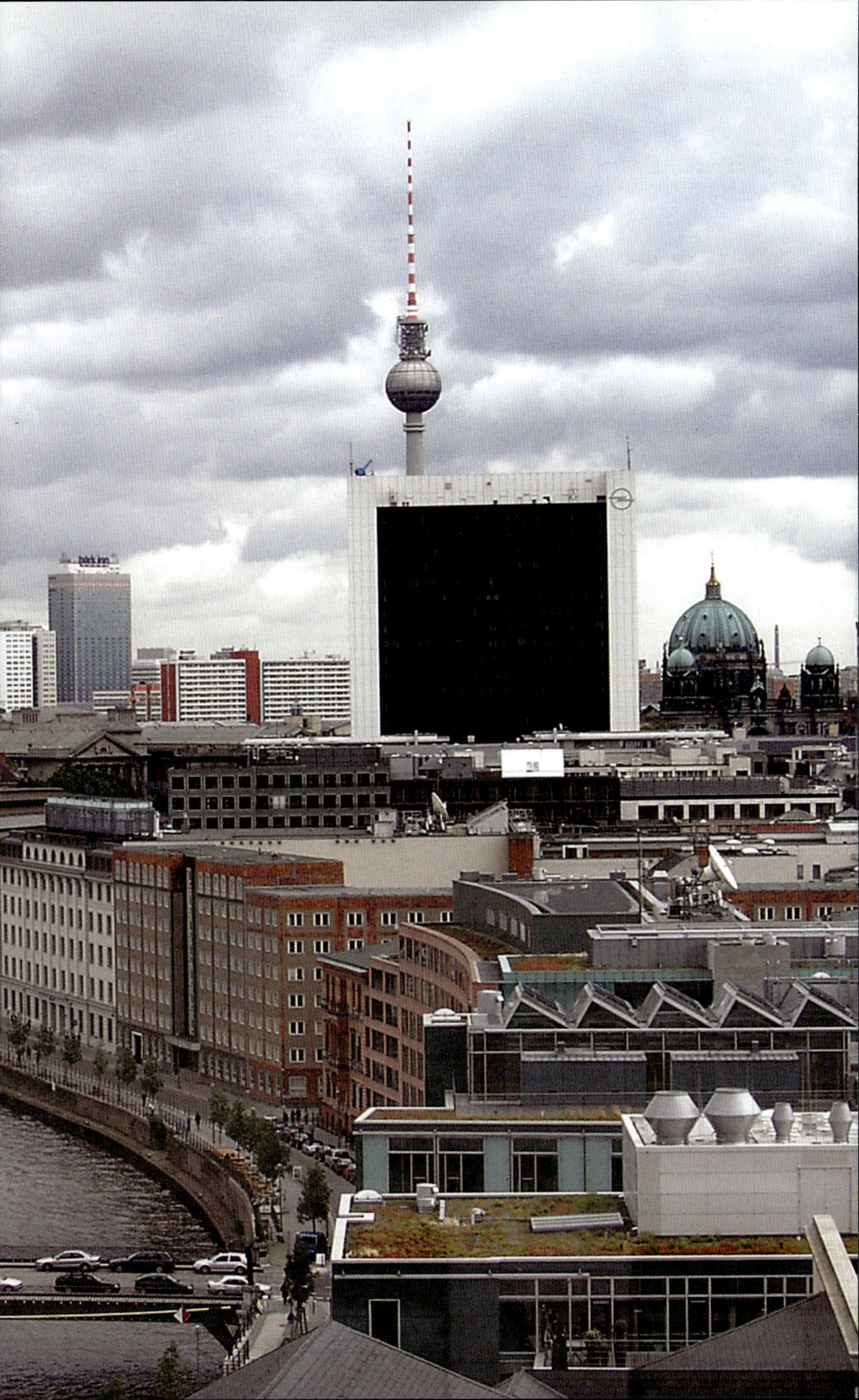

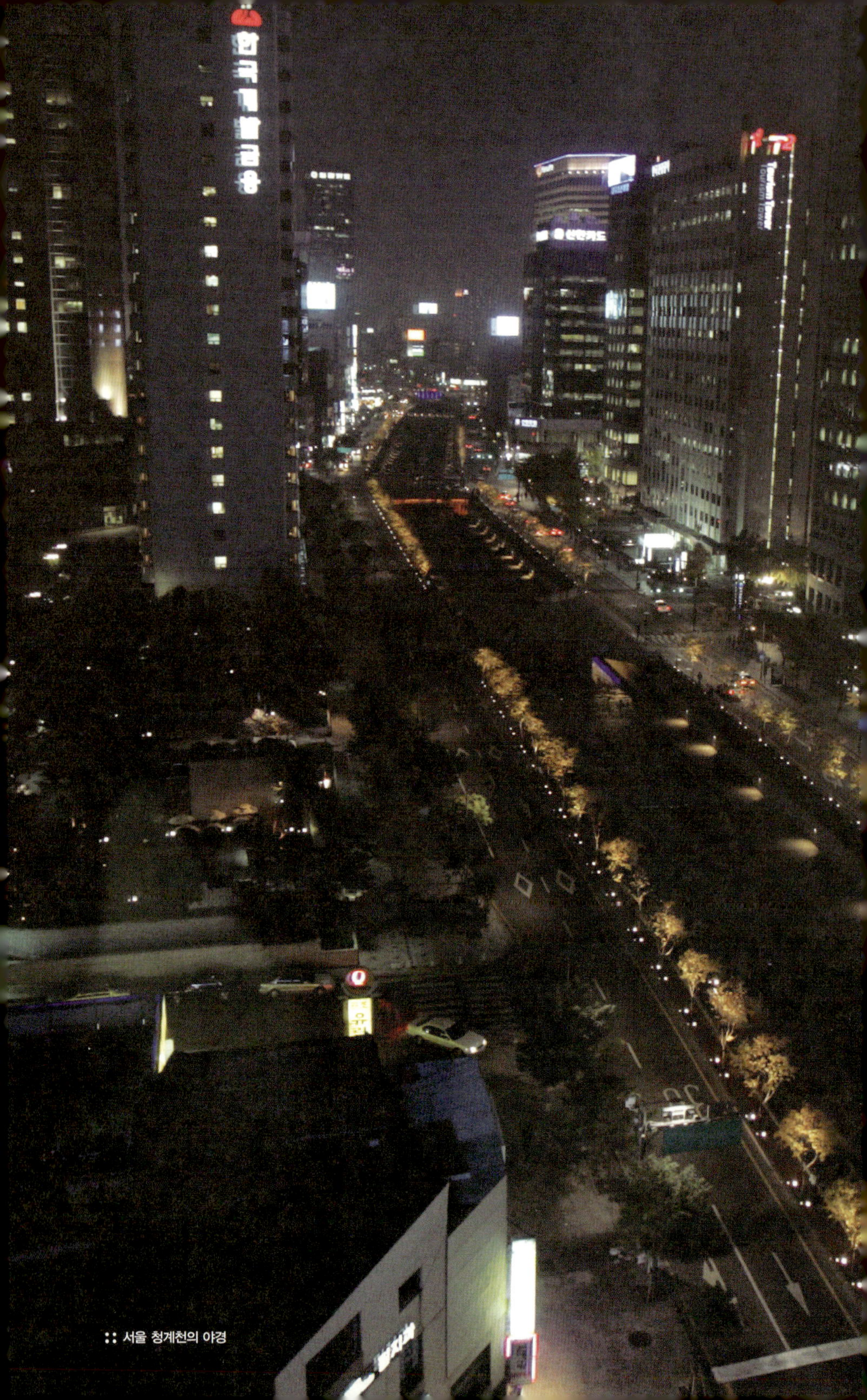

:: 서울 청계천의 야경

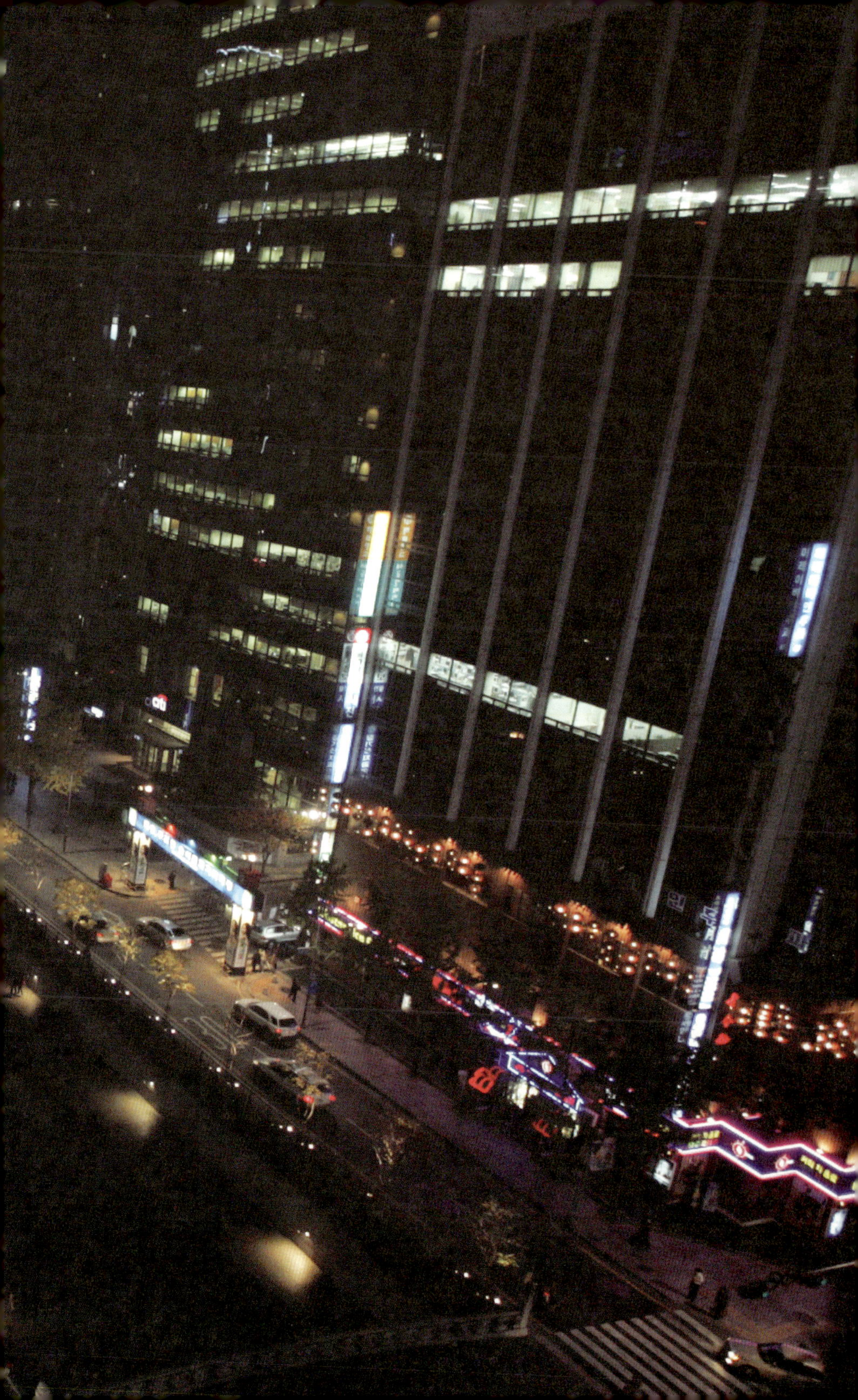

∷ 명품건축

세계 각국에서는 완벽성을 추구하는 많은 장인 건축가들이 오늘도 서로 앞다
투며 조금 더 하늘과 가까운 건물을 설계하고 있다 이에 우리도 삼일빌딩이
나 63빌딩, 종로타워보다 더 높은 랜드마크적 명품 건축을 원한다. 하지만 중
요한 것은, 잘 디자인 된 고층 빌딩을 세워야 한다는 것이다. 스페인 밀바오

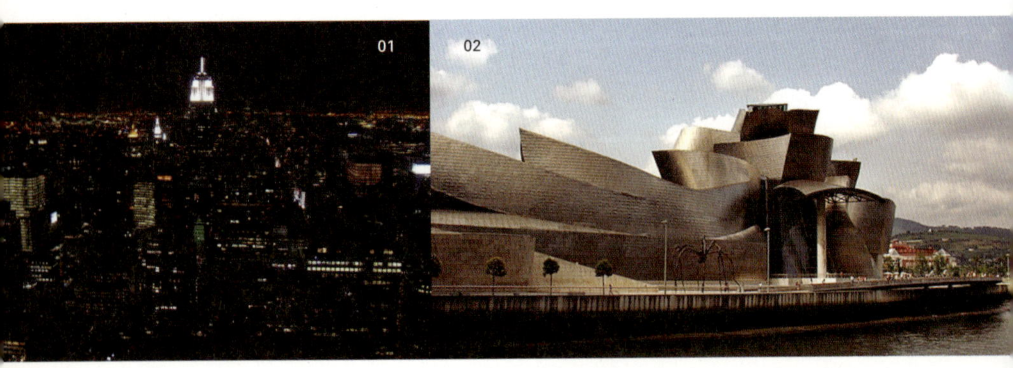

의 구겐하임 뮤지엄은 건축가 프랭크 게리Frank Gehry 의 명품건축으로 유명하지만, 무엇보다 잘 지어진 이 건축물로 하여금 경제적으로 어려웠던 빌바오 시를 부흥시켰다는 점에 사람들은 주목한다.

인구 35만명의 빌바오는 1980년대만 해도, 철광·조선造船·철강업 등 전통산업이 붕괴하면서 실업률이 25%까지 치솟는 '쇠락의 도시' 였다. 그러던 것이 1997년 건축가 프랭크 게리Gehry가 설계한, 최첨단 디자인의 구겐하임 미술관(미국 뉴욕시 소재) 분관分館을 열고 도시 전체를 문화의 도시로 완전 개조하면서 국제적인 문화 명소名所가 됐다. 지난 10년간 986만여명이 이 미술관을 다녀갔고, 이들 관광객은 16억 유로(약 2조1000억원)를 이 도시에서 썼다. 그 결과 스타 건축가가 지은 빼어난 외양의 건물이 도시 전체를 발전시킨다는 '빌바오 효과', '구겐하임 효과' 란 신조어까지 생겨났다. 전 세계 도시들이 빌바오 모방에 나섰다. 아랍에미리트연합UAE 수도 아부다비도 빌바오에서 영감靈感을 얻어 초대형 문화개발 프로젝트에 착수했다.

현대산업 개발은 부산의 우동 프로젝트에서 다니엘 리베스킨트의 작품으로 명품 마케팅을 펼친다. 명품건축을 만들기 위해 계획된 프로젝트이다. 진정한 명품건축은 거주자의 행복한 공간을 만드는 것이다. 즉 미적인 요소만을 강조하여 사는 사람들이 이용하는데 불편을 주는 기능성이 떨어지는 건물이어

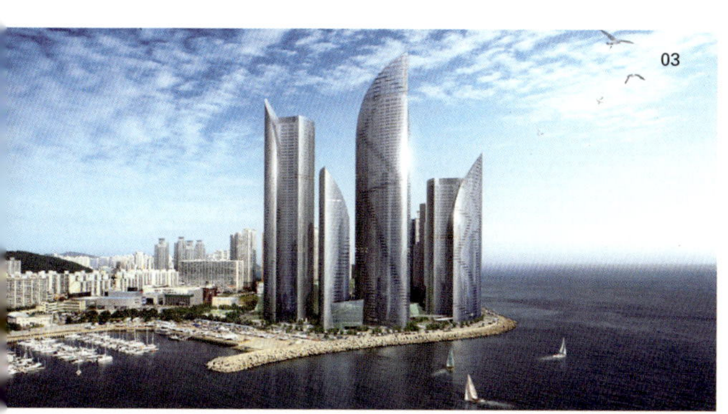

01_ 뉴욕의 야경

02_ 빌바오 뮤지엄

03_ 현대산업개발의 부산 해운대 우동
상복합단지투시도

서는 안 된다. 필립 존슨Philip Johnson의 '글래스 하우스Glass House'는 근대건축의 선두주자로 철골과 유리를 사용하였지만, 그 안에 사는 사람이 공간의 쾌적감을 느끼기가 어렵다. 유리이다 보니 프라이버시도 없을 뿐만 아니라, 여름에는 덥고 겨울에는 춥다. 르 꼬르뷔지에Le Corbusier가 설계한 '사보아 저택Villa Savoye'도 따지고 보면 불편한 점이 많다. 램프로 된 동선은 사람들을 불편하게 만들었으며, 실험적으로 사용한 색채의 채도가 거주자를 피곤하게 만들었다. 게다가 방수가 제대로 되지 않아 물이 새는 경우도 많았다고 한다. 미스 반 데어 로에Mies van der Rohe가 설계한 시카고의 고층 아파트인, '레이크 쇼어 드라이브 아파트 Lake Shore Drive Apartment'의 온실효과도 거주자를 더위로 고통스럽게 만든다. 프랭크 게리Frank Gehry의 설계도 비정형적인 곡면을 많이 사용하다 보니 시공상의 하자가 많이 발생하고 비가 샌다.

우리가 이야기하는 진정한 의미에서의 명품건축은 인간을 배려하는 건축이다. 건물을 사용하는 사람의 입장에서 보면 건물은 옷과 같은 것이다. 누가 자기 몸에 잘 맞지 않는 옷을 좋다고 할 것인가. 형태적 우수성 이전에 그 건물을 사용하는 사람들의 편의를 고려하는 것이 명품건축의 필수조건이다. 형태는 그 다음이다. 명품건축에 대한 이러한 개념을 적절하게 반영한 건물만이 진정한 명품건축이다.

명품 마케팅

전문가들은 명품의 핵심비결로 "고품격의 이미지 ", "희소성", "유통망", "브랜드 아이덴티티", "VIP 마케팅", "브랜드 로열티", "전통의 현대화" 등을 꼽는다. 명품을 구입하는 사람들은 기능이 아닌 이미지를 산다. 사람들은 명품이 그것을 지닌 사람의 품위를 높여 준다고 생각하기 때문에 그것을 소유하고 싶어한다. 명품은 사람들에게 무엇을 사야할지 또 무엇이 고급제품인지를 알려준다. 고객이 사는 것은 단순히 옷이나 화장품 그 자체의 상품이 아니다. 그 상품을 입거나 착용하고 다님으로써 자신의 이미지를 나타내고 남에게 자신의 존재를 알린다. 제한된 수량만을 생산하는 명품은 남에게 많이 알려지지 않은 브랜드나 품목을 갖고 있다는 일종의 특권의식을 강조한다. 아무리 훌륭한 명품이라도 구매력을 갖춘 소비자들이 있는 곳에, 그리고 그들이 구입을 원하는 시기에, 접근이 용이한 장소에 공급되어야 성공할 수 있다. 그동안 우리는 경제성의 논리만을 강조하면서, 명품건축을 지으려는 노력은 상대적으로 적게 해왔다. 도시의 설계나 건축의 설계에 있어서 명품 마케팅의 전략을 시도해야 할 시대에 우리는 살고있다.

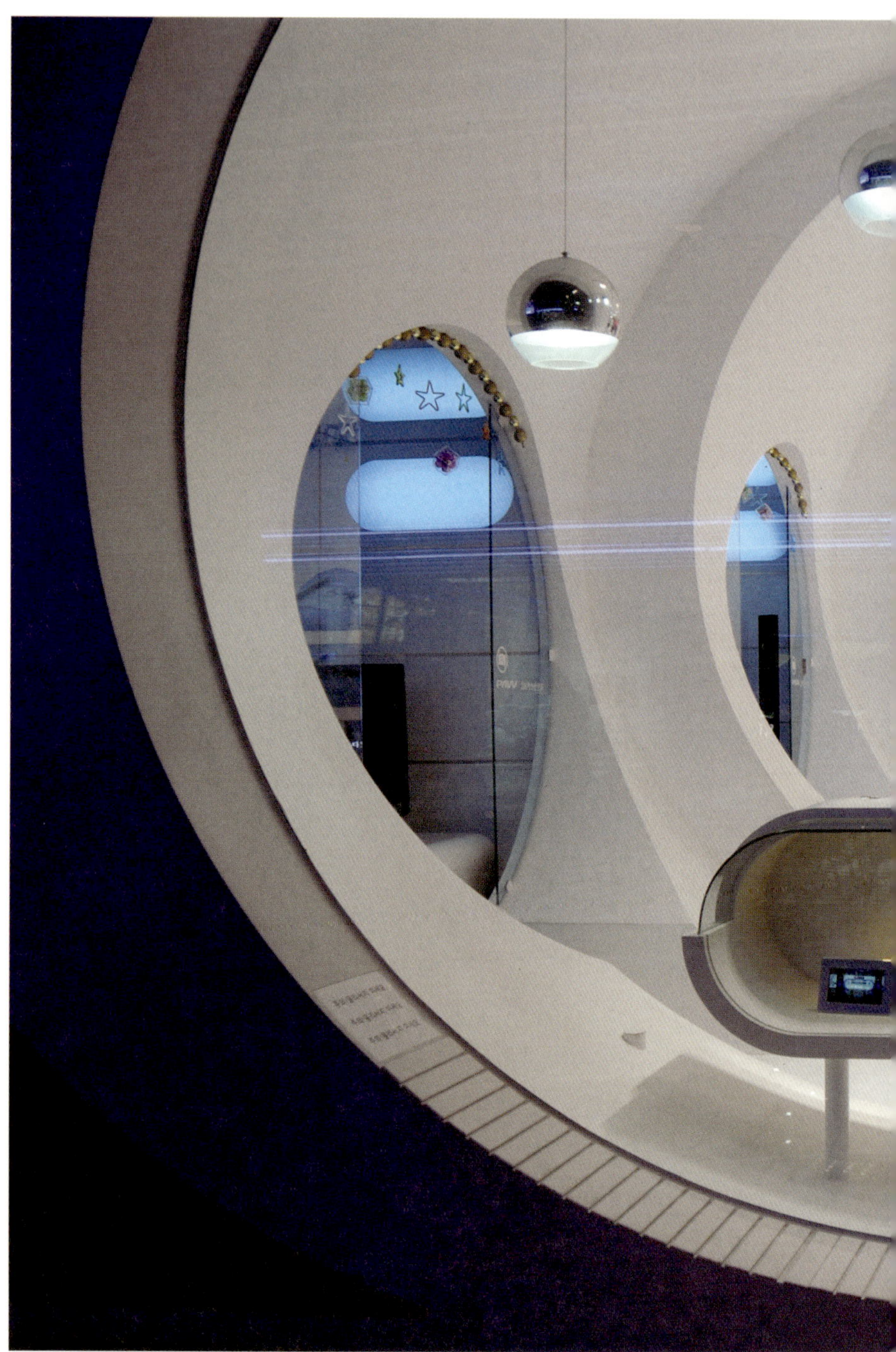

:: IT체험관, COEX

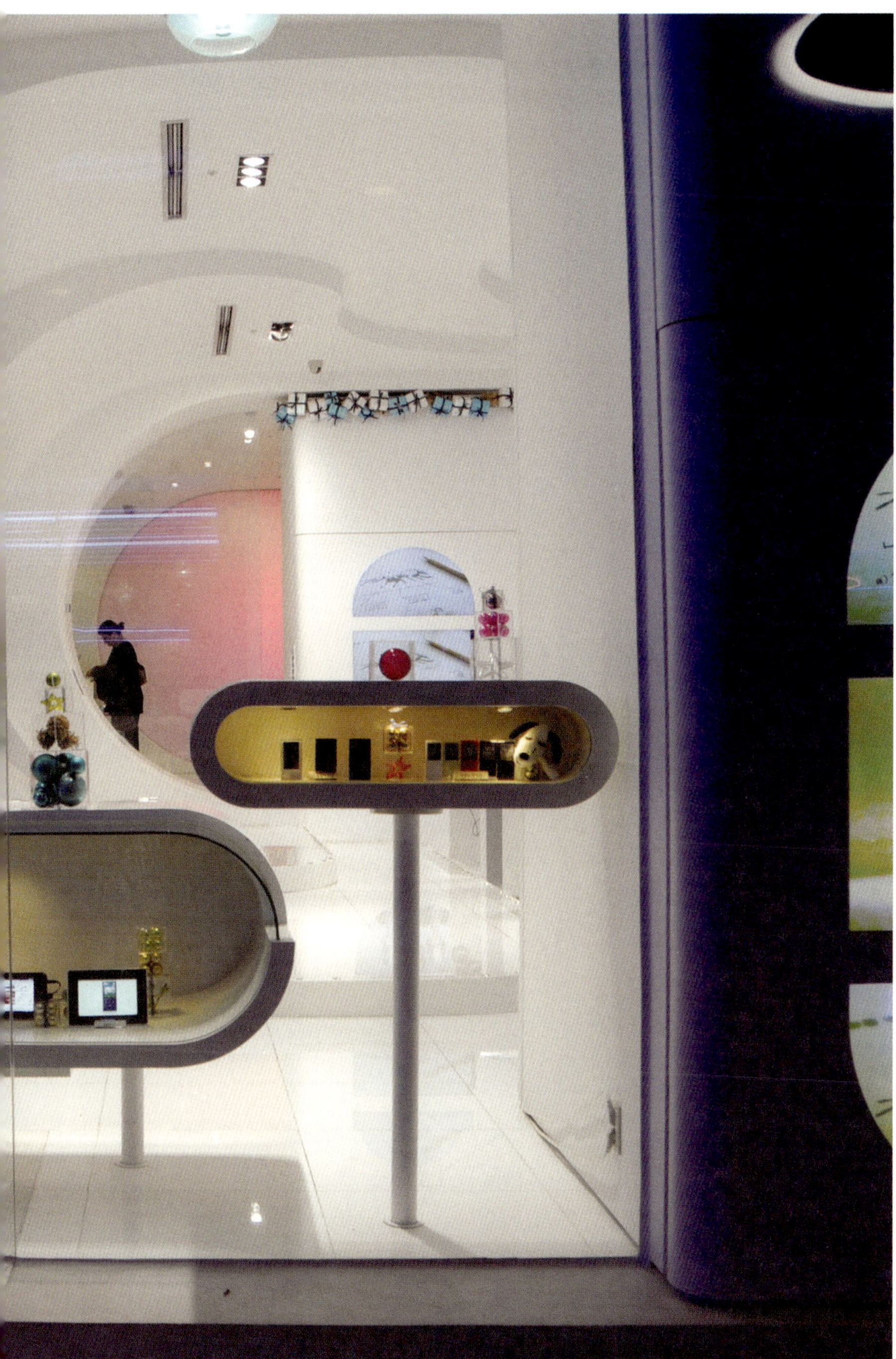

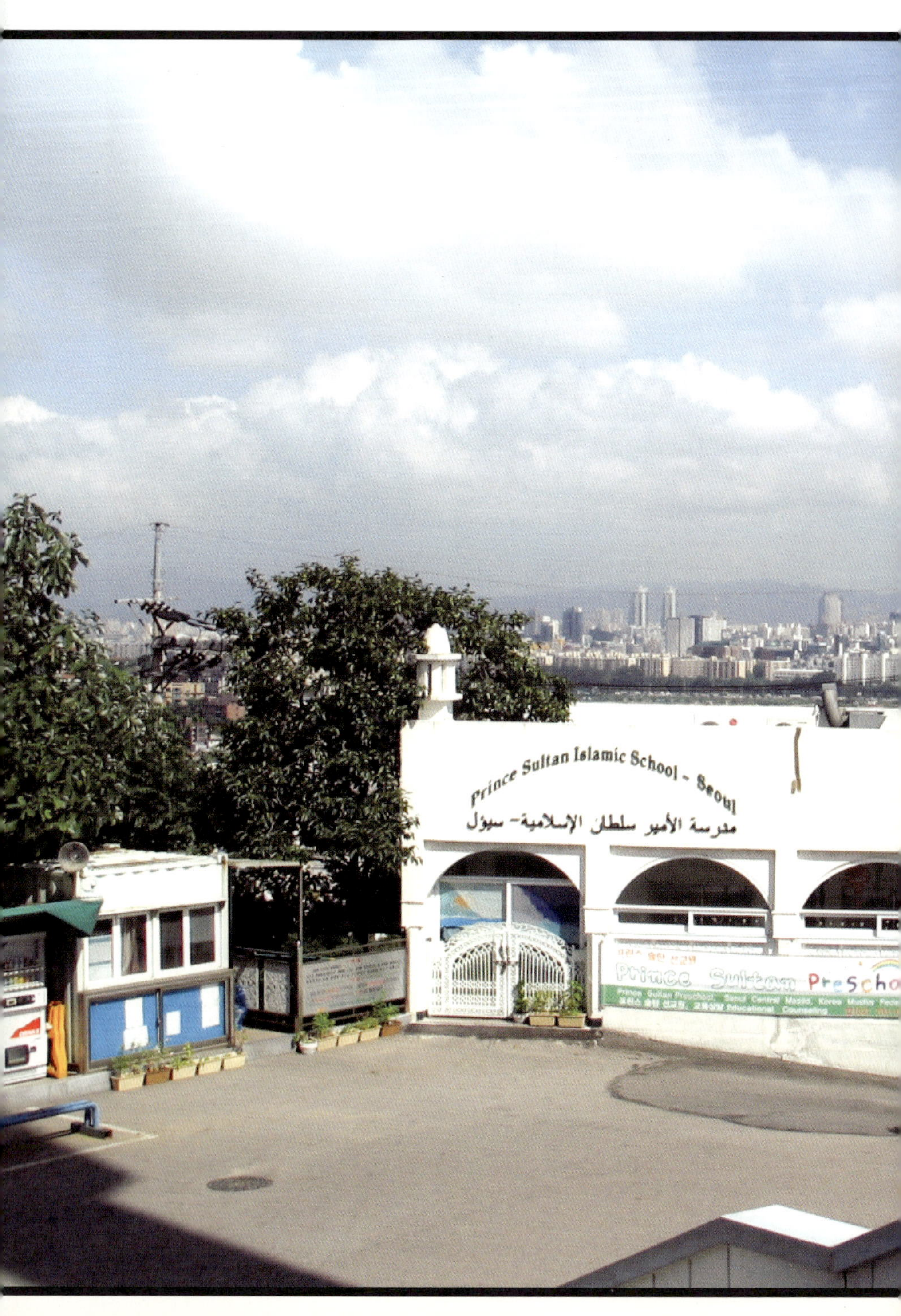
Prince Sultan Islamic School - Seoul
مدرسة الأمير سلطان الإسلامية - سيؤل
Prince Sultan PreSchool
Prince Sultan Preschool, Seoul Central Masjid, Korea Muslim Fed
프린스 술탄 선교원, 교육상담 Educational Counseling

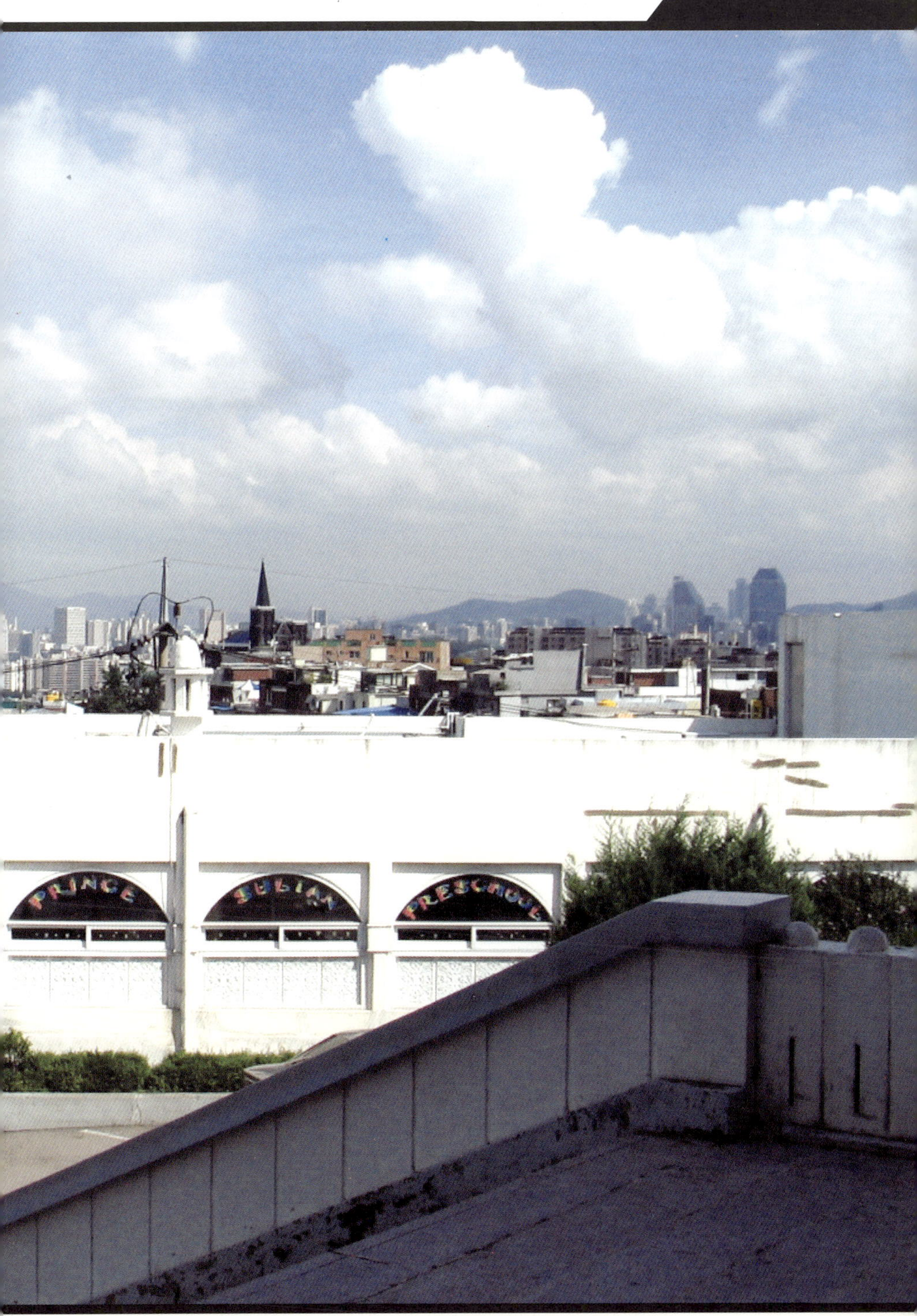

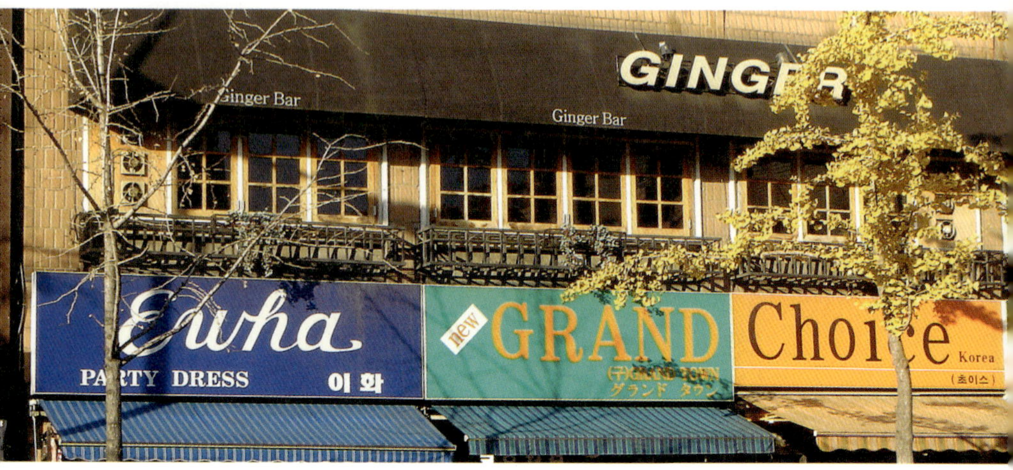

영어로 된 간판들. 얼굴색이 다른 사람들. 낯선 언어. 모두 이태원에서 만나 볼 수 있는 것들이다. 이태원은 한국 땅 서울 어느 거리보다 낯설고 이색적인 분위기를 풍긴다. 그래서 이태원이 한국 같지가 않다.

이태원에는 그 낯선 기운만큼이나 다양한 국적의 외국인들로 붐벼 이곳에 가면 가끔 한국을 떠나 마치 먼 외국 땅에 온 것 같은 착각이 들기도 한다. 그만큼 이태원은 이색적이고 다채롭고 이국적이다.

이태원에는 다양한 외국인들만큼이나 다양한 외국 문화가 존재한다. 그래서인지 이색적인 음식점도 많이 눈에 띈다. 이렇게 다양한 외국 문화를 단시간에 즐길 수 있는 이점 때문인지 이태원은 외국인들 뿐만 아니라 그들과 어울려 그들의 문화를 즐기려는 한국인들로 매일 북적인다.

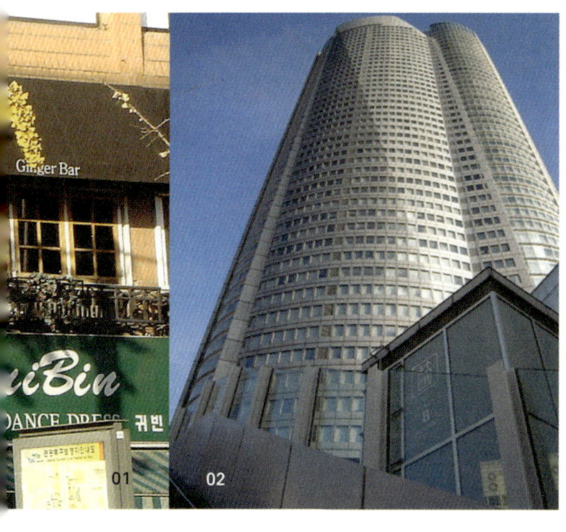

01_ 이태원 거리

02_ 록본기 힐즈, 모리타워

이태원의 이슬람 사원은 이태원을 더욱 이색적으로 만든다. 다소 멀게만 느껴졌던 이슬람 문화가 한국 땅에 존재 한다. 이렇듯 다채로움이 가득한 이태원에 이렇다 할 큰 건물이 없지만 가게 하나하나 자세히 들여다보면 그 안에서 쏠쏠한 재미가 있다. 그래서 이태원은 시간을 두고 조금씩 알아가야 하는 지역이라는 말도 생긴 것 같다. 이색적인 모든 것들은 이태원만의 매력이다. 이태원은 우리문화의 또 다른 모습이다. 이렇듯 이태원은 또 다른 시각에서 한국문화를, 그리고 한국문화에 편입한 외국문화를 경험할 수 있는 곳이다.

일본에도 서울의 이태원 같은 공간이 있다. 바로 록본기 힐즈이다. 두 지역의 모습은 여러 면에서 닮아있다. 길거리를 다니면서 서양인을 보는 것이 어색하지 않다. 잘 나가는 유명 인사들이 살고 있는 곳이라는 점도 공통점이다. 쇼핑을 즐기기 위한 공간이라는 점도 비슷하다. 지대가 높아 과거 도심재개

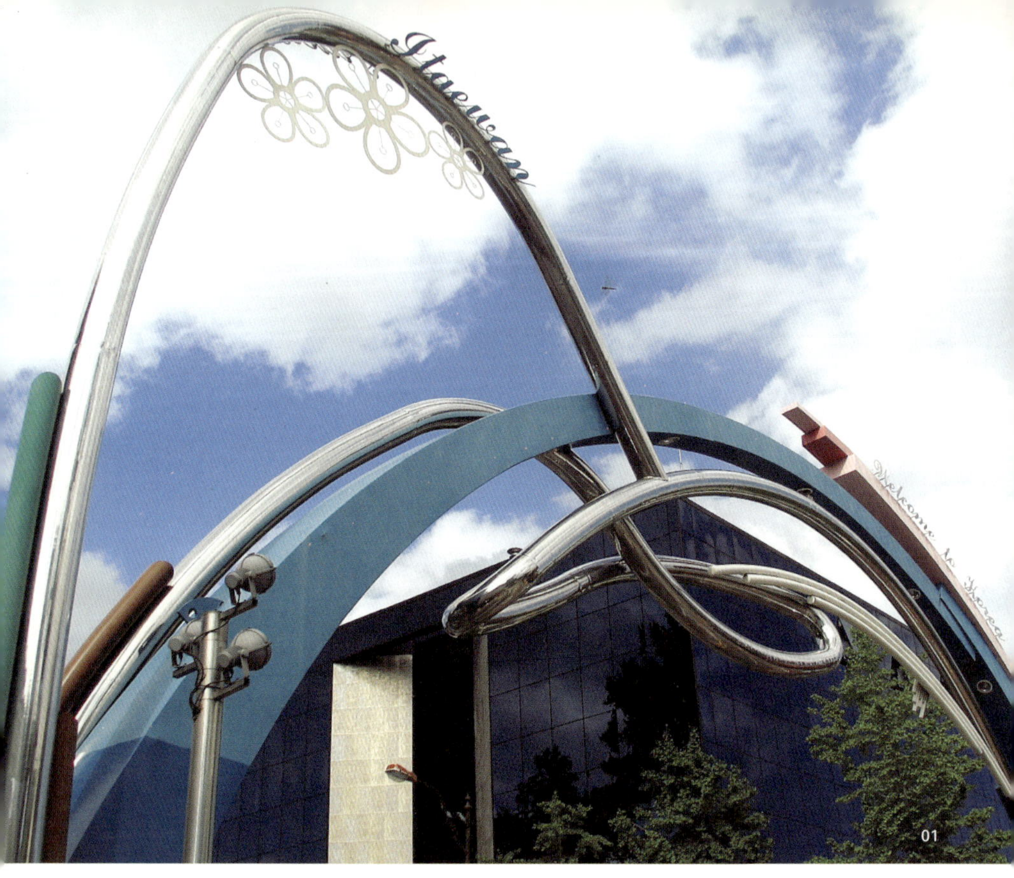

발지역으로 오랫동안 묶여 있었다던 록본기 힐즈는 '동경 속의 작은 동경' 이라는 닉네임을 갖는 복합문화도시이다. 미군부대 때문에 타 지역보다 개발이 늦었던 이태원도 이제는 문화 융합 도시로 발전할 것이다.

이태원은 엄밀히 말해 남산과 한강 사이에 자리 잡고 있는 남산 중턱의 동네이다. 남산의 정취를 느끼며 한강을 바라볼 수 있는 곳이다. 이태원은 조선 초기 '한양 4원' 중 하나로 조선시대에 공용자公用者에게 숙식을 제

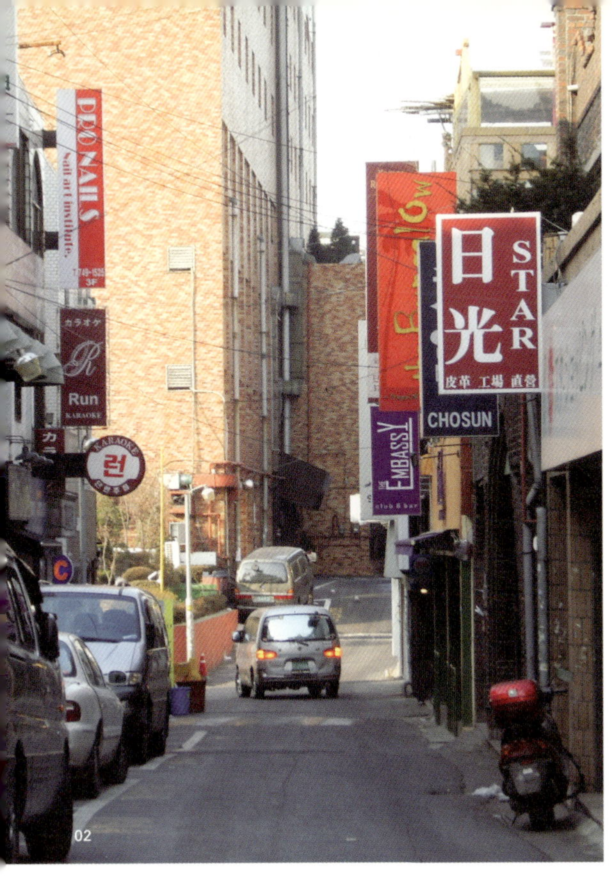

01_ 이태원 아치 조형물, 한강진 역

02_ 외국 식당 거리

공했던 원院과 관련하여 생긴 지역의 이름이다. 대개 역원(驛院, 조선 세조 때부터 역로에 지은, 나라에서 경영하던 일종의 여관)이 생기면 그 주위에 마을을 만들고 마을의 이름도 원의 이름을 따라 불렀다. 서울 남산의 남쪽, 지금의 용산구 이태원동의 동북쪽에 역원 이태원을 두었다. 그 주변에 마을이 생기자 이 마을의 이름을 이태원이라 부르게 되었다. 이태원은 북쪽(남산 쪽)과 남쪽은 빈부격차가 심하다. 이태원 거리의 북쪽, 리움 미술관 뒤편으로 외국 대사관저들이 모여 있으며, 재벌 총수들이 사는 고급 집들이 있다.

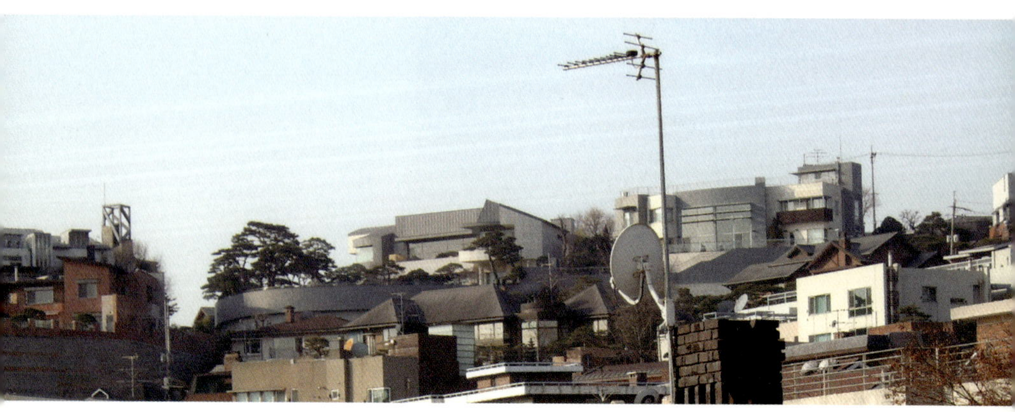

반면 아래쪽은 겉모습이 낙후된 느낌을 주는 일반 상점들이 늘어서 있다. 다양한 외국 음식들을 맛볼 수 있는 식당과 유흥가가 있다.

오랫동안 이태원이라는 이름은 미군과 보세상품을 떠올리게 했다. 많은 사람들이 A급 '짝퉁'(명품을 흉내 낸 모조품)을 사기 위해 이곳을 방문했었다. 하지만 1990년대 후반 이후에는 일본, 홍콩, 중국, 동남아시아, 아프리카, 중동지역 관광객이 증가하면서 이태원은 많은 외국인들을 접할 수 있는 서울의 명소로 발돋움하였다.

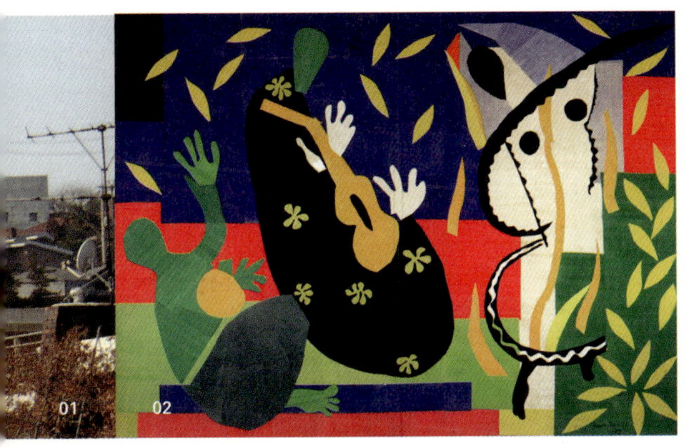

01_ 이태원 거리에서 바라본 북쪽

02_ 마티스, 왕의 슬픔

이태원의 거리는 이국적이다. 이태원은 서로 이국적인 것들이 모여 얽히고 설킨 콜라주이다. 나는 콜라주의 대표작으로 마티스의 <왕의 슬픔>을 생각한다. <왕의 슬픔>은 전경과 배경의 구분이 없는 작품이다. 다시 말해, 모두 다 주인공인 작품이다. 모두 다 주인공이어야 한다는 말은 중요한 의미를 갖는다. 차별이 없고, 모두가 주인공이 될 수 있는 사회를 만들려는 꿈은 과거의 사람들은 물론이고, 우리와 우리 다음세대, 모두가 계속적으로 추구할 이상이기도 하다. 사람들이 꾸는 많은 꿈들 중에서 영원에 대한 꿈은 다른 어떤 꿈들보다 절실하다.

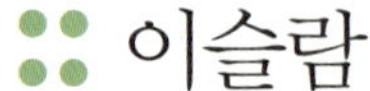# 이슬람

사람들은 바라는 것이 이루어지기를 마음속으로 기원한다. 그 기원을 이루기 위해 인간은 종교를 갈구한다. 피렌체 두오모 성낭 앞에는 미켈란젤로가 '바로 여기가 천국으로 가는 문' 이라고 한 죠반니 세례당의 '천국의 문' 이 있다.

그 문으로 들어간다는 것은 유토피아의 세계로 간다는 이야기다. 다시 말해 최고의 행복을 얻는다는 것을 의미한다. 이 세상에는 죽은자와 살아 남은자가 있다. 그러나 살아 남은자라고 하더라도, 언젠가는 죽은자가 되어야만 한다. 그래서 죽은자가 가는 곳, 죽음의 저편을 궁금해 하고, 두려워한다. 이를 극복하기 위해 우리는 종교를 찾는다. 이 중의 하나가 이슬람교이다.

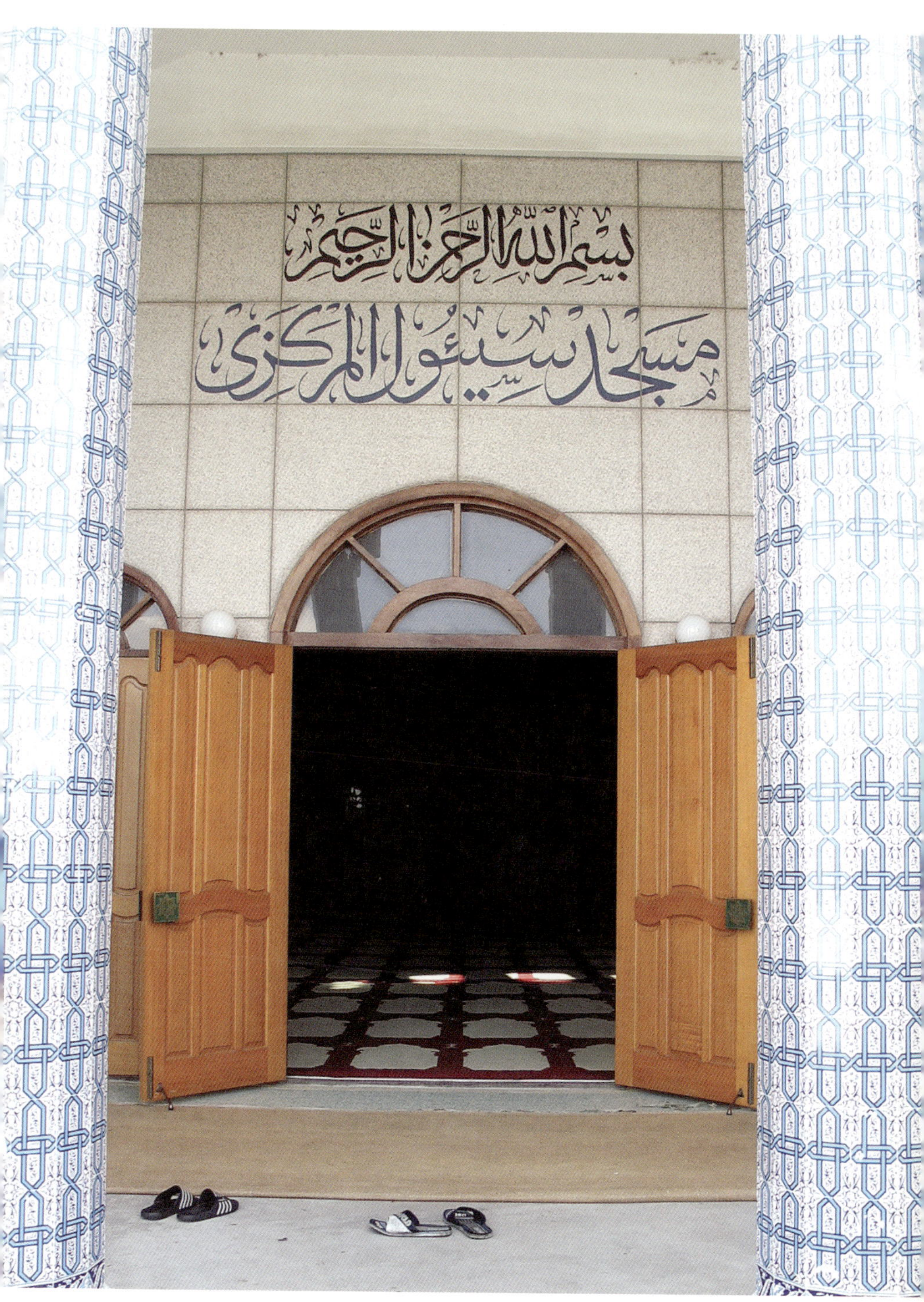

:: 이슬람 사원 입구

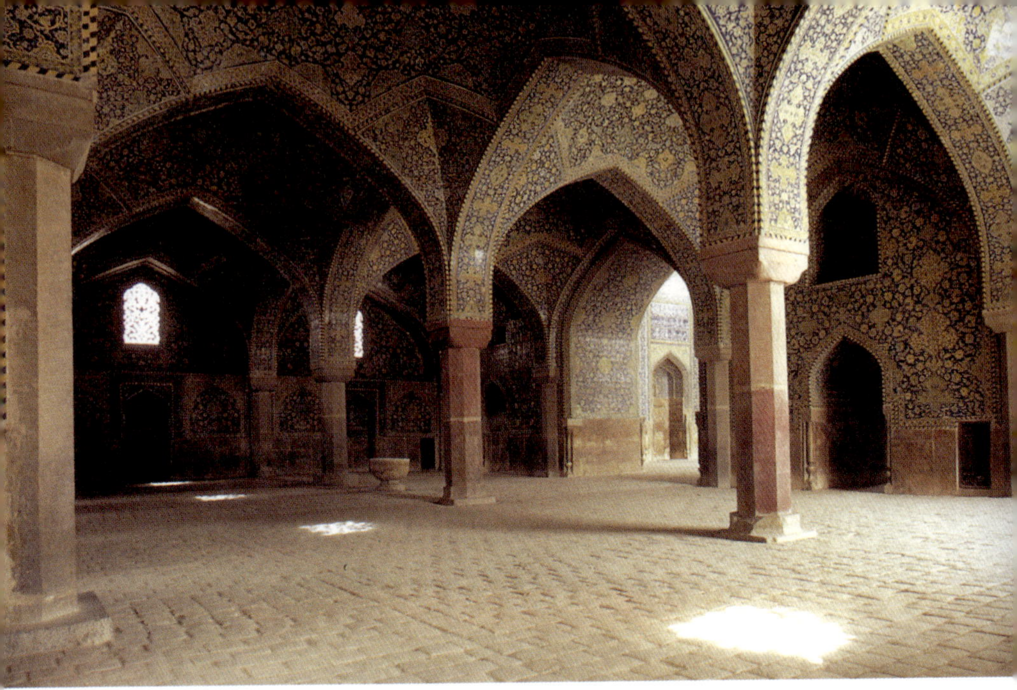

:: 피렌체 두오모 성당

이원용이 번역한 '아랍인의 행동원리' 는 이슬람의 세계를 이해하는 데 많은
도움이 된다.

"이슬람은 인간과 하나님 사이에 어떠한 영적 중간매개체도 인정하지 않고
있다. 그러므로 무슬림들은 중간 매개체를 거치지 않고 언제나 하나님과 직
접 대화할 수 있다. 무슬림들은 성장과정에서 이슬람을 체계적으로 배우며,
이를 바탕으로 누구나 선교사나 종교교육자로 활동할 수 있는 자질을 익힌
다. 이슬람에서 모든 무슬림은 예배 단식, 순례 등 종교적 의무를 수행할 의
무를 지닌다. 이슬람에서 무슬림들은 하나님인 절대자 알라에 대한 완전한
복종을 통해 평화를 얻으려고 한다. 이들이 말하는 절대자 하나님이 아랍어
로 알라다.

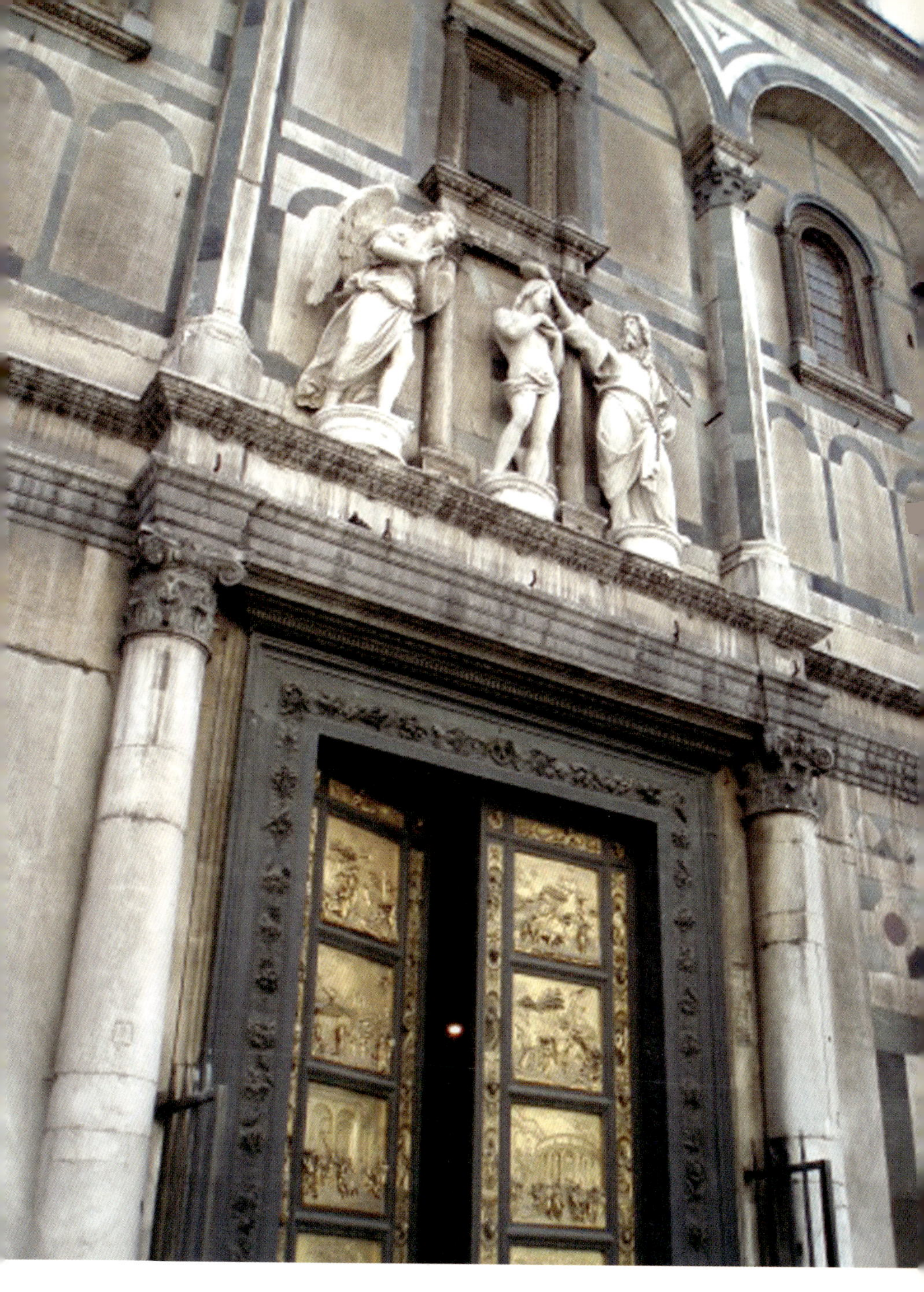

:: 천국의 문

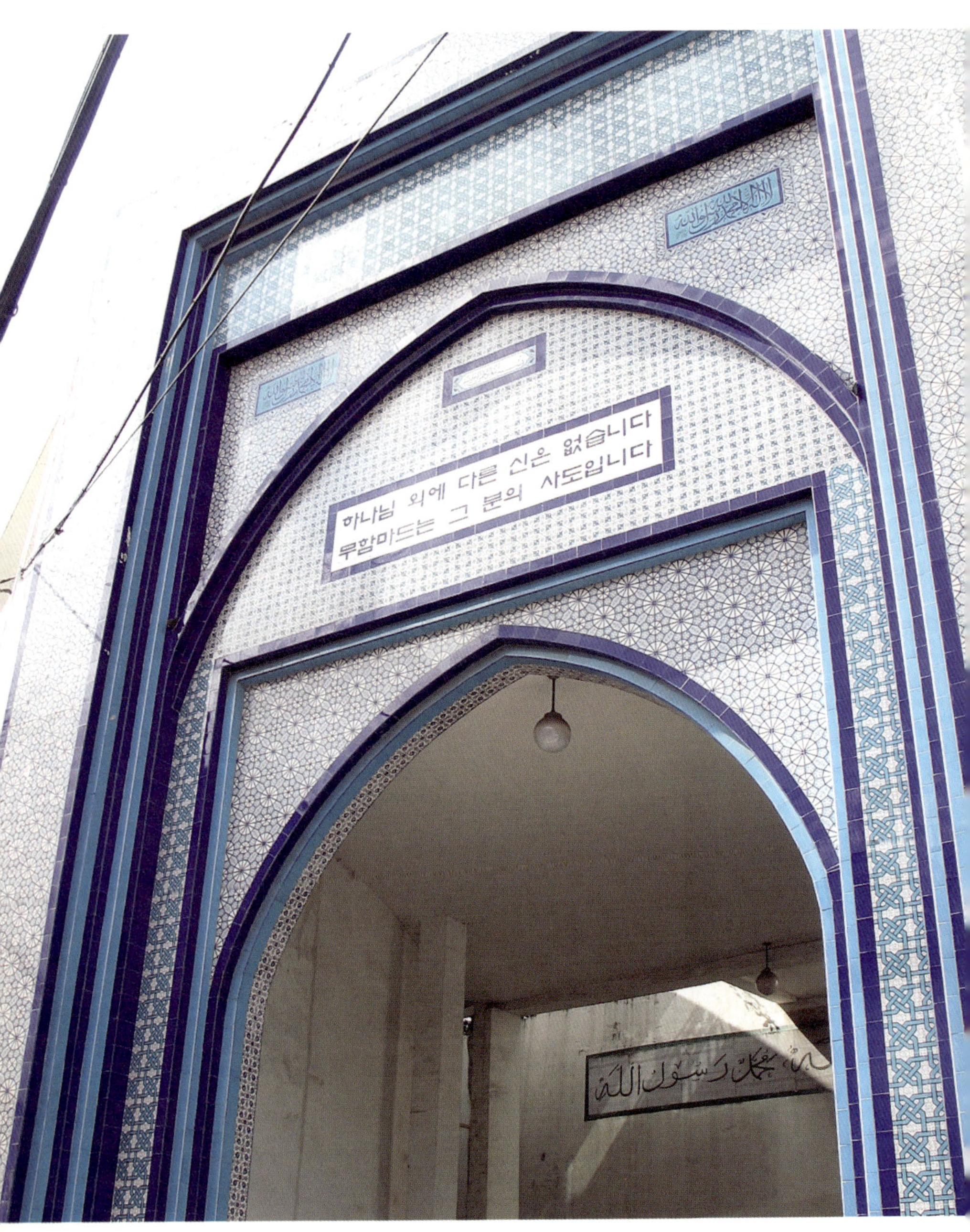

:: 이슬람 사원 정문

이슬람교는 무함마드를 통해 계시된 하나님의 종교로 믿음과 행동의 두가지 형태를 갖는다. 즉, 믿는만큼 행동하라는 정교일체사상을 근간으로 한다. 무슬림들의 실천체계로서 5대의무는 신앙의 고백, 하루 다섯 차례의 예배, 자카트(희사), 라마단 기간의 한달 동안의 단식, 능력있는 사람에 한해 평생에 한번 메카를 순례 등을 포함한다.

아랍인은 무엇이든 숨기려는 경향이 있다. 자기 행위를 밝히려고 하지 않는 것은 그 행위에 대해 부정적인 판단이 내려지는 것을 두려워하기 때문이다. '수치스러운 일을 한 자는 그 행위를 숨겨두어라. 불명예스러운 일이 하나 알려지면 또 다른 불명예를 낳는다' 라는 말이 있다. 아랍인은 자신에게 중요한 일은 비밀리에 진행하는 경우가 많다. 혼자만이 한다면 불리한 가치판단을 받지 않고도 끝난다. 그러나 어떤 분위기에서는 감정을 과격하게 노출시키는 것도 아랍인의 특성이다. 아랍인이 자기 감정을 자유롭게 표현하는 상황은 주로 이야기할 때, 읽을 때, 고통.슬픔.분노.논쟁을 할 때이다. 아랍인은 화내는 몸짓과 큰소리로써 자기의사를 상대방에게 전한다. 그 말투는 충격적이고 붙타는 듯이 과격하다. 아랍인과 냉정하게 객관적으로 의논하기란 힘들다. 그들은 언제나 주관적이며, 또한 어떤 화제든 자기역할을 지나치게 의식한다.

아랍인은 자부심이 강한 사람들이다. 자기 스스로를 높이고 남으로부터 존경받는 것을 대단히 중시한다. 만일 타인이 만족함으로써 자기 위신이 손상된다면, 즐거워 하지 않는다. 아랍인들은 그들의 과거와 역사와 문화를 자랑으로 삼는다. 그 자랑은 전통에 뿌리박힌 것이다. 아랍인은 자기들의 전통과 습관을 존중해 주는 사람에게 감사하고, 자기들의 생활을 이해해 주는 사람들과 쉽게 어울리고, 상대의 체면을 세워주려고 노력한다.

아랍인과 종교에 대한 이야기는 무신론자로 비난받을지 모르므로 화제에 올리지 말아야한다. 가난하기 그지없는 아랍인일지라도 방문객의 밥상을 차리기 위해 마지막 남은 가축 한 마리까지 잡을 것이 틀림없다. 아랍인은 무엇보다도 접대속에서 그 미덕을 최대한으로 발휘하고 있다. 역사와 문화속에는 너그러운 관대함과 후한 인심 이야기가 대단히 많다. 아랍인은 자기가 어떻게 취급되고 어떻게 후대받고 있는가를 사람들에게 이야기한다. 손님에게 친절하다는 평판을 받는 것은 대단히 중요하며, 그렇기 때문에 손님 앞에서는 기분을 낸다. 그 소문이 주위에 퍼져가는 것을 알고 있기 때문이다.

아랍문화의 거의 대부분을 차지하는 종교는 기본적인 원동력이다. 실생활의 온갖 행위와 관련해 종교가 발언권을 가지고 있다. 이슬람은 인간의 극히 당연한 행위에 대해서도 관심을 기울인다. 전통의 형식과 의식을 지키는 것은 매일의 생활에서 떼어놓을 수 없는 일부가 되어있기 때문이다. 정식으로 따르고 지킬 수 없는 종교라는 것은 도저히 생각할 수 없고, 도덕은 항상 종교의 옷을 걸친다. 단지 종교의 일면만을 이루고 있는 것이 도덕이다. 종교로부터 분리된 도덕관념은 존재할 수 없는 것이다. 이와 같이 종교는 아랍인의 모든 생활에 침투해 대다수 사람들에게 절대적인 지배권을 행사한다.

신의 힘은 이슬람교도의 마음을 지배하기 때문에 신도들은 항상 신을 의식하고 있어야한다. 그리하여 기회있을 때마다 자신들의 전생활과 장래를 신에게 바치겠다는 약속을 밝힌다. 최고 권력자인 신은 아랍인의 마음속에 있는 하나의 두려움의 연원이기도 하다. 신이 존재하지 않는 것처럼 생각하고 그렇게 말하는 것은 신의 노여움을 사게 된다고 생각한다. 신은 자기가 창조한 것, 즉 인간에 대해서 자유재량권을 갖는다고 생각되며, 그 권리를 존중하기 위해 이슬람교도는 아무런 제약을 받지 않고 자기의 계획을 세워서는 안된다고 생각한다. 그 제약이 바로 '만약 죽지 않는다면, 만약 만사가 평화롭다면,

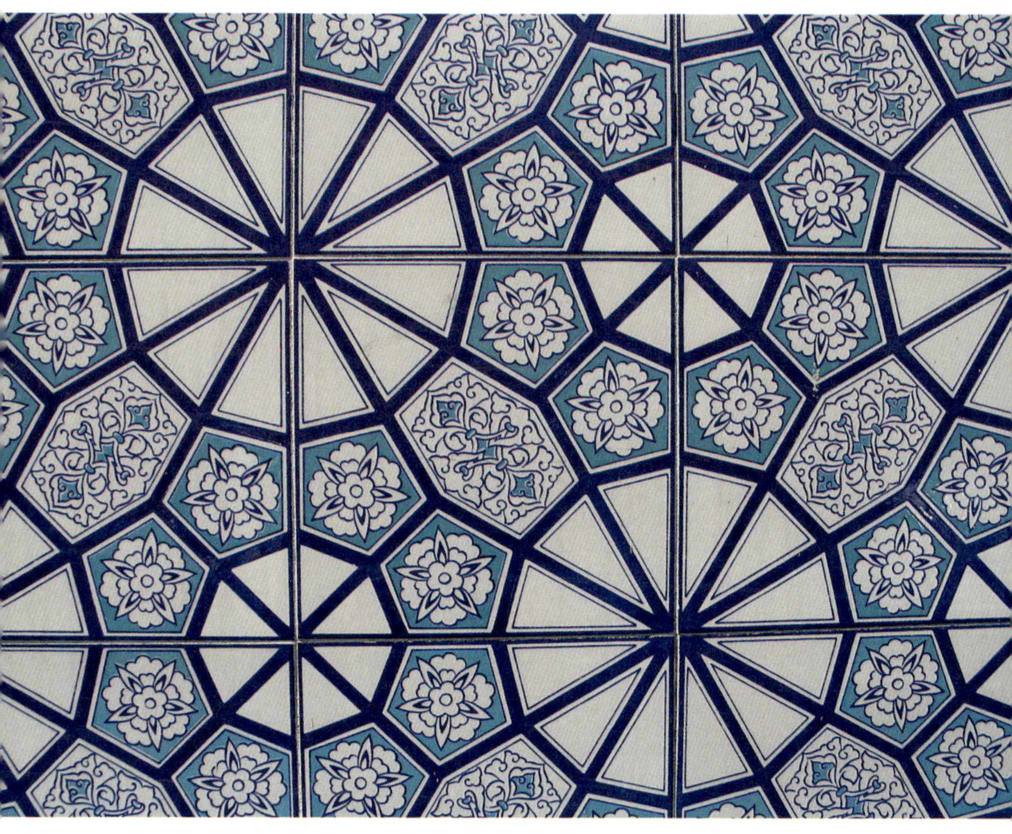

만약 신이 찬성하신다면, 신의 힘으로, 신의 의사에 따라, 신이 도와 주신다
면' 하는 식의 전제조건이다.

음식물은 짓밟거나 내 던져서는 안되며, 특히 빵을 소중히 한다. 빵을 바닥에
떨어뜨렸을 때는 주어서 키스를 한 다음 먹든가 살며시 옆에 놓는다. 이에 반
하는 행위는 은혜를 모르는 행위이다."

이슬람 사원

이태원에는 이슬람 서울성원이 있다. 한국에 거주하는 서남 아시아나 북 아프리카 이슬람교 신자들이 이곳에서 예배를 본다. 상가들이 빼곡히 들어찬 이태원에서 이슬람 사원은 색다른 존재감, 그 자체다. 이슬람 사원은 지하철 6호선 이태원 역 3번 출구를 이용해 갈 수 있다. 이슬람 사원으로 가는 길 중간에는 많은 클럽들과 트랜스 바가 있다. 이런 클럽들을 지나 주택들이 들어선 가파른 언덕길로 들어서면 하얀 탑의 이질적인 건물, 이슬람 사원을 만나게 된다.

사진에서 보듯 서울에 있는 이슬람 사원은 타지마할이나 성소피아 사원과 다른 평범한 사원이다. 최고의 이슬람 사원을 보려면 아무래도 이슬람 사원의 본산인 터키나 인도에 있는 사원을 들러 보는 것이 좋을 것 같다. 바로 인도

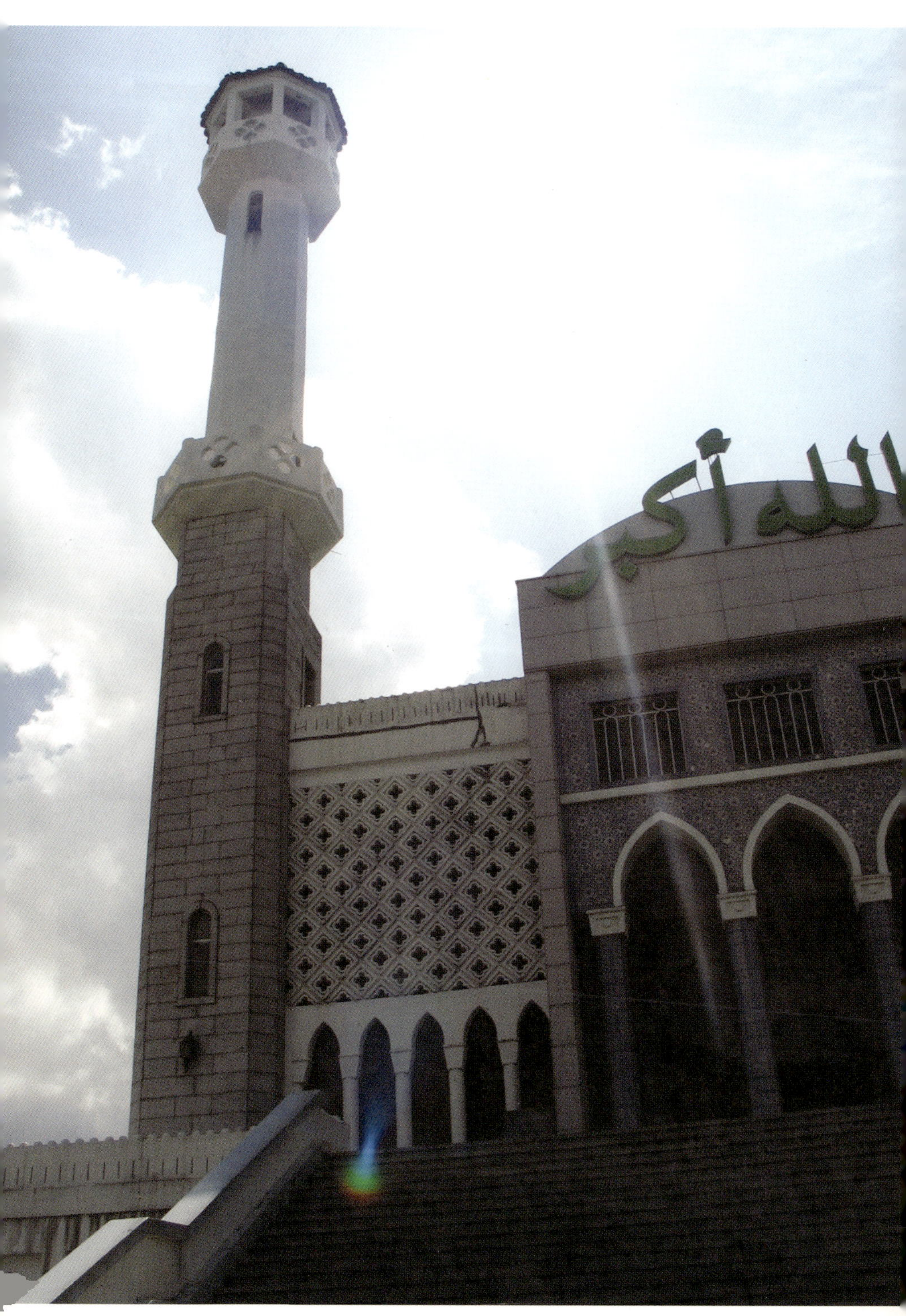

:: 이슬람 사원, 이태원

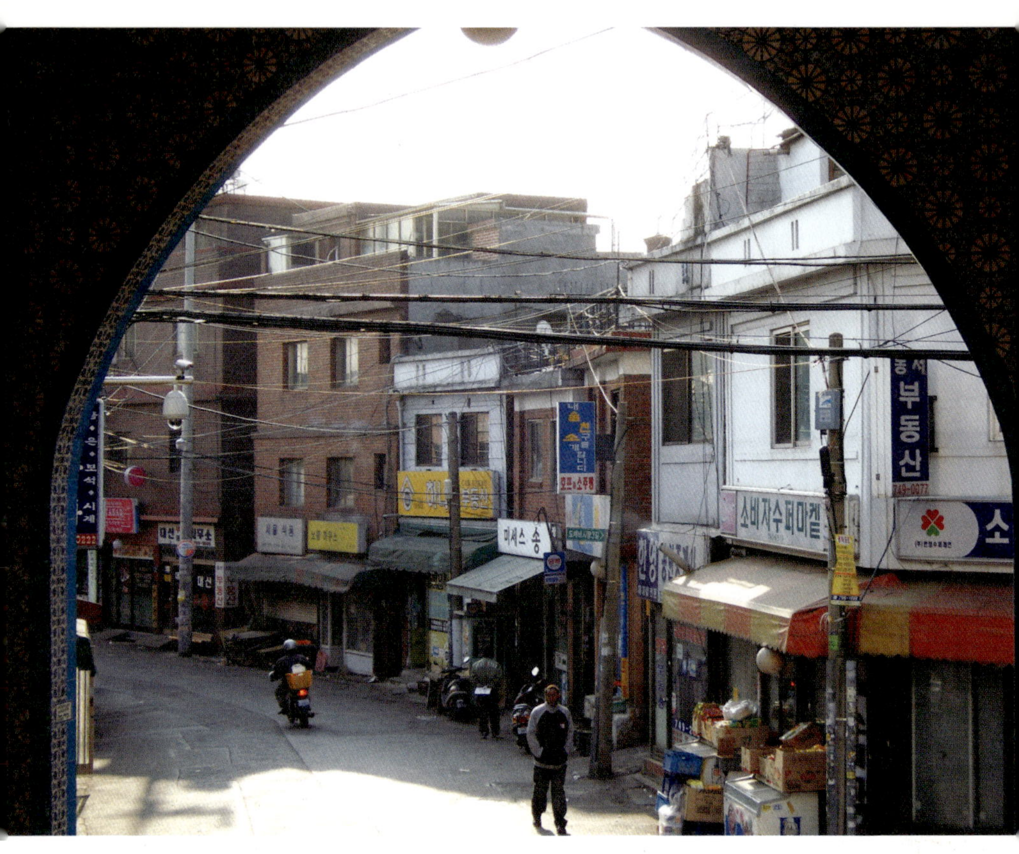

:: 이슬람 사원에서 본 이태원의 거리

의 '타지마할' 세계 7대 불가사의 사원이며, 터키에 있는 '성 소피아 사원'은
이슬람 사원의 대표적 건물이다. 이처럼 웅장하고 화려한 이슬람 사원은 아
니지만 서울의 이슬람 사원도 흰색 건물과 하늘색 지붕의 이슬람 특징을 갖
는다.

푸른색 타일의 이슬람 사원 정문에는 "하나님 외에 다른 신은 없습니다. 무함마드는 그 분의 사도입니다."라는 글귀가 있다. 이슬람 사원은 백색의 벽과 푸른색 타일이 기묘한 조화를 이루고 있다. 이태원로를 기준으로 남쪽 구역에서 가장 높은 곳에 위치하여 탁 트인 시야를 확보한 언덕 위의 이슬람 사원은 이곳을 찾는 이슬람 신자들의 마음을 경건하게 만들기에 충분하다. 푹신한 카펫이 깔린 사원 내부에 들어가기 위해서는 신발을 벗고 들어가야 한다.

이태원의 이슬람 사원은 중동 건설 붐 당시, 박정희 정권이 이슬람권 국가들과 우호증진을 위해 세운 한국 최초의 이슬람 서울 성원이다. 한국 정부가 약 1500평의 성원 건립용 부지를 제공하고, 건립비용은 이슬람 교도가 자체 조달했다. 이슬람 사원은 1976년 5월 21일 완공되어 지금까지 30여 년의 세월을 우리들과 함께 해 오고 있다.

이태원에는 'What is the book?', '이태원 외국서점' 등의 중고서점과 수지스Suji's라는 식당이 있다. 수지스는 뉴욕 홈 메이드 스타일의 음식을 먹을 수 있는 곳이다. 팬 케이크와 오믈렛이 유명하고, 또 뉴욕 브런치, 멕시칸 브런치 외에 튀긴 감자, 블루베리와 생크림을 얹은 프렌치 토스트 등을 즐길 수 있는 곳이다.

미국의 유명 드라마 '섹스 앤 더 시티'를 보면 여주인공들이 브런치를 즐기는 장면이 나온다. 청담동이나 이태원에선 브런치가 하나의 문화 트렌드다. 외국 휴양지에서나 즐길법한 편안한 늦은 아침 식사를 이태원에서 즐기는 사람들이 있다. 해밀턴 호텔 주위에 조성돼 있는 쇼핑거리에는 영어 간판이 많다. 서구식의 술집과 식당들이 있다. 대개의 경우, 식당의 주방장은 외국인이다. 그래서 이태원은 세계 각국의 음식을 먹을 수 있는 곳이기도 하다. 이 중에서 모굴 가든은 인도, 파키스탄 요리 전문점으로 양고기가 유명한 음식점이다.

우즈메니아USMANIA는 파키스탄 음식점이다. 게코스 가든Gecko's Garden은 타파스, 바비큐 등과 와인을 즐길 수 있는 팝 레스토랑이다. 비스트로Bonji Bistro는 웨스턴 스타일의 팝이다. 로코 로카Loco Loca는 라틴 스타일의 음식을 즐길 수 있는 바 겸 식당이다. '미쳤다'는 스페인어 '로코(남성형 형용사)'와 '로카(여성형 형용사)'가 상호이다. 불가리아 레스토랑 젤렌Zelen이 있다. 미뇽 Mignon은 벨기에 요리를 선보이는 레스토랑으로 음식과 갤러리가 함께 있는 것이 특징이다. 유럽에 있는 집과 같은 편안한 분위기에서 여유 있게 쉴 수 있는 공간이다. 미뇽에서는 '에그 베네딕트'가 유명하다. 휴양지 분위기의 더 방갈로The Bungalow Lounge는 바비큐가 유명하다. 더 플라잉 팬 블루the Flying Pan Blue는 호주식 홈 쿠킹을 제공하는 레스토랑이다. 라 씨갈 몽마르뜨La cigale Montmartre는 홍합요리로 유명하다. 이처럼 음식 맛만으로는 레스토랑의 큰 성공을 기대하기 어렵다. 다양한 체험을 제공할 수 있을 때, 사람들은 레 스토랑에 모여들기 마련이다.

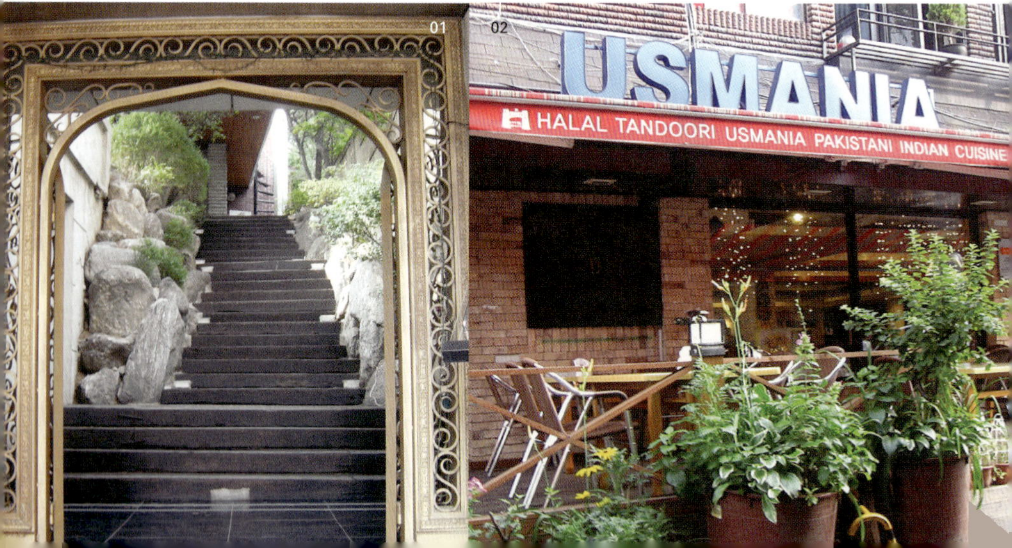

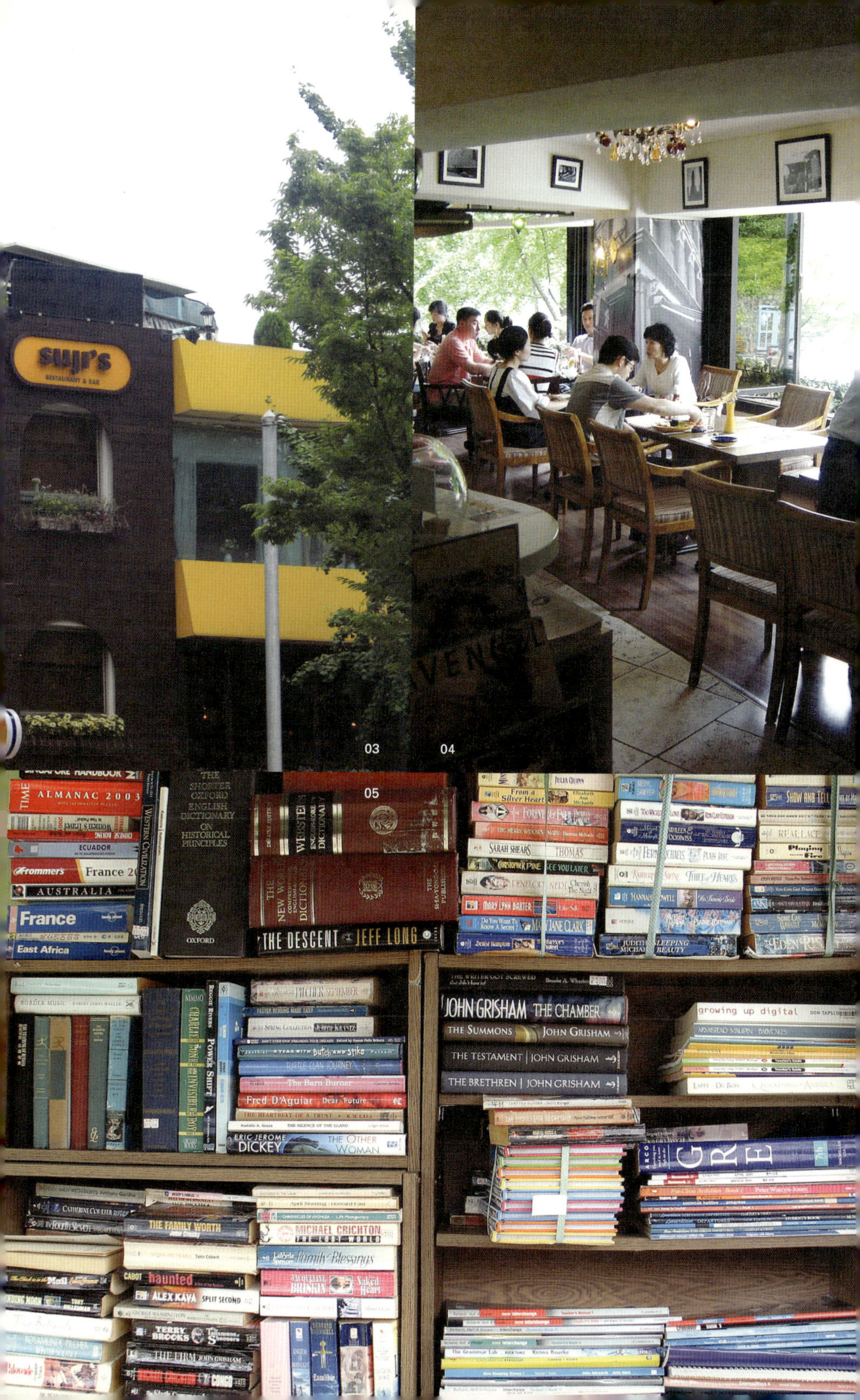
03
04
05

체험 마케팅

번드 슈미트는 저서 체험 마케팅에서 5S 매장의 체험 마케팅 사례를 소개한다. 뉴욕의 패션과 예술중심지역에서 시세이도는 화장품 마케팅의 예술을 다시 정의하고 있다. 겉으로 보기에 5S 매장은 소매점이라기 보다는 화랑같다. 높은 천장, 자연채광이 들어오는 커다란 창문, 나무로 된 마루와 시원하게 열린 공간, 매장에 들어가면 당신은 현대적 박물관에 온 것 같은 느낌을 갖게 될 것이다. 정문 안쪽에는 매장 전체의 총체적 철학을 알려주는 판넬이 걸려 있다. "한 여성의 아름다움은 어떤 순간이건 그녀의 사고방식과 생활방식, 느끼는 방식과 관계가 있습니다. 여성의 아름다움은 공기와도 같아서 매순간 변합니다. 아름다움은 나이보다, 국적보다, 지위보다 더 깊이가 있습니다. 모든 여성에게는 그 자신만의 아름다움이 있습니다. 그리고 바로 그 아름다움을 5S가 가꾸어 드리겠습니다. 5S는 여성의 몸과 마음전체를 위한 피부 미용화장품입니다. 저희들은 향기와 색상, 식물, 자연추출물들을 이용해 여성의 몸과 마음을 증진시킴으로써 각 여성의 아름다움을 배가시킬 것입니다."

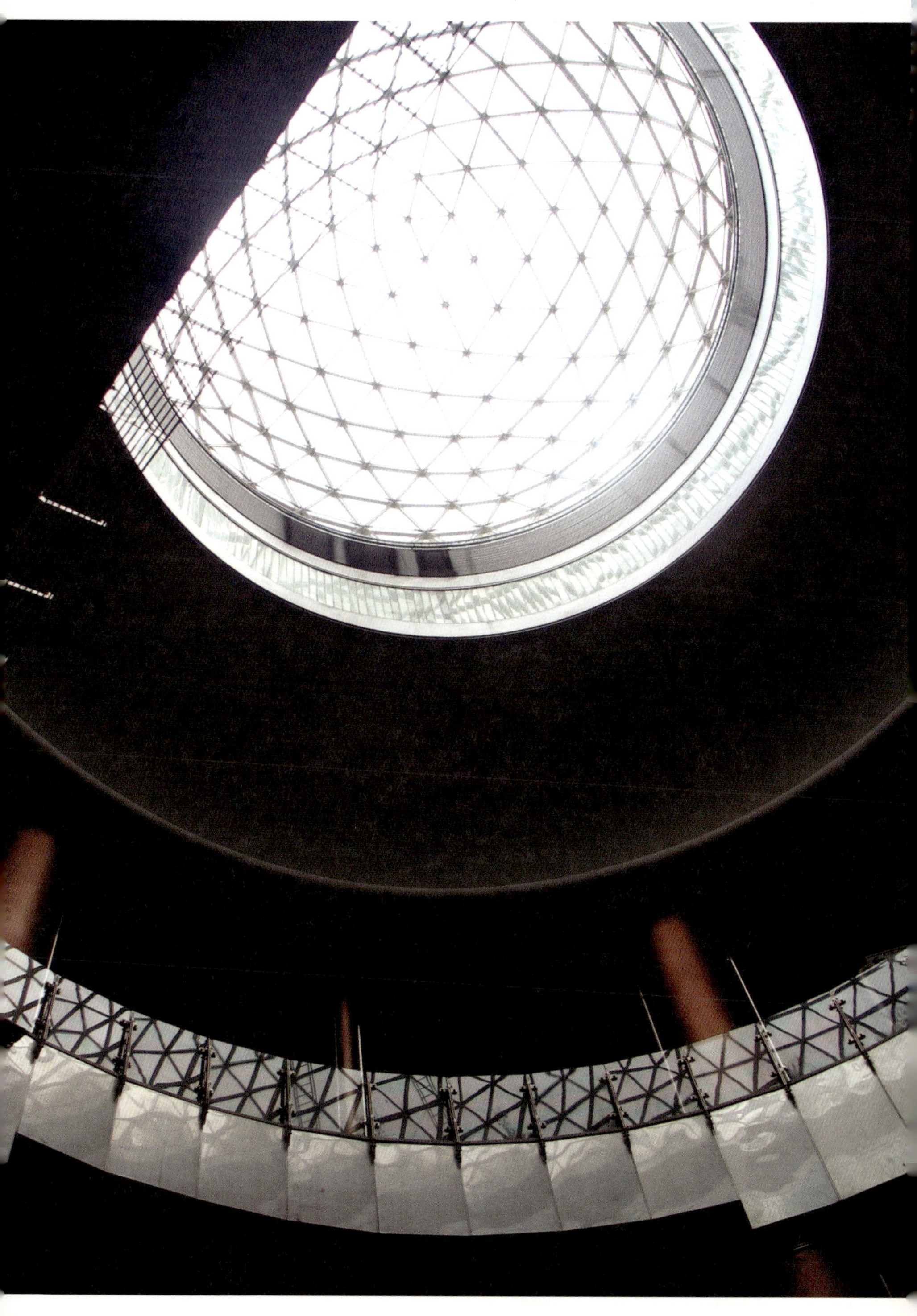

:: 녹사평역 유리 돔

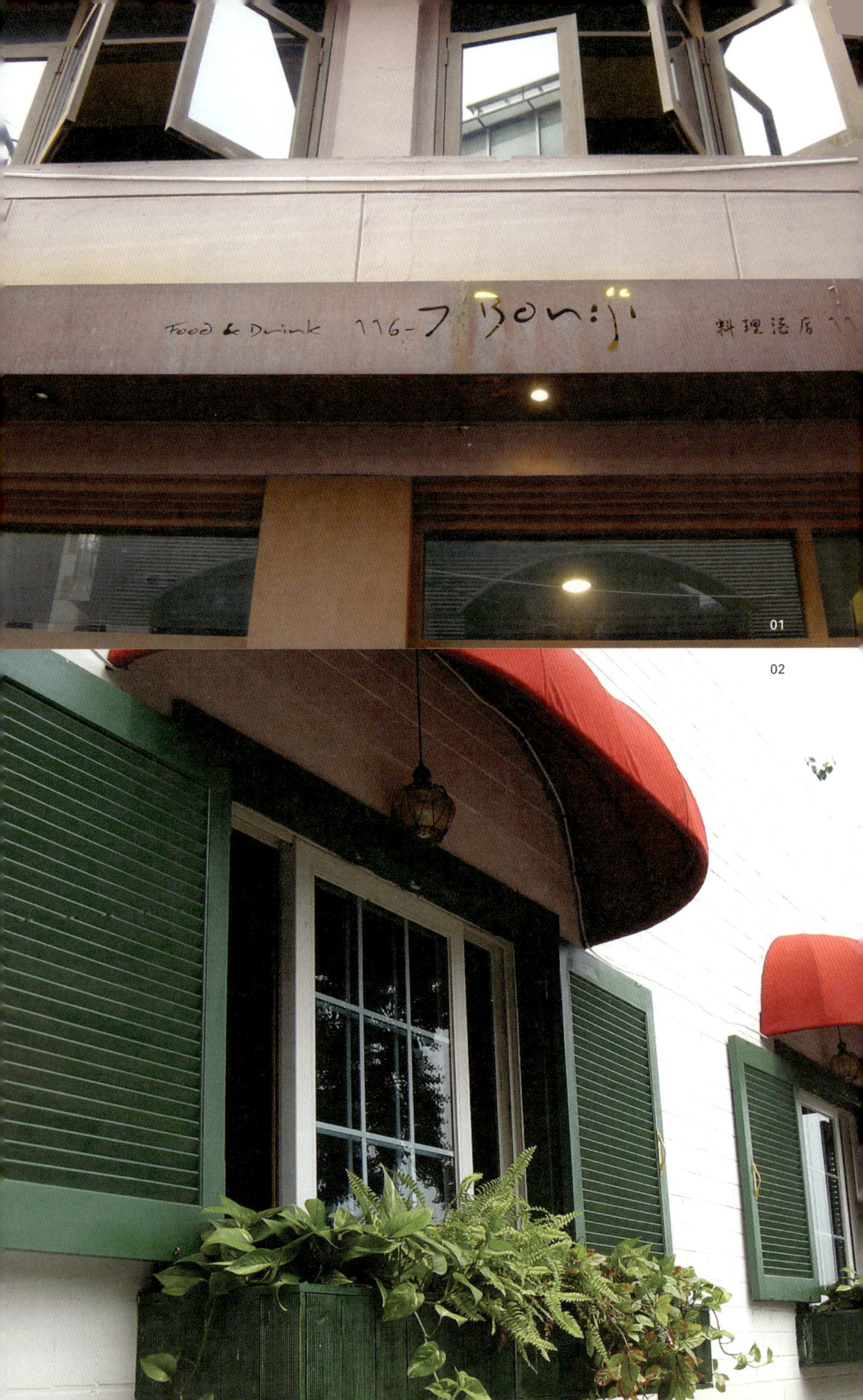

01

02

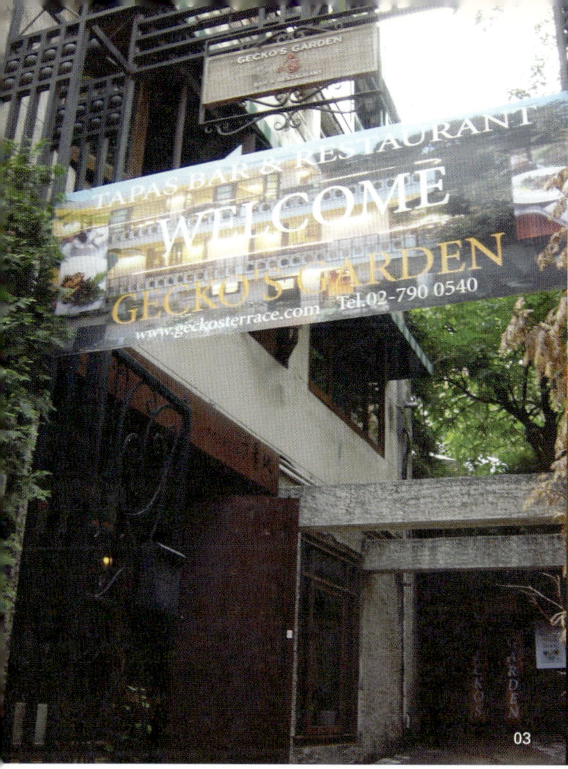

01_ 7번지 비스트로

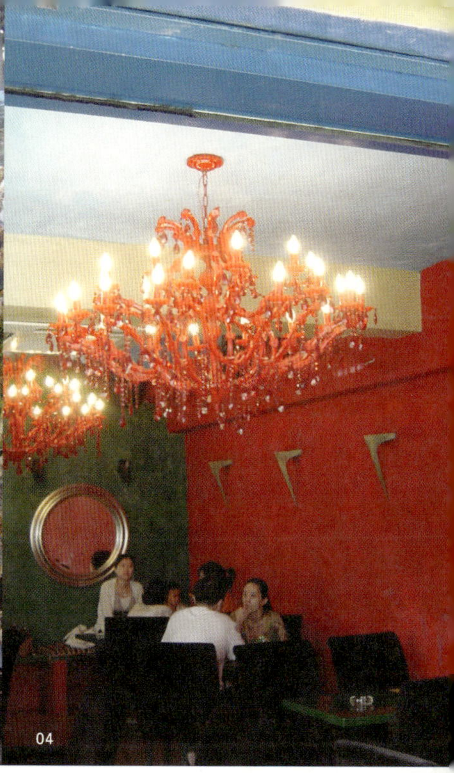

02_ 젤렌

03_ 게스코 가든

04_ 로코 로카

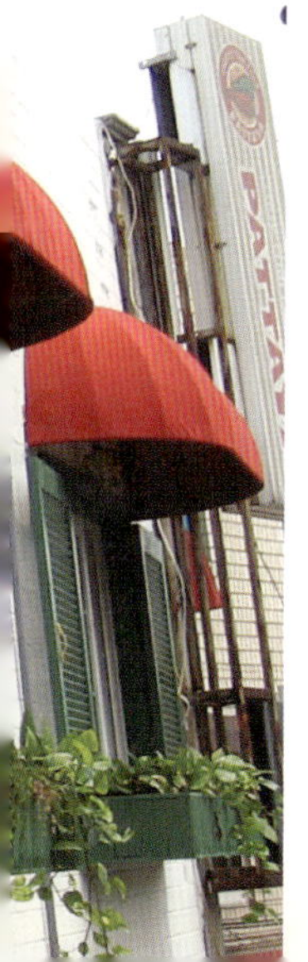

5S 매장에서 널찍한 방안에 제품들이 마치 예술작품인양 전시했다. 점등된 판넬에는 테이블 위에 있는 여러 화장품들의 원료인 허브의 효과와 장점들은 고객의 마음을 사로잡기 위한 것이다. 테이블 뒤 벽에는 자연스러운 배경에서 찍은 서로 다른 인종의 여성들의 아름다운 사진과 영상과 음악 공간의 분위기를 주도한다.

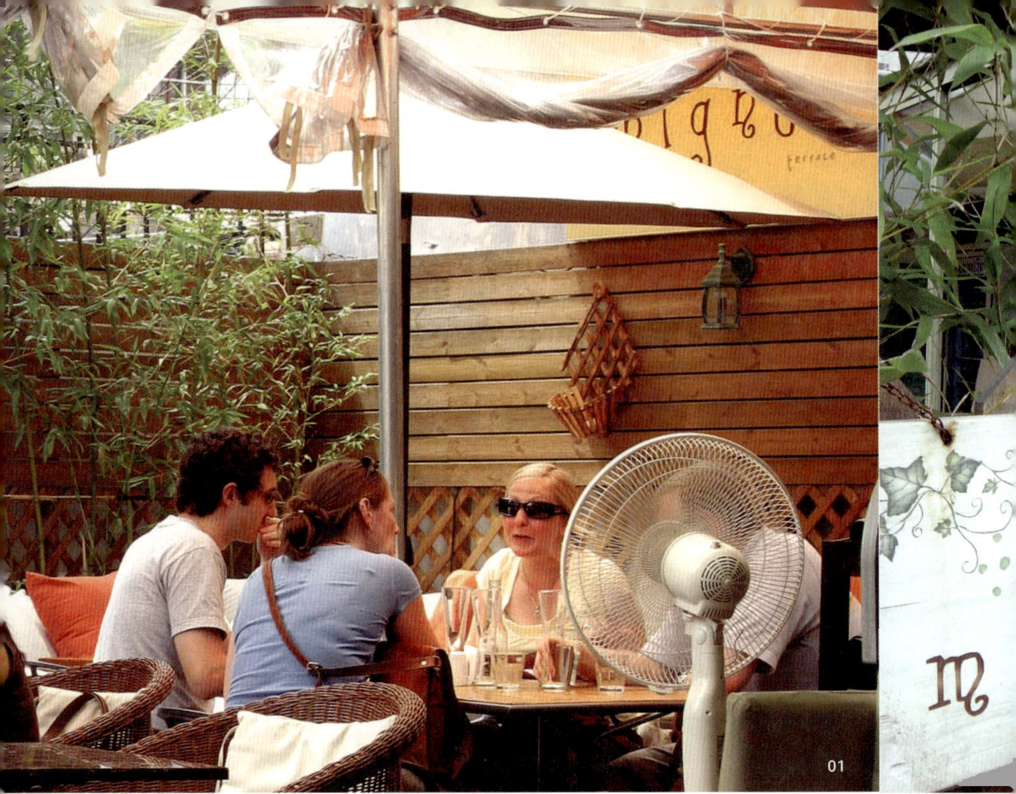

주위환경은 편안하며 안락하다. 정보는 풍부하고 적절하다. 스킨 케어에 대한 질문을 대답해 주는 터치 스크린 컴퓨터는 고객의 궁금증을 풀어줄 것이다. 소책자는 자유롭게 가져갈 수 있다. 나무로 만든 선반에 미용과 패션에 관한 최근 잡지들과, 자연식이나 허브차에 대한 참고서들도 확실하게 드러내지 않으면서 웰빙의 이미지를 전한다. 지역정보를 보여주는 컴퓨터 스크린 옆에는 판매하고 있는 소호 가이드 책자가 진열되어 있다. 허브차를 보온병에 담아 시음해 보는 체험도 제공한다. 판매원들이 존재를 드러내며 소비자를 귀찮게 하지도 않는다. 다가와서 말을 거는 일이 없어도 손님을 무시한다는 느낌을 받지 않게 하는 마케팅이야 말로 고차원의 마케팅 전략이다.

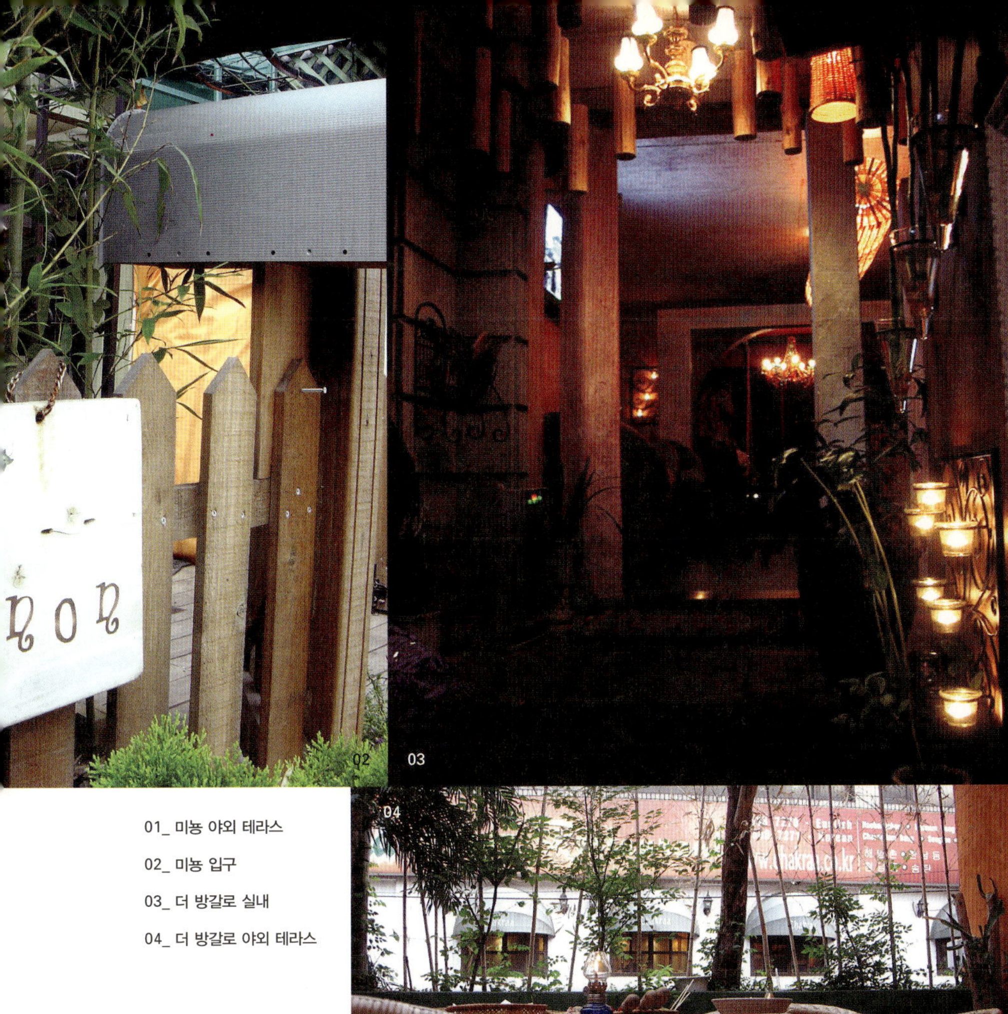

01_ 미뇽 야외 테라스

02_ 미뇽 입구

03_ 더 방갈로 실내

04_ 더 방갈로 야외 테라스

슈미트는 5S 매장을 다음과 같이 요약한다. "5S는 생태학적인 문제에 관심을 갖고 있다. 재생용지로 인쇄된 소책자에는 '우리가 5S를 만들었을 때 환경적으로 건전하고 우리의 세계공동체에 관심을 두는 정책을 원했다'라고 되어 있다. 포장은 최소한도로 그리고 언제나 재생 가능하도록 한다. 재생된 재료를 매장 자체의 건축이나 디자인에 사용하기도 했다. 가능한 대로 최대한 천연성분과 식물성 원료를 사용하여 제품을 만든다.

5S의 음악은 '온 세상을 깨운다. 그것은 여성들을 나타내며, 오감을 자극하고, 도전적이지만 아름답다. 그것은 노래하고 말하고 속삭이면서 10개의 언어로 시를 낭송하는 여인의 물, 바람, 새, 바다, 피리, 기타의 소리이다. 그것은 정말 새롭고, 나로서는 설명이 불가능한 것이다.' 라고 음악 작곡가인 마크 배저가 말했다. 소책자는 계속 말한다. '아름다운 컬러와 이미지로 가득 찬 비디오는 매장 곳곳에 설치되어 있으며 향내에 둘러싸여 DVD와 입체음향으로 음악감상을 할 수 있다. 5S의 음악적 체험은 당신의 심신을 체험만큼이나 독특하고 놀라운 세계로 여행시키는 완벽한 감각적 사건이다.'

백화점의 전형적인 화장품 진열대와는 도저히 비교할 수 없다! 5S 매장은 제품 디자인과 진열이 조화를 이루며, 현대여성들의 가치관과 라이프스타일을 이데올로기와 연결시킴으로써 화장품과 향수에 있어서 총체적 접근을 시작했다."

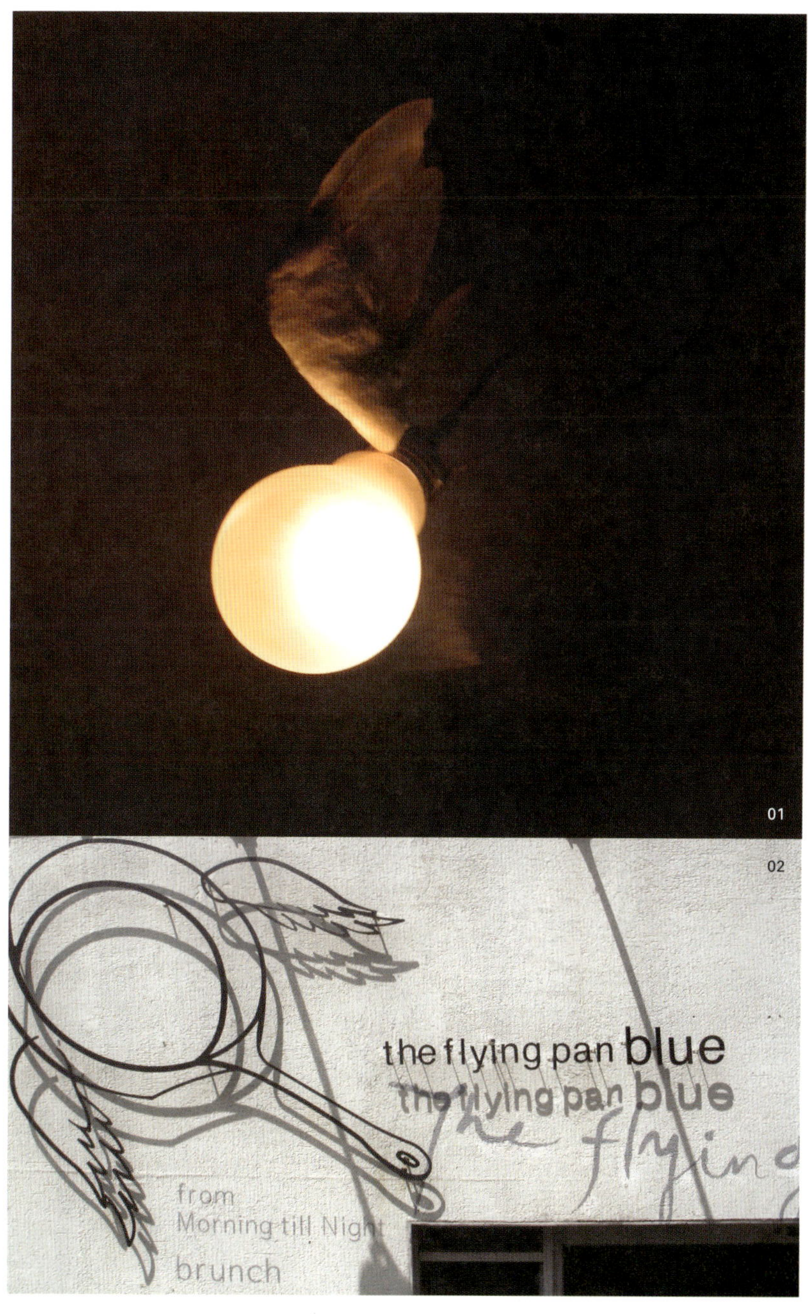

01_ 더 플라잉 팬 블루

02_ 날개 달린 조명

이제 고객들은 기능적 특징과 편익, 제품의 품질, 그리고 긍정적인 브랜드 이미지를 당연시 하며 그 이상의 것을 기대한다. 그들은 자신의 감각에 호소하고 가슴에 와 닿으며, 자신의 정신을 자극하는 제품을 원한다. 또한 고객은 관련성을 느낄 수 있고 라이프 스타일에 맞는 제품 및 커뮤니케이션과 캠페인을 원한다. 다시 말해 고객을 느낄 수 있고 체험할 수 있는 제품과 커뮤니케이션, 마케팅 캠페인을 원하는 것이다. 현대는 체험 마케팅을 필요로 하는 시대이다. 번트 슈미트가 이야기 하듯, 미학적 마케팅, 감각 마케팅, 감성 마케팅, 행동 마케팅, 관계 마케팅 모두를 아우르는 체험 마케팅은 공간의 제공자는 물론이고 공간 사용자의 행복을 약속할 것이다.

앞으로의 시대에서는 사람들은 식사만을 위해서 레스토랑을 찾지는 않을 것이다. 즐거운 시각적 체험을 위해 레스토랑을 찾는 사람도 있을 것이며, 대화하고 음악을 듣기 위해 레스토랑을 찾는 사람도 있을 것이다. 오감을 자극하는 레스토랑은 사람들의 정신적인 휴식처이며 즐거운 체험을 제공하는 레스토랑은 잊지 못할 추억의 장소이며, 예술의 공간이다. 체험 마케팅을 반영한 레스토랑 디자인은 성공으로 가는 미래의 길이다.

삼성 미술관 리움

많은 우여곡절 끝에 건립된 미술관이 바로 리움Leeum이다. 설립자의 성인 'Lee'와 미술관을 뜻하는 'Museum'의 '-um' 합성하여 'Leeum'을 만든 이름이다. 정말 이름 짓는 기술이 뛰어나다. 이름이 의미하는 글자 그대로 리움은 국립미술관이 아닌 사설 미술관이다. 삼성 미술관은 세계의 저명 건축가 렘 쿨하스, 장 누벨, 마리오 보타 등의 세 사람을 초청하여 이들에게 각각 하나의 건물을 의뢰하여 만든 건물로서 CNN에서도 방영되기도 하였다.

리움은 접근성이 부족하다는 사람들의 비평을 받는다. 지하철 역에서 내려 리움으로 가는 보행로는 미술관으로 가는 길이라고 보기에는 운치가 없다. 아니 운치는 고사하고 가는 길이 옹색하다. 이에 반해 파리의 루브루 박물관 Muse du Louvre은 진입로를 넓은 광장이 대신해 접근성이 아주 높다. 광장은

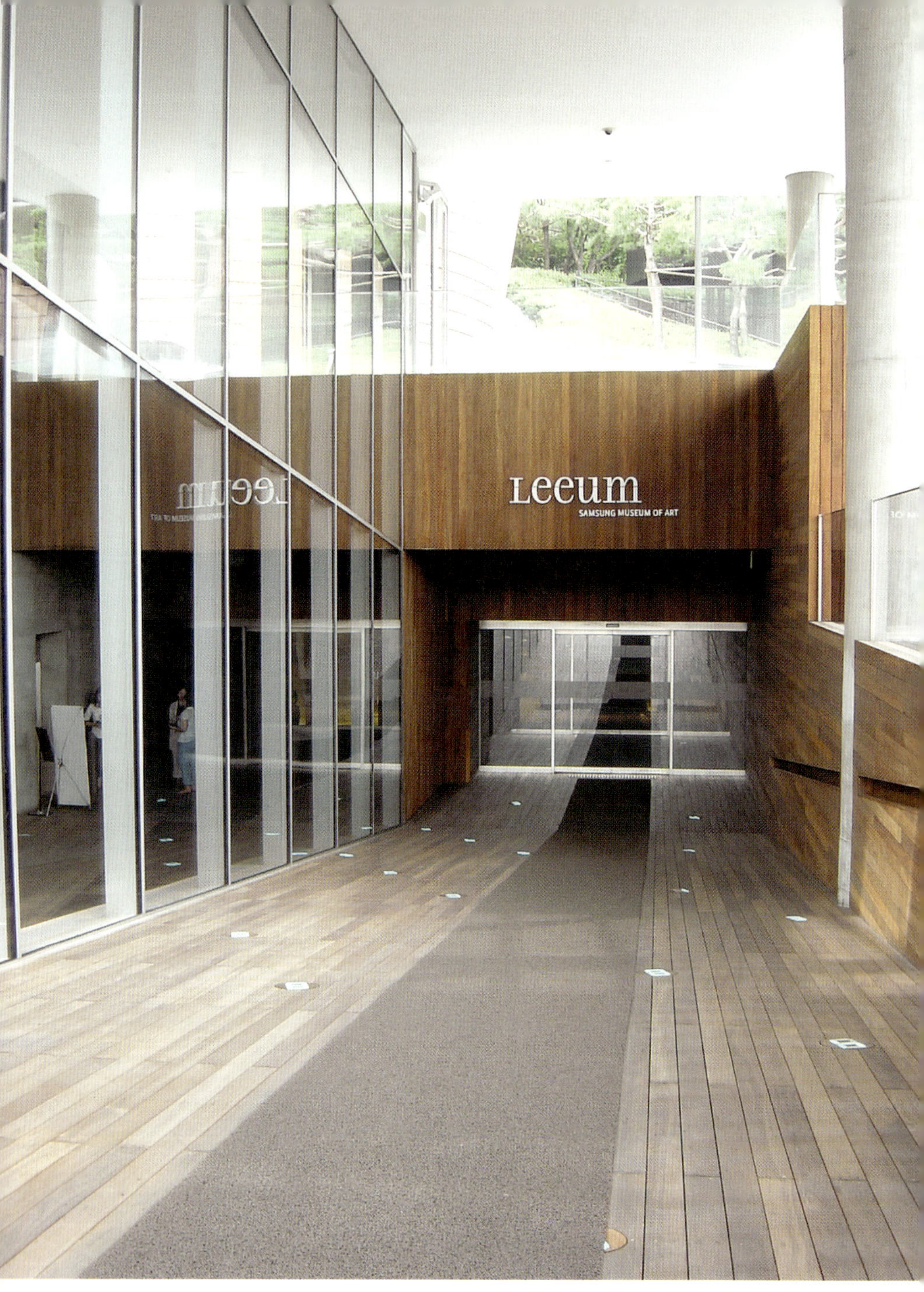

:: 리움 입구

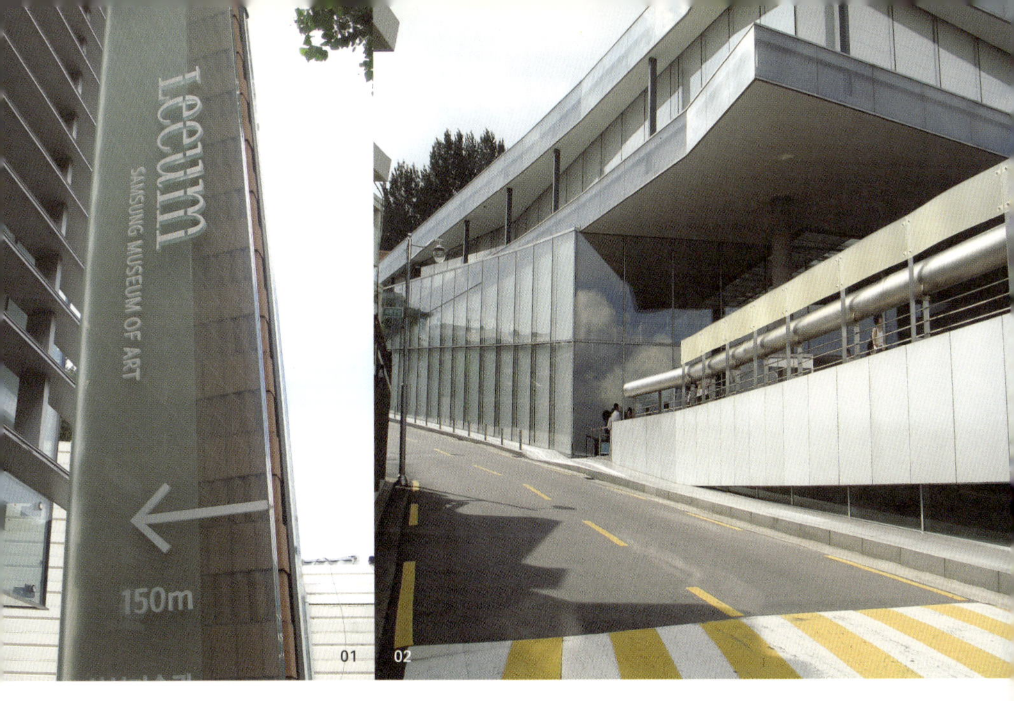

01_ 리움 미술관 안내 표지판

02_ 리움 입구로 가는 길

사람들에게 문화공간과 쉼터, 그리고 만남의 장소를 제공한다. 사람들은 수변공간과, 역사적 건축물로 둘러 싸인 넓은 광장에서 책을 보기도 하고, 사람들을 만나고 이야기한다. 광장 중앙에 위치한 유리와 철로 만들어진 현대식 피라미드가 있는데 이것이 바로 루브르 박물관으로 들어가는 입구다. 이 피라미드는 그 자체로서 사람들에게 시각적 즐거움을 제공한다. 피라미드로 '들어간다' 는 행위는 조각품, 즉, 예술 안으로 들어감을 뜻함과 동시에 역사 안으로 들어간다는 간접 의미를 갖는다. 이렇듯 루브르 박물관은 단지 예술 작품을 보여주는 것에만 집중하지 않고, 그 박물관 주변까지도 세심한 배려를 한다.

한국의 예술 세계에서 '여백의 미' 가 중요하다. 하지만 리움의 보행로에서는 한국적인 여백의 미를 찾아보기 힘들다. 그건 건물을 건축선에 딱 붙여 지었

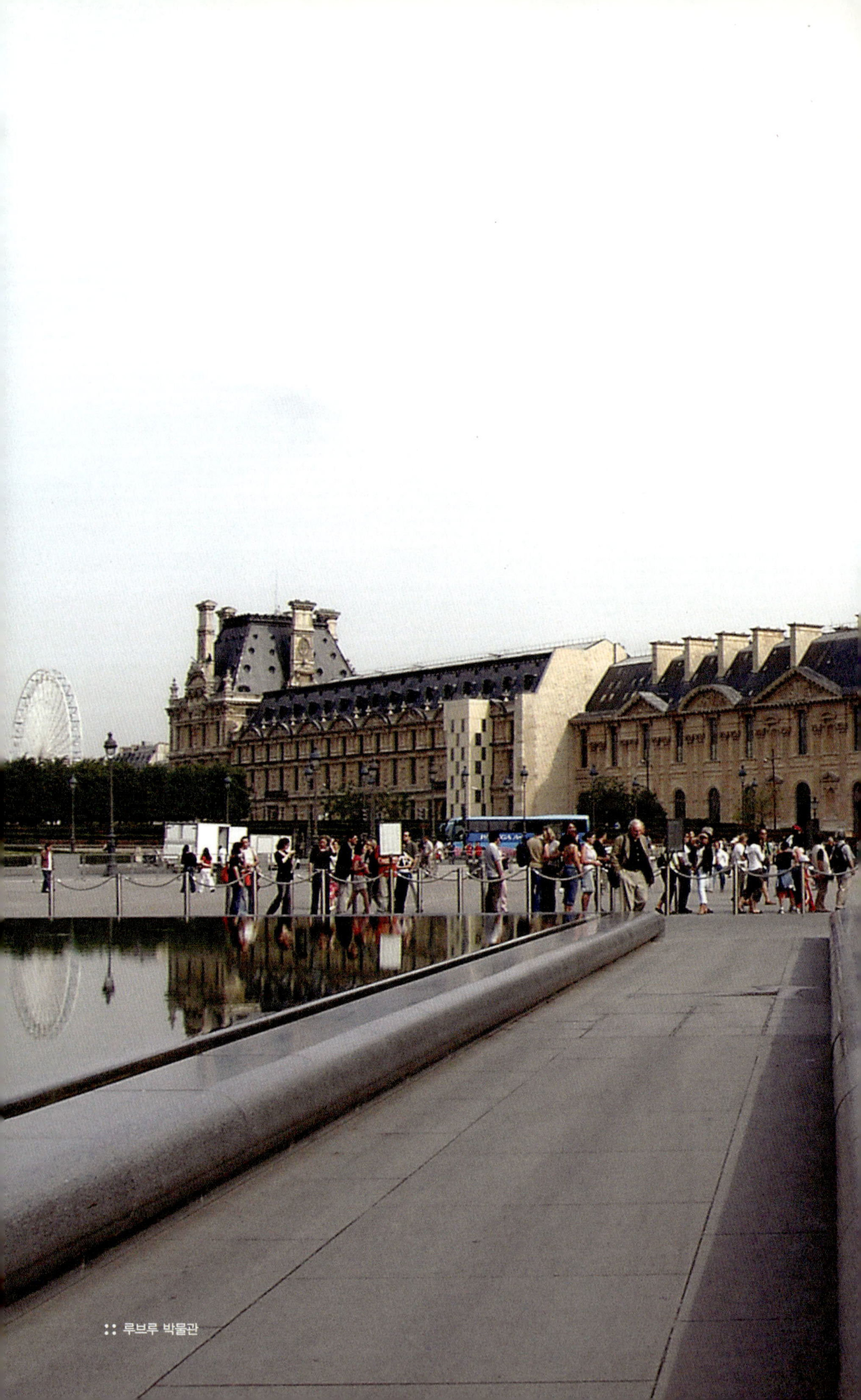

:: 루브루 박물관

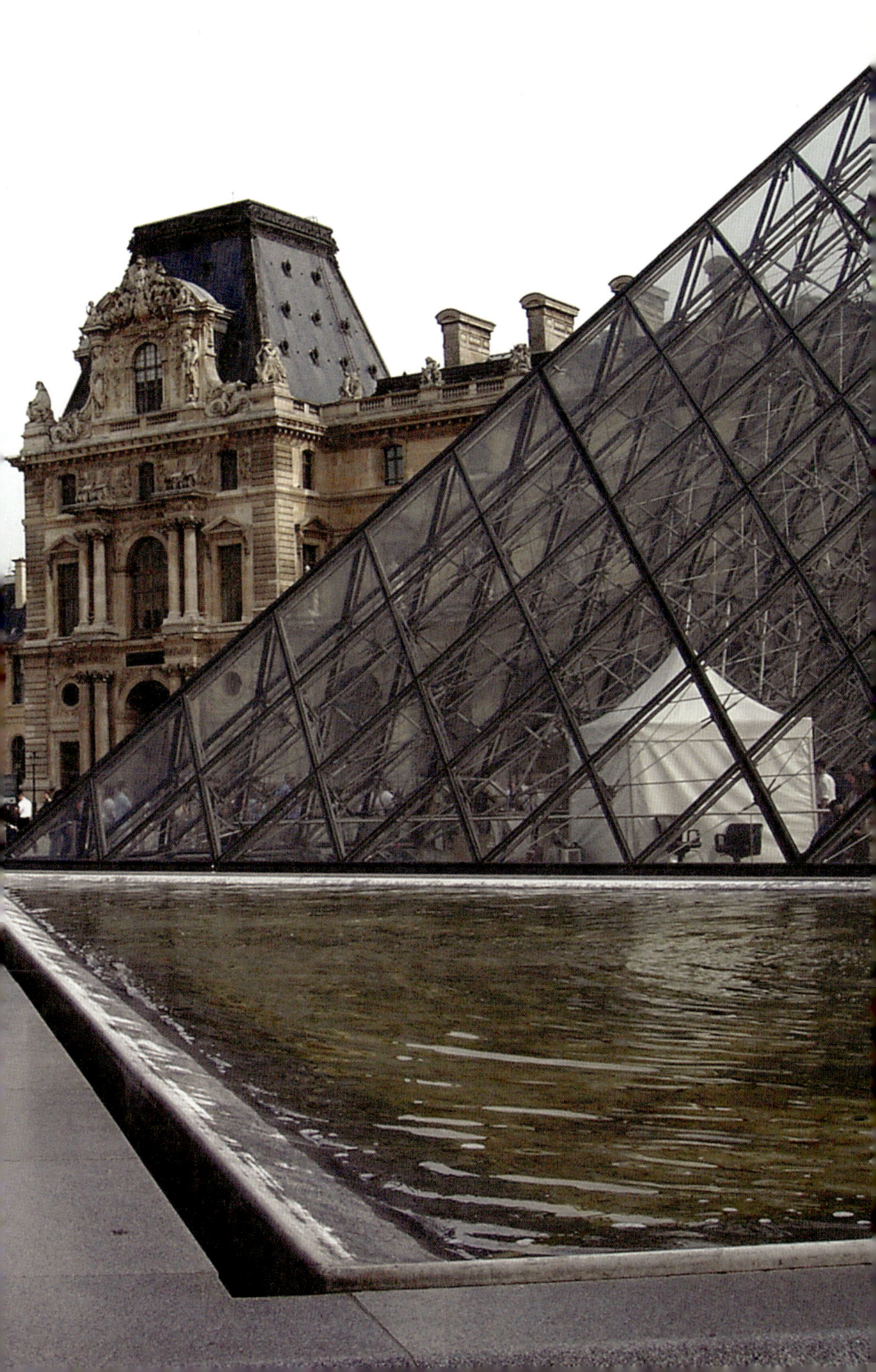

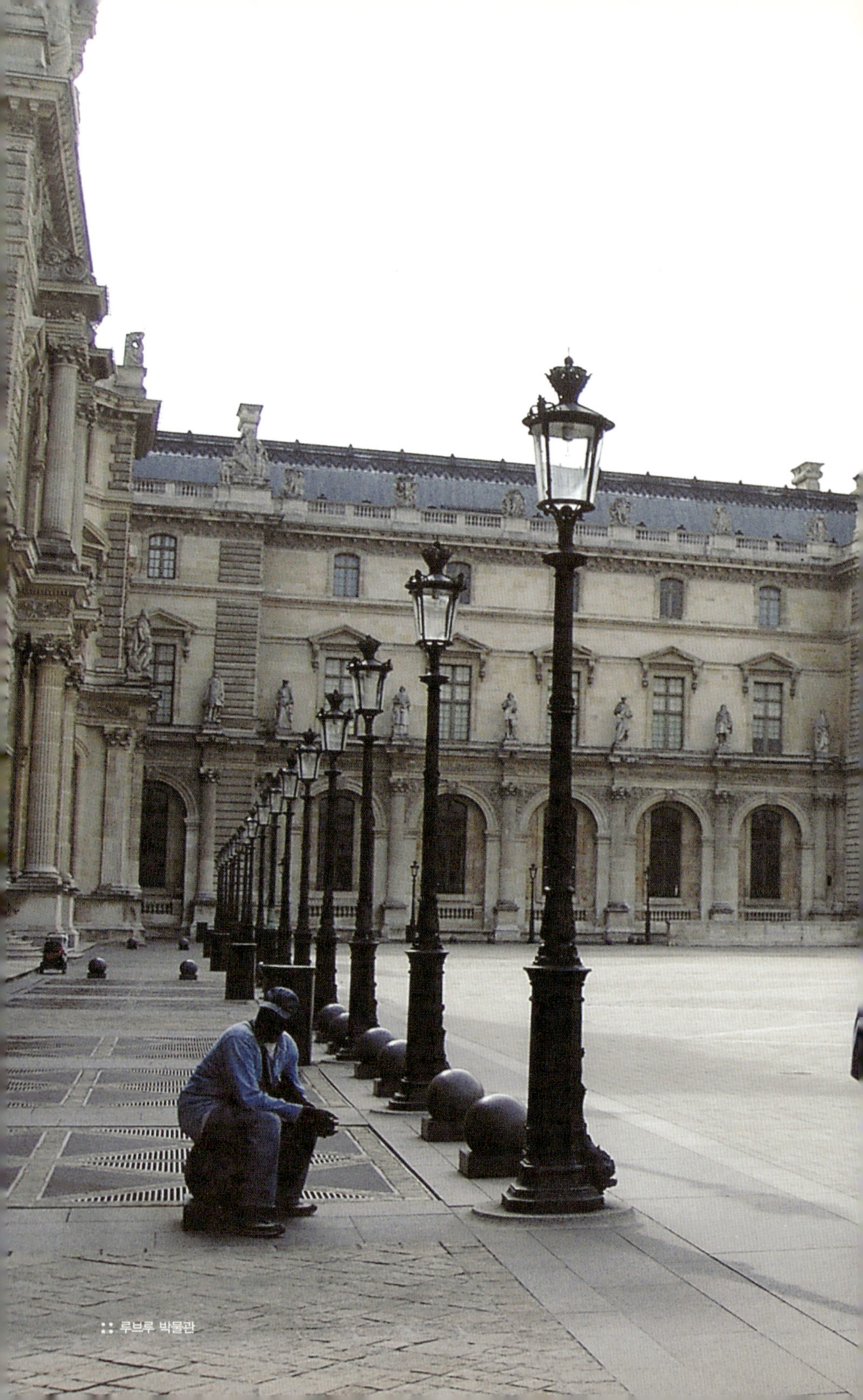

:: 루브루 박물관

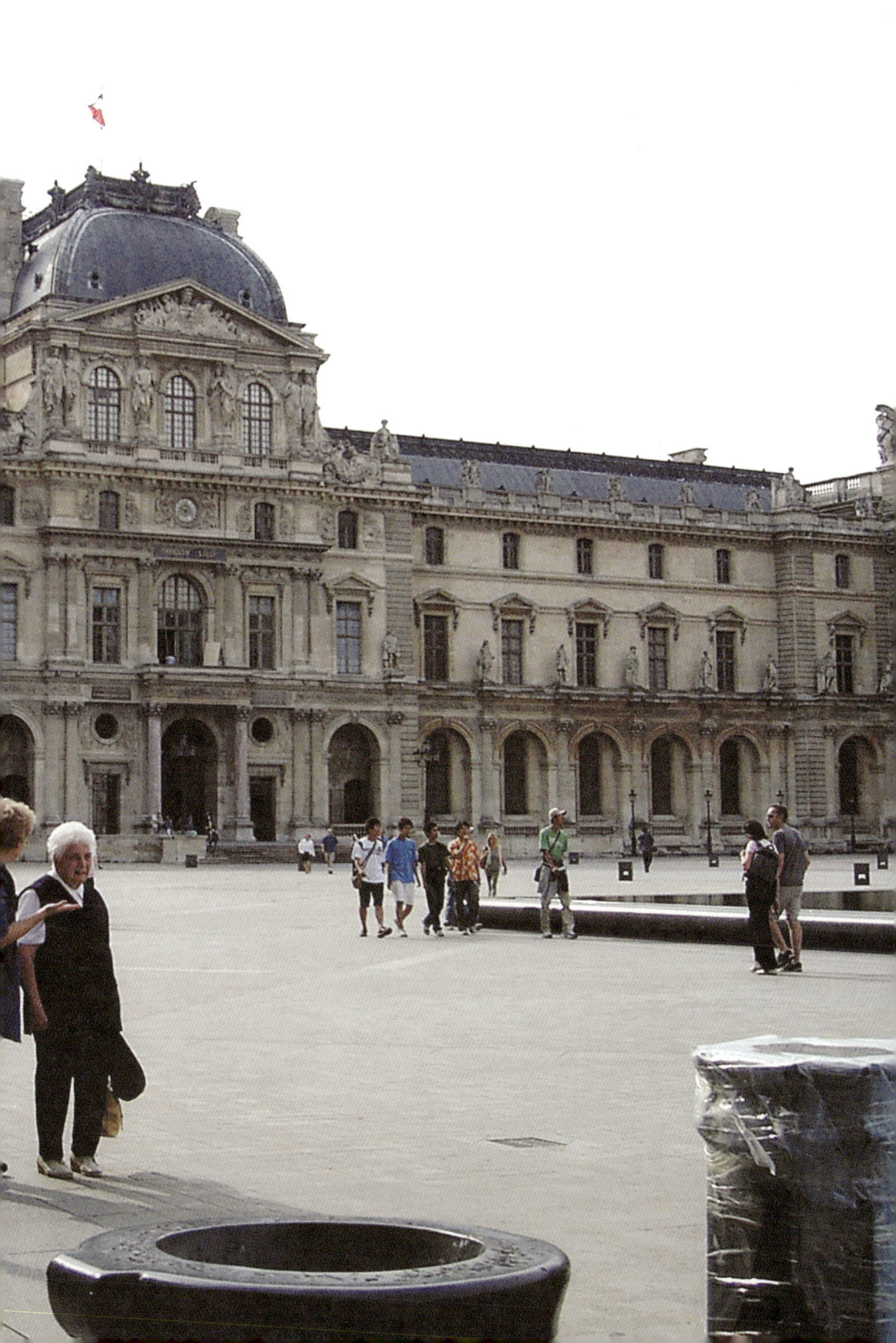

기 때문이다. 보행인을 생각한 건축선의 후퇴가 아쉽다. 차도가 온통 차지한 진입로에서 차를 타고 오는 사람 위주로 지어진 건물이라는 느낌을 받게 된다. 다시 이야기하면 상류층의 고객을 위한 미술관인 것 같다. 개인의 의지에 따라서 짓는 개인 미술관이니 뭐라 말할 수는 없지만, 그래도 못내 아쉽다. 스타 건축가를 초빙해 명품건축을 만드는 것도 중요하지만, 진정한 명품공간으로 완성 되기 위해서는 건물에의 접근성까지도 세심하게 배려하여야 했을 것이다.

리움 미술관 앞 우측 데크에 있는 거대한 거미 두 마리를 보고 아름답다고 느끼는 사람이 얼마나 될까. 그렇지만 이 작품은 세계적인 작품이다. 미국의 여성 조각가인 루이즈 부르주아Louis Bourgeois가 만든 작품 <마망(엄마)>이다. 프랑스 출신의 루이즈 부르주아가 세계적인 조각가이자 설치미술가가 될 수 있었던 것도 어린 시절 앓았던 트라우마 때문이다. 아픔만큼 성숙한다는 말이 루이즈 부르주아에게는 딱 들어맞는 말이다. 이 세상에는 사이 좋은 부부가 생각보다 많지는 않은 것 같다. 루이즈 부르주아의 어머니는 현명하고 포용력이 많은 성격이었다고 한다. 그러나 루이즈 부르주아의 아버지는 아이들의 영어 강사와 불륜관계를 맺었다. 부부간의 불화는 자식들에게 상처를 주기 마련이다. 이 때문에 받은 큰 정신적 상처 때문에 어린 나이의 부르주아는 많이 괴로워했다. 루이즈 부르주아는 아버지를 증오하였으며, 어머니에 대해 많은 연민을 하였다. 고민이 없는 예술가는 진정한 예술가가 될 수 없다. 아이러니컬하게도 이런 어려움은 루이즈 부르주아가 작품을 만드는 원동력으로 작용했다. 루이즈 부르주아는 페미니즘, 바디아트body art, 설치미술을 기반으로 욕망과 쾌락, 사랑과 고통, 그리고 소외와 고립이라는 가장 내면적이면서도 무의식적인 세계를 표현하는 예술가이다. 청동작품 <마망>은 이처럼 권위적인 아버지와 복잡하고 내성적인 성격의 어머니를 포함해 유년기의 불행했던 기억을 표현하고 있는 작품이다. 우리나라로 치면 루이

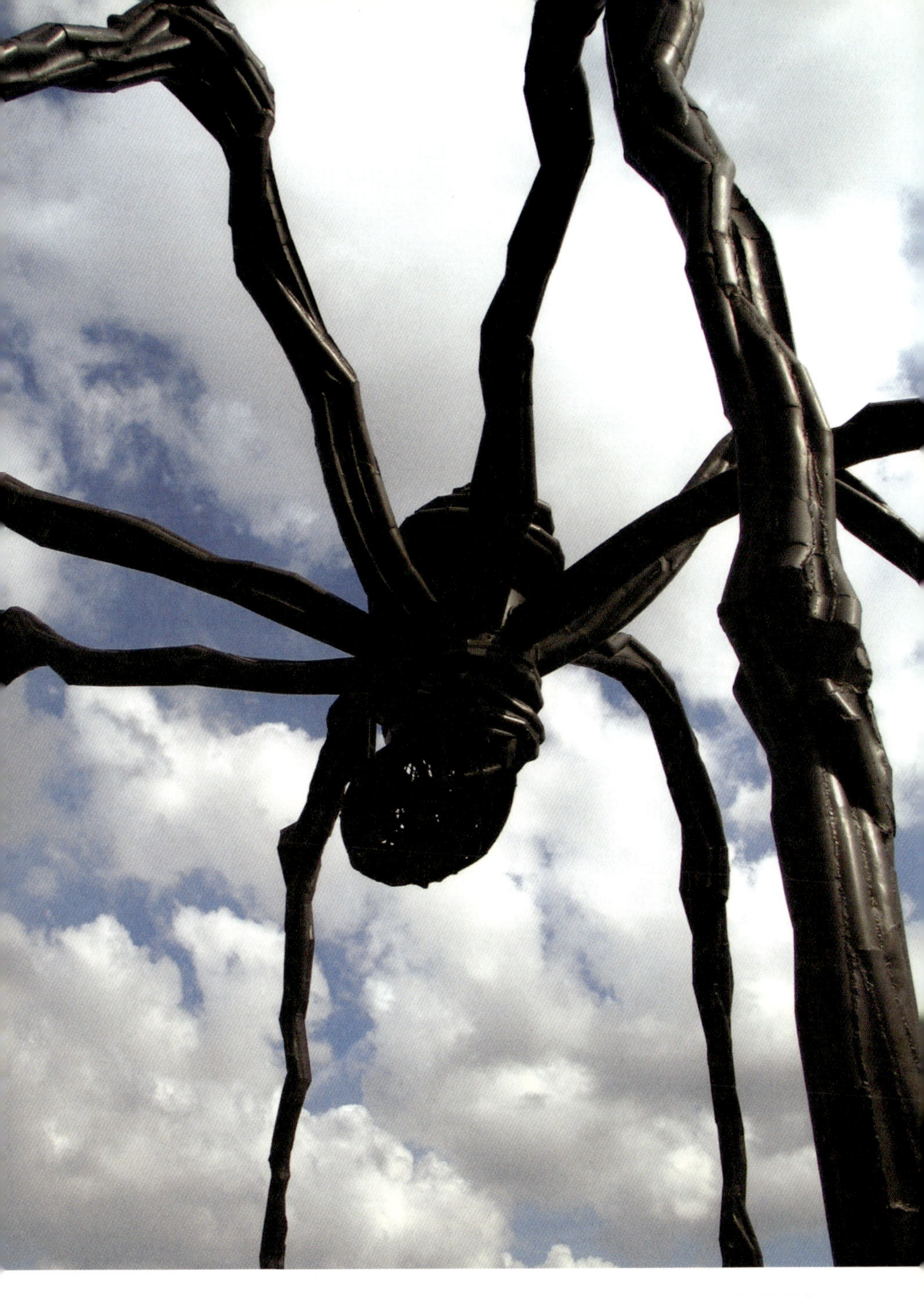

:: 마망, 루이즈 부르주아

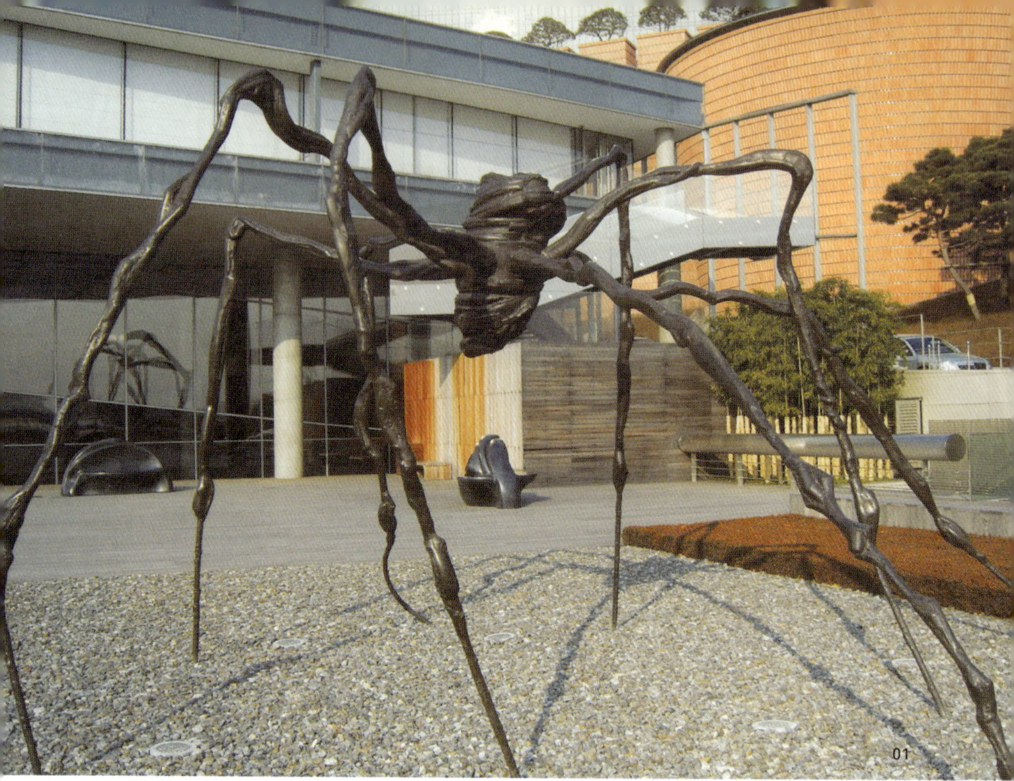

01_ 리움의 마망

02_ 빌바오의 마망

03_ 록본기 힐즈의 마망

즈 부르주아의 한이 서려있는 작품이리고나 할까. 나는 리움의 랜드마크, 거미 <마망>을 볼 때마다 도쿄 록본기 힐즈와 스페인의 빌바오 뮤지엄에 세워진 거미를 연상한다.

미술관 지하 1층으로 들어가는 램프 바닥의 장식 요소도 알고 보니 일본 작가 '다츠오 미야지마'의 작품인 <경계를 넘어서>라는 작품이다. LED 소재로 된 1부터 9까지 숫자가 돌아가는 이 작품은 생명의 영원성과 찬란함을 상징하기 위해 만든 작품이다. 이 작품이 놓인 바닥을 가만히 살펴보면 관람객의 편의

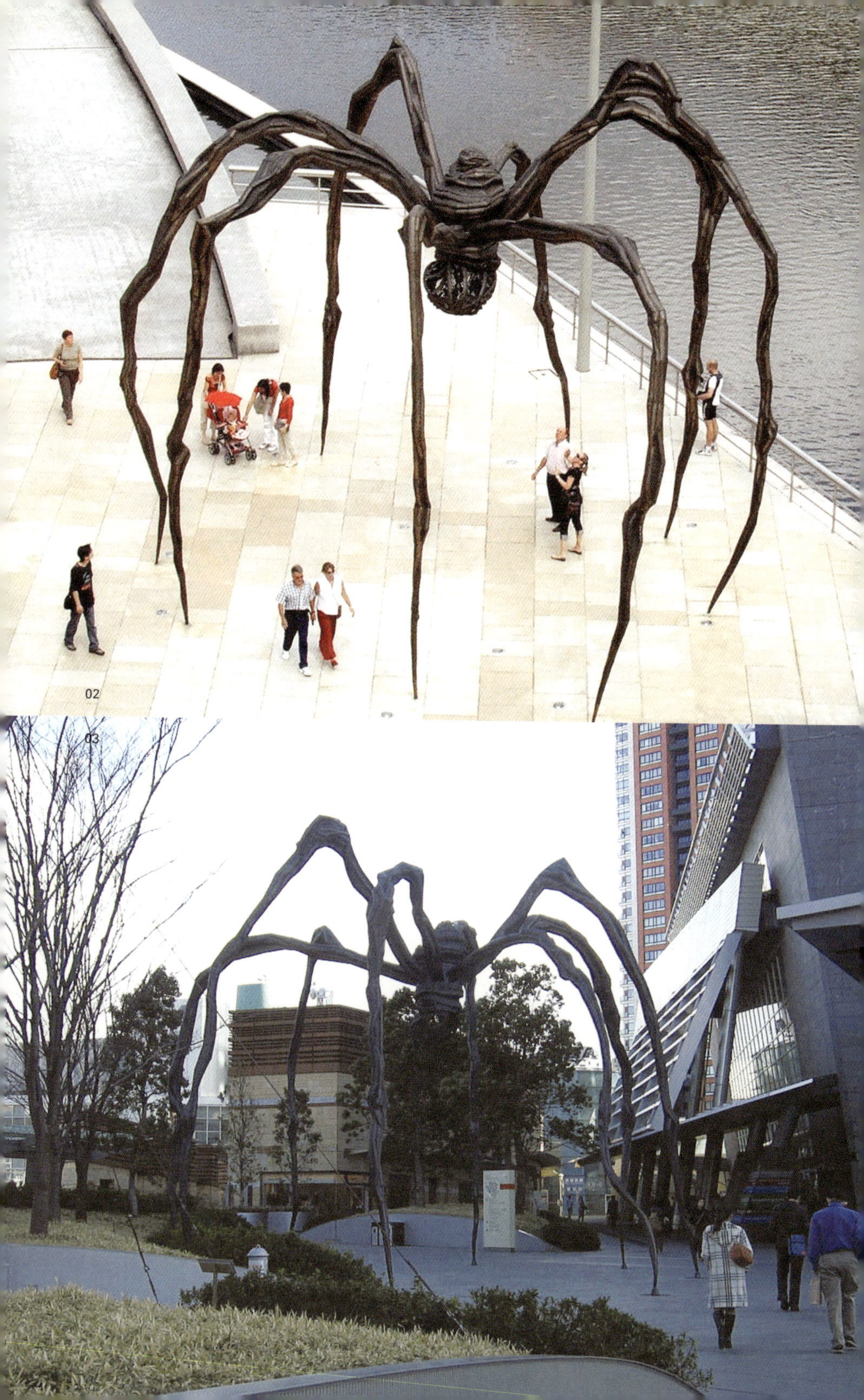

02

03

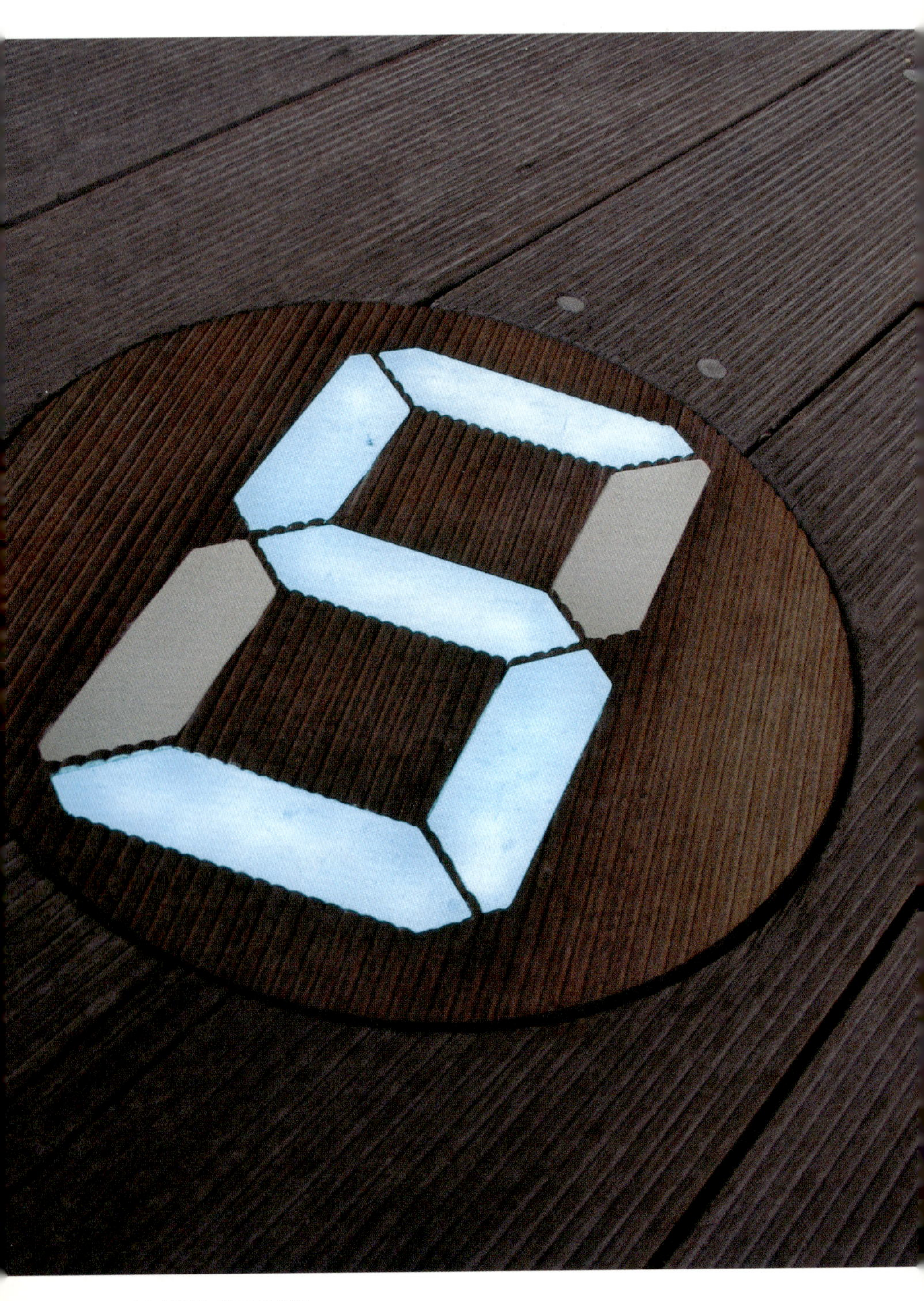

:: 경계를 넘어서, 다츠오 미야지마

를 고려한 흔적이 있다. 바로 홈이 파진 나무를 바닥 재질로 사용해 비나 눈이 올 때 관람객들이 미끄러지지 않도록 배려하였다. 이처럼 소소한 것에까지 신경을 쓴 건물만이 훌륭한 건축이 될 자격이 있다.

미스 반 데어 로에Mies van der Rohe의 베를린의 국립 미술관New National Gallery 앞에는 종종 사람들이 긴 행렬을 이룬다. 그들은 마치 오랜 시간 기다리는 것이 익숙한 듯, 혼자 책을 보기도 하고 같이 온 일행들과 담소를 나누기도 한다. 의자를 돈을 주고 빌려 앉아서 기다리는 사람들의 재미있는 광경을 볼 수도 있다. 모두 미술 작품을 보기 위해 몰려든 사람들이다. 미술에 대한 높은 열정을 보여주는 장면이 아닐 수 없다. 분명 우리나라에서는 보기 힘든 장면이다.

삼성 미술관은 볼만한 것이 다양해서 좋다. 삼성미술관의 고려 청자와 조선 백자와 그리고 고서화는 여유로운 마음으로 작품을 관람해야 진정한 맛을 느낄 수 있다. 또 리움이 소장하고 있는 한국 현대미술 작품과 세계 현대미술 작품을 제대로 이해하려면 약간의 사전지식이 있어야 할 것이다. 개인미술관으로서 이 정도의 작품을 소장하고 있는 미술에 대한 삼성의 안목을 높이 사고 싶다. 삼성 미술관은 서울에서 내가 찾는 행복공간 중의 하나이다.

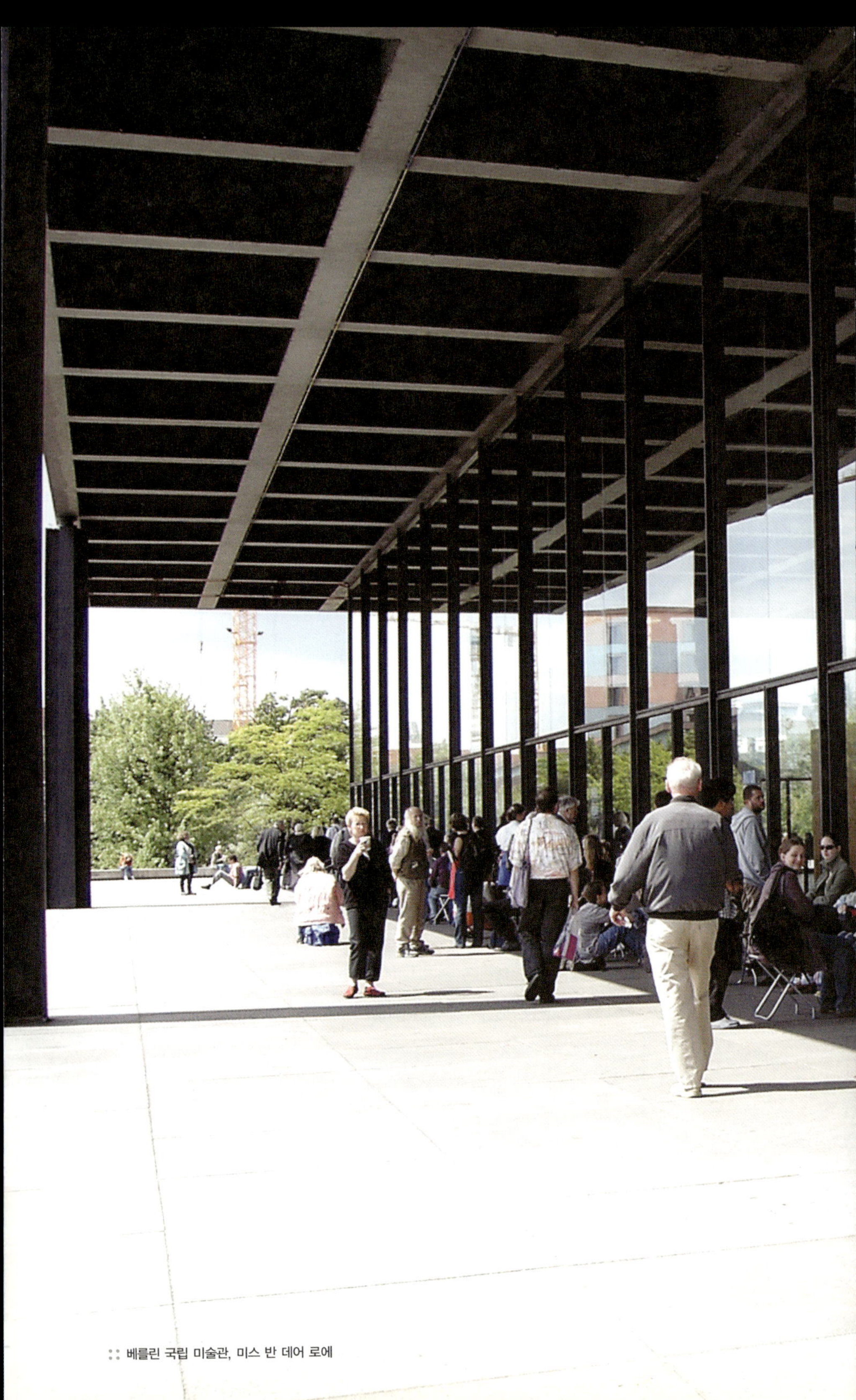

:: 베를린 국립 미술관, 미스 반 데어 로에

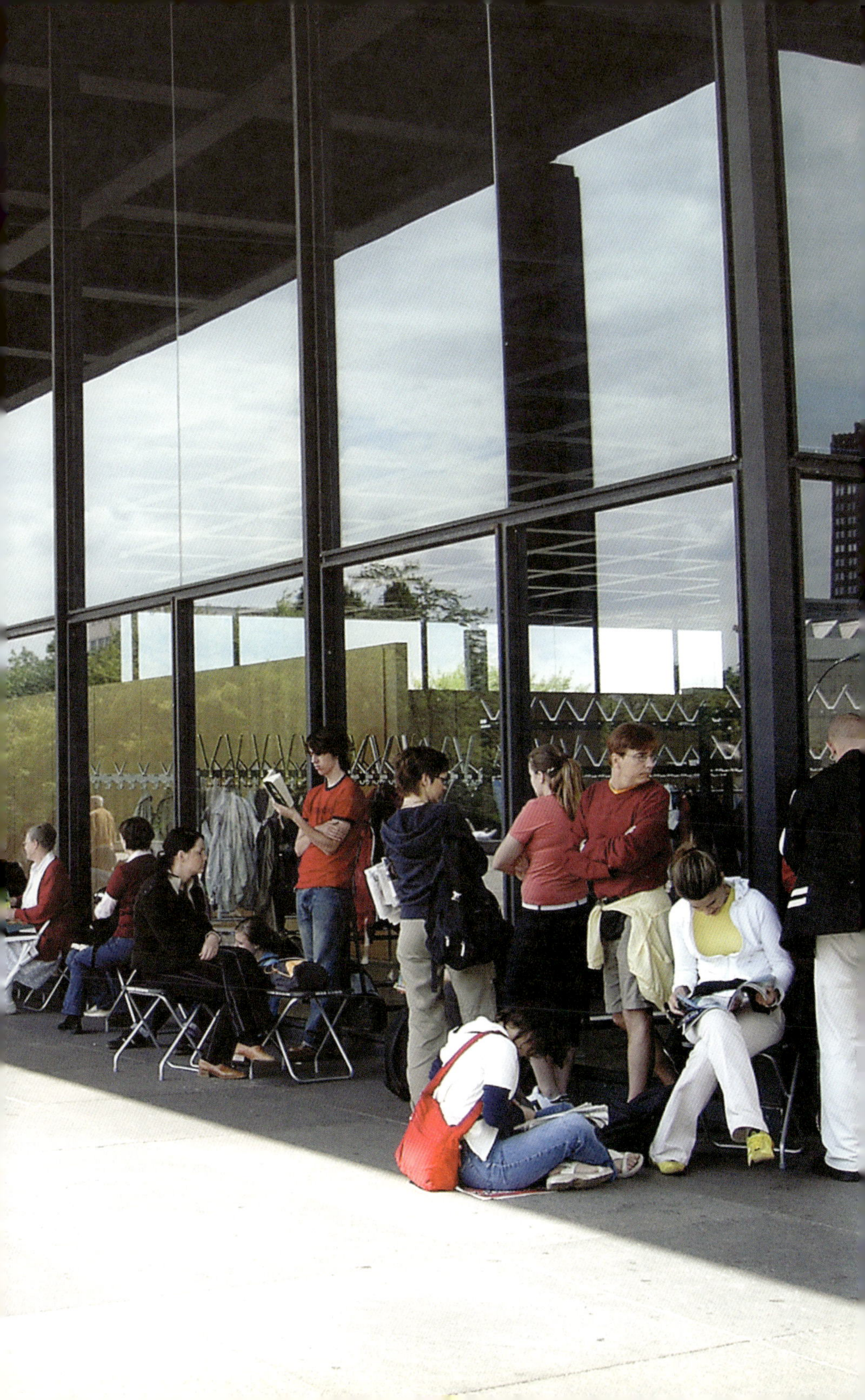

:: 고미술관

리움은 크게 세 동의 미술관으로 계획되었다. 마리오 보타Mario Botta의 고미술관, 장 누벨Jean Nouvel의 근현대미술관, 그리고 렘 쿨하스Rem Koolhaas의 삼성아동교육 문화센터가 그것이다. 고미술관을 설계한 마리오 보타는 1943년 스위스 티치아노에서 태어난 건축가로 벽돌을 즐겨 사용하고 그 재료와 함께 아치 모양의 창이나 원추 형태의 볼륨을 즐겼다. 건축적 영감을 로마의 건축에서 얻고 있는 건축가이기 때문이다. 그는 티타 카로니 밑에서 일하면서 현대미술과 건축에 매력을 갖게 되었고 그 뒤 베니스에서 건축 공부를 하면서 귀세페 마자리올, 카를로 스카르파, 르꼬르뷔지에, 루이스 칸의 영향을 받았다.

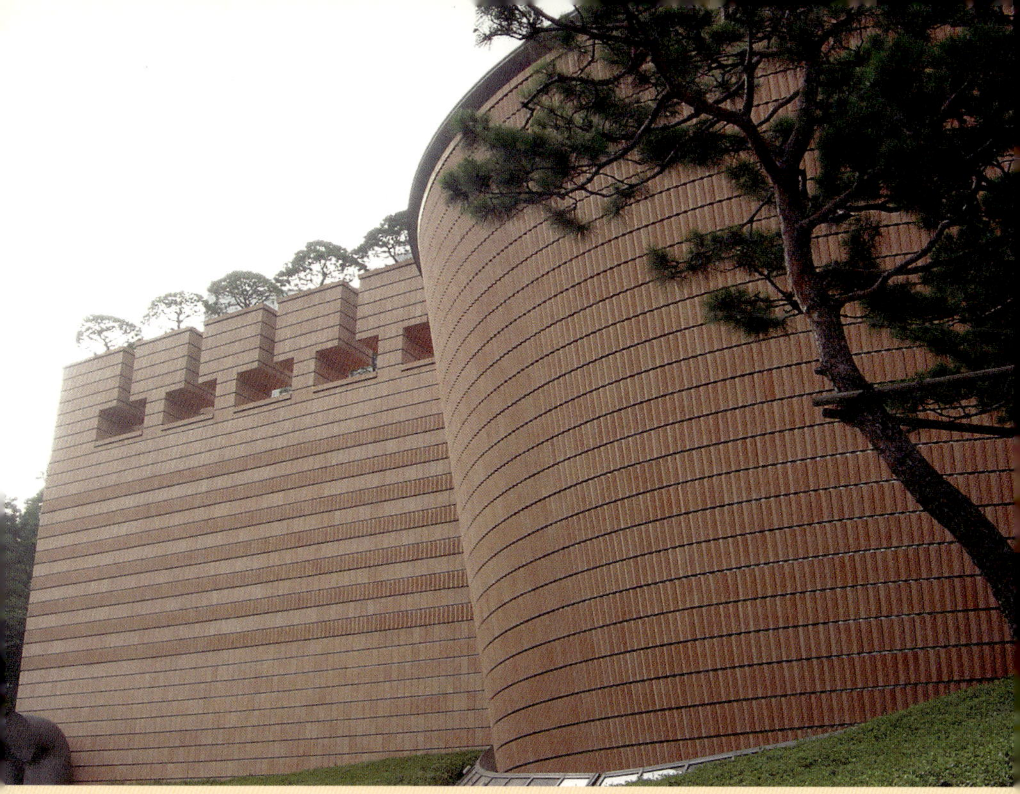

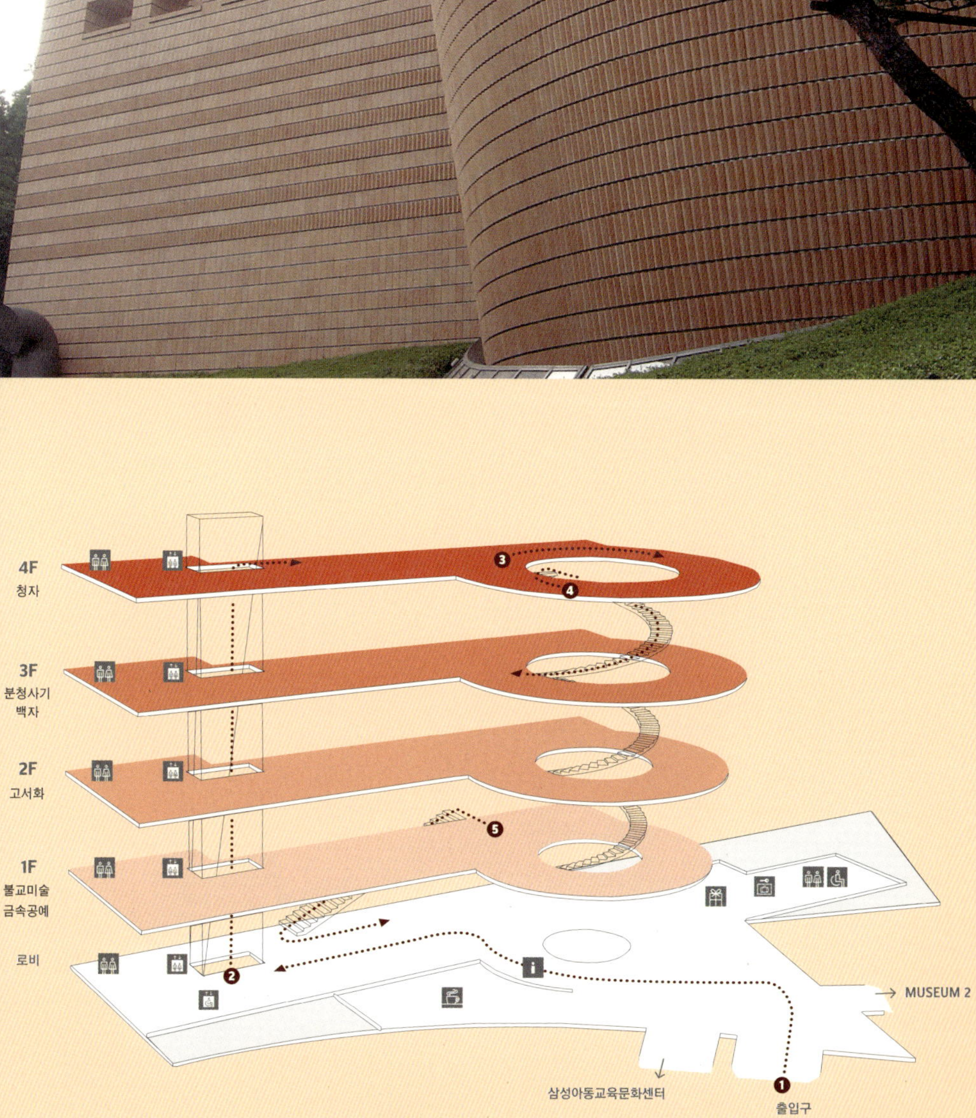

:: 고 미술관 외관 및 배치도 ⓒ 삼성 미술관 리움

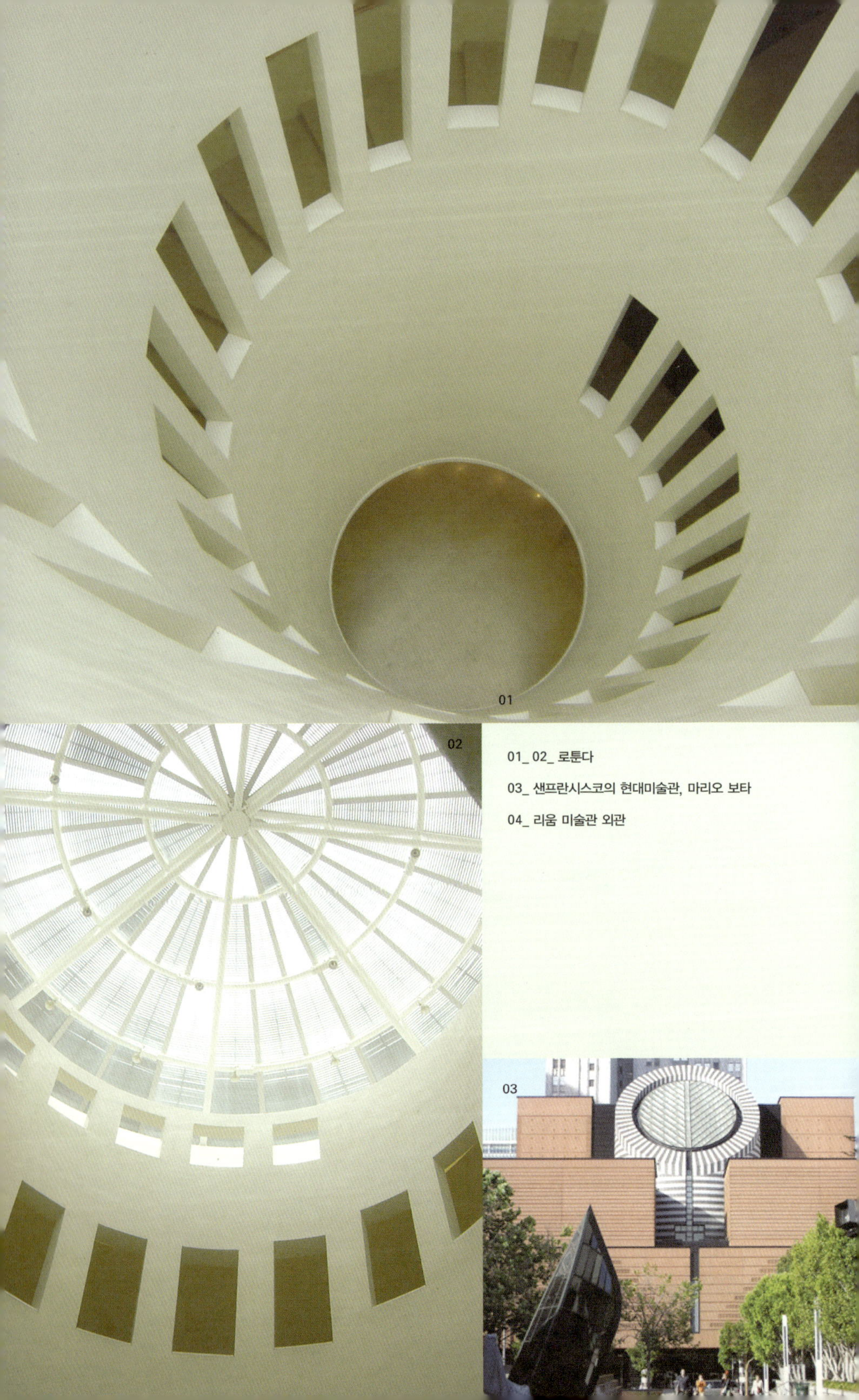

01_ 02_ 로툰다

03_ 샌프란시스코의 현대미술관, 마리오 보타

04_ 리움 미술관 외관

르꼬르뷔지에 사무실에서 잠시 일한 후, 1970년 마리오 보타는 루가노에서
자신의 건축사무실을 개설한다. 사무실을 개설한 후 그는 폰도도체 산업시
설, 베르나레지오 주거, 노바자노 노인 주거, 몬태그 놀라 주택, 에브리 성당,
샌프란시스코의 현대미술관 등의 많은 건축물을 설계했다. 이 중에서 샌프란
시스코의 현대미술관은 규모면에서나 작품의 질적인 측면에서 모두 손색이
없는 훌륭한 건축이다. 우리가 샌프란시스코의 현대미술관을 굳이 찾지 않더
라도 마리오 보타의 숨결을 느낄 수 있는 곳이 있으니 바로 삼성 미술관 리움
의 고미술관이다. 마리오 보타는 벽돌과 콘크리트를 혼합한 건물을 좋아한
다. 또 아치나 원, 그리고 삼각형의 형태를 건물 외관에 즐겨 사용한다. 강한
입체 볼륨감의 랜드마크적 건물 이미지를 위해 건물을 단순화시키면서도 적
절한 장식을 사용한다. 또 원통의 매스를 트레이드 마크처럼 사용한다. 이런
모든 것들은 마리오 보타의 건물에 브랜드 파워를 만든다. 우리나라의 김수

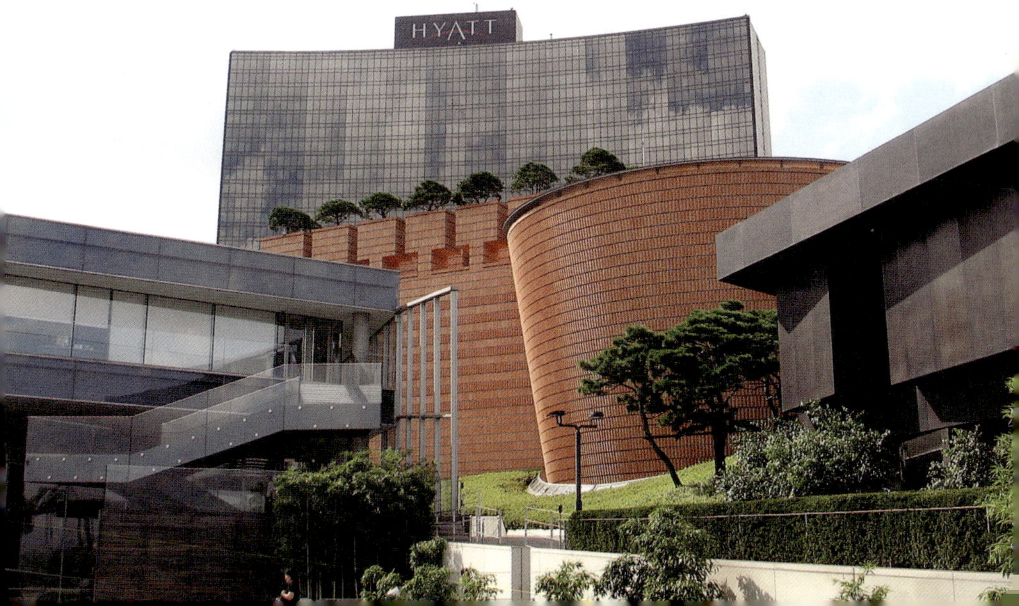

근 건축가도 이런 성질 때문에 벽돌 건축을 즐겨 만들었다. 이러한 점으로 보면 마리오 보타에게 고미술관을 설계하게 한 것은 정말 잘 한 일이다.

고미술관에는 고려 청자와 조선 시대의 분청사기, 그리고 고서화를 비롯해 많은 금속공예 작품들이 소장되어 있다. 청자는 잡물을 걸러낸 점토로 그릇을 만든 후 그 위에 푸른 빛의 투명한 유약을 씌워 1200도C 정도에서 환원불로 구워낸 자기이다. 리움에는 청자진사, 연하문, 표형주자, 청자상감, 운학 모란, 국화문 매병 등의 청자가 있다. 백자는 순백의 흙으로 형태를 빚어 그 위에 빛깔이 있는 안료로 그림을 장식한 후 표면에 맑고 투명한 유약을 입혀 구운 것이다. 온유하면서도 엄중한 기품이 있다. 달 항아리라고 불리는 백자호는 은은하고 품위 있는 아름다움이 있어 볼만하다. 겸재 정선의 <금강전도>도 볼만한 작품이다. 또 김홍도의 <군선도>는 바람에 날리는 신선의 옷자락을 거침없이 표현하고 있다.

고려 시대의 청자가 화려하다면 조선 시대의 백자는 소박하다. 이걸 보고 오히려 기술이 퇴보한 것이 아니냐는 의문을 제기할 수 있다. 그러나 공예를 만든 시대의 철학이 달라졌기 때문에 그런 일이 일어난 것이다. 조선시대의 사람들은 가식과 장식이 없는 순박함과 순수함을 삶의 철학으로 받아들였다. 장식을 만드는 행위를 부질 없는 것이라 생각하여 최소의 장식 만을 사용했던 것이다. 김상옥은 '백자 이제白瓷二題'라는 수필에서 백자에 대해 이렇게 말했다.

'여기 술잔이 하나 있다. 그러나 그 술잔은 적어도 백유여百有餘 년을 창공에 높이 떠 물 흐르듯 흐르고 있는 것이다. 아니 언제까지나 떠서 흐르고 있을 것이다. 참으로 희한한 일이다. ...중략... 이 술잔은 정작 무엇으로 만들어졌을까? 이는 그 무명 도공이 나고 살고 또 죽고, 그리고 죽어서 묻혀 있을 그 어느 외딴 산골짜기의 흙임에 틀림없다. 종생토록 고된 노역으로만 다루어진, 그 곰의 발같이 생긴 무디고 억센 손, 그 손으로 이 흙을 빚어 구워낸 것이 바로 이 백옥보다 흰 술잔이다. 아니, 차라리 희다 못해 눈이 시리도록 연푸른 술잔이다. 이러한 도자의 빛을 애도가愛陶家들은 영청影靑이라 일컫기도 한다. 그냥 희거나 푸른 빛이 아니라, 오직 푸르름의 잠영潛影, 푸르름의 그리메가 다시 그늘져 비쳐지는 빛이다!'

고려 청자가 복잡성과 세련됨을 추구했다면, 백자는 단순성과 소박함을 추구한다. 여기에는 조선 시대의 백자가 단순성을 표현하고자 한 것은 세상의 근원적이고 본질적인 것에 관심이다. 물론 그런 생각으로 만들다 보니 기술도 퇴보되었다. 백자에는 미니멀리즘의 철학이 담겨있다. 요즘 사람들의 입에 오르내리는 미니멀리즘의 생각을 이미 조선시대에 했다는 걸 알고, 조상들의 탁월함에 대해 놀랬던 적이 있다. 혹 미니멀리즘을 공부한다면서 외국 책만을 뒤적거리는 독자가 있다면 나는 조선의 미술을 공부해 보라고 권하고 싶다. 자화자찬 같지만 우리 조상들의 정신세계는 세계의 흐름을 앞서간 고차원적 공간이었다. 이런 줄도 모르고 우리는 얼마나 우리의 미술을 소홀히 대해 왔던가.

조선시대는 물질문화 보다 안빈낙도의 선비문화를 추종했던 시대였다. 이처럼 리움의 고미술관에서는 고려 시대와 조선 시대를 비교해서 작품을 볼 수 있다. 아니 엄밀하게 말해 고려시대와 조선시대의 작품이 아니라, 그 시대사람들의 생각을 읽을 수 있다.

현대 미술관

현대 미술관을 설계한 장 누벨Jean Nouvel은 1943년 프랑스에서 태어났다. 장 누벨은 유리, 철 등 차가운 재료를 즐겨 사용하여 예리하고 세련된 이미지를 만드는 건축가로 유명하다. 국내에 건축물을 남긴 것은 이번이 처음이다. 파리의 아랍문화원, 카르티에 재단, 프랑스 리옹 오페라 하우스, 최근 완공된 프라하의 안델 빌딩, 바르셀로나의 아그바 타워 등이 대표작이다. 그의 디자인적 특성 때문인지 장 누벨의 현대 미술관은 고미술관에 비해 이미지가 차갑다. 현대 건축가들은 유리, 철 등 차가운 재료를 사용한 세련된 이미지를 만든다. 그러나 개인적으로는 그런 차가움 때문에 좋아하지 않는다. 왜냐하면 차가운 이미지는 사람의 마음을 닫게 하니까. '칭찬은 고래를 춤추게 한다'는 책 제목처럼 딱딱하고 경직된 건물보다는 사람들의 마음을 부드럽게 하는 건축물은 아름다운 공간을 만든다.

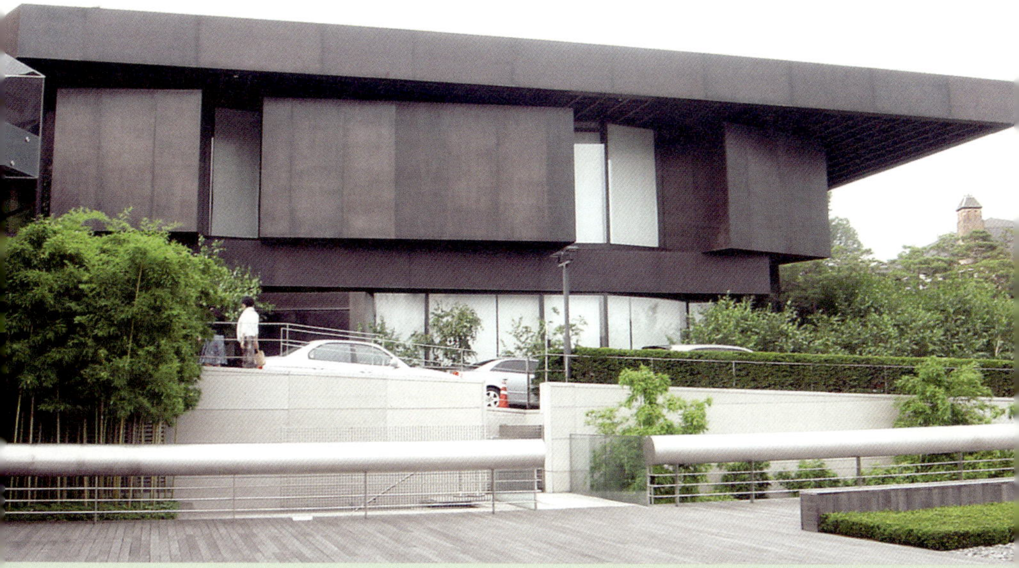

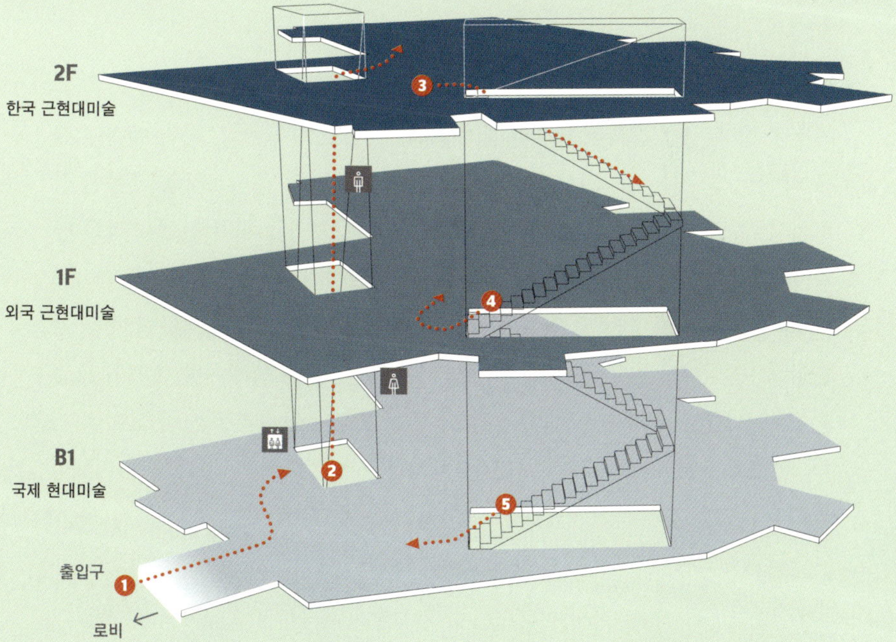

:: 현대 미술관 외관 및 배치도 ⓒ 삼성 미술관 리움

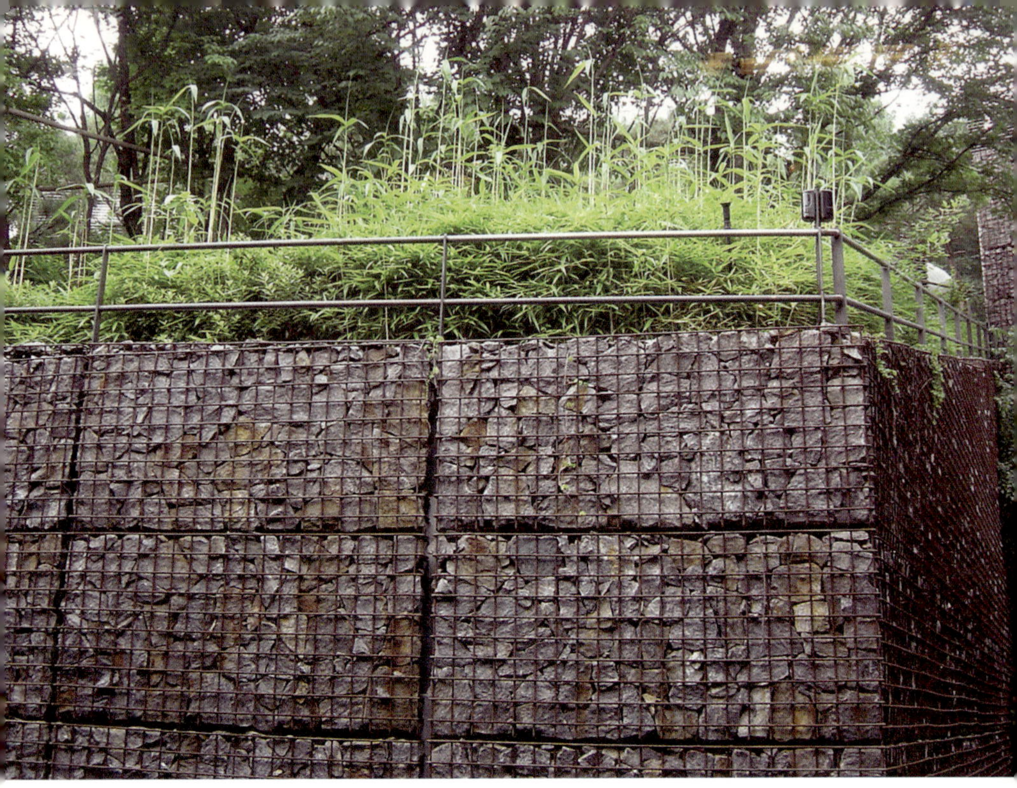

하지만 장 누벨의 건축에 차가운 이미지만 있는 것은 아니다. 장 누벨이 흔적을 남기려 한 것은 참 재미있는 생각이었다. 청계천의 존치교각과 베를린 장벽과 같은 옛 시대의 흔직처럼 장 누벨은 현대 미술관을 짓기 전의 흔적을 남겨 놓았다. 그 흔적이 바로 개비온 월gabion wall이다. 그 벽은 땅을 굴착하면서 파 놓은 공간을 그대로 두고 현장에서 나온 암반석을 잘게 쪼개어 철제 프레임에 넣고 쌓아 올린 것이다. 어떤 가식이나 인공성을 배제한 예전의 모습을 그대로 담으려 했다. 옛 모습을 보존하고 그대로 보여주려는 바로 이런 시도. 우리가 흔하게 볼 수 있는 시도는 아니다.

장 누벨의 건물에는 세계 최초의 부식 스테인레스 스틸로 된 전시 박스가 있
다. 미술관에서 가장 최대의 적은 금속의 녹이다. 녹은 작품을 손상시키기 때
문에 미술관에서 가장 경계해야 할 요소이다. 자연스러운 풍화작용에 의하여
녹슬게 될 금속을 미리 부식시켜 더 이상 녹슬지 않는 새로운 재료를 사용한
것이다. 리움이 명품건축이 될 수 있는 것도, 따지고 보면 다른 건물에 사용
하지 않은 재료를 손수 개발하여 여러 번의 검사와 검증을 통해 그 재료를 사
용하였기 때문이다. 명품건축을 만들기 위해 재료 자체를 주문 제작 하여 사
용한 삼우건축 사람들의 열정이 정말 아름답다.

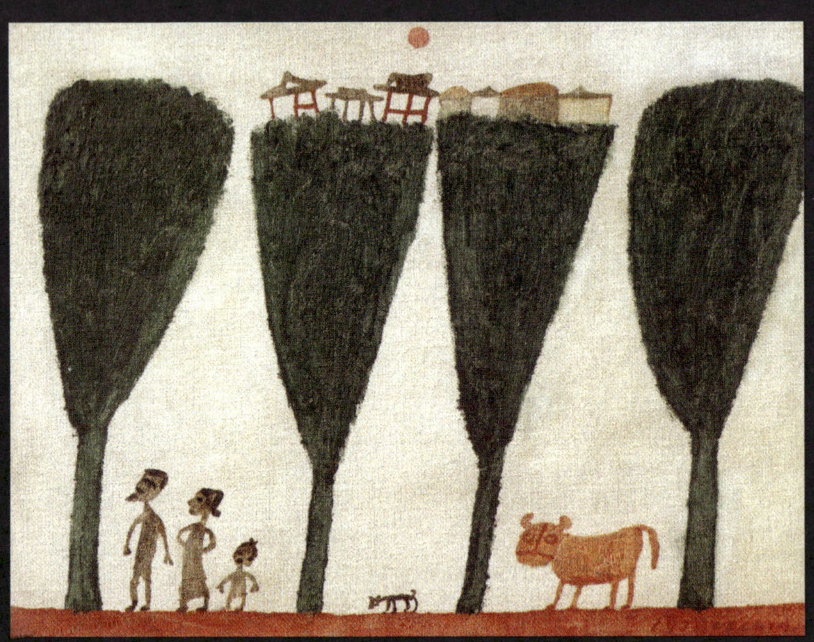

:: 가로수, ⓒ 장욱진, 1978

조선의 백자와 마찬가지로 단순하고 소박한 서민 생활을 그렸던 장욱진 화백의 그림에는 인간적인 면을 느낄 수 있다. 또 삶의 질박함을 느낄 수 있어 좋다. 장욱진 화백이 '나는 심플하게 살고 싶다' 고 한 말은 여러 가지를 시사한다. 욕심을 내지 않고 물욕을 버리고, 살자는 이야기처럼 들린다. 정자를 좋아했던 장욱진 화백은 정자와 함께하는 생활을 원했다. 그래서 이사할 때마다 정자를 지었다고 한다. 정자에 앉아 자연을 접하고 그 자연 속에서 여러 가지 생각을 하며 술을 즐기는 단순한 생활의 진정한 행복을 그는 추구했다.

여러 가지 일로 바쁜 현대인들에게 장욱진 화백은 일하고 즐기는 두 가지의 단순한 삶을 제안한다. 그래서 장욱진 화백은 그림을 그리고 술을 마셨다. 그런 단순한 풍류생활은 요즘의 현대인에게도 유효하다. 장욱진의 단순함과 느림의 미학은 우리들을 삶의 갈증에서 해방시킬 것이다.

장욱진의 작품 중 '가로수길'이라는 작품은 장욱진의 세계를 대표한다. 장욱진은 집, 나무, 새, 해와 달 그리고 사람 등을 즐겨 그린다. 장욱진의 거의 모든 그림에 이러한 요소가 나온다고 봐도 크게 틀리지 않는다. 이처럼 자연을 많이 그린 것은 그가 얼마나 자연과 벗하며 살려고 했는지를 알려준다. 장욱진 그림에서 일반적으로 나타나듯, 나무 위에 있는 집은 정자와 같은 풍류 생활을 상징한다. 이 단순화된 그림 속에서 장욱진은 그의 우주관을 펼치고 있다. 해는 어떻게 보면 남자를 상징하고, 달은 여자를 상징한다. 결국 음양이 오묘한 조화를 이루는 그런 세계를 장욱진은 꿈꿨다. 단순화된 모양으로 그려진 새는 근대 조각가 콘스탄틴 브랑쿠시Constantin Brancui와 마찬가지로 자유에 대한 열망을 표현하고 있다.

브랑쿠시는 현대 추상조각의 선구자로 불리는 프랑스 조각가이다. 브랑쿠시는 로댕의 초대를 받아 두 달 동안 그의 작업실에서 함께 일한 것을 계기로 로댕의 영향을 받기도 하였다. 그러나 브랑쿠시의 가장 대표작인 〈잠자는 뮤즈〉를 통해 완전히 로댕의 영향으로부터 독립했다. 브랑쿠시는 재질을 살리되 형태를 단순화, 추상화 시켜 표현력을 높이는 방법을 추구한다. 그는 작품의 모형을 중시해 때론 다른 조수들의 손을 빌리던 다른 조각가들과 달리 언제나 직접 작품을 제작하였다.

그런데 장욱진의 그림에 나타난 새는 일반적인 새가 아니다. 일반적인 새가 아니면 어떤 새인가? 그건 바로 일정한 열을 맞춰 날아가는 새이다. 그건 집과 함께 장욱진이 얼마나 가족을 많이 생각했는지를 보여주는 증거이기도 하다. 질서를 갖추고 나는 새, 그건 바로 가족의 평안을 이야기한다. 자세하게 그리진 않았지만 단순화시켜 그린 그림은 우리들의 마음에 보다 깊은 인상을 남긴다.

현대 미술관에는 장욱진 외에도 이상범, 변관식, 박생광을 비롯하여 이인성, 이중섭, 박수근, 김환기, 유영국, 김종영, 송영수, 이우환, 박서보, 김창열, 김홍주 등의 작품들이 소장되어 있다.

산수화에서 '청전양식'이라고 불리는 독창적인 화풍을 이룩하여 우리 근대 미술의 자부심을 살렸다는 평가를 받고 있는 이상범은 근대 한국화를 빛낸 화가로 가장 널리 알려져 있다. 변관식은 중국의 수묵화법에만 의존하던 시대에 우리나라 특유의 수묵 산수화풍을 창조한 화가로 단지 직접 눈으로 익히고 발로 밟으면서 스스로 개발해 낸 화법을 이용하여 이 땅의 산수를 그렸다. 박생광은 전통 이미지를 강렬한 색채를 사용하여 현대적으로 조형화했다. 이인성은 서양의 인상주의나 후기 인상주의 화풍을 그 나름대로 재해석하여 향토적인 서정주의를 표방했다. 이중섭은 개성적이고 독특한 화법을 사용하면서도 지극히 한국적이고 토속적인 주제로 대중적 공감을 산 화가이다. 장욱진과 더불어 우리나라 근대미술을 대표하는 거목으로 알려진 박수근은 가장 서민적이자 한국적인 작가이다. 8.15 광복 이후 모더니즘을 전개했던 김환기는 구체적인 이미지 대신 연속적인 사각 공간 속에 점묘를 배열하는 기법을 통해 한국 근대회화의 추상적 방향을 여는데 선구자 역할을 하였다.

유영국은 우리나라 추상예술의 선구자이다. 추상적으로 표현되기는 했어도 언제나 산, 바다 등의 자연 공간의 형상을 담아낸 화가이다. 작품이란 미를 창작한 것이라기보다는 미에 접근할 수 있는 조건과 방법을 이해하는 것이라고 생각한 김종영은 자연현상에서 구조의 원리와 공간의 변화를 경험하고 조형의 방법을 탐구한 화가이다. 송영수는 한국에 처음으로 철조제를 도입한 조각가이다. 이우환은 일본의 획기적 미술운동인 모노파의 이론과 실천을 주도한 화가로서 파리 비엔날레, 상파울루 비엔날레 등의 권위있는 국제

전에 많이 참여했다. 박서보는 무엇을 그리는가의 방법이 아니라 그리는 것 자체의 방법적 모색을 한 화가로 캔버스 위에 다시 한지를 바른 후 그 위에 일정한 안료를 시술하는 묘법을 구사한 것으로 유명하다. 김창열은 1970년 대부터 극사실주의 기법으로 물방울을 그리는 판화가이며, 김홍주는 꽃을 크게 확대하여 무수한 중첩의 반복으로 세세하게 표현함으로써 단순히 꽃을 그린다는 개념보다는 그 본질에 더 다가가고자 하는 탐구적 정신을 보여준 서양화가이다.

:: 서양 근현대 미술

장욱진 화백의 그림이 한국 현대 미술 작으로 인상 깊은 그림이라면 데미안 허스트의 '최후의 만찬'은 서양 현대 미술 작품으로 퍽이나 인상 깊은 작품이다. 데미안 허스트의 여러 작품 중 약을 소재로 한 작품은 현대를 살아가는 사람들에게 강한 메시지를 전달한다. 우리의 통념상 약은 우리 인간을 치유해 주는 제품으로 인식된다. 그러나 아이러니컬하게도 사람들은 약을 먹고 죽어간다. 그 뿐만 아니라 약을 섭취함으로써 신체 내부의 프로세스에 악영향을 미치기도 한다. 그렇지만 현대인은 약을 맹신한다. 그래서 아무생각 없이 약을 먹는 경우가 많다. 그러나 엄밀하게 말해, 약은 우리 인간에게 궁극적인 해결책을 제시하지 않는다. 심하게 이야기하면 약은 인간을 위한 것이 아니라 약을 제조하고 판매하는 사람들을 위한 것인지도 모른다. 데미안 허스트는 이를 고발한다. 그래서 약에 의존하며 살아가는 현대인들에게 약에

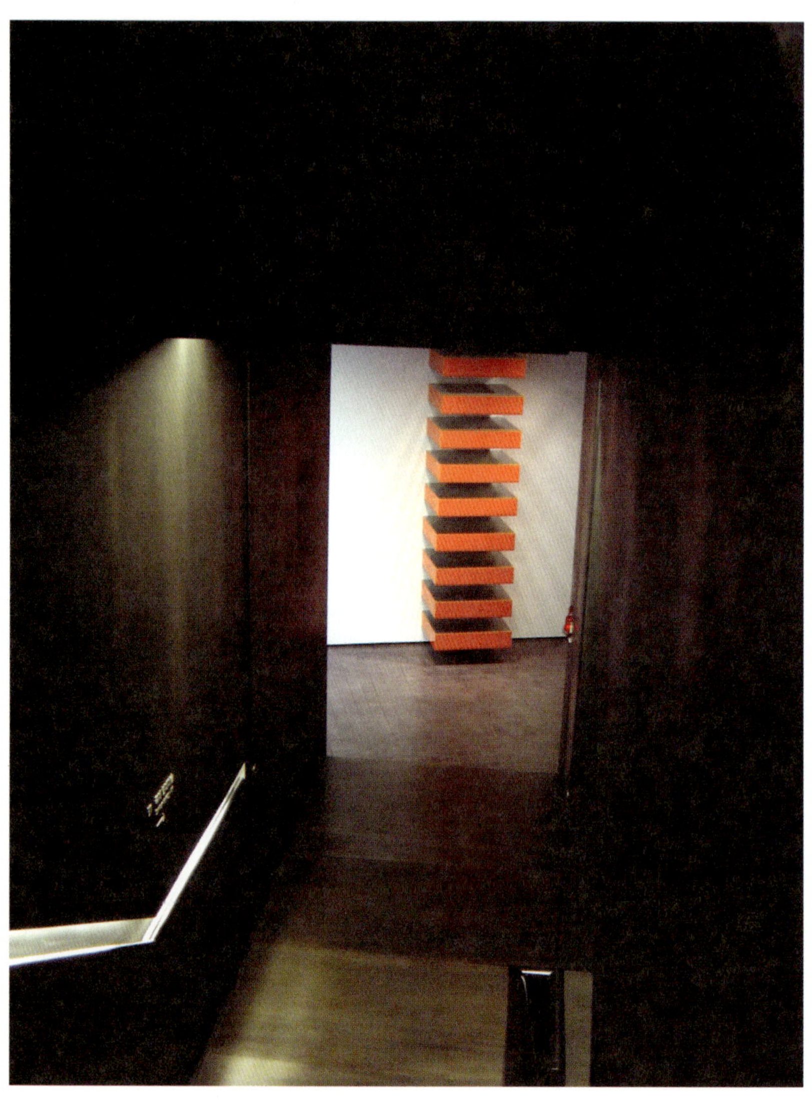

:: 무제, ⓒ 도널드 주드, 1990, 국제현대미술전시실, 리움미술관

전적으로 의존치 말 것을 제안한다. '죽음의 춤'이라는 제목만 봐도 데미언 허스트의 작품 의도를 어렴풋하게 알 것 같다.

이태리의 화가 키리코는 기차를 그리면서 죽음으로 향하는 기차를 생각했다. 우리 모두가 죽음으로 향하는 기차를 탄 승객이다. 이런 것처럼 약은 궁극적으로 죽음으로 향하는 약이라고 데미안 허스트는 우리 대중들에게 말했다. 궁극적인 해결책이 무엇인지 정확히 알 수 없으나 분명 확실한 것은 그 해결책을 찾으려고 노력을 해야 한다는 생각이다. 그런 생각을 할 수 있게 만드는 자극제가 바로 데미안 허스트의 <죽음의 춤>이다. 이 <죽음의 춤>을 보면 세상을 살아가는 것이 그리 만만한 일이 아니라는 생각을 하게 된다. "사람은 극복해야 할 대상이다."

데미안 허스트 외에도 마크 로스코Mark Rotheko, 알베르토 자코메티Alberto Giacometti, 프랜시스 베이컨Francis Bacon, 에드 라인하르트Ad Reinhardt, 아그네스 마틴Agnes Martin, 모리스 루이스Morris Louis, 윌렘 드 쿠닝Willem de Kooning 등의 작품이 리움 근현대 미술관에 있다. 마크 로스코가 형태를 버리고 색으로만 작품을 만들려는 생각을 했다는 것을 알게 된 후, 로스코에 대한 많은 관심이 생겼다. 형태 없이 색으로만 사람들을 감동시키려다 보니 로스코는 거대한 캔버스의 작품 제작을 즐긴다.

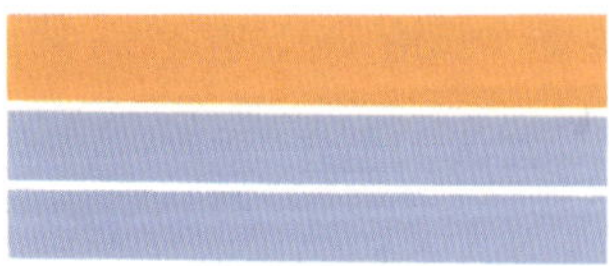

Chicken®

Concentrated Oral Solution
Morphine Sulphate

20mg/ml

Each 1ml contains Morphine
Sulphate BP 20mg

120ml

**Damien
Hirst**

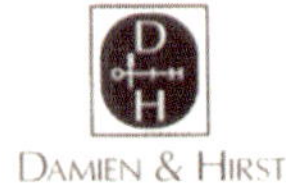

DAMIEN & HIRST

Beans™

Chips™

400 micrograms

112 Chips

Mushroom™

**30 tablets
Pyrimethamine
Tablets BP**

25mg

PIE

HirstDamien

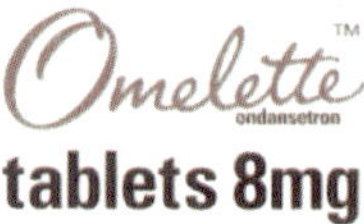

Omelette™
ondansetron

tablets 8mg

Each tablet contains
8mg ondansetron
as ondansetron hydrochloride dihydrate
Also contains lactose and maize starch

10 tablets

HirstDamien

:: 최후의 만찬, © 데미언 허스트, 1999, MOMA

알베르토 자코메티는 거대한 부피의 조각을 생성하는 다른 조각가들과는 달리 석고를 아주 긴 골조에 압착시키는 방법을 사용하여 인물의 모든 세부가 거의 질량이 없는 것처럼 느껴지게 가늘고 길게 표현했다. 영혼이 없음을 고민하며 이렇게 표현했다. 프랜시스 베이컨은 인간의 공포를 그 나름대로의 독특한 방식으로 해석한 화가로 그의 그림에 등장하는 모든 소재들, 즉, 인물, 배경, 소도구 등을 통해 인간의 강박관념과 혐오감을 표현한다. 애드 라임하르트는 예술을 삶과는 독립된 영역으로 보고 '예술을 위한 예술'을 추구한 추상화가였다. 아그네스 마틴의 대부분의 작품은 미니멀적 형태인 사각형의 틀을 사용하였으며, 밝은 파스텔톤을 쓰기 전에는 오직 검정, 흰색 그리고 갈색만을 사용한 독특한 화가이기도 했다. 모리스 루이스는 50년대에 개발되었던 아크릴 물감을 사용하여 캔버스를 물들인, 마치 염색을 하는 것과 같은 기법으로 새로운 색채가능성을 개척한 화가이다. 윌렘 드 쿠닝은 자유롭고 격렬한 붓질로 격정적인 모습의 형상을 그린다. 그 중 여인 연작은 이러한 그의 화풍을 잘 나타내주는 작품이다.

지하 1층의 현대 미술관에는 도널드 저드Donald Judd, 프랭크 스텔라Frank Stella, 앤디 워홀Andy Warhol, 요셉 보이스Joseph Beuys, 게르하르트 리히터 Gerhard Richter, 지그마르 폴케Sigmar Polke, 매튜 바니Matthew Barney, 토마스 스트루스Thomas Struth 등의 작품이 있다. 도널드 저드는 단일한 재료, 형태, 구성, 색채에 얽매이지 않고 다양한 변수를 적용함과 동시에 회화와 조각의 경계를 넘나드는 특수한 오브제의 개념을 확립시킨 작가이다.

미니멀 아트의 선두주자였던 프랭크 스텔라는 한가지 주제나 소재를 계속해서 변형하는 끊임없는 실험을 계속한 시리즈 작품에 집중한다. 팝 아트의 거장이었던 앤디 워홀은 '캠벨 스프' 깡통이나 마릴린 먼로 같은 이미지를 연속적으로 나열하는 작품을 추구하였다. 전통 화풍에 익숙하던 사람들에게 세속적 주제들을 보여줌으로써 예술과 실제의 삶 사이의 경계를 넘어서려는 독창적인 시도를 보여준 작가이다.

요셉 보이스는 대한민국이 낳은 세계적인 작가 백남준이 참여했던 플럭서스 운동을 이끈 작가로 미술이 곧 삶이고 삶이 곧 미술이라는 '총체미술'의 확장된 미술 개념을 주장한다. 또한 게르하르트 리히터는 '사진회화' 방식을 이용하여 완전한 사진도 아니고 그렇다고 완전한 회화도 아닌 독특한 작품 세계를 구사한다. 1953년 몰래 서베를린으로 넘어온 당시 12세의 동독 소년 지그마르 폴케는 그러한 시대적, 정치적 영향을 반영하듯 베를린 장벽을 많이 사용하는 등 냉전의 아픔이나 동양과 서양의 대조적인 생활양식, 그리고 이데올로기적 대립을 화풍에 담는다. 그리고 현대미술의 스타로 각광 받는 매튜 바니는 설치, 영상, 퍼포먼스, 영화, 사진에 이르는 광범위한 장르를 넘나들면서 특유한 그만의 천재성을 펼치는 작가이다. 토마스 스트루스는 일본과 미국 그리고 유럽 등지를 돌면서 도시와, 가족, 그리고 숲을 촬영하는 사진작가로 널리 알려져 있다.

개념에 충실한 현대 미술은 사람들의 마음을 편하게 한다거나 즐겁게 만들지 못하는 경향이 있다. 그저 고정관념을 탈피하려는 또 다른 고정관념에 집착하다 보니 감상자의 감성에 대해서는 소홀하다. 미니멀리즘으로 대표되는 도널드 저드의 작품인 육면체가 반복되어 벽에 부착된다. 사실 예술작품이지만 누구나 쉽게 공감하기가 어렵다. 구시대적 발상인지 몰라도 자연과 사람이 있는 그저 바라보기만 하여도 마음이 편해지던 옛날 그림이 좋은 것 같다. 추상적 그림이 아니라 대중에게 그런 그림이 그저 좋다. 그래서 일까? 현대 미술관에서는 옛것의 고즈넉한 아름다움과 두고두고 보고 싶은 그림을 찾기가 어렵다.

:: 렘 쿨하스

삼성아동교육 문화센터를 설계한 렘 쿨하스Rem Koolhaas는 블랙 박스의 개념을 건물에 적용시켰다. 다른 건축가와는 달리 렘 쿨하스는 검정색을 좋아한다. 그렇다면 렘 쿨하스가 검정색을 특히 좋아하는 이유는 뭘까. 바로 블랙 박스의 특성 때문일 것이다. 블랙 박스라는 것은 글라스 박스와 달리 투명하지 않아 그 속안을 들여다 볼 수 없다. 그렇기 때문에 그 안에서 무슨 일이 일어나고 있는지를 알 수가 없다. 렘 쿨하스는 인생을 블랙 박스라고 생각하는 모양이다. 어떤 프로세스에서 인생이 시작되고 어떤 프로세스로 인생이 끝이 나는지는 아무도 모른다. 우리는 예측할 수 없는 운명 앞에서 그저 하루 하루 살아간다. 어쩌면 렘 쿨하스는 이렇게 한치 앞도 예상할 수 없는 인생을 블랙 박스라고 생각하며, 인생의 진리를 전하려고 한다. 아니면 그저 운명에 순응하면서 살자는 그런 메시지를 전달히려고 렘 쿨하스는 블랙에 집착하는지도 모른다. 그래서 렘 쿨하스의 아동교육 문화센터에서는 실내 공간을 깜깜하게 만들어 놓고 미디어 작품을 전시한다.

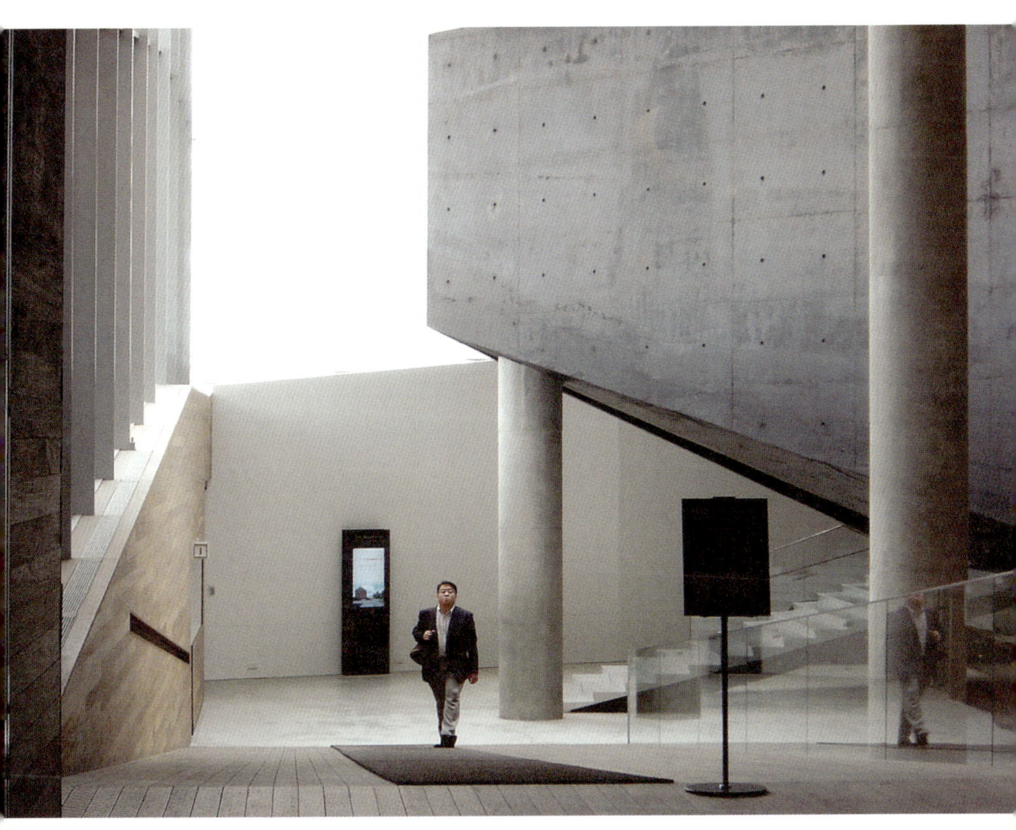

삼성아동교육문화센터

이 아동교육 문화센터는 프랑스 파리에 있는 퐁피두 센터의 개념과 비슷한 것이 많다. 퐁피두 센터가 공장 이미지로 건립 당시 '미술관은 더 이상 미술품의 시체 보관소가 아니고, 창조하는 공간이라는 의미로 공장의 이미지를 두었다' 는 말은 많은 공감을 만들었다. 공장의 이미지는 차갑다. 그래도 미술관에 대한 관념을 변화시켜 작품을 창작하는 공간으로 만들겠다는 시도는 멋진 생각이다. 그래서 퐁피두 센터는 아동들을 교육하고 그 아동들이 작품을 만드는 공간으로 이용되기도 한다.

럭셔리 코리아

이태원의 고급스런 미술관을 관람하다 보면 행복을 만드는 럭셔리의 공간을 생각하게 된다. 럭셔리를 싫어하는 사람은 없을 것이다. '럭셔리코리아'를 쓴 김난도 교수는 명품을 좋아하고 사치하는 사람들의 유형을 4가지로 구분한다.

부를 자랑하는 과시형, 자신보다 더 나은 사람들을 시기하고 그와 동등해지려는 질시형, 소위 왕자병과 공주병이라 불리는 사람들로 명품을 소비함으로써 자신의 가치를 높이려는 환상형, 다른 사람들과 똑같이 소비함으로써 동질감과 소속감을 느끼고 유행을 따르려는 동조형.

어떻게 보면 리움에 오는 사람들은 럭셔리 코리아를 지향하는 사람들이다. 소위 한국에는 부유층은 있어도 상류층은 없다는 말이 있다. 남에게 보이기 위한, 또 보여주기 위한 문화생활. 과연 행복할까?

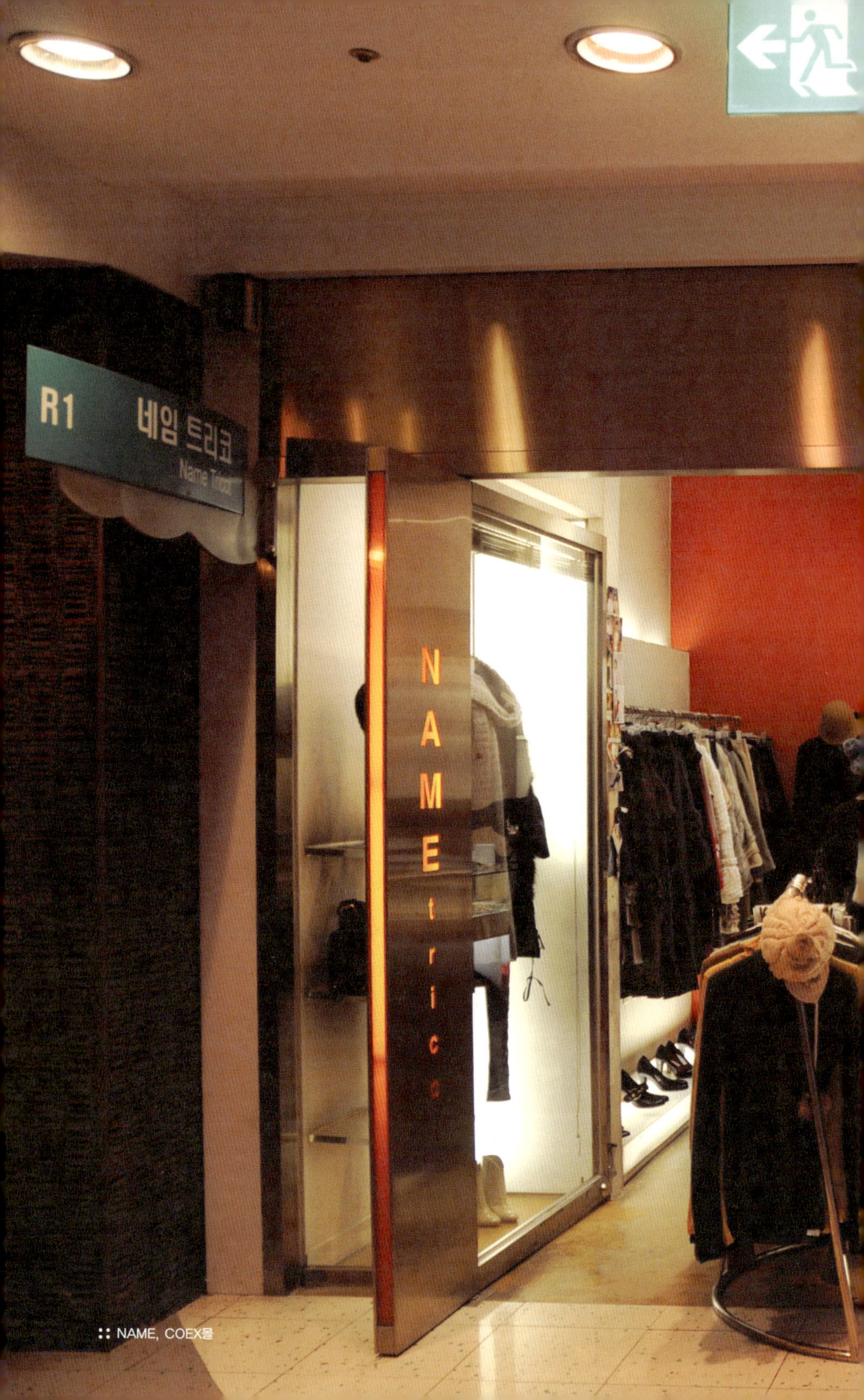

:: NAME, COEX몰

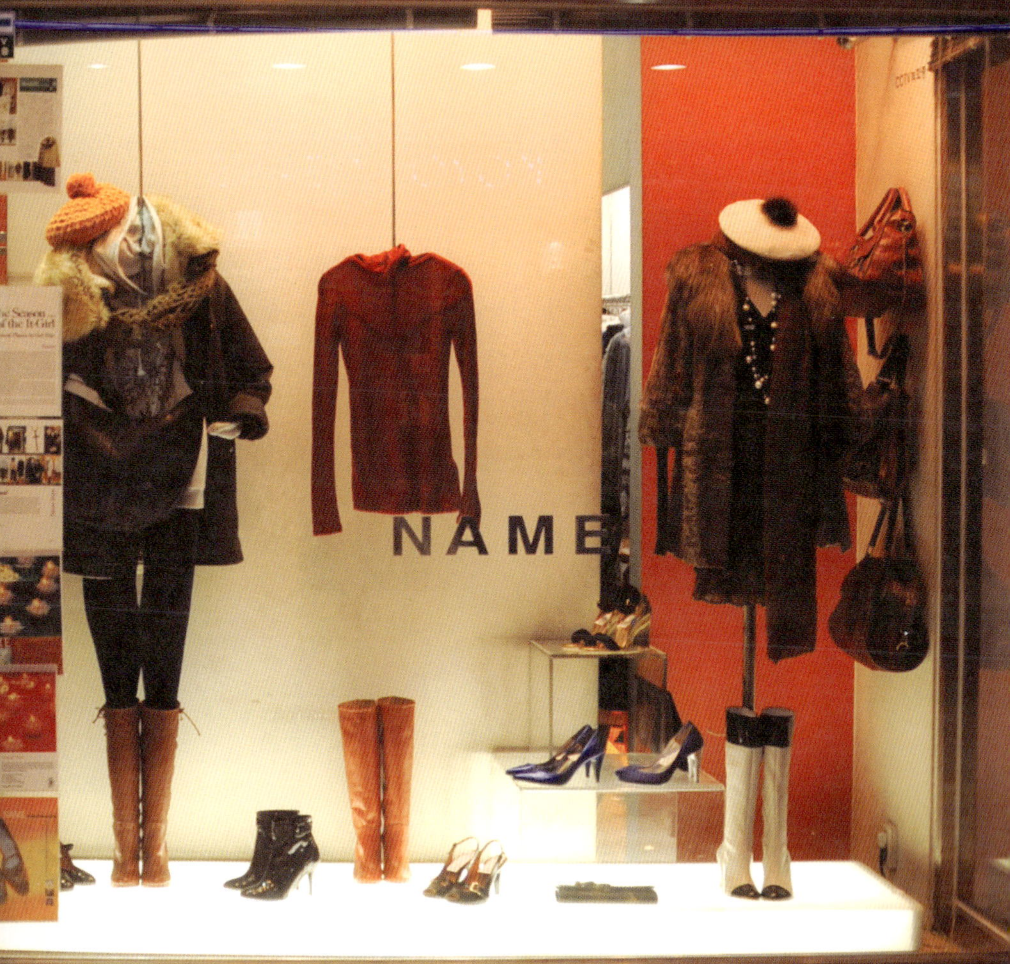

NAME tricot
NAME

이종교배

어떤 이들은 맛깔스런 음식에서, 또 절로 웃음 짓게 만드는 노래에서, 철마다 바뀌는 주변풍경의 모습 등에서 행복을 느낀다. 사람냄새 나는 공간을 잘 활용하는 지혜. 그 공간을 즐기는 사람들이 모두 다르고 느끼는 감성도 다르지만 한 공간 안에서 함께 하는 모습은 우리 고유의 음식인 비빔밥을 떠올리게 한다. 비빔밥처럼, 다국적의 다양한 사람들이 모여 이종교배의 프로세스를 진행중이다.

이태원과 리움 미술관은 이질적인 것들이 융합되어 있다는 공통점을 갖는다. 이태원은 여러 문화가 공존하고 있고 리움 미술관에는 세 명의 건축가가 공존한다. 또한 소장하는 작품들도 한국 미술과, 서양 미술, 그리고 현대 미술과 전통 미술이 혼재 되어 있다. 그래서 이태원과 한남동 일대는 서로 이질적인 것이 혼재 되어 있는 융합의 지역이다.

요즘의 문화 트렌드의 키워드 중의 하나로 이종교배가 있다. 인간은 상상력의 한계에 도달히여 더 이상 새로운 것을 만들지 못하는 상황에 처하게 되었다. 그런 상황을 돌파하기 위하여 이종교배라는 개념을 생각하게 되었다. 기존에 존재하고 있는 요소들을 서로 결합하여 새로운 개념이나 제품을 만들려는 철학. 그것이 바로 이종교배의 철학이다. 그 이종교배는 우리에게 새로움으로 다가오고, 그런 새로움을 추구하는 인간은 그것에 흥분되고 자극 받아 즐거워한다. 이종교배는 창의성을 전제로 하는 태생적 특징을 갖는다. 그런 이종 교배의 집합소가 이태원과 한남동 지역이다. 부자와 가난한 사람이 공존하고, 서구문화와 한국문화가 공존하는 곳이 바로 이태원과 한남동이다.

리움 미술관을 방문하는 행복을 더하기 위해서는 아무래도 오광수가 쓴 책 '21인의 한국현대미술가를 찾아서'를 읽어 보는 것이 좋을 것 같다. 소냐 류보머스키도 말하지 않았는가 '행복도 연습이 필요하다'고. 이 책에서 우리는 이상범, 변관식, 장우성, 김기창, 이응로, 박래현, 서세옥, 도상봉, 이중섭, 장욱진, 박고석, 변종하, 권옥연, 김환기, 남관, 유영국, 곽인식, 김창열, 박서보, 하인두, 한묵 등의 작가를 만날 수 있다.

리움 미술관의 거미도 그냥 스쳐지나 가듯이 봐서는 안 된다. 거미는 모성애의 상징이다. 이런 모성애를 느끼려면 거미를 하나씩 보지 말고 두 개의 거미조각을 동시에 보도록 하자. 나는 독자들에게 거미를 모성애의 관점에서 이해하는 것에 그치지 말 것을 권하고 싶다. 희생을 다해 우리를 사랑해 주신 어머니께 감사의 말을 전하라고 말하고 싶다. 감사의 말을 하는 것이 쑥스럽다면 그저 어머니를 안아드려라. 당신의 포옹으로 어머니는 큰 기쁨으로 행복해 하실거다.

볼팅하우스도 엄마를 안아 주라고 말한다. "엄마를 생각하면 가슴이 따뜻해져요. 내게 엄마는 언제나 화풀이 대상이었죠. 그럴때마다 미안하다는 듯 미소로 답하셨죠. 엄마의 희생이 나를 있게 만들었다는 것을 몰랐어요. 엄마! 저 참 못났죠? 그리고…… 미처 전하지 못한 말 대신 엄마를 꼭 안아 드리고 싶어요."

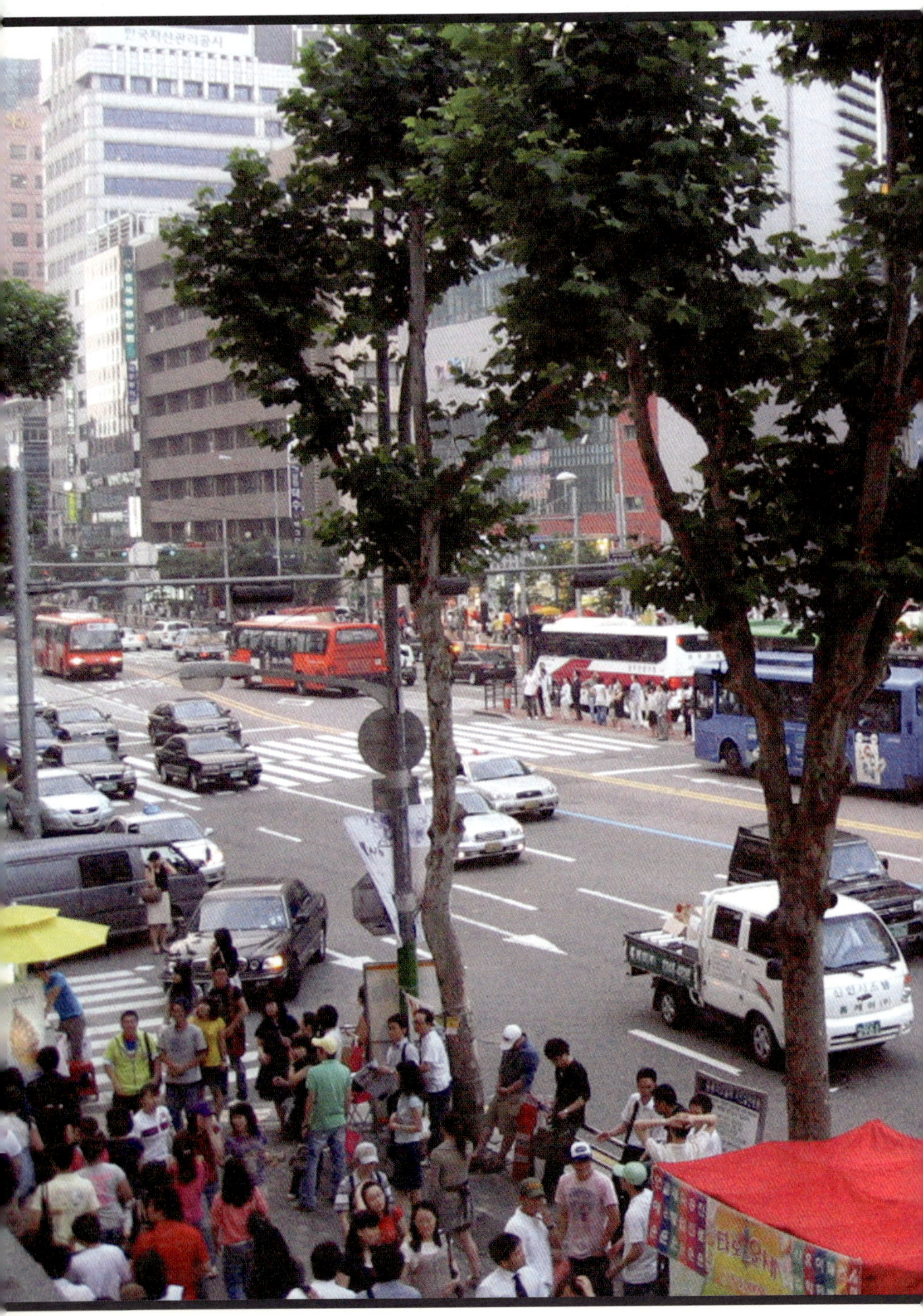

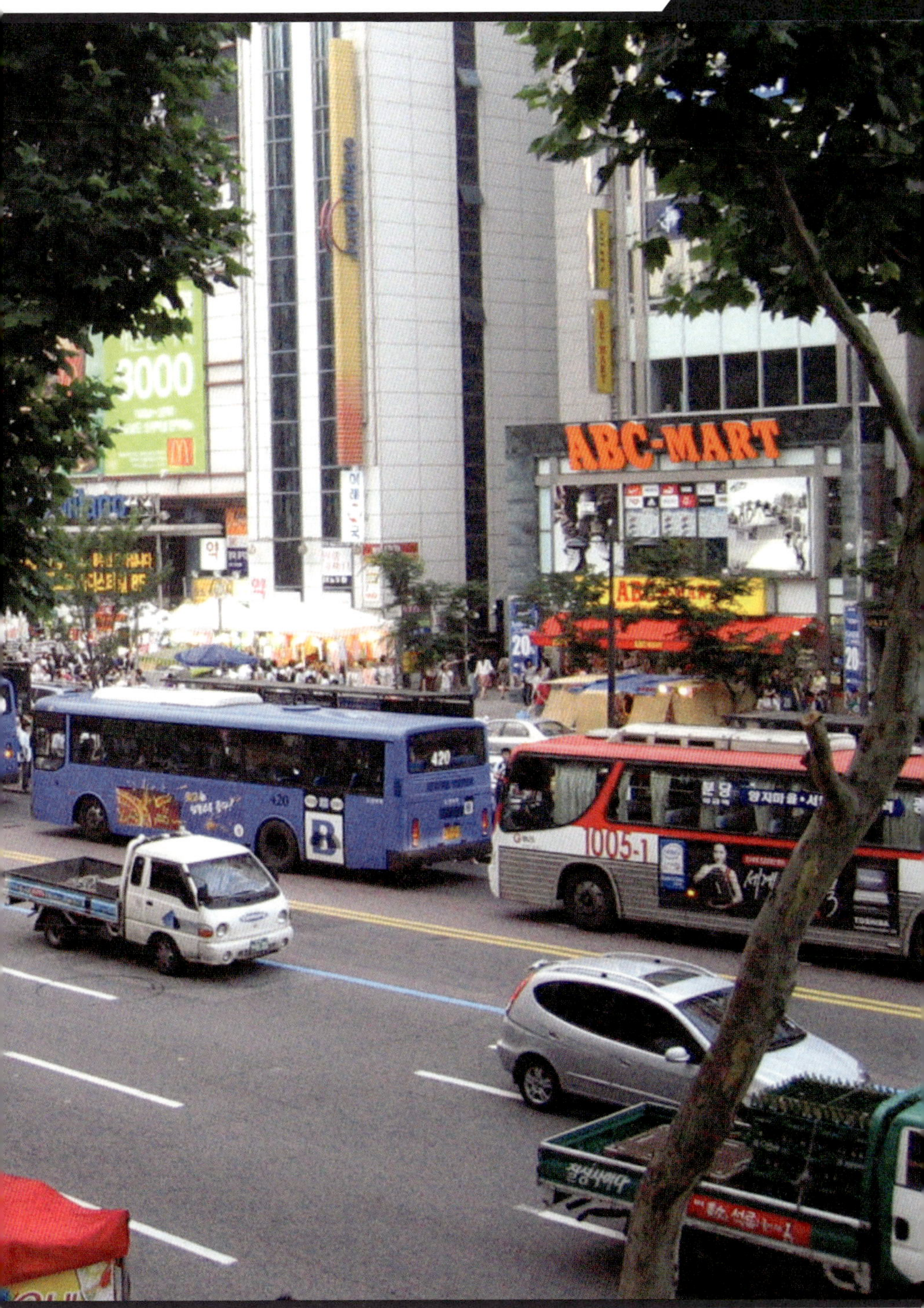
ABC-MART

신림동, 노량진, 신촌, 강남. 이들의 공통점은 바로 유명한 학원가라는 점이다. 그 중 강남에는 유독 방학을 이용해서 공부하는 학생들이나 시간의 짬을 낸 젊은 직장인들이 많이 모인다. 강남이 많은 학원들과 교육원들이 즐비함과 동시에 놀이문화가 살아 숨 쉬는 곳이기 때문이다. 밤낮을 가리지 않고 새벽부터 공부에 몰두하는 그들은 단지 배움에만 그치지 않고 그 곳에서 만난 새로운 사람들과 친목을 도모하는 일에도 열중한다. 공부와 놀이 어느 것 하나도 놓치고 싶어하지 않는 사람들로 강남은 낮에도 밤에도 늘 북적인다. 그래서 강남은 젊은 사람들의 약속 장소로 인기가 있다. 또한 데이트를 하러 나온 연인들, 퇴근 후의 직장인들, 친구들끼리의 만남 뿐만 아니라 최근 독신자나 신혼부부들을 대상으로 하는 오피스텔이 대량 신축됨에 따라 다양한 부류의 사람들이 강남으로 모인다. 더불어 외국계 기업 사무실이 늘어나면서 거리에서 외국인들의 모습을 볼 수 있게 되었다. 그들은 강남의 중요한 마케팅 고객이다. 그들의 취향에 따라 강남에는 다양한 놀이문화가 있나. 문위기 좋은 레스토랑, 스터디를 할 수 있는 모임 공간, 외국의 이색적인 느낌을 담은 호프집, 혼자서 창가에 자리를 잡고 우아하게 커피를 마시며 노트북을 열 수 있는 커피숍 등 다채로운 경험이 강남에서 가능하다.

이렇듯 사람들이 강남에 오는 이유도 제각각이다.

아날로그 시대에서 디지털 시대로 변화하면서 우리의 삶의 방식과 트렌드도 함께 변했다. 길거리에서도 휴대폰, PDA 등의 디지털 장비를 이용해 언제 어디서든 인터넷에 접속하고, 일정한 직장과 장소에 얽매이지 않고 노트북을 펼쳐 들고 일하는 '디지털 유목민'이 있다. 강남 역 근처 어느 커피숍에서든지 그들을 만날 수 있다. 이렇듯 디지털 유목민들이 늘어 나면서 각 상점들은 무선 인터넷망을 설치하는 등의 배려로 한명의 고객도 놓치지 않으려는 마케팅 전략을 펼친다.

이제는 커피를 마시며 자신의 첨단 디지털 장비로 필요한 정보와 서비스를 탐색하고 업무처리를 하는 모습이 자연스럽다. 길거리에서 한 손에는 가방을, 한 손으로는 핸드폰을 귀에 대고 대화하는 모습이 더 이상 어색하지 않다. 이처럼 자유로움과 개방성, 홀가분하고 쾌적한 삶을 추구하는 현대인들이 모여 있는 곳. 디지털 생산과 소비의 주체가 되고 마케팅의 주요 대상이 되는 이들이 모여 있는 곳. 그곳이 바로 강남이다. 강남은 자신의 공간에 제한을 두지 않고 어느 곳에서나 원하는 자료를 얻으며 활발한 기운을 발하는 디지털 유목민의 거리이다.

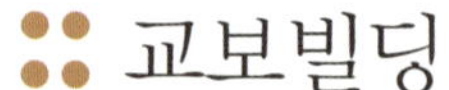 교보빌딩

교보빌딩은 거대한 책의 모습과 같다. 교보빌딩은 벽돌 재료로 된 건물이 많지 않은 강남 거리에서 다른 사람들의 시선을 끌기에 충분한 조형성을 갖는다. 리움 미술관의 마리오 보타 작품처럼 교보문고 빌닝도 벽돌 건축이다. 교보빌딩은 랜드마크적 괸짐에서 볼 때, 분명 성공한 건물이다. 웬만한 사람이년 교보빌딩을 거의 대부분 알고 있으니까 말이다.

일부 사람들은 교보빌딩이 강남의 주변 여건을 거의 고려하지 않은 실패한 건축물이라고 혹평을 한다. 물론 교보빌딩이 주변 환경을 고려하지 않았는지는 모른다. 그러나 스타 건축가가 건물을 지었다는 점, 그리고 그 공간을 이용하는 사람들에게 주는 쾌적감때문에 사람들의 인기가 높다. 또한 교보빌딩은 다른 건물과 달리 딱딱하지 않고 따뜻하다. 인공건물임에도 불구하고 자

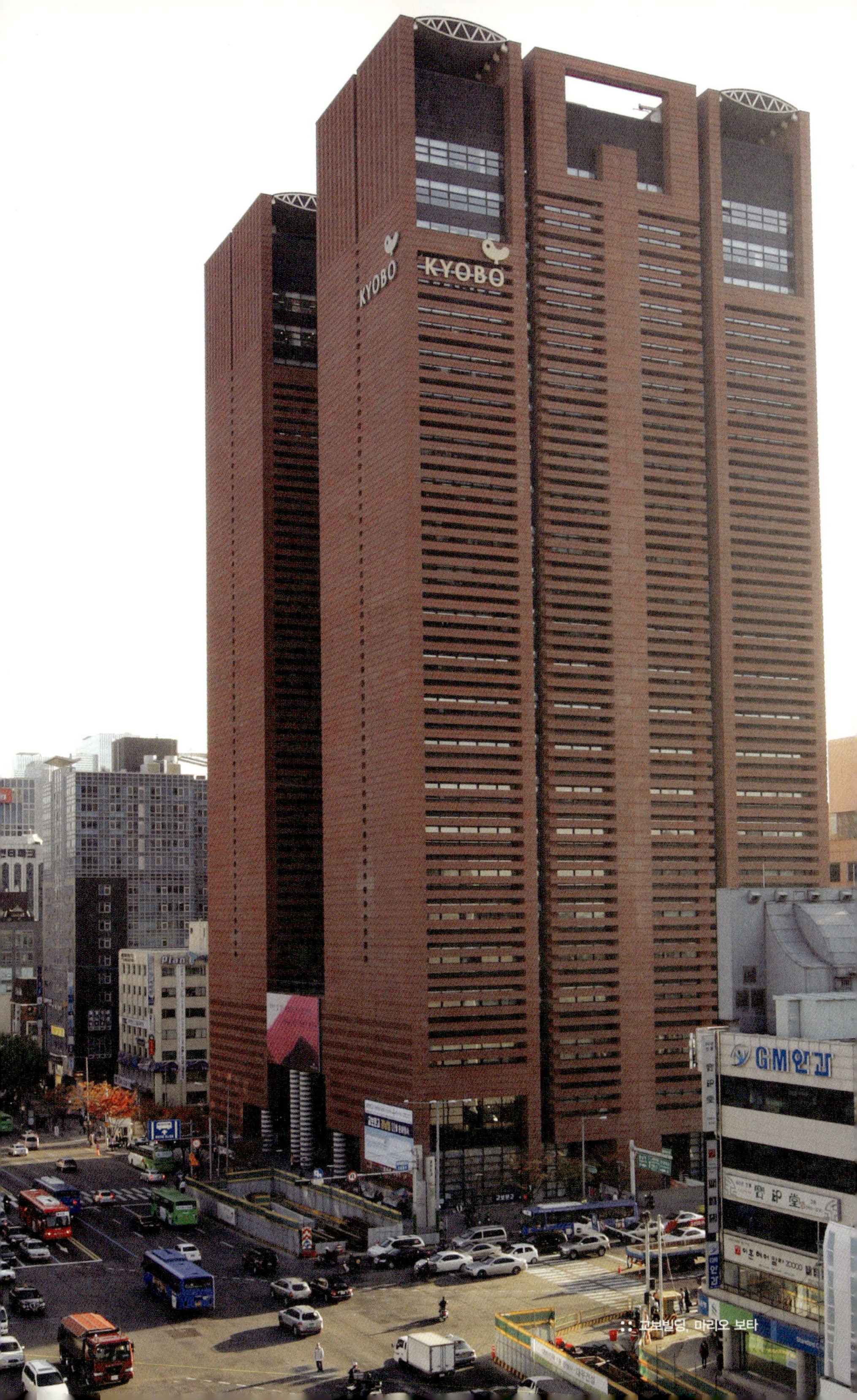

교보빌딩, 마리오 보타

고품격 지식, 문화 갤러리 강남 교보문고   KYOBO 교보문고
KYOBO 교보자동차보
대리운전 157
HOT tracks

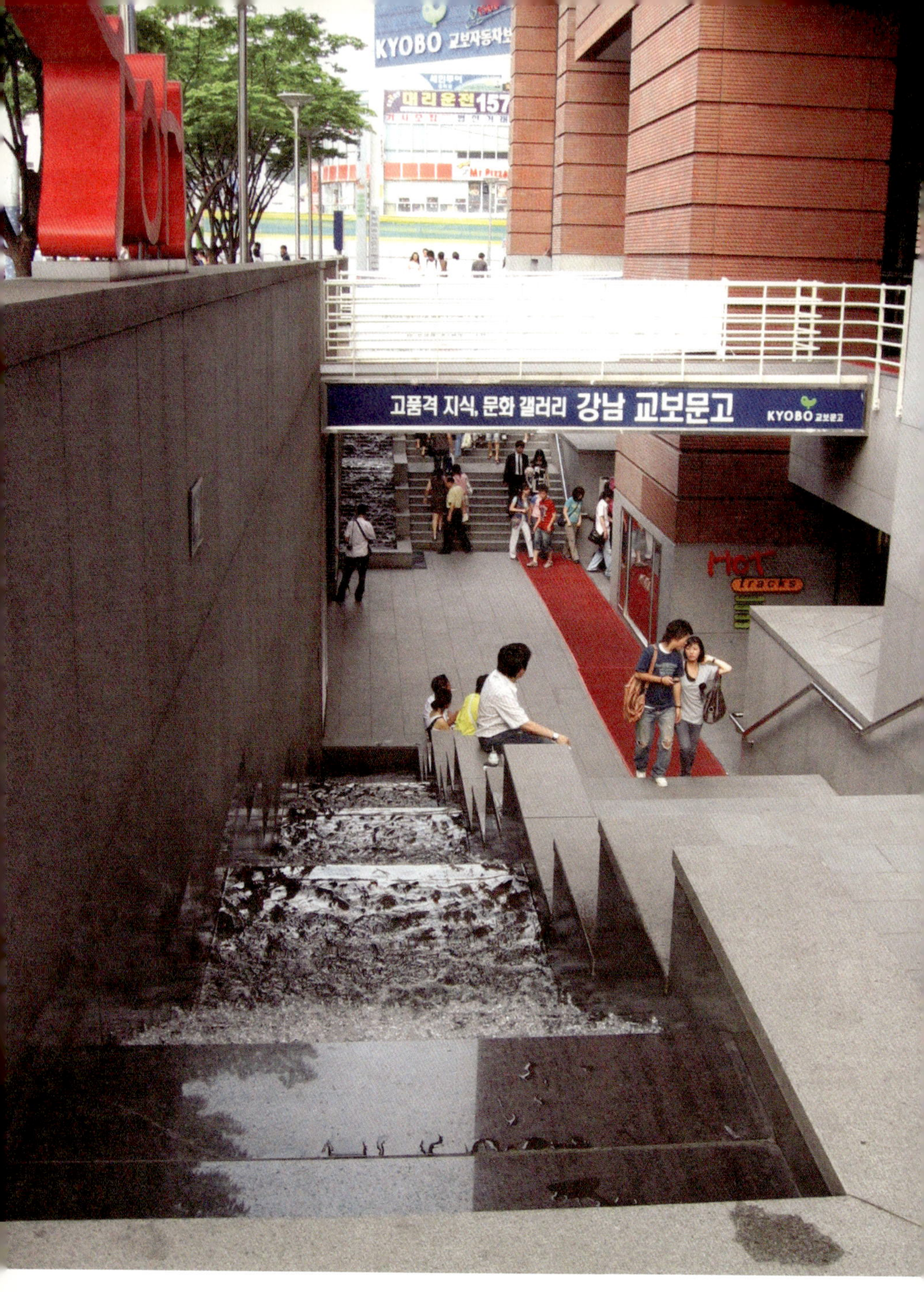

:: 교보문고 입구

Books for You

경영·사회 권장도서   인문·예술 권장도서

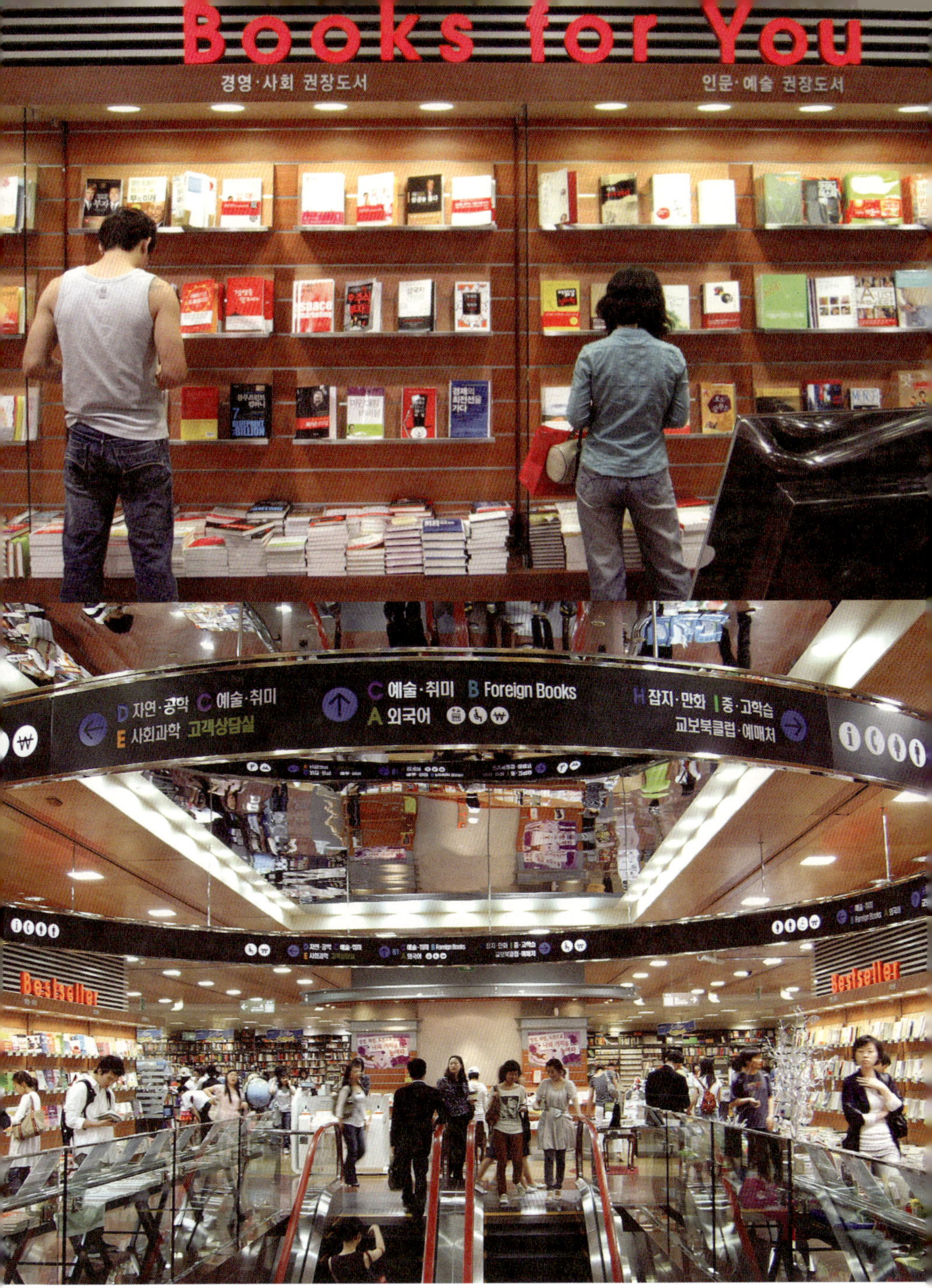

:: 교보문고 매장

195

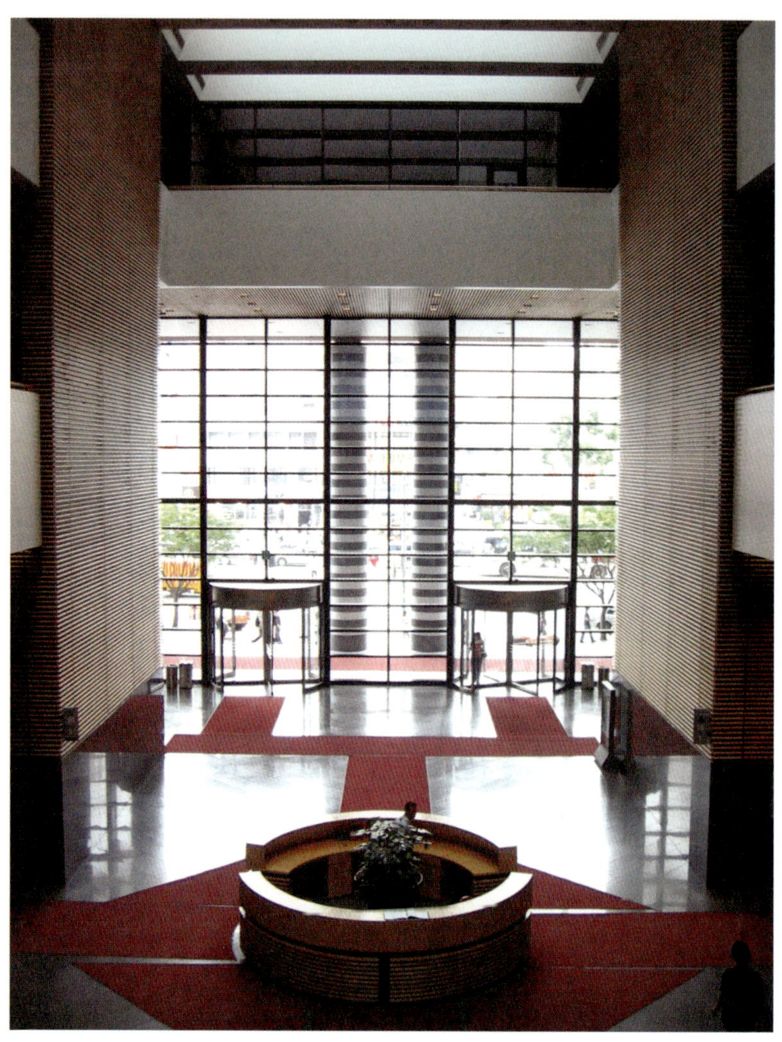

:: 교보빌딩 메인 로비

연적인 요소를 될 수 있는 한 최대한 끌어들이려 했고, 사람의 오감을 자극하는 요소를 곳곳에 배치하였다. 교보빌딩에는 공간을 이용하는 사람들에 대한 따뜻한 배려가 있다.

그 동안 우리는 배려라는 단어와 거리를 두고 살아온 경향이 있다. 그런 면에서 다른 사람을 크게 배려하는 일본인을 배워야 한다. 강자가 약자를 배려했을 때 사람이 멋있게 보이듯이, 건물도 사람을 배려할 때 건물은 더 멋있게 보인다.

이렇게 사람을 즐겁게 하려는 노력은 새 책의 향긋한 냄새와 감미로운 음악, 공간의 다양한 색상에서도 나타난다. 교보문고에 들어서는 입구의 계단에는 물이 흐르고 공간 곳곳에 책을 보는 사람들이 앉을 수 있는 공간 또한 마련되어 있다. 예전에 비해서 조금 더 고객을 배려하는 모습에서 높아진 교보빌딩의 품격을 느낄 수 있다.

겉모습보다 교보문고의 내부는 부드러운 공간적 맛이 있다. 바깥에서 보기와는 달리 실내에는 직선적인 요소와 곡면적인 요소가 공존한다. 거대한 흰색 천정은 벽돌의 브라운 색과 함께 잘 어우러져 있다. 메인 로비에는 은행과 커피숍이 들어와 있다. 같은 커피라도 이런 분위기 속에서 마신다면 한층 커피 맛이 더 좋을 것이다. 맛만이 아니라 삶의 여유도 배가될 것이다. 그런 공간에서라면 다른 사람들과의 대화도 더욱 즐거워질 것이다. 바로 이런 공간에서 사람과 사람 사이의 따뜻한 소통과 창의적인 교감이 일어난다. 이렇듯 공간은 사람의 생각에 영향을 미치는 매개체이다. 그러한 매개체의 역할을 충분히 발휘하고 있는 곳이 바로 교보빌딩에 메인 로비가 아닐까 싶다. 커피숍 뿐만 아니라 그 안에 있는 은행에서도 우리는 다른 은행과 달리 훨씬 더 기분 좋은 상태에서 은행에서의 볼일을 볼 수 있을 것이다.

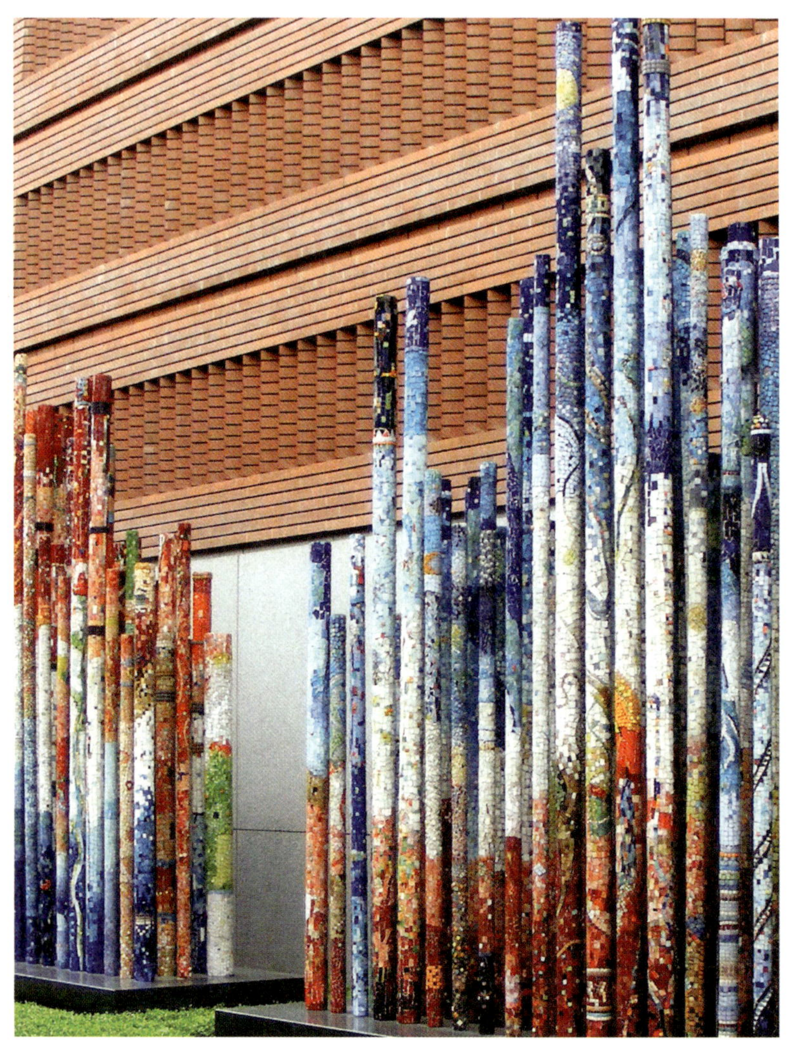

:: 코레아 환타지아, 류근상

물론 외국 건축가가 설계 했다고 해서 무조건 좋아할 일도 아니고 또 무조건 비판할 것도 아니다. 하지만 분명 이 교보빌딩이라는 공간에는 다른 건물과는 다른 품격이 느껴진다. 류근상의 작품 '코레아 환타지아'도 빌딩의 품격을 높이는데 일조한다. 그러한 품격은 궁극적으로 쾌적한 공간으로 승화된다. 그러한 특성 때문에 한번 교보문고를 방문한 사람은 교보빌딩에 대해 좋은 인상을 갖는다. 고차원의 공간 마케팅이다. 건물 하나를 잘 만들어서 그 건물을 사용하는 사람이 오랜 시간 동안 행복해 할 수 있는 것. 우리는 바로 그런 것들을 너무 오랫동안 간과해 왔다. 눈앞의 이익에 따라 경제성만을 강조했고, 그러한 경제성의 논리에 따라 감성적 디자인은 배제되어 있었다.

어떤 논리의 중심에도 인간이 중심에 있어야 한다고 나는 굳게 믿는다. 교보빌딩은 분명 감성을 표출하고 있는 건물이다. 결론적으로 말해 교보빌딩은 강남의 품격을 높이고 있는 훌륭한 건축물 중의 하나이다. 나는 교보빌딩의 벽돌 재료가 주는 특유의 갈색을 무엇보다도 좋아한다. 많은 사람들이 좋아하는 색이라고 말하지는 않지만, 갈색에는 심원성의 매력이 있다. 늘 당연한 것으로 받아들이는 공기처럼, 갈색에 대해 우리는 특별한 관심을 보이지 않는지도 모른다.

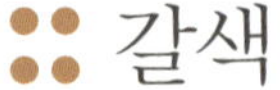 갈색

이집트를 여행하다 보면 우리들은 황갈색의 유적지에 압도당하기 마련이다. 세계 7대 불가사의의 하나인 피라미드와 스핑크스가 황갈색이고, 람세스 2세의 조각상을 모신 아부심벨이 황갈색이다. 갈색은 땅의 색과 가깝다. 그래서 그런지 우리는 갈색에서 원시성이라든가 아니면 태고성을 느낀다. 갈색에서는 오래된 기억이 느껴진다. 이런 오래된 고대의 기억을 표현한 화가가 있으니 그가 바로 폴 고갱Paul Gauguin이다. 우리가 고갱처럼 원시성에 많은 관심을 갖는 것도 어찌 보면 어딘가에 존재하고 있을 우리의 근원 때문일 것이다. 우리의 근원이자 고대를 간직하고 있는 색, 갈색. 거기에는 인간의 애환이 있고, 풍상의 흔적이 있으며 인간이 살아온 역사와 전통이 있다.

갈색은 삼원색의 1차색도 아니고 2차색도 아닌 3차색이다. 갈색이라고 하면 먼저 낙엽을 떠올리게 된다. 낙엽이 온천지에 난무하는 가을은 우리를 사색에 잠들게 만든다. 그렇기 때문에 갈색은 봄이나 여름의 색이라기보다는 가을의 색이다. 우리는 갈색을 젊고 어리고 새롭다고 생각하지 않는다. 갈색은

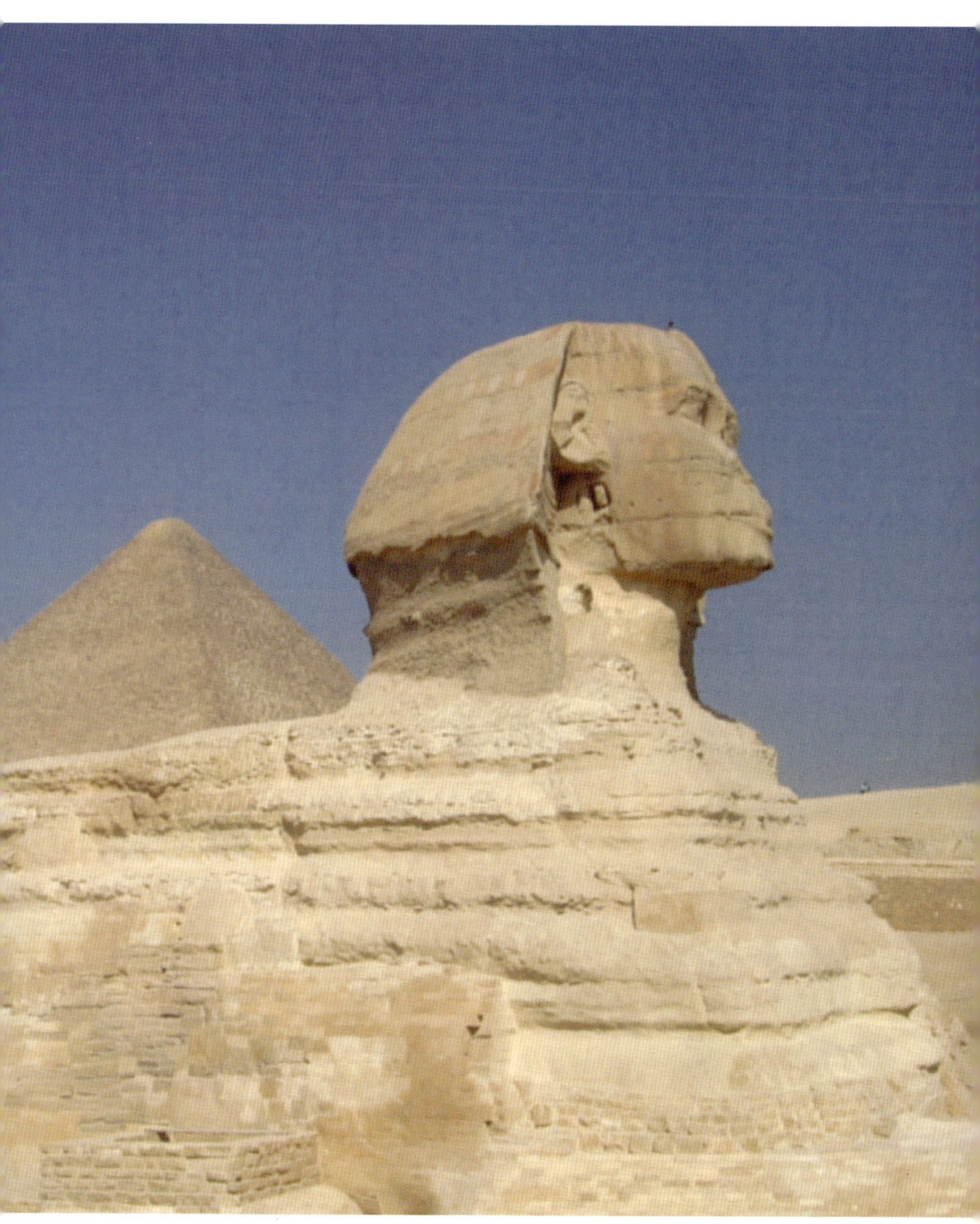

:: 피라미드 스핑크스, 이집트

우리에게 오래되었다는 느낌을 준다. 가을은 우리가 잘 알고 있듯이 결실의 계절이다. 그래서 갈색에는 풍성함이 있다. 이런 풍성함은 갈색 속에 내재되어 있는 시간의 흔적에서 비롯되는 것이다.

그렇다면 왜 우리가 갈색에서 시간의 흔적이나 두께를 느끼는 것은 무엇일까? 또 우리는 갈색에서 오래된 태고를 느끼면서도 먼 미래를 느끼는 것일까? 그건 흙에서 시작하고 흙에서 끝나는 우리 인생 때문일 것이다. 갈색은 흙의 본질과도 같은 색이다. 이는 초기 주거의 형태인 흙벽돌이 갈색이요, 인류문명의 발상지의 하나인 이집트의 피라미드가 갈색인 걸 보면 쉽게 알 수 있다. 이집트의 건축물 뿐만 아니라 로마시대에서도 갈색으로 대표되는 벽돌을 사용했다. 벽돌은 인류문화 속에 존재해 온 가장 오래된 건축재료 중의 하나이다. 그래서 우리는 벽돌에서, 아니 갈색에서 전통과 뿌리를 느끼게 된다.

이집트의 카르나크 신전이나 룩소르 신전의 온 사방천지는 황갈색이다. 유구한 세월 속에서도 오늘날까지 힘겹게 버텨온 고대의 유적물에서 마치 옛 애인을 만난 듯 회환의 정을 느끼게 된다. 우리 인간은 누구나 언젠가는 한줌의 흙으로 돌아갈 것이다. 우리들은 어디로 돌아가는 것일까? 우리가 온 그곳으로 다시 돌아가는 걸까?

아르코 미술관 건물은 입구부터 다른 건물과 다르다. 벽돌 건물이 주는 따스함 때문일까? 낮은 계단을 따라 자연스레 입구로 향해 올라가다 보면 관람객의 마음은 편안함과 기대감으로 가득 차게 된다. 친인간적인 설계에서 오는 편안함을 뒤로 하는 건물이 아직도 우리 주위에는 너무나 많다. 그렇기에 김수근 건축은 더 매력적이다. 여기에 더해 건물이 관람객들에 불러 일으키는 기대감은 김수근의 건물에 또 다른 상승작용을 일으킨다. 이런 기대감은 무엇 때문에 생기는 걸까? 그건 바로 건축공간에 일어나는 해프닝 때문이다.

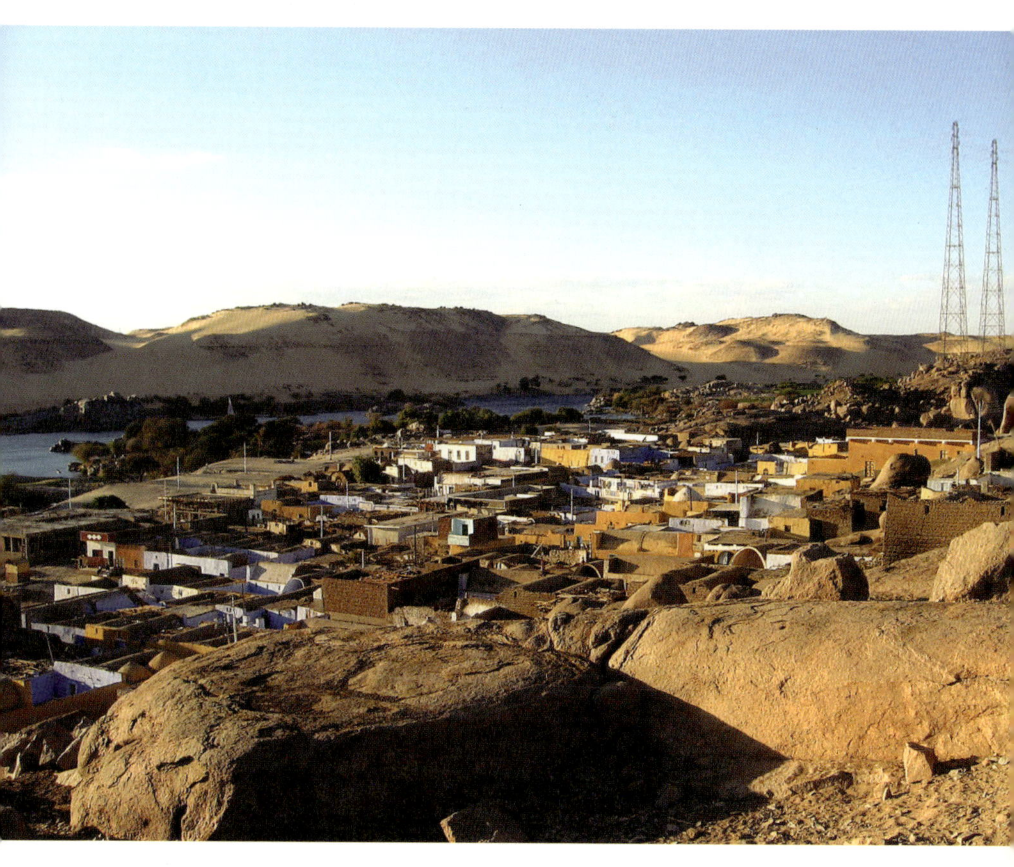

:: 땅의 색, 이집트 누비안 빌리지

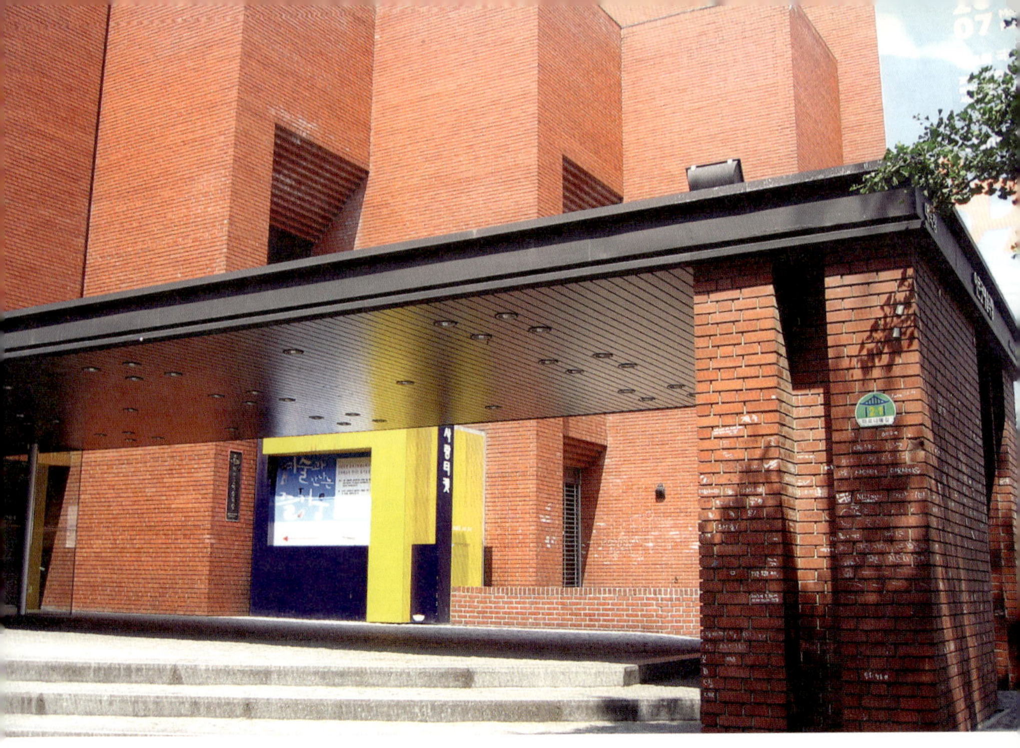

:: 아르코 미술관 건물 입구

"예술은 사기"라고 말했던 백남준! 그는 해프닝을 몸소 실천한 예술가였다. 언제 무슨 일이 일어날지 모른다. 그게 해프닝이다. 김수근의 건축은 공간 내에서 다양한 사건들이 자연스럽게 일어날 수 있는 그런 배려가 스며들어 있다. 그런 배려가 있기에 다양한 만남과 체험이 가능하다. 21세기는 체험과 감성이 중요한 시기하고 한다. 시대를 앞서간 선각자의 건물에서 인생을 생각하고 삶을 생각하는 것은 당연한 일이 아닐까? 이처럼 숙연한 마음으로 삶을 생각하며 신과 대화할 수 있는 공간이 있으니 그건 바로 경동교회이다.

샘터사의 담쟁이 나뭇잎처럼 경동교회의 피부 살갗도 담쟁이 나뭇잎으로 기세가 가득하다. 여기에서 우리는 강한 생명의 힘을 느낀다. 살아 있는 유기체! 건물은 죽어 있는 것이 아니라 살아 있는 생명체이다. 그래서 이런 건물

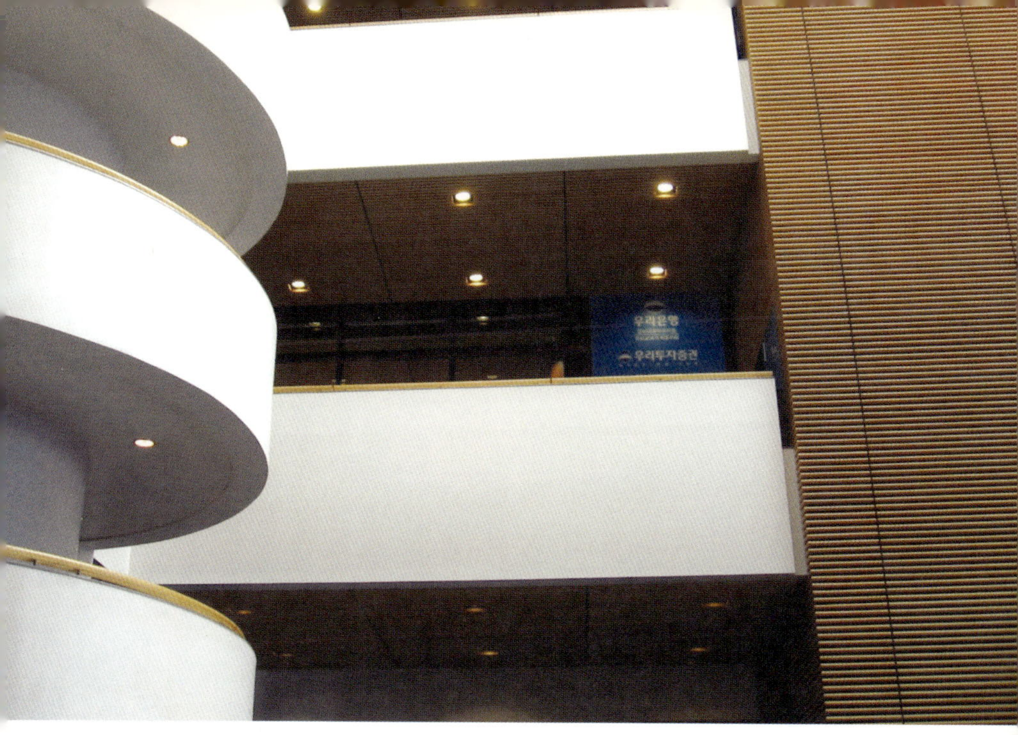

:: 하얀 천장과 브라운 벽돌, 교보빌딩

에선 사람들과 생생한 교감이 가능하다. 사람들과 원활한 교감이 가능한 건물은 사람들에게 기억을 남긴다.

교회의 내부에는 종이에 잉크가 번지듯 교인들의 머리 위로 신비로운 빛이 은은하게 스며든다. 그 신비로운 빛은 벽돌과 함께 완벽하게 어우러진다. 우리의 상상력과 감성을 자극하는 갈색의 벽돌은 김수근의 건축에서 빼놓을 수 없는 것이다. 르 꼬르뷔지에의 영향을 받은 마리오 보타처럼 김수근도 콘크리트를 사용했다. 그러나 김수근에게는 콘크리트보다 더 많은 마음을 차지한 건축 재료가 있었다. 벽돌, 김수근의 건물의 중심에는 벽돌이 있다. 그리고 그의 벽돌에는 어김없이 갈색이 있다.

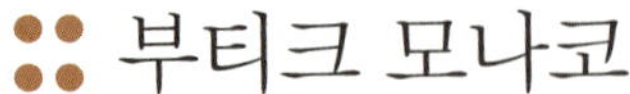# 부티크 모나코

이정하의 시집 '마지막이 아닌 것처럼' 의 시 '아침부터 소슬히 비가 내렸다'
은 마그리트의 겨울비와 잘 어울리는 듯하다.

"아침부터 소슬히 비가 내렸다.
내리는 비는 반갑지만 내 마음 한편으로는 왠지 모를 쓸쓸함이 고여든다.
하기야, 비가 내리지 않는다고 쓸쓸하지 않을 까닭이 있는가. 비가 내리든,
내리지 않든 그것과는 상관없이 이미 내 마음은 잔뜩 찌푸려져 있었던
것을."

시에서 보듯 겨울비는 슬프다. 겨울비의 슬픔은 가수 김종서의 겨울비에서도
확인이 가능하다.

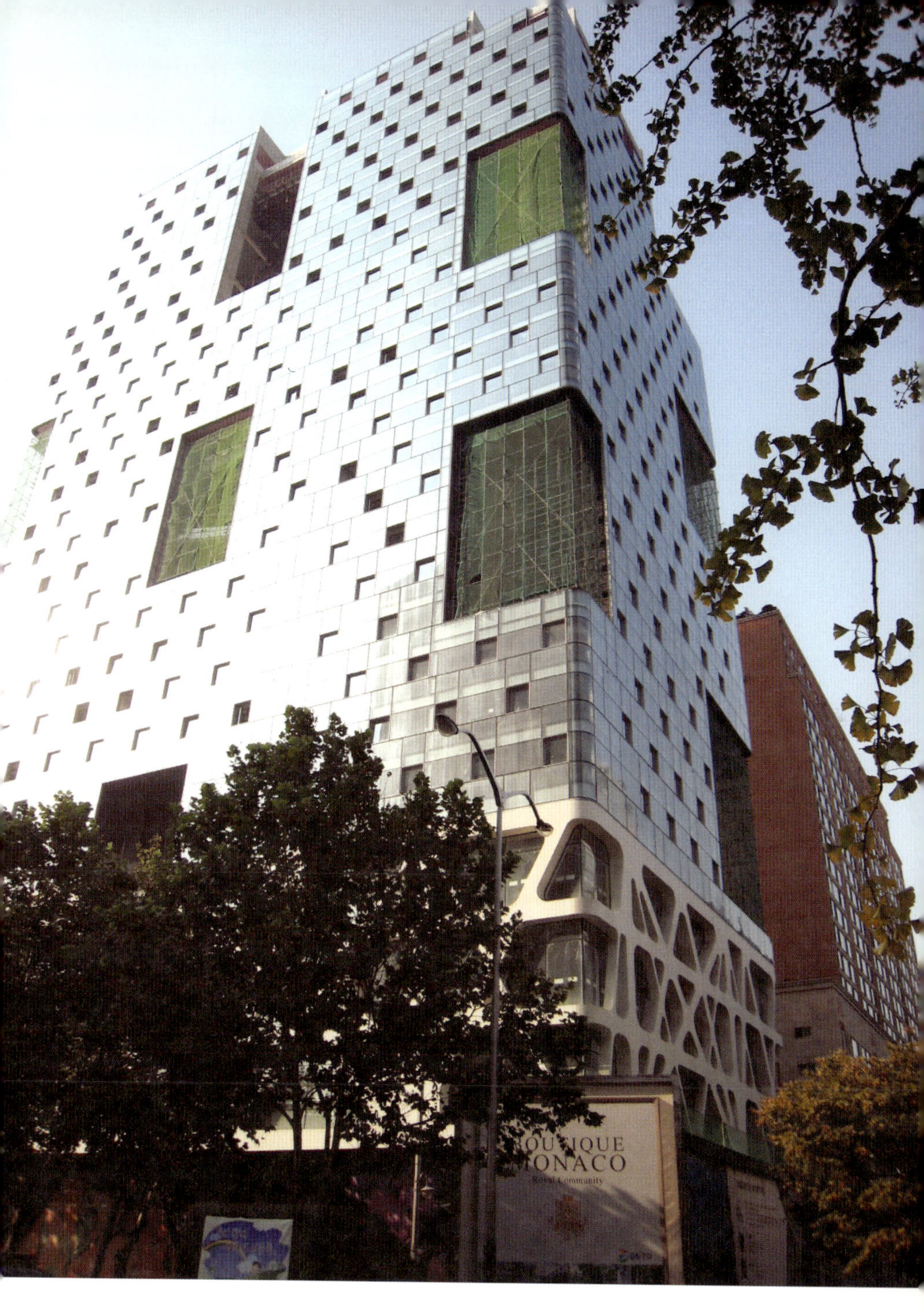

:: 공사 중인 부티크 모나코, 조민석 설계, 플래닝 코리아 기획

207

"겨울비처럼 슬픈 노래를
이 순간 부를까
우울한 하늘과 구름
일월의 이별 노래

별들과 저 달빛 속에도
사랑이 있을까
애타는 이 내 마음과
멈춰진 시간들

사랑의 행복한 순간들
이제 다시 오질 않는가
내게 떠나간 멀리 떠나간 사랑의 여인아~

겨울비 내린 저 길 위에는
회색 빛 미소만
내 가슴 속에 스미는
이 슬픔 무얼까

겨울비처럼 슬픈 노래를
이 순간 부를까
우울한 하늘과 구름
일월의 이별 노래"

99% 의견에 따를 것인가, 아니면 1%의 의견을 존중할 것인가. 당연 사람들은 99%의 의견을 따라 중요한 의사 결정을 한다. 그런데 부티크 모나코는 99%를 무시하고 1%의 의견을 따라 계획된 건물이다. 바로 다른 사람들이 모두 불가능하다고 말한 1%의 가능성을 보고 프로젝트를 추진한 것이다. 그 프로젝트에 있어서 99%는 고객으로 관심을 못 받았다. 오직 1%만이 부티크 모나코의 표적 고객이었다. 이렇듯 부티크 모나코는 고객에 충실하고 세밀하게 접근하여 프로젝트를 성공시켜 현재 지어지고 있는 건물이다. 여기에서 우리는 표적 고객을 적절하게 설정하는 것이 얼마나 중요한지를 실감하게 된다. 부티크 모나코는 1%의 최상류층을 겨냥하여 계획된 건축물이다. 이 1%의 고객은 바로 감성을 중요하게 생각하는 3~40대의 CEO로써 미술도 알고, 피아노도 연주할 수 있는 그런 부류의 사람들이었다. 이렇듯 최상류층을 타깃으로 하여 만들어진 부티크 모나코의 분양 계획은 다른 사람들의 상상을 초월하여 대성공을 이루었다.

부티크 모나코의 성공요인을 예술을 적극적으로 도입한 데에서 찾을 수 있다. 바로 부티크 모나코의 계획된 집의 이름을 '구름 위를 걷는 마그리트 하우스', '정원이 있는 마티스 하우스', '환상미학의 샤갈 하우스', '생각이 공유된 피카소 하우스' 그리고 '꿈의 세계로의 초대 미로 하우스'로 지은 것이다. 물론 이런 이름을 보며 씁쓸한 기분이 들기도 한다. 일반적으로 사람들은 화가 마티스의 집이라고 하면 매력을 느끼면서, 집의 이름이 한국의 화백, 예를 들어, 장욱진의 집이라고 하면 크게 매력을 못 느낀다.

그러나 이런 현상도 일시적인 현상이리라는 생각이다. 나중에 가면 피카소, 샤갈, 마그리트, 미로가 아니라 장욱진, 변종하, 이중섭 등 우리 화가의 이름을 딴 집들이 선보이지 않겠는가. 얼마 전까지만 해도 사람들이 보인 한옥에 대한 관심은 지금처럼 크지 않았다. 그러나 요즘엔 한옥에 대한 관심을 보이는 사람이 많다. 얼마전 개관한 경주의 한옥호텔 '라궁'에 대한 반응이 좋은 것만 봐도 이미 트렌드는 우리에 대한 관심으로 넘어온 것이다.

십 년 전만 해도 외화가 인기가 있었던 시절이 있었다. TV의 주말 영화에 단골로 나오는 것은 외화였지 국산영화가 아니었다. 그러나 요즘 외화를 보는 사람들이 그리 많지 않다. 외화가 우리 정서와 맞지 않고, 우리의 문화도 아니기 때문이다. 마티스 하우스와 같은 외국 화가의 집은 우리 문화와 정서에 맞지 않는다. 그래서 금방 그런 것에 싫증이 날 것이다. 내가 분양을 하는 책임자라면 그런 외국화가의 이름보다는 우리나라 유명한 사람들의 이름을 따서 분양 계획을 세울 것이다.

여하튼 부티크 모나코는 도시민의 바쁜 생활을 수용하면서도 바쁜 일정 속에 휴양지로 떠나지 못하는 사람들이 휴양지로도 사용할 수 있는 그런 공간을 생각한다. 또 부티크 모나코는 바쁜 CEO의 일정을 최대한 효율적으로 사용할 수 있는 공간을 제공한다. 멀리 나가서 비즈니스를 하는 것이 아니라 손님을 집 건물로 초대하여 대접하고 비즈니스를 할 수 있는 공간이 부티크 모나코에서 가능한다. 그런 비즈니스의 환경과 누구한테도 방해 받지 않는 독립적인 공간을 동시에 제공하기 때문에 부티크 모나코의 인기는 높았다.

우리는 이 부티크 모나코를 통해 아이디어가 큰 역할을 했다는 것을 안다. 부티크 모나코 이후 이와 유사한 건물들이 많이 생겨나고 있는 추세이다. 그러한 점에서 부티크 모나코가 주거문화를 한 단계 업그레이드 했다는 점에서는 분명 기여를 했다. 물론 이러한 시도들이 요즘 이슈인 분양가 상한제를 초래한다고 업계의 사람들은 불평을 토로하기도 한다. 분명 분양가의 자율화 상태에서 위화감을 조성하고 사치 풍조를 만들었는지도 모른다. 그러나 여기에 우리가 간과해서는 안될 것이 있다. 바로 가난한 것은 선이고 부자는 악이라는 그런 편견이다. 정당한 방법으로 부자가 된 사람은 격려해주고, 또 그런 부자가 사치를 누리는 것을 인정할 필요가 있다.

어느 경영학자에 의하면 일본에서 부자를 부정적으로만 보지 않는다고 말한다. 그러나 우리는 부자를 지탄의 대상으로 생각하는 경우가 많다. 물론 몇몇 부자가 행해온 행태에 대한 부정적인 이미지 때문일 수도 있다. 그러나 분명 정당하게 부를 축적한 사람도 많이 있을 것이다. 그런 사람들까지도 도매값으로 비난의 대상이 되는 것은 공평하지 않다. 성숙한 사회는 부자를 인정하고, 그 부자가 돈을 자유롭게 쓸 수 있는 분위기를 허용하고, 그런 분위기 속에서 부의 분배를 이룬다.

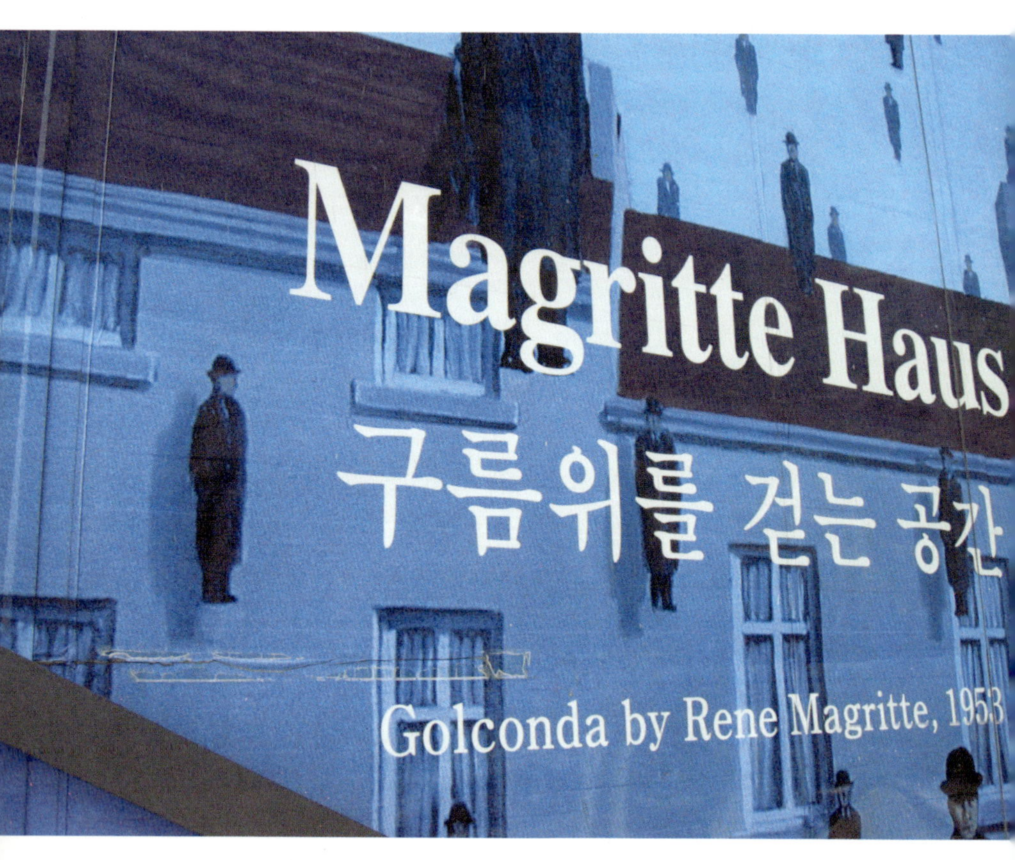

:: 겨울비, 부티크 모나코의 마그리트 공사 가림막

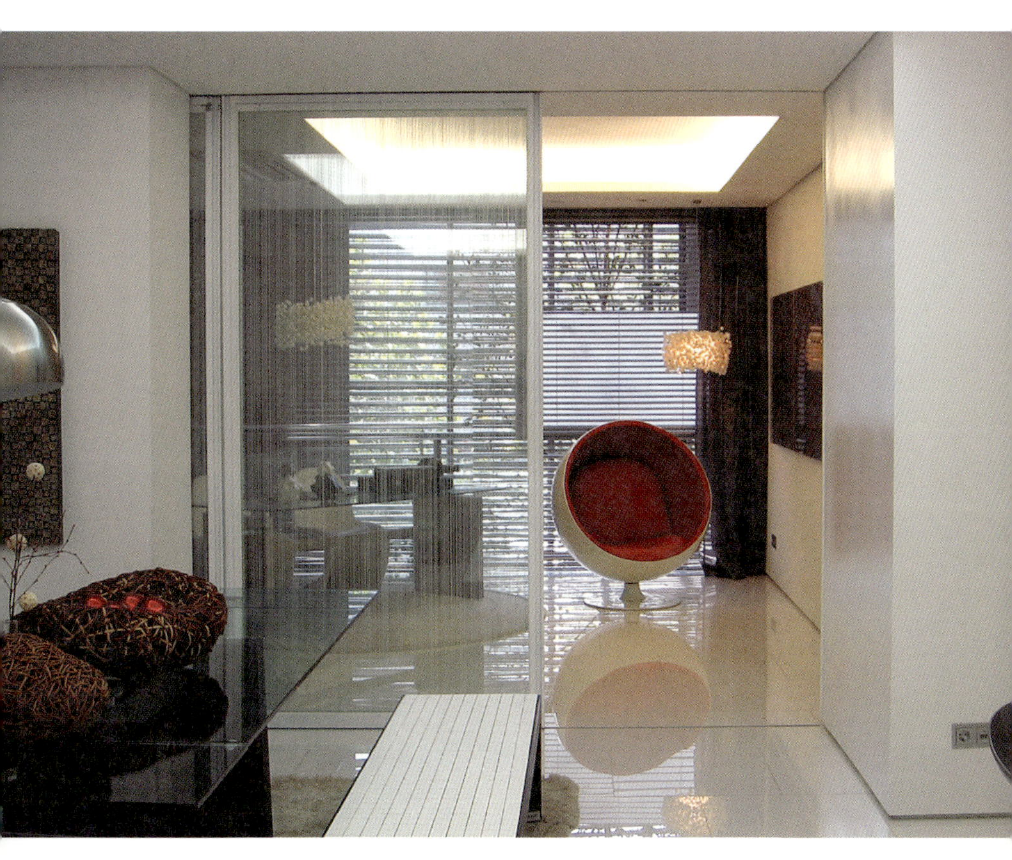

:: 미로 하우스, 부티크 모나코, 모델 하우스

사실 가난이 선이라는 등식은 잘못된 경우도 많다. 왜 그 사람들이 가난하게 되었는가. 대부분의 가난한 사람들은 자신이 운이 없어서 가난하다고 생각하는 경향이 많다. 그러나 운이 없어서 가난한 경우도 있지만 열심히 일하지 않고 노력하지 않았기 때문에 가난한 경우도 많다. 그런 경우 그 가난은 선이 아니다. 어떻게 보면 비판의 대상이 될 수도 있다. 물론 부티크 모나코가 사회에 미친 영향에 대해 정확하게 판단할 수는 없다. 그러나 분명 부티크 모나코는 생각의 이동이었으며, 새로운 주거 문화를 만드는데 큰 기여를 했다는 점도 인정해야 한다.

부티크 모나코는 감성을 마케팅 전략으로 채택하여 성공시킨 프로젝트이다. 그런 감성을 자극하기 위하여 갤러리 공간이나 최상층의 파티홀 형식을 빌린 비즈니스 공간 같은 장소를 제공한다. 시간적으로 바쁜 감성세대 CEO들이 효율적으로 일할 수 있는 업무공간과 휴식공간을 동시에 제공한 것도 성공요인 중의 하나였다. 게다가 부티크 모나코라는 브랜드를 개발하여 최상류층을 위한 공간이라는 컨셉트를 반영하고 동시에 예술을 접목시킨 융합공간을 만들었다. 즉, 명품마케팅을 성공시킨 것이다.

명품 마케팅

'브랜드 신화가 되다, 명품 마케팅'의 저자 김대영은 명품 브랜드들은 '다르고Different, 나으며Better, 그리고 특별하다Special'고 말한다. 그는 럭셔리 브랜드 탄생되기 위해서는 고품격 이미지를 제공함과 더불어 절대로 흔한 물건이 되어서는 안 된다고 말한다. 또한 유통망을 튼튼히 하고, 브랜드 아이덴티티를 정립해야함을 다음으로 꼽는다. VIP 마케팅은 필수적이며, 브랜드 로열티를 최고로 높이고 전통을 현대화하여야 한다고 말한다.

그러나 이런 명품들도 시대의 변화와 더불어 세컨드 브랜드를 통한 혁신을 도모해왔다. 조르지오 알마니는 아르마니 익스체인지A/X나 아르마니 진스 등을 내놓았고, 프라다는 '미우미우'라는 세컨드 브랜드를 선보였다. 이들은 모두 고급스러운 이미지는 그대로 가져오되, 대상 고객을 젊은이로 낮춘 고급 캐주얼 브랜드를 표방하며 고객의 폭을 한층 넓히는 노력을 기울인다.

'기업이 만드는 것은 제품이고 고객이 구매하는 것은 브랜드다' 라는 말이 있다. 그만큼 브랜드 이미지가 고객에게 중요한 역할을 한다는 뜻이다. 고객은 제품을 단순히 구입하는 것이 아니라 그 상품을 입거나 착용하고 다님으로써 브랜드의 고급 이미지를 자신의 이미지와 부합시켜 자신의 가치가 레벨업 되기를 바란다. 그만큼 브랜드, 명품 이미지는 중요하다. 사람들이 물건을 고를 때, 명품을 사는 이유는 제품의 이미지 때문이다.

그러나 최근 '명품 소비열풍' 으로 인한 사람들의 명품 과소비 현상은 거센 비난에 부딪히고 있다. 그러나 김대영은 명품이 지닌 가치까지 부인해서는 안 된다고 말한다. 명품의 높은 가치가 경제에 기여하는 순기능은 물론이고, 돈으로 환산할 수 없는 문화적인 부가가치도 막대하다는 것을 잊어서는 안 된다고 필력한다.

김영우는 '명품 마케팅' 소비자들의 강렬한 인상으로 이목을 집중시키고 제품을 타제품과 차별화시킬 수 있는 방법으로 잠재고객의 기억 속에 남을 키워드를 개발하는 것이 중요하다고 말한다. 예를 들어, 디즈니는 '가족Family'을 벤츠는 '기술' 을, 그리고 BMW는 '주행' 을 소비자들에게 인식시킨다.

고객의 기억 속에 남을 키워드를 활용하고 있다는 점에서 부티크 모나코도 예외는 아니다. 부티크 모나코가 내세운 키워드는 원스톱 서비스를 통한 편의성과 고급문화의 희소성 등이다. 주 고객층인 상류층의 이러한 욕구를 충족하기 위하여 철저한 시장조사가 수반되었다. 마케팅의 성공에 있어서 표적고객에 대한 분석은 필수적이다. 표적고객을 행복하게 만들었을 때 프로젝트의 시행주체는 자연스레 행복해 진다. 이것이 공간 마케팅의 본질을 부티크 모나코의 건축가와 시행사는 잘 알고 있었다. 즉, 부티크 모나코는 생각의 이동에 의한 명품마케팅의 성공 사례이다.

김영우는 프랑스의 문화 비평가인 기 소르망Guy Sorman이 '한국이 외환위기를 겪게 된 것은 단순한 경제 문제가 아니라 세계에 내세울 만한 한국의 문화적 이미지 상품이 없다는 데서 비롯되었다' 는 말을 인용했다. 이는 비단 한 국가의 이미지 뿐만 아니라 부티크 모나코와 같은 건축 공간에도 적용이 가능하다. 한국적 문화 이미지도 결국 명품건축, 명품도시를 만들려는 노력에 의해서 만들어질 수 있을 것이다.

⠿ 쇼를 하라

KTF 매장 역시 특성화된 이미지로 마케팅적 성공을 거둔 좋은 예이다. KTF 의 매장은 앞서 이야기한 교보빌딩이나 부티크 모나코처럼 큰 규모의 건물은 아니다. 아니 건물이라기 보다는 아주 작은 상점에 불과하다. 그런데 그런 작 은 상점이 사람들의 관심을 모으고 있다. 그것은 다름 아닌 '쇼를 하라' 라는 광고 문구 때문이다. 일반적으로 '쇼를 하다' 는 말은 부정적인 말로 쓰여 왔 다. 그런 부정적인 말을 마케팅에 활용해서 성공적인 마케팅을 이끌어 낸 것 은 역발상 때문이다. 자기를 보여준다는 것, 또 자신의 정체성을 찾아간다는 것은 언제나 우리의 관심의 중심에 서 있다.

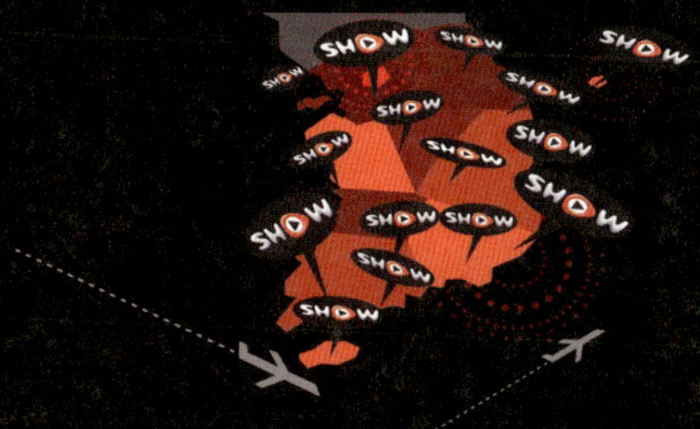

:: SHOW를 하라, ⓒ show.co.kr

:: 전 세계를 연결하는 통화품질 쇼군편

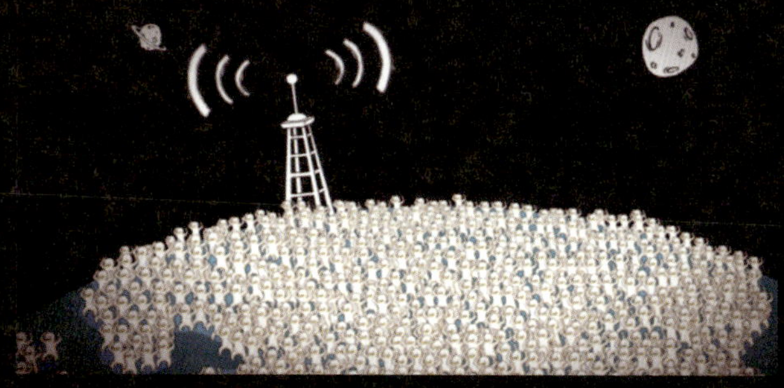

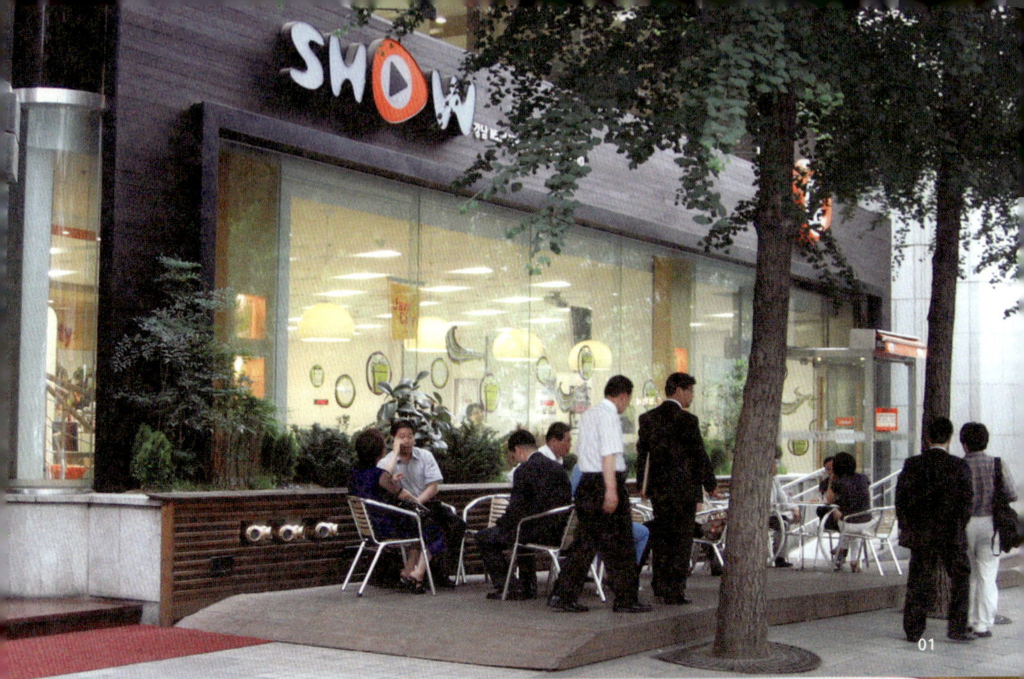

01
02

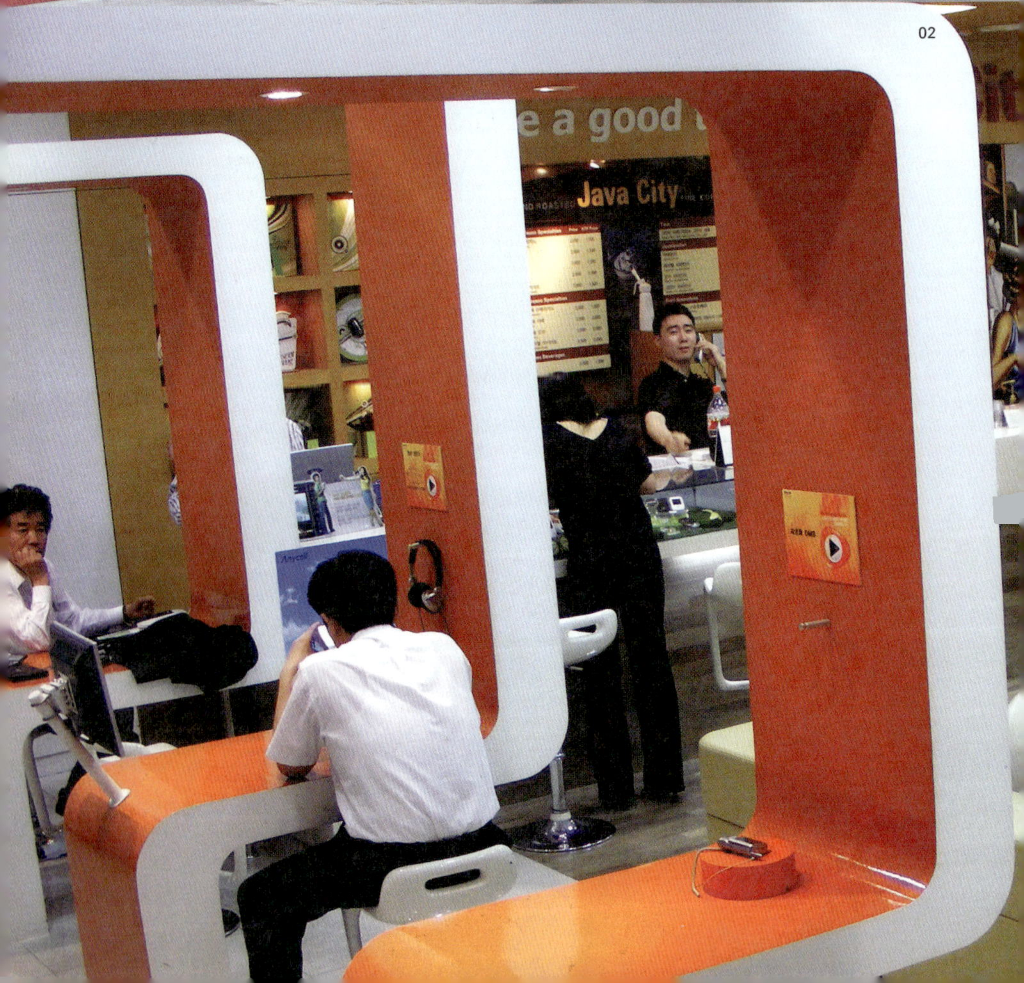

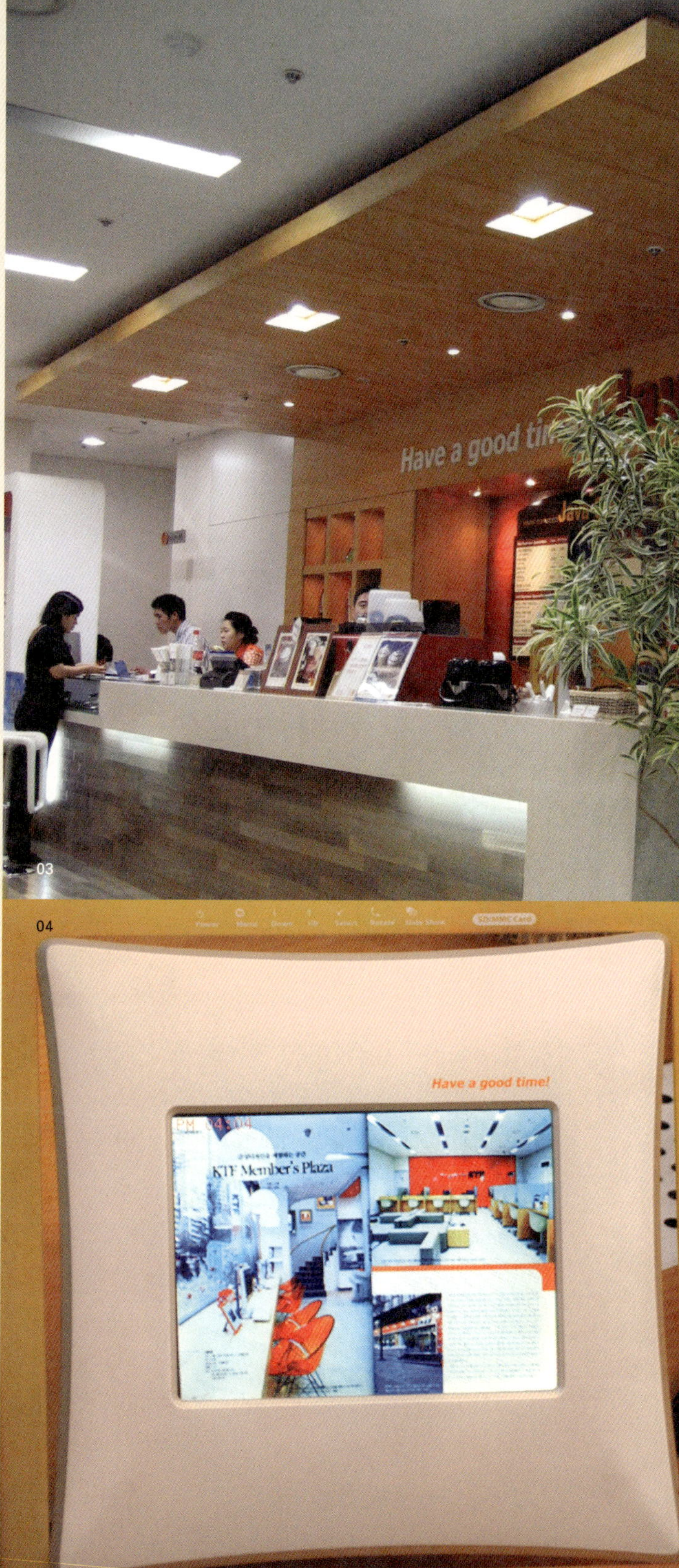
Have a good time!
KTF Member's Plaza
Have a good time!

이러한 정체성에 대한 욕구는 문화가 발전하면 발전할수록 더욱 커질 것이다. 예전과는 달리 자기자신을 표현할 수 있는 수단과 방법 또는 도구들이 많이 생겼다. 그러한 기기들 중 대표적인 것이 휴대폰이고, 우리는 그 휴대폰을 통해서 우리 자신을 나타내는데 이미 익숙해졌다. 휴대폰은 이제 사치품이 아니라 필수품이다. 휴대폰이 없으면 불안해 하는 현대인들이 늘고 있다. 디지털 유목민이 모이는 거리 강남에서 휴대폰 판매 점포는 중요한 역할을 한다. 그래서인지 다른 매장보다는 훨씬 더 디자인에 많은 신경을 쓴다.

오렌지 색으로 대표되는 KTF는 그 동안 경쟁사에 열세에 놓여 있었다. 사실 지금처럼 KTF가 강력한 경쟁력을 갖는다는 것은 상상 밖의 일이었다. 그런데 그런 일이 현실로 일어났다. 그것은 분명 디자인 마케팅의 노력의 결과일 것이다. KTF는 '쇼를 하라' 멤버스 플라자를 설치해 놓고 고객에게 무료로 인터넷을 이용하고, 자바시티 커피를 저렴하게 마실 수 있는 커피숍을 제공한다. 커피와 휴대폰이 동시에 판매되는 공간. 바로 그것은 융합의 공간이고 강남 거리를 걷고 있는 디지털 유목민들이 원하는 공간이다. KTF가 광고에서 큰 성공을 거뒀지만 그러한 성공의 배경에는 KTF 매장 디자인도 한 몫을 했다.

그러나 KTF만 고객만족 시비스를 위해 이런 마케팅 전략을 사용하고 있는 것은 아니다. SKT도 프리미엄 매장을 운영하며 고객 체험을 통해 고객 만족 서비스를 제공하고 있다. SKT는 2006년 신촌, 종로, 강남 등지에서 프리미엄 인테리어를 기반으로 한 고객체험공간을 시범적으로 운영해오다 현재 전국적으로 200여 개에 달하는 T-World 매장을 운영하고 있다. T-World 매장은 고객들의 다양한 요구사항과 IT의 빠른 진화를 대처함으로써 고객만족을 극대화시키기 위한 목적으로 세워진 진화된 매장이다. 이곳에서는 스크린 및 실물 휴대폰을 통해 각종 서비스와 콘텐츠를 직접 시험해 볼 수 있는 휴대폰 콘텐츠 실험실이 있다. 또 실제 개통된 휴대폰을 설치해 최신 휴대폰을 고객이 직접 사용해 볼 수 있는 '휴대폰 체험존', 소비자가 배터리를 충전하고 휴대폰을 클리닝하면서 쉬어갈 수 있는 고객 편의 공간 등을 마련하여 원스톱 모바일 쇼핑공간을 추구한다.

T-World 매장은 기존의 인테리어 방식을 벗어나 '프리미엄 인테리어'를 모토로 디지털 VMD(Visual Merchandising, 매장 광고물)과 같은 인테리어 기법을 도입하여, 고객들에게 보다 나은 서비스와 함께 흥미로운 매장환경을 제공하고 있다. 이는 기업과 고객 사이의 갭Gap을 최소화하여, 고객 입장에서 배려하고 생각하겠다는 SKT의 마케팅 전략을 보여준다. 이러한 마케팅 전략은 SI(Shop Identity) 마케팅 전략으로 나타난다.

SI는 글자 그대로 매장의 정체성이다. 사람이 성공하려면 정체성이 있어야 하고, 제품도 성공하려면 정체성이 있어야 한다. 정체성의 본질은 멈춰 정체되어 있는 것이 아니라 변화하는 것이다. 어떤 사람의 정체성이 그대로 멈춰 있다면 그 사람은 발전이 없는 것이다. 정체성이 성공하려면 끊임없는 변화를 추구해야 한다. 이러한 정체성의 끊임없는 변화를 추구하면서 정체성을 확립하기 위한 일환으로 개발한 개념의 숍 아이덴티티 마케팅 전략이다.

매장의 정체성이 중요한 것처럼 도시의 정체성도 중요하다. 한국의 도시 문제를 이야기하라고 하면 많은 사람들이 '정체성이 없는 도시'를 우선으로 꼽는다. 한국적인 정체성이 느껴지지 않는 도시. 예를 들어, 뉴욕이나 동경, 혹은 서울의 정체성이 동일하다면 그 안에서 살아가는 사람들은 지루하다는 느낌을 받을 것이다. 사람 하나하나가 다 다르듯이 도시도 하나하나 다 다르게 만들어져야 한다. 가능하면 공간에 존재하는 모든 것을 유일하게 만드는 것이 좋다. 도시는 도시다움의 정체성을 가져야 한다.

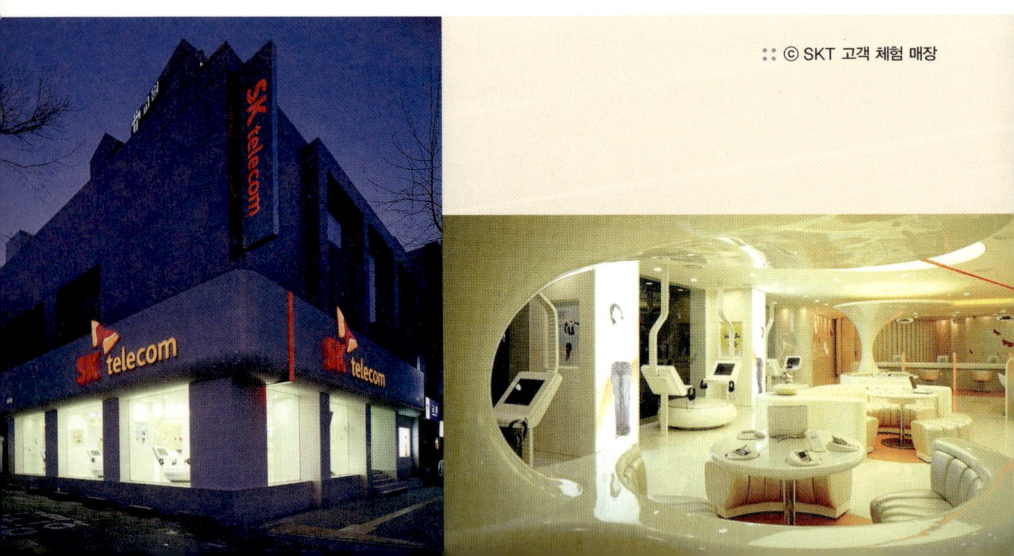

:: ⓒ SKT 고객 체험 매장

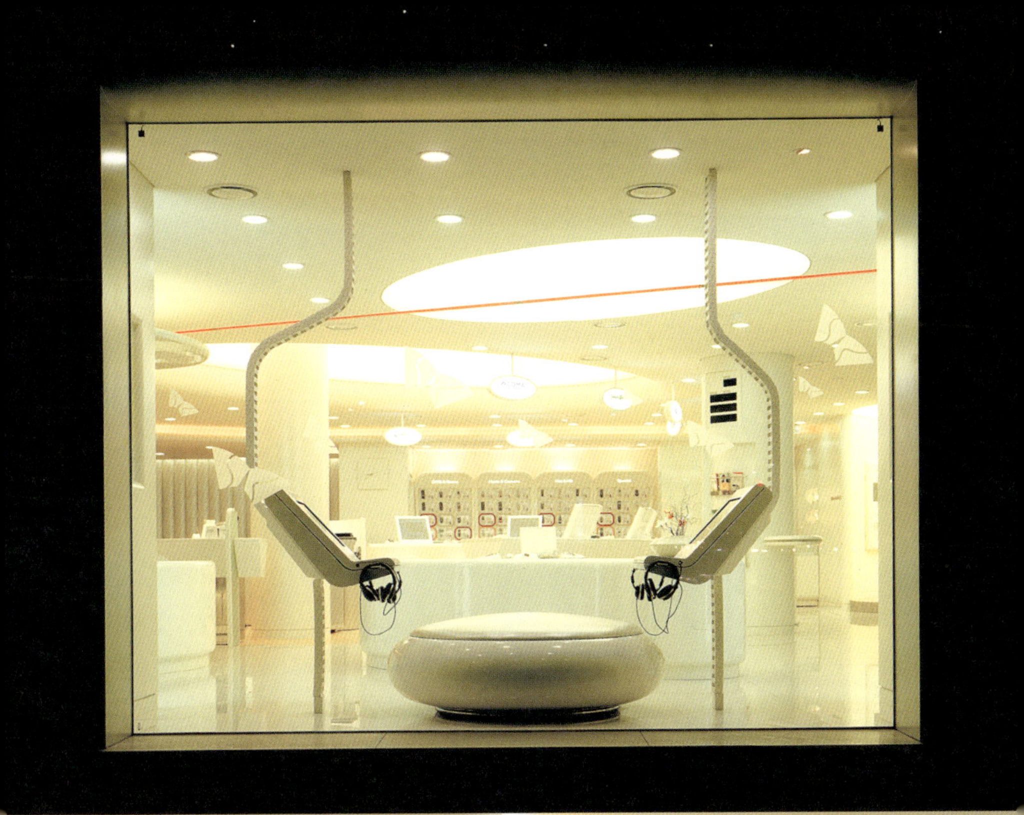

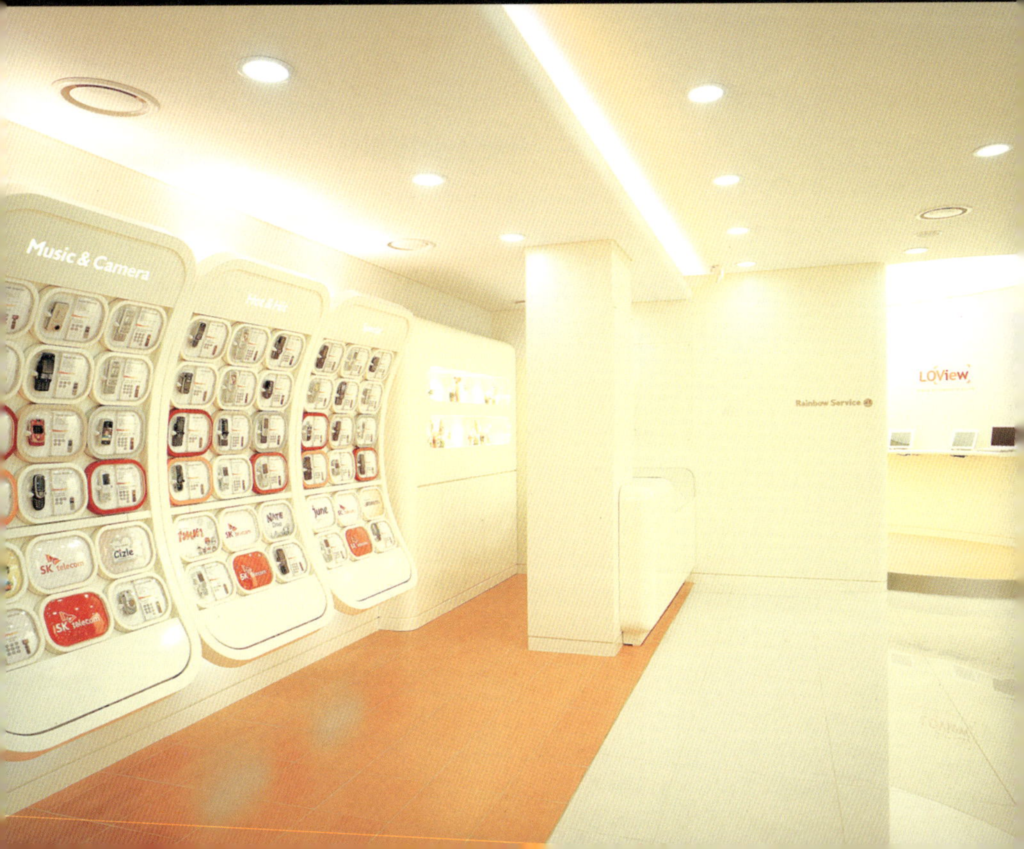

Music & Camera
SK Telecom
Cizle
Rainbow Service
LOView

⣿ 디지털 유목민

오피스가 많고 상업이 번성하고 젊은이들이 모이는 곳, 강남의 사거리. 그런 거리이기에 이곳에선 다양하게 많은 것들을 할 수 있다. 대한민국의 유명 학회들과 오피스텔, 그리고 다양한 상점들이 모여있기도 하다. 이런 특성 때문인지 강남의 거리는 항상 많은 사람들로 북적거린다. 사람들만 북적거리는 것이 아니라 차들로 혼잡스런 교통지옥을 이룬다. 그런 혼잡한 교통 상황 속에서도 사람들은 끊임없이 강남으로 모여든다.

강남에는 특히 디지털 유목민이 많다. 디지털 유목민은 첨단화된 기술을 잘 활용하고 모바일 기술을 적극적으로 사용하는 사람들을 일컫는 말이다. '디지털 신인류' 의 저자인 김용섭은 디지털 유목민을 9가지 유형으로 분류한다. 컨버젼스Conversance 유형, 패스 파인더 Pathfinder 유형, 커뮤니케이터

Communicator 유형, 래밍스Lammings 유형, 동지Comrade 유형, 개인화 Individual 유형, 네오젠더Neo-Gender 유형, 중독/몰입Holic 유형, 지식인 Knowledgian 유형이 바로 디지털 유목민의 9가지 유형이다.

컨버전스Conversance그룹은 디지털 시대와 더불어 일어나고 있는 새로운 분야들의 기술적, 문화적, 경제적 융합의 환경에 조응해 나가는 신인류를 말한다. 그 중 디지털 노마드Digital Nomad족은 휴대폰과 노트북, 디지털 카메라 등과 같은 첨단 장비를 갖추고 장소에 구애 받지 않고 일하는 사람들을 일컫는다.

패스 파인더Path Finder 그룹은 점점 극대화되는 디지털화를 보다 적극적으로 받아들임과 동시에 디지털화의 여러 현상과 기술적 진보를 주도하는 인간형이다. 이 그룹에 속하는 트렌드 리더Trend Leader족은 포털 사이트나 블로그 등의 인터넷 공간에서 유행할 패션이나 유망사업이나 상품, 문화, 콘텐츠 등에 대한 스토리텔링을 통해 트렌드를 선도하고 확산시키는 사람들이다.

커뮤니케이터Communicator 유형은 인터넷을 기반으로 활동을 펼치는 사람들로 이 중 1인 미디어족Me Media Tribe은 블로그를 기반으로 자기만의 관심사에 따라 칼럼과 개인일기, 정보나 사진 등을 올려 다른 사람들과의 소통을 꾀하는 신인류이다.

래밍스Lammings 유형은 신인류 중에서도 가장 경계하는 유형으로, 네트워크를 기반으로 일시적인 연대와 맹목적 추종, 집단행동 등으로 매우 공격적인 경향을 보이는 사람들이다. 이 유형의 하나인 트렌드 블라인더Trend Blinder족은 트렌드를 보지 못하는 장님이 아니라, 자신만의 스타일을 구축하지 못하고 남들이 만들어 놓은 트렌드를 앞뒤 가릴 것 없이 맹목적으로 쫓는 사람들이다.

동지Comrade 유형은 가상공간에서 인간관계를 구축하는 유형으로, 계속성을 가지기 보다 즉흥적이고 일회적이다. 사람이라는 실체는 드러내지 않고 가상의 ID와 대화명을 통해 인적 네트워크를 확립하고 있는데 이는 오프라인에서의 기존 인간관계를 단절시키는 폐허를 낳기도 한다. 이에 속하는 1촌 문화족Private Connector은 자기 중심적 연대라는 의식이 높은 사람들을 일컫는 말로 싸이월드 같은 사이트의 미니홈피를 통해 서로 1촌을 맺는 등의 행위를 한다.

개인화Individual 유형은 디지털화를 통해 개인이 생산이나 트렌드, 여론과 정치문화 그리고 경제의 주체가 되기도 하는 것을 일컫는다. 그 중 싱글족Single Tribe은 말 그대로 혼자인 삶을 즐기는 사람들로, 개인화가 심화되어 떠오른 신인류이다.

네오젠더Neo-Gender 유형은 디지털 시대에 따른 성 역할 변화 유형으로 남녀의 사회적 역할에 대한 새로운 접근 방식을 통한 양성의 교차와 유기적 상호작용을 꾀하는 타입이다. 그 중 메트로 섹슈얼Metrosexual은 패션에 민감하고 외모에 관심이 많은 도시형 남자를 일컫는다.

중독/몰입Holic 유형은 신인류의 9가지 유형 중에서 가장 경계되는 대상으로, 디지털 현상과 기술에 맹목적으로 몰입하여 현실 감각을 잃어버리는 사람들이다. 이에 속하는 아바타족Avatar Tribe은 현실에서의 자신보다 가상 공간에서 존재하는 자신의 분신인 아바타를 통해 정체성을 확인하고 만족감을 얻는 사람들이다.

지식인Knowledgian 유형은 중독형 유형과는 반대로 신인류의 9가지 유형 중 가장 지향해야 할 유형으로 디지털 시대를 이끌어가는 원동력이다. 그 중 지식상품족Knowledge Commodity Tribe은 지식이 곧 돈이라는 마인드를 가지고 인터넷으로 자신의 리포터나 보고서를 팔아 이익을 얻는 신인류이다.

같은 디지털 유목민이라고 해도 이처럼 사람들의 라이프스타일은 다양하다. 이처럼 다양한 디지털 유목민은 다음의 열두 가지 특성을 갖는다고 김용섭은 말한다. "디지털 디자이너는 개인주의적이며, 네트워크 중심적이고, 생산적 소비성향을 띠며 복합 융합적이다. 또한 오락과 재미를 추구하고 도전적이며 자기과시적이다. 그리고 이미지 중심적이고 기술 소비적이며 가상과 실제의 경계를 구분하지 못하는 경우도 있다고 말한다. 디지털 유목민은 빨리빨리 문화를 생산하며 디지털과 아날로그의 공존을 추구하는 경향이 있다." 이와 같은 특성을 갖는 사람들이 많이 모이는 곳의 하나가 강남의 거리이다. LIG 빌딩, 메리츠 빌딩, 캐슬 프라하, 파리 크라상 등의 다양한 공간은 디지털 유목민의 아지트이다.

:: 강남의 상점

강남 역 앞에서는 판토마임 홍보행사가 열리기도 하고, 메리츠 건물의 주변 공간은 도심 속의 휴양처를 제공하기도 한다. 다른 거리와 마찬가지로 커피를 마실 수 있는 공간도 충분하다. 강남에는 예외 없이 투썸 플레이스Twosome Place가 있고, 맥주를 마실 수 있는 캐슬 프라하Castle Praha가 있으며, 간단한 식사와 맥주를 즐길 수 있는 로스트 하우스Roast House도 있다. 로스트 하우스에 걸려있는 클림트Gustav Klimt의 'The Woman Friends'는 그의 화풍을 잘 드러내주는 작품이다. 클림트하면 금빛을 즐겨 사용한 화가라는 것을 대부분 알고 있을 것이다. 그런 클림트의 작품 하면 뭐니 뭐니해도 '키스'일 것이다.

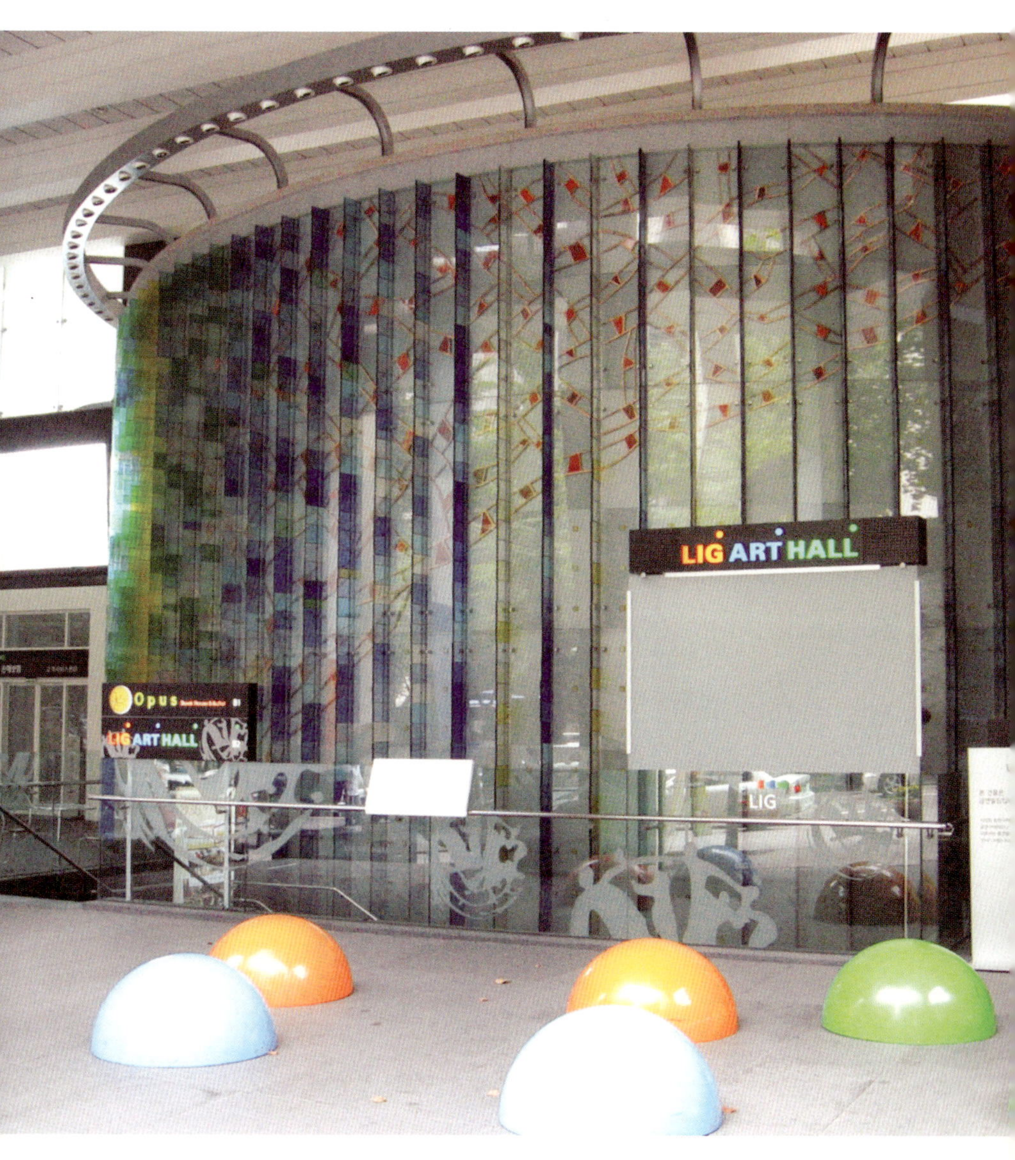

:: LIG 빌딩

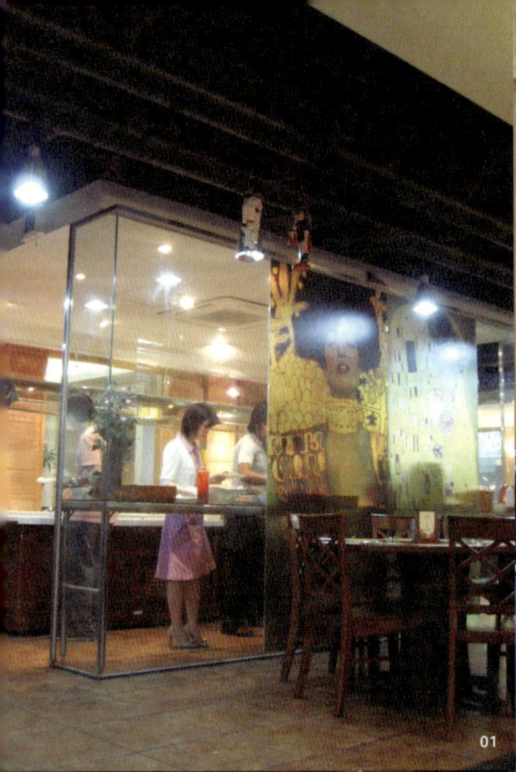

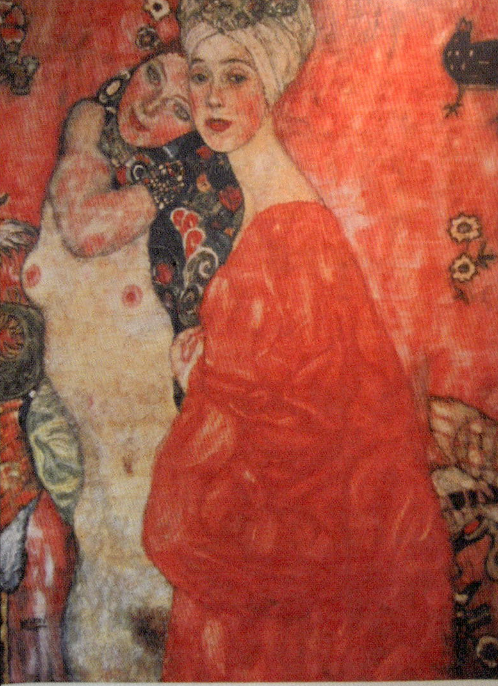

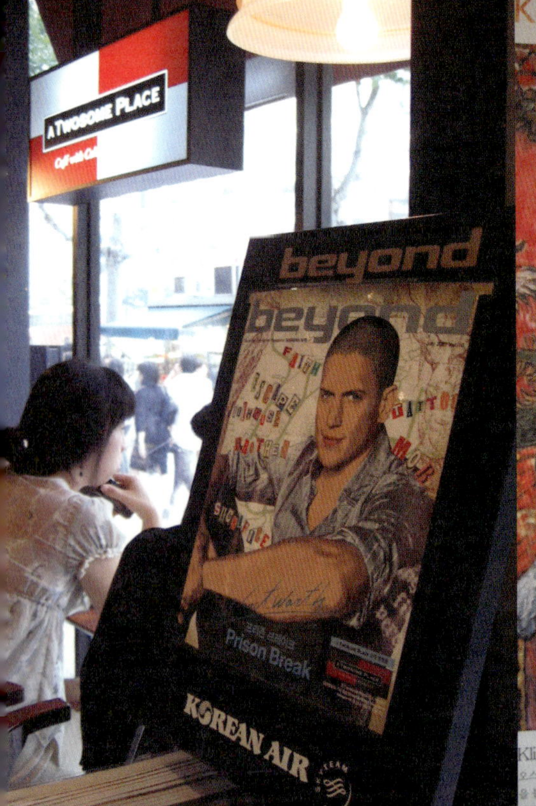

GUSTAV KLIMT Drawings and Paintings

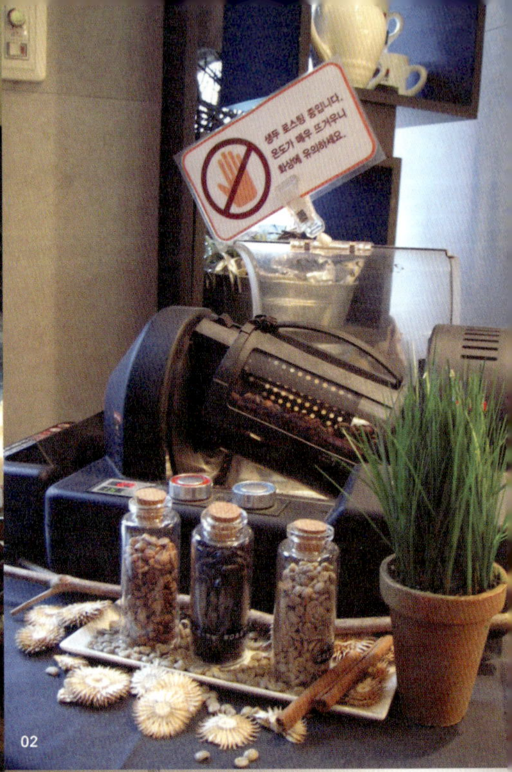

Klimt, Gustav, 1862.7.14~1918.2.6

오스트리아의 화가로 유겐트 양식의 우두머리이다. 1900~1903년에 제작한 빈대학교의 벽화는 생생한 표현으로 을 불러일으켰다. 동양적인 장식양식에 착안하고 추상화와도 관련을 가지면서 템페라·금박·은박·수채를 함께 사 세우고 독창적인 기법을 구사했다.

'키스'하면 로댕의 입맞춤과 키스하는 여러 장면을 모은 '시네마 천국'이 생각이 난다. 사실 키스라는 단어를 우리는 선정적으로 생각하는 경우가 많지만 그것을 한국말인 '입맞춤' 정도로 생각하면 그렇게 선정적이지는 않다. 키스가 좋은 것은 서로 다른 것이 소통한다는 데 있다.

강남의 파리 크라상, 뉴욕 베이커리, 커피빈. 모두 사람과 대화하거나 허기를 채우고 싶을 때 디지털 유목민들이 즐겨 찾는 공간이다. LIG 아트 홀도 휴식 공간으로 제격이다. 그곳에는 이상남씨의 'Spheroid' 시리즈가 있고, 백남준씨의 'Elephant Gate'가 있다. 인공적이고 현대적인 것이 만연되어 있는 강남의 거리에서 LIG 빌딩이나 교보빌딩에는 현재 내 삶의 좌표를 생각할 수 있는 자극이 있다.

01_ 유디트 (1901)와 키스 (1907-8), 로스트 하우스 샐러드 바

02_ 투썸 플레이스

03_ 투썸 플레이스의 잡지

04_ The Woman Friends (1916-17), 로스트 하우스 입구

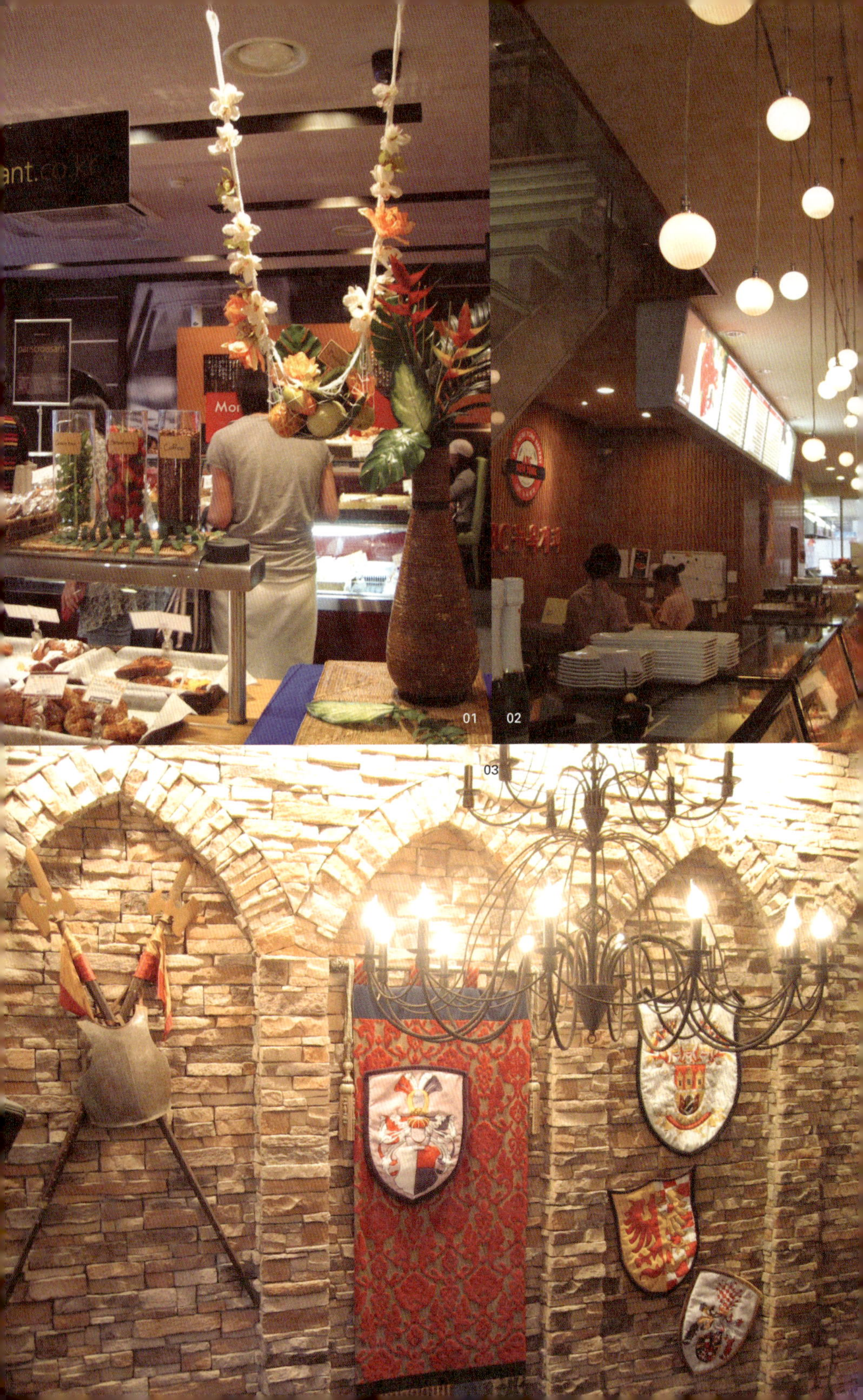

01 02 03

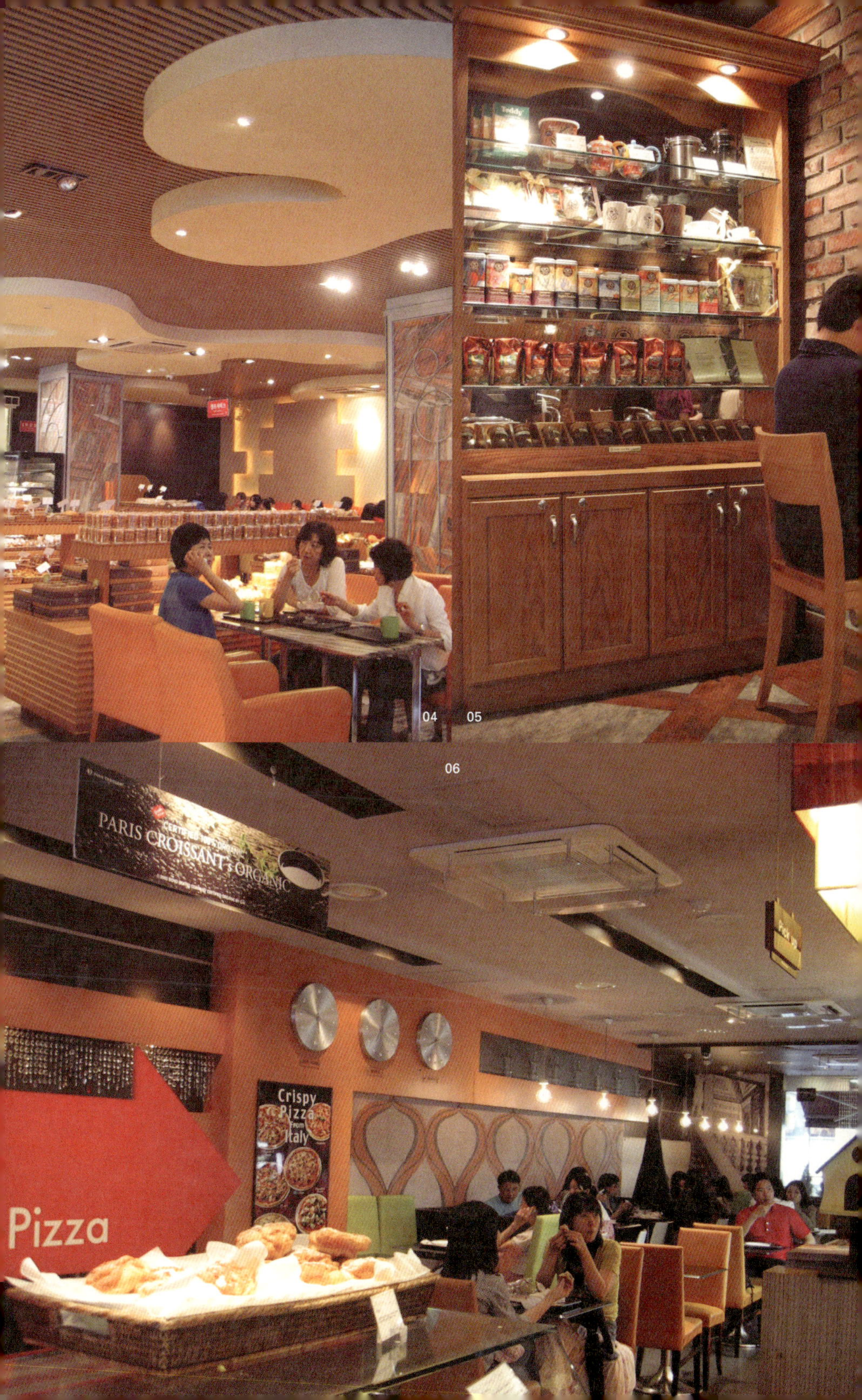
04
05
06
PARIS CROISSANT's ORGANIC
Crispy Pizza from Italy
Pizza

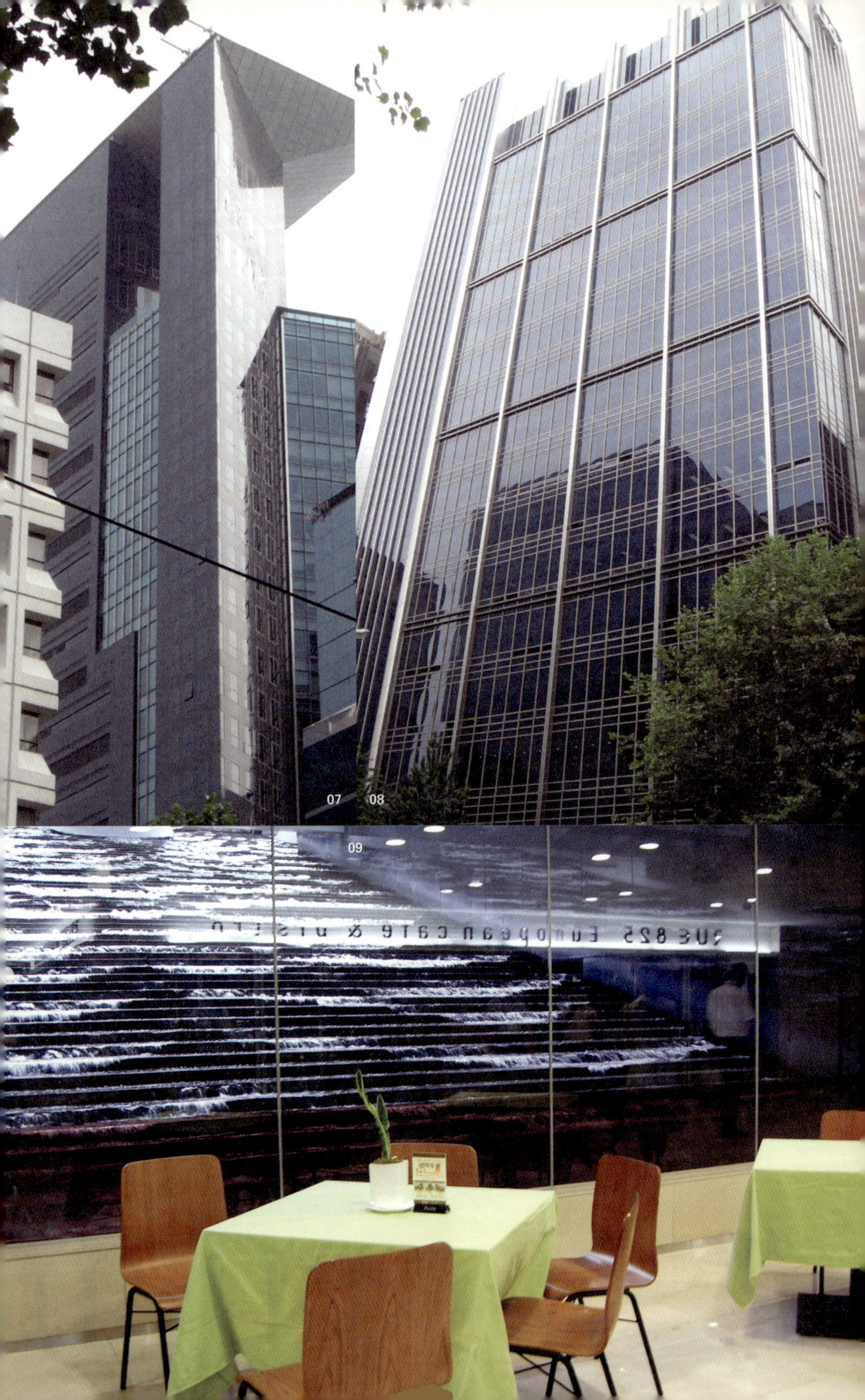

07   08

09

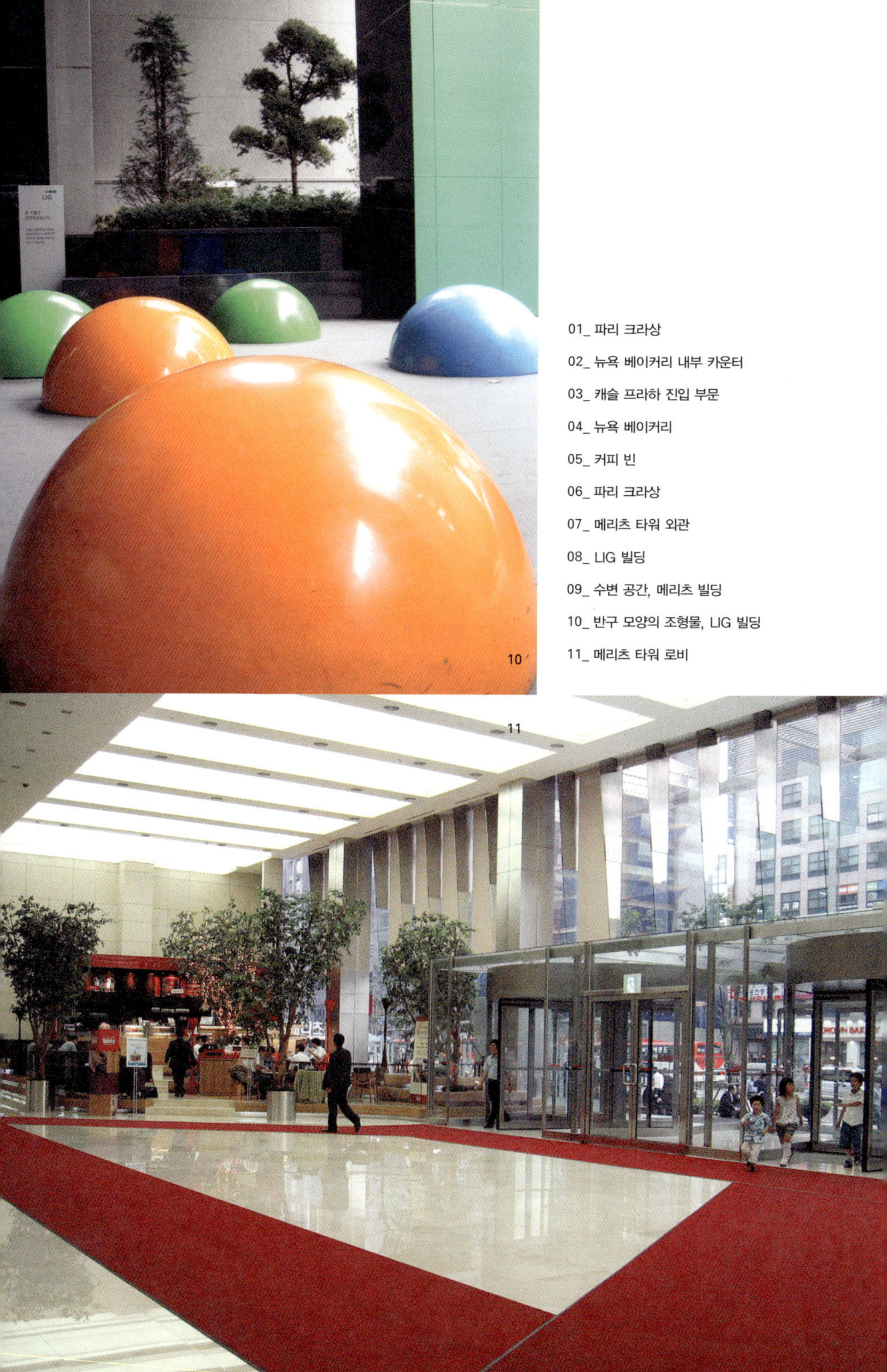

신사동 가로수길

강남의 디지털 유목민들이 찾는 거리를 하나 더 떠올린다면 신사동 가로수길을 생각할 수 있다. 강남 역 주변은 많은 빌딩들이 밀집한 공간으로 이미지가 획일적이라면 신사동 가로수길은 아기자기하고 따뜻한 느낌의 작은 재미가 있는 거리이다. TRWA KOREA의 '가로수길이 뭔데 난리야?'는 젊은 사람들이 많이 찾는 신사동을 세 가지의 특징으로 요약한다. 첫 번째로 장식적 요소를 최대한 배제한 여백의 효과를 강조한 미니멀리즘, 두 번째는 물건에 내재된 시간성을 상품적 가치이자 문화적 가치로 전환한 앤틱 스타일, 세 번째는 세계각지의 문화를 반영하고 재구성한 에스닉 스타일이다. 매장마다 고유의 외관을 취하고 있는 것이 가로수 길의 특징 가운데 하나다. 문, 창문과 벽 등 밖에서 보이는 독특한 모습들은 사람들의 시선을 멈추게 한다. 레스토랑, 화원, 갤러리, 인테리어숍, 패션숍 등 어느 누구 하나 똑같은 모습을 취하는 곳이 한 군데도 없다. 비슷한 콘셉트를 가진 곳도 없다. 마치 사람들의 얼굴 같다. 조경희의 수필 '얼굴'은 이렇게 각기 다른 사람들의 얼굴을 다음과 같이 적고 있다.

> "얼굴은 가지각색이다. 둥근 얼굴, 긴 얼굴, 꺼먼 얼굴, 하얀 얼굴, 누런 얼굴, 다 각각 다르다. 얼굴은 바탕과 색깔이 다를 뿐만이 아니라 얼굴을 구성하고 있는 눈, 코, 입, 어느 한 부분이나 똑같지가 않다.
>
> 이렇게 똑같지 않은 얼굴 중에서 종합적으로 잘 생긴 얼굴 못 생긴 얼굴을 발견할 수 있는 것과 생김새는 잘생겼든 인상이 좋고 나쁜 것이 표정의 초점을 이루는 것이다.
>
> 첫인상이 우락부락하게 생긴 얼굴이지만 자주 만날수록 그 우락부락한 모습은 깨끗이 사라지고 차차 좋아지는 사람이 있는가 하면, 얼핏 보아서 첫눈에는 들었는데 두 번 세 번 볼수록 싫어지는 얼굴이 있다."

햇살 가득한 오후, 가로수길에는 행복한 웃음이 있다. 파리풍의 노천 카페에서 수다를 떠는 모습, 영국 스타일의 꽃을 한아름 가슴에 품고 가게를 나오는 이들. 가로수길의 보물은 프랑스 시골마을에서부터 파리의 노천카페, 뉴욕의 레스토랑, 이탈리아 남부의 백반집, 일본의 라멘집 같은 맛집에 이어 인도와 인도네시아에서 만들어진 거울과 유럽의 유리공예품, 프랑스에서 공수해 온 빈티지 제품. 가로수길에는 전세계의 흔적이 곳곳에 숨어 있다.

신사동 가로수길의 건물은 대부분 낡고 작다. 대로변에도 빌딩보다는 주택을 개조한 건물이 많다. 들쭉날쭉하고 무질서하게 줄지어 늘어선 건물들이 자연스럽다.

발걸음을 건물안으로 들여놓는다. 맨처음 시선을 사로잡는 것은 천장. 콘크리트를 그대로 노출시켜버린 알몸 천장, 숨어 있어야 할 크고 작은 배선과 파이프까지 뭇시선 앞에 당당하다. 가로수길에는 거친 콘크리트를 드러내고도 아름답다. 자신감이 넘치는 자만이 할 수 있는 행동이다. 레스토랑 쾌이의 인테리어는 '있는 그대로를 보여주겠다' 는 자신감을 표출한다. 나를 부인하지 않고 나로 살겠다는 강한 외침이 가로수 길에 있다.

가로수길은 감성의 길이다. 그래서 여성에게 매력적으로 다가간다. 여성의 숨겨진 욕구들을 은근하게 해소해 주는 길이다. 가로수 길은 걷기 편한 길이다. 하루종일 하이힐을 신고 도심을 누비다 보면 하이힐이란 게 왜 만들어졌는지 한숨 섞인 불평을 늘어놓게 된다. 하지만 가로수길에는 하이힐을 신어도 폭신폭신한 길이 있기에 그런 불평은 저 멀리 던져 놓는다. 참으로 섬세하고 사려 깊은 길이다. 아기자기한 가게에는 어느 것 하나 시선을 뺏지 않는 것이 없다. 가로수길은 여자를 위한 길이라고 해도 과언이 아니다. 가로수길은 여성의 감수성을 잘 파악한 점주들과 여성구매력이 높아진 시대에서 여자를 배려한 길이다.

가로수길은 아는 자들의 안목이 진가를 발휘하는 곳이다. 여느 상점에서 단돈 만원도 비싸게 여거지는 꽃다발이 이곳 가로수길에서는 몇 배의 가격으로 팔린다. 사치의 표상이 아니다. 꽃한송이 한송이에 깃든 남다름 때문에 그 가치를 인정하고 꽃을 산다.

"가로수길에는 느림이 존재한다.
느린 발걸음, 차한잔의 여유...
그곳의 느림이
더욱 빛나는 것은
가로수길을 둘러싼 압구정과 신사동의 빠름 때문이다.
빠르게 달려오던 자동차도
가로수길에 들어서는 순간
느림의 소용돌이에 휩싸인다.
빠름을 중신하는 이동수단과
느림을 중시하는 가로수길의 충돌은
언제나 느림의 승리로 끝난다.
승리한 자는 패자의 고통을 쉽게 수긍하지 않는다.
느림의 나라에선 느림이 법이다."

신사동의 거리는 다운 시프트의 라이프 스타일을 즐기려는 사람들의 장소를 위해 계속 진화중이다. 다운 시프트는 사회적으로 속도를 내지 않는다는 뜻이다. 속도를 내더라도 다른 사람을 의식해 앞서거나 뒤서거니 하는데 집착하지 않는다. 타인을 동경하던 시선은 이제 자기자신을 향한다.

2029 트렌드

신사동의 가로수길은 20대가 많이 모이는 곳이기도 하다. 그래서 신사동은 20대의 소비 트렌드를 반영한다. 주용중은 '대한민국 뉴리더 2029 트렌드'에서 '분위기를 먹고 마신다'는 20대의 소비문화를 설명한다. 소비문화에 대해 주용중은 말한다.

"사람들마다 다소 차이는 있지만 대부분의 20대들은 맛에만 만족하지 않는다. 음식이 주는 시각적인 효과 그 음식 브랜드가 전해 주는 분위기와 느낌, 식당의 내부 인테리어 등도 모두 고려 대상이다. 이제 웬만한 디저트 가게라도 편안한 좌석과 테라스 정도는 기본으로 갖추어야 장사가 된다. 20대들에게는 음식을 주문하는 과정 자체도 하나의 즐거움이다. 이들은 패밀리 레스토랑이나 퓨전 레스토랑의 낯선 메뉴 앞에서 절대 주눅 들지 않는다. 히트 메뉴, 추천요리에서부터 새로운 메뉴까지 어떤 소스가 들어가는지, 재료는 무엇인지 꼼꼼하게 물어보고 주문한다. 그러면서 자신의 입맛과 취향에 맞는 음식을 찾아내는 그 과정 자체를 즐긴다. 무조건 전에 먹어 본 적이 있거나 추천하는 음식에만 집착하는 기성세대와 달리 새로운 메뉴에도 과감히 도전한다. 음식을 먹는 과정 자체를 분위기와 느낌을 동반한 문화생활의 하나로 즐기기 때문에 가능한 일이다."

가로수 길은 2029의 소비 트렌드를 확인할 수 있는 길이다. 음식을 주문하는 것을 즐기고 분위기 있는 레스토랑에서 음식을 먹는 과정 자체를 문화로 보는 시각은 과거에는 상상조차 할 수 없는 일이다. 그러나 그런 시각이 현실로 나타난 것이다.

가로수길의 상점

가로수길에는 레스토랑 콰이, 구기스, 카페 Alley Antique, Kaffe Strasse, 카페 그란데, Bar Hello, 그랜드 마더, 19번지, 상점 모굴, 북 바인더스, 꽃집 Bloom & Goute, 초전문점 베리진 등의 다양한 상점이 있다.

레스토랑 콰이는 가수 싸이의 가족이 운영하는 차이니즈 레스토랑이다. 씨푸드 레스토랑 구기스는 완소남 마케팅을 펼치고 있다. 여자를 위한 꽃미남 서비스가 있다. 완소남에는 강한 남자라는 이미지를 완전히 배제되어 있다. 오히려 보호해 주고 싶을 만큼 모성애를 자극하는 남자의 이미지를 추구한다. 알파걸과 베타보이의 시대를 실감하게 하는 말이다. 알파 걸은 학업, 운동, 리더십 등 모든 면에서 남자를 능가하는 엘리트 여성을 뜻한다. 베타 보이는 알파걸과 대비되는 말이다.

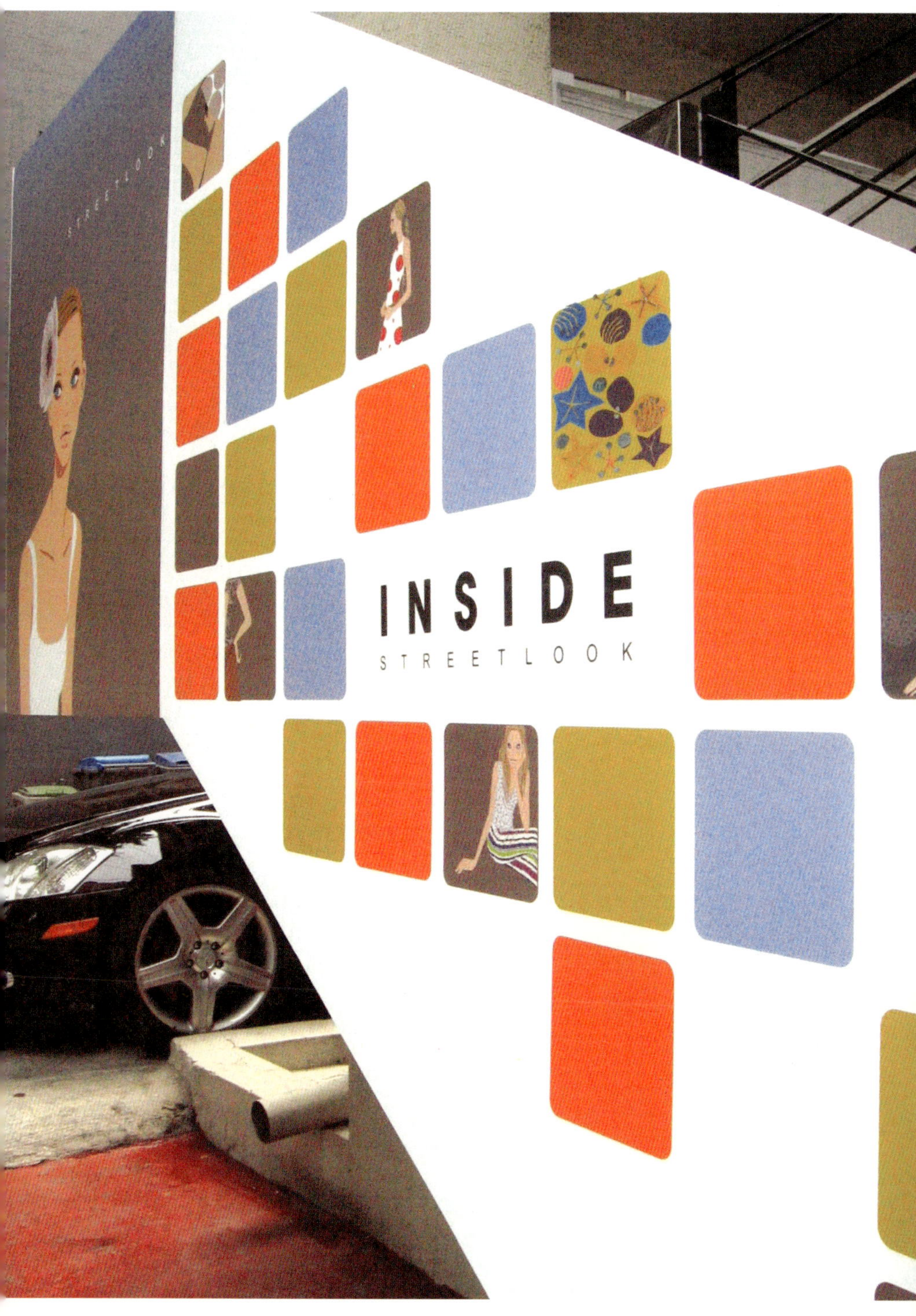
INSIDE
STREETLOOK

:: Inside의 벽 간판

카페 스트라세에서는 캡슐 커피를 마실 수 있는 커피 매니아들이 즐겨 찾는 곳이기도 하다. 자신만의 개성을 표현할 수 있는 문구제품을 원하는 사람들이 즐겨 찾는 곳이다. 완성품보다는 직접 손으로 제작할 수 있도록 디자인된 제품이 주를 이루며 사람들의 관심도 그에 더 집중된다. 포장지 한 장의 가격이 여느 상점의 몇 배가 된다. 독특한 오리엔탈적 분위기를 풍기는 파란 문의 와인바가 'Grand Mother' 이다. 'Book binder' 는 스위스 제품의 문구점이다.

사람들의 얼굴처럼 각기 다른 모습을 지닌 신사동 가로수길에는 작은 패션 숍 'Inside', 에스닉한 엔티크 물건이 가득한 '레알마요' 등이 있다. 또한 가로수길에서 유일한 의자와 테이블이 있는 커피숍인 'Cafe Byul', 화덕에서 바로 구운 피자를 맛볼 수 있는 'A Story' 등의 상점도 가로수길의 얼굴을 만드는 가게다.

wine bar인 '19番地', 다양한 소품들을 만날 수 있는 인테리어숍인 '장식가 게고리', at home의 오프라인 매장인 'Veranda', 플라워 숍인 'One Fine Day', 온통 형광색을 뒤집어 쓴 외관의 형광 연두가 인상적인 'Buccella Sandwich' 은 그 독특한 외관으로 사람들의 시선을 끌어 모은다.

01_ Inside의 바코드 벽면

02_ 중국풍의 방석이 놓인 대기공간의 의자와 중국풍 인테리어

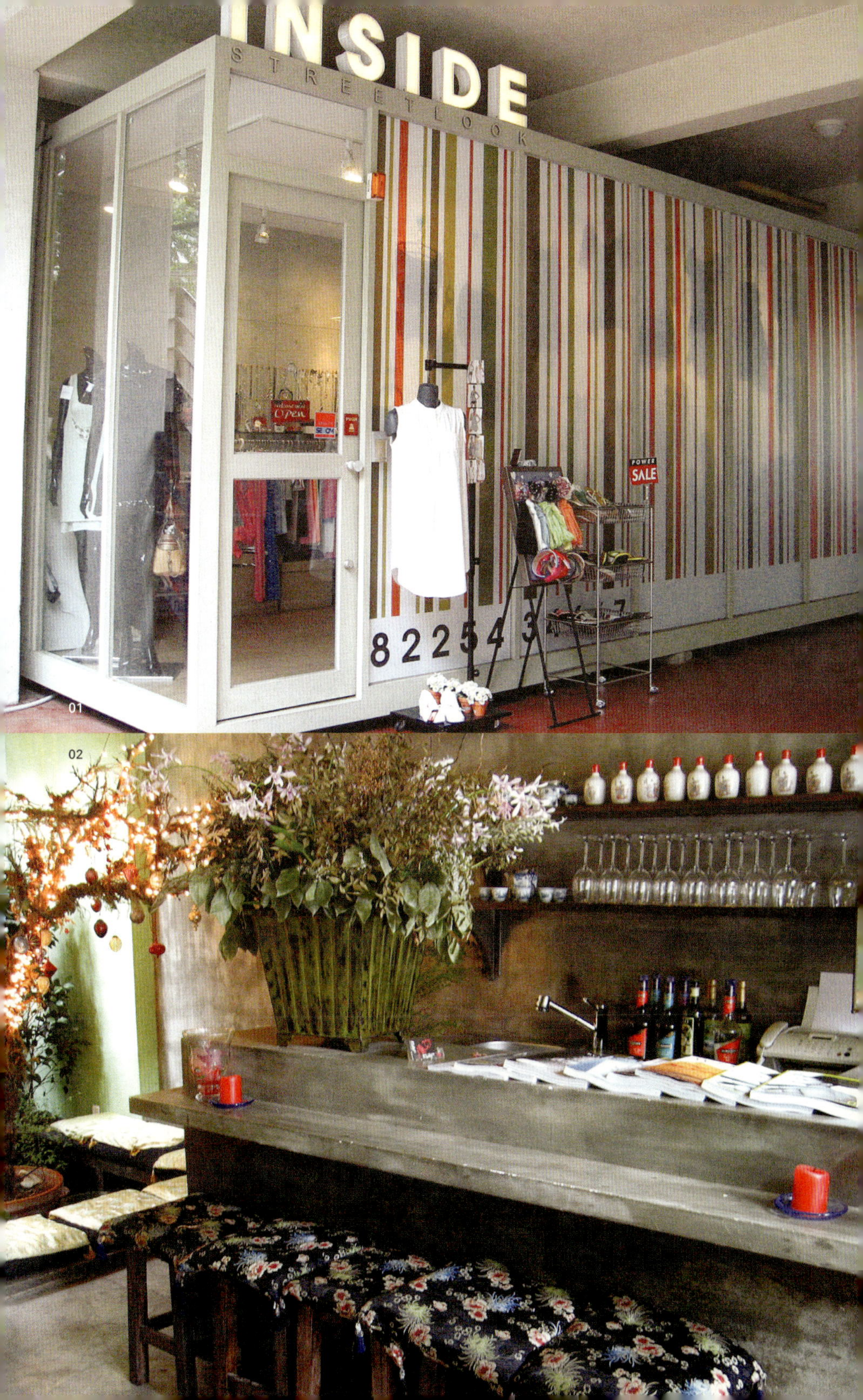

INSIDE
STREETLOOK
8 2 2 5 4 3
POWER SALE
01
02

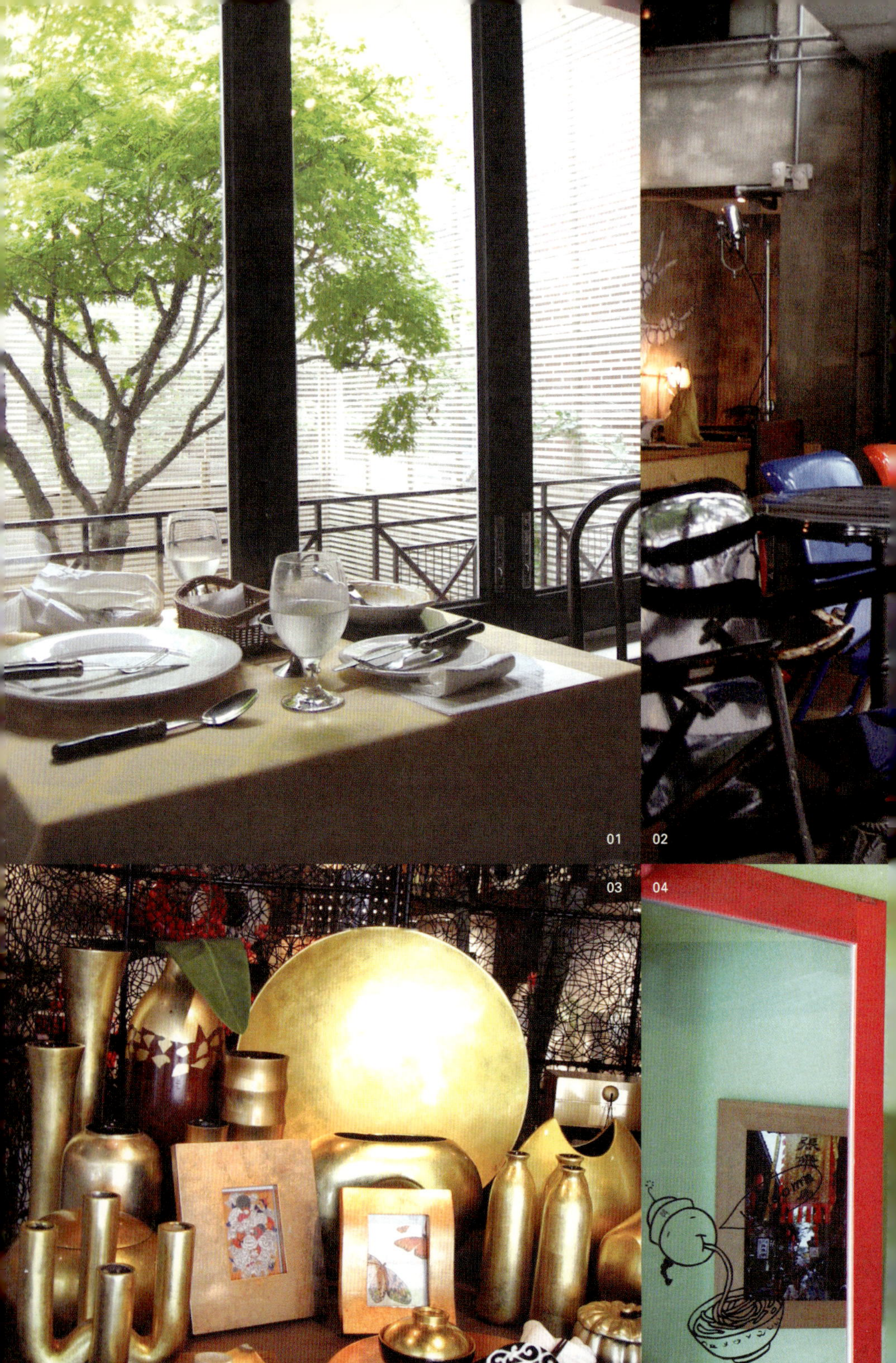

01 02 03 04

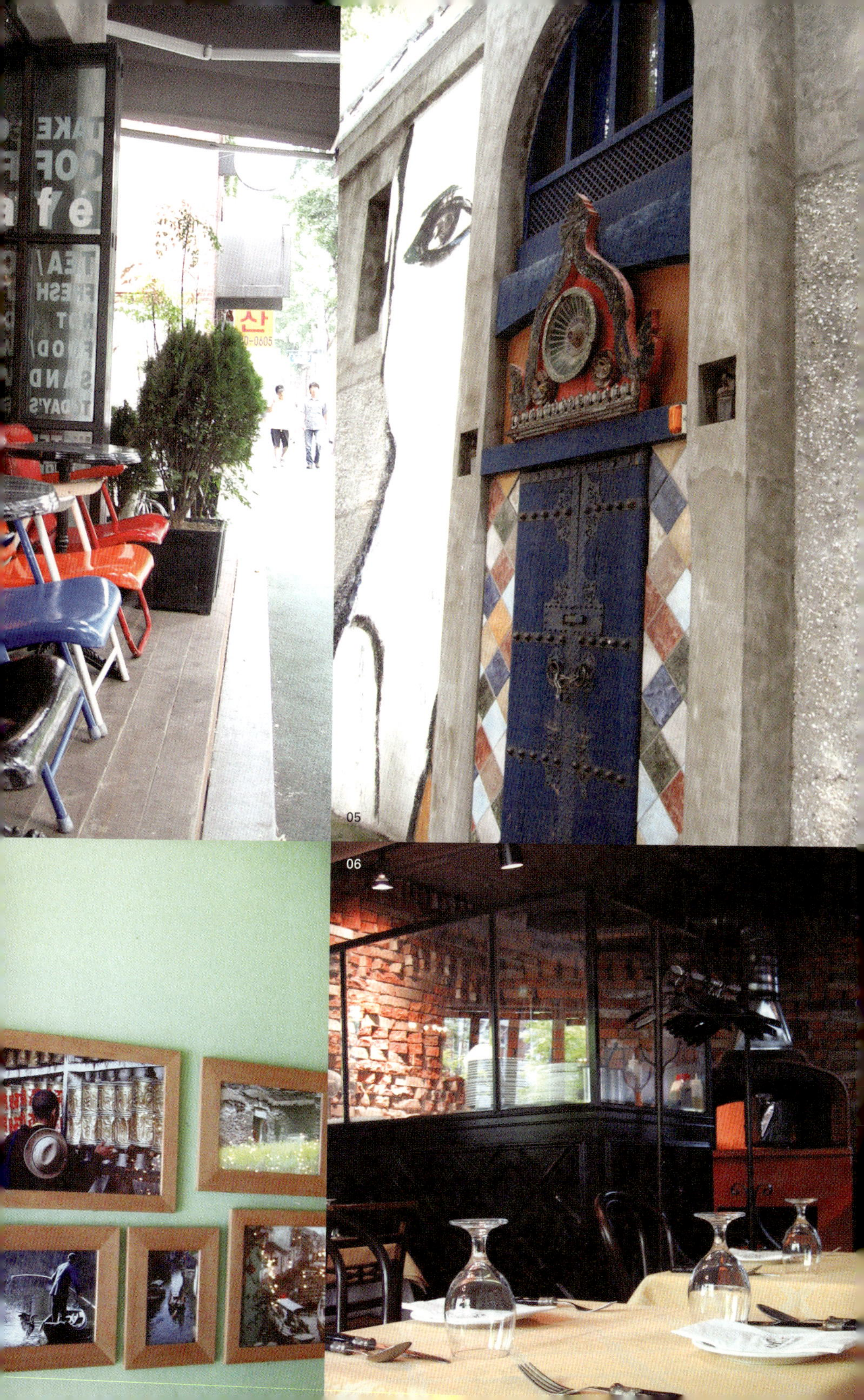

05
06

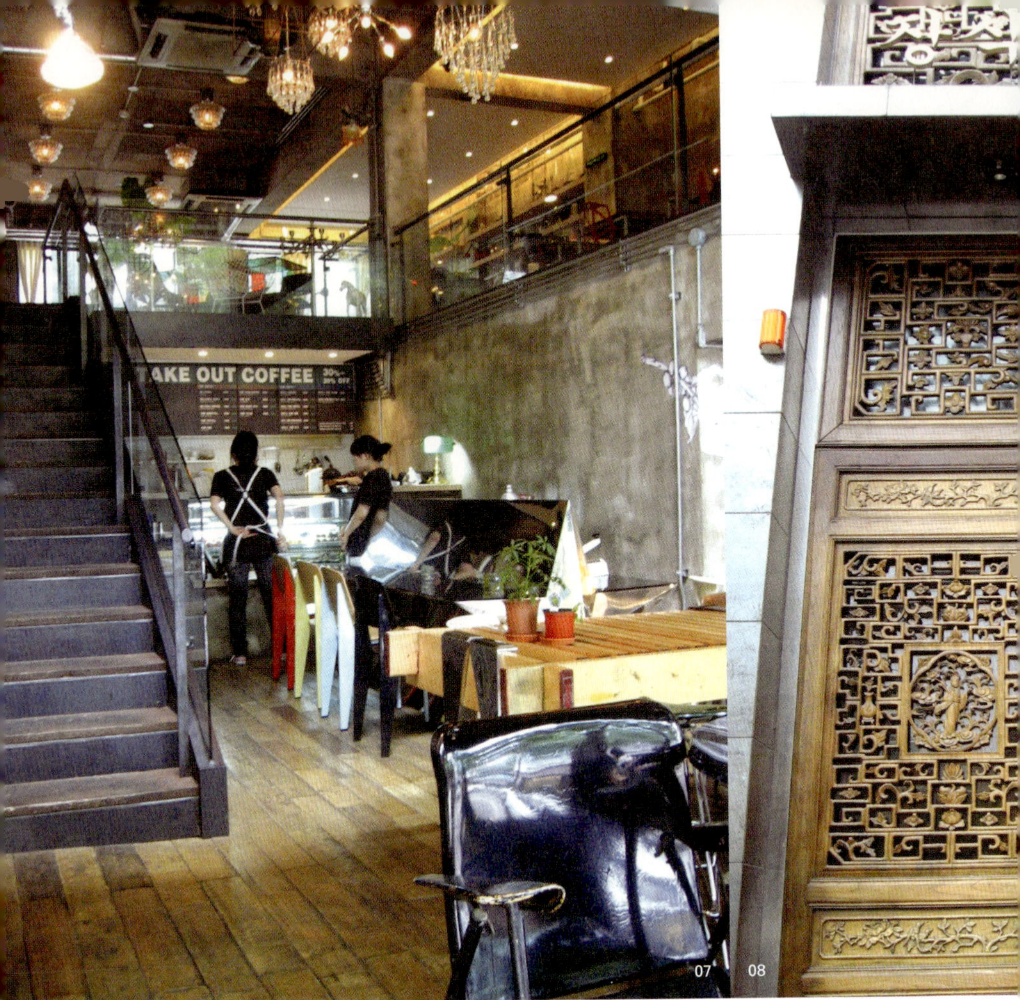

01_ 테라스가 보이는 안쪽 자리

02_ 거리를 향하는 테이블과 의자들

03_ 레알마요

04_ Kuai 19의 입구

05_ Grand Mother

06_ A story

07_ Cafe Byul

08_ 장식가게고리 입구

09_ Bookbinder 내부

10_ 19 번지

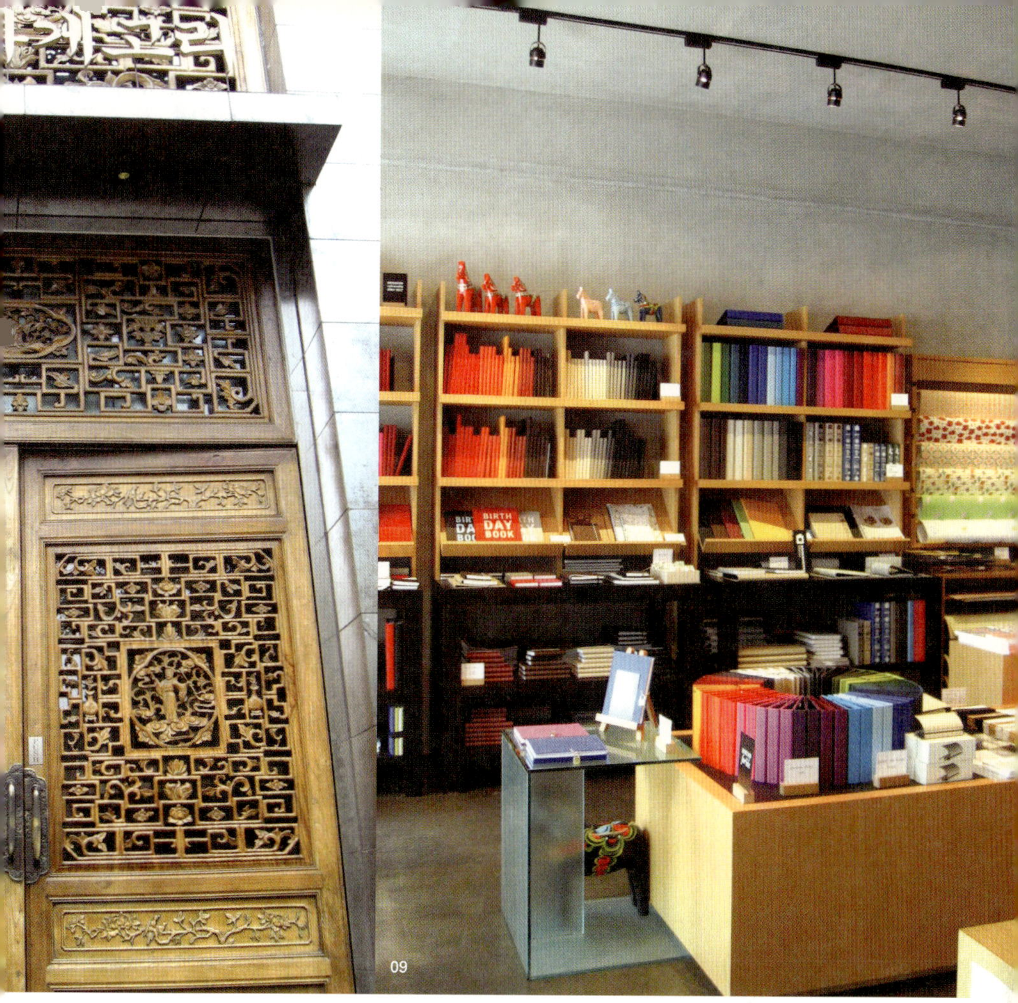

11_ One Fine Day

12_ One Fine Day 내부

13_ Bookbinder

14_ veranda, at home

15_ Buccella Sandwich

作業
LIBRO DEGLI OSP
GUESTBOO
Gjestebok Gæstbog Gästeb
Livre D'or Gästb
VIERASKIR
Libro de Visitan
class party we
wedding flowe
kid plant vase
flower styling c
class party we
wedding flowe
kid plant vase
flower styling c
class party we
wedding flowe
kid plant vase
flower styling
wer party wed
wedding flowe
kid plant vase
flower styling c
flower paint kid
s party vase ki
flower styling c
ase wedding ki
flower paint kid
s party vase kid
flower styling c
se wedding kid
flower paint kid
s party vase kid
flower styling
se
flo
se

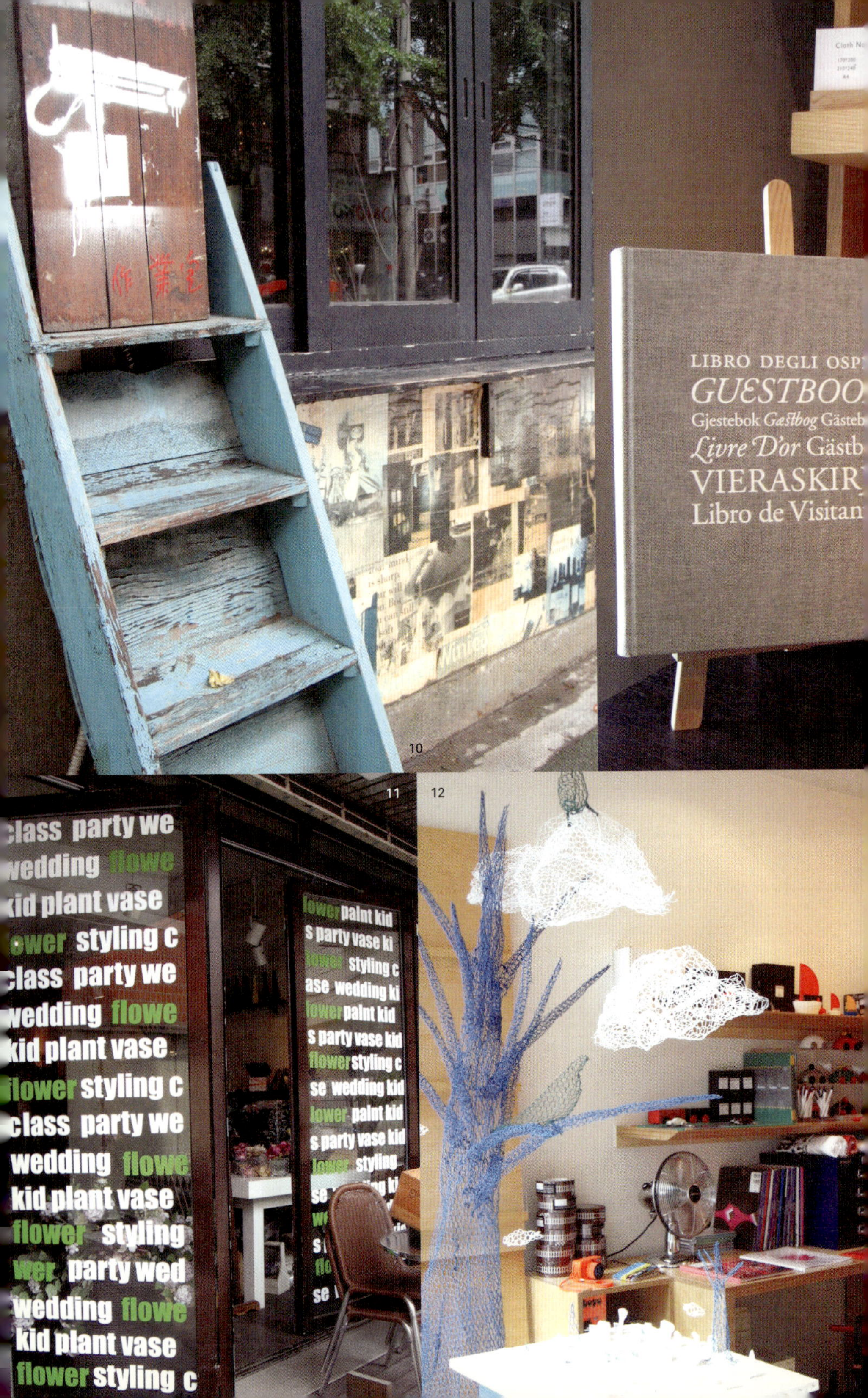

10

11 12

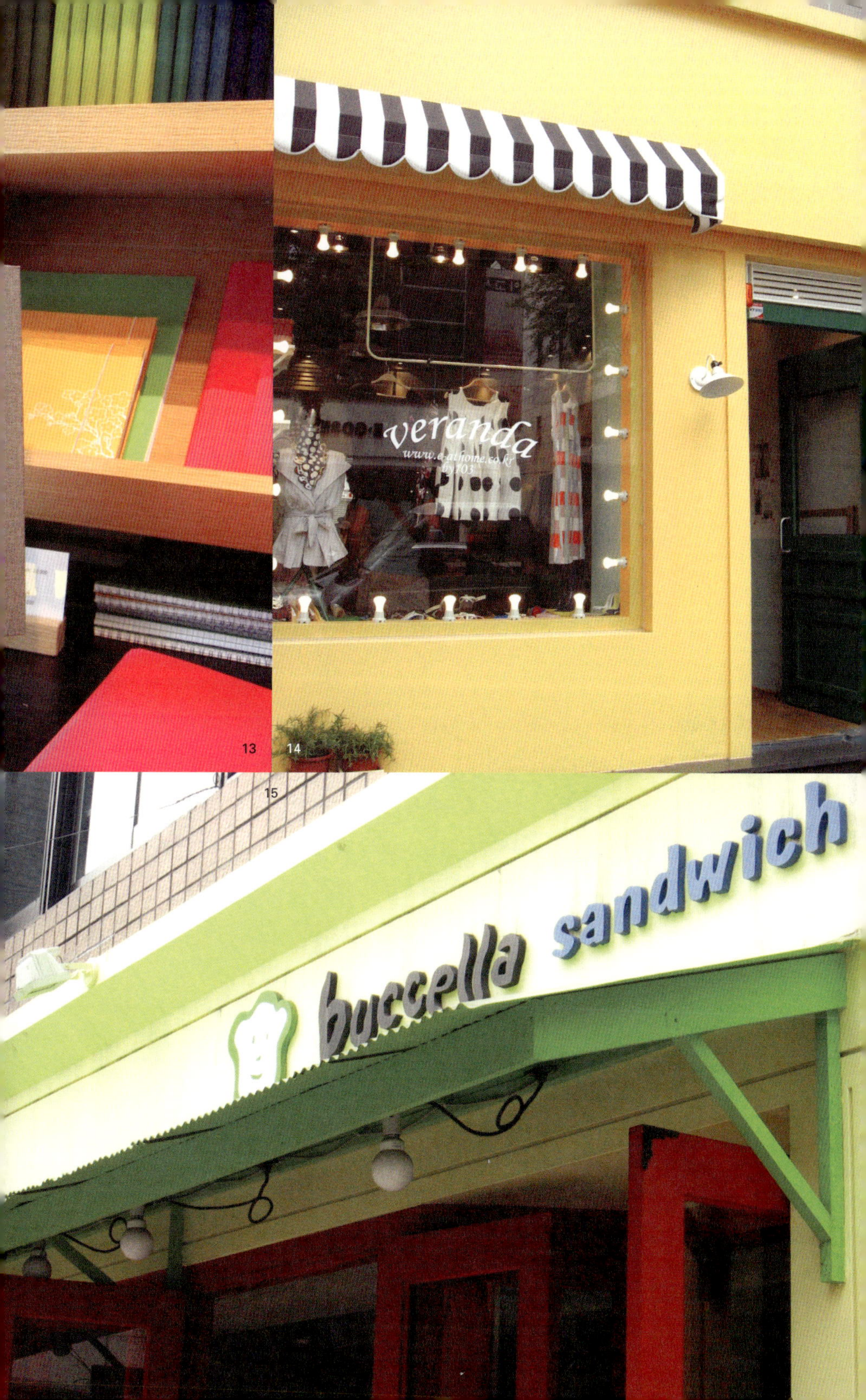

13 14

15

숍 아이덴티티

강남대로와 신사동 가로수길은 신세대가 선호하는 이색적이고 다양한 상점들이 많아 남들과 차별화된 아이템을 갖기 원하는 현대인들의 만족도를 높여준다. 현대인의 필수품이라는 휴대폰과 MP3, PDP 등은 거리를 지나가는 행인들의 손에서, 또 많은 IT 상점들 속에서 쉽게 발견되기에 진정 디지털 유목민의 거리라는 말을 실감나게 한다. IT를 통해 과거 한 곳에 정착하여 그 공간이 요구하는 방식대로 살아가는 수동적인 삶으로서가 아닌, 자신의 필요에 따라 어느 공간에서든 자유롭게 많은 사람과 소통할 수 있는 능동적인 삶을 디지털 유목민은 추종한다. 과거 동방과 서방을 연결하는 실크 로드를 통해 이질적으로 느껴졌던 서로 다른 문화를 교류하였듯이, 현대 디지털 유목민들의 삶이 IT의 통로를 통해 현재에 안주하지 않고 끊임없이 소통하는 모습으로 재탄생되고 있다. 다른 사람과 마찬가지로 디지털 유목민들에게도 자신의 이미지를 나타내는 아이덴티티가 중요하다.

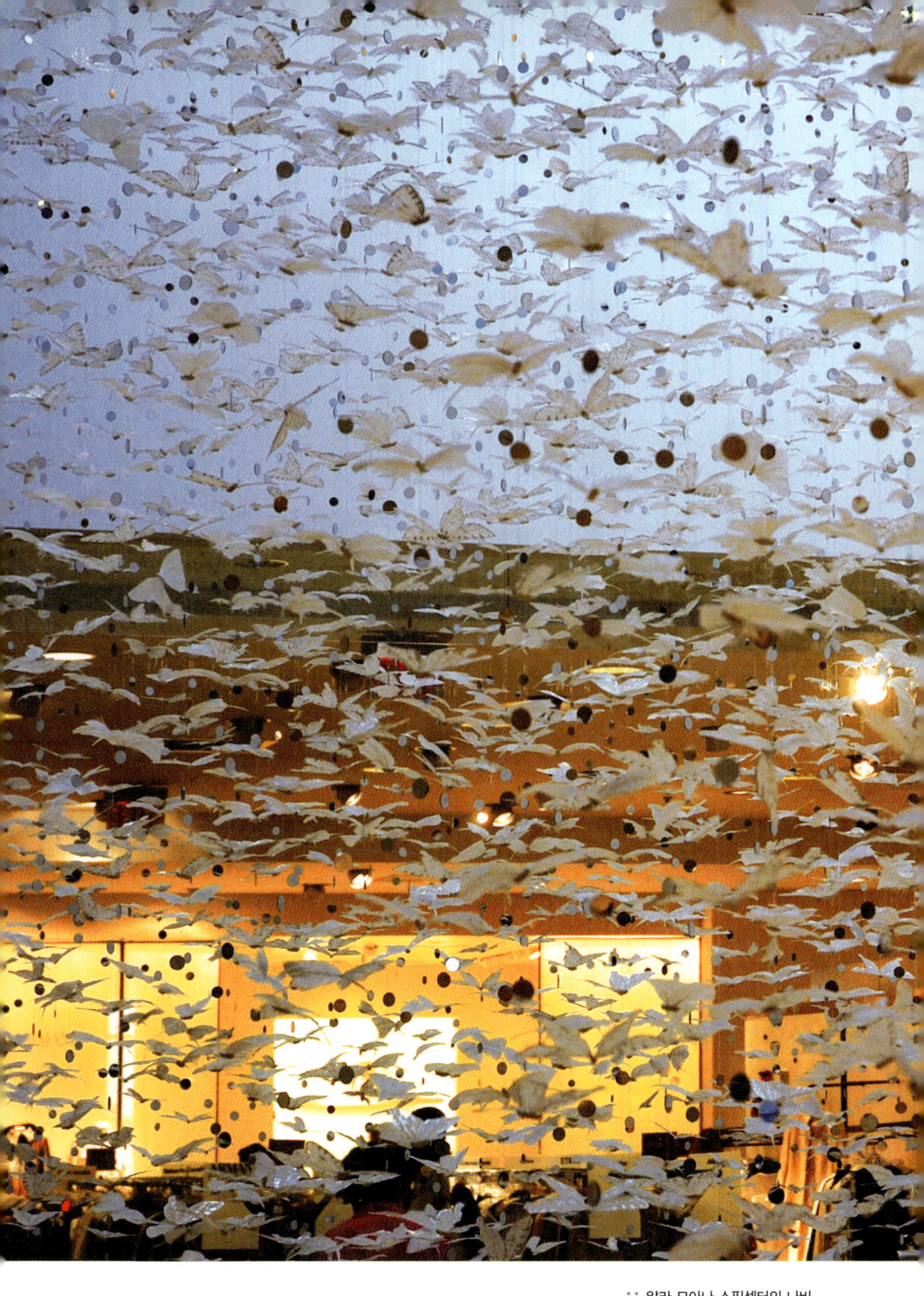

:: 알라 모아나 쇼핑센터의 나비

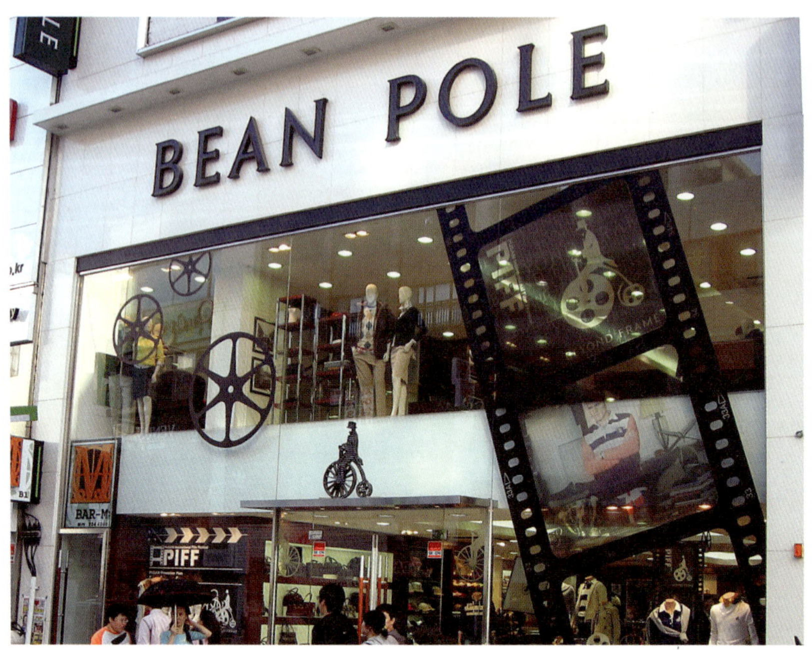

:: 빈폴 부산매장

사람마다 각기 다른 이미지를 갖는다. 예를 들어, 안도 다다오는 노출 콘크리트, 아인슈타인은 상대성원리, 이순신은 거북선, 정명훈은 가정적 이미지의 세계적인 지휘자, 박수근은 서민적 이미지의 아이덴티티를 갖는다. 어떤 사람의 각기 다른 이미지를 지칭하는 말로 아이덴티티가 있다. 아이콘과 비슷한 기능을 갖는 아이덴티티는 상징성이나 대표성과도 밀접한 관계를 갖는다. 세상에 잘 알려진 사람들은 저마다 특유한 아이덴티티를 갖고 있다. 아이덴티티는 이렇듯 다른 것과의 차별성을 전제로 한다. 다른 사람들과 다른 무언가가 있을 때 우리는 확고한 정체성이 있다고 말한다. 확고한 정체성이 있는 사람은 성공하기가 어렵다. 그런 정체성을 가졌다는 이야기는 다른 사람들과 다른 특별한 가치를 가졌다는 것을 의미한다. 즉 마케터블marketable하다는 이야기다.

사람이 자기 나름대로의 아이덴티티를 가져야 하는 것처럼, 상점도 아이덴티티를 가져야 한다. 사람들이 어떤 상점하면 즉각 떠올리는 무언가를 연상할 수 있을 때 그 상점은 그만의 정체성 즉, 숍 아이덴티티Shop Identity, SI를 가졌다는 것을 의미한다. 그래서 요즘의 여러 상점들은 자신들만의 독특한 숍 아이덴티티를 가지려는 노력과 시도를 많이 하고 있다. 결국 아이덴티티는 사람이나 상점이나 건물 모두에게 중요하다. 강남의 거리와 가로수길에는 수많은 상점들이 있다. 그 상점들은 저마다 자기를 상징하는 아이덴티티를 가지려고 애쓴다. 그러나 정작 많은 사람들이 기억하고 있는 상점 수는 얼마 되지 않는다. 교보빌딩하면 많은 사람들이 알지만 'ONE FIND DAY'를 모르는 사람들은 많다. 이들의 차이는 바로 아이덴티티가 있느냐 없느냐, 또한 아이덴티티가 있다고 해도 남들과 얼마나 차별화되었느냐에 따라 생긴다. 아이덴티티가 강력하면 할수록 사람들은 그것에 관심을 갖는다. 최근까지도 코카콜라는 브랜드 파워 1위의 자리를 지키고 있다. 브랜드 파워 때문에 코카 콜라라는 그 이름 하나만으로도 엄청난 자산의 효과를 갖는 것이다.

국내 의류 브랜드인 '빈폴Bean Pole'은 부산국제영화제를 공식 후원하면서 영화의 필름 이미지를 적용시킨 매장 파사드로 주목을 끌었다. 그 중 돋보이는 것은 빈폴 자전거 바퀴 부분을 필름 형상화한 필름바이크Film Bike이다. 이는 빈폴의 상징인 자전거 로고를 이용해 영화제 공식 로고를 활용한 것이다. 빈폴측은 이 디자인을 응용한 아이템을 전국 매장에 선보였고, 이는 '영화'라는 문화코드를 통해 빈폴의 주 타겟인 20대층과 교감하고 소통하는 계기를 만들었다. 또한 국제적인 영화제의 이미지가 자연스럽게 빈폴을 국제적인 이미지로 상승시키는 역할을 했다. 이는 빈폴이 성공적인 아이덴티티를 구축했음을 의미한다.

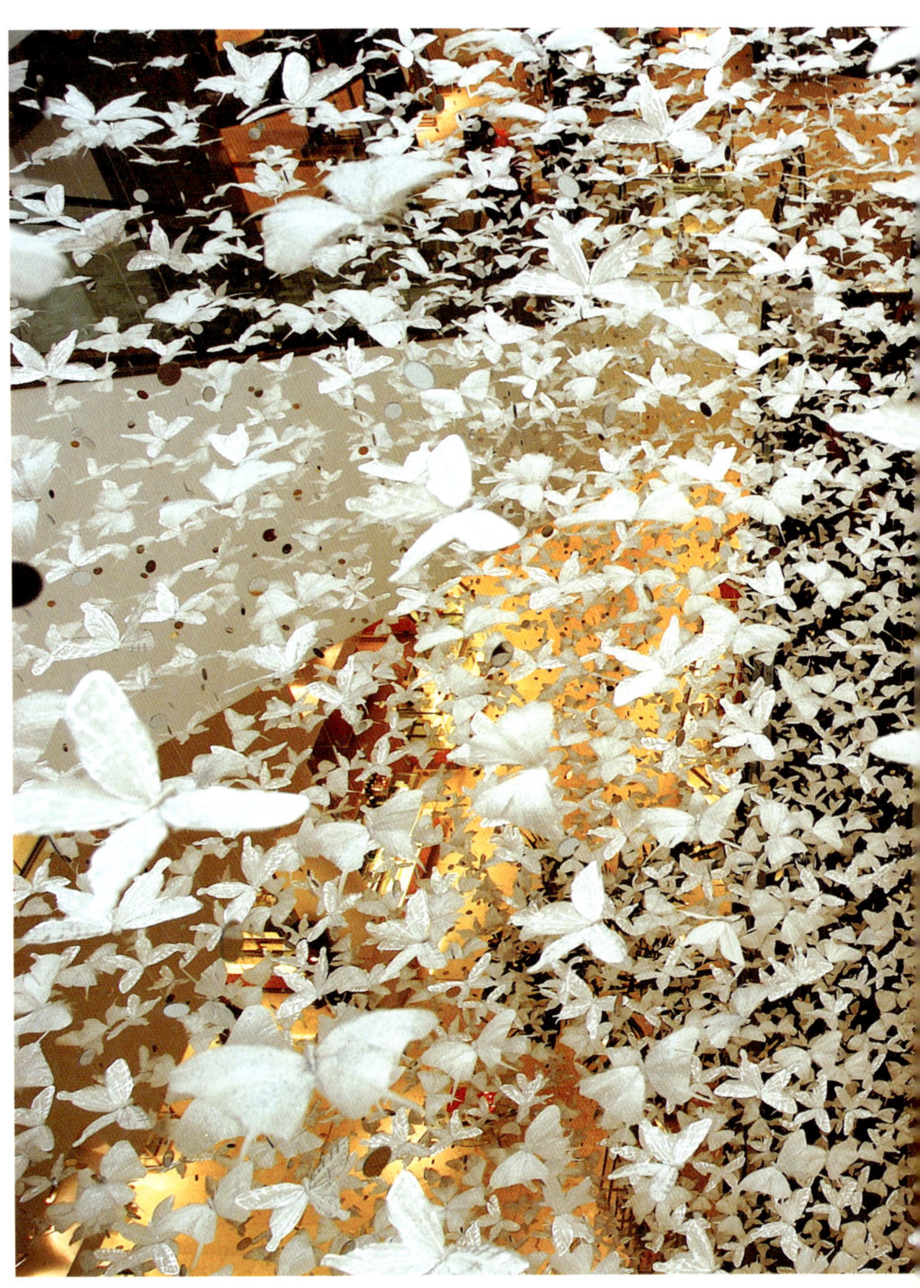

:: 알라 모아나 쇼핑센터의 나비

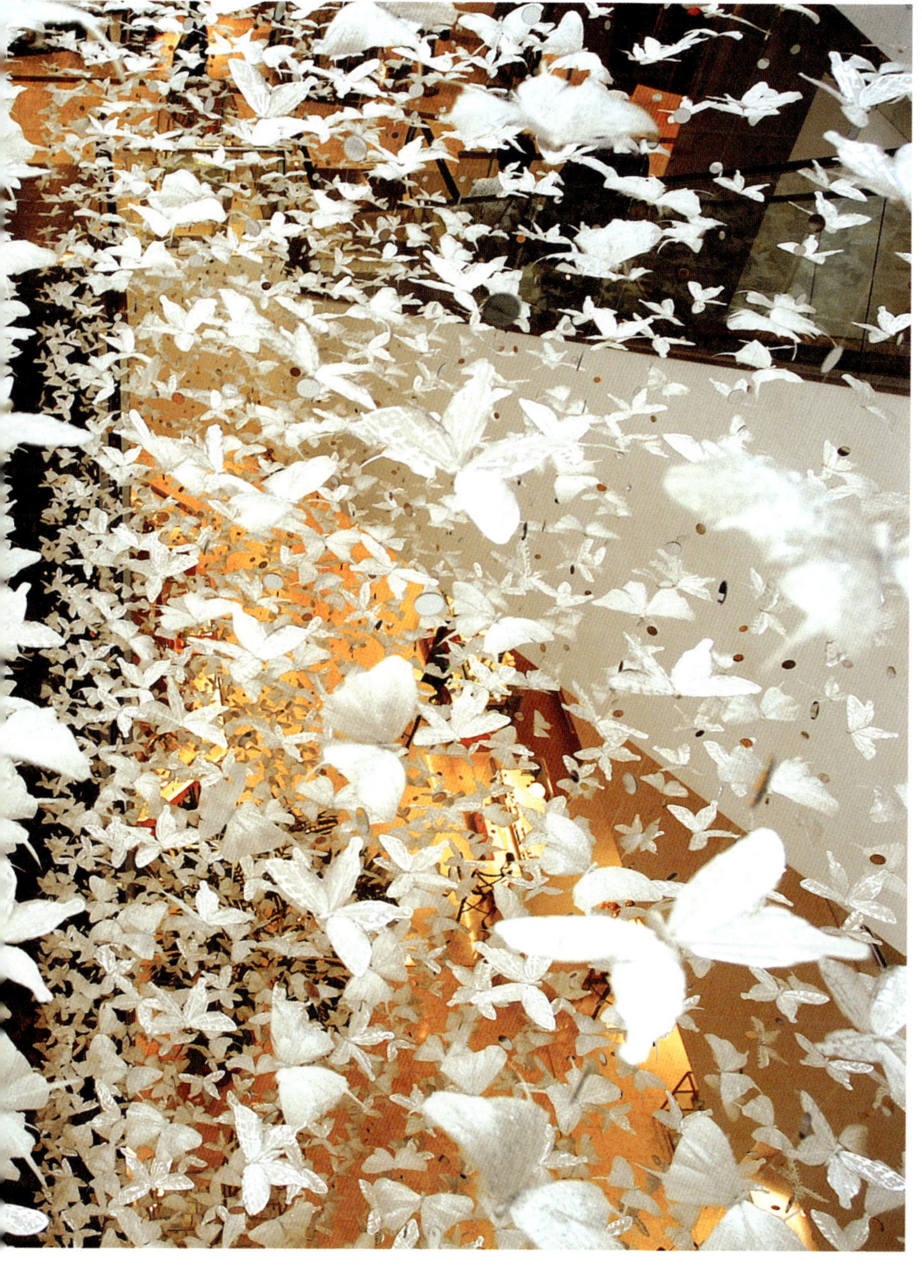

미국 하와이의 알라 모아나 쇼핑센터 Ala Moana Shopping Center는 나비를 이용한 독특한 공간 디스플레이로 이용자들에게 인상적인 모습을 남긴다. 이러한 디스플레이는 상업적 목적을 최고로 하는 쇼핑 센터의 딱딱한 이미지를 감성적이면서 부드러운 쪽으로 이동시키는 역할을 한다. 이러한 '소프트 Soft' 한 이미지는 예술적인 공간을 만든다.

상점이나 기업의 입장에서 볼 때 아이덴티티를 갖는다는 것은 이렇듯 매우 중요하다. 그래도 강남의 유목민을 대상으로 하는 많은 카페와 휴대폰 판매점들은 저나름의 매장 아이덴티티를 갖고 싶어한다. 시대가 바뀌어서 이제는 고객의 욕구와 라이프 스타일을 철저하게 알아야 매장은 성공한다. 상품도 우수해야 하고 그 상품을 판매하는 공간도 쾌적해야 한다. 이것이 바로 숍 아이덴티티의 목표이다. 그런 숍 아이덴티티를 만드는데 있어서 선도적인 역할을 한 대표적인 기업으로 SKT나, KTF 등을 들 수 있다. 이제 상점은 단순히 제품을 판매, 전시하는 공간이 아니다. 사람들에게 즐거운 체험과 다양한 정보를 제공하는 공간이다.

매장이 더 많은 사람들을 모으기 위해서는 매장 나름의 강력한 아이덴티티를 필요로 한다. 베를린 거리에 놓인 자동차에서 보여주는 것처럼 다른 것과 차별화 된 이미지이다. 디지털 유목민이 보여드는 강남은 타지역보다 매장의 아이덴티티가 중요하다. 매장의 아이덴티티가 확실한 거리는 사람들을 모으는 집객 능력을 갖는 개성있는 거리를 만들 것이다.

Schneewitte
Second Hand für Frau + Kind
Hufelandstraße 12, 10407 Berlin
46 794 779
www.schneewitte.de

Schneewitte
Second Hand für Frau + Kind
Hufelandstraße 12 - 10407 Berlin
46 794 779
www.schneewitte.de

B · NJ 8643
B · W 51
200 Zoologischer Garten
Auss
Deutsches
Historisches
Museum

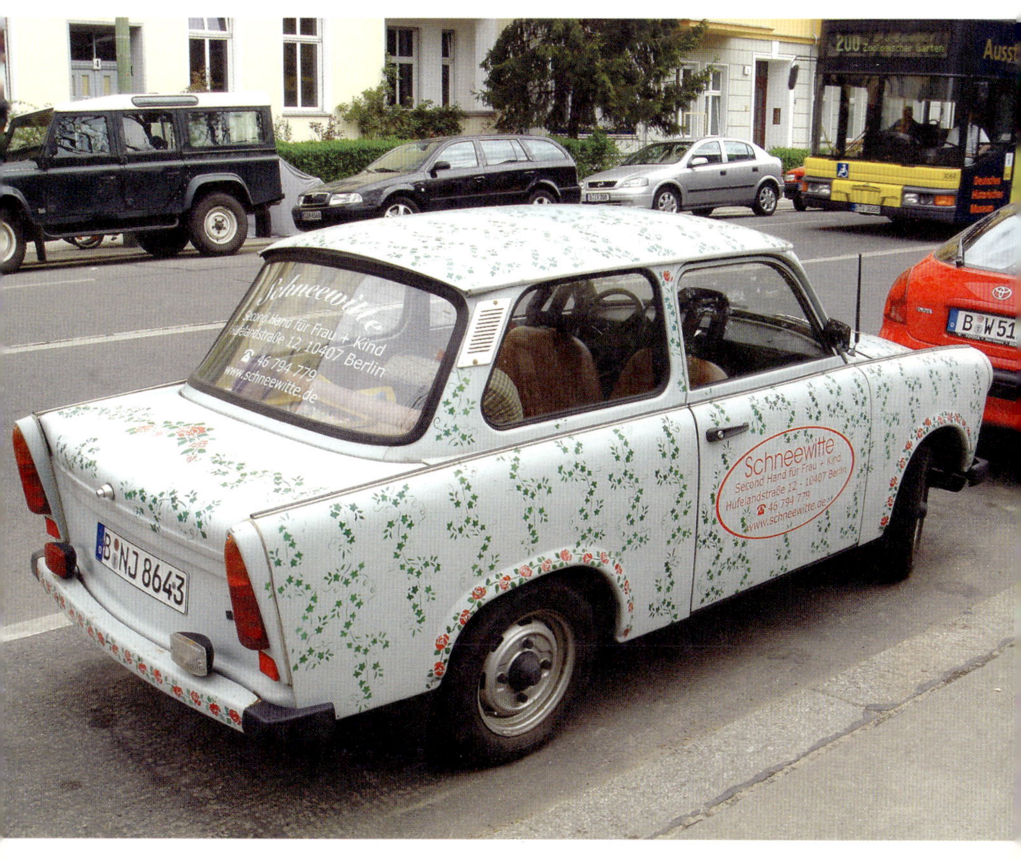

:: 베를린 시내의 자동차

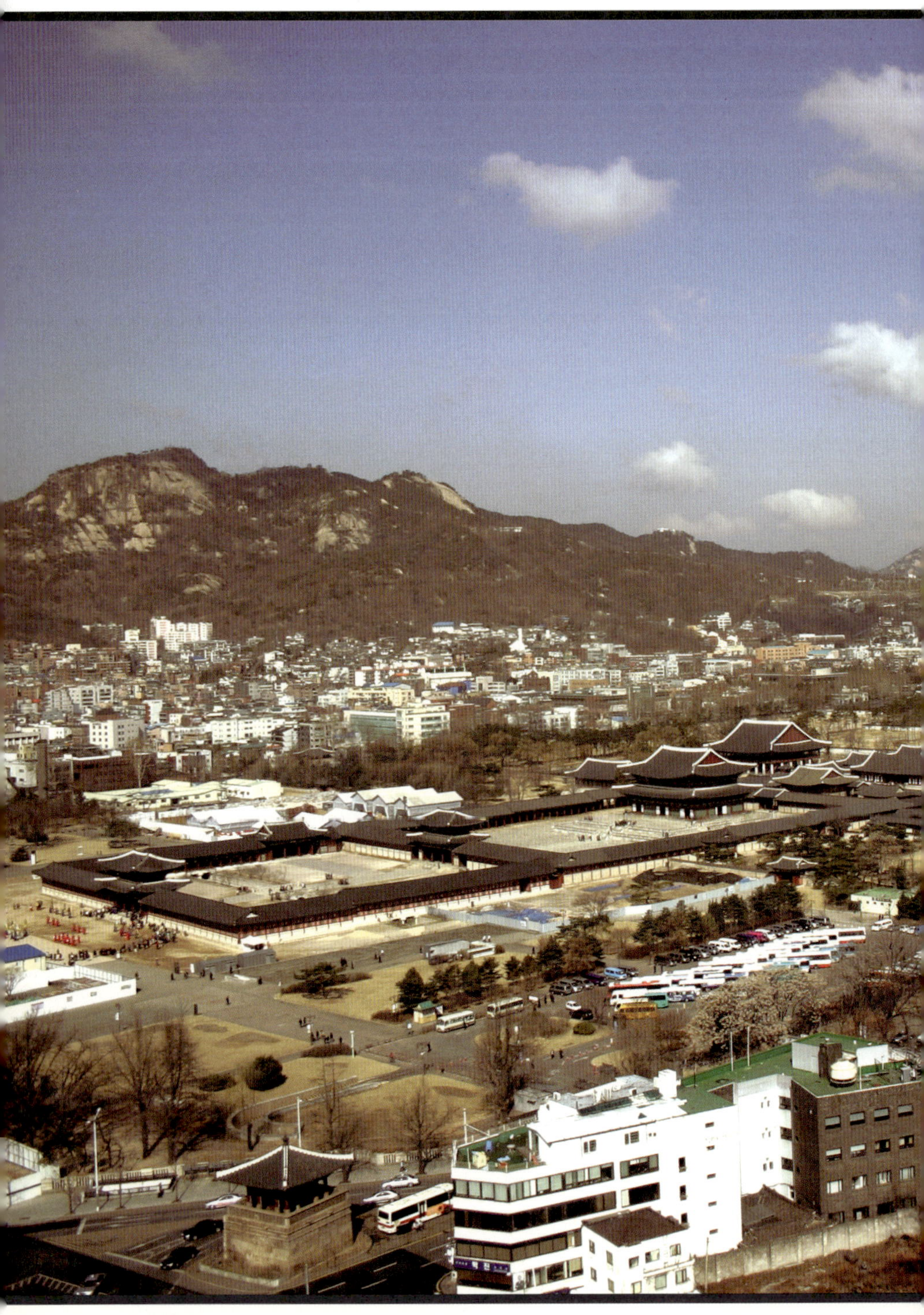

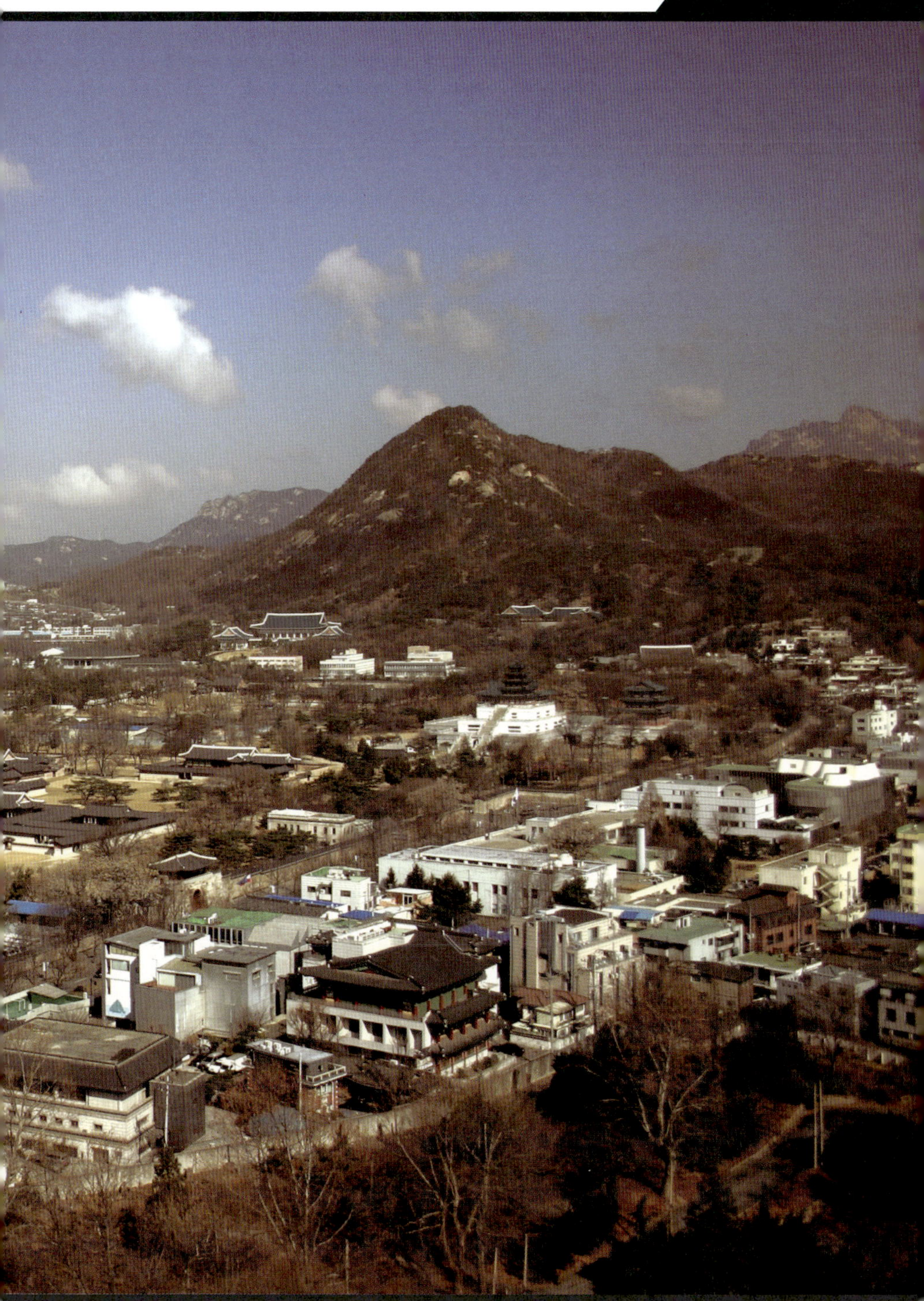

요즘 시대를 가리켜 문화 개발의 시대라는 말을 한다. 그래서 사람들은 두바이를 이야기하고, 아부다비의 문화개발 사업을 이야기하고 있다. 서울의 청계천과 스페인의 빌바오 뮤지엄 사이에는 도시마케팅이라는 공통점이 있다. 이제 어느 나라가 잘 살고 못 사는 것은 문화의 수준이 어느 정도이냐에 달려 있다. 그런 문화와 직접 연결되어 우리에게 많은 영향을 미치는 공간이라는 단어는 항상 신비롭다.

'도시 마케팅'을 공간에 특화시키면 '공간 마케팅'이 된다. 공간 마케팅은 이 시대의 변혁을 만드는 혁명이다. 그런 공간 마케팅의 정점에 서울이 있어야 한다는 생각이 필자의 생각이다. 얼핏 생각할 때, 서울 마케팅을 경제적인 것에 초점을 맞출 수도 있을 것이다. 그러나 마케팅의 용어를 조금 더 확대하여 생각하면 마케팅은 소비자에게 꿈과 행복을 주는 것을 포함한다. 공간을 통해 사람들을 행복하게 하려는 공간 마케팅은, 서울 마케팅의 핵심 요소로 다룰 필요가 있다.

그렇다면 서울 마케팅을 어떻게 하는 것이 좋겠냐는 의문을 던지는 사람들이 많을 것이다. 단적으로 말해, 서울 마케팅은 소프트웨어적인 측면과 하드웨어적인 측면을 모두 종합하여 추진하는 것이 필요하다고 본다. 흔히들 사람들은 눈에 보이는 하드웨어적인 것에 압도당하기 마련이다. 사람들은 눈에 직접적으로 드러나지 않는 소프트웨어적인 것을 경시 내지는 간과하는 경향이 있다. 하드웨어만큼이나 소프트웨어적인 측면도 중요하다. 하드웨어는 소프트웨어를 담는 그릇이다. 하드웨어는 소프트웨어에 영향을 미치고, 소프트웨어는 하드웨어에 영향을 미친다. 공간의 바람직한 진화라는 것은 이들 하드웨어적인 것과 소프트웨어적인 것을 유기적으로 연결시켜, 이들 사이에 균형을 이룰 수 있을 때 가능하다. 여자와 남자가 조화를 이룰 때 남자와 여자의 관계가 완성이 되듯, 우리의 사회와 문화공간도 하드웨어와 소프트웨어가 완벽한 조화를 이룰 때, 사람들은 행복의 정점에 선다.

결국 서울 마케팅을 위해서는 하드웨어적인 측면과 소프트웨어적인 측면 모두를 고려하여야 한다. 하드웨어적인 측면으로 우리가 생각할 수 있는 것에는 경관, 랜드마크성, 길, 명품건축 등이 있다. 소프트웨어적인 측면을 위해서는 그 공간에서 사람들이 어떻게 행동하고 이용할 수 있는지를 고려한다. 소프트웨어는 사람들의 성향이나 선호 특성, 라이프 스타일 등과 밀접한 관계를 맺는다.

경관

사람들은 아름다움에 대해 본질적인 욕구를 갖는다. 아름다운 자연을 보며 사람들은 거대한 폭포에 감동하고, 높디 높은 하늘에 감동 받으며 울창한 숲 속에서 자연의 위대함에 놀라게 된다. 자연을 보면 사람들의 마음은 순수해진다. 결국 아름다운 것을 볼 때 우리의 마음은 아름다워지고 행복해진다. 그래서 우리는 명작을 보고 많은 감동을 받기도 한다. 결국 우리가 보는 것은 본다는 정보 데이터가 그저 단순히 망막에 맺히는 것은 아니다. 망막에 맺힌 이미지에 대한 나름의 해석을 통해 생각하고, 판단하고, 행동하는 것이 진정한 이미에서의 보는 행위이다.

아름다운 것과, 놀라운 것 그리고 흥미로운 것을 보려는 욕망은 세계의 모든 사람들의 공통적인 습성이다. 인간은 시각적으로 지각함으로써 안심하며, 새

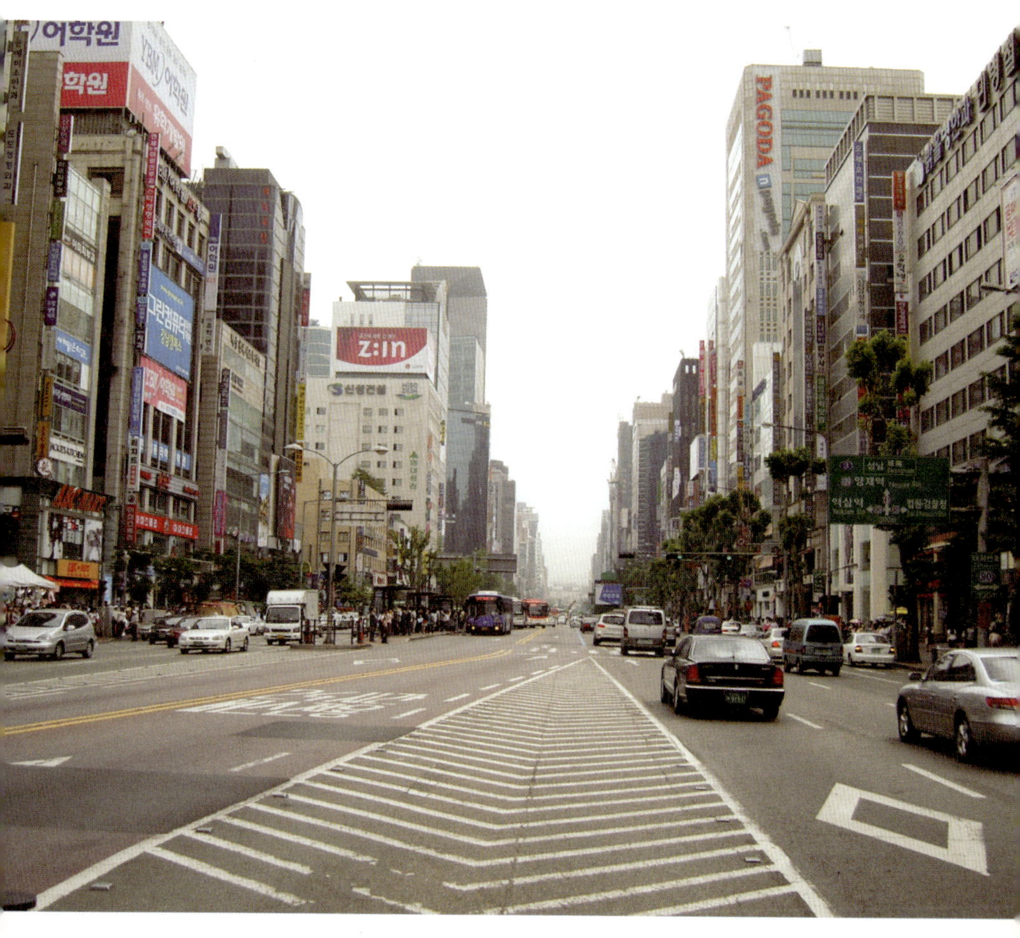

:: 도시의 경관

로운 정보를 학습하며, 그럼으로써 편안
해 한다. 거기에 더해 아름다움이 있으면
더 행복해 한다. 우리 인간은 끊임없이
아름다움을 갈구한다. 그런 아름다움을
그 동안 우리의 도시에서는 많이 생각하
지 못했었다. 그러나 로마나 파리나, 암
스테르담 같은 도시는 우리의 서울과 다
른 도시적 경관을 갖는다.

도시의 경관은 그 도시를 살아가는 사람
들에게 많은 영향을 미친다. 도시의 경관
이 생기발랄하고 밝을 때, 사람들의 마음
은 활기차고 생동감 넘치게 된다. 이러한
점에서 도시의 경관은 무척이나 중요하
다. 경제성의 논리에 따라서 우리는 아름
다움의 도시와는 서로 상반된 길을 걸어
왔다. 그 길은 지금에라도 되돌아 올 수
있는 길이다. 도시의 이미지를 결정짓는
가장 큰 요소 중의 하나가 경관이다. 그
런 경관을 만듦에 있어 주민의 참여와 건
축가, 그리고 도시 디자인의 전문가가 많
이 참여할 수 있는 그런 토양이 필요하
다. 그럼으로써 도시의 경관을 변모시킴
과 동시에 건축가가 존경 받는 시대를 만
들어야 한다고 생각한다.

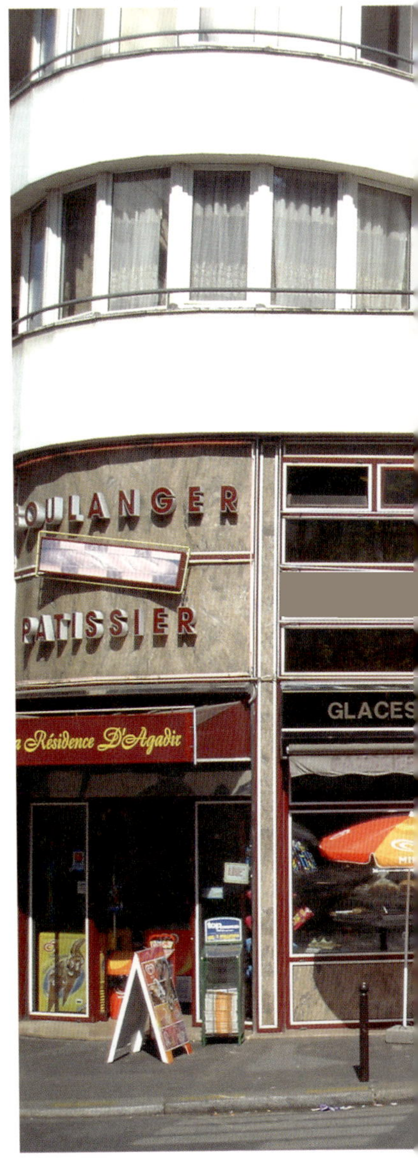

:: 파리의 경관

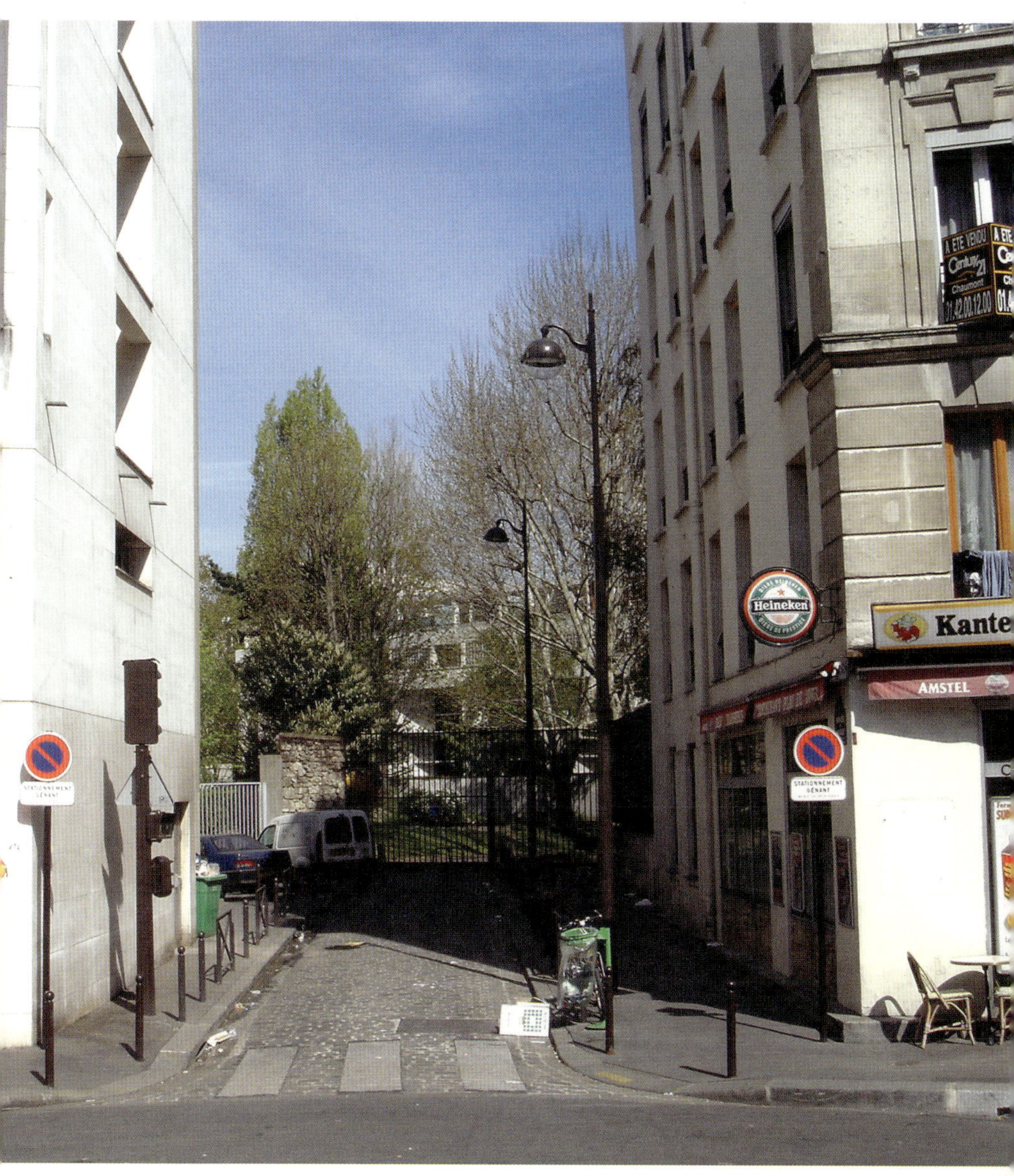

Heineken
Kante
AMSTEL
A ETE VENDU
Century 21
Chaumont
STATIONNEMENT GÊNANT
STATIONNEMENT GÊNANT

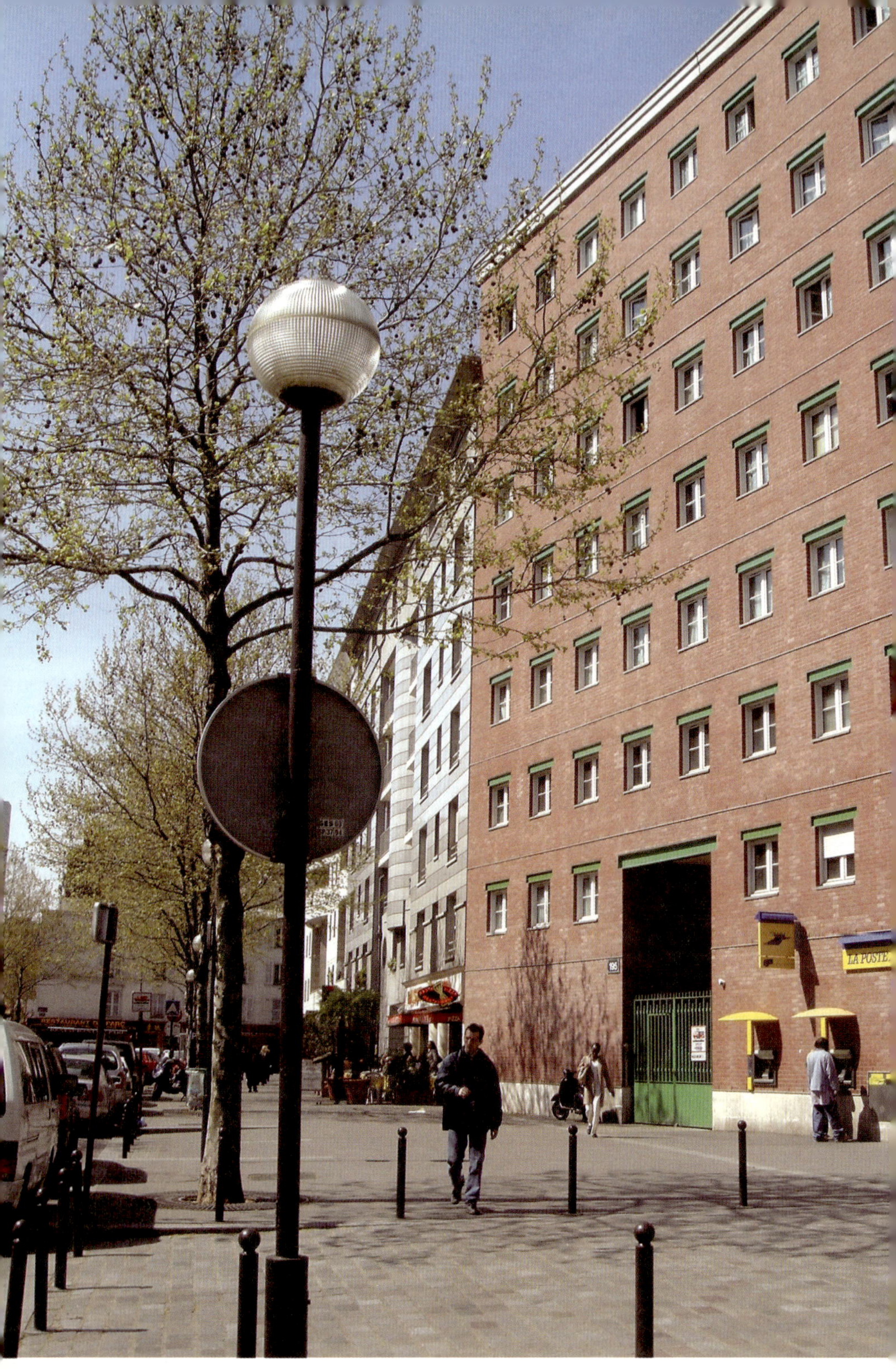

:: 파리의 경관

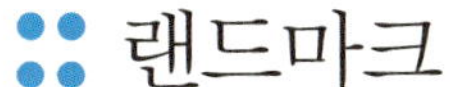 랜드마크

예전 종로의 거리에서 랜드마크적 건물은 종로서적이었다. 그러나 지금은 종로타워가 이를 대신한다. 광화문 네거리의 랜드마크 건물은 뭐니뭐니해도 교보빌딩이다. 교보빌딩은 강남역에서도 랜드마크 역할을 한다. 현재 강남 교보빌딩이 서 있는 곳에는 제일생명 빌딩이 있었다. 그 제일생명 빌딩은 그 당시 랜드마크적 건물이었다. 이제 제일생명 빌딩은 사라졌지만 교보빌딩이 그 랜드마크적 위치를 계승하였다. 63빌딩은 여의도의 랜드마크적 건물이다.

사람들은 랜드마크적 건물을 중심으로 해서 모이기 마련이다. 랜드마크 건물은 집객 능력을 갖는다. 스페인 광장은 로마의 랜드마크적 건물이다. 그 광장에는 많은 사람들이 모인다. 그곳에는 베르누니가 설계한 명품분수 조각배가 있으며, 명품 거리가 있다. 우리는 일반적으로 높은 건물을 랜드마크 건물로

GIORDANO
Kyobo Tower Sageori
교보타워사거리
GIORDANO
2007년 6월 29일
OPEN
한전아트센터

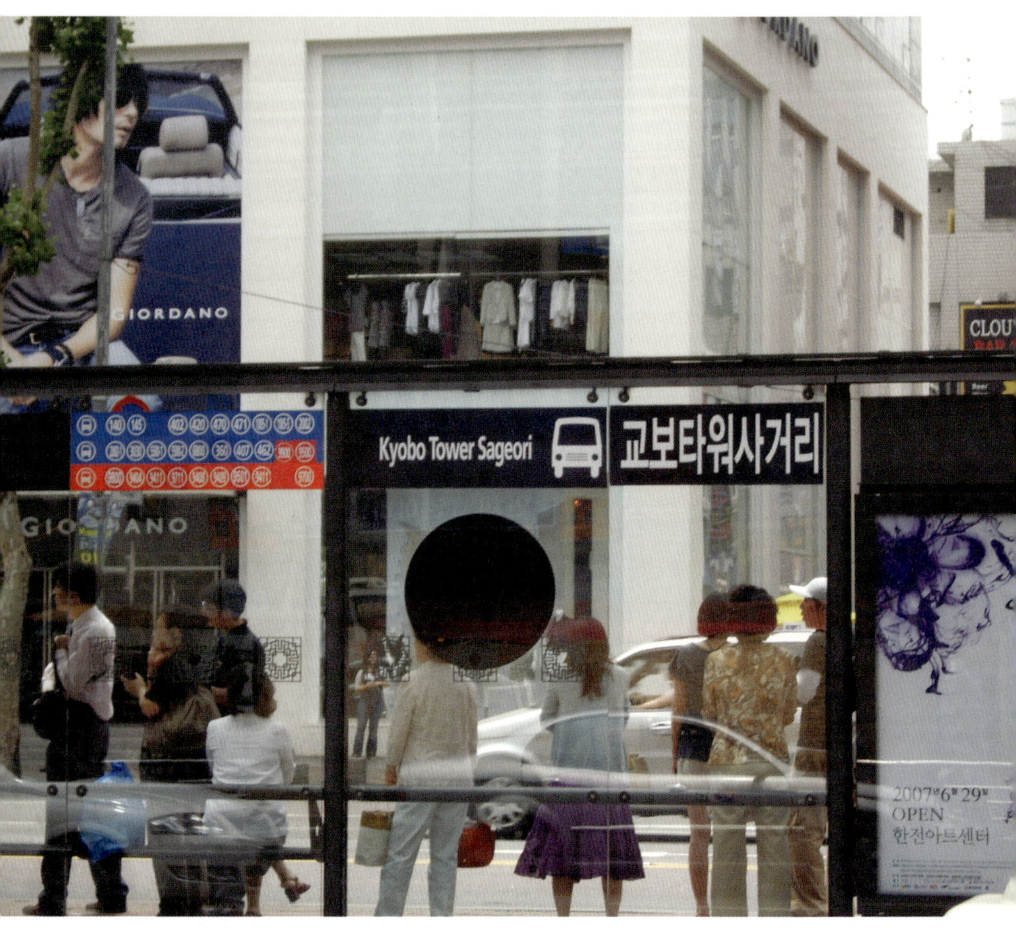

:: 교보문고 앞 버스정류장

생각하는 경향이 있다. 그러나 모든 랜드마크 건물이 높지는 않다. 트레비 분수가 이의 대표적인 예이며, 파르테논 역시 그렇다. 랜드마크 건물은 많은 사람들에 의해 이야기되는 대표건물이다.

여하튼 랜드마크 건물은 사람들에게 유명하여, 주변 공간을 대표하는 건물이다. 그래서 랜드마크 건물은 중요한 것이다. 하지만 모든 건물이 랜드마크가 될 수는 없다. 그럼에도 불구하고 사람은 모든 건물을 랜드마크화하고 싶어하는 욕망을 갖는다. 그러나 그것은 이루어 질 수 없는 꿈이다. 나는 모든 건물이 랜드마크가 될 필요는 없다고 생각한다. 진정으로 랜드마크가 되어야 할 건물들을 고르고 그 건물에 집중적인 노력을 하는 것이 필요하다.

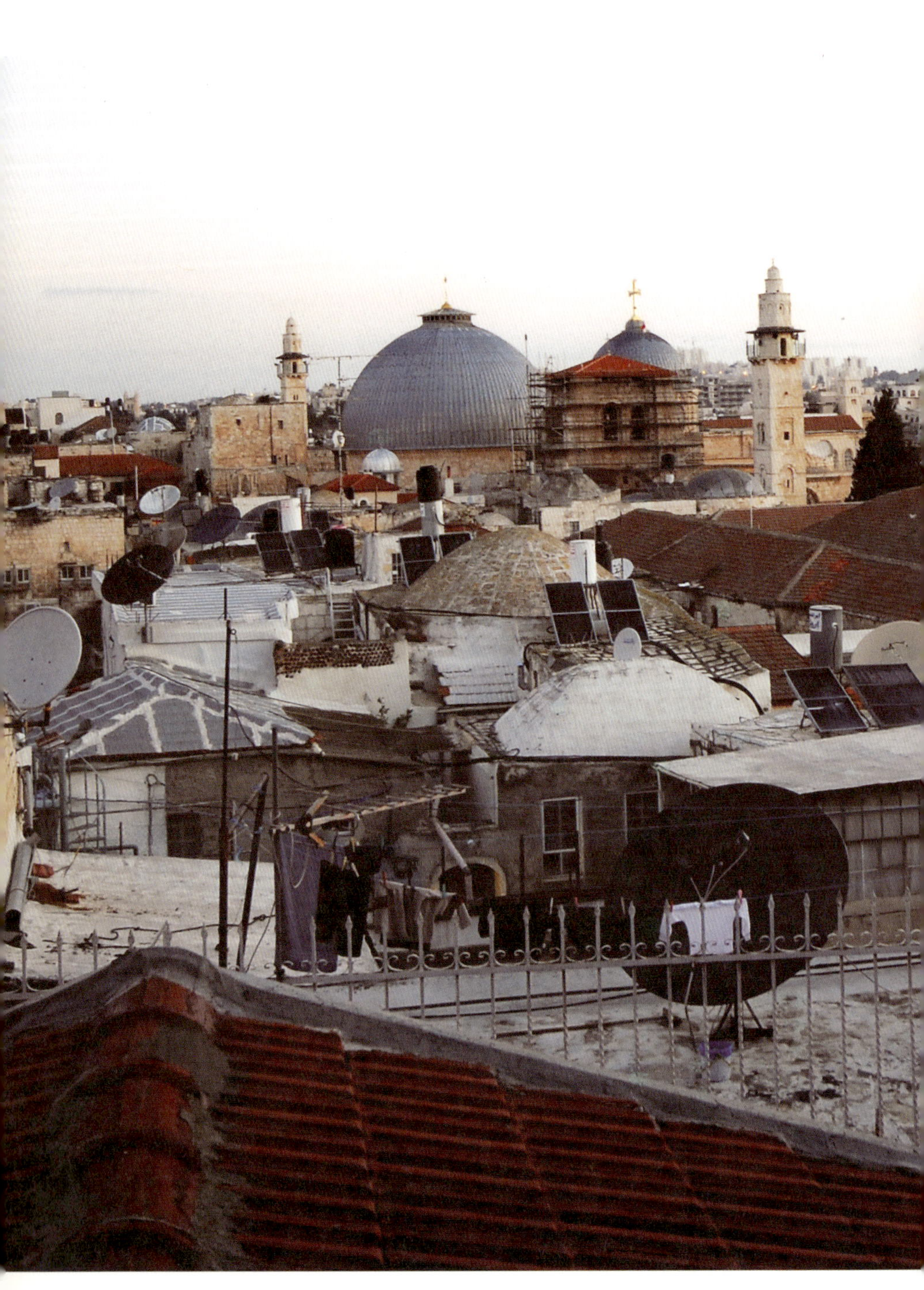

:: 예루살렘성

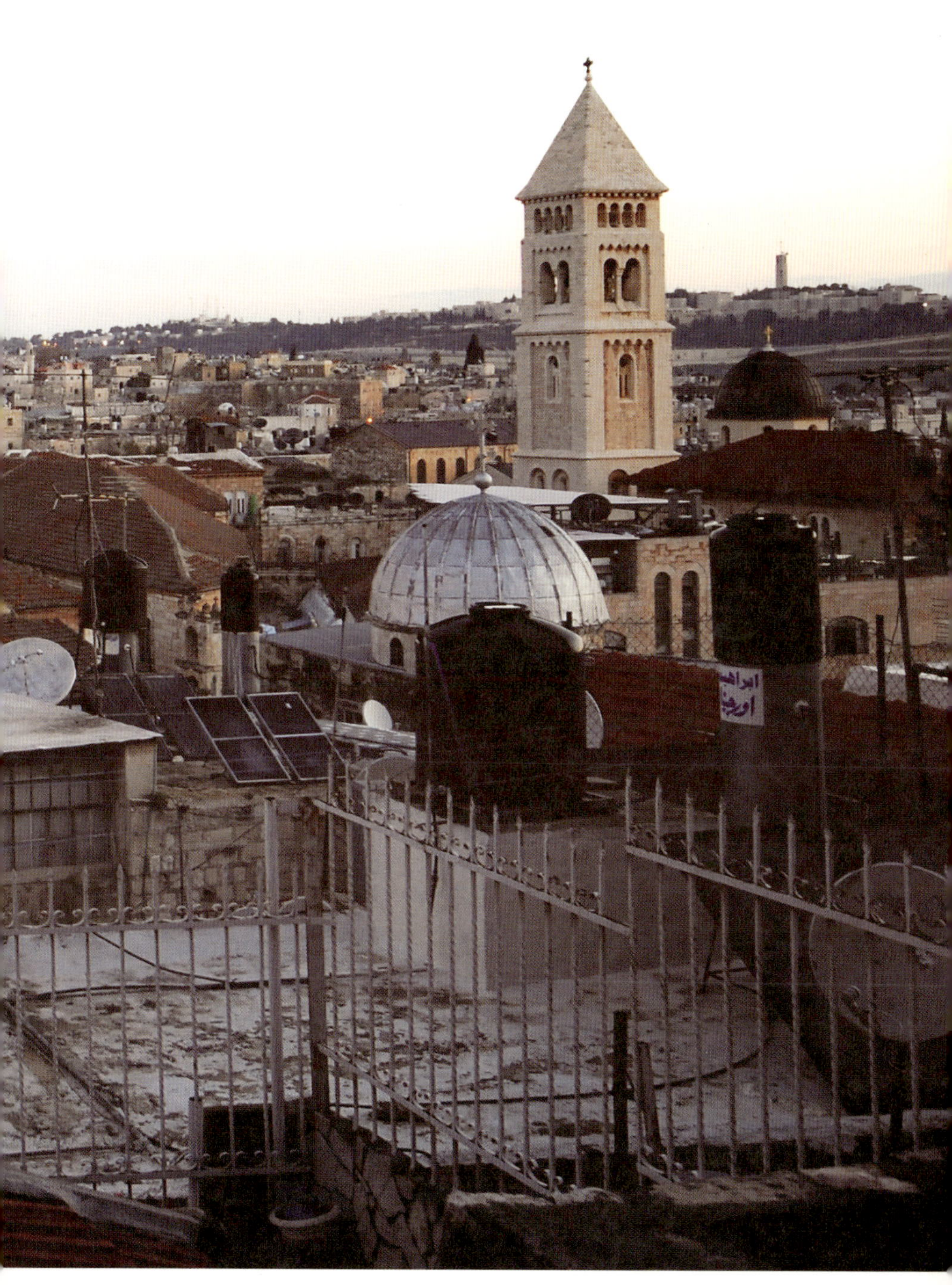
ابراهيم
اورية

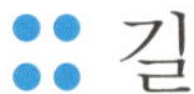 길

길이 중요한 것은 아무래도 목적지에 가는 과정에서 많은 것을 보여주기 때문이 아닐까 싶다. 사람들은 걷고 싶어한다. 그러니까 기본적으로 우리는 걸음에 대한 기본적인 욕구를 갖는 동물이다. 사람들은 정착하려는 욕망과 더불어 정처 없이 떠돌고자 하는 그런 욕망을 동시에 갖는다. 사람이 만물의 영장이 될 수 있었던 것은 걸었기 때문이다. 그 걸음을 통해서 새로운 정보를 학습하고 지능을 발전시켰다. 교육이라는 것, 배워간다는 것은 모든 사람들이 가지고 있는 욕망이다. 새로운 지식을 얻으려는 욕망은 모두 다 갖고 있다. 이 중에서 걷는다는 것은 우리들에게 즐거운 경험을 준다. 그런 경험은 새로운 정보로 우리를 행복하게 만든다. 그래서 르느와르 같은 서양 화가도 독서라는 그림에서 지식 습득의 즐거움을 표현했다. 그것은 다름아닌 사람들이 새로운 지식을 습득할 수 있기 때문이다.

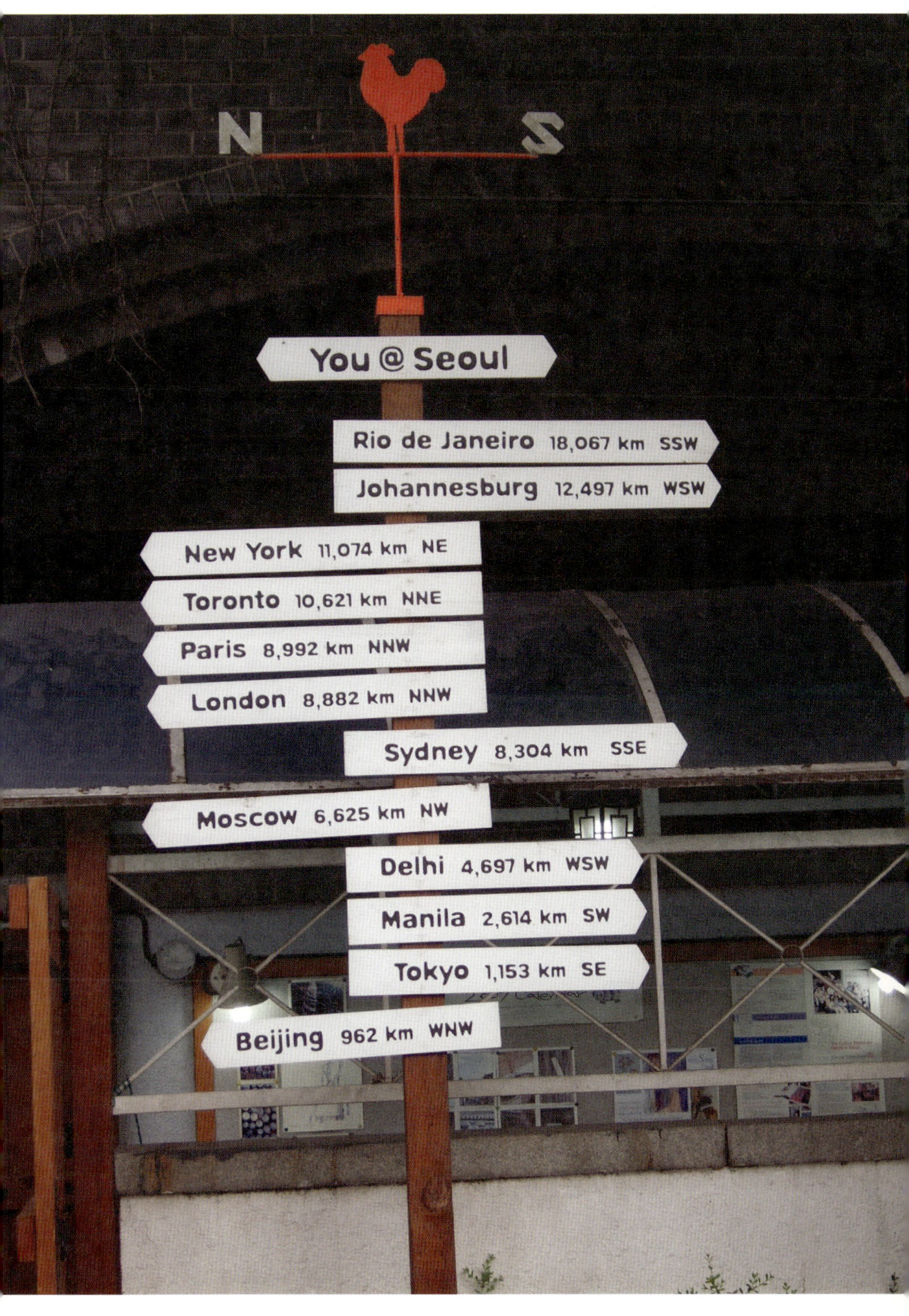

:: 이정표 간판

안 보이는 길이지만 사람들이 살아간다는 것도 어떤 길을 간다는 것을 의미한다. 그래서 우리는 길을 걸으면서 우리가 가고 있는 길이 어디로 향하는 길일까 생각해 본다. 길은 가도가도 끝이 없다. 하지만 끝이 없다고 해서 계속 길을 가는 것을 신은 허용하지 않는다. 끝이 없는 길을 가다가 중간에 멈춰야만 하는 것이 인생이 아니겠는가.

길에는 인생의 이야기가 있다. 나를 먼저 살아간 사람들의 이야기가 그물망처럼 얽히고 섥켜있고, 더불어 지나간 시간의 흔적이 공존하고 있는 곳이 바로 길이다. 걷고 싶은 길, 생각하게 만드는 길, 노래 부르고 싶은 길, 애인과 손잡고 걷고 싶은 길 등등 다양한 길들은 아름다운 도시를 만든다.

길을 지나지 않고 사람이 할 수 있는 일은 아무것도 없다. 그러기에 길은 인간의 행위를 위한 출발점이다. 가수 'GOD' 가 부른 <길>의 가사에도 이런 의미심장함이 내포되어 있다.

"내가 가는 이 길이 어디로 가는지. 어디로 날 데려가는지. 그곳은 어딘지 알 수 없지만, 알 수 없지만, 알 수 없지만 오늘도 난 걸어가고 있네"

길은 서울 마케팅의 핵심이다.

명품건축

성악가인 플라시도 도밍고Placido Domingo가 우리나라 가곡인 '그리운 금강산'을 부른 적이 있다. 그런데 마치 한국 사람이 부른 것처럼 발음이 전혀 어색하지 않게 그 노래를 소화해 냈다. 그것은 바로 명인이기 때문에 가능한 것이다. 명인이 이처럼 노래를 불러 사람들을 감동시키는 것처럼 스타건축가도 명품건축을 만들어 사람들을 감동시킨다. 사람들은 명품, 명곡에서 영혼의 울림을 듣기 때문에 감동 받는다. 명인들이 만든 물건에는 완벽성과 완결성이 있다. 완벽성은 최고의 정상이다. 사실 인생을 살아가면서 우리는 누구나 최고의 정상을 꿈꾼다.

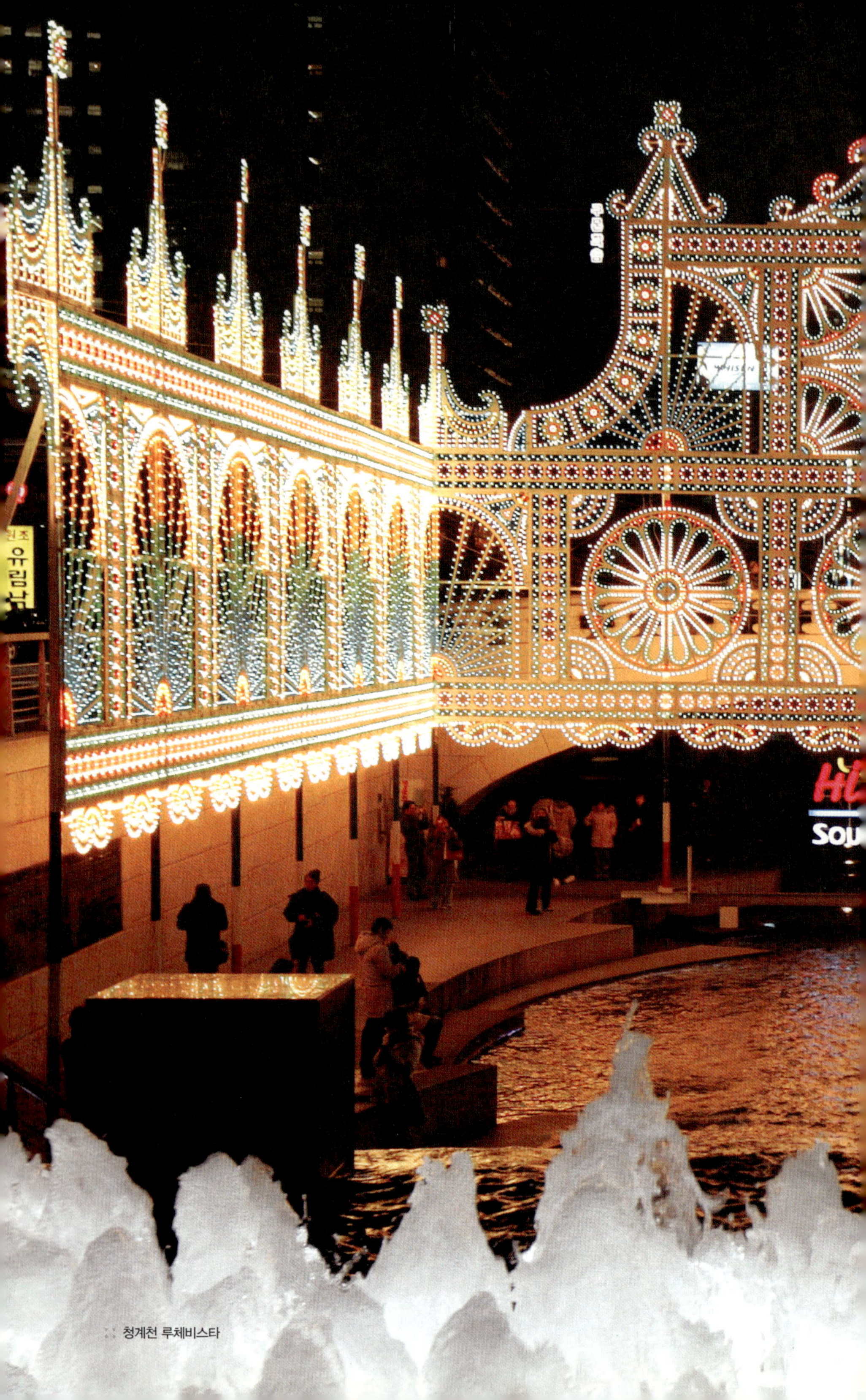

청계천 루체비스타

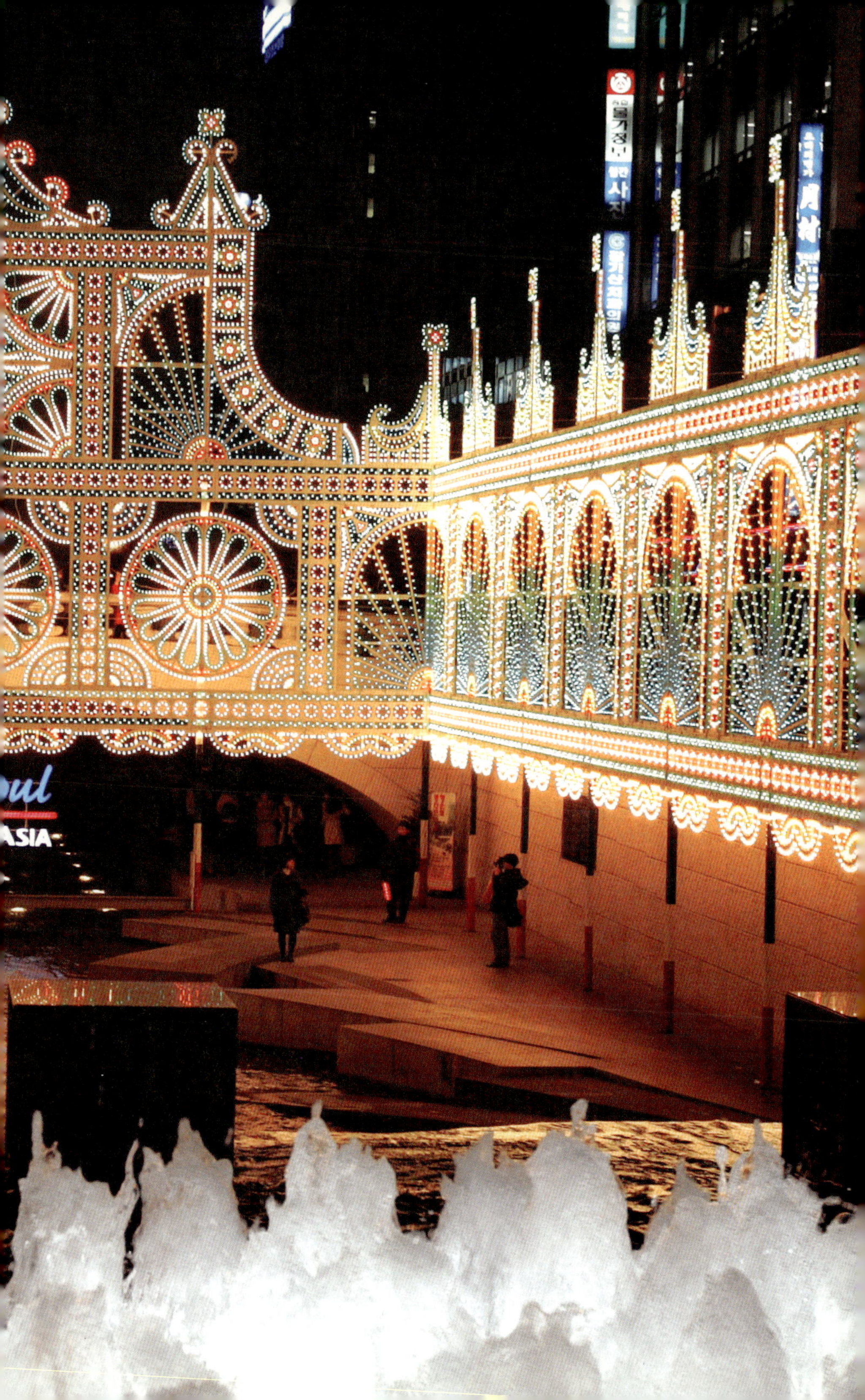

명품건축은 최고 정상에 대한 사람의 욕구를 간접적으로 만족시켜주는 역할을 한다. 사람들은 흔히 말한다. '한국에는 이렇다 할 건축물이 없다'고. 그런데 그건 당연한 일이다. 왜냐하면 우리가 그 동안 건축물에 대해 관심을 가지지 않았기 때문이다. 한번 결심만 하면 단기간 내에 만들어낼 수 있는 능력을 가진 민족이 우리 아닌가. 우리가 이제껏 명품건축을 많이 못 만든 것은 먹고 사는 일에 바빠 그런 신경을 안 썼기 때문이다. 그러나 이제 우리는 그런 명품도시, 명품건축을 만들려는 생각에 시동을 걸었다.

우리나라의 명품건축으로 평가받고 있는 리움의 미술관, 마리오 보타의 교보빌딩, 렘쿨하스의 서울대 미술관, 라파엘 비뇰리의 종로타워 등의 현대 건축물들은 외국 건축가들의 손을 빌려 탄생되었다. 하지만 그 건물을 누가 설계하였든지 간에 그것은 엄연히 한국건축이다. 서양건축이 아닌 것이다. 왜냐하면 그 건물들은 한국에 있는 건축물이기 때문이다. 한국에 있는 모든 것들은 바로 한국 건축이다.

이 땅에 세워진 많은 명품건축은 사람들을 행복하게 만들 것이다. 바로 이러한 건축물은 국민들의 행복지수를 높일 것이다. 행복지수를 높이는 명품건축은 많이 세워져야 한다. 그러나 새것만이 명품건축은 아니다. 그러기에 명품건축을 비판하는 시각이 국내에도 있나. 세계적인 건축가 자하 하디드가 동대문 종합공원 계획 설계를 하였지만 그 자리에 있던 동대문 운동장이 소멸되는 것을 보고 반대하는 사람도 있다. 이것은 새 건물이 갖고 있는 맹점이다. 건물을 만들긴 만들되 옛것을 보존하며 만드는 지혜가 우리들에게 필요하다.

이런 말을 한다고 해서 한국내 지어지는 많은 건물들을 외국 건축가에 의존해서 짓자는 이야기는 아니다. 여기에서 내가 이야기하고자 하는 핵심은 이 땅에 세워지는 많은 건물들은 인간의 정신이 깃든, 사람들과 메시지의 교감이 있는 건물로 만들자는 것이다. 명품건축은 고급재료로 화려하게 만들어져 우리의 눈을 현혹시키는 그런 건물이 아니다. 화려하지 않더라도 인간의 정신과 문화를 담고 있으면 명품건축이다. 세계 저명 건축가가 설계한 현대 건물만이 명품건축이 아니다. 오히려 우리의 옛 건축이 명품건축에 더 가깝다. 옛 건축과 현대건축이 조화를 이루는 명품건축이야말로 진정한 의미에서의 서울 마케팅이다.

문화에 대한 욕구가 자아실현의 욕구이고, 인간이 갖는 최고의 욕구임에 틀림이 없다. 그러나 그러한 욕구도 기본적인 욕구가 충족되었을 때 이야기 되는 것이지 기본적 욕구를 만족시키지 않으면서 자아실현만을 이야기한다면 그것은 공허한 말이다. 자아실현에 앞서 우리는 의식주를 해결해야 한다. 그런 의식주가 해결되면 사람들은 함께 대화하고 소통하며 살기를 원한다. 그러나 그런 행동들이 안전한 환경에서 이루어지지 않는다면 그것은 오래 지속될 수 없다.

본능적으로 인간온 자기 생명을 보존하려는 욕망이 있다. 무엇을 하든지 간에 건강이 선행되어야 하듯이 그 도시를 살아가는 사람에게 필수적인 요소는 안전이다. 범행으로부터 안전해야 하고 보행할 때 자동차로부터 안전해야 한다.

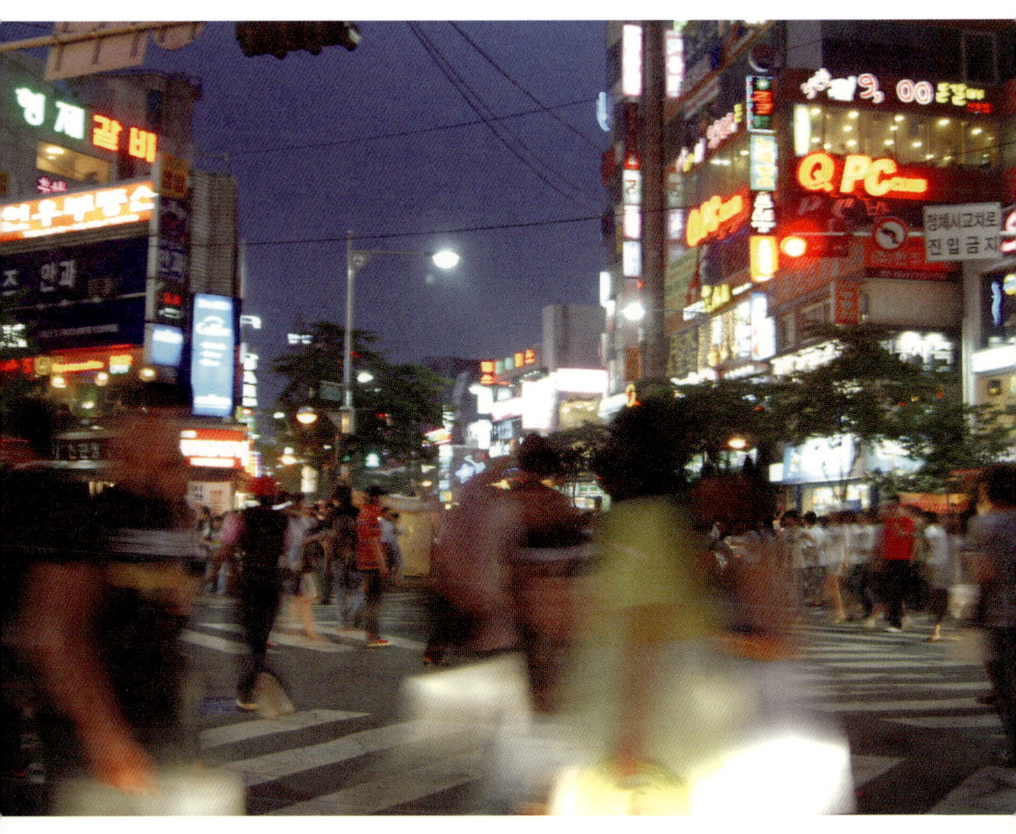

:: 안전한 도시의 밤거리, 서울

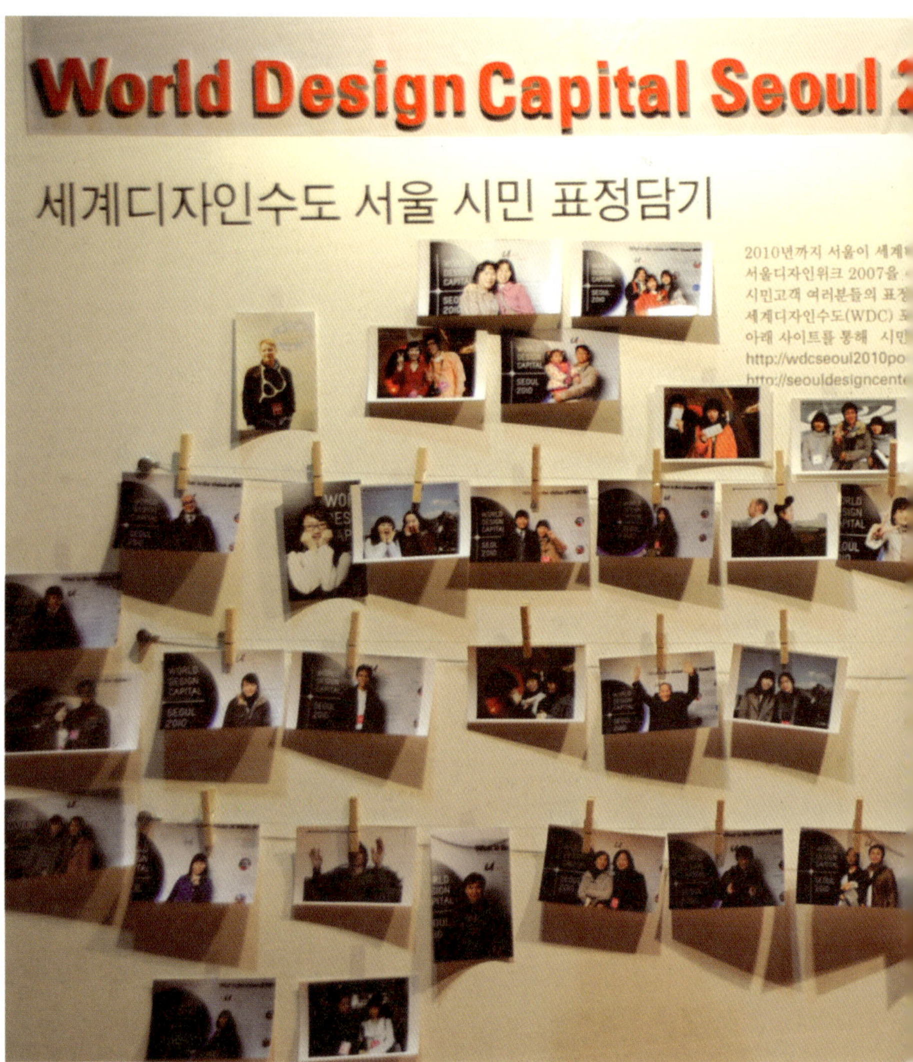

:: 세계 디자인 수도의 서울 시민 표정, COEX

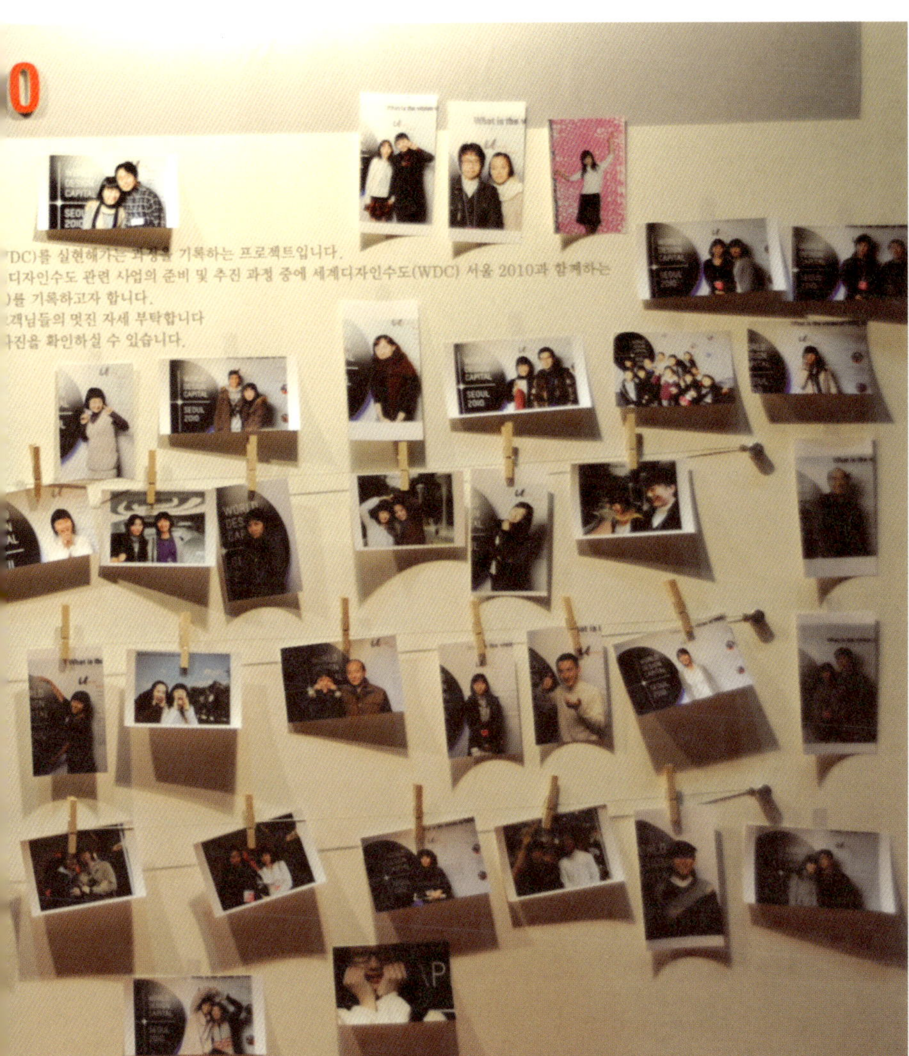

DC)를 실현해가는 과정을 기록하는 프로젝트입니다.
디자인수도 관련 사업의 준비 및 추진 과정 중에 세계디자인수도(WDC) 서울 2010과 함께하는
)를 기록하고자 합니다.
객님들의 멋진 자세 부탁합니다
사진을 확인하실 수 있습니다.

도시의 삶 속에서 건강하게 살 수 있고, 안전하게 살 수 있어야 함은 모든 도시에서 전제되어야 한다. 다행히 우리나라는 뉴욕이나 시카고 등의 도시와 비교해 볼 때 비교적 안전한 곳이다. 밤에도 걸어 다닐 수 있는 곳이 우리의 도시 아닌가. 안전한 도시라는 우리의 이미지를 계속 이어나가고, 우리가 부족한 아름다운 경관과 명품건축, 역사 그리고 이야기가 담겨있는 가로경관을 만듦과 동시에 다양한 라이프 스타일을 만들어 나갈 수 있는 공간이 풍부한 도시를 만들었을 때, 서울은 세계 속의 일류도시로 급부상 할 것이다. 서울시가 추진하는 '한강의 르네상스' 가 성공적이기를 기원한다. 또 디자인 서울의 프로젝트가 서울을 한 단계 업그레이드 하는 계기가 되기를 바란다.

로마가 하루아침에 만들어지지 않았듯이, 서울도 하루아침에 만들어지지는 않는 것이다. 작은 변화가 많이 모여 큰 변화를 만든다. 그러나 서울 마케팅의 열매를 십 년, 이십 년 뒤에 맛보려고 한다면, 서울 마케팅은 실패할 공산이 크다. 장기적으로 미래를 생각하며 우리의 도시를 만들어 가려는 인내와 끈기가 필요하다. 이를 위해 도시를 바라보는 우리들의 자세도 변해야 한다.

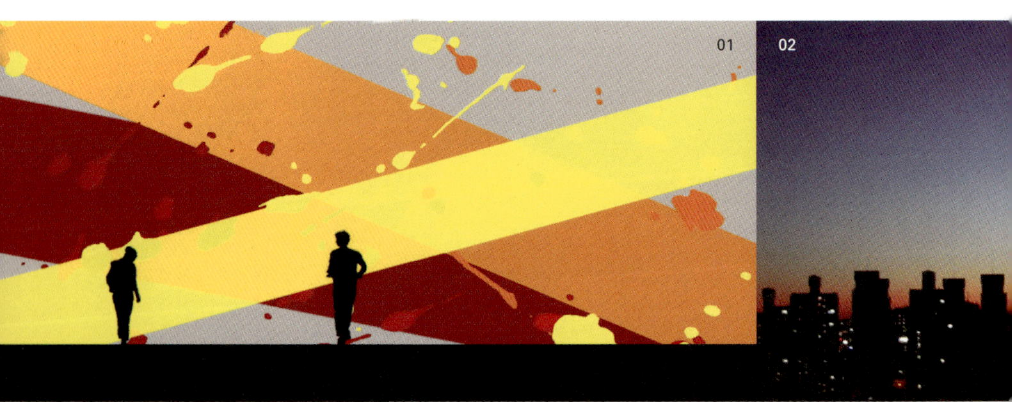

신봉승은 "한국인은 외국인들에게 천박하고 미개하다는 이미지이다. 한국인은 불친절하고, 한국은 가기 싫은 나라이다. 중국인의 43%가 한국을 가기 싫은 나라라고 생각한다."라는 글을 모 일간지에 게재했다. 나는 이 글을 '한국인 스스로 갖는 자기비하의 생각' 이라고 결론 짓는다. 한국에도, 또 서울에도 아름다운 공간이 많이 있다. 그러나 서울의 아름다운 공간이 많이 홍보되어 있지는 않다.

21세기의 도시경쟁력을 키우기 위해, 우리는 서울의 품격을 높이는 방법을 생각해야한다. 품격의 도시는 그 도시에 사는 사람들의 행복지수를 높이면 자연스레 만들어진다. 벤–샤하르 교수의 해피어는 누구나 한 번쯤 심각하게 고민해 봤을 인생의 행복에 대한 답을 '의미, 즐거움, 장점 등의 관점에서 행복을 찾으라고 한다.' 나는 여기에 공간행복론을 하나 더 추가하고 싶다. 음악이 있고, 미술이 있고 또 영상이 있는 공간! 공간 구성원이 모두 주인공이 되어 쇼를 하는 공간은 행복의 공간이며 유토피아의 공간이다. 서울의 마케팅은 이와 같은 문화공간의 개념으로 도시로 발전할 때, 성공할 수 있을 것이다.

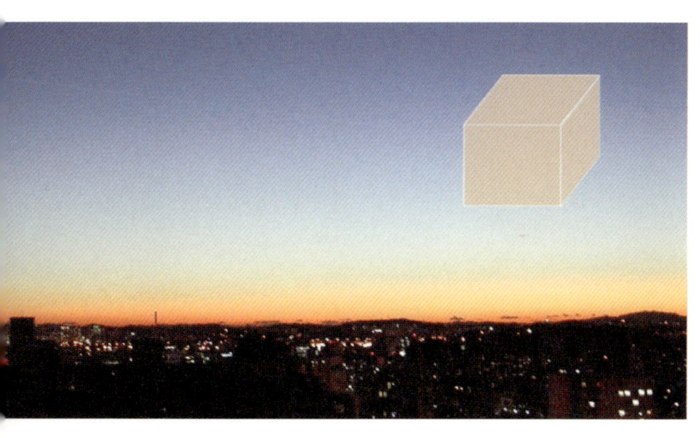

01_ 사람과 사람의 유토피아 공간,
　　이현수 · 오승미

02_ 도시의 유토피아 공간
　　이현수 · 오승미, 연세대학교

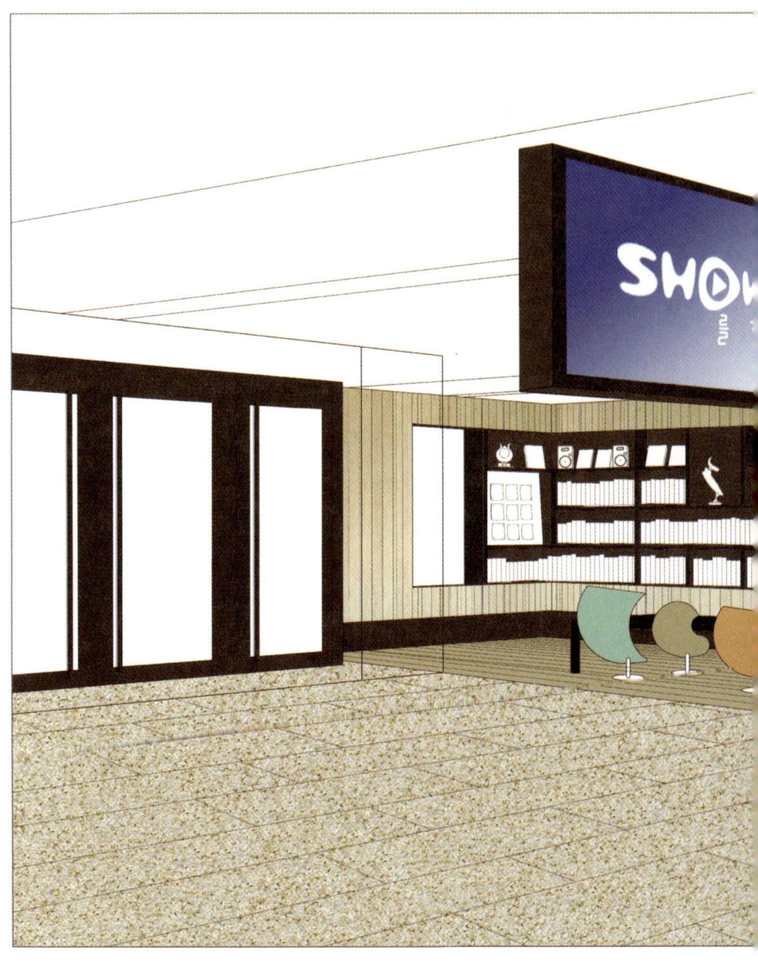

:: 생활과학대학 로비 계획안, 이현수 · 정다운, 연세대학교

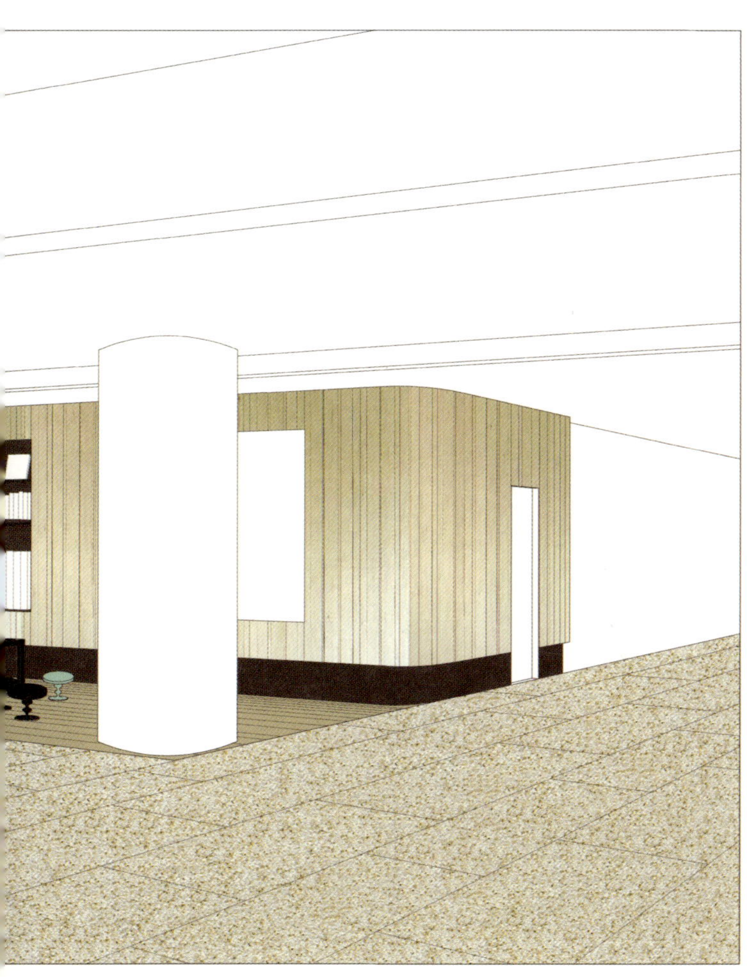

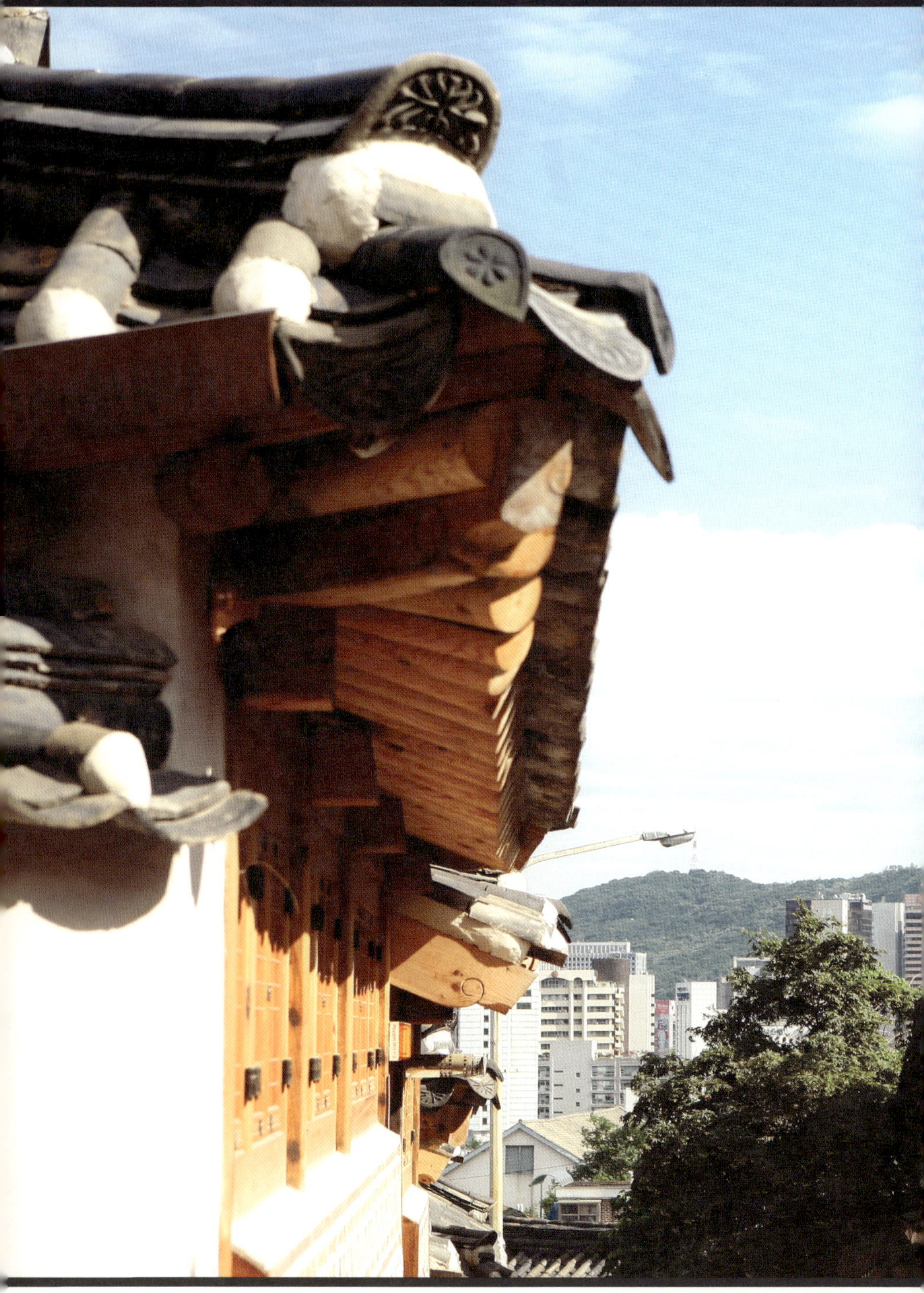

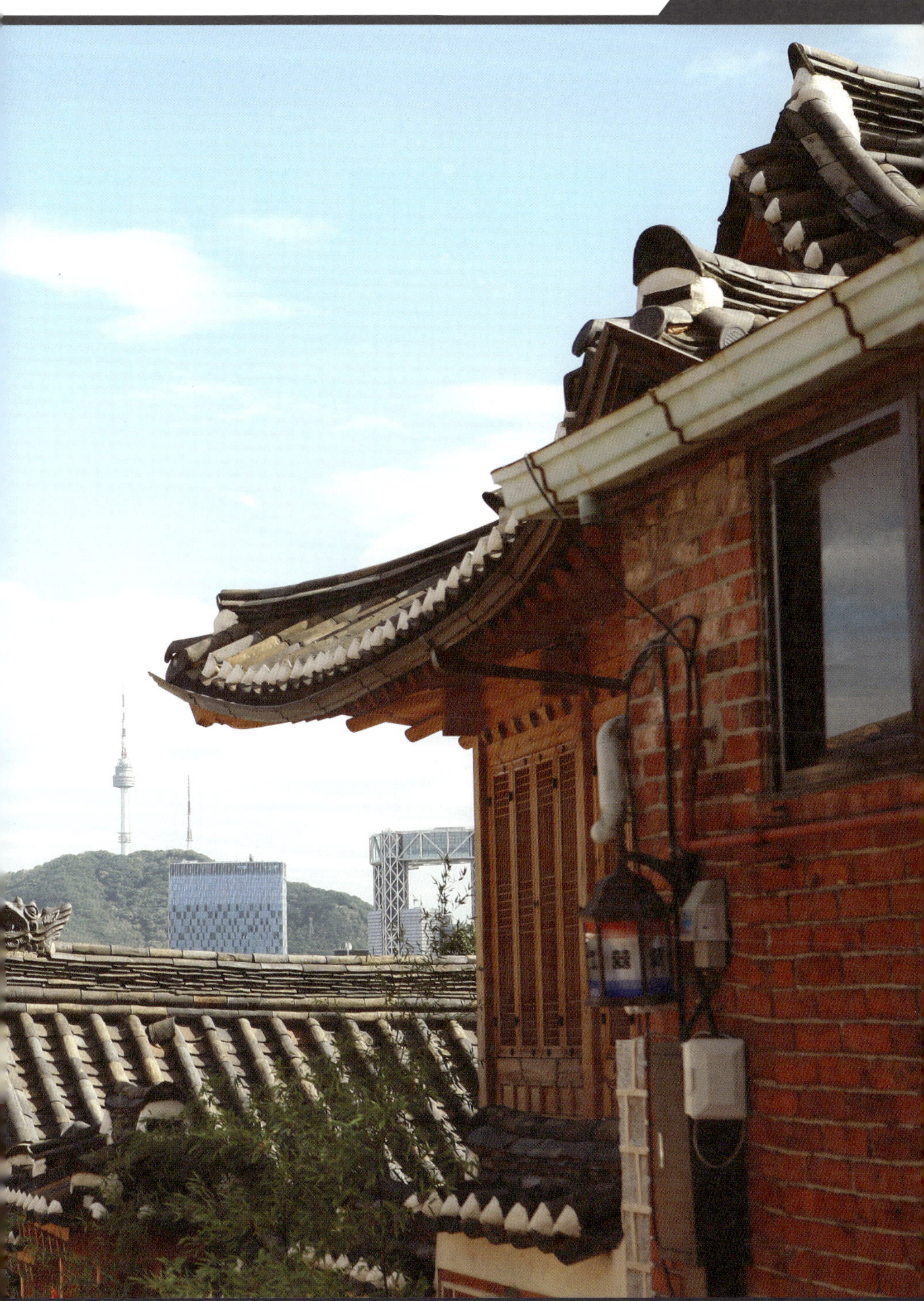

청계천과 종로의 위쪽에 위치했다 하여 북촌北村이라 부르게 된 마을. 서울의 대표적인 전통거리인 인사동과 비교하여 북촌은 주변의 국무총리 공간이나 감사원, 청와대가 있어 고급스럽다. 또 유럽의 분위기가 느껴져 이색적인 분위기가 있다. 인사동에 전통술집과 찻집이 주를 이룬다면 북촌에는 와인과 재즈, 그리고 덩달아 전통다도를 즐길 수 있는 집이 많다. 북촌은 전통과 서구문화가 융합된 마을이다.

북촌의 거리를 걷다 보면 골목골목 자리 잡은 크고 작은 아기자기한 상점들을 만난다. 북촌에는 걷고 싶은 골목이 있고, 한옥을 체험할 수 있는 곳이 있다. 또 옛것을 모아 놓은 박물관이 있다. 북촌에는 분위기 좋은 레스토랑이 많다. 그래서 북촌은 여유롭게 한나절을 보내기에 제격인 장소이다. 이런 분위기를 즐기기 위해 북촌을 찾는 사람이 늘고 있다고 한다. 북촌에는 많은 사람들이 걷는 복잡한 길도 있지만, 걷는 사람이 별로 없는 호젓한 길도 있다. 가회동 언덕으로 가는 길은 언제나 호젓해서 좋다.

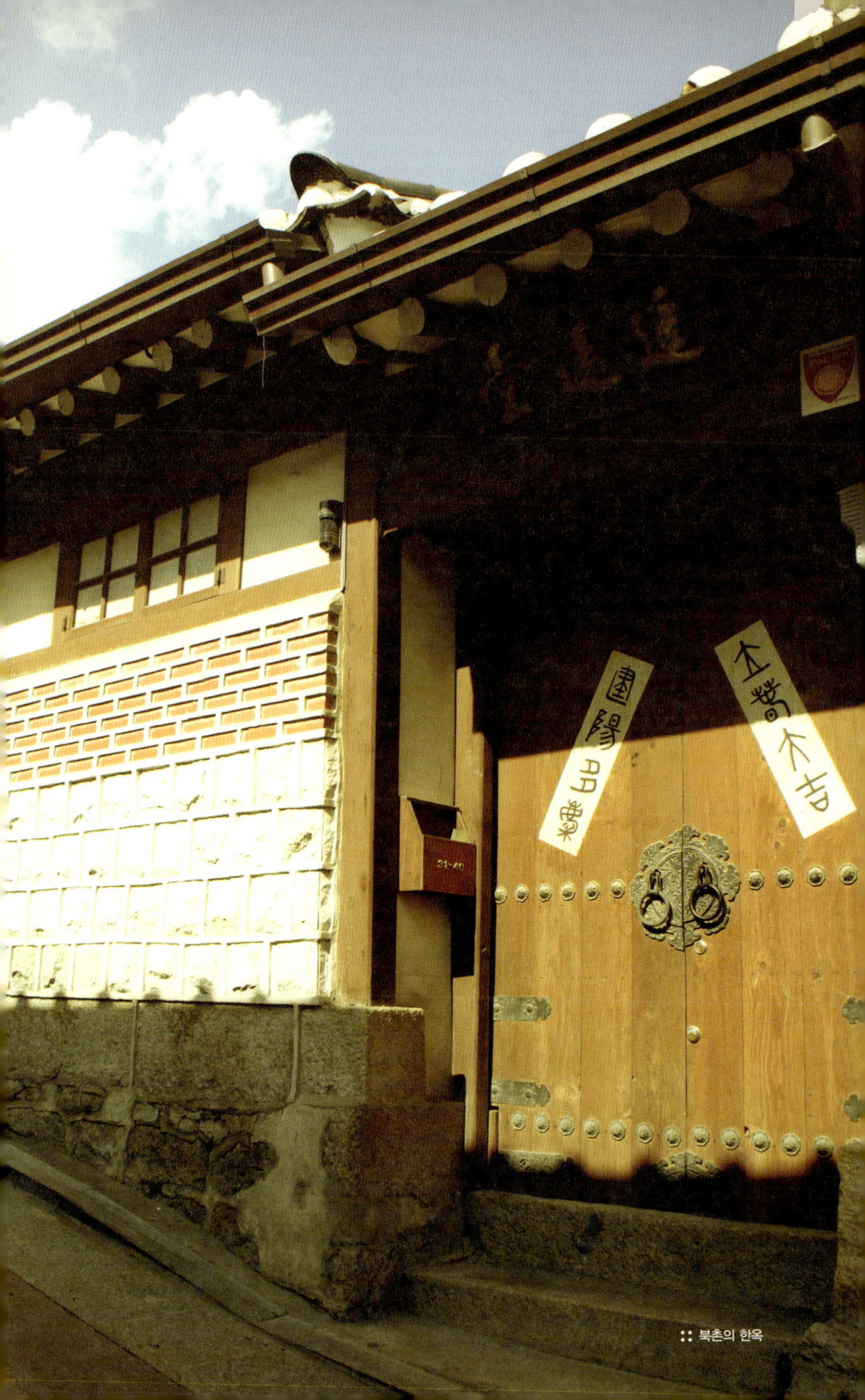

立春大吉
陽園建

가회동 언덕

가회동 31번지 골목길을 따라 도란도란 얘기를 나누고 걷다 보면 한옥 지붕들을 한눈에 내려다 볼 수 있는 언덕과 조우하게 된다. 꼬마아이의 색동옷 소매 끝자락처럼 경쾌한 유선형으로 굽이치는 한옥의 지붕 너머 멀리 보이는 종로의 빌딩 숲은 한옥과 서로 대조를 이룬다. 가회동 31번지 골목길의 남다른 매력은 언덕길에서 비롯된다. 사람들의 보는 눈은 비슷한 모양이다. 그래서 언덕길을 누구나 좋아하는 모양이다. 그런 연신 카메라를 눌러대며 북촌을 담는 사람들을 보면 알 수 있다.

사람들은 높이 올라가길 좋아한다. 회사원은 승진의 꿈을 꾼다. 야망이 넘치는 등반가는 언제나 더 높은 곳으로 오르고 싶어한다. 그뿐인가? 드라마나 영화 속 주인공들이 높은 곳에서 프로포즈하는 장면을 자주 목격하게 된다. 높은 곳에서 내려다 보는 경험은 일종의 희열감이자 긴장감이다.

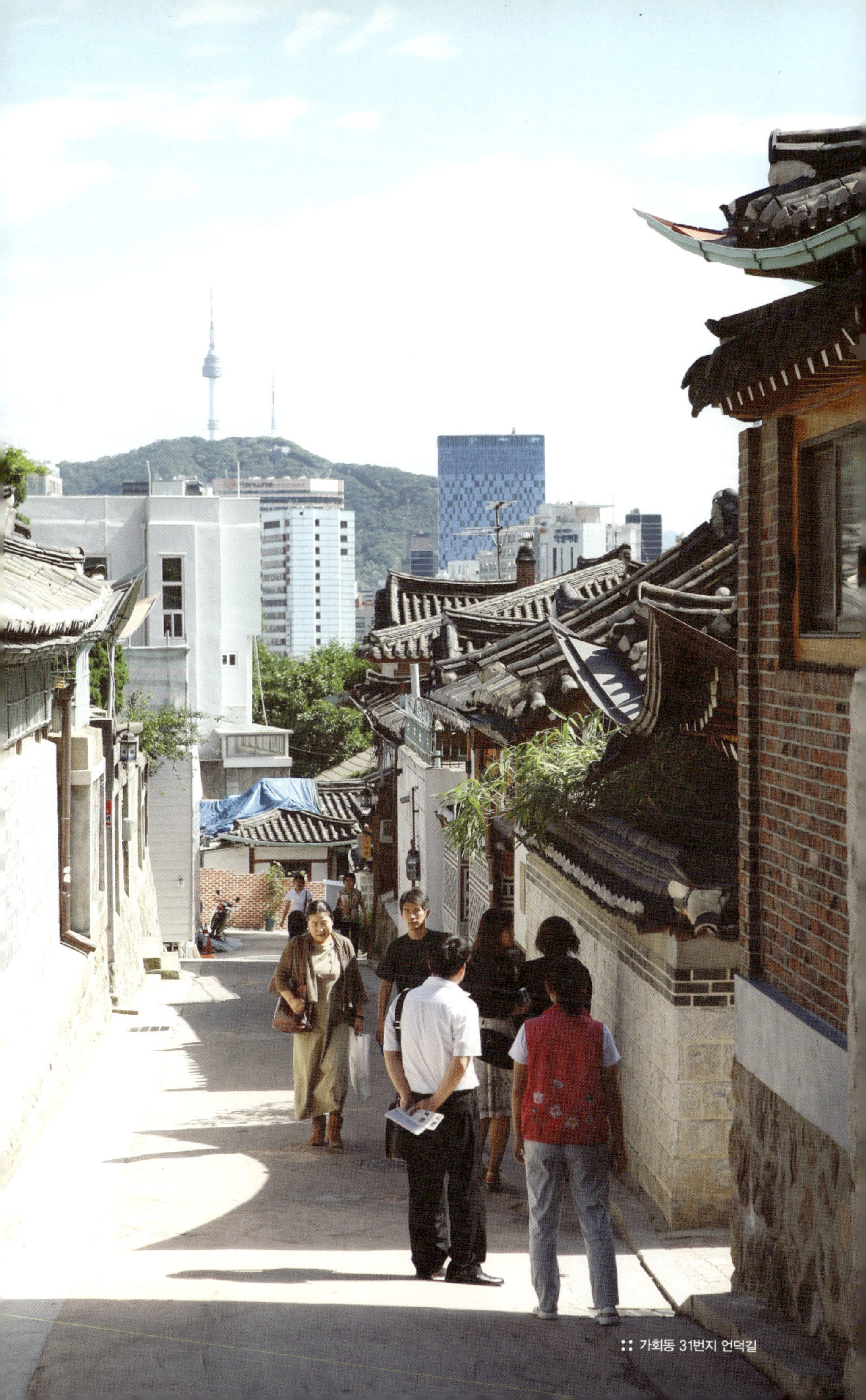

:: 가회동 31번지 언덕길

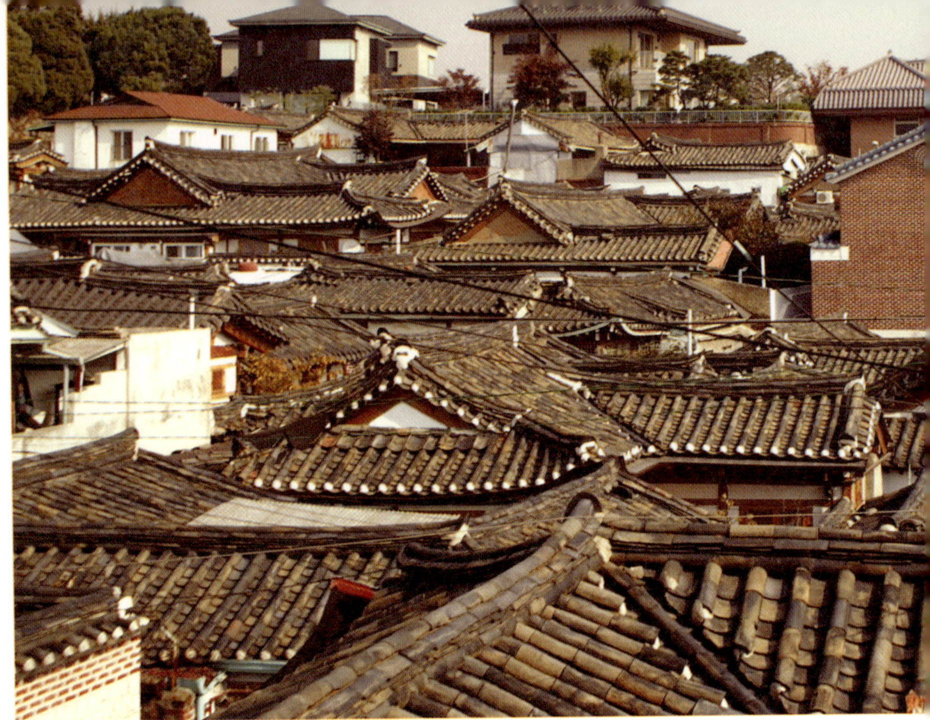

높은 곳에 올라 아래를 내려다 볼 때, 우리는 신분상승을 느낀다. 높은 곳은 우리들이 한눈에 많은 것을 보는 것을 허용한다.

서울타워의 회전식 N' Grill 레스토랑이나, 기이한 모양의 종로타워 탑 클라우드, 그리고 전망 좋은 63빌딩의 'Walking on the Cloud'. 이들 모두 서울의 전망 좋은 고급 레스토랑들이다. 이들 레스토랑에 앉아 보는 서울은 일상에서 보는 서울은 아니다. 탁 트인 시선은 우리들의 마음을 안정시키고, 짙은 밤 서울이 뿜어내는 현란한 조명은 우리를 흥분시킨다.

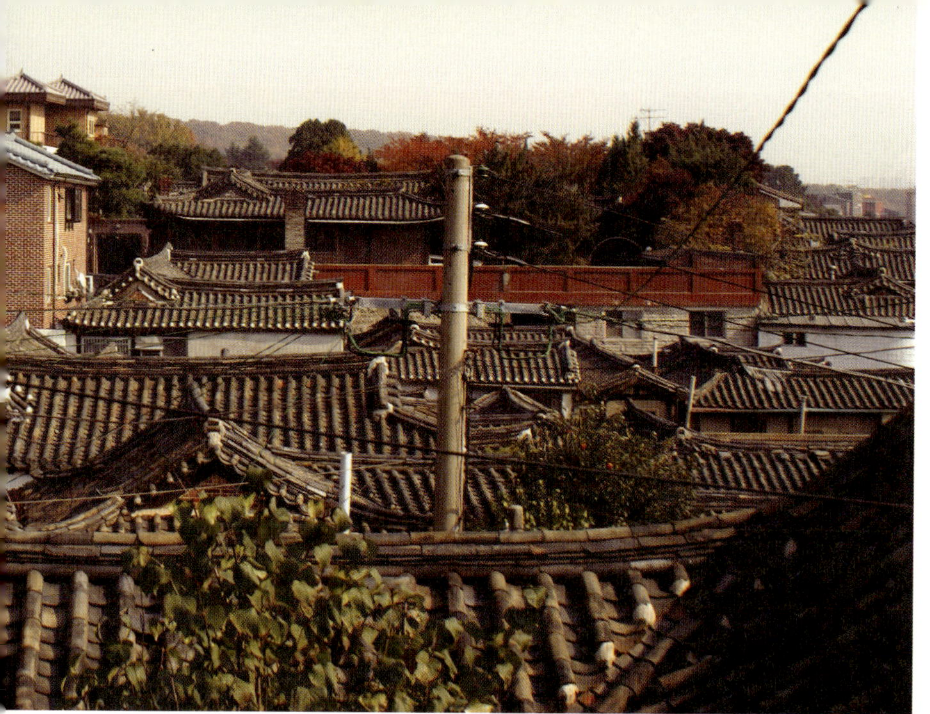

높은 곳에서는 약속시간에 늦은 듯 정신 없이 뛰어가는 사람, 버스 정류장 벤치에 앉아 시계를 연신 바라보며 두리번거리는 사람, 한가롭게 커피를 마시며 길을 지나치는 사람을 볼 수도 있다. 그러나 아래에 있는 사람은 위에서 보는 것을 모른다. 사람들은 다른 사람이 어떤 생각을 하고 어떤 행동을 하는지를 보고 싶어한다. 그러나 마음 놓고 다른 사람을 볼 수 있는 기회는 많지 않다. 언덕은 마음 편하게 다른 사람들을 내려다 볼 수 있는 매력을 가지고 있다. 언덕에서는 볼 수 있는 것이 많다. 본다는 것은 불확실성을 줄인다. 불확실성이 줄면 줄수록 사람들의 마음은 더욱 편안해진다.

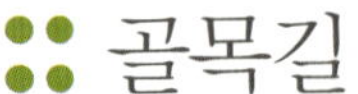 # 골목길

부통 ㄱ 지역의 랜ㄷ 마크는 유명한 건축가가 지은 건물이나 역사저인 조형
물로 인식되곤 한다. 하지만 이곳 북촌의 랜드마크는 건물도, 조형물도 아닌
골목길이다. 막힘과 열림의 연속. 경사와 꺾임의 반복 속에 골목길이 있다.
분명 이렇게 구불구불한 골목길은 쭉 뻗은 큰 길과는 다른 질박감을 갖는다.

골목길은 화려하지 않지만 소박하다. 골목길은 길 전체를 보여주지 않는다.
그래서 골목길에는 미스테리가 존재한다. 골목길은 추억을 기억한다.

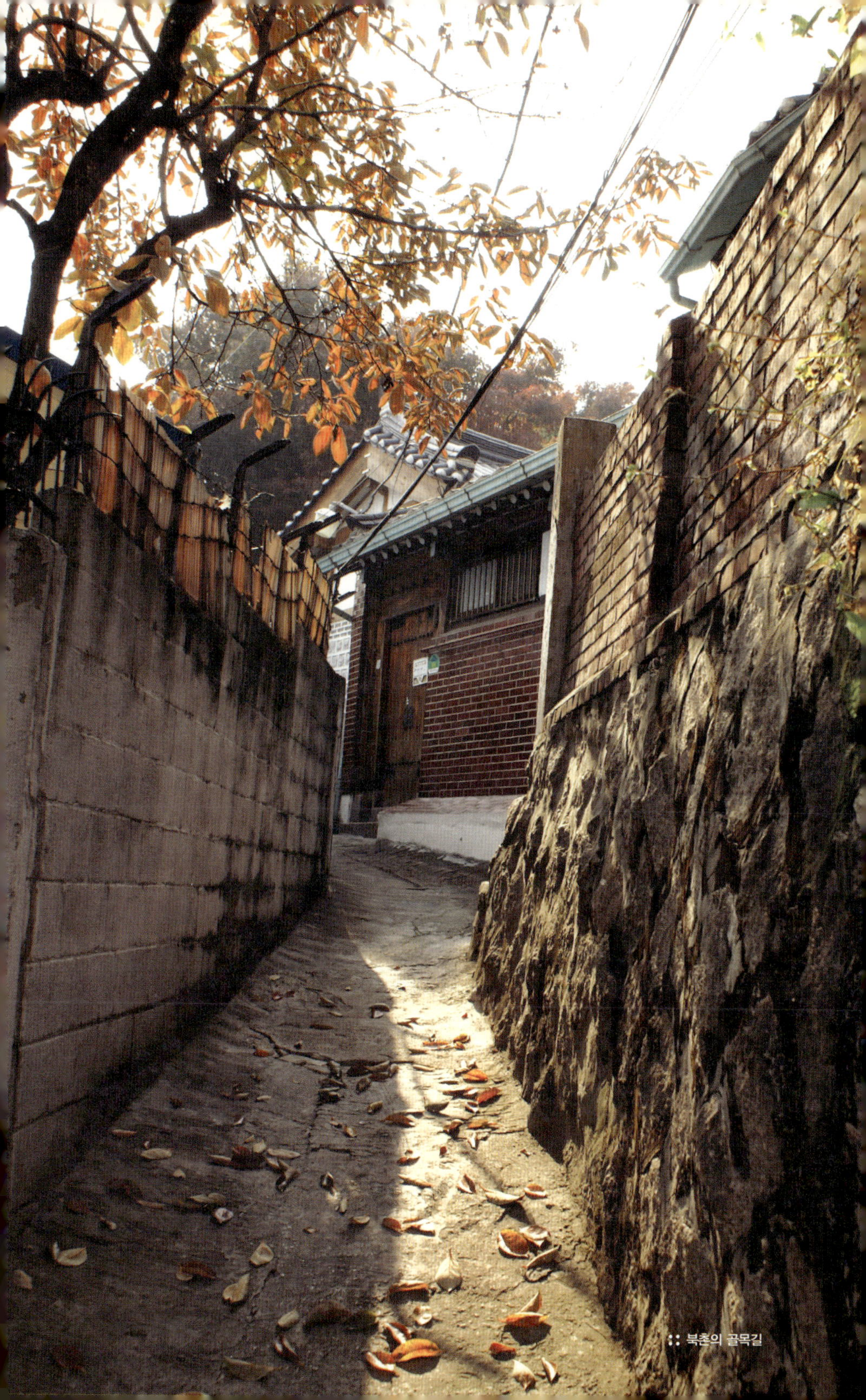

북촌의 골목길

골목길에 아이들이 있어야 활기가 있다. 하지만 이제 골목길에서는 아이들이 거의 없다. 친구들과 뛰어 노는 것보다 TV나 컴퓨터 게임을 즐기려는 아이들은 더 이상 골목길을 찾지 않는다. 아이들의 모습이 없는 텅 비어버린 골목길을 볼 때 귀중한 것을 잃은 상실감 때문에 마음이 무거워질 때도 있다.

골목길에는 설레임이 있다. 강남의 곧게 뻗은 직선적인 길에 시원함과 세련됨이 있다면 북촌의 구불구불한 골목길에서는 기대하지 못한 일들이 일어날 것 같아 설레임이 있다. 비록 골목길이 잘 정리된 번듯한 길은 아니더라도, 시야를 한꺼번에 확보할 수 없다는 점 때문에 설레임이 생긴다. 구불거리는 길을 걸으며 저 모퉁이 뒤에는 누가 있을까, 어떤 집이 나올까 등등 많은 상상을 할 수 있다.

말을 타고 거침없이 골목길을 달려오는 중세기사를 만날 듯한 프랑스 파리의 골목길은 신성神聖함의 정취가 느껴진다. 번화한 큰 대로변의 몇몇 현대식 건물을 뒤로 하고 골목길에 들어서면 몇 백 년 전에 지어졌을 법한 건물들이 빼곡하다. 건물과 함께 세월을 같이한 먼지 뽀얗게 쌓인 골목길 바닥의 자갈들, 사람들 손때가 반짝거리는 건물의 외벽에는 신성함이 묻어있다.

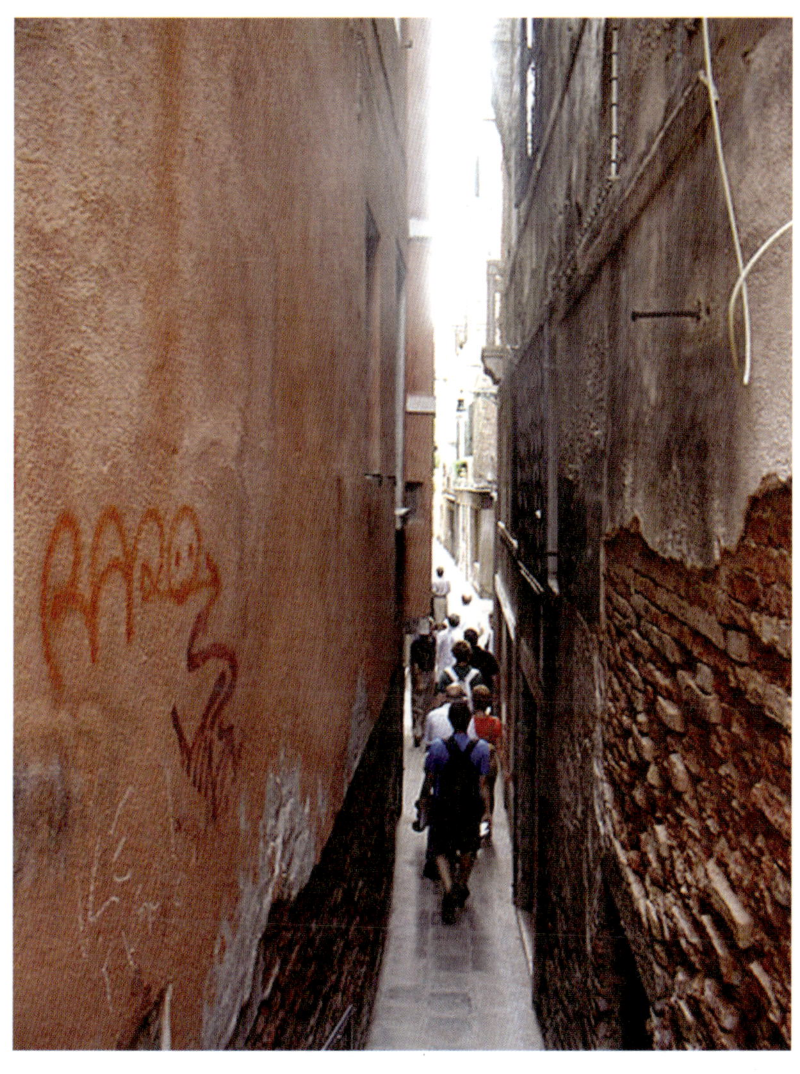

:: 베니스의 골목길

물의 도시 베니스의 골목길은 미로처럼 얽히고 설켜있어 잘못 들어가면 표지판 없이는 영영 나올 수 없을 정도로 복잡하다. 구불구불한 골목을 지나면 모퉁이가 나오고, 그 모퉁이를 지나면 또 다른 모퉁이가 있다. 그런 구불구불한 골목길을 따라 작고 예쁜 상점과 레스토랑이 즐비하다. 베니스인들은 그 골목과 함께 어우러져 살아간다.

이렇듯 골목길에선 그저 발길 닿는 대로, 바람 부는 대로 자연스럽게 걸으면 된다. '인생은 미로' 라는 대중가요의 가사처럼, 우리네 인생은 어떻게 될지 한치 앞도 예측할 수 없다. 그래서 인생에는 긴장이 있다. 때론 기쁘고 때론 슬픈 삶을 통해서 인간은 강해지고, 단단해지며, 세상을 정확하게 볼 수 있다. 직선의 길은 명백하다. 앞길을 훤히 다 알 수 있기에 인공적인 면이 강하다. 그래서 획일적이고 재미가 없다. 구획정리 되어 쭉쭉 뻗은 대로에는 인간적인 정취가 없다.

추억을 담는 타임캡슐처럼, 골목길에는 많은 이야기가 서려있다. 추억과 향수를 자극하는 골목길은 우리를 과거의 시간으로 초대한다. 골목길의 정겨움을 느껴보고 싶다면, 또 각박한 생활에서 벗어나고 싶다면, 골목길을 찾아보라.

은은한 소리를 내는 종이 오래되고 부숴져 소리를 내지 못하더라도 그 부서진 틈으로 들어오는 한 줄기 빛이 우리에게 더욱 큰 희망을 보여준다. 골목길도 부서진 종의 틈처럼 우리에게 희망을 준다.

가슴이 조여오는 답답함을 느낀다면 북촌 언덕에 올라 한옥을 내려다보며 삶의 향기를 느껴보라. 시원한 바람을 얼굴에 맞대며 그 동안 우리가 얼마나 세속적으로 살아왔는지, 또 얼마나 사는데만 급급했는지도 생각해보라. 골목길은 깨달음을 도와주는 공간이며, 홀로 길을 거닐다 희망을 발견할 수 있는 공간이기도 하다.

한옥들이 모여 만들어진 북촌의 골목길은 나를 돌아보게 하는 자극적 공간이다.

가회동 31번지

가회동 31번지로 가는 길. 자연스런 물길의 형태인 골목길은 어쩐지 한옥과 잘 어울린다. 부드러운 곡선, 눈앞에 펼쳐지는 아득한 광경, 익숙한 듯 하면서도 낯설다.

가회동 31번지는 북촌의 한옥밀집지역 중에서도 가장 보존상태가 좋은 곳으로 이미 수 차례 영화 및 드라마 속 배경으로도 등장했었다. 주변의 다른 골목길에 비해 넓고 곧은 골목길. 양 옆으로는 수많은 도시형 한옥들이 언덕을 따라 춤을 추듯 나란히 들어 서 있다. 가회동 31번지 골목길에는 커다란 사진기를 든 사람들을 만날 때가 많다.

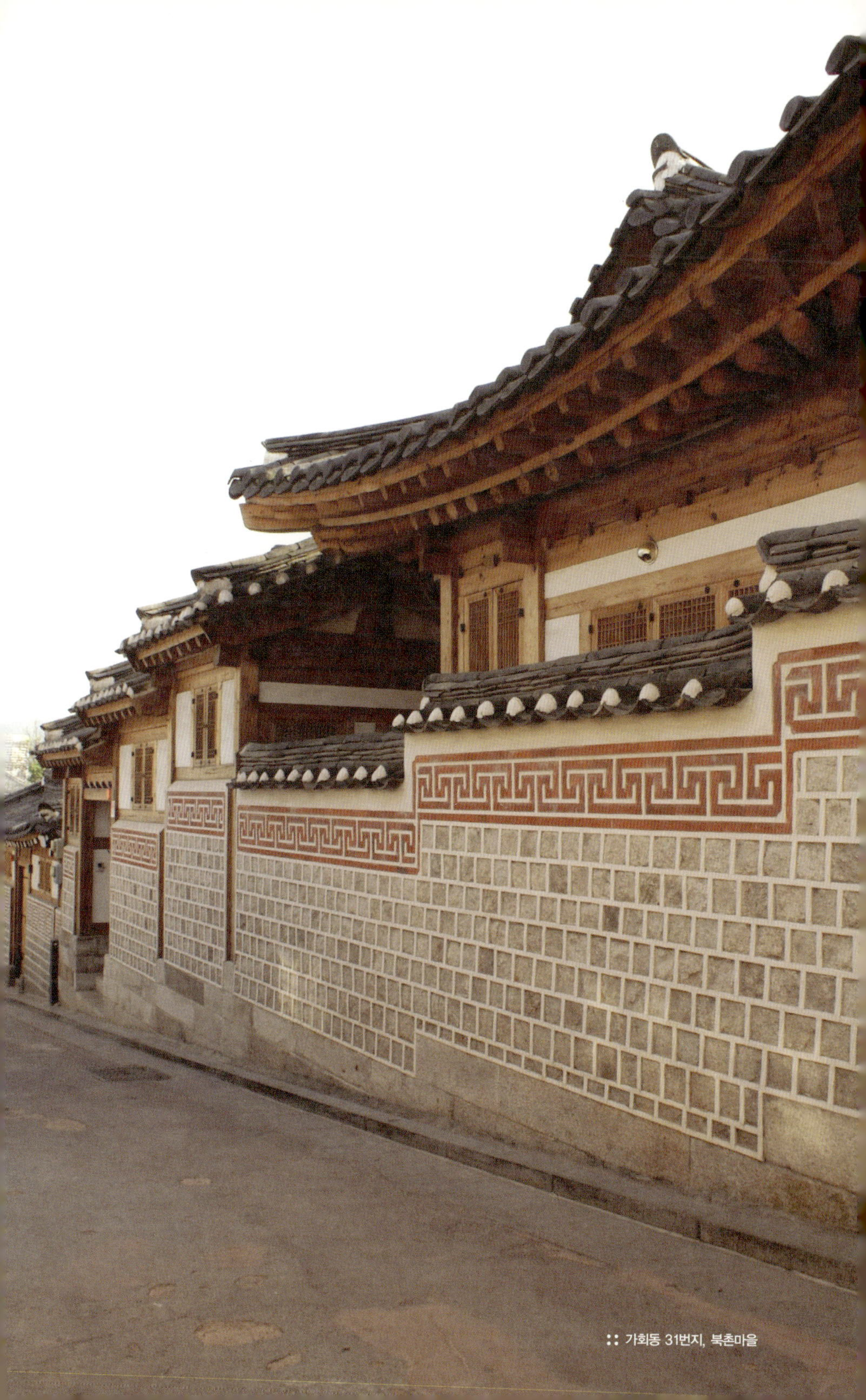

:: 가회동 31번지, 북촌마을

골목길로 들어서면 양 옆에 늘어선 한옥들의 담장이 눈을 압도한다. 가회동 31번지 골목길에는 크게 두 가지 유형의 한옥이 있다. 담장 안 외벽이 깊이감 있는 외관을 형성하는 한옥이 있는가 하면, 비좁은 한옥 내 실내공간을 넓히기 위해 담장을 없애고 한옥의 외벽 자체를 담으로 사용하는 한옥도 있다. 원래 전통적인 한옥 방식으로는 전자가 맞다. 그러나 현대생활을 하면서 비좁은 실내 공간 문제를 해결하기 위해서 확장은 필요하다.

가회동 31번지 골목길 언덕에는 오랫동안 앉아 쉴 수 있는 벤치도, 레스토랑도 없다. 골목길은 좁고 화려함도 없다. 하지만 그 어디보다도 조용하고 운치가 있다. 언덕 위의 기와지붕이 모여있는 모습은 북촌에서만 느낄 수 있는 즐거움이다.

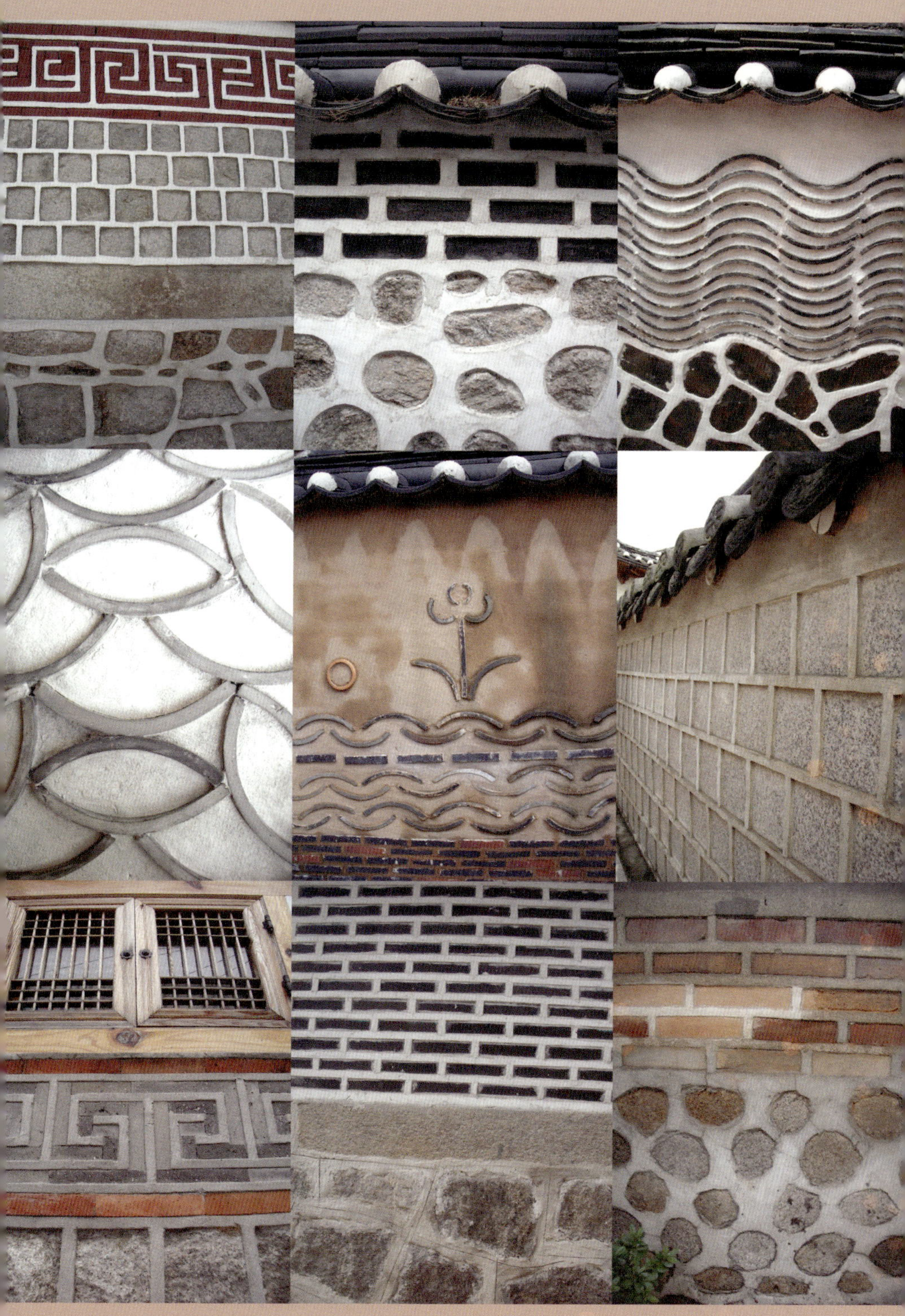

가회동의 담장

:: 한옥체험

북촌에는 전통보존지구라는 목적 아래 다양한 한옥들이 모여 어느 곳에서도 보기 드문 풍경이 있다. 그런 한옥은 북촌의 영원한 상징이자 북촌의 브랜드 아이덴티티이다. 그런 북촌에서 우리네 전통적인 삶을 직접 경험하는 한옥체험은 잊지 못할 추억을 만들어준다. 책 표지만 보고 그 내용을 모두 알 수 없는 것처럼, 한옥의 겉만 보고 그 안을 체험하지 않는다는 것은 알맹이를 보지 못한다는 것을 의미한다.

북촌 한옥마을의 개방형 한옥은 전시관이나 작은 박물관 또는 전통공방과 같이 일반인들에게 개방을 한다. 반면 비 개방형 한옥은 일반적으로 북촌에 거주하는 주민들의 개인 주택으로 사적인 공간이어서 접근이 불가능하다.

북촌 게스트 하우스는 한옥을 개량해 일반인들에게 오픈한 숙소로써 우리 나라 한옥문화를 체험하려는 외국인들에게 인기 높다. 하지만 그 수가 한정되어 있어서 여행객이 많이 몰리는 시기에 방을 잡기는 어렵다. 게스트 하우스를 내국인도 이용할 수 있다. 하루쯤 서양식 아파트나 주택을 벗어나 서울 한복판에서 우리나라 전통 가옥인 한옥을 체험해 보는 것도 좋을 것이다.

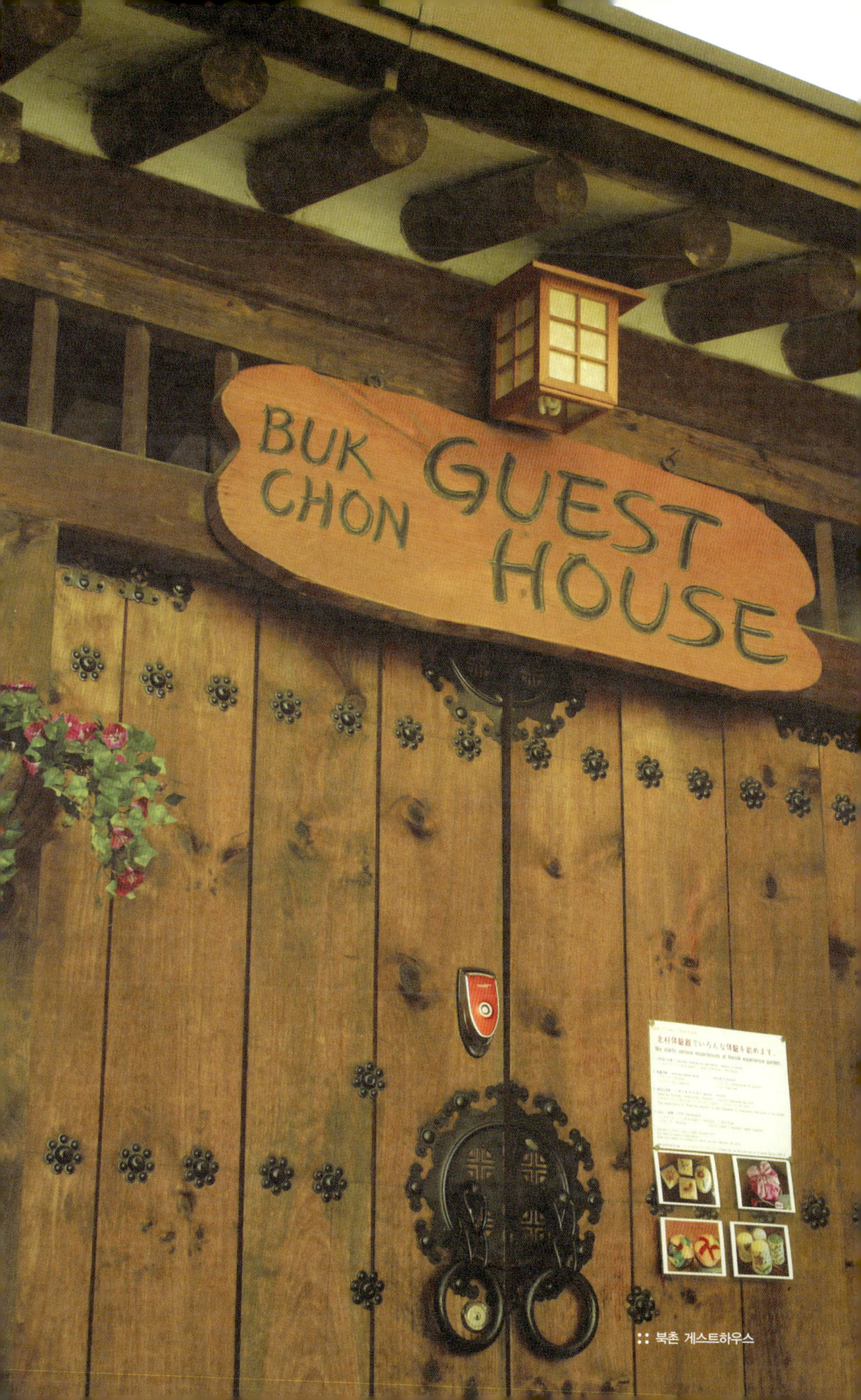

:: 북촌 게스트하우스

:: 가회 박물관

가회동 11번지 골목길을 계속 밑으로 걸어 내려가다 보면 조용한 골목길에 은은하게 퍼지는 종소리가 들리는 가회 박물관이 있다. 그 소리가 흘러 나오는 대문에는 그림 전시 포스터들이 붙어있다. 좀 더 고개를 내밀어보면 우스꽝스럽지만 낯설지 않은 그림들이 눈에 들어온다. 가회동 박물관에는 주인장인 윤열수 관장이 그 동안 모아온 1500여 점의 민화와 부적을 전시하고 있다.

가회박물관은 전통한옥을 전시공간으로 재탄생시켰다는 의미를 갖는다. 예전에 주거공간으로 사용하면서 없앴던 마당을 되살렸고, 대신 'ㄱ'자의 한옥 내 방을 구분하던 내벽들을 전시를 위해 모두 없앴다. 방과 방 사이 문턱도 제거하여 'ㄱ'자의 긴 복도를 만들었다. 사실 박물관이라고 말할 수 없을 정도로, 그 규모가 놀랄 만큼 작다. 마음 급한 사람이라면 5분이면 관람을 끝낼 수 있는 크기의 박물관이다. 하지만 민화와, 부적, 그와 관련한 재미있는 설명, 따뜻한 차 그리고 다양한 민속 체험은 우리를 잠시나마 즐겁게 한다. 민화와 부적에 깃든 사람들의 기원과 소망이 이곳에는 가득하다. 싱글벙글 호랑이 그림을 양 옆에 끼고, 소원을 이루어줄 부적 스탬프까지 챙긴 다음 이곳 문을 나서보자. 왠지 모를 든든함으로 가벼운 발걸음을 내딛을 수 있을 것이다.

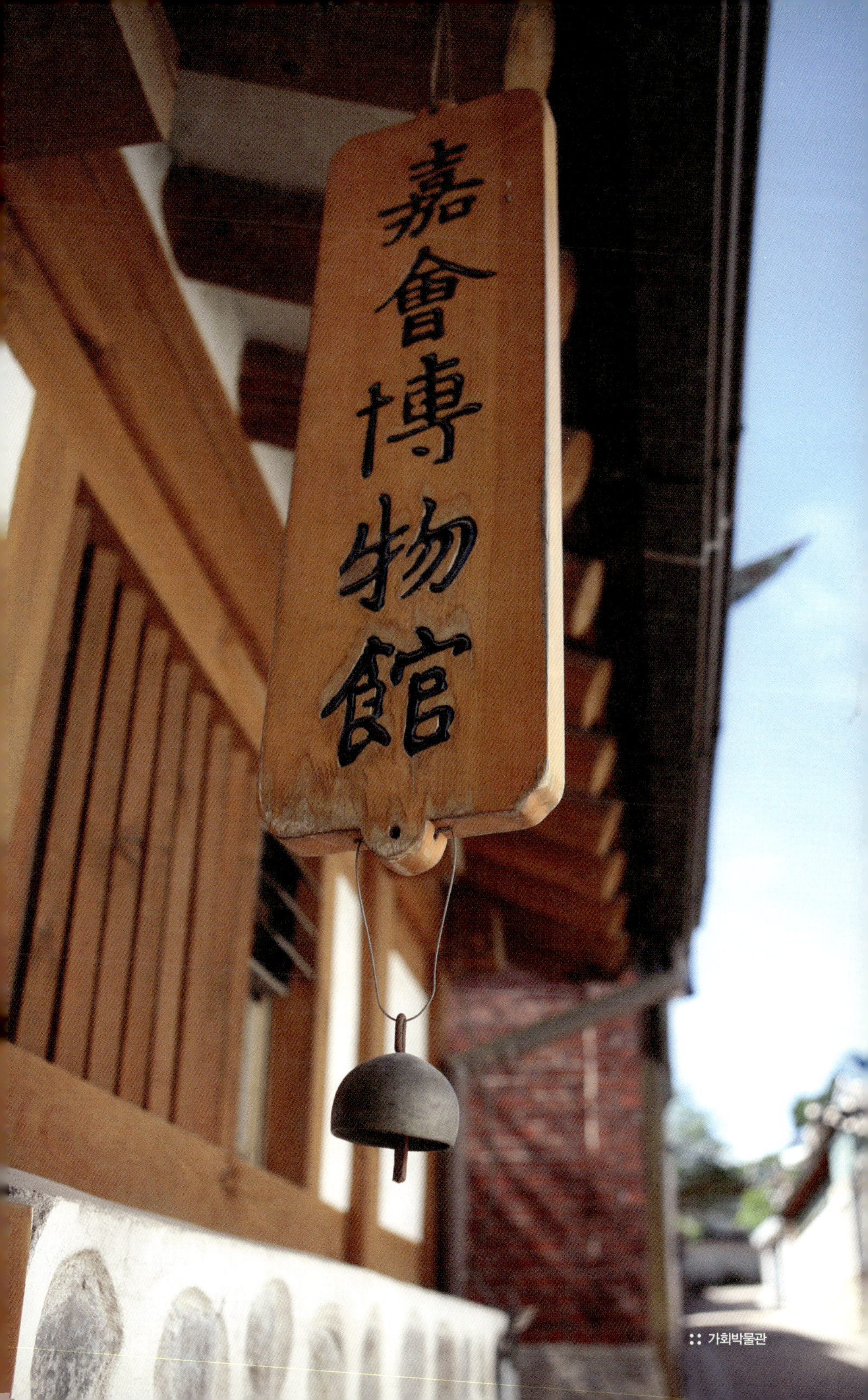

嘉
會
博
物
館

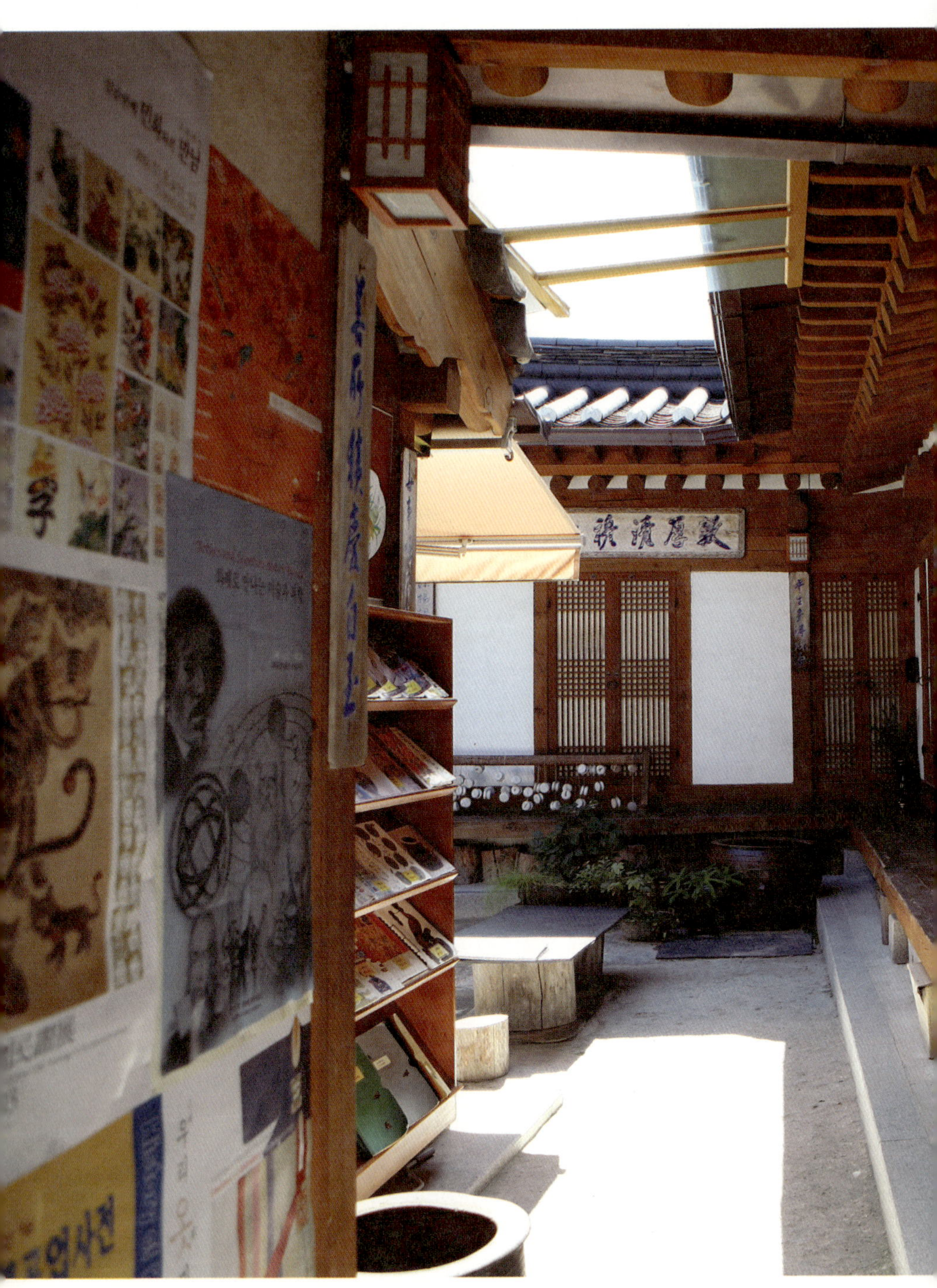

:: 가회박물관의 민화 포스터들

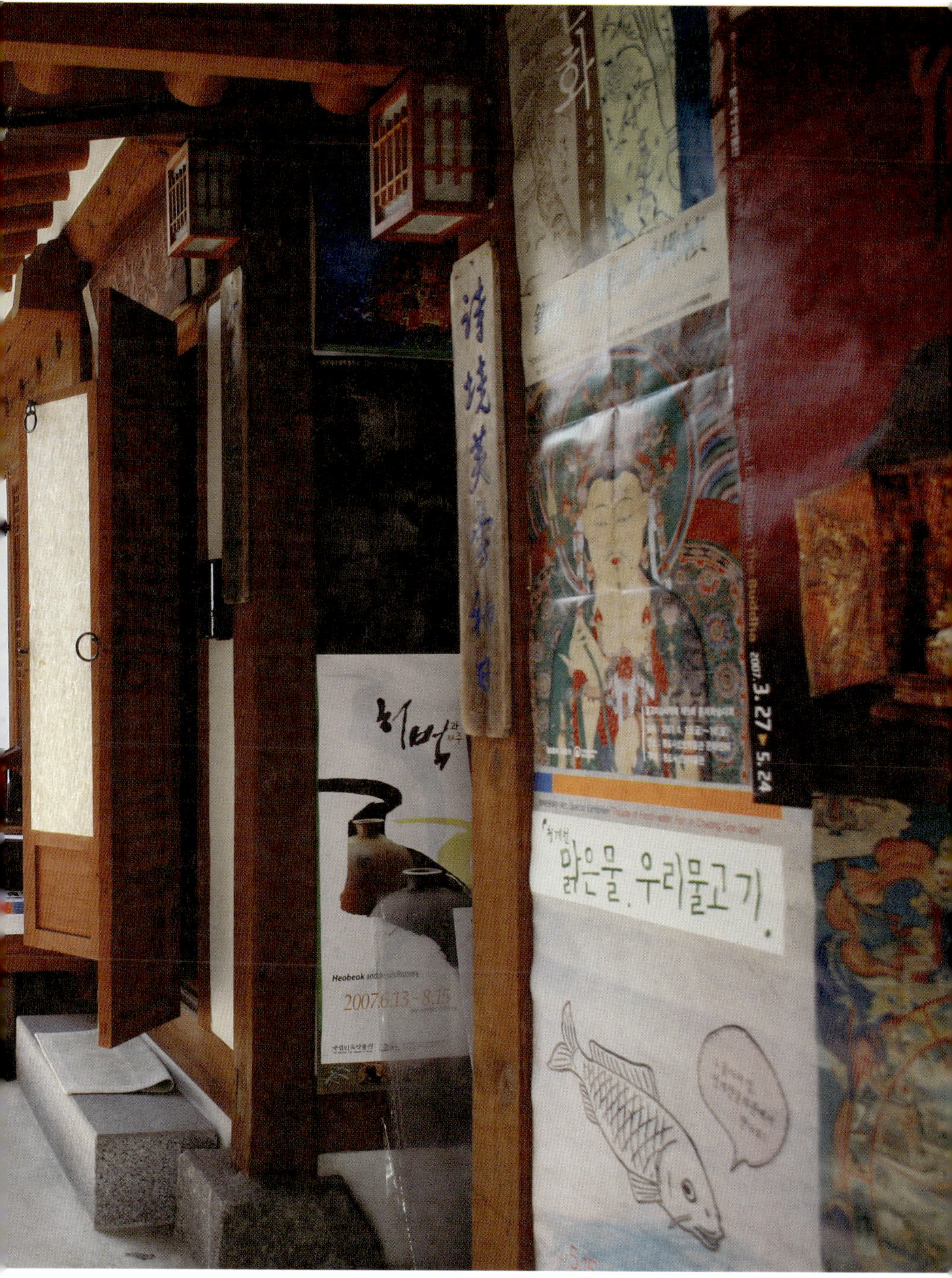
2007.3.27 ～ 5.24
Heobeok and Jeju's Potters
2007.6.13 ～ 8.15
맑은물. 우리물고기

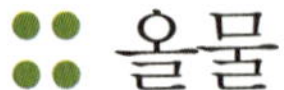 올물

한국 전통 다도를 체험할 수 있는 곳이 '올물'이다. 사실 북촌에서 '올물'을 찾기란 상당히 어렵다. 일단 가회박물관에서 나와 골목을 따라 내려가면 양 옆으로 소나무가 길게 늘어선 가회로를 만난다. 이때 가회로 건너 돈미약국 옆 골목길로 들어간 후, 가빠른 언덕을 지나 골목 한 귀퉁이에 이르게 되면 작은 표지판만이 있는 '올물'을 찾을 수 있다.

'올물'에는 22년동안 전통다도를 공부한 전통차문화 연구원, 김현숙씨가 있다. 이 곳은 전통다도 체험을 통해 사라져가는 한국의 전통 다도를 살리기 위해 5년 전 한국의 전통 방식을 살린 개보수를 통해 마련한 작은 한옥 공간이다. 유리 창문보다 창호지가 훨씬 따뜻하다는 김현숙씨의 말이 아직도 머리에 생생하다.

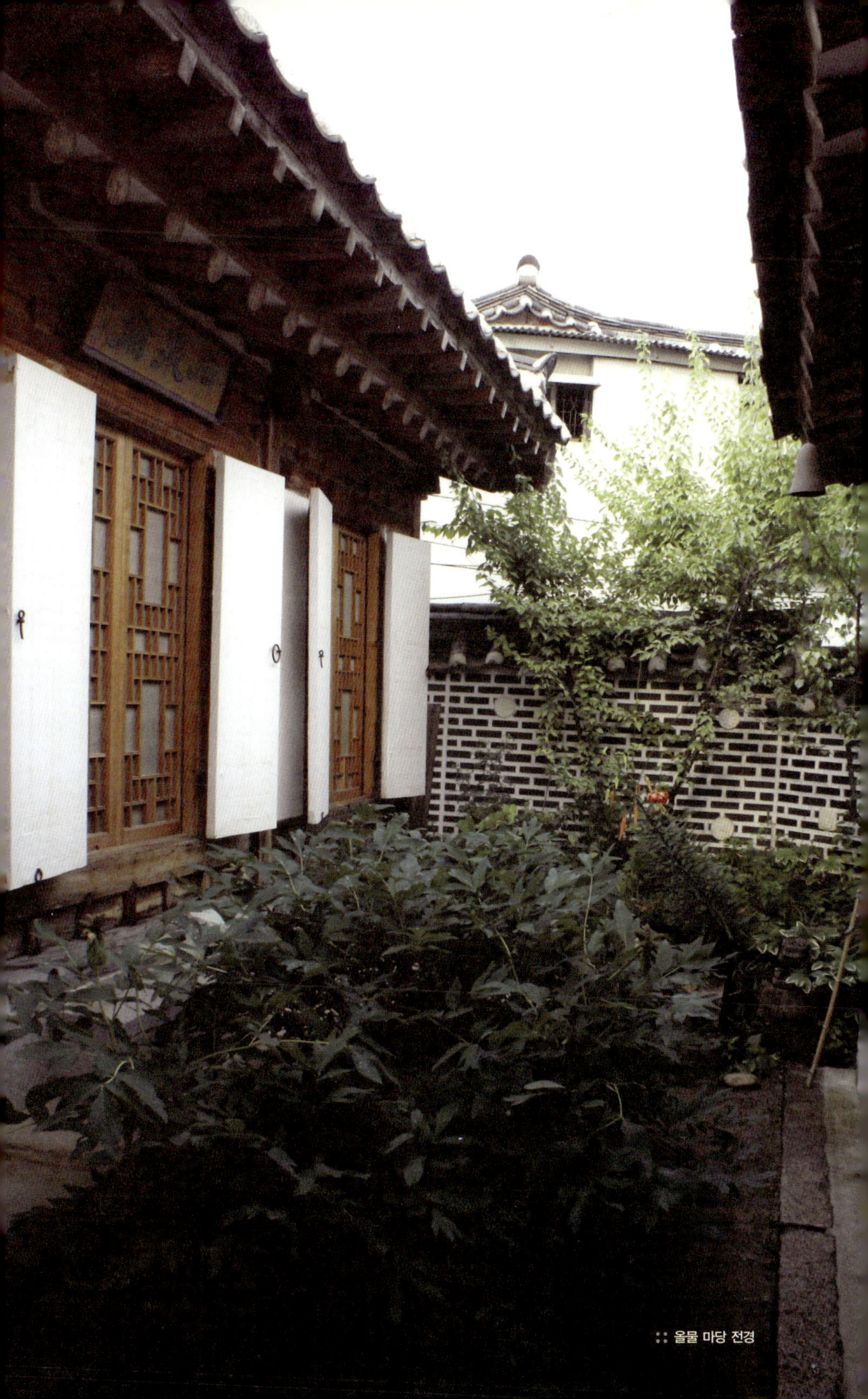

:: 올물 마당 전경

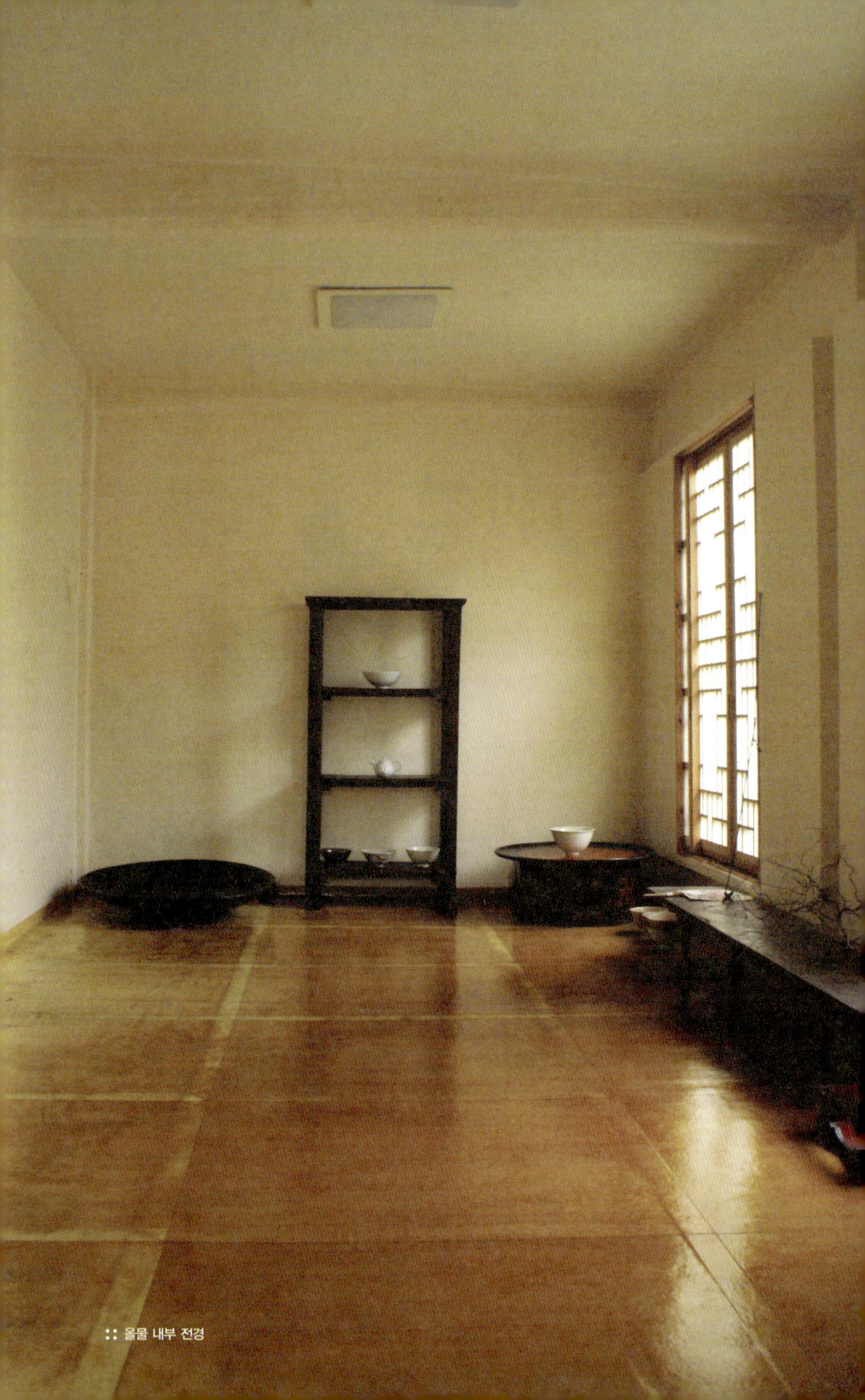

:: 올물 내부 전경

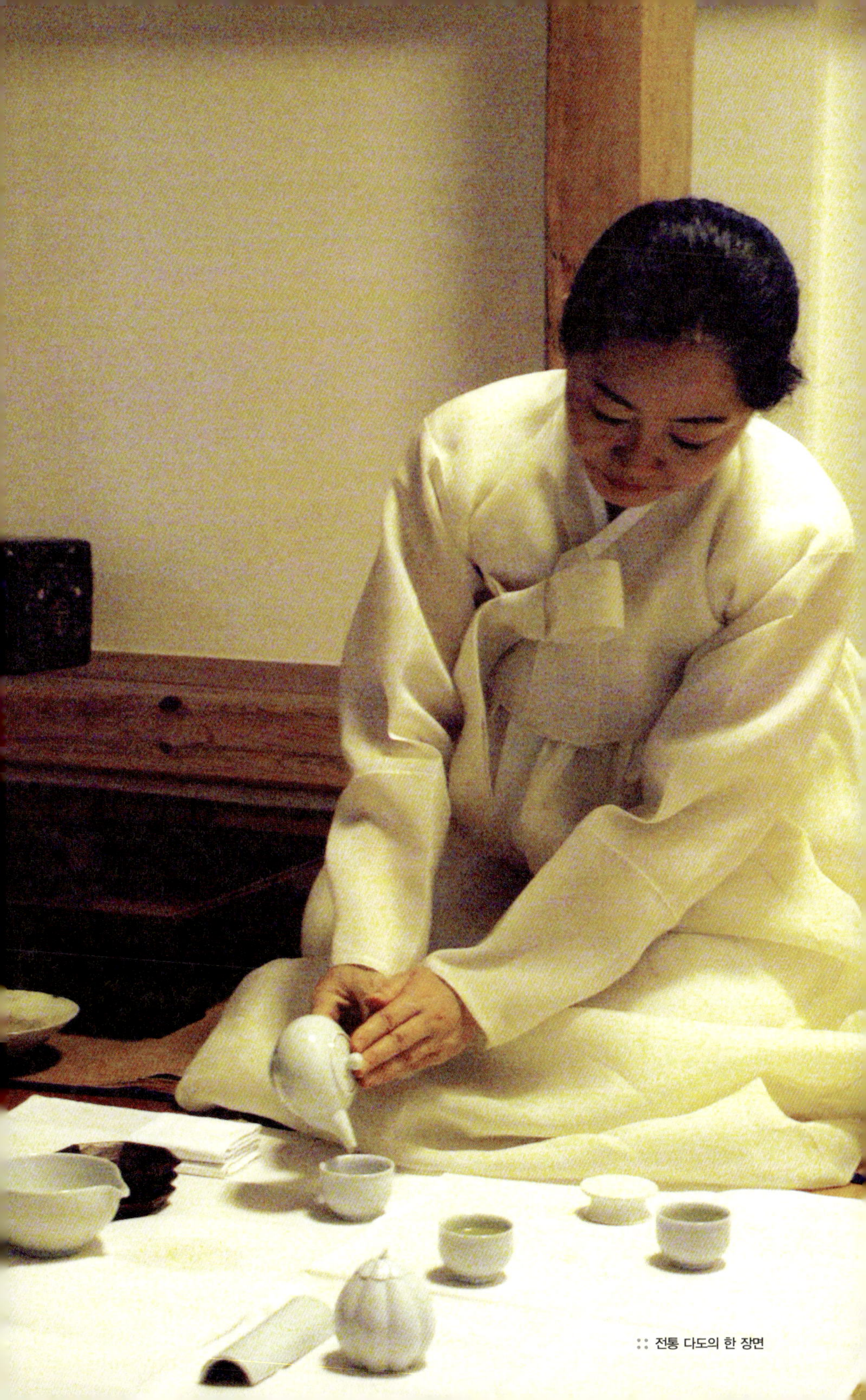

:: 전통 다도의 한 장면

윤보선가

'안국동 윤보선가' 는 민가에서 지을 수 있는 최대 규모인 99칸으로 지어진 전통 한옥이다. 다른 지역의 한옥을 원형 보존하기 위해 이전해 온 다른 한옥과는 달리 윤보선가는 140년 동안 한자리를 지켜왔다. 하지만 전통 그대로의 한옥의 모습을 간직하고 있는 것은 아니고 시대의 흐름에 맞게 개보수해 전통과 현대의 모습을 모두 갖고 있다.

윤보선가는 규모도 규모지만 대통령이 살았다는 저택이라는 점에서 기본적으로 사람들의 관심과 호기심을 불러 일으킨다. 그래서 각종 행사를 위한 멋진 장소의 역할을 하기도 하다. 국제학술행사의 만찬장이 되기도 하고, 특별한 결혼식장이 되기도 한다.

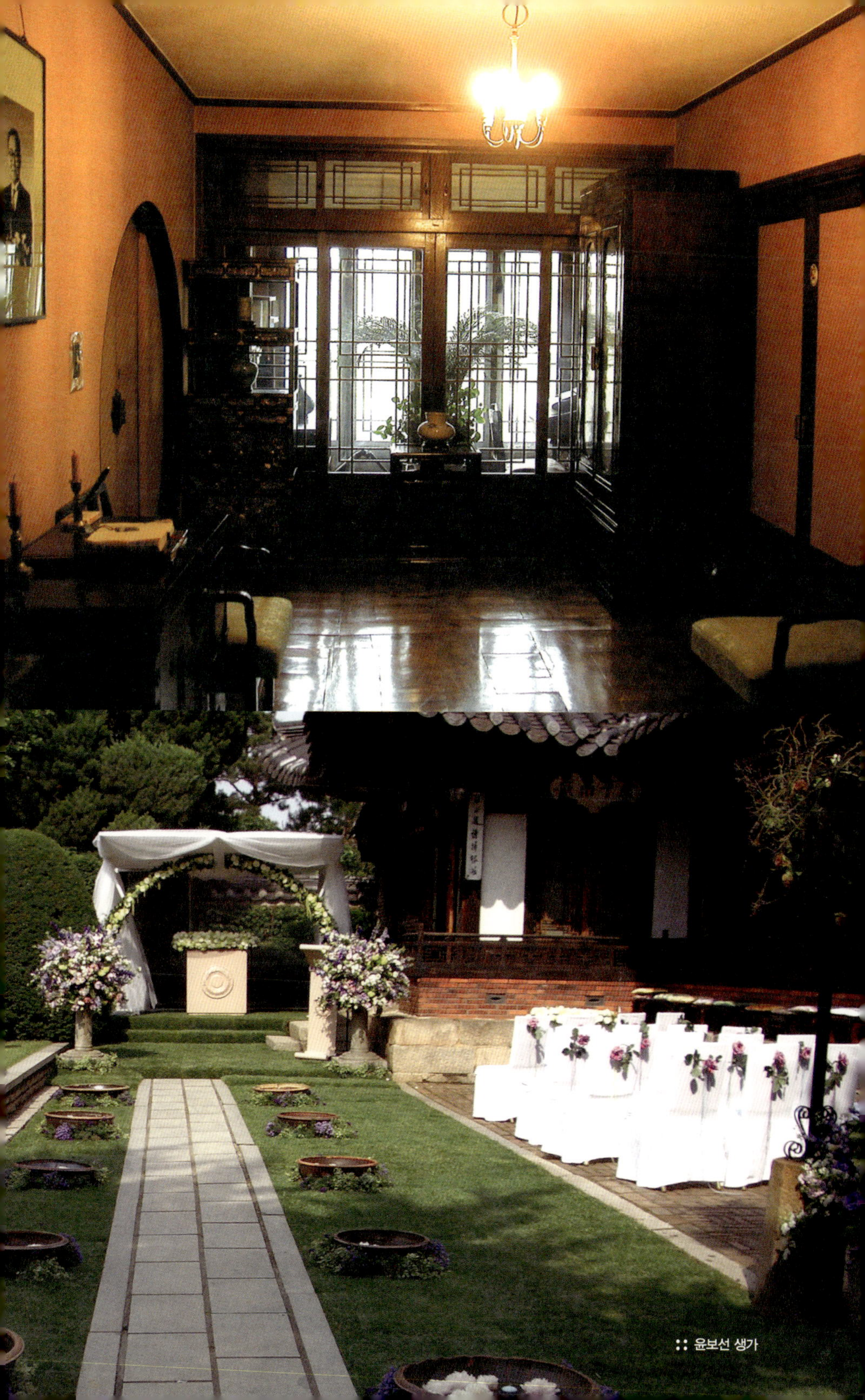

:: 윤보선 생가

북촌의 레스토랑

가회동 31번지 가장 높은 언덕에서 조금만 내려오면 삼청동이다. 삼청동, 안국동, 가회동, 계동 등 모두를 합쳐 북촌으로 부른다. 삼청동에는 다른 동네에서 맛 볼 수 없는 사뭇 다른 분위기가 있다. 고급스런 와인 바와 레스토랑들과 여기저기 멋스런 음식점들이 가득하다. 삼청동 길에는 세 가지가 없다. 그선 바로 편의점, 프랜차이즈 가맹점 그리고 네온사인이다.

삼청동에는 저마다의 특색을 가지고, 맛있는 음식을 다양하게 제공하는 곳이 많다. 우선 개량 한옥의 아름다움을 느낄 수 있는 곳으로 삼청동길 초입에 위치한 '두가헌'이 있다. '매우 아름다운 집'이라는 뜻을 가진 '두가헌'은 갤러리 현대 뒷마당에 자리한 작고 아담한 갤러리이다. 1910년대의 전통적인 한옥건물에서 서양의 대표적 문화인 와인을 맛보는 이색 경험을 할 수 있는 곳이다.

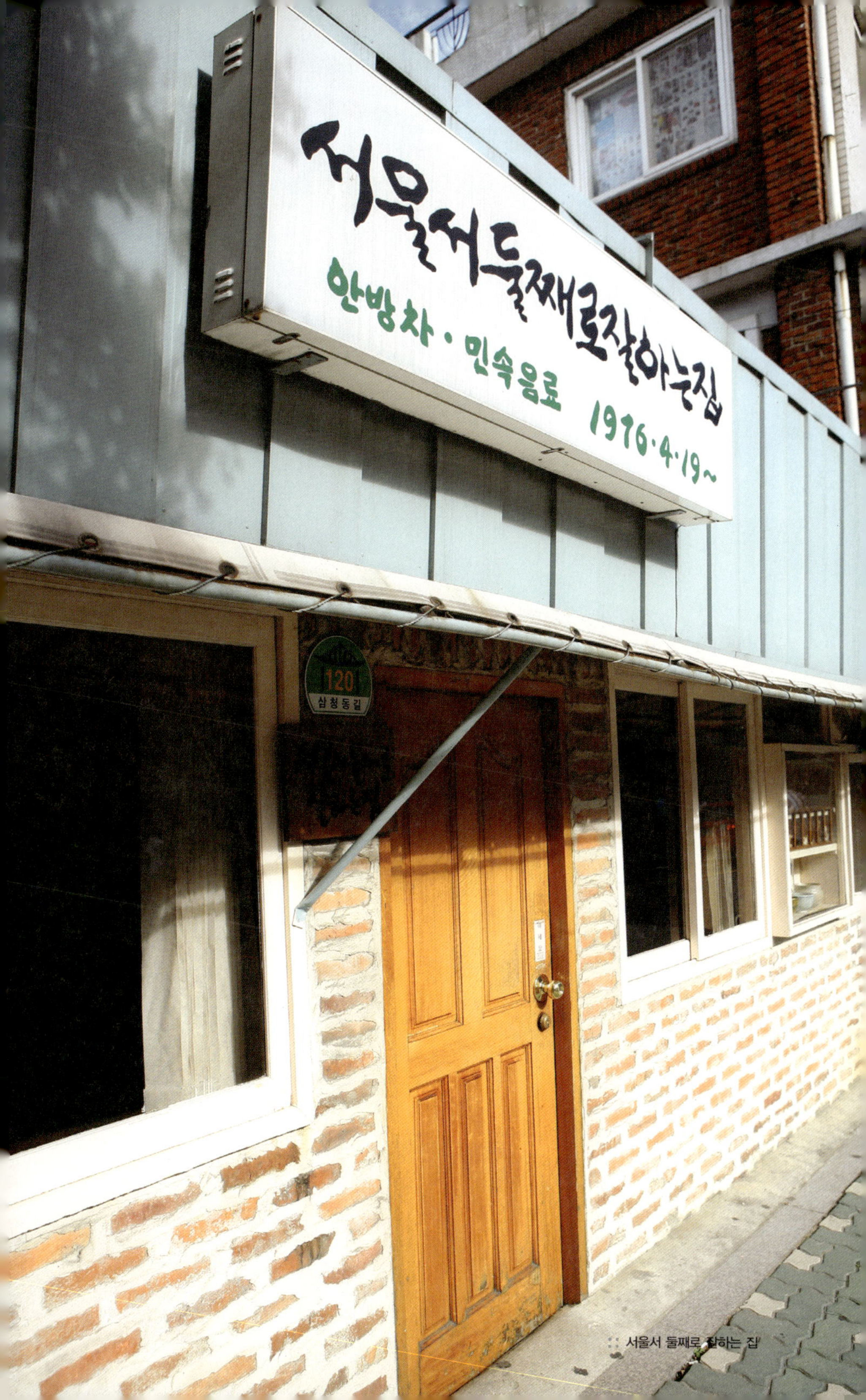

:: 서울서 둘째로 잘하는 집

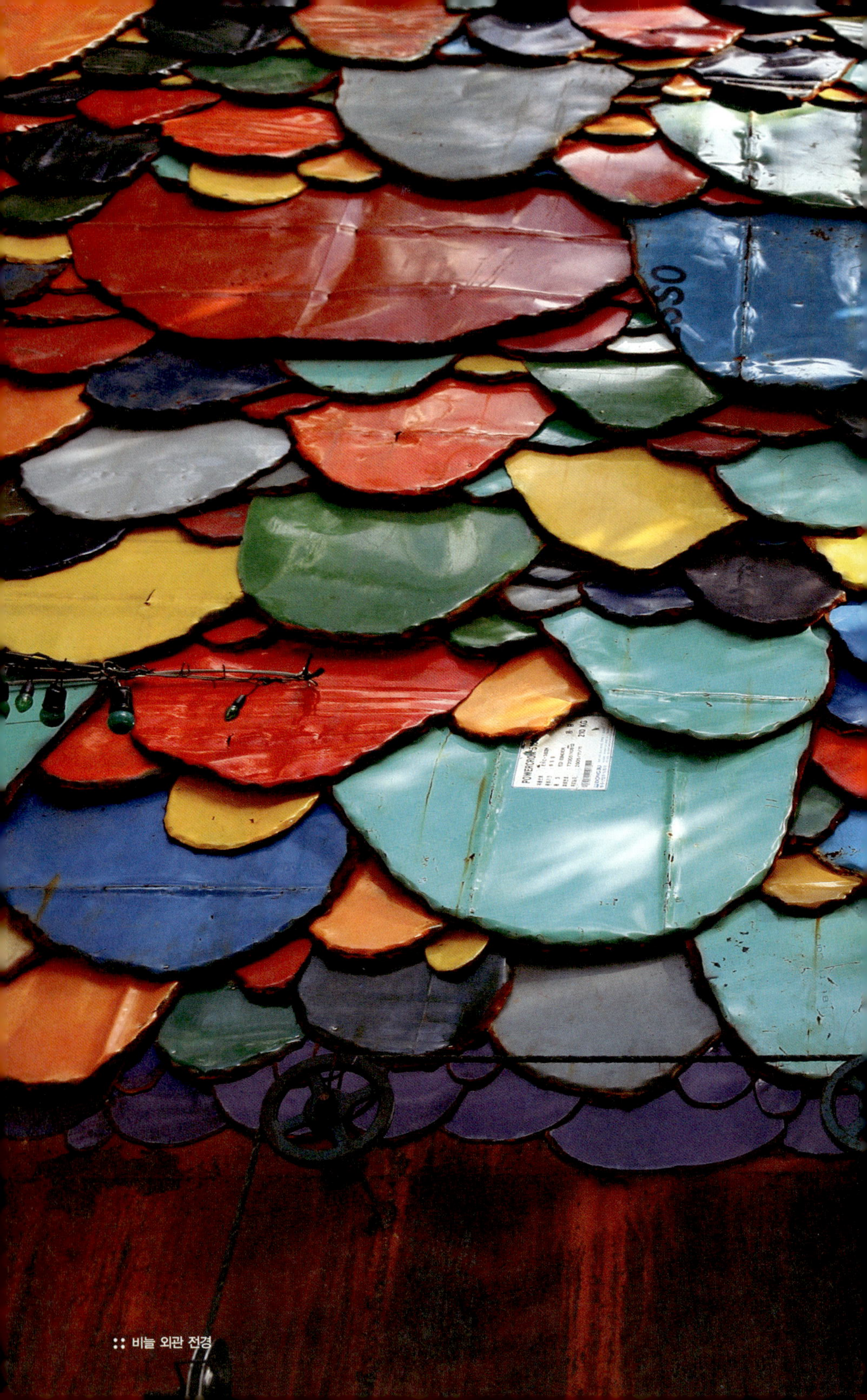

:: 비늘 외관 전경

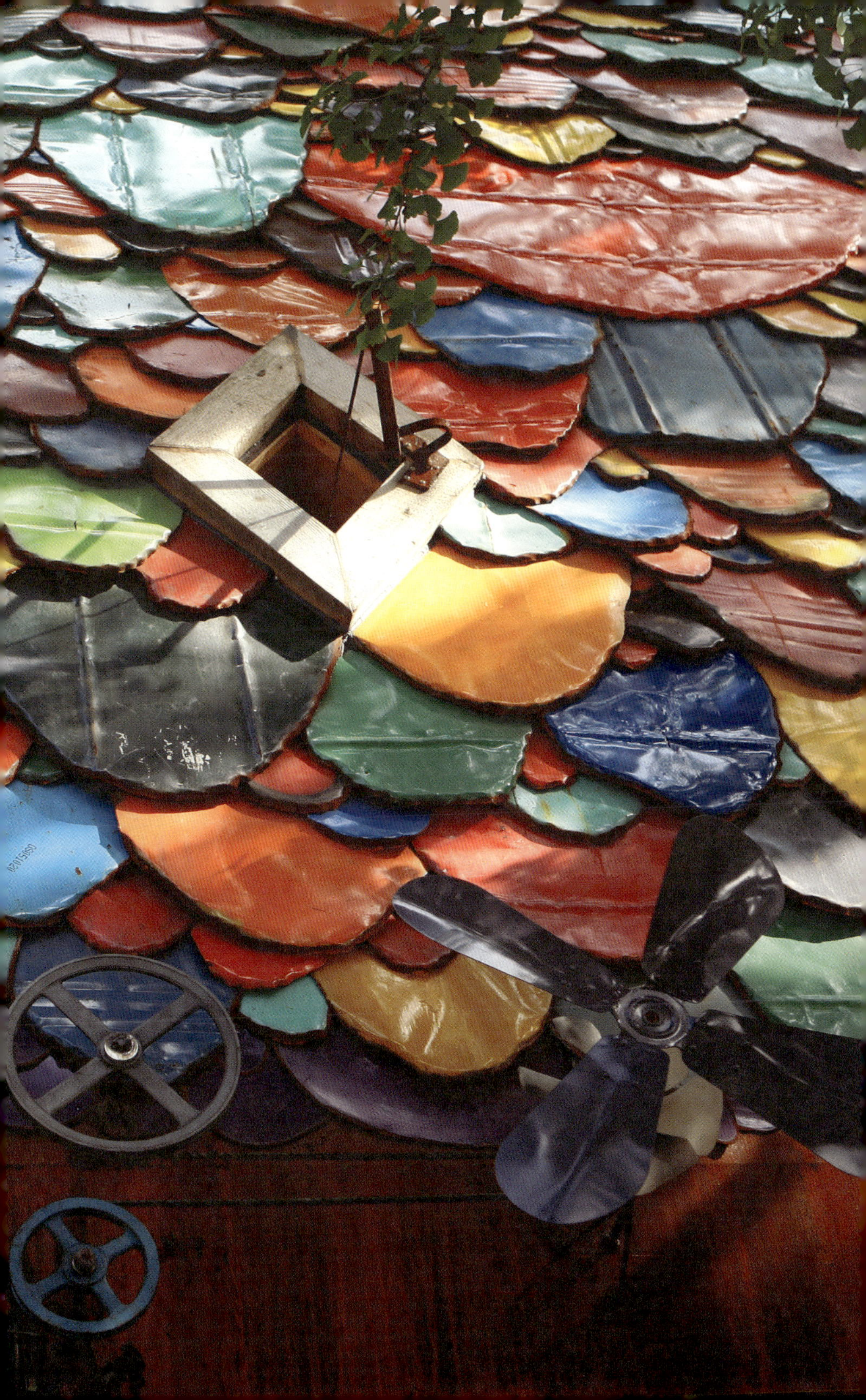

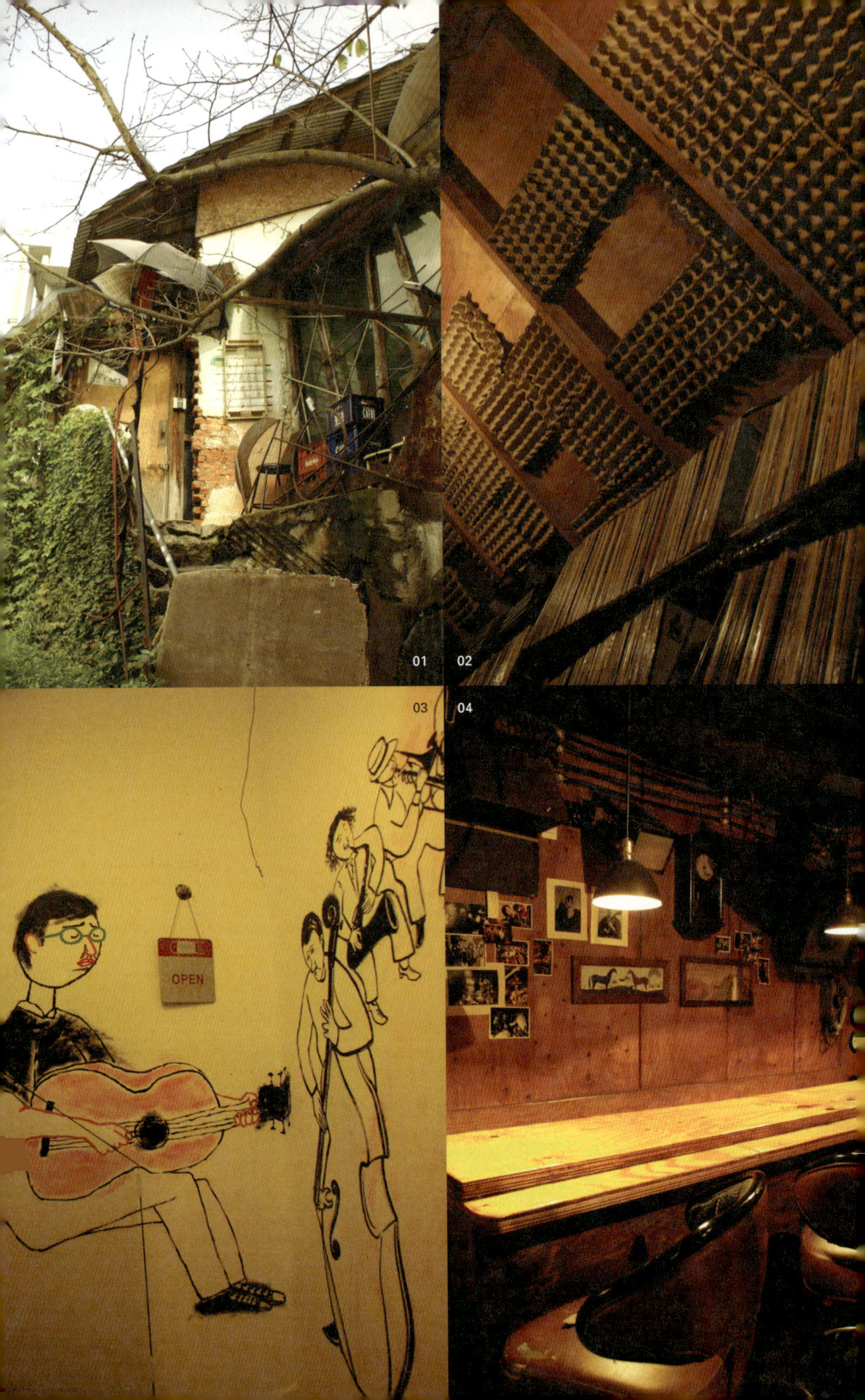

01 02
03 04

32년 동안 단팥죽 하나만으로 삼청동 일대를 꽉 잡고 있는 '서울서 둘째로 잘 하는 집'은 단팥죽이 유명하다. '비늘'이라는 이름의 독특한 가게는 가회동 31번지를 지나 삼청동 길로 들어가는 길에 있다. 마감재의 90%를 모두 재활용 폐자재를 이용했다는 이곳은 삼각형 모양의 예술적인 파사드가 멋진 곳이다. 이곳 비늘에서는 매콤한 핫누들이 유명하다.

'재즈 스토리'와 '라끌레'는 매일 저녁 생생한 라이브 재즈 공연이 열리는 와인 바로 독특한 외관과 인테리어를 자랑한다.

화동길에는 작고 가격이 저렴한 분식집들이 많이 모여 있다. 아무래도 오래 전부터 정독도서관이 자리하고 있어 분식집만 즐겨 찾던 도서관족들을 위해 생겨났던 것이 아직까지 맥을 유지하고 있는 것이다.

01_ 재즈 스토리
02_ 재즈 스토리
03_ 라끌레 주인을 닮은 그림
04_ 라끌레의 사진과 내부 전경

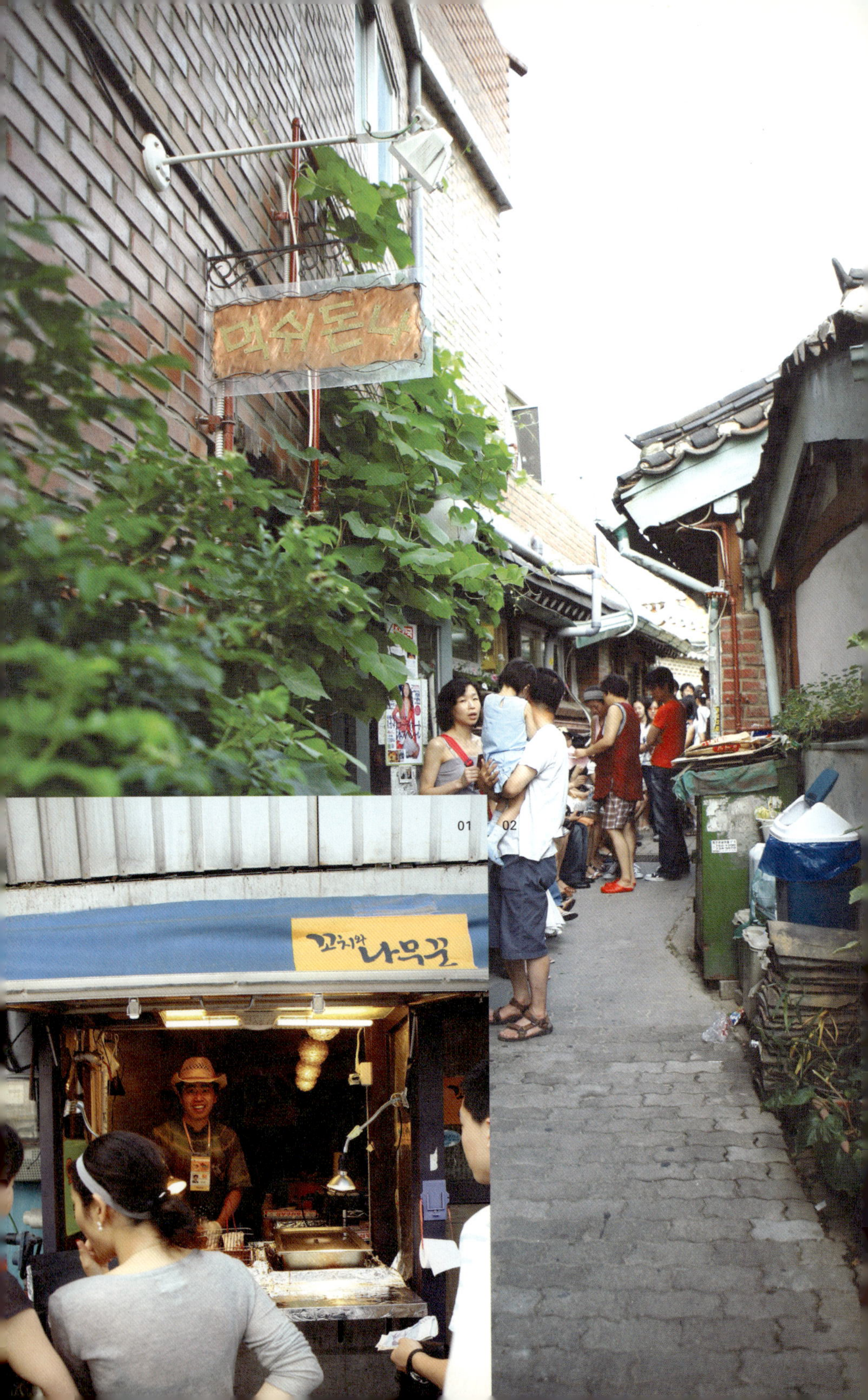

먹쉬돈나
꼬치와 나무꾼
01 02

이 화동길에서는 '줄서기'의 광경을 쉽게 볼 수 있다. 곳곳에 길게 줄 서 있는 사람들은 호기심을 불러 일으킨다. '맛있는 집은 줄 선 사람 수와 비례한다.' 사람들이 길게 줄 서있는 먹쉬돈나, 천진포자, 꼬치와 나뭇군에서 이 말을 확인할 수 있으려나?

전골형 떡볶이 집인 '먹쉬돈나'는 사람들이 늘 줄서서 기다릴 정도로 인기가 좋다. '천진포자'는 중국의 여황제 서태후가 반했던 만두의 맛을 전하고, '꼬치와 나무꾼'은 북촌길을 오르다 허기진 배를 쉽게 채울 수 있는 맛집 중 하나다.

01_ 꼬치와 나무꾼

02_ 먹쉬돈나와 줄서기 장면

03_ 천진포자

03

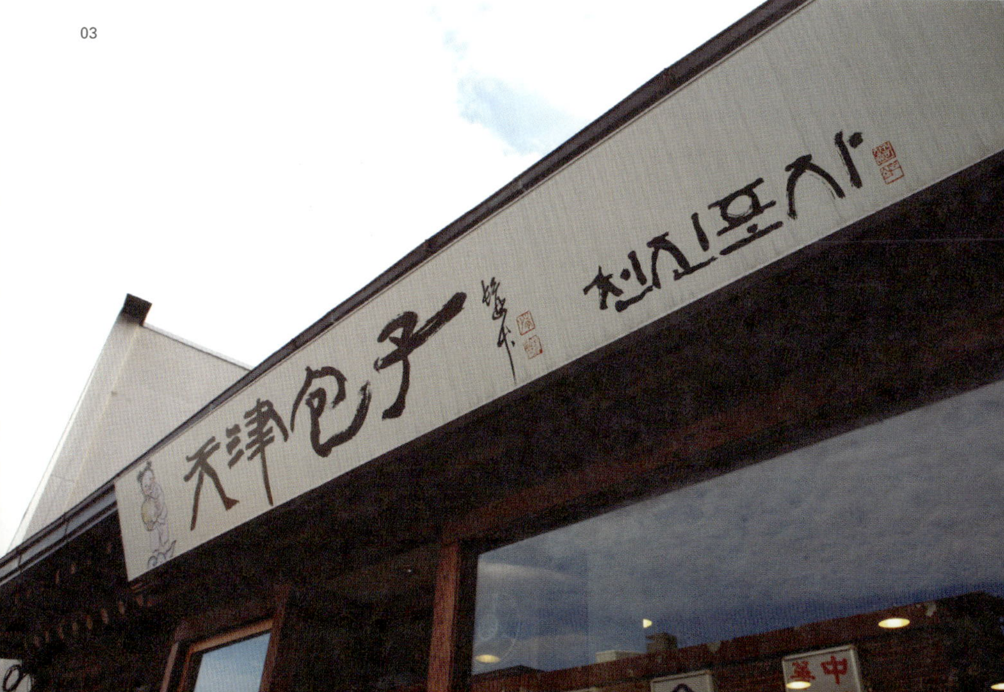

:: 수제화 숍

계용묵의 수필 '구두'에 이런 글귀가 있다.

"구두 수선을 주었더니 뒤축에다가 어지간히 큰 징을 한 개 박아 놓았다. 보기가 흉해서 빼어 버리라고 하였더니, 그런 징이래야 한동안 신게 되고 무엇이 어쩌구 하며 수다를 피는 소리가 듣기 싫어 그대로 신기는 신었으나, 점잖지 못하게 저벅저벅 그 징이 땅바닥에 부딪치는 금속성 소리가 심히 귓막에 역했다. 더욱이 시멘트 보도의 딴딴한 바닥에 부딪칠 때의 그 음향이란 정말 질색이었다. 또그닥 또그닥? 이건 흡사 사람이 아닌 말발굽 소리다."

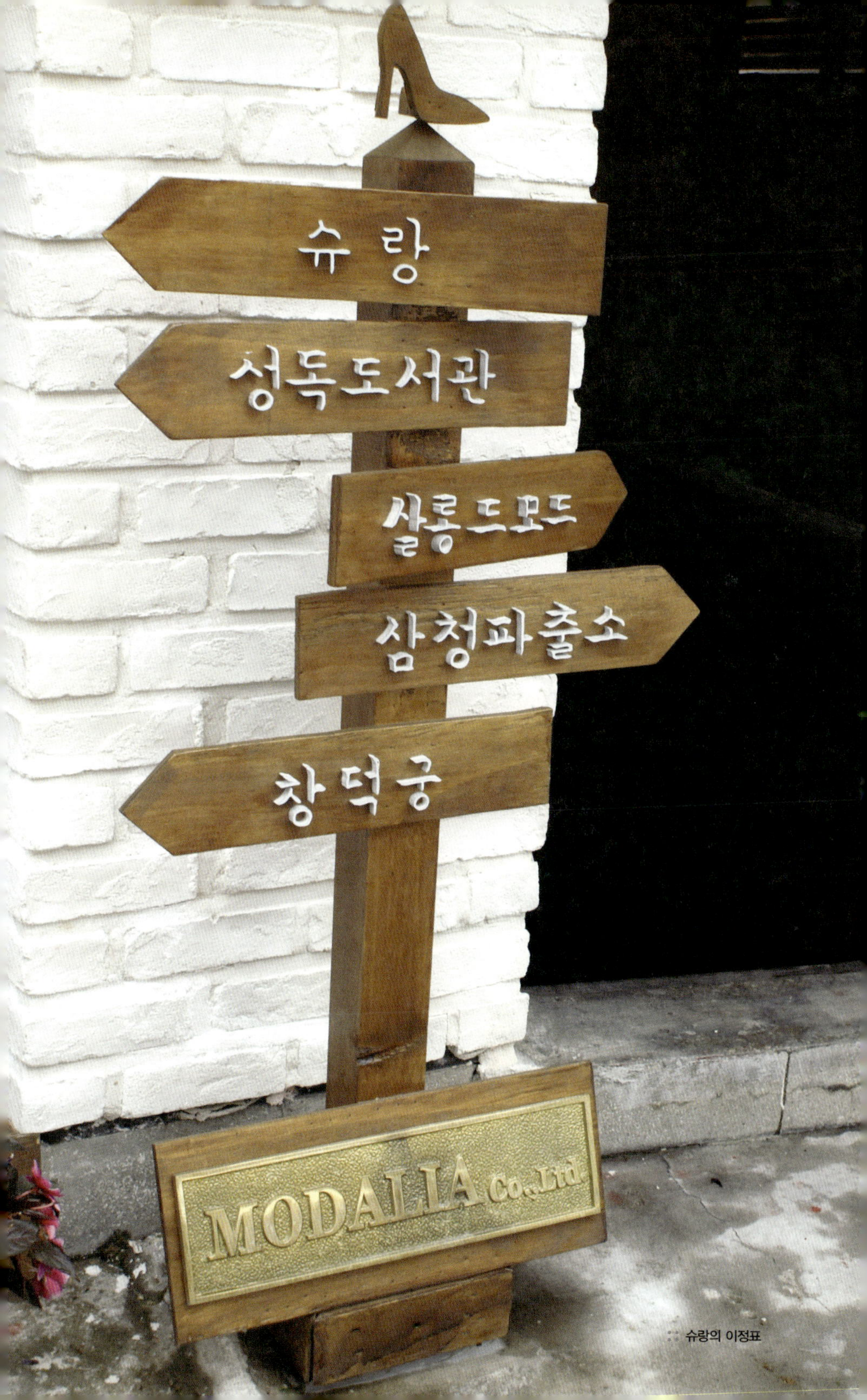

:: 슈랑의 이정표

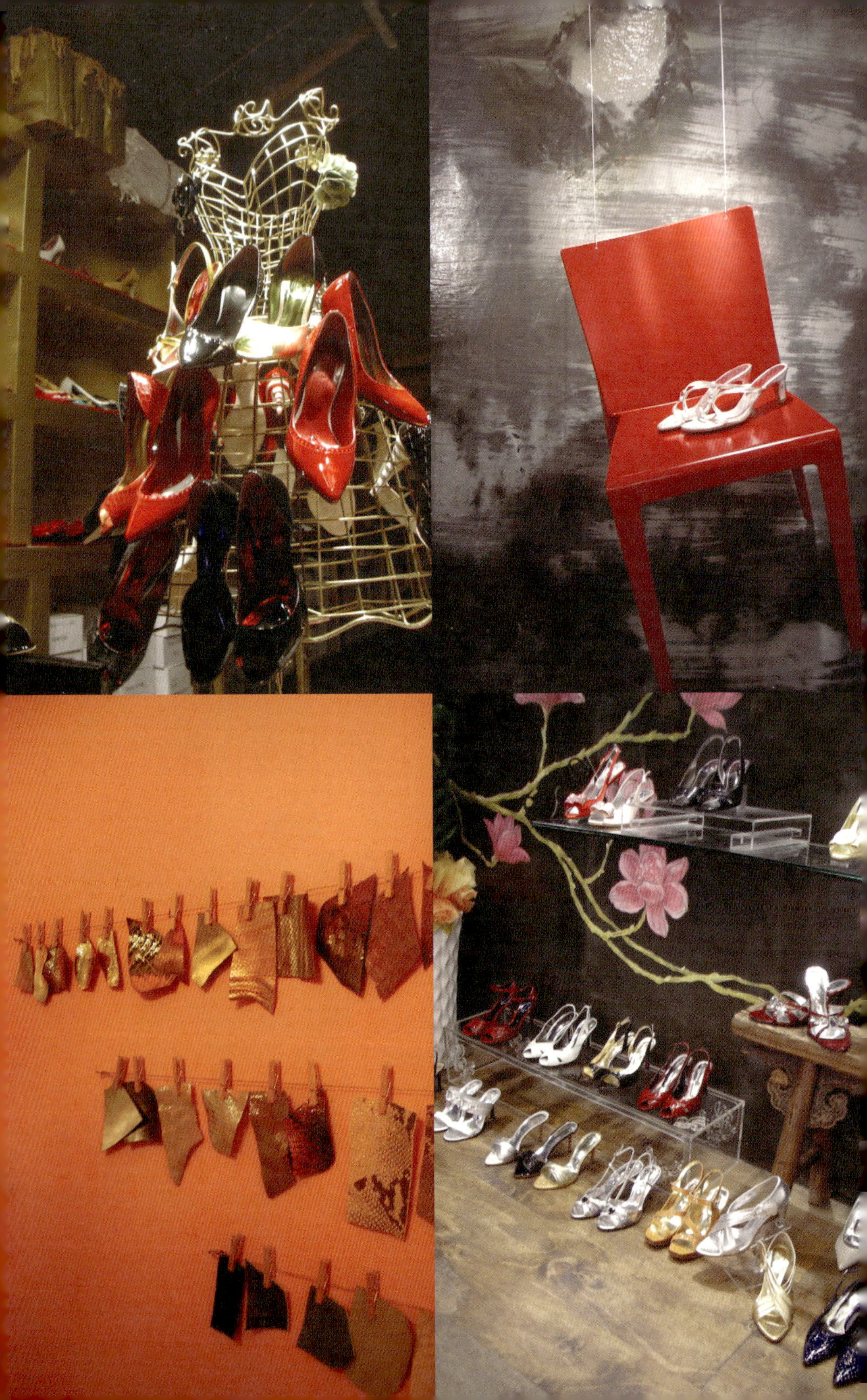

패션의 완성은 신발이라고 한다. 예를 들어 샤넬이나 페레가모, 프라다 같은 명품 브랜드의 신발들은 보기에도 현란하면서도 매력적인 모습으로 여자들을 유혹한다. 그러나 단순히 디자인적인 면만 강조하고 있는 것은 아니다. 페레가모는 발 모양이 이상해서 구두가 안 맞는다고 생각하는 일반인들과 다른 생각을 한다. 잘못 만들어진 구두를 신으면 발이 망가진다고 믿고 인간 해부학을 토대로 착용감이 좋은 구두를 만들기 위해 페레가모는 노력해 왔다. 페레가모는 세련미와 예술성을 추구하면서도 편안한 제품을 만든다. 페라가모는 구두가 생산되기까지 모두 134가지의 공정을 거치며, 구두 완성 후 꼼꼼한 뒷마무리를 위해 중요한 몇 단계는 아직도 수작업을 고수하고 있다. 아무리 기계가 발달하여도 수작업을 따라가기는 어려운 모양이다.

내 발에 딱 맞는 신발을 신으려면 수제화를 찾아야 한다. 비록 명품 브랜드는 아니더라도 한국산 수제화로서의 자존심을 지키며 그 명맥을 잇고 있는 곳이다. 파출소에서 정독도서관에 이르는 화개길에 수제화 숍들이 있다. 삼청동 최초의 수제 구두 숍 '더 슈' 와 이태리에서 건너온 고급 슈즈 매장 'Boscco' 이 유명하다. 유리 너머 철제 바디에 긴 다리를 뽐내며 걸려있는 화려한 '더 슈' 의 하이힐은 지나가는 여성들의 마음을 흔들어 놓기에 충분하다.

슈즈와 화랑이 만나 새로운 살롱문화를 탄생시킨 구두 갤러리인 슈랑은 화개 길 안으로 좀 더 들어오면 찾을 수 있다. 이정표 바로 옆 구두를 파는 '슈랑' 매장이 있고, 바로 옆 지하로 내려가는 계단 아래 '살롱 드 모드' 구두 갤러리 가 보인다. 이 '살롱 드 모드' 라는 이름의 구두 갤러리는 다양한 계층 사람들 의 사교 장으로 알려진 유럽의 살롱문화를 본떠, 구두라는 특수한 아이템과 더불어 편안한 문화공간을 제공한다. 이곳에서는 자신이 구두를 직접 디자인 할 수도 있다. 그 동안의 구경거리에 무거워진 발을 느끼는 독자라면 이곳 '슈랑' 을 들러보는 것이 어떨른지. 편안한 수제 신발만큼이나 아늑한 살롱문 화가 당신의 피로를 달래 줄 것이다.

북촌마을

전통을 컨셉트로 한 공간에서 사람들은 과거를 회상하고 추억에 잠기는 경향이 있다. 미래지향적인 공간에서는 앞으로 발전될 가능성에 대해 희망적인 이야기를 나눈다. 장사가 잘 되거나 사람이 많이 모이는 공간은 사람과 소통이 활발한 공간이다. 상점의 "이미지"에 따라 사람들이 많이 모이기도 하고 적게 모이기도 한다. 북촌을 돌다 보면 신발도 건물도 그리고 음식도 모두 이미지가 중요하다는 생각을 하게 된다.

물론 북촌마을은 스타건축가가 만든 마을도 아니고, 세계적으로 잘 알려져 있지도 않다. 하지만 누가 뭐라 해도 명품마을로 태어날 수 있는 요소가 북촌에 충분히 있다. 북촌이 한옥마을로 우리의 머리 속에 자리 잡혀 있지만, 자세히 들여다보면 전통한옥과 개량한옥 그리고 외국인들을 위한 게스트 하우스 뿐만 아니라 맛집들과 예쁜 상점 등의 다양한 모습이 있다. 북촌의 골목길에서는 옹기종기 모여 있는 한옥촌의 전통을 발견할 수 있다. 이색적인 숍과 맛 집에서 유럽의 향기를 느껴볼 수도 있다. 공간은 혼자 뽐내거나 소통하지 않으면 안된다. 공간과 사람간의 소통은 부드러운 사회를 만든다. 북촌마을은 사람과 사람, 사람과 공간을 위한 소통의 정점에 있다.

⠿ 정점

경주의 전통한옥호텔 '라궁', 인사동의 '민가다헌', 삼청동의 '두가헌'. 이들 모두는 최고의 것들을 융합시켜 클라이맥스를 이루고 있는 퓨전공간이다. 언덕의 정상을 정점으로 부른다면 전통과 서양의 것이 융합된 이 공간들은 다른 정점으로 생각할 수 있다. 사람들이 새로운 생각을 하기 위해서 컨버전스한다. 컨버전스는 이렇듯 정점을 지향한다. 컨버전스가 블루오션Blue Ocean전략을 제공할 때가 많다. 블루오션전략은 수많은 경쟁자들로 우글거리는 레드오션Red Ocean전략과는 반대의 개념, 즉 경쟁자들이 없는 무경쟁시장을 전제로 만든 마케팅 전략이다. 이러한 무경쟁시장을 하려면 바로 남들이 하지 않는 새로운 생각을 해야한다. 틀을 깬 사고의 전환, 바로 이것이 블루오션 전략의 시작이다. 남들이 이미 하고 있는 것, 그래서 경쟁자들이 우글거리는 시장에는 승자와 패자가 있다. 그러나 블루오션 전략은 승자와 패자가 없는 원윈 선략이다.

'블루오션전략' 의 저자, 김위찬은 블루오션전략의 대표적인 성공 사례로 '태양의 서커스' 를 꼽는다. '서커스' 하면 대부분 삐에로나 공중곡예, 안전을 위해 쳐놓은 그물망, 동물곡예 등을 떠올린다. 이러한 서커스에 대한 고정관념을 깨고 태양의 서커스는 새로운 서커스의 개념을 만들었다. 삐에로 역할을 하는 흑인, 안전그물망대신 피아노줄을 매고 수직으로 자유자재로 움직이는 곡예단, 뮤지컬과도 같은 무대 구성과 안무, 라이브 뮤직을 들려주는 전문 밴드 등은 기존의 서커스에서는 생각할 수 없는 것들이었다. 이러한 새로운 서커스 문화를 위해 예술가 출신이나 스포츠 출신으로 단원들을 서커스 팀에 구성한다. 단원 중에는 발레리나나 올림픽 메달리스트도 있다. 태양의 서커스는 사양산업으로 접어든 전통적인 서커스에 새로운 개념을 접목시킨 블루오션마케팅의 대표적인 성공 사례이다.

애플사의 스티브 잡스도 블루오션전략을 이용한 디자인 마케팅을 끝없이 추구하였다. 아이팟 MP3 플레이어를 만들고 아이튠스라는 컴퓨터 음악 플레이어를 개발하여 사용자의 편의를 증진시키고, 인터넷을 통해 소비자가 음악을 구매할 수 있게 했다. 이와 같은 블루오션전략은 북촌의 공간 마케팅에도 적용이 가능하다. 북촌의 새로운 지평을 열기 위해 블로오션전략을 적극 모색해 볼 필요가 있다.

이렇듯 앞으로 북촌이 성장하려면 블루오션전략에서 얘기하듯 경쟁을 하려고 해서는 안될 것이다. 인사동과는 차별화된 전략으로 인사동을 찾지 않는

새로운 고객을 창출하는 블루오션전략의 본거지가 되어야 될 것이며, 세계의
도시와 경쟁하여 비슷한 것을 보여주는 것이 아니라 새로운 요소를 부각시켜
북촌 나름대로의 아이덴티티를 갖는 공간 마케팅이 필요하다.

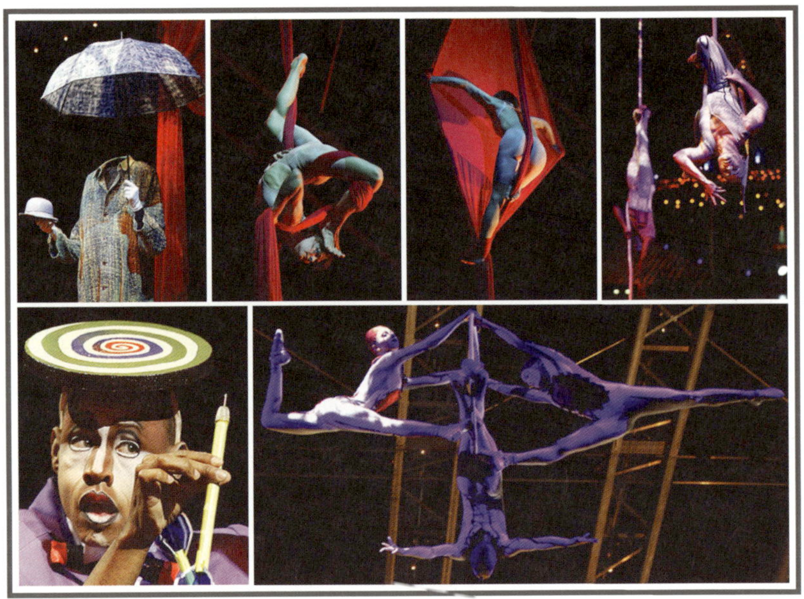

:: ⓒ 태양의 서커스, www.cirguedusoleil.com

북촌마을 사용설명서

서울에서 유럽적이거나 한국적인 레스토랑을 찾고 싶다면 당연 북촌마을을 최우선으로 놓아야 한다. 또 한가롭게 길을 걷고 싶으면 북촌마을을 찾으면 된다.

"길은 희망이기도 하고, 기다림이기도 하다. 길은 우리의 삶을 부풀게 하는 그리움이다. 길은 희망이라는 미래와 그리움이라는 과거를 이야기한다. 길은 과거에 고착함을 부정하는 동시에, 미래에만 들떠 있음을 경고한다. 길을 떠나 나는 이웃과 만나고, 길을 따라온 이웃이 나를 만난다. 길 끝에 휴식할 곳이 있지만, 다시 길을 찾아 어디론가 움직여야 한다." 박이문의 길에 대한 글이다.

희망과 그리움, 과거와 현재 그리고 미래, 행복의 명상을 하려면 뭐니뭐니해도 북촌의 가회동길이 최고다.

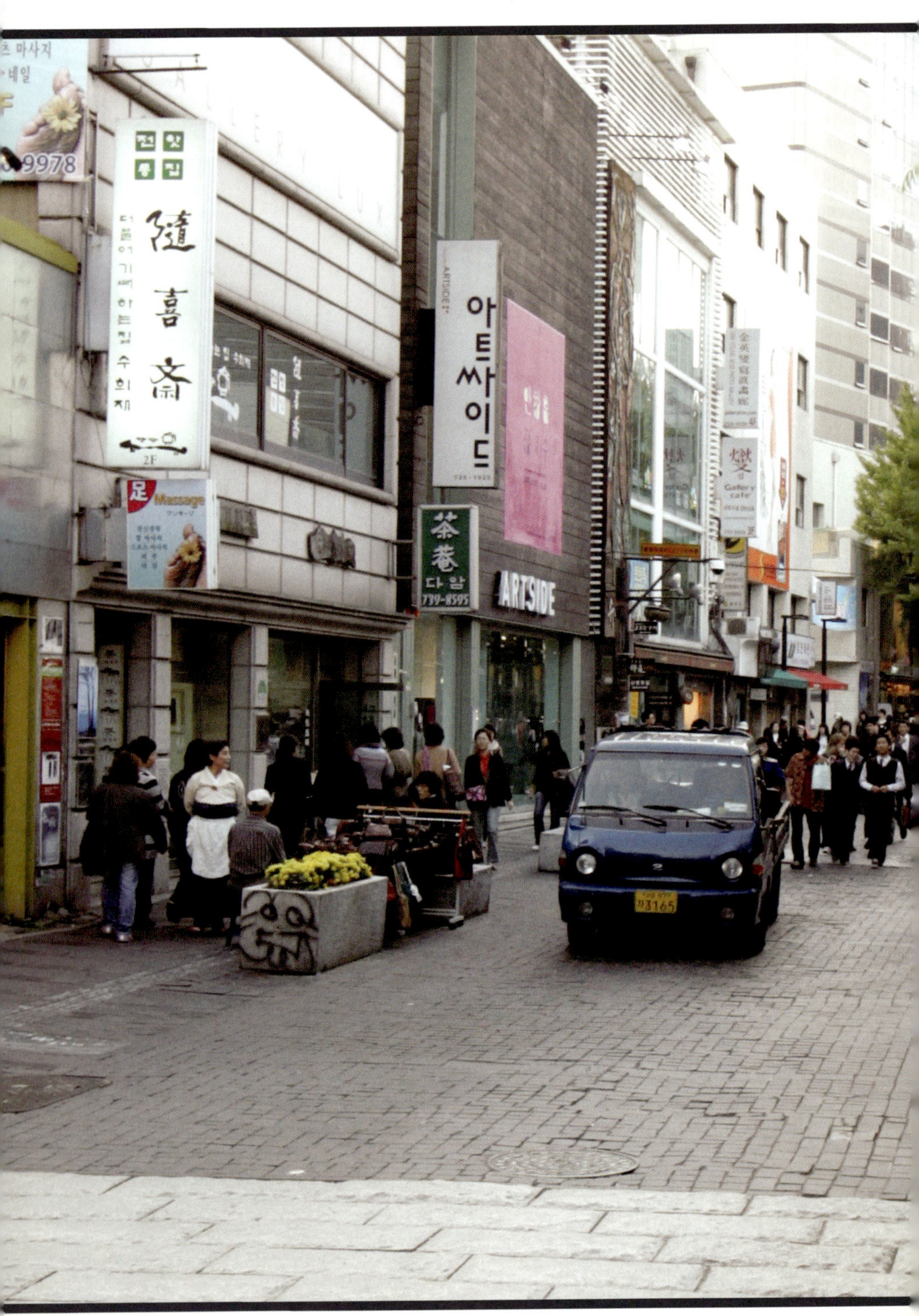

隨喜文
2F
9978
足 Massage
茶菴
다암
739-8595
아트싸이드
ARTSIDE
Gallery
cafe

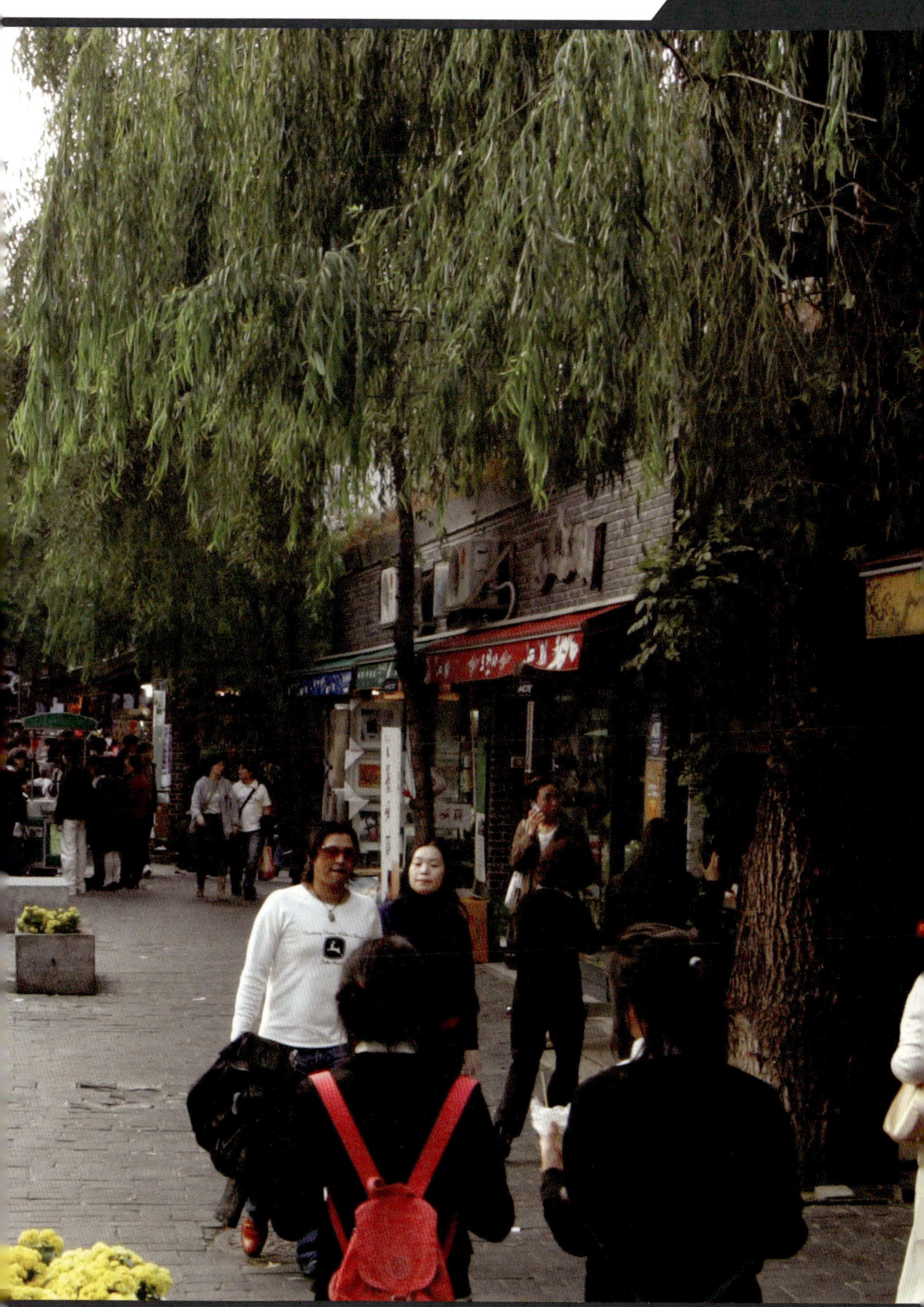

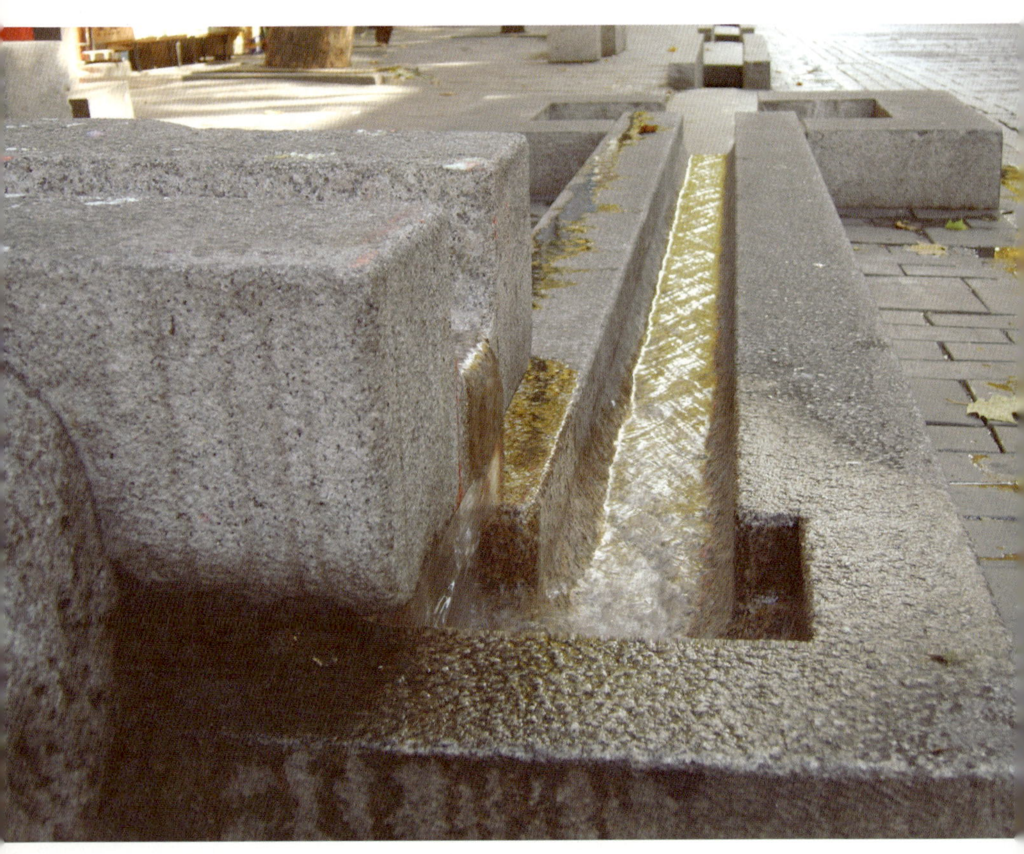

:: 북인사물길

인사동 거리엔 인사동만의 언어가 있다. 인사동 내에 자리 잡은 다양한 주제의 미술 갤러리와 전통음식점, 전통찻집 등 거리의 골목마다 들어선 한국적 정취가 그러하다. 곳곳에 분포된 크고 작은 화랑들은 한눈에 보아도 세련된 현대적인 미술관과 다르다. 인사동의 화랑은 다른 곳보다 우리나라 산수화와 풍경화를 쉽게 접할 수 있는 곳이다.

한때 인사동의 거리는 화랑의 거리로 유명했던 적이 있었다. 그림은 자신의 내면 세계를 표현하는 의사소통 수단이다. 인사동에서 작고한 박수근이나 이중섭 같은 대작가나 장욱진, 변종화 등 근대미술의 대표 작가들의 작품을 볼 수 있었던 시절도 있었다. 그러기에 아직도 많은 사람들은 인사동을 한국의 전통과 문화예술의 거리로 인식한다. 현재의 인사동에서도 음악과 미술을 포함한 각종 문화행사를 볼 수 있는 기회가 많다. 매주 일요일마다 열리는 포도대장과 순라군복장의 행렬은 인사동의 흥겨운 분위기를 만든다. 개성을 중시하는 신세대적인 발상으로 "쌈지길"은 많은 사람들이 찾는 장소이다. 북촌이 오래된 전통마을을 중심으로 저마다의 독특한 브랜드를 전달하는 개성적인 문화 거리라면, 인사동은 보다 다양한 모습이 혼재 되며 대중적인 만남을 만드는 콘텐츠가 있는 거리이다.

인사동거리를 걷다가 과거 이곳의 풍경을 상상해 본다. 정성스럽게 그린 자신의 그림을 팔기 위해 인사동에 찾아오는 화가들. 그리고 그들의 그림을 전시했던 화랑에 들러 그림을 관람하며 소박한 데이트를 즐겼던 연인들. 옛 선배들의 삶에서 찾아볼 수 있는 유유자적이 과거의 인사동에 있었다.

과거 인사동은 미술품이나 고서적을 취급하는 화랑이 아니라 가구점과 병원 그리고 한옥이 자리를 잡았었다. 6.25전쟁이 발발한 후 사양길로 접어든 고급가구점 대신 골동품상과 필방이 들어서면서 상점들이 인사동을 채우기 시작했다. 50년대 말에서 60년대 초에는 신세계백화점 전신인 동화백화점과 미도파, 화신 백화점 등의 전시장과 함께 미술작품을 관람할 수 있는 곳이 인사동이었다. 홍익대 미대가 있던 화신 백화점 옆, 장안빌딩은 인사동이 미술의 거리라는 이미지를 갖게 하는데 역할을 하였다. 유명한 대가의 그림을 볼 수 있어 사람들은 인사동에 모여들었고 한국 산수화를 관람하는 여유로움도 즐길 수 있었다.

대충 그린 듯하지만 소박한 느낌을 주는 조선시대 산수화는 고려시대와는 달리 정교한 세련미는 적지만, 허세와 허영을 벗어나 순박한 삶을 지향하는 화가들의 정서가 그대로 담겨있다. 가장 완벽한 조선의 그림을 그렸다는 정선의 진경산수화는 당시 중국화풍의 산수화와는 달리 말 그대로 우리나라의 산천과 경치를 즐기는 사람들의 모습까지 사실적으로 나타난다. 정선은 꿈속에서나 볼 법한 누군가 깎아 내린 듯한 기암절벽의 이상공간이 아닌, 있는 그대로의 자연을 화폭에 그렸다. 이렇듯 허세와 허영을 벗어난 순박한 삶을 지향했던 당시 화가들의 소박한 정서가 묻어난 산수화는 마음을 푸근하게 한다. 현재도 인사동의 노암 갤러리, 갤러리 도스, 갤러리 눈 등에서 산수화의 그림을 볼 수 있다.

인사동은 조선 초부터 그림을 관리하던 도화서가 있던 곳이다. 이런 전통을 이어 받은 인사동에서는 현재도 청년작가들을 대상으로 한 여러 기획 전시전을 활발하게 개최한다.

:: 인사아트 & 가나아트센터

현재의 인사동 화랑에는 옛 전통의 뿌리와 흔적이 남아있다. 1970년 "현대화랑"이라는 이름으로 첫 문을 연 갤러리 현대는 국내작가 뿐 아니라 국외작가들을 포함한 다양한 전시를 열고 있는 국내의 대표적인 갤러리이다. 갤러리 현대의 화랑 전면 윈도우 갤러리는 관람객과의 소통의 분이나. 과기 허름하고 소박한 필방이나 고서점의 이미지가 아닌 고급스럽고 세련된 현대적인 느낌의 갤러리 현대이다.

인사동의 전통과 현대를 잇는 대표적인 화랑 중 하나가 바로 인사 아트센터이다. 인사 아트센터는 가나아트센터와 함께 장 미셸 빌모트가 설계한 작품이다. 장 미셸 빌모트는 미니멀리즘의 건축가이다.

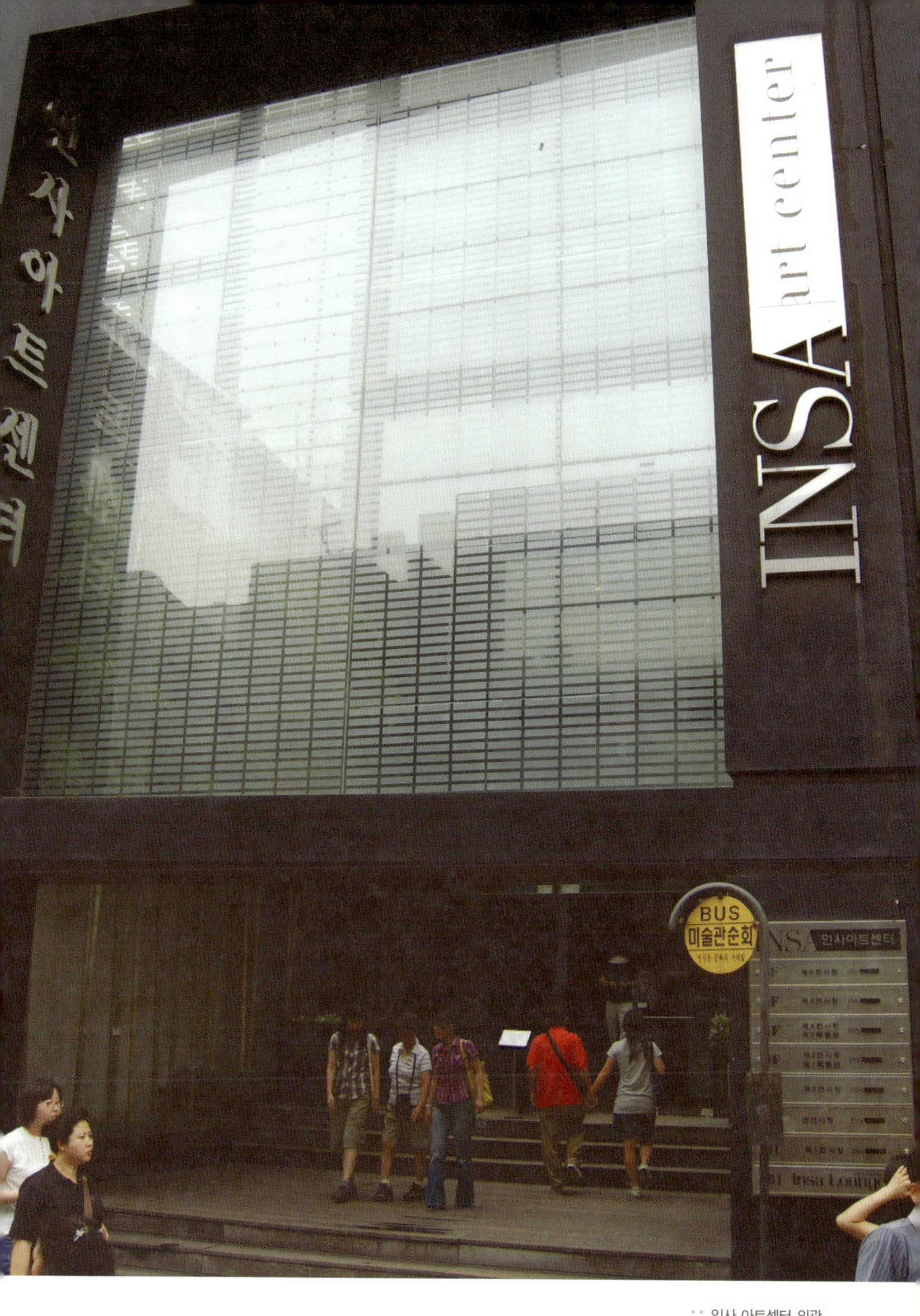

:: 인사 아트센터 외관

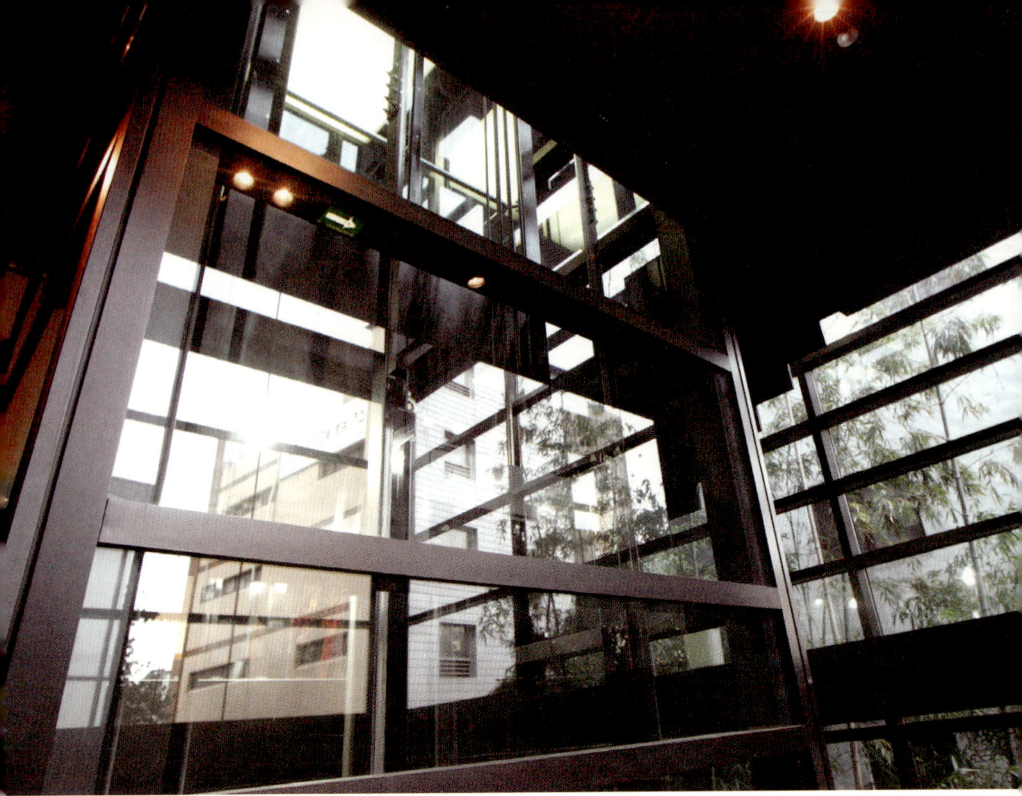

얼마 전까지만 해도 나는 미니멀리즘을 서양에서 태동한 사조 정도로 알고있었다. 그러나 조선시대의 백자를 알고나서 미니멀리즘이 몇 백년 전부터 우리 땅에 존재해왔음을 알게 되었다. 조선시대의 백자는 고려시대 청자의 미니멀리즘 비전이디. 인사 아트센터는 검은색 돌 외벽과 대나무, 철 프레임으로 된 미니멀리즘의 건축물이다. 인사동의 전체 입장에서 볼 때 인사 아트센터는 이질적인 건물이다.

인사 아트센터에서 가나 아트센터로 가려면 '미술관 순회 BUS' 를 타면 된다. 승강장 앞에서 미술관 투어 버스를 타면 된다.

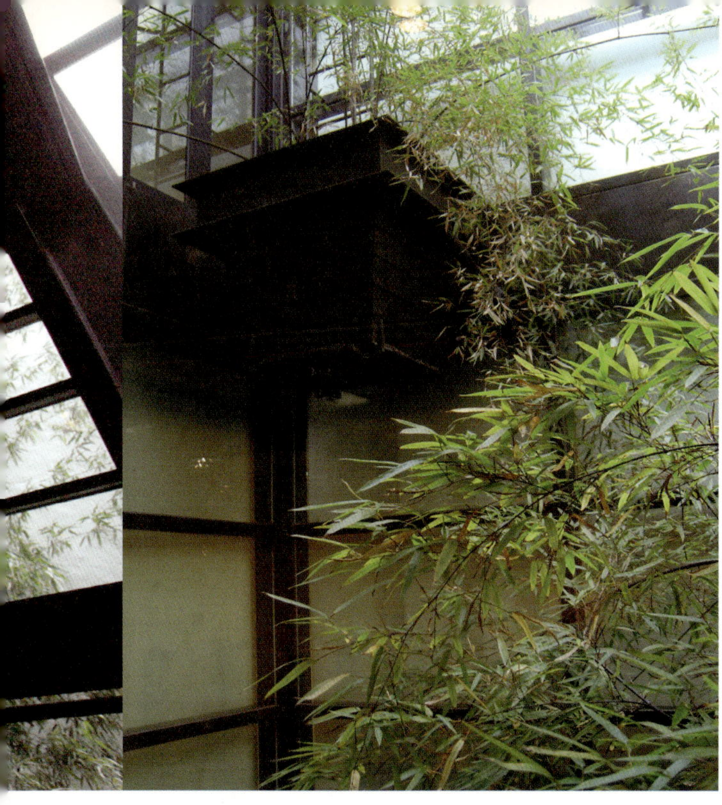

인사 아트센터의 누드 엘리베이터는 방문자의 시선을 즐겁게 한다. 누드는 투명하다. 그래서 순수하고 속임이 없는 듯 하다. 그래서 사람들은 누드에 기본적으로 관심을 갖는다. 이 세상의 많은 화가들이 누드 모델을 그리는 것도 본질을 표현하려는 의도에서였을 것이다.

 인사동 골목골목마다 위치해 있는 화랑의 그림도 그저 느낌으로 바라보려고 할 때 그림과 친숙해질 수 있다. 그 다음 그림을 조금 더 이해하고 싶다면 관련 서적을 읽어보라.

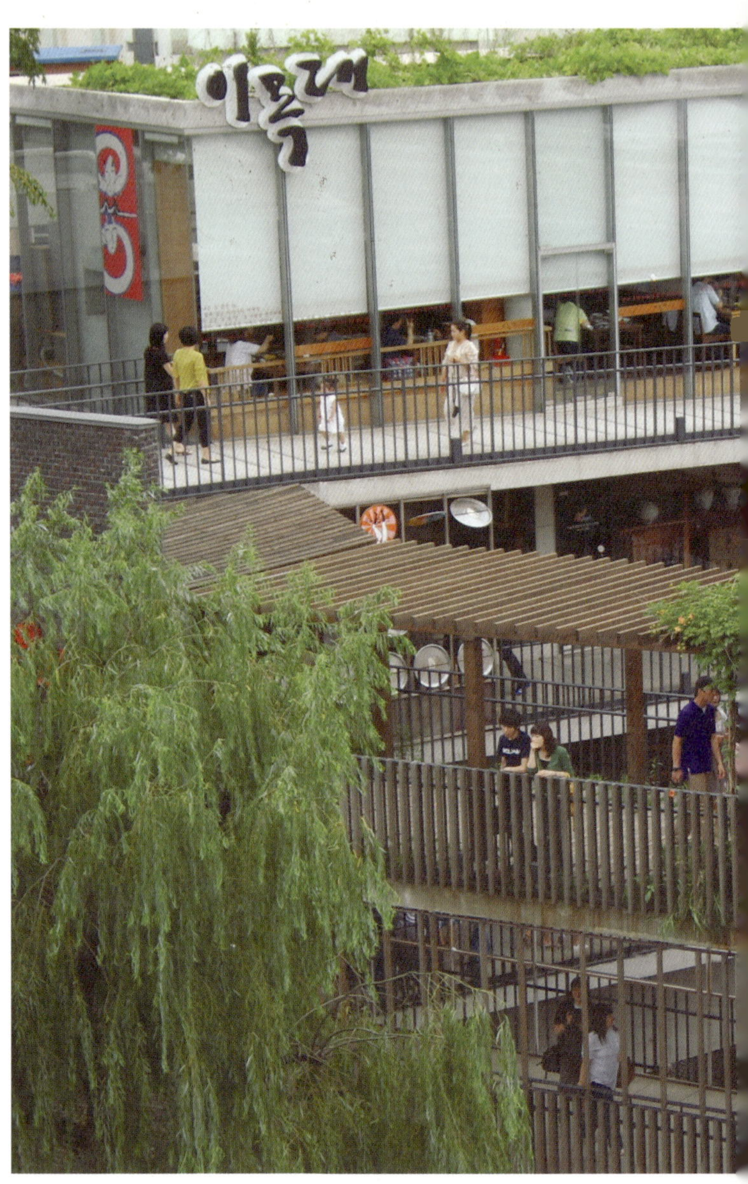

:: 쌈지길

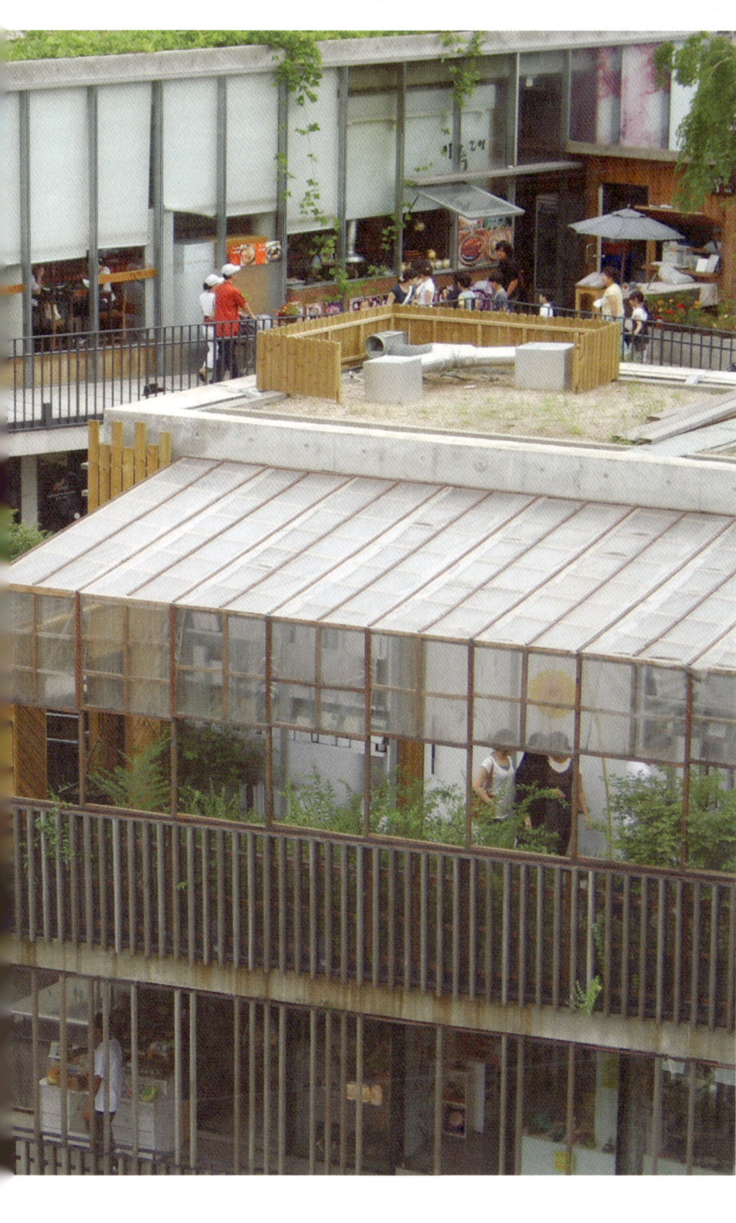

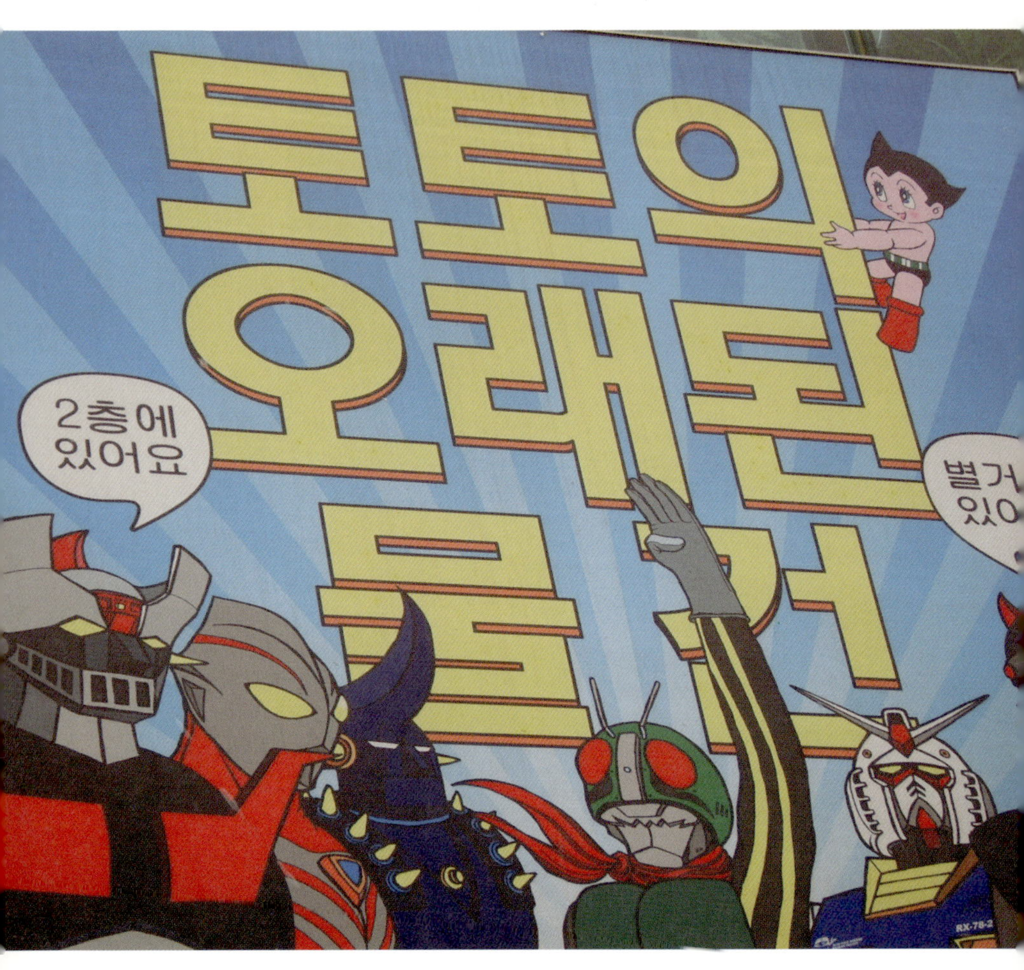

:: 토토의 오래된 물건

그림은 내면의 세계를 표현하기도 하지만 기록의 매체이기도 하다. 현대에 와서 기록의 역할을 하는 것이 바로 사진이다. 인사동에 오는 사람들 중에는 사진을 찍으려는 사람들이 있다. 사진동호회 사람들이 말하는 "출사"의 장소이기도 한 인사동. 순간을 포착한다는 점에서 사진과 인상파는 서로 공통점을 갖는다. 다른 것이 있다면 사진이 사실적인 반면 인상파의 그림은 화가의 감정이 이입된 그림이라는 것이다. 화가들이 사실주의를 버리고 인상주의를 받아들인 것도 알고보면 사진과 차별을 두려는 것이 첫 번째의 이유였을 것이다.

기억을 저장하려는 의도가 담겼다는 점에서 인사동의 '토토의 오래된 물건'은 이전 세대의 추억 어린 물건들이 모여있는 곳이다. 완전히 소멸되었는 줄만 알았던 물건을 다시 볼 수 있는 기회를 주는 곳이 바로 '토토의 오래된 물건'이다. '토토의 오래된 물건'은 우리를 과거의 시간으로 되돌린다.

⠿ 쌈지길

쌈지길은 인사동의 중심 공간이다. 쌈지길에는 휴식공간과 즐길 거리, 그리고 맛있는 음식이 있다. 그래서 one stop service를 하는 곳이기도 하다. 쌈지길은 즐거운 체험을 제공하는 잘 지어진 건축물이다. 그래서 그런지 쌈지길에서 사진을 찍는 사람들을 종종 목격한다. 쌈지길에는 아기자기한 샵들과 걷고 싶은 길이 있다. 쌈지길에는 길 이름을 아랫길, 첫오름길, 두오름길, 세오름길, 네오름길 등으로 이름을 붙인 재미있는 발상이 있다.

누가 먼저 생각했는지 잘 모르겠으나, 쌈지길과 비슷한 개념의 장소가 일본에도 있다. 바로 일본의 타다오 안도가 설계한 오모테산도이다. 오모테산도와 쌈지길의 공통점은 쇼핑을 하나의 즐거운 체험으로 승화시켰다는 점이다.

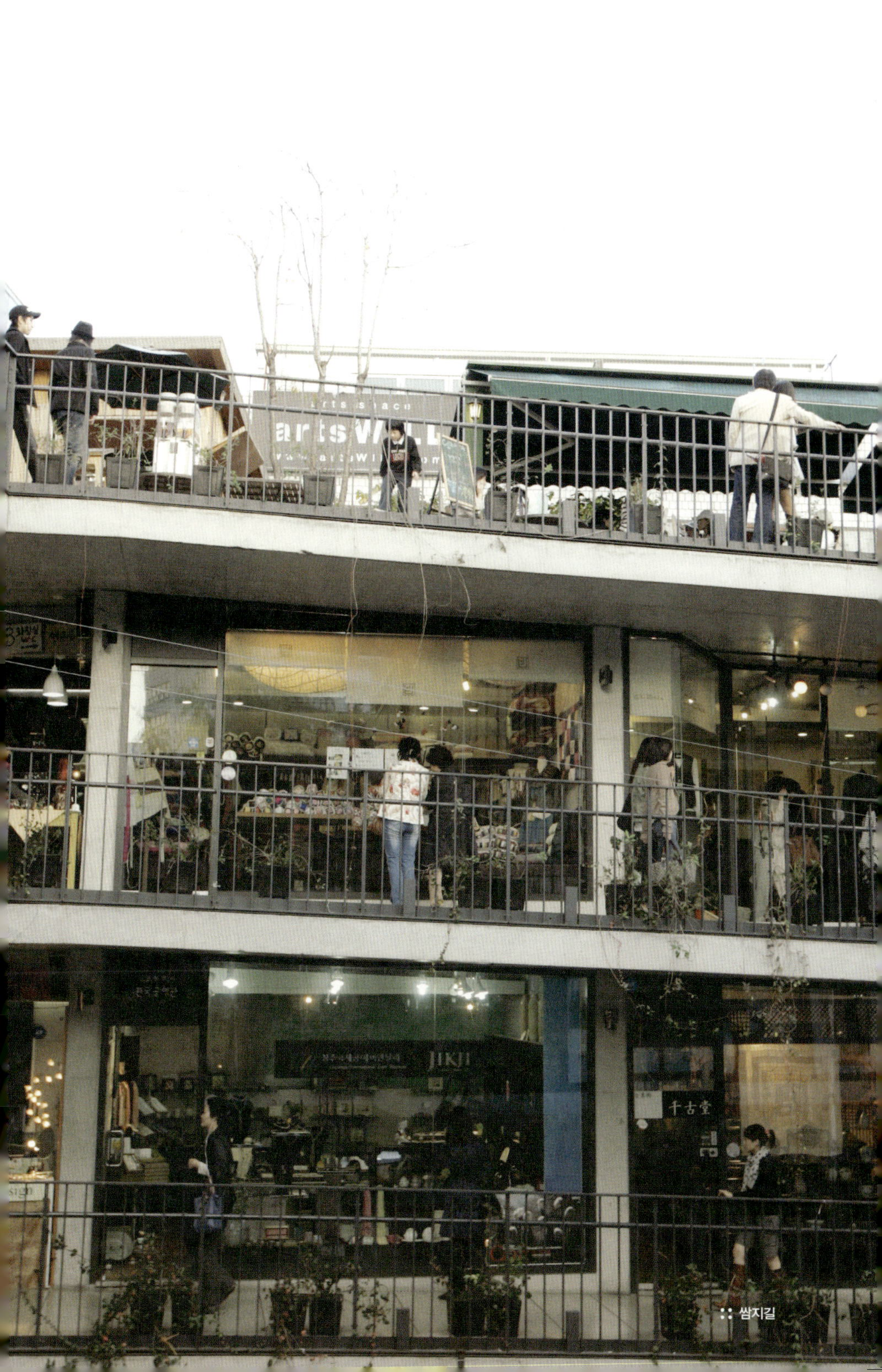

arts space
artsWILL
JIKJI
千古堂

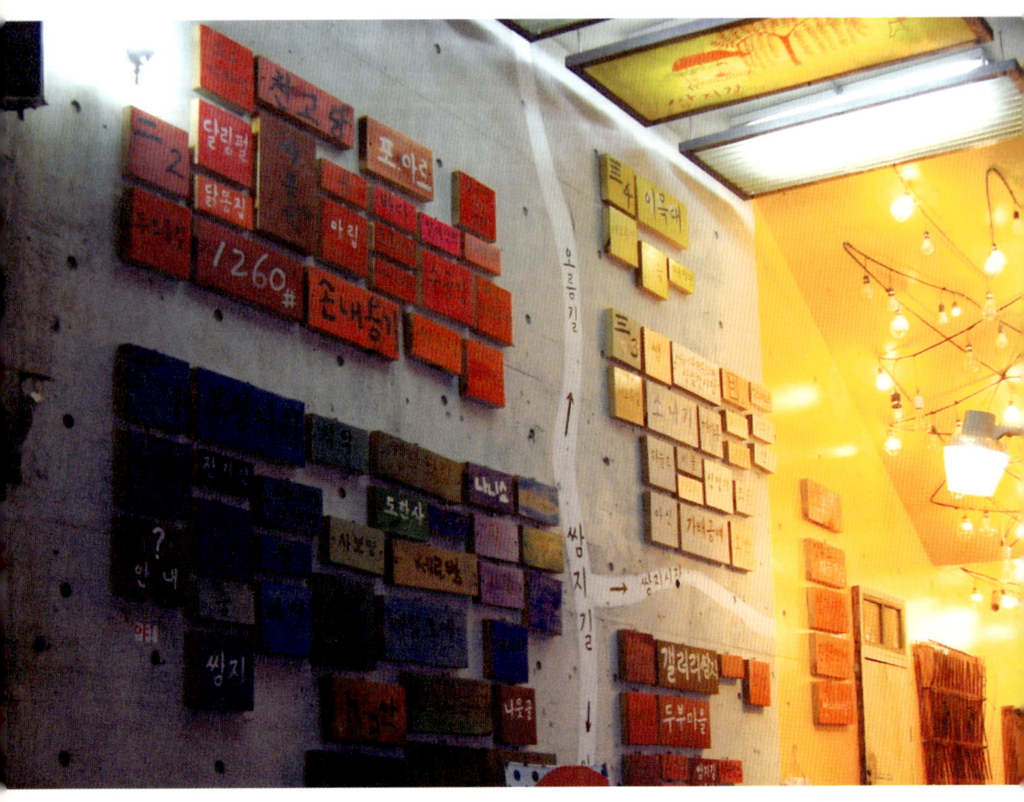

::: 쌈지길 안내도

쇼핑은 단순히 물건을 구입하는 행위가 아닌 즐거움과 재미를 동반한 행위이어야 한다. "나는 쇼핑한다. 고로 나는 존재한다"라는 말도 결국 쇼핑의 즐거움을 추구하고 쇼핑에 집착하는 현대인에 관한 이야기이다. 쌈지길은 펀fun 마케팅을 적극 도입한 복합 문화공간을 조성하여 성공한 건축이다.

쌈지길은 복잡함과 상업성으로 변질되어 예전의 정겨움이 많이 사라져가고 있는 인사동에 변화의 필요성을 보여준 현대적인 건물이다. 앤디워홀의 전시가 열렸을 때 잠시 유료화를 했다가 시민들의 적극적인 반대운동으로 다시 무료화를 한 해프닝이 일어났을 만큼 인사동을 찾는 사람들에게 쌈지길은 인기가 무척이나 높다.

1928년 미국 필라델피아에서 태어난 팝아트의 대가였던 앤디워홀은 어린 시절 가난하고 병약하여 친구들과 놀기 보다는 혼자 있는 시간이 많았다. 일러스트레이션과 광고 같은 상업적 디자이너로 활동하다 1962년 시드니 재니스 화랑에서 열린 '뉴리얼리스트전'에 출품하면서 세상의 주목을 받기 시작했다. 그는 실크스크린이라는 대량복제가 가능한 인쇄 방법을 이용하여 반복적 이미지를 보여주는 것으로 유명하다. 이는 당시 전통화단에서 볼 때 소재 면에서나 방법 면에서 파격적인 것이었다. 그가 이용한 소재는 마릴린 먼로, 엘비스 프레슬리 같은 유명 배우들이나, 캠벨 스프 같은 공업 제품 등으로 전통화풍에 익숙하던 사람들에게 세속적 소재들도 캔버스로 옮겨져 갤러리에 걸릴 수 있다는 충격을 심어준 작가였다.

고급스런 전시문화를 위한 유료화도 타당하지만 더 이상 소수만을 위한 공간이 아닌 내외국인 다수에게 한국문화를 알리는인사동의 대표주자로서의 공익성이 더 중요해지자 쌈지길 이용 유료화는 네티즌의 저항에 부딪혔다. 이건 쌈지길이 사람들에게 사랑 받는 문화공간이라는 증거다. 하지만 사유재산을 공유하라는 네티즌의 요구는 일견한 것 같지 않다. 쌈지길의 길은 공유의 공간이라는 의미를 내포하고 있다. 그래서 쌈지길을 공공 공간으로 착각하고 있는 사람도 있는 듯 하다.

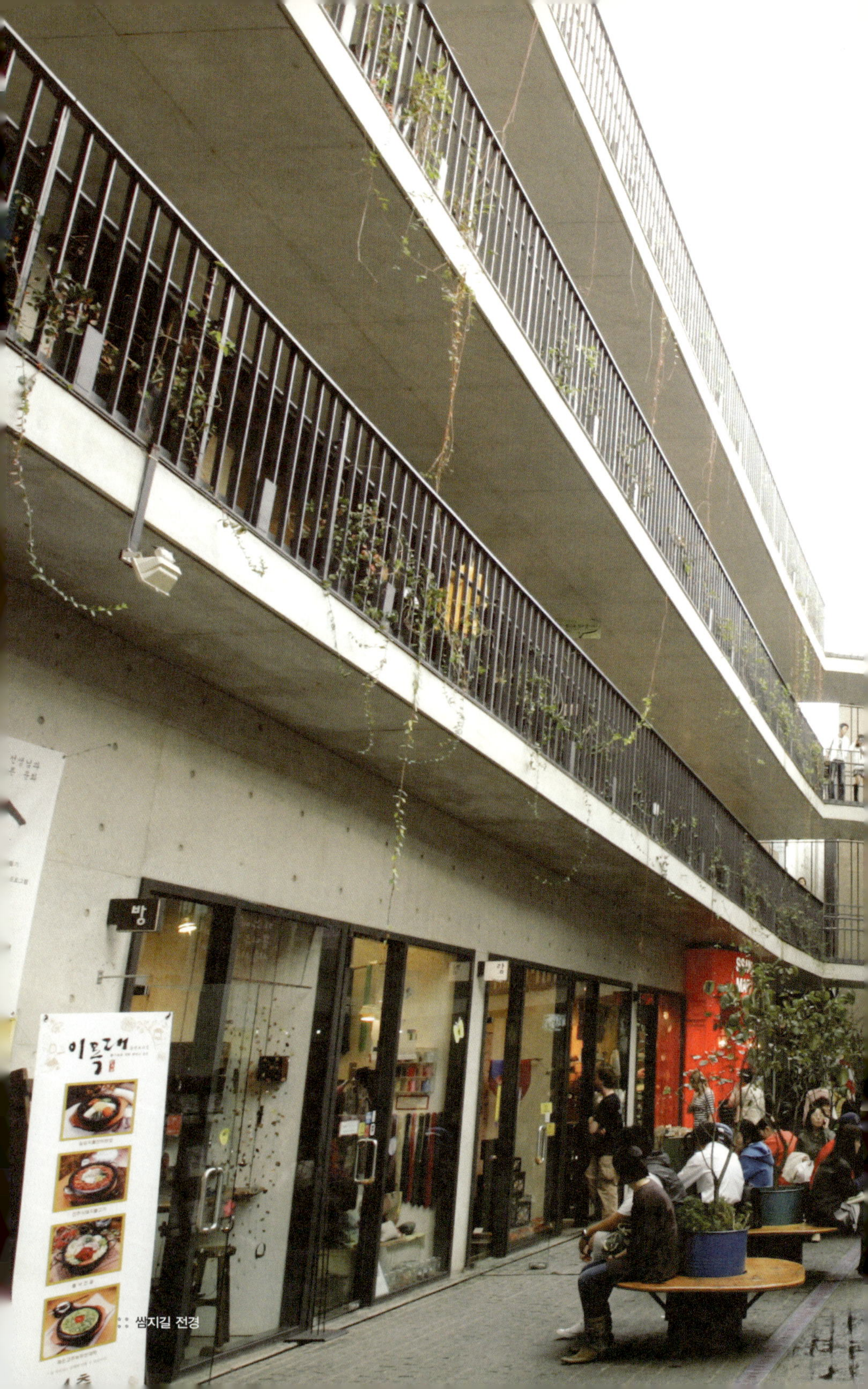

방
이목리
쌈지길 전경

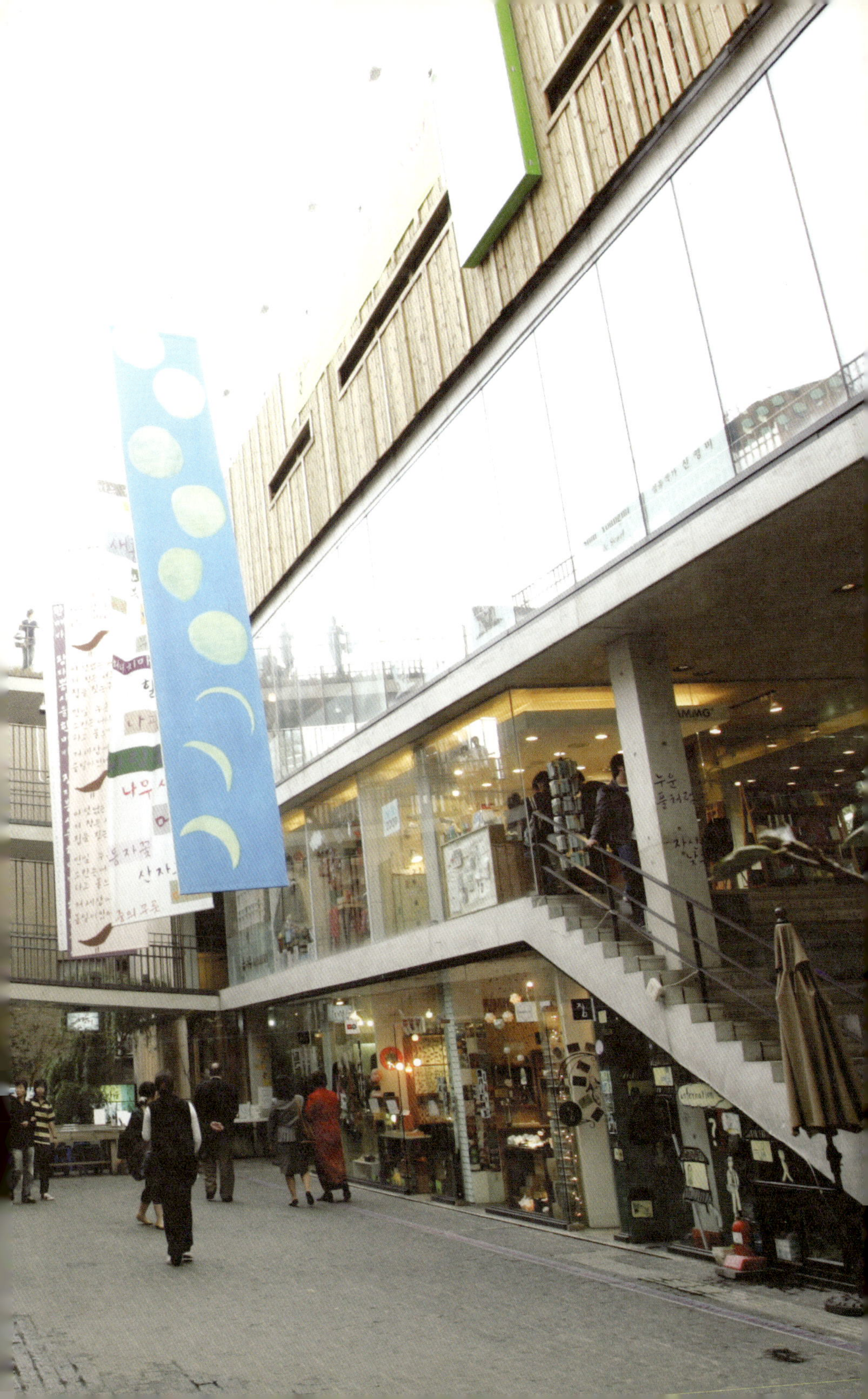

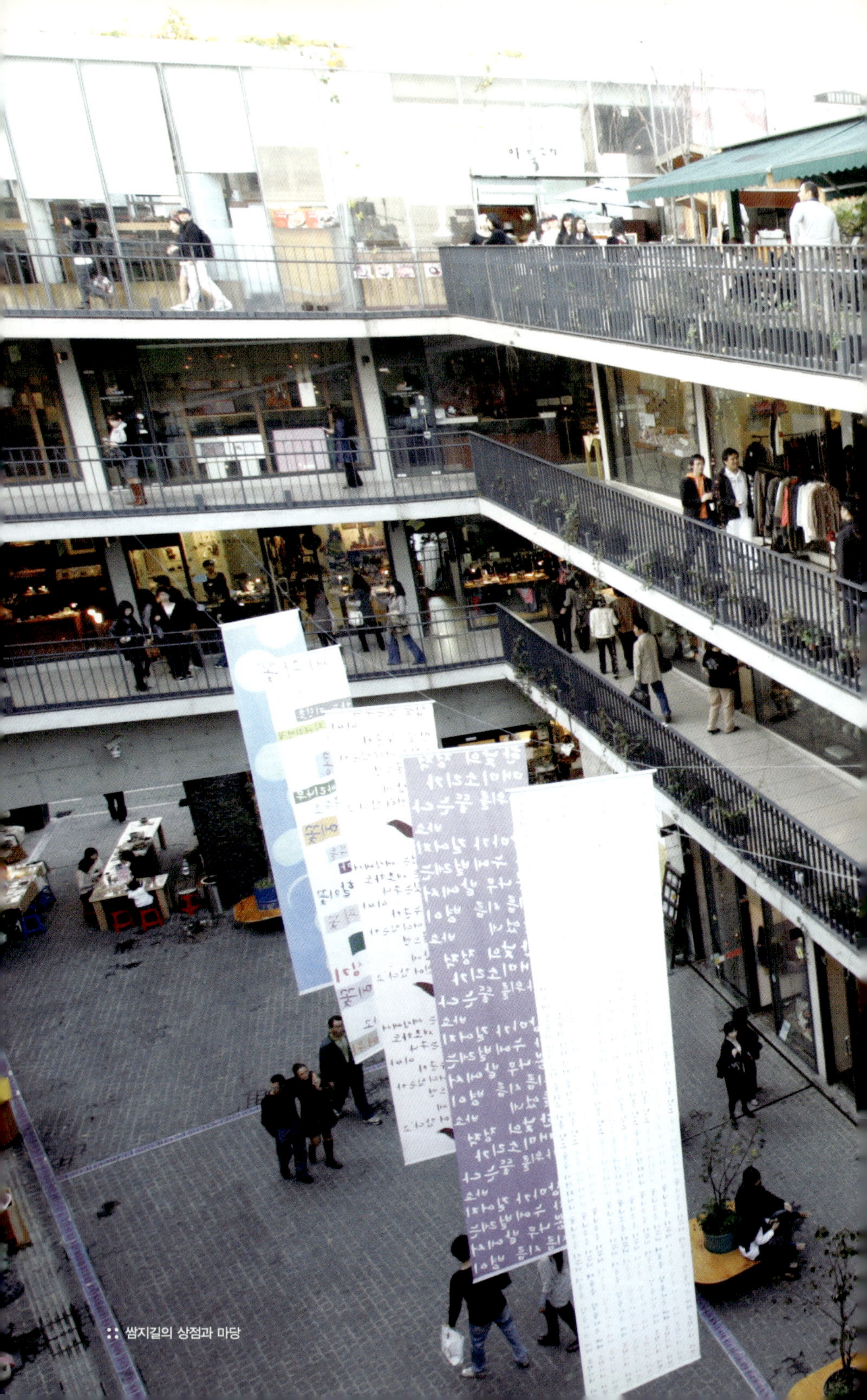

:: 쌈지길의 상점과 마당

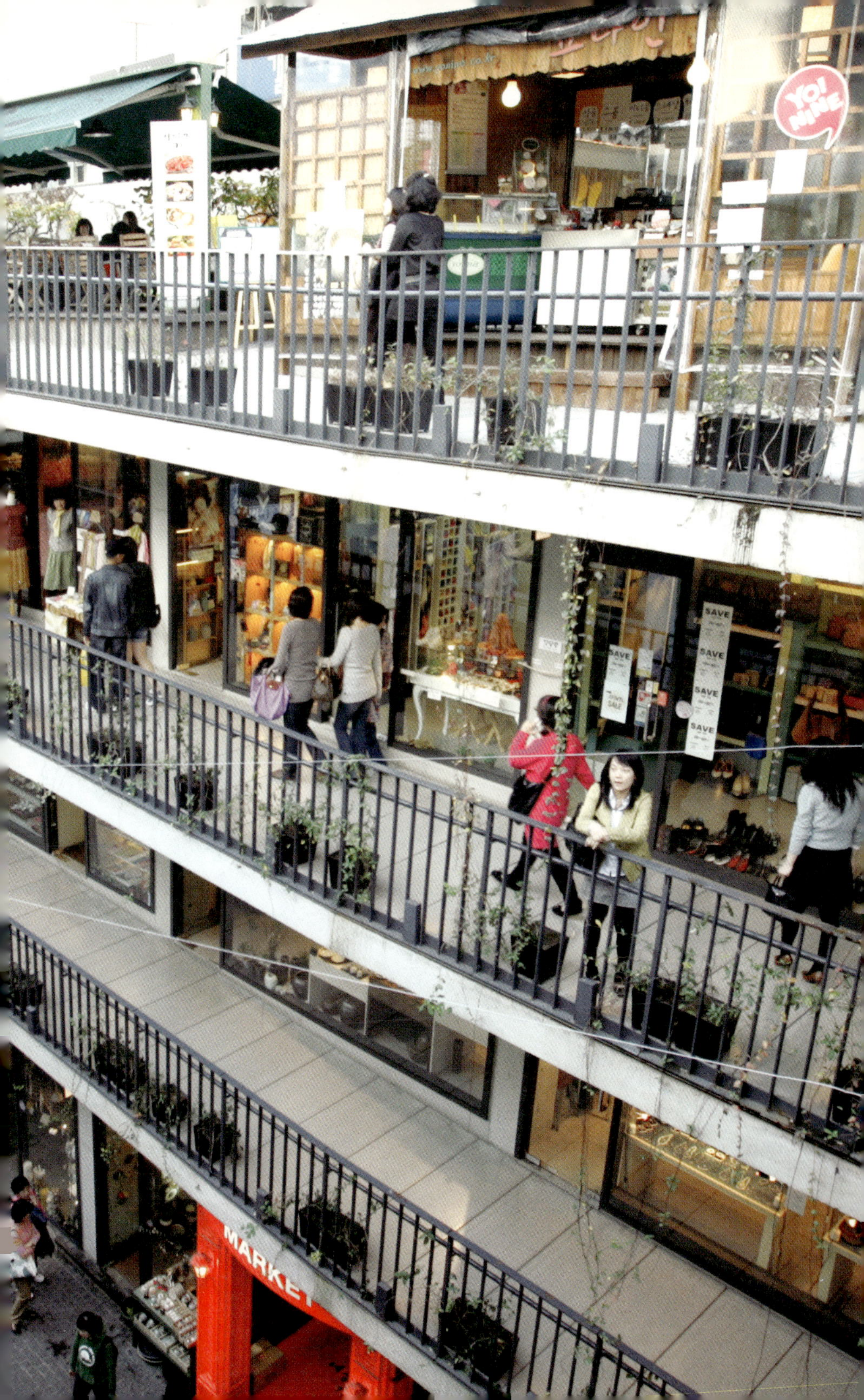

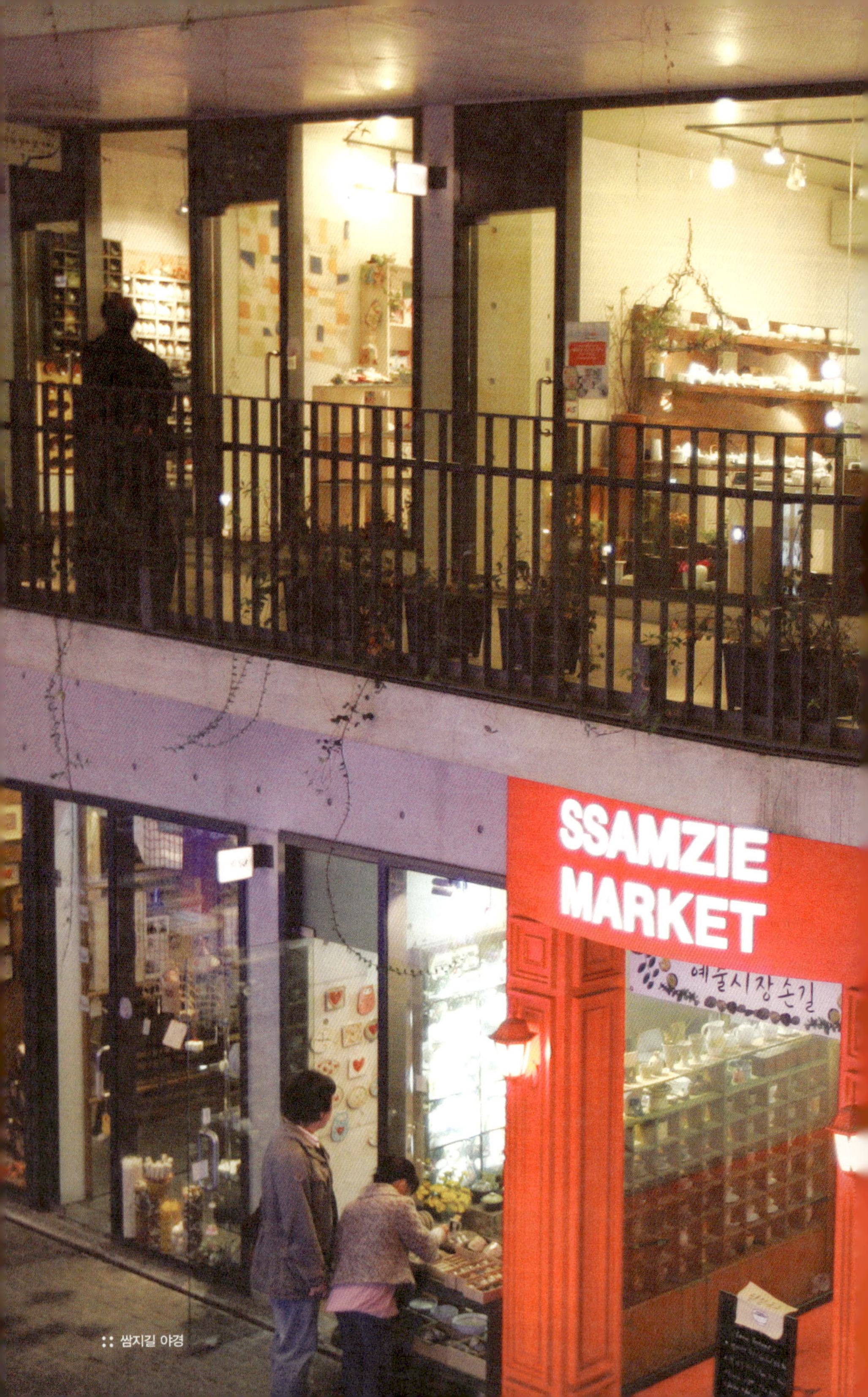

:: 쌈지길 야경

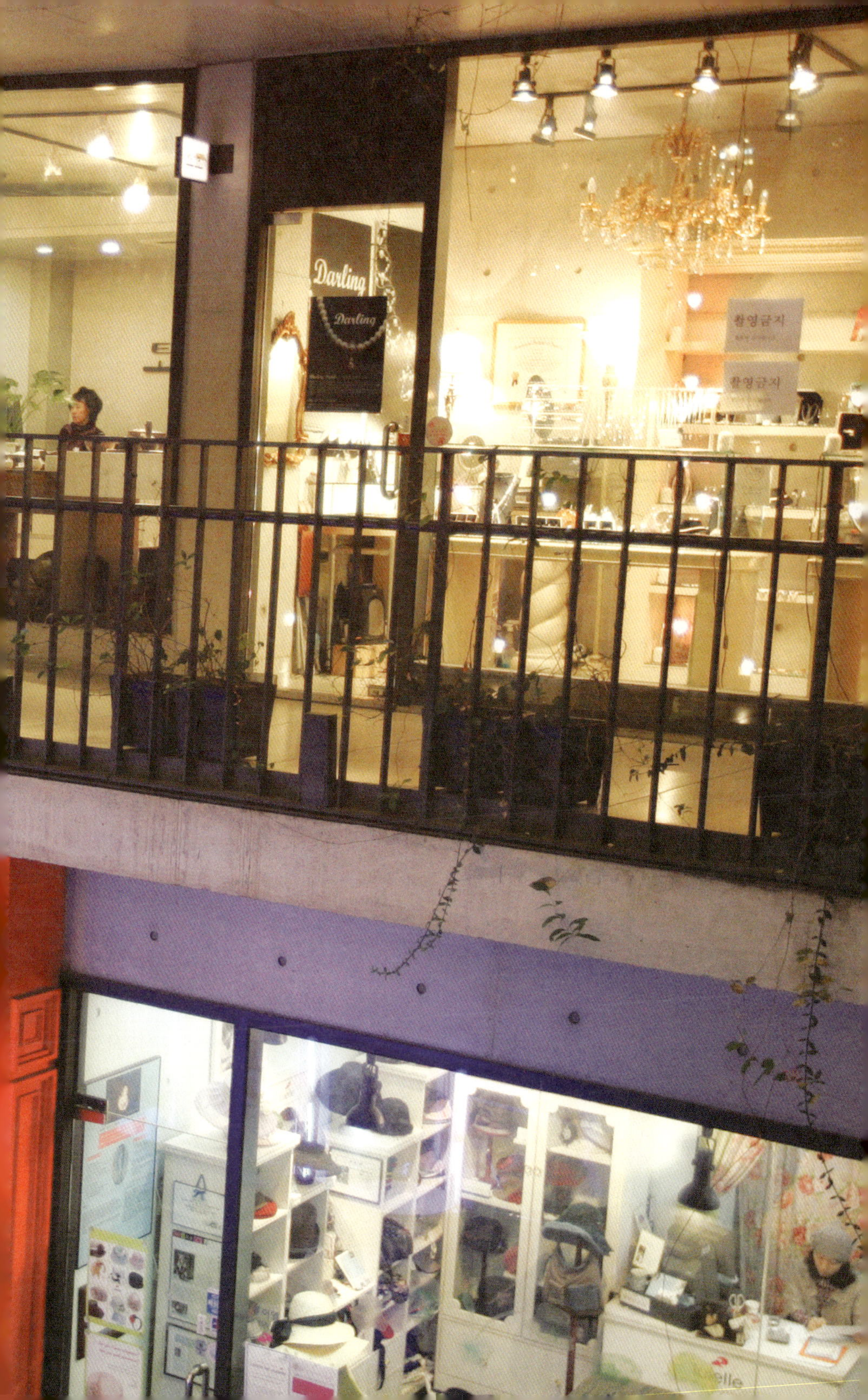
Darling
Darling
촬영금지
촬영금지

ㅁ자 평면에 마치 달팽이처럼 나선형으로 말아 올린 듯 특이한 형태로 1층부터 4층까지 끊임없이 이어지는 낮은 경사의 램프는 걷기 좋은 유쾌한 보행로이다. 70여 개가 넘는 공예전문점들이 1층부터 4층까지 골목처럼 얽혀있고 몇 개의 쉬어 가는 공간에는 젊은 작가들의 설치미술들로 꾸며져 건물전체가 마치 커다란 갤러리 같다.

쌈지길 전체 램프를 따라서 난 길의 천정에는 일반 상점과 같이 현란한 조명이 없다. 상점에서 흘러 나오는 빛만 있다. 이처럼 조명을 상점에만 둔 이유는 상점을 돋보이게 하려는 디자인의 의도라고 말한다.

쌈지길의 연속성은 프랭크 로이드 라이트가 설계한 뉴욕 구겐하임 미술관의 계단 없는 나선형 구조의 통로에서도 찾아볼 수 있다. 구겐하임 미술관과 마찬가지로 직선에 3차원 개념을 도입한 쌈지길은 그 자체로 매혹적인 공간이다. 길의 특성상 미술관으로서 다양한 크기의 작품을 전시하기는 어렵다.

쌈지길에는 비정형의 골목 느낌이 있다. 골목길에서는 생각지 못한 일들이 많이 일어난다. 쌈지길을 공사할 때부터 '쌈지 골목을 준비합니다' 라는 안내판을 내걸은 것을 보면 골목길은 쌈지길의 핵심 디자인 개념임에 분명하다. 계획 당시부터 골목의 개념을 중요하게 고려한 것이다. 이런 입체적인 길을 보여주는 지도가 쌈지길 입구에서 지하로 내려가는 벽면에 있다. 기존의 방식으로 각 층을 1층, 2층이라 부르는 대신, 이를 첫걸음길, 두오름길, 세오름길, 네오름길, 그리고 지하를 아랫길로 불렀다. 친근한 가게들의 이름도 그렇지만 어린아이가 적은 것 같은 글자체와 쌈지길 곳곳에 그려진 다양한 벽화도 현대적인 건물을 더욱 인간적으로 만든다.

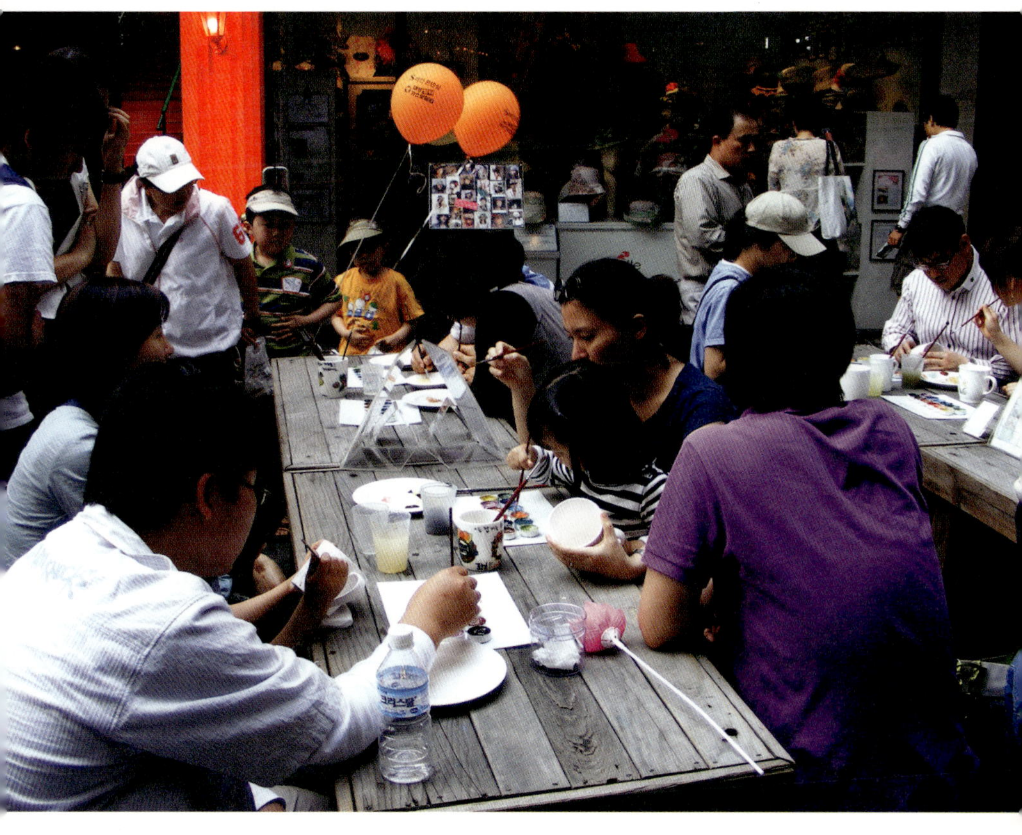

:: 쌈지길 체험마당

쌈지길의 중정은 항상 사람들로 가득하다. 여러 체험행사가 열릴 때는 더 그렇다. 쌈지길에서 체험은 중요한 요소이다. 예를 들어, 머그잔에 스스로 그림을 그려가는 가족단위 방문객들이 줄지어 참여한다. 쌈지길은 건물 전체가 다양한 체험을 할 수 있는 요소로 가득한 매력적인 골목공간이다. 사람들은 참여를 통한 체험을 원한다. 다양한 체험이 있는 쌈지길은 우리의 공간을 한 단계 업그레이드 하는 데 많은 역할을 한 인상적인 건물이다.

쌈지길 마당의 중앙에는 강렬한 붉은색으로 프레임 된 통로가 있다. 쌈지시장으로 가는 통로로서 붉은 바닥과 입구가 아주 자극적이다. 지난 해에 오픈한 쌈지시장은 쌈지길에 이어진 의류와 액세서리 등을 판매하는 매장이다. 디자인에 비해 저렴한 상품과 내세우지 않고 전시된 구성에서 재래시장의 친근함이 묻어있다.

1층과 지하에 있는 '친절한 현자씨' 와 '살롱 드 언니네 이발관' 은 쌈지길 지하에 있는 음식점보다 시각적으로 눈에 띄어서 사람들이 많이 찾는다. '친절한 현자씨' 는 인사동 물가에 비해 가격이 조금 저렴한 편이다. 불편한 이발소 의자가 있는 '살롱 드 언니네 이발관' 은 밴드 언니네 이발관의 보컬 이석원씨가 운영하고 있다. 운이 좋다면 가수의 서비스를 직접 받아 볼 수도 있다. 언니네 이발관의 대표곡에는 '어떤 날', '괜찮아', '바람이 부는대로' 등이 있다.

쌈지길의 오름길을 걷다 보면 갑자기 정원처럼 꾸며진 오솔길을 만나게 된다. 이 오솔길을 따라 외벽 전체가 커다랗게 책과 책장모양의 그래픽으로 뒤덮여 있는 '갈피' 라는 북 카페가 있다. 거대한 그래픽을 사용하였지만 정작 사람들을 끌어들이는 건 그 책 모양의 그래픽 사이 사이 투명하게 뚫린 창을 통해서 들여다보이는 내부와 그 안에 자리잡은 진짜 책들이다.

'갈피' 는 출판사에서 직접 운영한다. 내부에 한국문화를 소개하는 다양한 책들이 비치되어 있고, 외국인에게는 무료관광책자도 배포한다. 긴 의자들과 선반 위의 책들, 잡지표지 모양의 메뉴판에 따라 마치 취향에 따라 책을 주문할 수 있는 바처럼 느껴지는 '갈피' 는 쌈지길 전체가 문화공간이라는 이미지를 더욱 부각시킨다.

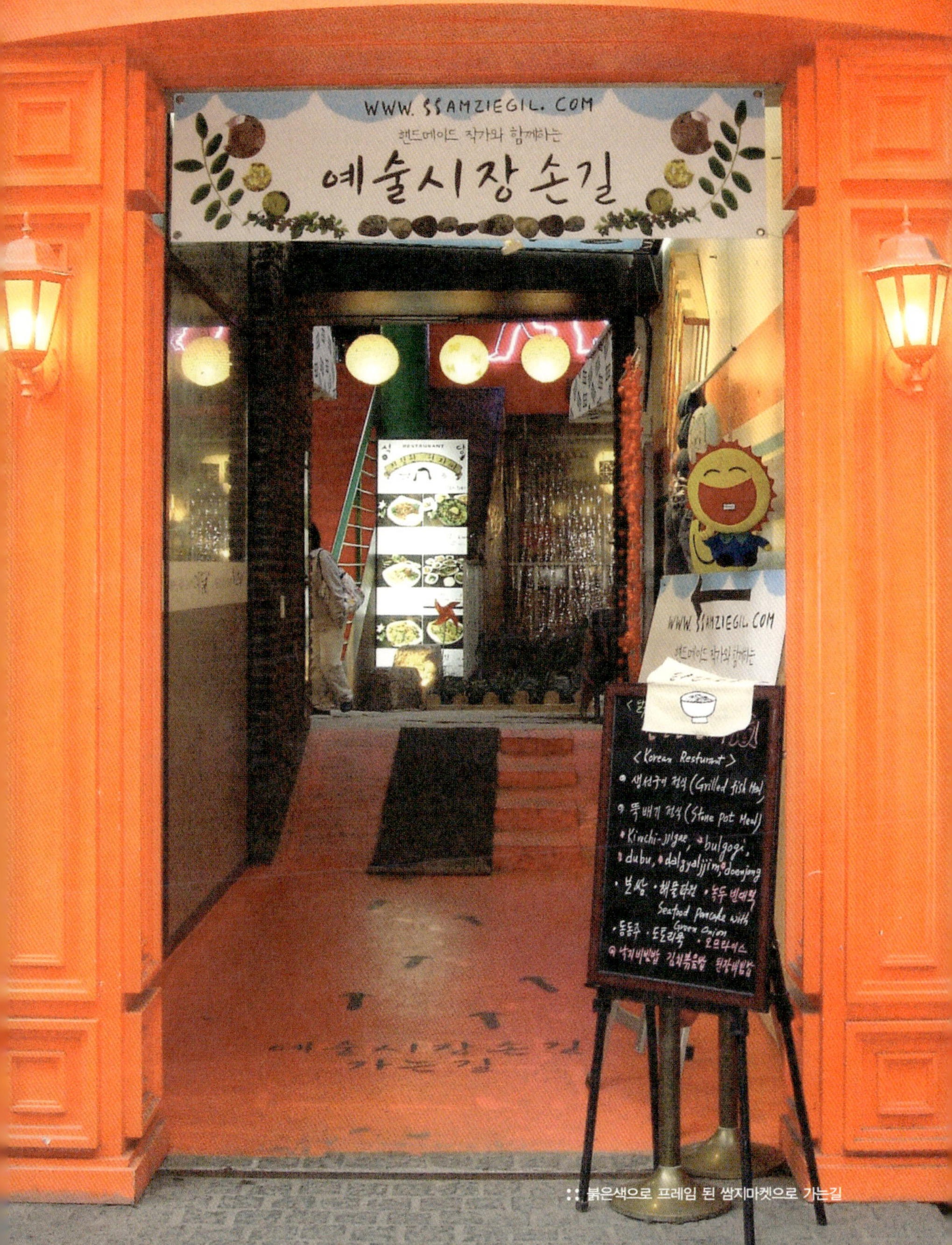

:: 붉은색으로 프레임 된 쌈지마켓으로 가는길

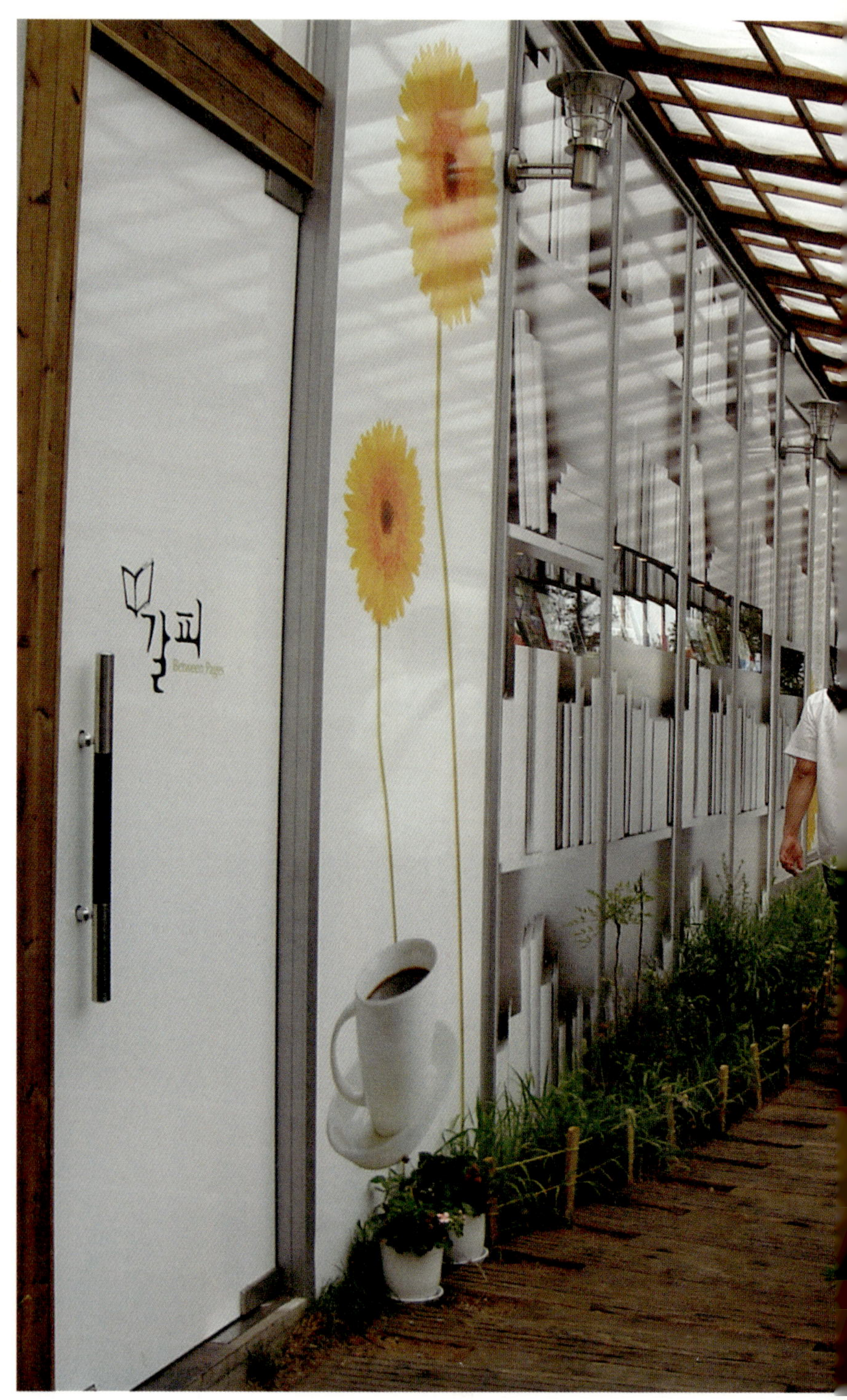

:: 갈피 옆 오솔길

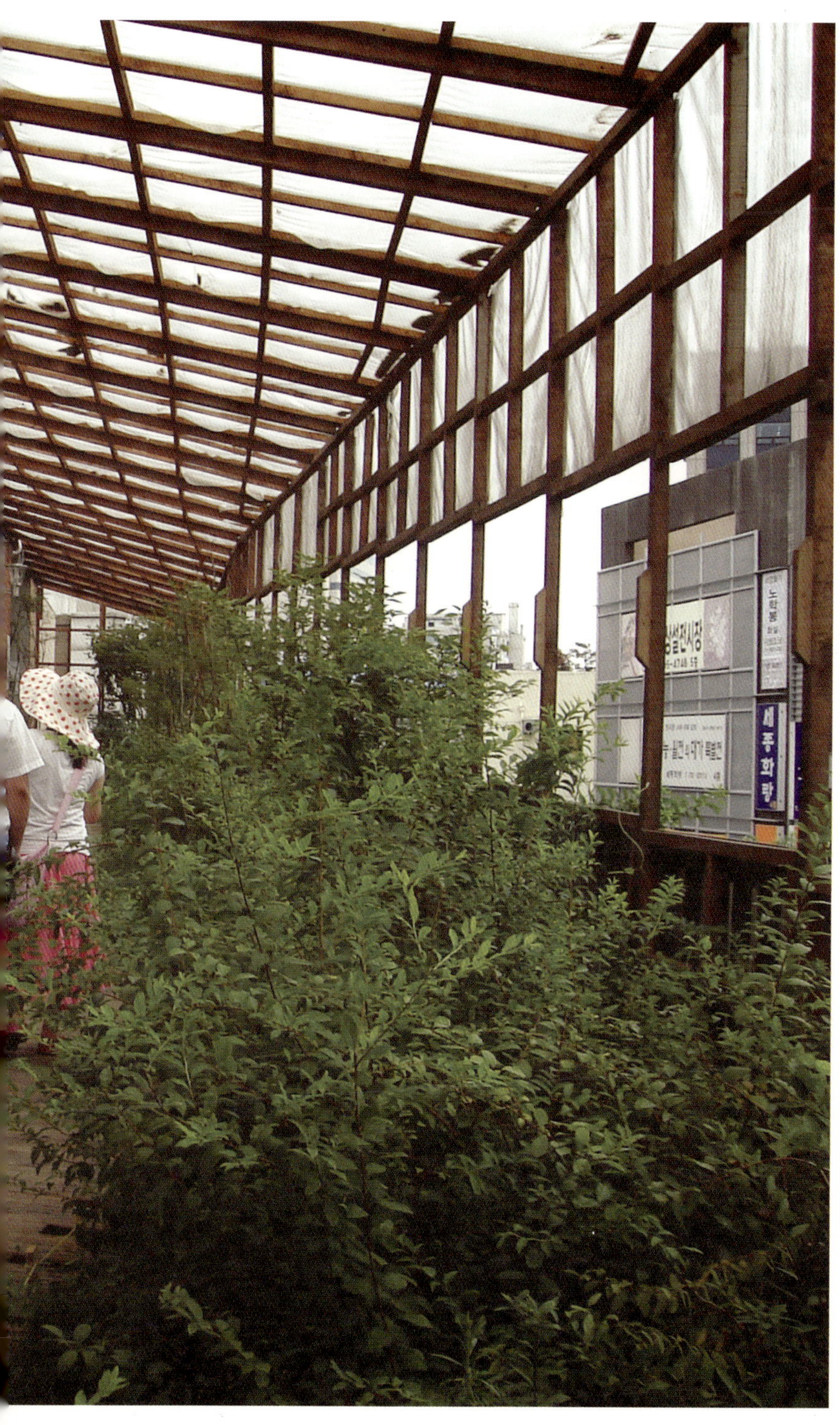

갈피 창가 쪽의 길쭉한 프레임의 창은 안을 들여다 볼 수 있는 기회를 준다. 이곳은 쌈지길의 휴식공간으로서 다락같이 생긴 낮은 천정고의 자리들도 정서적인 만족감을 준다.

책이 주는 지적 만족감과 빼곡히 들어선 가게들, 돌아다니는 쇼핑의 즐거움, 그리고 곳곳에 숨어있는 예술적인 충족감은 쌈지길을 더욱 매력적으로 만든다.

쌈지길은 인사동의 랜드마크라는 말에 이론을 펴고 싶지 않다. 외관적인 스케일만이 거리의 랜드마크적인 요소를 만들 수 있는 것은 아니다. 쌈지길은 다양한 체험을 통해 방문자에게 재미를 제공하여 집객 능력을 높혀 랜드마크가 된 건물이다.

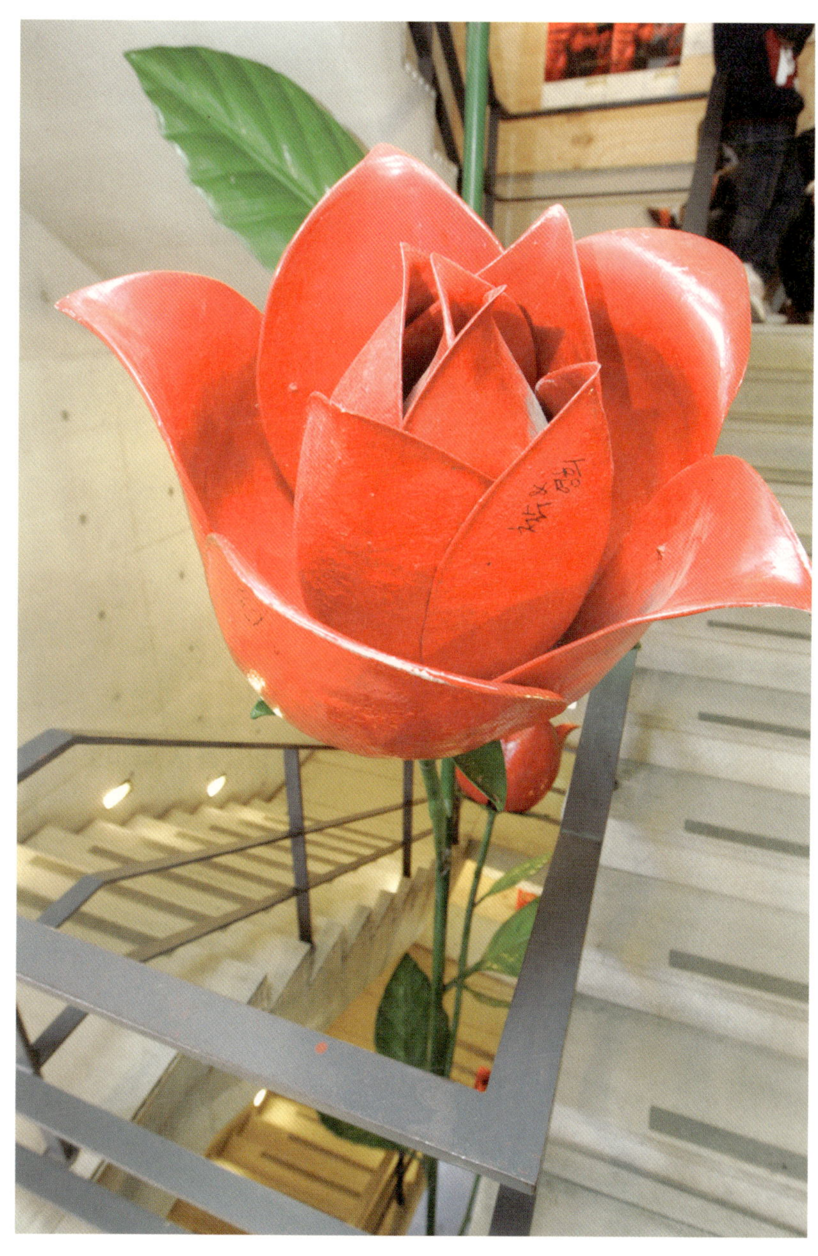

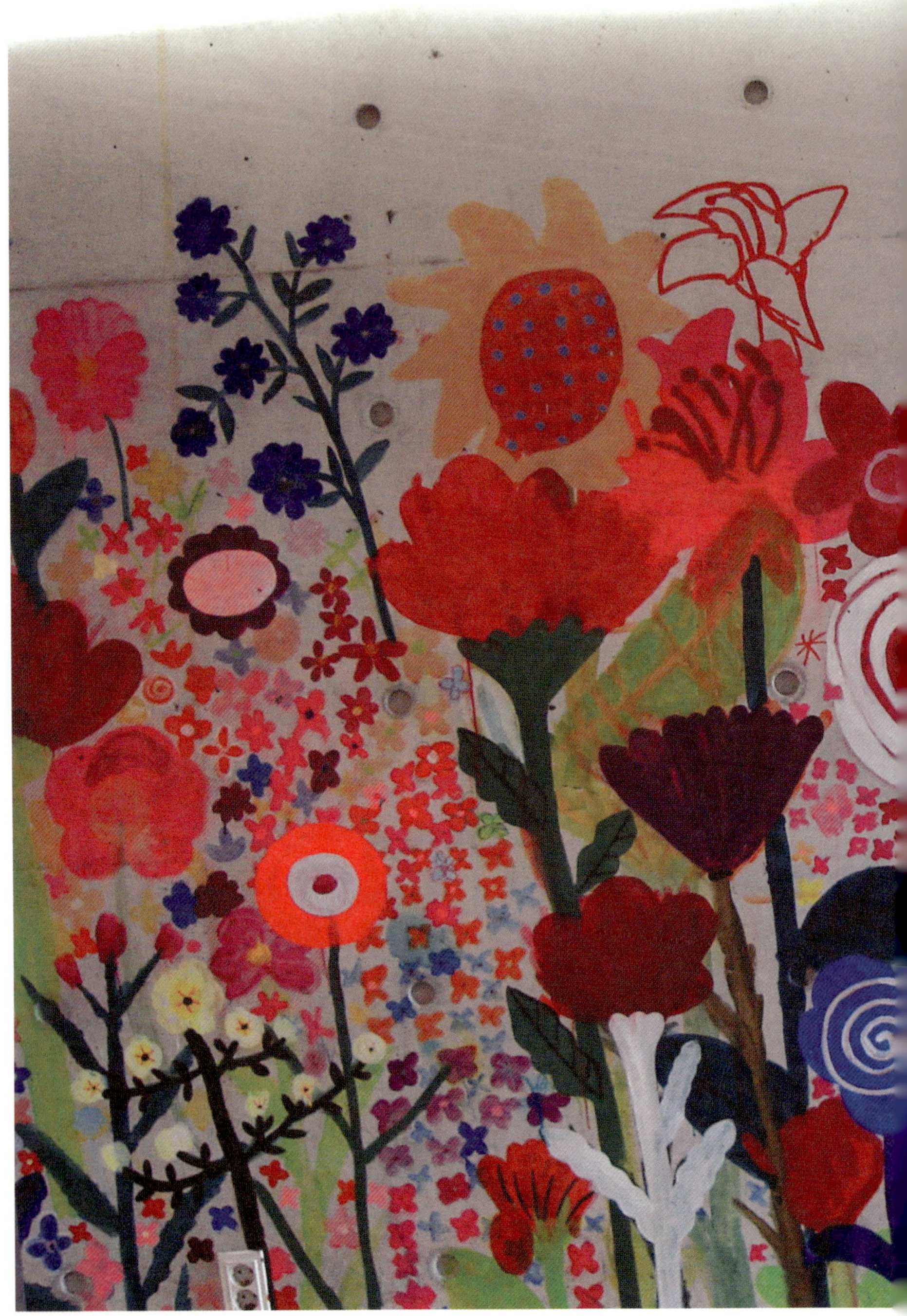

:: 2층 엘리베이터 홀의 벽면

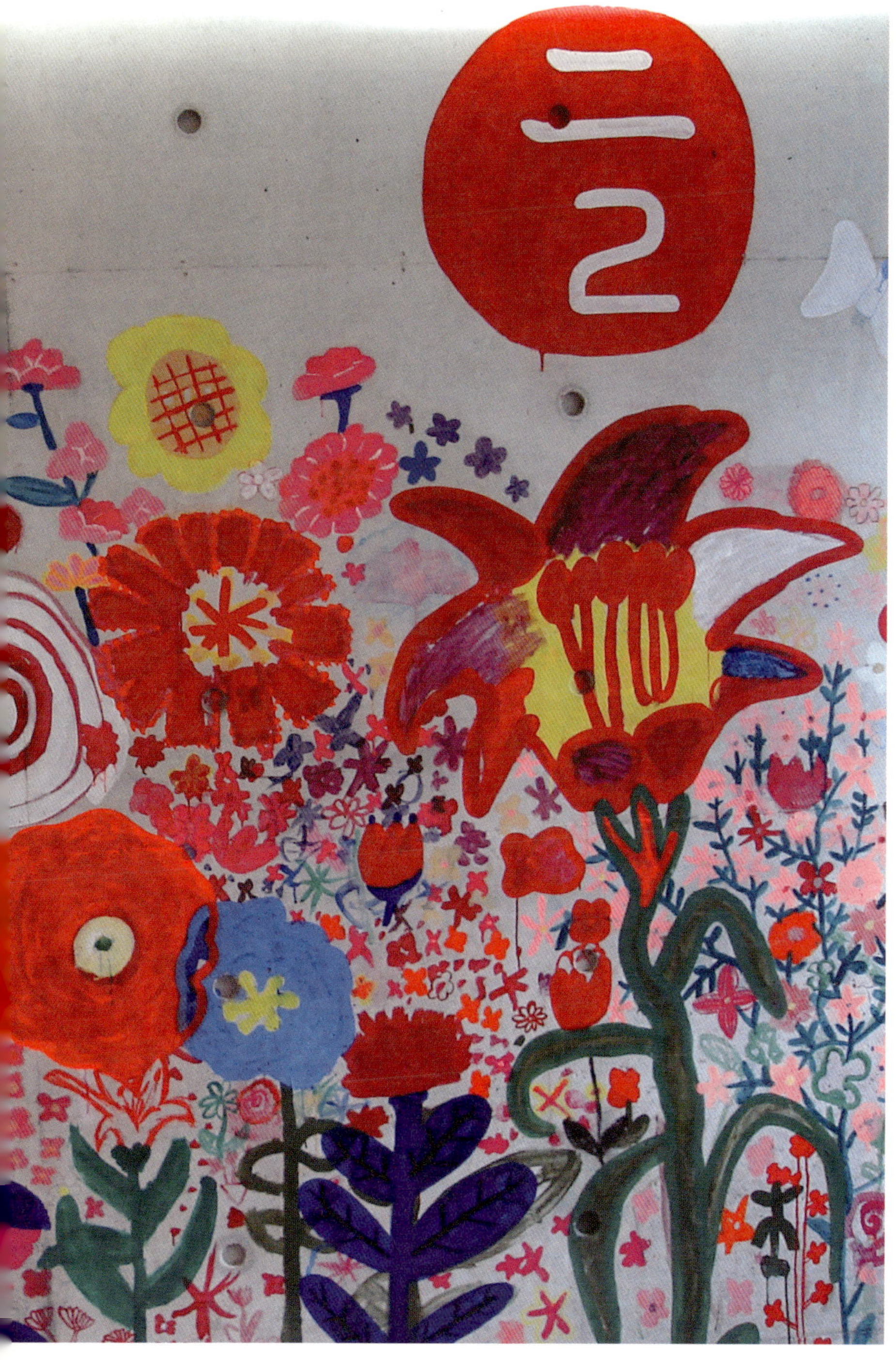

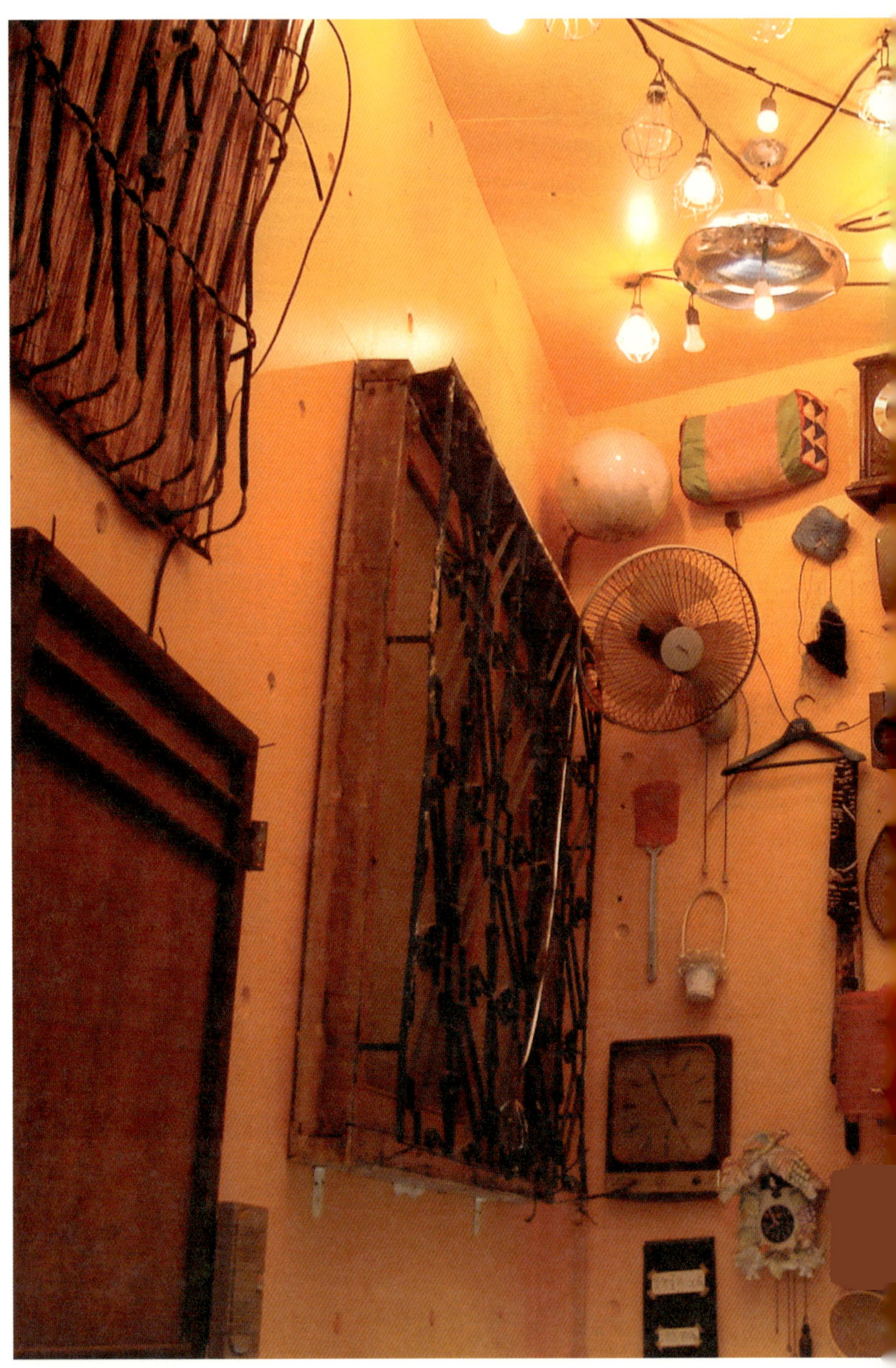

:: 지하로 내려가는 입구

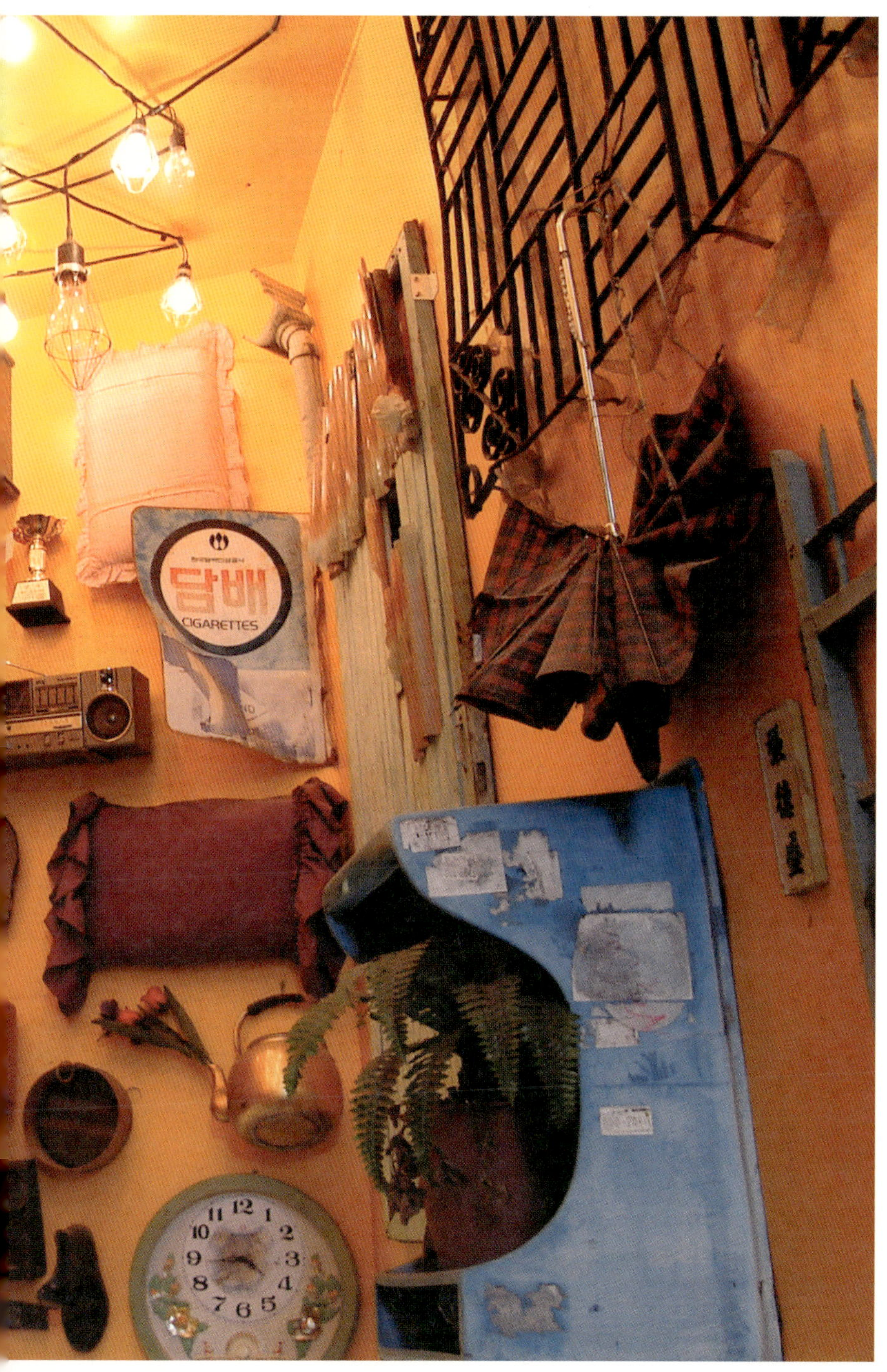
담배
CIGARETTES

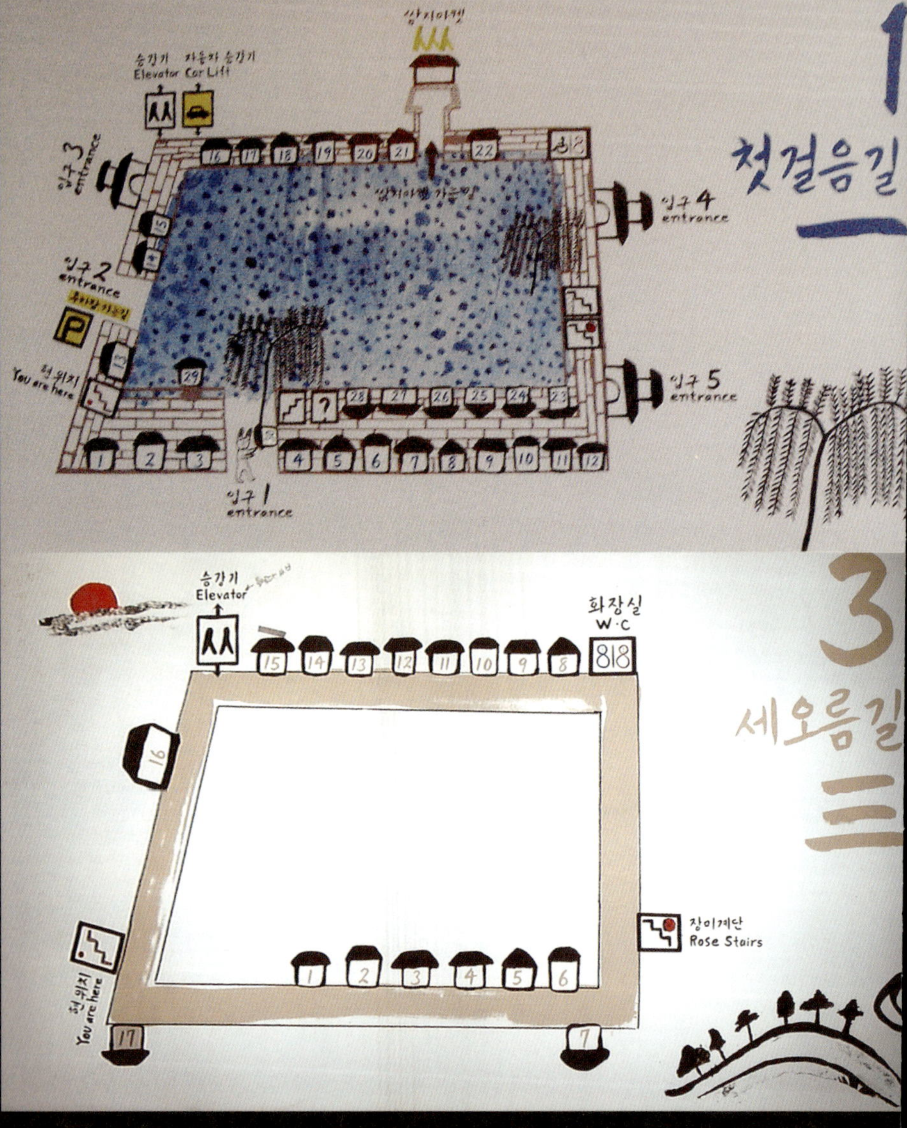
첫걸음길
1
승강기
Elevator
자동차 승강기
Car Lift
입구 3
entrance
입구 4
entrance
입구 2
entrance
주차장 가능길
P
현 위치
You are here
입구 5
entrance
입구 1
entrance
삼지아행
삼지아행 가능일
16 17 18 19 20 21 22
15
13
29
28 27 26 25 24 23
1 2 3 4 5 6 7 8 9 10 11 12
3
세오름길
승강기
Elevator
화장실
W·C
현 위치
You are here
장미계단
Rose Stairs
15 14 13 12 11 10 9 8 818
16
1 2 3 4 5 6
17 7

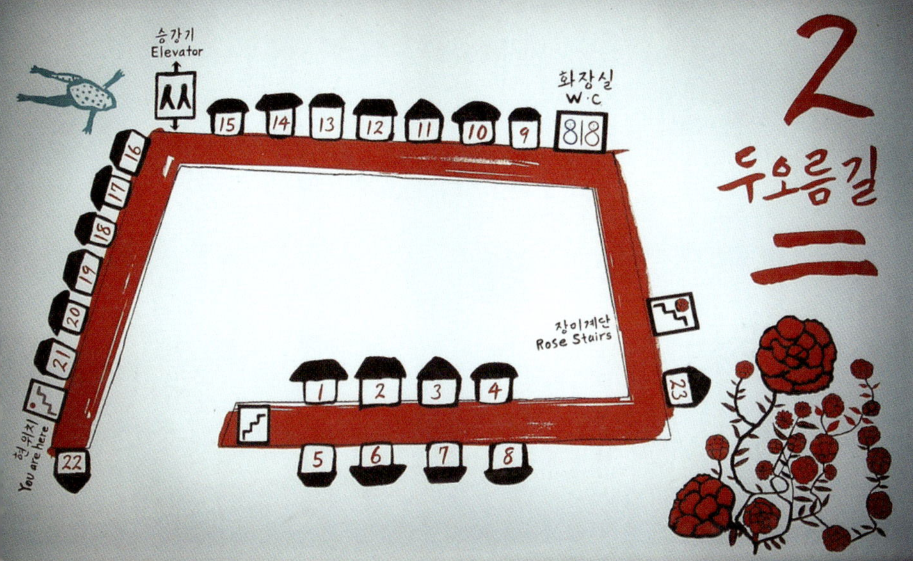

2
두오름길
二

승강기
Elevator

화장실
W·C

15 14 13 12 11 10 9 818
16 17 18 19 20 21 22 23
1 2 3 4 5 6 7 8

장미계단
Rose Stairs

현 위치
You are here

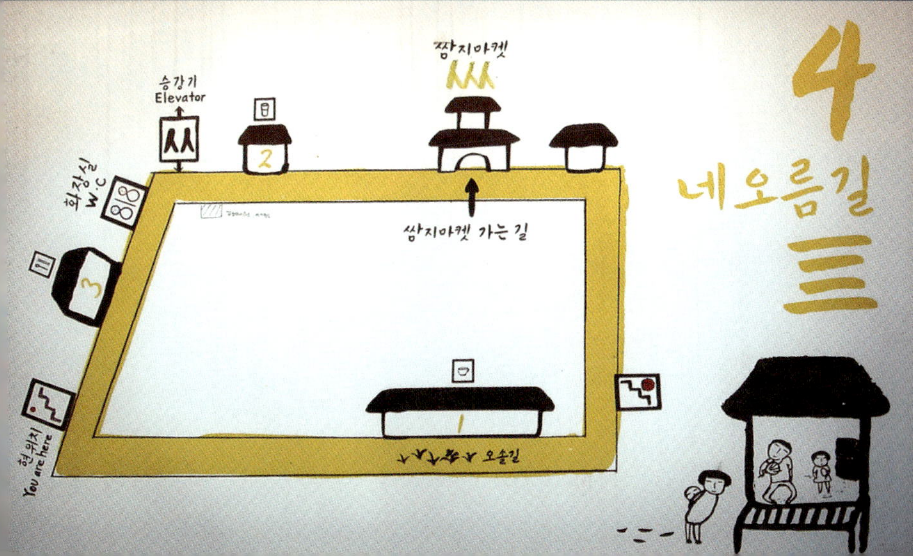

4
네오름길
三

승강기
Elevator

쌈지마켓

쌈지마켓 가는 길

화장실
W·C 818

2
3
1

현 위치
You are here

오솔길

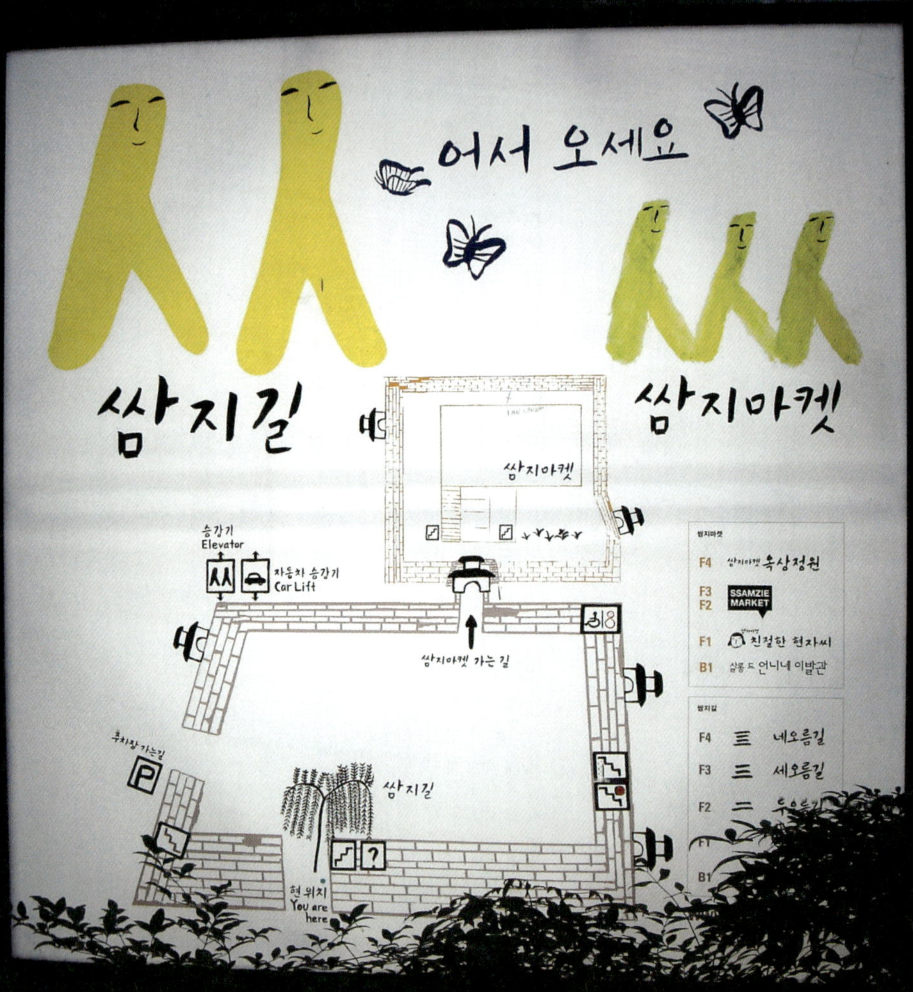

:: 쌈지길의 전체 안내도

⠿ 고택

쌈지길에서 수도약국 모퉁이로 돌아 운현궁 방향으로 가다 보면 차들이 빼곡한 주차장 뒤로 오래된 고택이 있다. '민가다헌' 이다. 서울시 민속자료 제15호로 지정된 전통가옥으로 화신 백화점을 설계한 박길용씨의 1930년대 작품이다. 전통가옥이지만 한옥에 현관이 있고 화장실을 내부에 설치해 복도로 연결한 최초의 개량 한옥이다. 예전에는 작은 주차장에도 똑같은 형태의 한옥이 있었지만 지금은 옮겨져 월계동 각심재月溪洞 恪心齋로 보존되고 있다. 민익두 선생이 두 아들에게 똑같은 한옥을 지어 물려주었다는 이야기가 재미있다. 현재 프랑스 와인 전문 수입판매 업체인 '와인나라' 에서 퓨전 레스토랑으로 운영하고 있다.

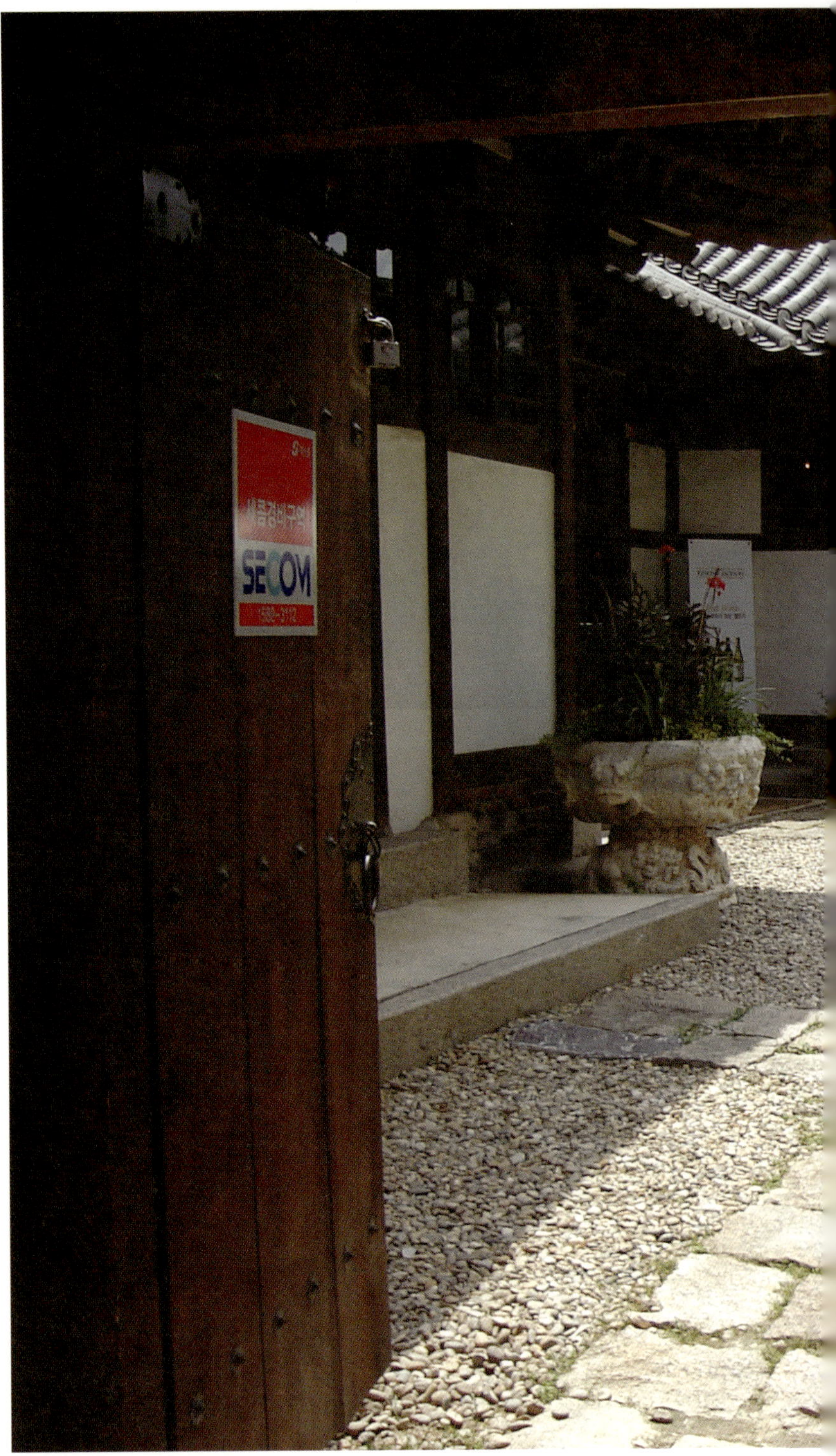

:: 민가다헌 입구

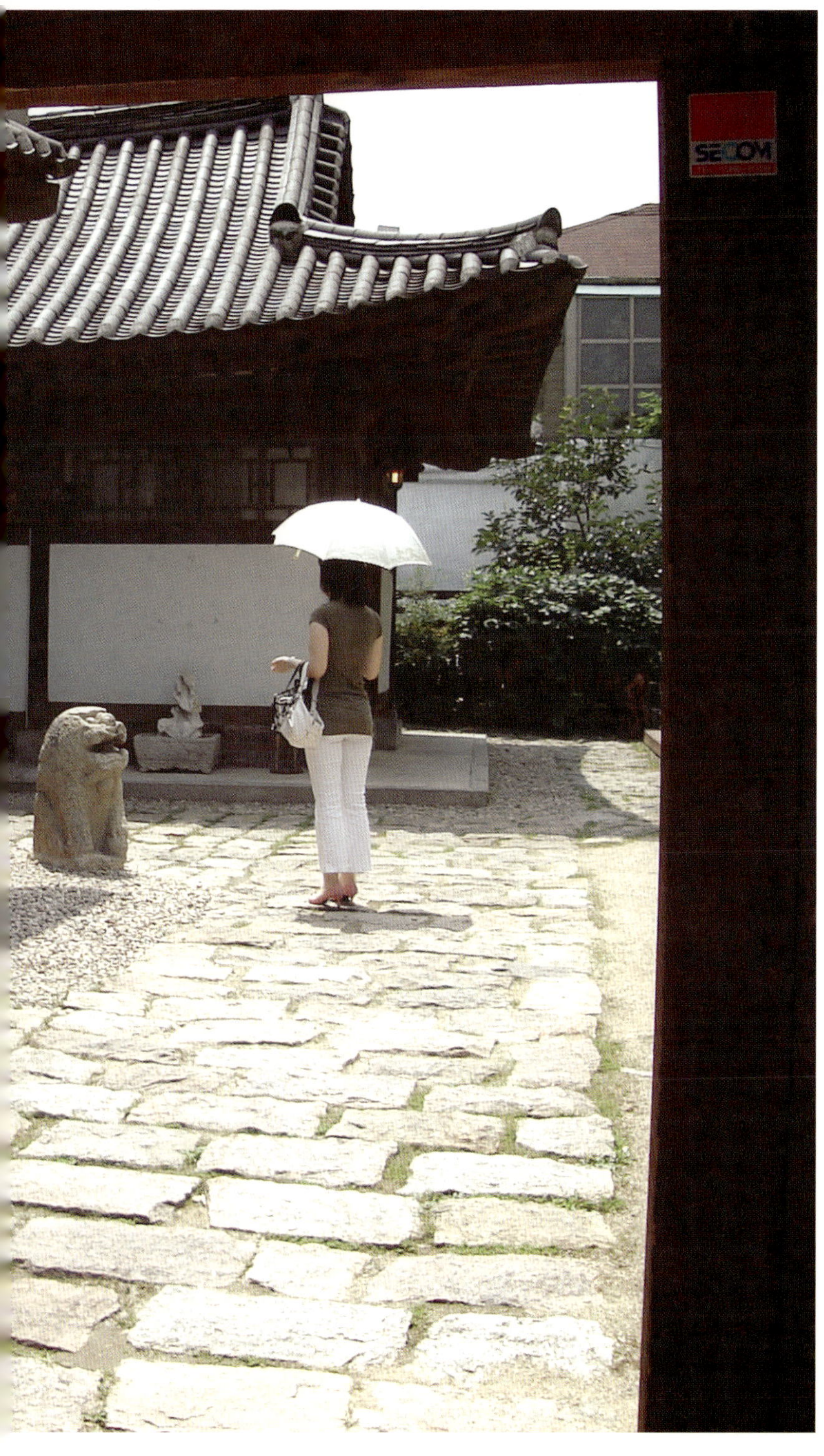

고풍스런 민가다헌의 솟을대문으로 들어서니 마치 타임머신을 타고 1930년대의 과거로 돌아온 듯하다. 익살스런 돌 조각이 주인을 맞이하는 바둑이처럼 다소곳이 앉아있고 왼편 정원에는 다양한 조각품들과 수석들, 화초들이 있다.

미닫이문의 형태를 현관으로 사용하고 있다. 똑같은 미닫이 문이 여러개가 있어 현관을 혼동하는 사람도 가끔 있다. 그나마 출입문이란 표시가 있어 다행이다. 더구나 '신발을 신고 들어가세요' 라는 표시가 잠시 멈칫하게 만든다. 신발을 벗는 것에 익숙하기 때문이다.

대청으로 올라가는 모양의 현관에서는 동물조각을 볼 수 있다. 세련된 형태는 아니지만 투박하고 깨어진 형태가 우리들을 과거의 시간으로 초대하는 듯하다. 대감댁에 들어가듯 조심스럽게 문을 열고 들어서면 신발로 밟기가 미안할 정도로 깔끔한 마루가 있다. 전통문양의 창호들로 꾸며진 복도에선 쪽머리를 한 종업원이 세련된 서비스로 자리를 안내한다. 시작부터 개화기의 외교관이나 고관이 된 듯한 착각을 할 정도로 대접받게 되는 것이다.

예스러운 공간 안에서의 좋은 분위기 때문인지 손님들의 대화가 곳곳에서 끊이시 않는나. 사실 젊은 층이 찾기엔 비용 면에서 다소 부담이 된다. 그러나 특별한 날 연인들이 민가다헌을 찾아오기도 한다.

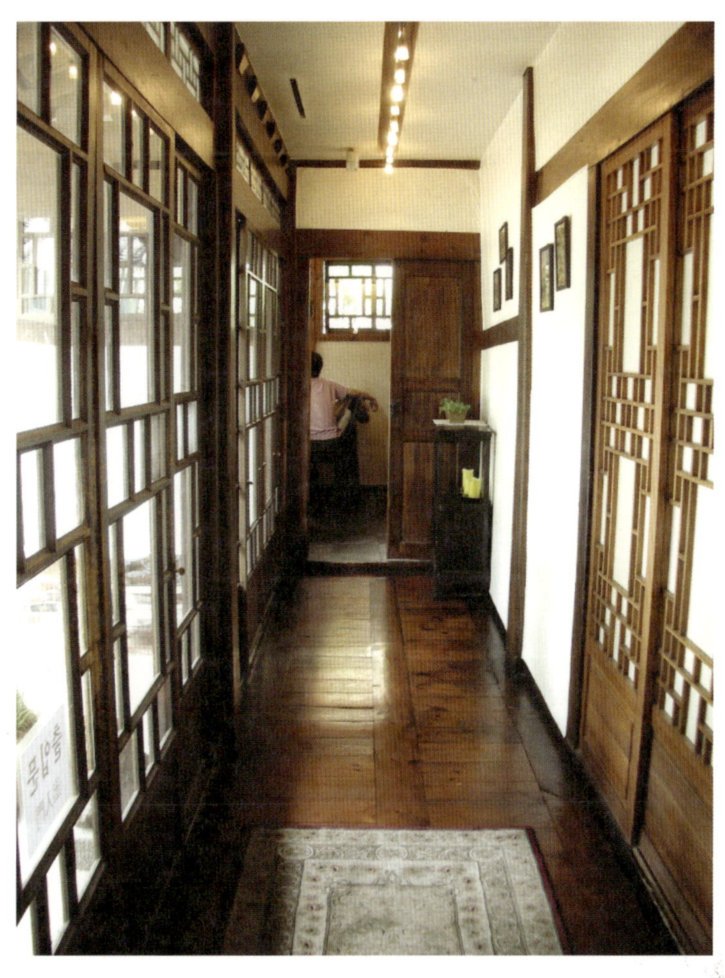

:: 민가다헌 복도

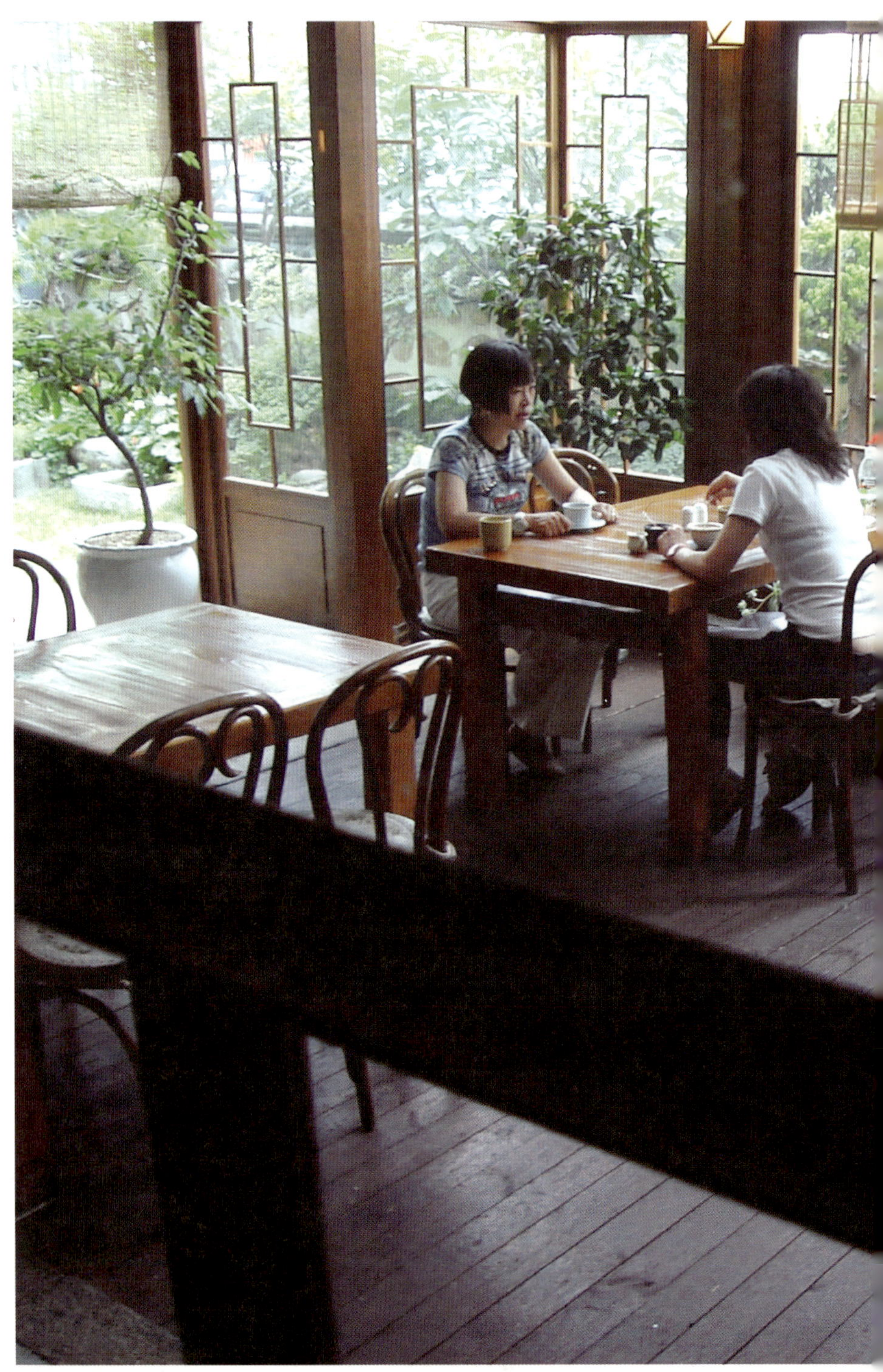

:: 민가다헌의 야외 테라스

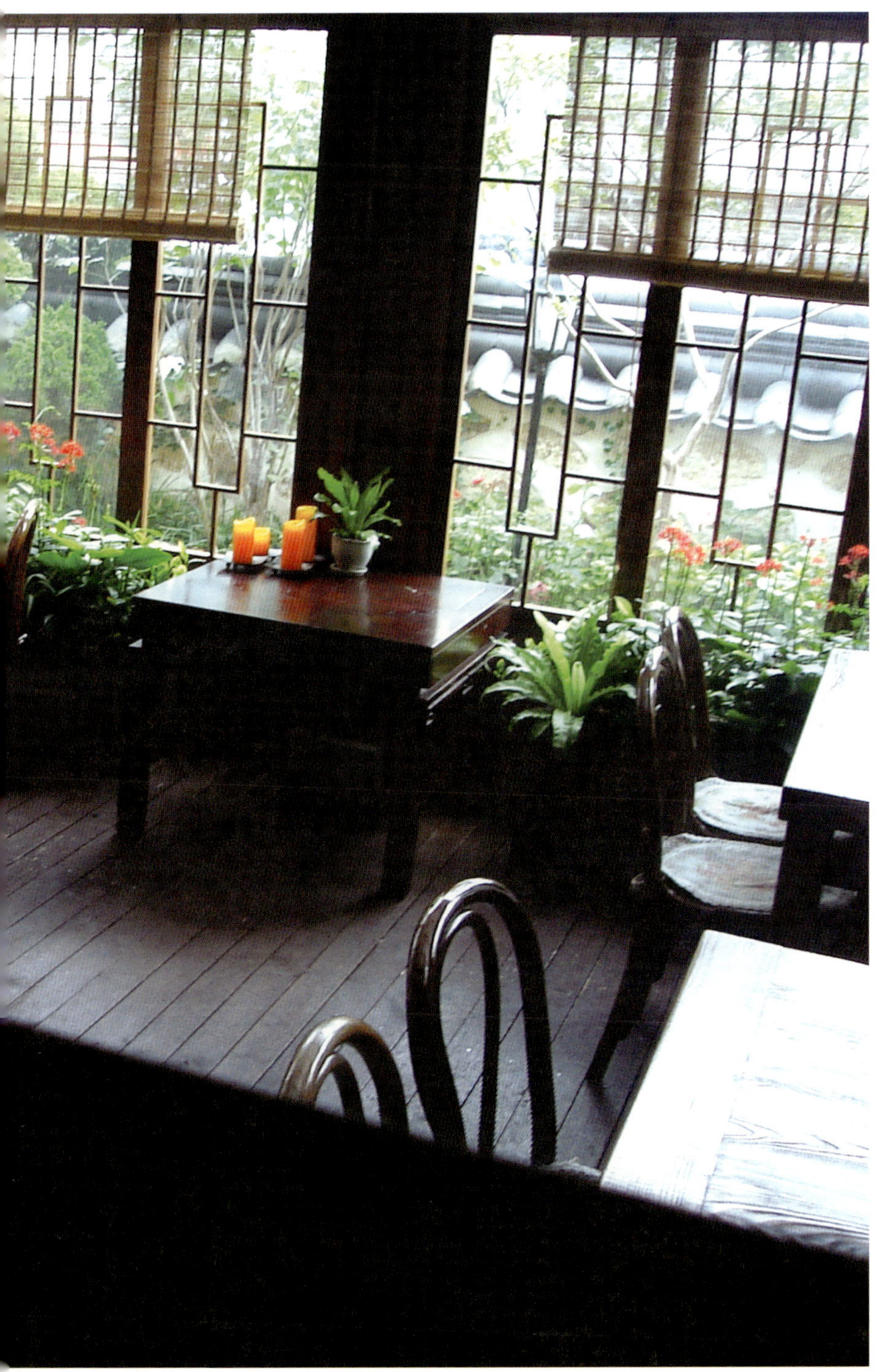

운영주체가 와인전문회사이다 보니 민가다헌에는 와인리스트와 소믈리에가 항시 상주하고 있다. '와인나라'는 와인에 대한 모든 것을 전파하고자 한다는 전략으로 단순한 와인판매를 넘어 고급스런 와인샵, 바, 레스토랑을 운영하는데, 와인과 음식, 예술을 조화시킨 새로운 라이프스타일을 제공한다는 개념을 전통공간이 적절하게 받쳐준다.

그러나 민가다헌에는 와인뿐만 아니라 전통차도 있다. 대부분의 전통찻집이 소규모이며 어둡고, 복잡한 경우가 많은데 민가다헌은 고급스런 느낌과 세련된 서비스가 있어서 좋다.

자계병풍을 뒤로하고 빅토리아 풍의 의자에 앉아 천장 아래로 노출된 서까래 밑의 은은한 샹들리에와 구한말의 소품들이 전하는 이야기를 듣는 것은 분명 특별한 체험이다. 외부로 통하는 창호엔 한지 대신 유리가 끼워져 있다. 그 투명한 창의 프레임으로 정지되어 나타나는 민가다헌의 아름다운 외부 정원들의 모습이 마치 아름다운 사진과 같다.

경주에 문을 연 한옥호텔 '라궁'도 우리네 전통 한옥과 서양식 호텔을 접목해 완성한 한옥식 퓨전 호텔이다. 새로운 체험을 위해 각 객실에서 노천 온천까지 즐길 수 있도록 돌 욕조가 있다. '제대로 즐길 수 있는 전통 숙박시설'이 라궁의 브랜드 이미지이다. 라궁의 설계자인 조전환 목수는 라궁에서 모듈화 된 설계를 바탕으로 기계의 힘을 빌려 현대적인 생산 방식으로 완성하는 방법을 시도하였다고 말한다. '유령'이 된 왕의 집을 만들기보다는 살아 있는 보통사람의 집을 짓고 싶었다는 조전환 목수의 모듈을 이용하는 방식은 공사 기간을 단축해 한옥의 대중화와 현대화에 기여했다. 즉 전통에 현대성을 결합해 누구나 즐길 수 있는 대중적인 전통을 창조해 낸 것을 높이 살 만하다.

한옥의 개념을 상업적인 공간으로 활용한 또 다른 예를 함양한옥에서 찾을
수 있다. 아름지기 '함양한옥'은 2003년 정선 전씨의 150년된 함양의 한옥을
기증 받은 이 전통가옥의 멋과 현대적인 실용성을 조화시켜 한옥문화체험관
으로 복원한 것이다. 구례마을의 '쌍산재'는 인사동에 있을 법한 한옥 카페
같은 세련됨이 있는 한옥 펜션이다.

가장 가까운 가족들 사이에서 조차 많은 대화가 오고 가지 않는 요즘을 보며
현대인들이 서구화된 사회에서 정작 중요한 것을 잃고 살아가고 있다는 생각
을 한다. 대화가 필요하다.

:: 인사동에서 만나는 상점

인사동 길에서 쉽게 찾을 수 있는 또 다른 대표적인 장소가 통인가게이다. 역사적으로도 1924년 설립되어 지금까지 우리 문화와 예술을 알리고 보급하는 데 중요한 역할을 해온 인사동의 터줏대감이다. 외부 간판에서 보여주는 통인가게의 심볼마크인 호랑이는 우리 민화에서 나타나는 친근하고 익살스런 전통적인 해학이 있다.

1970년에 2층 한옥을 개축하여 현재의 모습을 하고 있지만 1층 현대공예품 가게에서는 예전의 한옥과 한옥마당이 창 너머 한눈에 들어온다. 기와의 선과 옹기, 바닥의 박석들이 만들어내는 고풍스런 여백의 미가 느껴지는 이곳은 전통과 현대의 공예가 공존한다. 게다가 한옥과 현대건물이 만들어낸 마

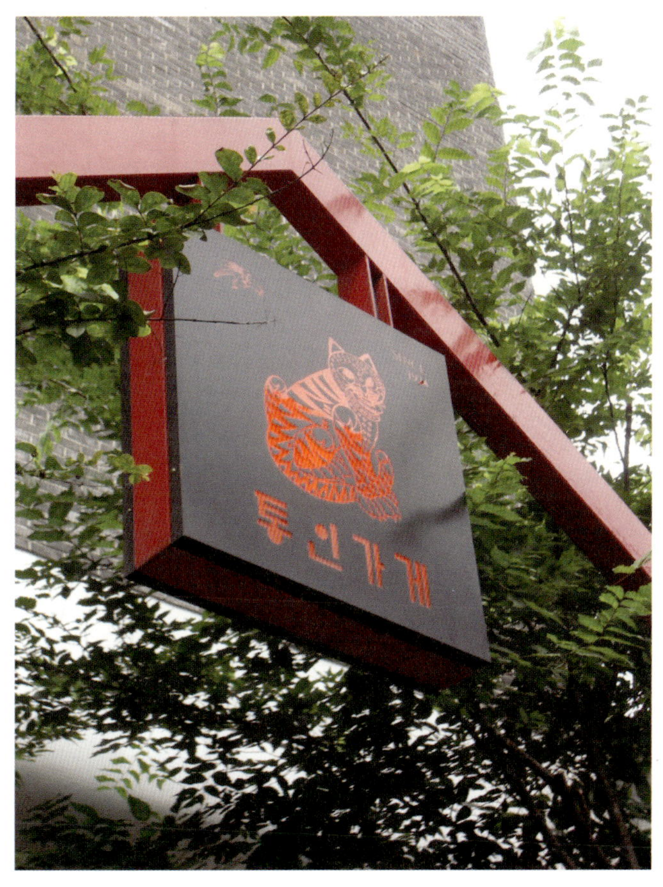

:: 통인가게의 간판

당에는 거친 박석이 깔려 있다. 다양한 종류의 옹기들과 석등, 등나무가 그곳에서 세월을 이야기 하고 있다. 이 작은 공간에 오밀조밀 모여 있는 모습은 특별히 기획된 전시물들처럼 그 정갈한 비례가 하나하나 조화롭다. 80년이 넘은 통인가게의 역사를 고스란히 담고 있는 공간이며 가업을 지켜온 주인의 고집스러움이 고스란히 담겨있다.

인사동의 다른 공예 가게들 보다 특별한 아이덴티티가 통인가게에 있다. 1층 현대공예품, 2층의 전통공예품, 3층의 되살림 가구, 4층의 고미술품까지 각각의 공간이 개성적인 모습을 하고 있지만 전체적으로는 통일된 이미지를 갖고 있다.

예나 지금이나 동서양을 막론하고 사람간의 커뮤니케이션이 중요하다는 것은 누구나 알고 있는 사실이다. 물론 사람과 사람 사이의 대화는 당사자들의 친밀도에 의해 좌우될 수 있다. 사실 공간 자체가 사람간의 대화에 영향을 크게 미치기도 한다. 좋은 공간디자인이란 사람과 건물간의 대화를 이끌어내는 것을 말한다. 사람과 건물간의 대화라니? 언뜻 이해 가지 않는 부분도 있지만, 사람과 건물과의 대화란 쉽게 말해 사람들이 움직이면 천장의 불이 켜지고 전진하면 문이 열리는 것 등을 의미한다. 다시 말해 공간의 자동화는 단순한 편리성 그 자체가 아닌 마치 친구 같은 존재로서, 서로 대화한다는 측면으로 재조명되어야 한다는 뜻이다. 나와 친구가 되는 공간이 우리가 꿈꾸는 유토피아적 공간이 아닐까 싶다. 즉 공간과 사람간의 대화가 원활히 이루어지면 사람과 사람간의 대화도 활발해 질 수 있다는 말이다.

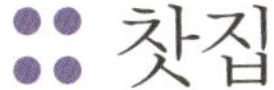 찻집

인사동 길에서 낙원상가로 가는 길로 접어들면 예쁜 찻집이 단아하게 자리 잡고 있다. 황토로 마감한 외관과 현관에 작은 정원에서 소박함이 묻어 나오는 전통찻집. 소금인형이다. 소금인형은 술을 팔지 않아 조용한 찻집 중 하나로 주인장이 직접 만든 전통차와 찹쌀죽, 화전, 한과에 녹아있는 전통의 맛을 느낄 수 있다.

하지만 인사동에서 우리네 전통차가 아닌 스타벅스 커피를 사 들고 거리를 활보하는 사람들을 만나면 왠지 씁쓸해진다. 물론 단순히 입맛이 다르다는 기호식품의 논리로써 커피를 옹호할 수도 있다. 그래도 역시 커피에 밀려 우리 전통차 문화가 점차 사라져가고 있는 것이 안타깝다.

바다로 간…
소금
인형
전통차, 한방차, 죽
korean traditional tea shop
바다로 간…
소금
인형
전통차, 한방차, 죽
korean traditional tea shop
소
금
인
형

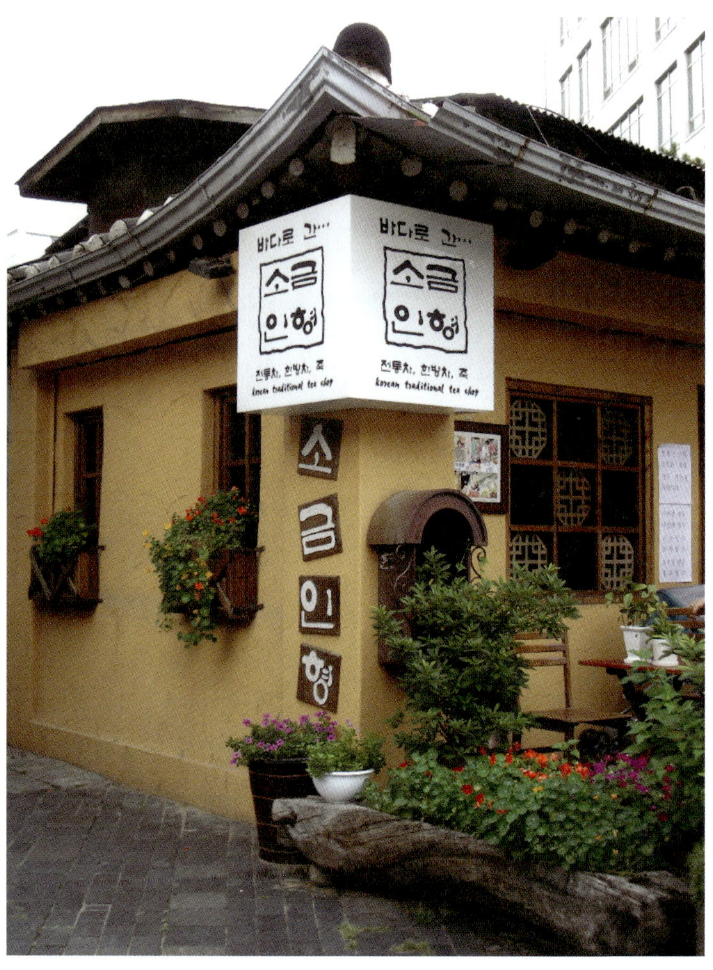

:: 소금인형

소멸된다는 것은 슬픈 일이다. 사람은 누군가의 기억 속에서 산다는 말이 있다. 그렇다면 문화 또한 마찬가지가 아닐까. 문화는 사람들의 지속적인 관심에 의해 그 명맥을 이어간다. 만약 그 누구 하나 찾지 않고 관심 갖지 않는다면 그건 바로 죽은 문화가 된다. 그러한 죽은 문화는 대를 잇지 못하고 서서히 소멸되고 만다. 반면에 우리가 우리 문화에 많은 애정과 관심을 가져 그 문화가 더욱 활성화된다면 문화수입국에서 문화수출국이 될 수 있다.

얼마전 한 기업의 해외 진출을 다룬 기사에서 "Kolobalization" 이라는 단어가 언급된 적이 있었다. 이는 Korea와 globalization의 합성어로써 한국의 글로벌화를 지칭한 신조어이다. 바로 치킨 프랜차이즈 전문점인 'BBQ' 가 그 주인공이다. 우리나라에 수입된 스타벅스와는 달리 우리의 순수 국내 토종 브랜드가 외국에 가서 선전하고 있다는 사실은 굉장한 일이 아닌가 싶다. 더욱이 프라이드 치킨이라는 것은 외국에서 들어온 음식인데, 다양한 맛 개발로 역수출해 외국인들의 입맛을 사로잡고 있다니 민족의 저력이 느껴져 마음이 뿌듯하다.

문화란 때론 가기도 하고 오기도 한다. 그 문화에는 절대적 가치가 아닌 상대적 가치만이 존재한다. 이건 획일화된 틀로 문화의 질을 결정할 수 없다는 말이다. 우리 사회에서 남발되고 있는 고급문화, 저급문화라는 말은 엄격한 기준에서는 틀린 말이다. 문화는 저마다의 가치가 있기 때문이다. 사회적 가치관이 다르고, 역사가 다른 곳에서 피어나고 번성한 특정 문화가 다른 사회에서 저급으로 취급 받는다는 것은 그 문화를 이룩하고 사랑한 사람들 전체를 부정하는 말과 같다. 어찌 보면 저급문화, 고급 문화라는 식의 말도 강대국의 논리에서 나온 것일지도 모른다. 자신들의 문화는 고급이라 하면서, 자기네와 다르면 저급으로 치부하는 풍조는 오히려 그러한 그들의 가치관과 문화가 결코 고급스럽지 않다는 말이 아니고 무엇이겠는가. 서로 다른 가치관과 문

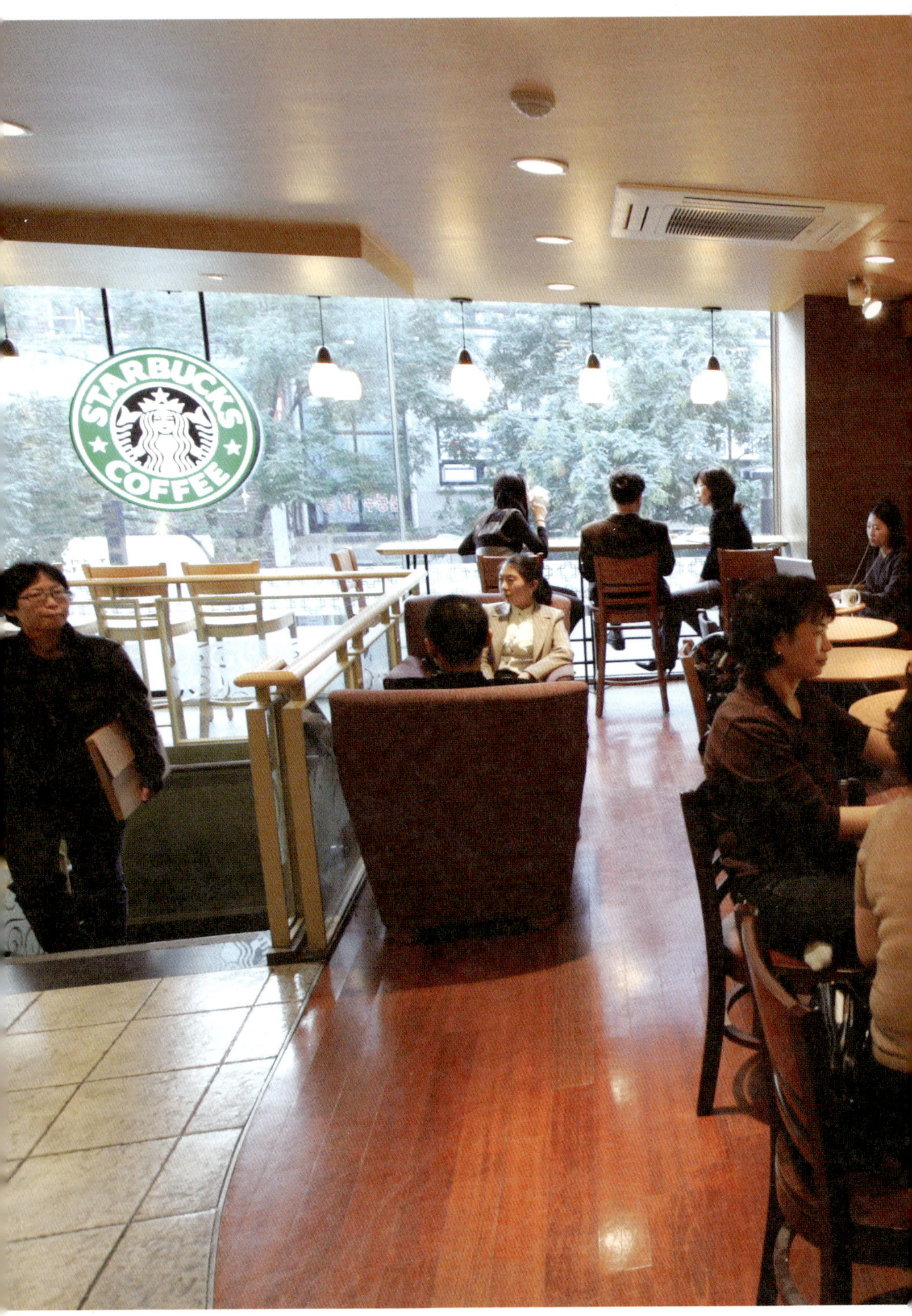

:: 인사동의 스타벅스

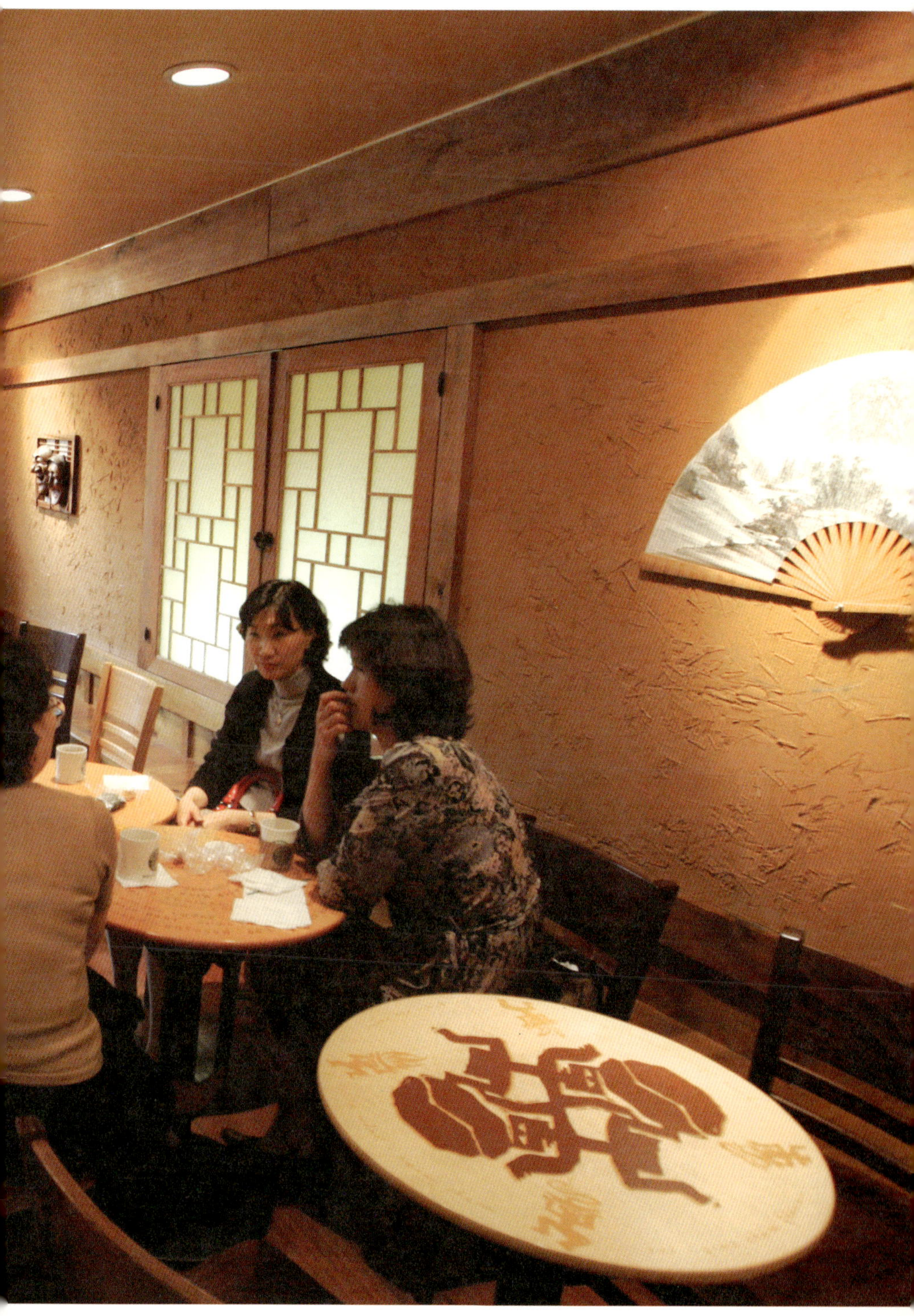

화를 이해하고 수용하는 것이야 말로 자기네 문화의 가치를 더욱 높이는 일이다.

인사동에 들어선 스타벅스는 우리네 문화를 완벽히 이해하고 그를 이용한 뛰어난 마케팅 전략으로 우리 문화를 공략하고 있는 외국 브랜드이다. 우선 이곳은 지역의 특성상 굳이 영어를 고집하지 않고 한글 간판을 채택한 훌륭한 지역 마케팅과 독특한 외관으로 주목 받고 있다. 굵은 고딕체의 한글로 '스타벅스커피' 라고 쓰인 간판은 시골의 다방 같은 묘한 느낌으로 인사동의 다른 찻집과 어울리면서 스타벅스가 전통문화의 한복판에 들어선 서양문화라는 이질감을 없애버린다. 건물외벽은 전통적인 한옥 문살로 장식되어 있고 흙벽으로 된 내부에는 떡 하니 하회탈까지 걸어놓았다. 정겹기까지한 부부 하회탈을 포함하여, 하회탈 각각을 하나의 작품처럼 스포트라이트를 주어 멋진 장식요소로 활용한 점이 돋보인다. 또한 전통문살로 디자인된 간접조명을 이용했는데 그 전통한지를 통해서 들어오는 은은한 빛이 공간과 묘하게 잘 어울린다. 스타벅스가 가진 국제적인 체인점이라는 이질감은 이곳에서는 찾아볼 수 없다. 즉 공간 체험의 전략으로 문화와 지역적인 일치감을 가장 기본적인 요소로 채택한 것이다. 우리는 경험을 바탕으로 공간을 이해하며 우리의 이해도에 따라서 만족도는 달라지기 때문이다.

⠿ 인사동길

인사동은 특이한 볼거리와 맛있는 음식점, 휴식처 등 관광지로서의 갖출 것
은 기본적으로 다 갖춘, 전통과 문화 예술의 요소들이 가득해 항상 이야기로
넘치는 곳이다. 또한 한국의 전통과 예술을 보러 온 외국관광객들로 항상 붐
비고, 오랜 향수에 젖은 사람들과 예스러움을 즐기는 사람들이 즐겨 찾는 거
리다. 승복을 입은 스님들과 사제 옷의 신부님들도 작은 찻집에서 함께 담소
를 나누며 젊은이들도 호기심 가득한 얼굴로 주인장의 오래된 이야기에 흠뻑
취한다. 인사동에선 주름이 가득한 노인들과 세련된 아가씨들이 작은 거리에
자연스럽게 어우러져 과거와 현재를 공유한다. 인사동 남쪽에 있는 세계적인
키피 체인점인 스타벅스는 향긋한 커피로 유혹하는 한편 골목마다 숨겨진 전
통찻집은 다소곳한 찻잔과 이름마저 고아한 차향으로 우리를 매료한다.

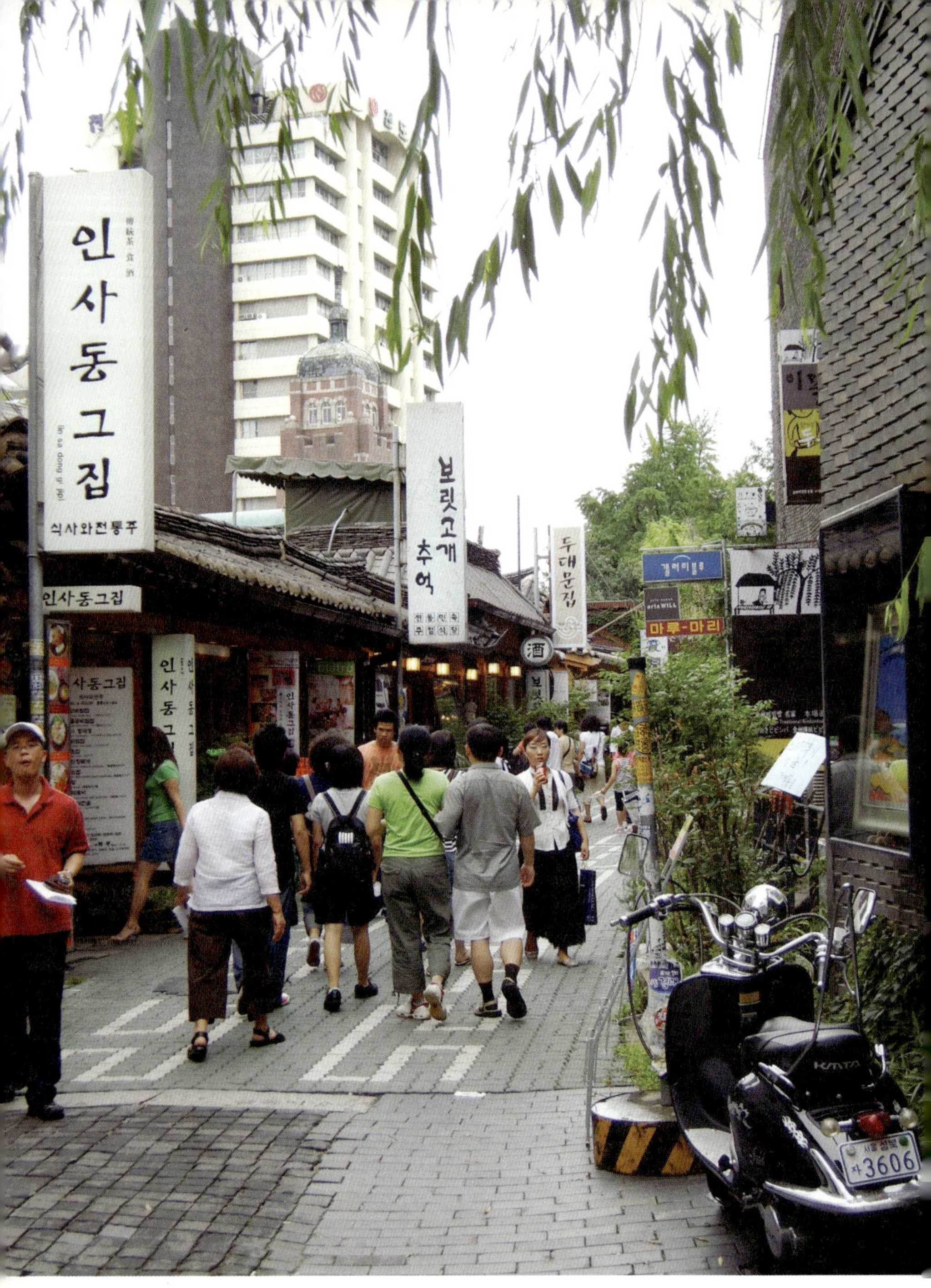

:: 인사동 골목

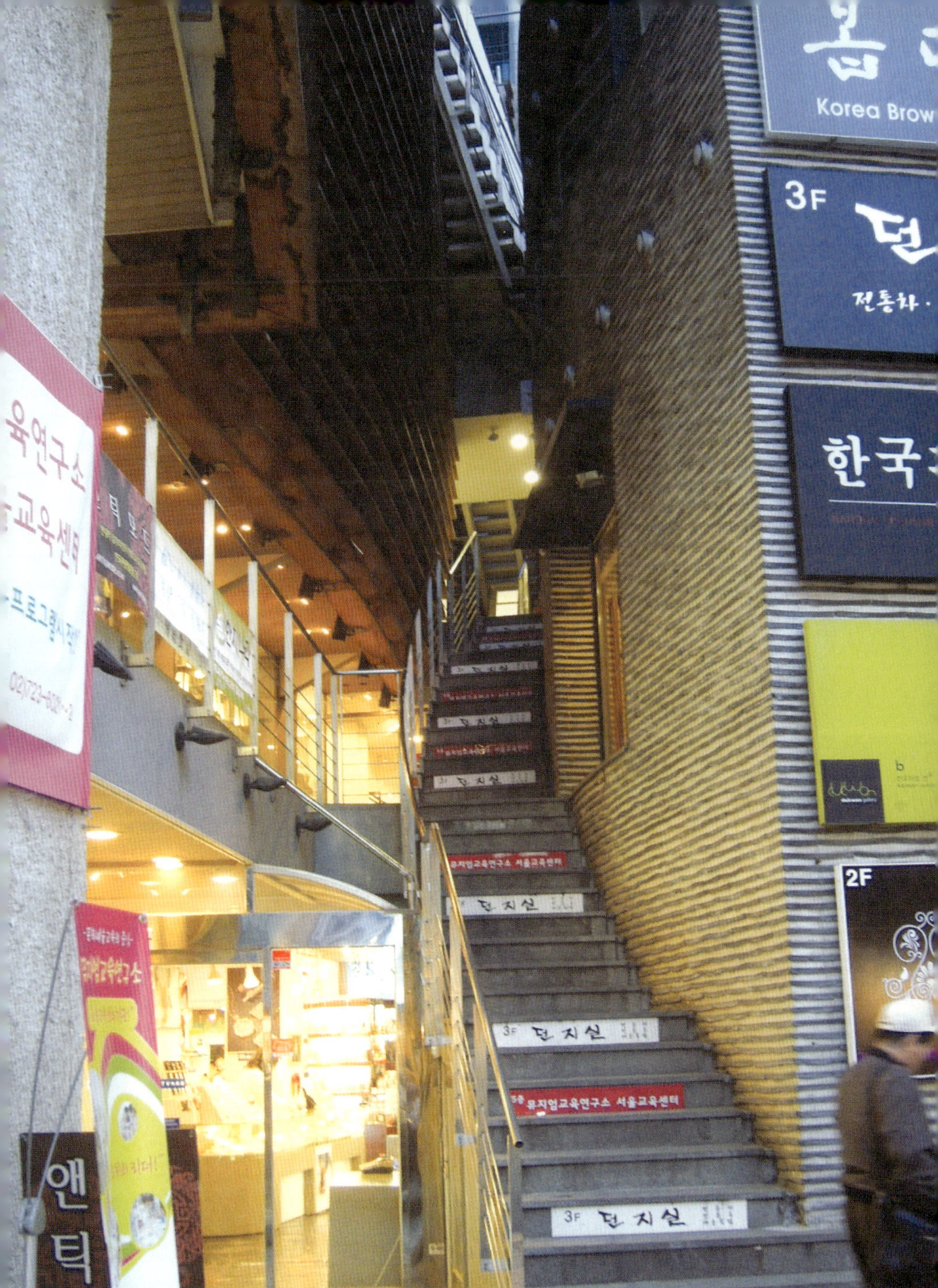

:: 덕원 갤러리

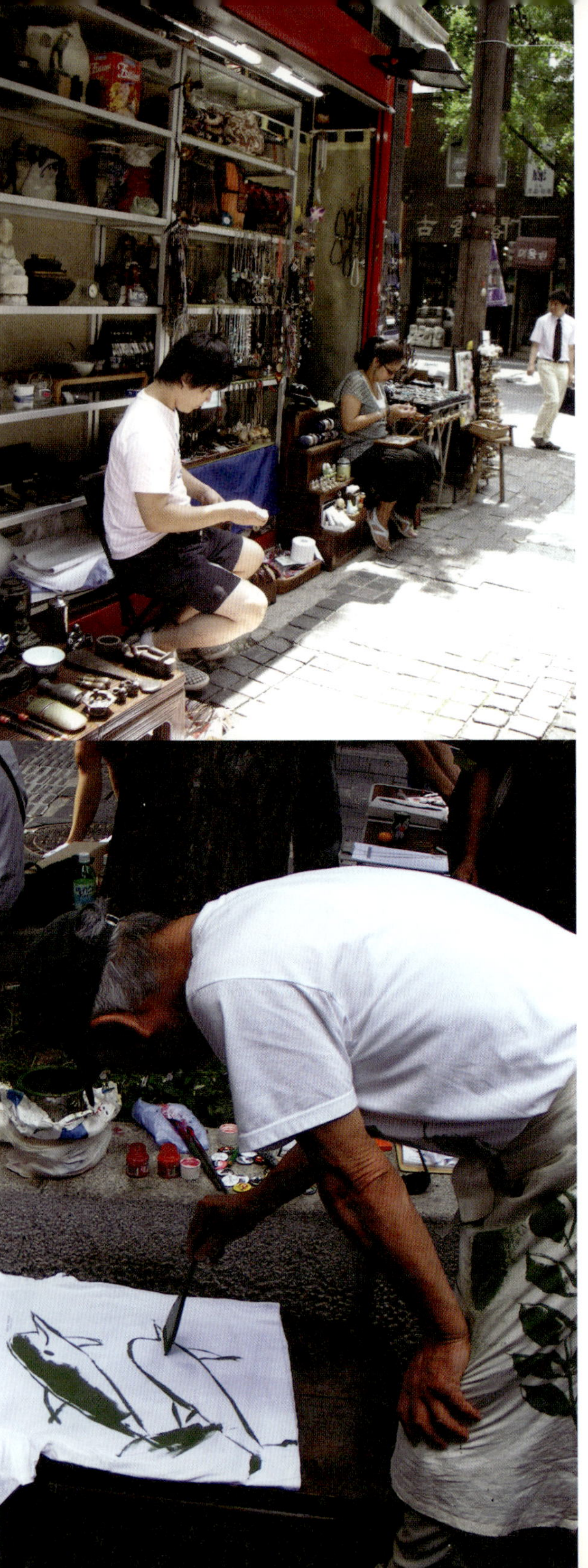

:: 인사동 길거리 가게

:: 인사동 길거리

서구형 까페인 스타벅스와 달리 인사동의 전통찻집은 어려운 영어로 계속되는 종업원의 질문에 틀리지 않을까 걱정하면서 주문할 필요 없이, 익숙하면서 친근한 단어로 된 차를 그냥 고르기만 하면 된다. 물론 차를 가지러 직접 갈 필요도 없다. 차는 주인장의 몫이다. 더욱이 문화 예술에 대한 해박한 지식이 있는 대부분의 주인장들은 그 차에 대한 따스한 설명도 잊지 않는다. 이런 분위기의 만남이 인사동에는 가득하다.

인사동길에는 수없이 다양한 가게들이 있다. 거리의 사주가게부터 골목들마다 있는 아기자기한 간판들이 가게의 이미지를 만든다. 하지만 현재 인사동은 값싼 중국산 모조품들과 상업화에 따른 무질서와 더불어, 외국인 관광객을 대상으로 하는 외국음식점이나 퓨전 식당들이 속속 생겨나고 있다. 우리의 대표적인 전통 문화 거리라는 이미지가 많이 약화되고 있다.

이와 반대로 부산의 광복로는 간판정비를 통해 전국의 주목을 끌고 있다. 각 상점의 개성을 살리면서도 서로 조화를 이루도록 디자인된 거리는 걷고 싶은 거리라는 테마 아래 가로수와 벤치, 분수 등을 설치했다. 또한 무분별하던 간판의 크기를 줄이고 신축건물에 대해서는 엄격한 기준으로 통제하고 있다. 이렇듯 6.25전쟁 때 여러 다방, 음악 감상실, 그리고 술집으로 가득해 문화인들의 거리로 불리던 광복로의 빛바랜 영광을 되살리고자 상인들은 서로 힘을 합쳐 광복로를 문화적인 거리로 만들려는 노력을 기울이고 있다. 이러한 노력은 광복로의 개성을 한층 높였고 사람들을 더욱 끌어들이는 매력적인 공간으로 변모시켰다. 베를린의 거리만 해도 자신의 상점만을 알리기 위해서 무분별한 간판이나 현란한 색채는 쓰지 않는다. 서로 조화 속에 하나의 정비된 거리 풍경을 만들어 가는 것이다. 이는 무분별한 상업화에 따라 정체성을 잃어가는 인사동에게 이 '정체성'이 얼마나 공간에 중요한 역할을 하는지를 말해준다.

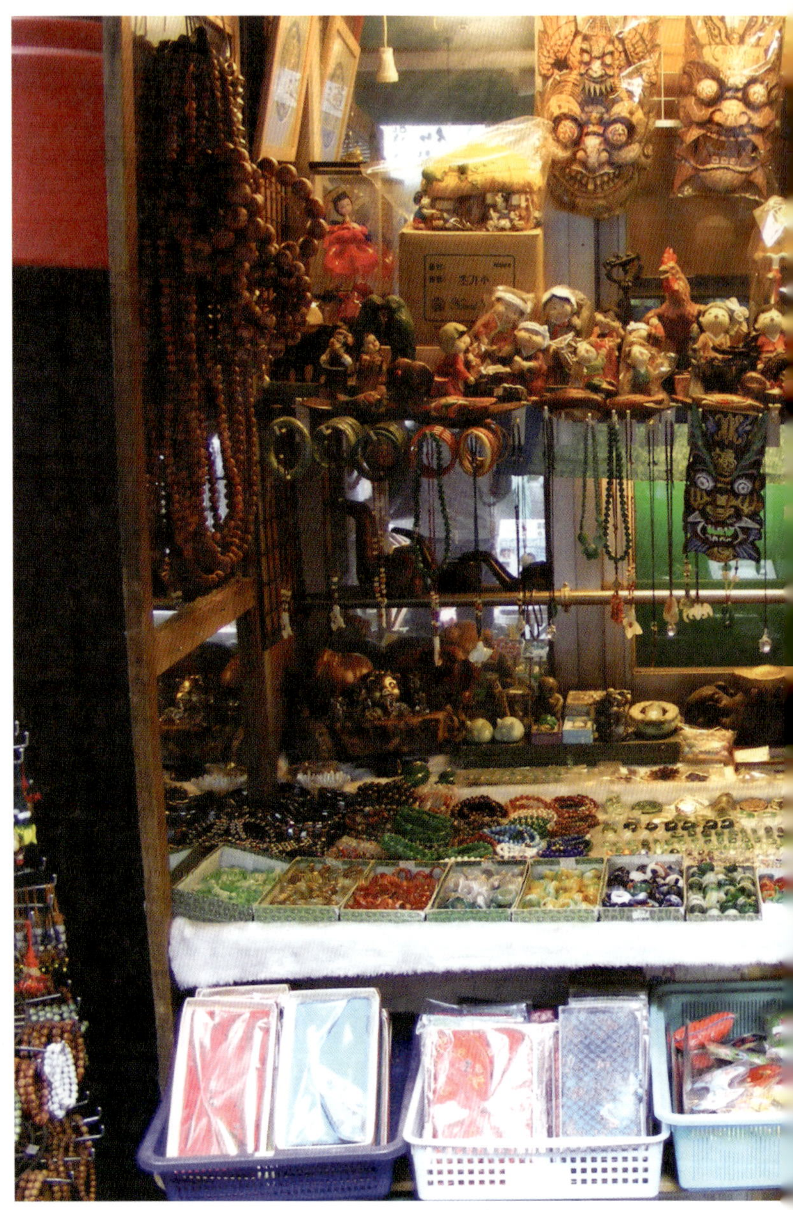

:: 좌판의 진열품들

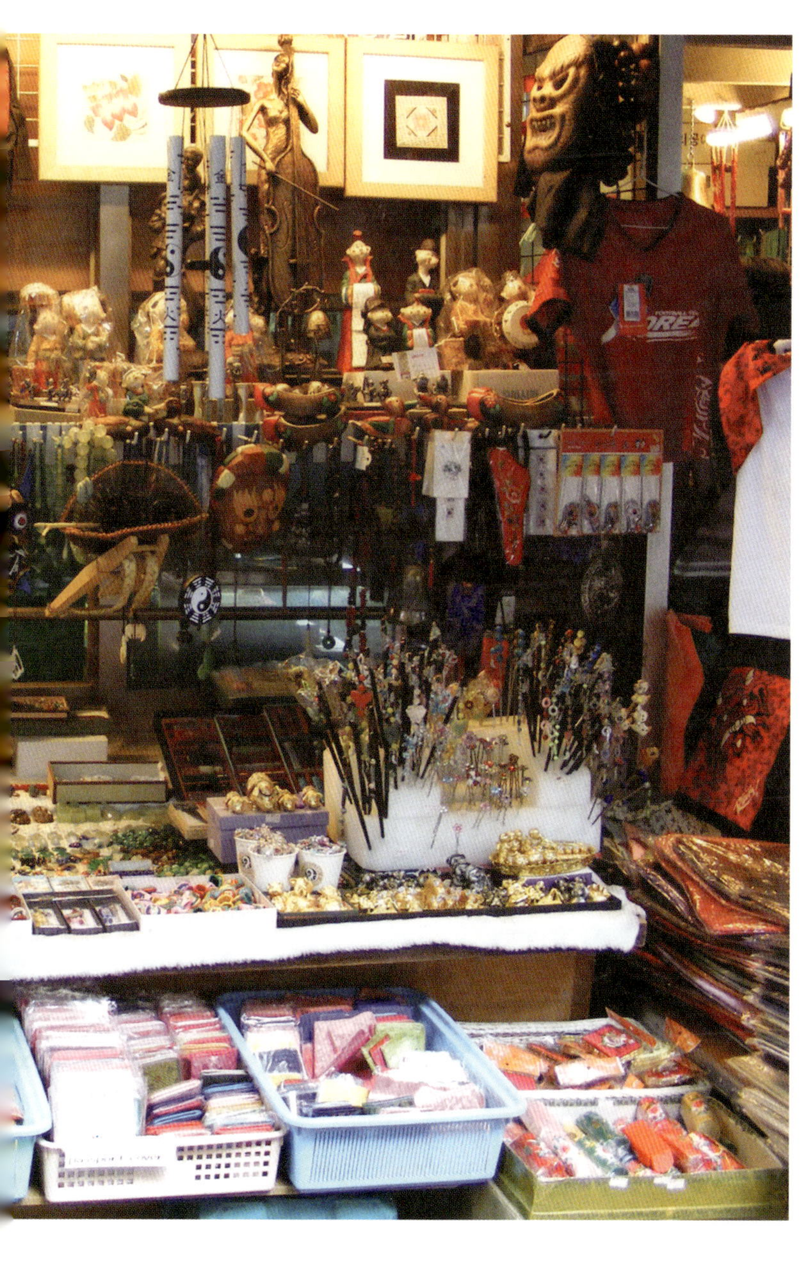

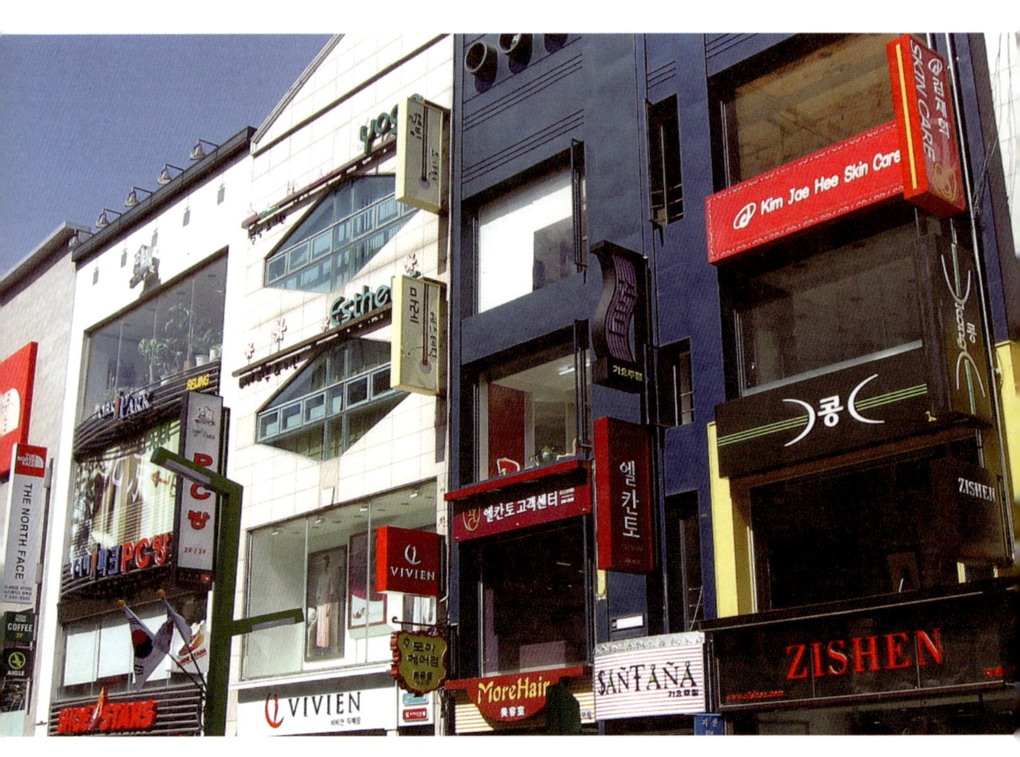

THE NORTH FACE
Kim Jae Hee Skin Care
SKIN CARE
VIVIEN
VIVIEN
MoreHair
SANTAÑA
ZISHEN
ZISHEN
콩
엘칸토
엘칸토 고객센터
PC방
STARS
COFFEE
ARGLE

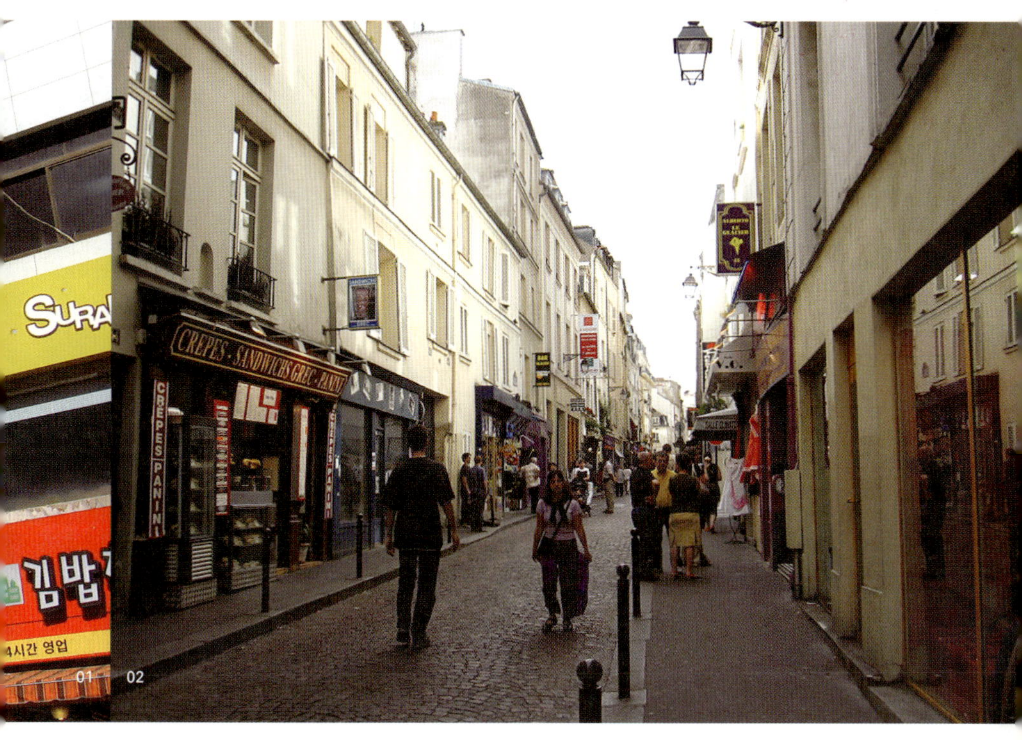

01_ 광복동의 정비된 길거리

02_ 베를린 거리

:: 예술 마케팅

세계적인 산업 디자이너인 아릭 레비Arik Levy는 예술 마케팅을 '고객에게 작품 자체에 내재된 행위, 감정, 의도 등의 미적 가치를 고부가가치의 상품으로 인식시키는 복잡한 전략'이라고 정의한다. 그는 이 작품들을 고객에게 그냥 일리는 것이 아니라 그 직품 속에 내재된 어띠힌 감동, 정신적 가치 등의 이름다움을 부각시켜 고객을 설득하는 '커뮤니케이션'을 바탕으로 둔다. 물론 혹자는 예술은 정신적 가치의 소산이며 인간창의력의 산물로 이러한 예술에 마케팅적 전략을 도입하는 것은 예술타락이라고 비평하기도 한다. 하지만 예술 마케팅은 단순히 상업적 목적이 아닌 '커뮤니케이션'을 표방한다. 그동안 예술은 소수 상류층만의 특권문화로 받아들여졌다. 그런 예술을 이런 마케팅을 통해 다수의 일반 시민들이 접하게 한다면 대중들과 소통하지 못했던 닫힌 예술을 해방시키는 결과를 만들 것이다.

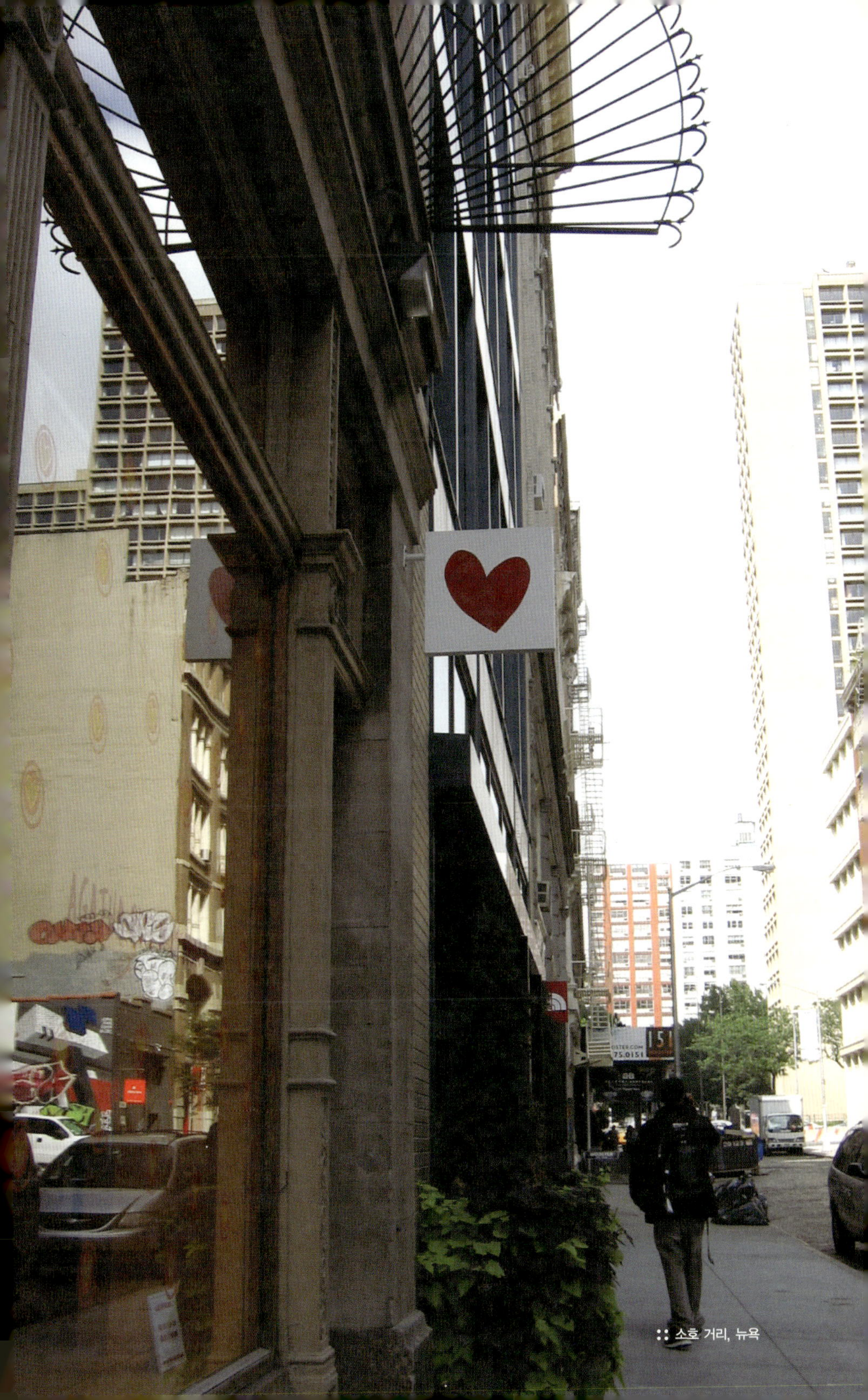

∷ 소호 거리, 뉴욕

예를 들어 진흥기업은 아트스트인 한젬마씨와 손을 잡고 아파트인 진흥더블파크와 주상복합아파트인 마제스타워의 프로젝트를 진행시켰다. 이로써 단지 조경, 주출입구, 놀이터 등 아파트 외관에 그녀의 작품을 설치하였다. 또한 삼성물산 건설부문은 목동 트라팰리스의 인테리어 디자인을 앙드레 김에게 주었다. 이러한 예술 마케팅은 건축에만 그치지 않는다.

몽블랑사는 예술 마케팅의 일환으로 브랜드 만년필 '쇼팽 만년필'을 출시하였다. 몽블랑사는 단순히 만년필만을 파는 것이 아니라 만년필을 사면 음반까지 함께 제공하는 1+1의 전략으로 제품을 판다. 예술을 중시한다는 회사의 이미지와 함께 음악이라는 예술을 대중들에게 소개한 것이다. 독일브랜드인 몽블랑은 눈 덮인 몽블랑산의 만년설을 상징하는 6각형의 흰별 심볼로 유명하다. 특히 '마이스터스튁MEISTERSTÜCK 149' 라는 만년필은 1990년 10월 3일 서독의 콜 총리와 동독의 디메제이로 수상이 통일조약에 서명할 때 사용되어 독일 통일에 마침표를 찍은 만년필이라고 불리어진다. 몽블랑은 이렇듯 최고급 만년필이라는 럭셔리 브랜드라는 이미지 위에 감성을 중시하는 예술 마케팅을 결합해 성공을 거두었다.

인사동의 미래 방향은 예술 마케팅의 시각에서 찾아보는 것이 좋을 것 같다. 네덜란드의 헤이그를 방문하면 요즘도 많은 미술상점들이 모여있는 길을 발견할 수 있다. 파리의 몽마르뜨 언덕을 방문하면 고흐를 비롯한 많은 화가들의 산실이었던 라텡아지를 발견한다. 유명한 화가들이 모여서 이야기를 나누고 활동하였다는 공간의 특성 때문에 많은 사람들이 몽마르뜨를 찾는다. 그러한 전통은 계속 이어져 내려와 요즘도 몽마르뜨 언덕의 광장에는 무명의

MOULIN ROUGE
BAL
TOUS LES SOIRS
LA GOULUE
TOUS LES SOIRS
MOULIN ROUGE
les Mercredis et Samedis

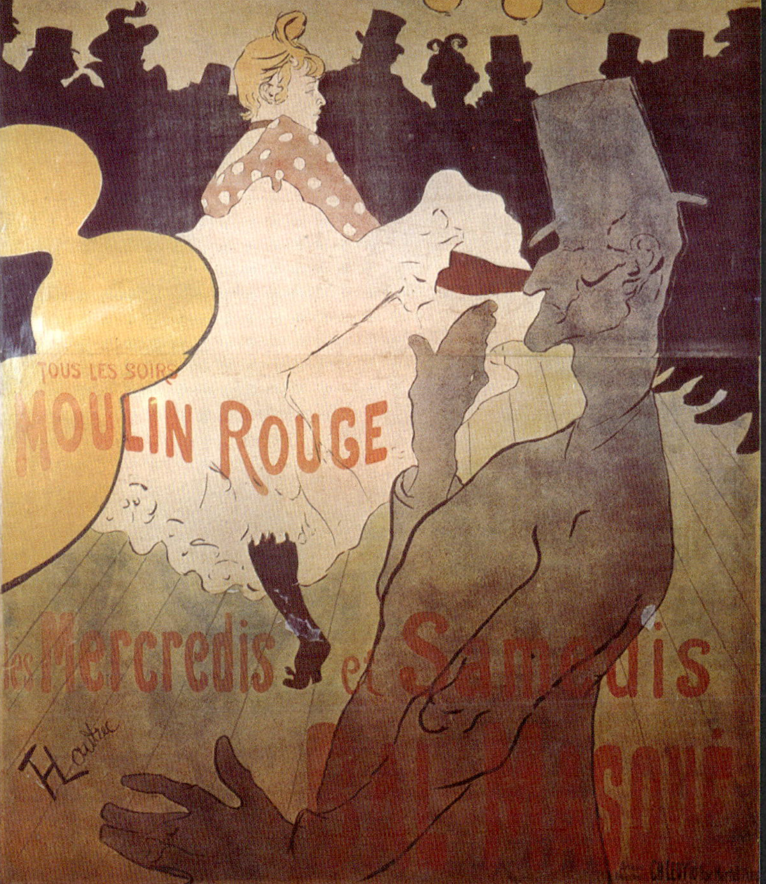

:: 툴루즈 로트렉, 물랑루즈

화가들이 넘쳐난다. 시대가 변하였어도 그 지역을 만들었던 본질은 그대로 남아 있는 것이다. 몽마르뜨 언덕에선 그야말로 예술 마케팅이 예나 지금이나 일어나고 있다. 풍차의 모양을 한 물랑루즈도 '캉캉'과 같은 춤으로 많은 관객들을 즐겁게 하는 유흥의 장소였지만, 이곳이 더욱 유명할 수 있었던 것은 이 물랑루즈를 그린 툴루즈 로트렉Taulouse Lautrec이라는 화가가 있었기 때문이다. 로트렉은 물랑루즈와 그 무희들을 그린 예술 포스터의 작가로 잘 알려져 있다. 그는 프랑스 백작가에서 태어났지만 조상들과 부모들의 근친결혼 때문에 유전병으로 키가 어린 아이 수준밖에 자라지 않아 매우 불행한 삶을 산 화가였다. 그는 일찍부터 예술과 술, 그리고 창녀들에게 빠져 들었고, 당시 파리의 환락가였던 몽마르뜨에 아뜰리에를 차린 후 물랑루즈에서 여러 사람들과 교제했다. 초상화와 술집, 매음굴, 음악홀 등이 로트렉의 주요 그림 소재였다. 37세의 나이에 알콜 중독으로 생을 마친 로트렉은 그 당시의 주요 작가들과 마찬가지로 일본 판화의 영향을 받아 간결한 선과 강렬한 색감을 주로 사용했다. 이처럼 공간과 예술의 결합은 예술 마케팅의 중요성을 실감하게 한다.

뉴욕의 소호는 오랫동안 예술가의 천국이었다. 그러니 지금 소호는 더 이상 예술가 촌이 아니고, 상업의 중심지가 되었다. '아트 앤 더 시티'의 저자인 양은희는 소호가 이제는 더 이상 뉴욕 미술계의 심장이 아니며, 과거의 모습도 거의 볼 수 없다고 말한다. 왜냐하면 예술가들이 이미 떠나버렸고, 화랑들도 대부분 첼시로 옮겼기 때문이다. 그러나 소호에는 아직도 소호의 전성기를 보여주는 화랑거리가 있다. 브로드웨이 420번지에는 레오카스텔리, 소나밴드 등의 전설적인 화랑이 있고, 웨스트 브로드웨이 393번가에는 월터 드 마리아 전시 공간이 있다. 또 프린스 스트릿 141번가에는 루이스 마이젤 갤러리가 있다. 우리가 잘 아는 백남준도 바로 이 소호에서 활동했다.

소호 다음으로 화랑거리로 등장한 첼시는 현재 뉴욕 현대 미술의 최전선을 보여주고 있다. 첼시 주변에는 플랫 아이언 빌딩과 첼시호텔이 유명하다. 첼시의 역사적 건물 중 하나인 첼시 호텔은, 많은 음악인들이 투숙을 했던만큼 예술가들의 이야기가 담긴 건물이기도 하며 영화의 배경이 되기도 하였다. 첼시의 화랑가는 18가에서 26가 사이에 있는 여러 개의 골목길에 산재되어 있다. 현재 첼시에는 300개가 넘는 화랑이 있다고 한다. 바로 이것이 화랑의 거리를 만드는 원동력이다. 첼시의 화랑으로는 로버트밀러, 2x13, 제임스 코헨, 리만모핀갤러리가 볼만하다고 한다. 첼시에서 가장 큰 갤러리는 가고시안인데 이곳에서는 2000년 데미안 허스트의 개인전이 열렸으며, 요셉 보이스와 신디 셔먼의 전시회도 열렸다.

반면 황량한 첼시에서 전시장을 최초로 만든 디아센터는 오늘의 첼시를 만든 일등 공신 역할을 했다고 봐야 한다. 디아센터 앞 양쪽으로 늘어선 거리의 가로수는 요셉 베이스가 7000개의 참나무로 완성한 작품인데 이것은 바로 요셉 베이스가 예술이 사회를 변화시킬 수 있다고 믿고 실천한 프로젝트였다. 이 외에도 첼시에는 차고를 개조한 전시공간인 폴라쿠퍼 갤러리가 있

New 12oz Slim Can
IRRESISTIBLE
Heineken
PREMIUM
LIGHT
Heineken
PREMIUM
LIGHT
PERONI

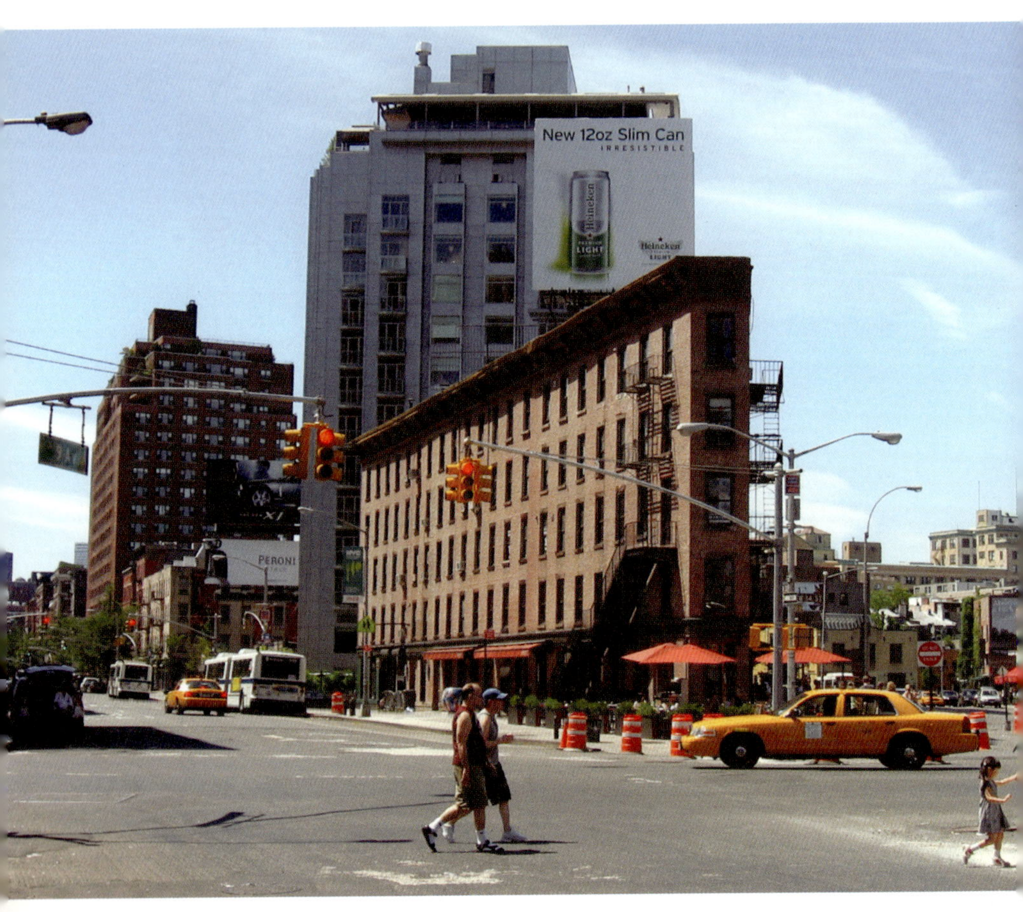

:: 첼시, 뉴욕

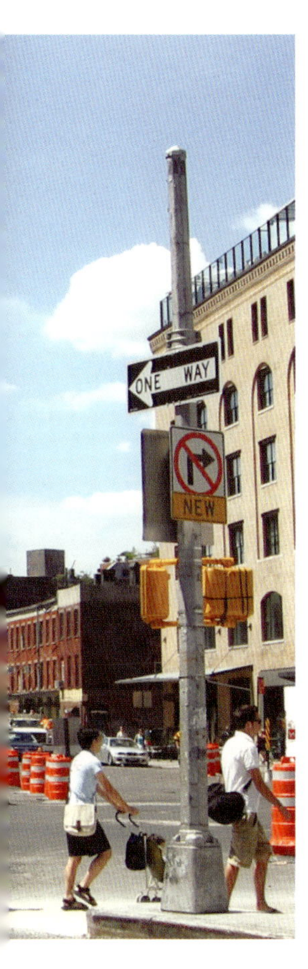

다. 폴라쿠퍼 갤러리는 웨스트 21번가 534번지에 있다. 19번가 512번지에 있는 키친은 뉴욕 아방가르드 공연예술을 후원해 온 비영리단체이다. 이렇게 보듯 첼시는 화랑의 거리로 대표된다. 다시 말해, '화랑의 거리'가 첼시라는 공간을 대표할 수 있는 정체성인 것이다.

∷ 화랑거리의 복원

어찌보면 인사동도 소호와 같은 과정을 걷고 있는지도 모른다. 많이 안타까
운 일이 아닐 수 없다. 많은 예술가의 작품을 볼 수 있었던 옛날의 소호와는
달리 요즘 소호는 거리마다 넘치는 사람들로 북적인다. 아니 정확하게 말해
서 상권이 점자 화랑이 있던 공간을 잠식한 것이다. 이것은 인사동도 마찬가
지다. 원래의 화랑을 잠식하고 많은 상권이 인사동에 생겨났다. 바로 갤러리
의 거리로 대표되는 인사동의 정체성이 약화된 것이다. 물론 몇몇 화랑이 남
아 있지만. 인사동을 찾는 사람들에게 갤러리의 길이라는 정체성을 부각시키
기에는 턱없이 부족하다. 인사동의 본질을 다소 훼손하였기 때문에 그런 문
제가 발생한 것이다.

하지만 나는 여전히 인사동이 화랑의 거리로 복원될 수 있는 큰 잠재력이 있

다고 본다. 새롭게 시작하기 보다는 인사동을 더욱 더 발전시키는 것이 유리하다고 생각한다.

진정으로 인사동이 살기 위해서는 갤러리가 있고, 미술도구를 파는 상점 그리고 표구하는 곳, 그리고 수묵 재료를 파는 상점들이 있어야 할 것이다. 이러한 시도는 또한 갤러리길을 복원할 것이며 그런 길의 복원은 인사동의 정체성을 강화시킬 것이다. 그런 정체성의 강화는 다른 지역과의 차별화를 줄 것이다. 그저 다른 지역을 찾는 사람이 찾는 평범한 지역이 아니라 예술을 진정으로 사랑하고 창조하는 사람들이 모이는 그런 지역으로 인사동은 거듭나야 할 것이다. 즉, 인사동의 거리 정체성을 예술이 넘쳐 흐르는 거리로 만들어야 한다는 말이다. 그저 말로만 예술이 넘쳐 흐르는 거리가 아니라 누가 보더라도 예술이 넘쳐 흐르는 길 말이다.

빌바오 뮤지엄이 성공한 이유도 따지고 보면 예술 마케팅의 힘이다. 건물도 건물이거니와 건물 앞에 있는 조각품인 제프 쿤Jeff Koons의 '퍼피'도 사람들을 모으는 상승작용을 한다. 우리도 인사동을 거쳐간 우리의 유명화가들을 다시 발굴하여 그 사람들을 위한 특별 공간도 만들어 볼 만하다. 인사동에 가면 리움 미술관에서 보았던 현대 한국미술 작가의 그림도 볼 수 있고, 미술학도들이 많은 실험과 창작을 선보일 수 있는 그런 거리가 만들어져야 한다. 또 현재 활동하는 작가를 만날 수 있고, 작가들이 찾을 수 있는 많은 공간이 만들어져야 할 것이다. 예술의 거리로 대표되는 인사동이 미래 인사동이 나아가야 할 길인 것이다. 물론 예전 화랑의 거리로 인사동을 복원하기 위해서는 정부의 지원도 필요할 것이다. 여하튼 인사동이 화랑의 거리로 복원되던 그렇지 않든 서울에 한 개쯤은 화랑의 거리가 있어서 국민들의 문화수준을 높이고 거기에서 온 국민들이 작은 행복을 찾을 수 있는 그런 공간을 만드는 사고의 전환이 필요하다.

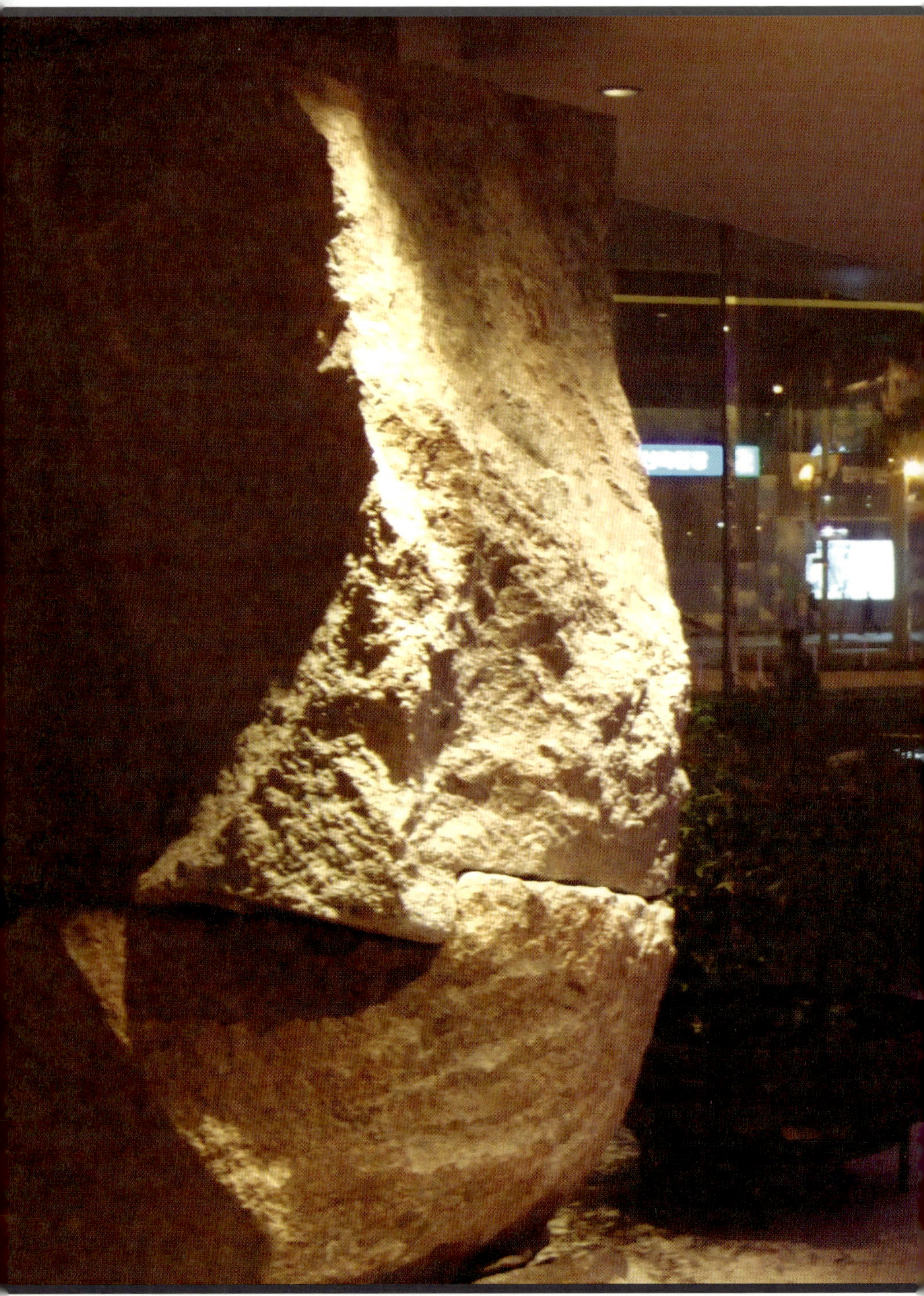

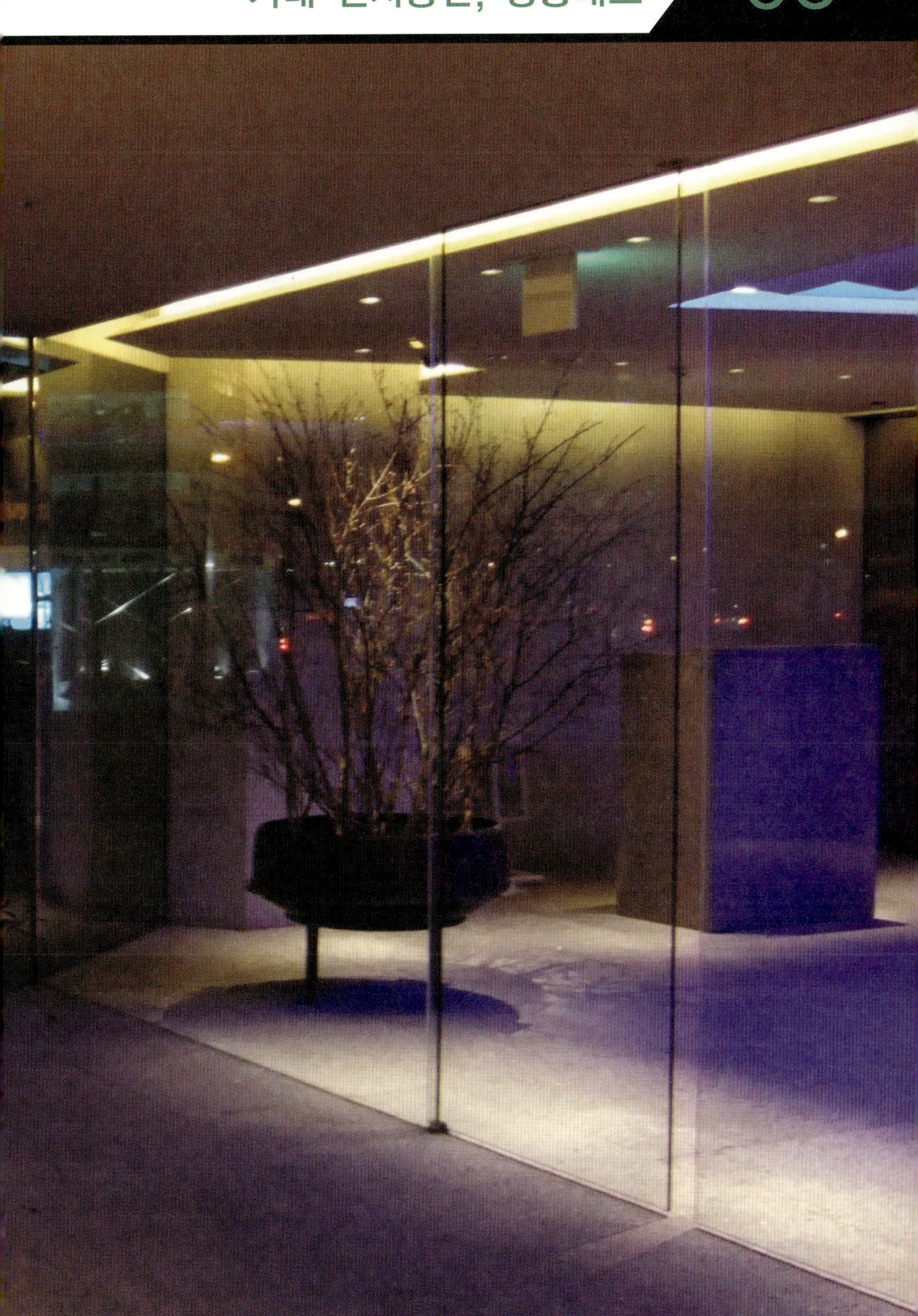

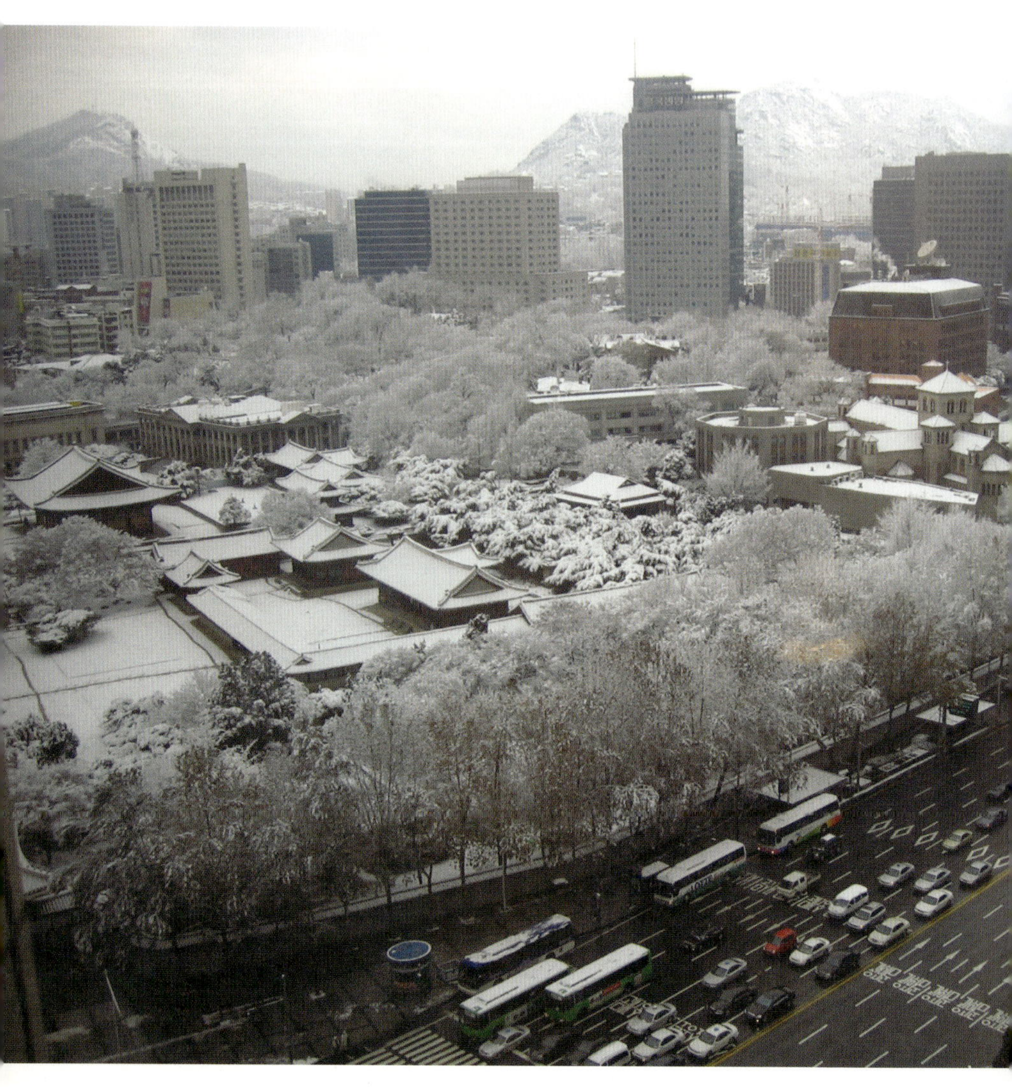

:: 눈 쌓인 덕수궁

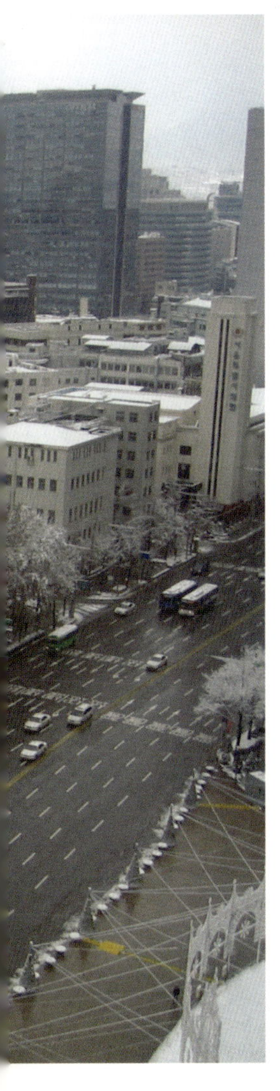

길을 걷다 만나는 뜻하지 않은 조각물들은 사람들에게 시각적 즐거움과 문화적 풍요로움을 전해준다. 큰 의미에서 보면 건축물, 특히 랜드마크적 건물은 사람들의 시선을 모으기 충분하게 설계된 건축물로서 모두 조각품으로 볼 수 있다. 조각물은 전시된다는 특성을 필연적으로 갖기에, 사람들의 내면과 교감하고 소통하는 일차적인 기능을 갖는다. 확대해서 이야기하면 우리가 보는 모든 것들은 조각물이다. 조각은 사람들의 생각에 영향을 미치는 물건이다. 건물의 외관도 조각물이지만 사람들의 생각에 영향을 미친다는 점에서 호텔의 실내 공간도 하나의 조각물이다. 호텔들은 그런 조각적 특성을 통해 숙박객들에게 즐거운 시각적 요소를 제공한다. 이 중에서 삼성역 주변의 파크 하얏트 호텔은 사람들의 마음을 사로잡기에 손색이 없다.

'적설을 조망하는 이 순간에만은
생의 고요한 유열愉悅과 가슴의 가벼운 경악을
아울러 맛볼지니,
소리 없이 온 눈이 소리 없이 곧 가버리지 않고
마치 그것은 하늘이 내리어 주신 선물인거나 같이
순결하고 반가운 모양으로 우리의 마음을 즐겁게
하고...'

김진섭의 수필 '백설부白雪賦'는 눈이 오는 고요하고도 적막한 순간을 하늘이 준 선물이라 적고 있다. 이런 아름다운 눈을 제대로 느낄 수 있는 공간 중의 하나가 바로 호텔 객실공간이다. 경제적 부담을 뒤로 한다면 겨울에 눈 내리는 모습을 제대로 느끼기에 정말 호텔 객실의 실내 공간은 안성맞춤이다. 파크 하얏트 호텔도 그런 경험을 가능하게 하는 호텔 중의 하나이다. 그래서 특별히 어디 마땅하게 갈 곳이 없는 사람들 중에는 크리스마스나 연말이면 호텔을 이용하는 사람도 있다. 멀리 여행을 떠나기는 부담스럽고, 안 떠나자니 그런 사람들은 호텔에 1박, 또는 2박 정도를 숙박하면서 가족과 함께 성탄을 즐기고 연말을 즐기는 소비 트렌드를 보인다. 파크 하얏트 호텔은 여느 호텔 숙박객의 프라이버시를 더 많이 고려하는 호텔이다. 그리고 사무적이지 않고 약간은 집 같은 아늑함과 편안함을 제공하는 호텔이기도 하다.

일본 동경에 숙박한 적이 있었다. 그 호텔의 로비가 일층에 있지 않고 중간 어디쯤에 있어서 그 곳에서 전망을 보며 체크인을 했던 경험은 워낙 신선한 경험이었다. 그런 흥미로웠던 경험을 파크 하얏트 호텔에서 할 수 있다니 친근감이 많이 느껴진다. 사람은 항상 변화와 새로움을 추구하기 마련이다. 일층 로비에 익숙한 사람들은 뭔가 새로운 것을 원한다. 이에 파크 하얏트 호텔의 24층 로비는 사람들의 재미와 함께 프라이버시를 존중하면서 고급적인 분위기 속에 체크인을 할 수 있는 그런 공간을 제공한다.

파크 하얏트 호텔은 6성급 호텔인 만큼 최상류 고객을 겨냥한 VIP 마케팅을 펼친다. 럭셔리를 빼고 VIP 마케팅을 생각할 수는 없다. 럭셔리Luxury, 이 단어는 분명 한국인의 소비 트렌드이다. 최상류가 되겠다는 생각을 어느 누가 하지 않겠는가. 옛 로마의 역사에서도 볼 수 있듯 사람은 사치와 호사를 누리고 싶어한다. 그것이 바로 인간의 본능이다. 이런 본능에 또는 욕망에 의하여 소비 트렌드는 만들어진다. 단순히 가격이 비싸다고 모두 다 럭셔리는 아니다. 럭셔리한 공간이나 서비스보다는 얼마만큼 정신적 충족감을 통해 행복감을 안겨줄 수 있어야 진정한 의미에서의 럭셔리는 충족된다.

파리의 동부지역에 위치한 라빌레트 지구에 가면 해체주의 건축가로 잘 알려진 베르나르 추미Bernard Tschumi가 디자인한 라 빌레트 공원Parc de la villette이 있다. 라 빌레트 지역은 1979년 미래형 도시를 만들기 위한 파리시의 10대 프로젝트의 하나로 건축 계획된 도시이다. 라 빌레트 공원은 '21세기형 도시공원' 이라는 타이틀 아래 조화보다는 분열과 분리를 강조한 베르나르 추미의 독특한 아이디어를 반영한 공간이다. 대표할 만한 작품도 없던 무명의 베르나르 추미는 이 공원 공모전에 1위를 차지하며 프랑스의 주목을 받는 건축가로 등장했다.

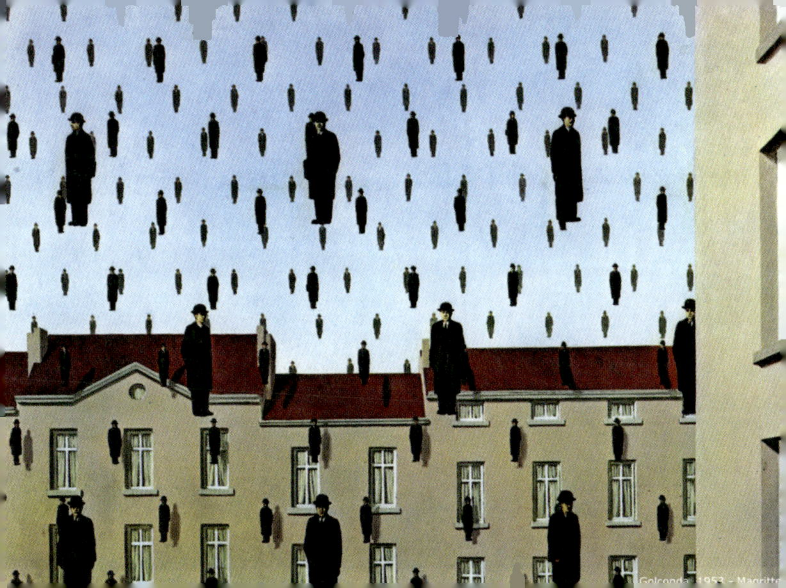

Golconda - 1953 - Magritte

칸딘스키의 점,선,면의 연속과 중첩을 이용하여 공원을 설계했다는 베르나르 추미의 10m 높이의 빨갛게 채색된 '폴리follie'라는 건축물을 공원 곳곳에 만들었다. 이는 위치 인식 수단으로 사용되기도 하고 일부분은 문화적 또는 상업적 공간으로 쓰이기도 하지만, 대부분은 아무런 기능적 요구도 의미도 없다. 이는 바로 사용자에 의해 수많은 의미를 부여하라는 해체주의의 주장인 것이다. 일반적으로 해체주의자들은 빨간색을 즐겨 사용한다. 왜 해체주의는 빨간색을 즐겨 사용하는 것일까? 그들은 그 질문에 빨간색은 색이 아니기 때문이라고 대답한다. 다시 말해, 빨간색이 색이라는 것도 일종의 고정관념이라는 것이다.

베르나르 추미가 디자인한 공원이 아름답건 그렇지 않건 사람들의 시선을 자극한다는 점에서는 충분히 그 역할을 다 한다. 그건 라 빌레트 공원을 즐기는 파리 사람들을 보면 알 수 있다. 예전처럼 조각물은 건물에 바로 부착되어 있거나 미술관에 있지 않다. 요즘 시대의 조각물은 바깥으로 나와서 대중들과 호흡하며 대중들에게 영향을 주고, 즐거움을 준다. 즉, 공공 디자인이라는 개념이 등장하자, 건축의 전시 조각물로서의 공공 디자인 역할 또한 더욱 더 커졌다. 공간 디자인의 일환으로 제작된 신세계 백화점의 르네 마그리트Rene Margritte의 '겨울비Golconde' 가림막이나, 경복궁의 수퍼그래픽의 가림막은 예술 작품을 통해 그 공간을 이용하는 사람들을 보다 행복하게 만든다.

마그리트는 초현실주의 작가이면서 그림에 비 현실적인 요소가 나타나지 않는 것으로 유명하다. 그림에 나타난 형태들을 하나하나 보면 모두가 우리가 일상에서 쉽게 볼 수 있는 것들이다. 그러나 그려진 상황은 기괴하고 이상한 분위기를 풍긴다. 마그리트의 '겨울비'에 나오는 사람들은 모두 중절모를 썼고, 얼핏 보면 모두 똑 같은 사람들이다. 그러나 조금만 자세히 보면 그 사람들이 모두 다 다른 사람이라는 것을 알 수 있다. 어떤 사람은 코트에 손을 넣고 있고, 어떤 사람은 손에 가방을 들고 있다. 모두 다 다른 인간을 나타내고 있다. 마그리트는 이렇듯 그저 아무 생각 없이 옳다고 받아들이는 일상을 다른 각도에서 신선하게 본다. 인간이기에 편견을 가질 수 밖에 없다. 그런 편견을 조금이라도 깨려는 그 노력 또한 인간적이다. 우리의 공간을 보다 더 행복하게 만들기 위해서는 우리가 당연하게 받아들였던 생각을 새로운 각도에서 조명하는 것이 필요하다. 마그리트적 생각은 우리에게 신선한 반향을 일으킨다.

마그리트의 작품을 생각하며 공연 하나를 떠올린다. 바로 태양의 서커스, '퀴담Quidam'이다. 퀴담의 첫 장면에서 긴 외투를 입은 머리가 없는 투명인간이 우산과 중절모를 쓰고 나온다. 마치 마그리트의 겨울비에 나오는 사람같다. 머리의 없음은 실체의 없음을 상징한다. 본질이 없는 세상, 실체가 없는 세상, 그런 세상을 우리는 원하지 않는다.

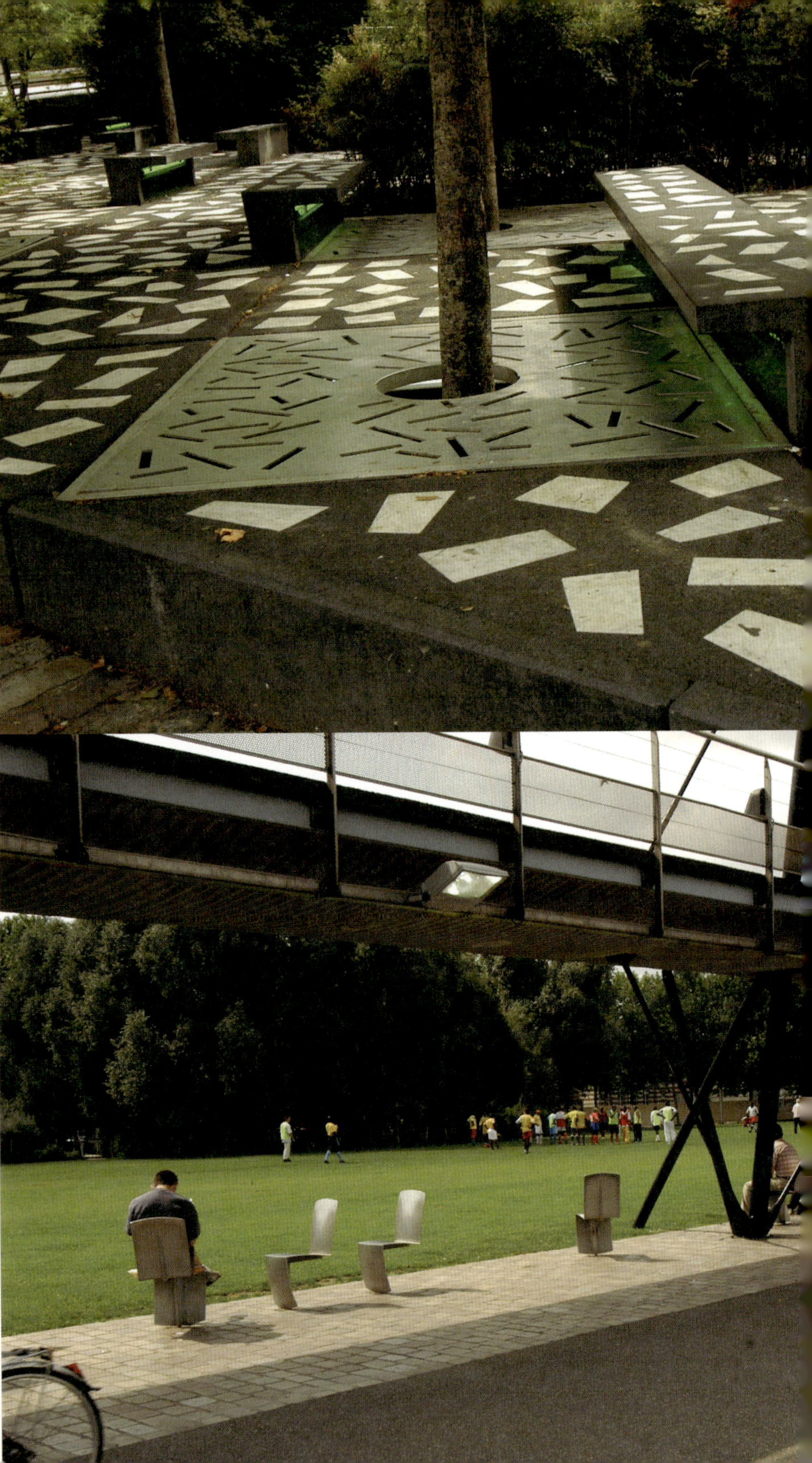

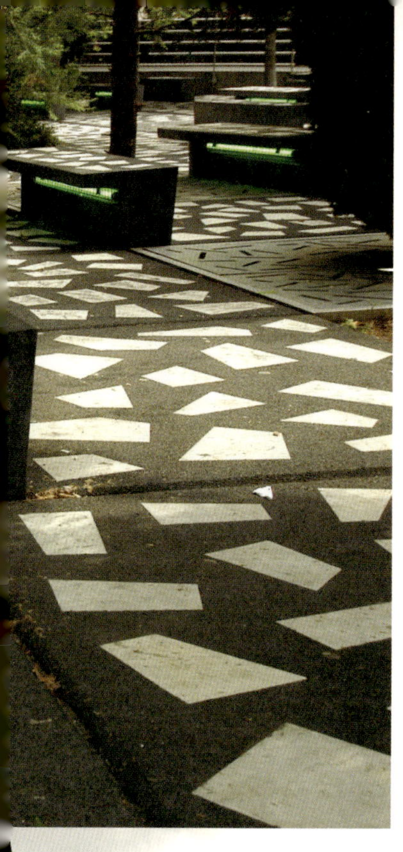

:: 라빌레트 공원, 파리

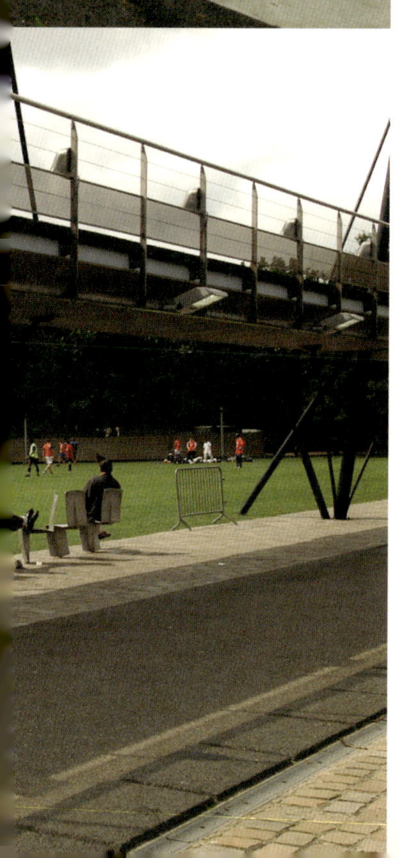

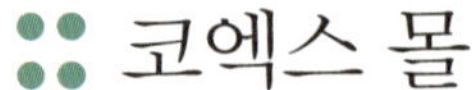

코엑스 몰

유명한 사진 작가 중에 바바라 크루거Barbara Kruger는 '나는 쇼핑한다, 고로 나는 존재한다I shop, therefore I am'라는 말이 담긴 포토 몽타주 작품을 만들었다. 20세기 최고의 페미니즘 커뮤니케이셔너로 평가 받고 있는 바바라 크루거는 그림이 아닌 사진과 허를 찌르는 문구를 조합한 포토 콜라주식 작품을 한다. 그녀는 상징적인 빨간색 선전 문구를 많이 이용한다. 강렬한 느낌의 문자는 단순히 사진 이미지가 가진 전달능력을 더욱 높이는 역할을 한다. 바바라 크루거의 '나는 쇼핑한다, 고로 나는 존재한다'라는 작품은 한국 내에서 광고 카피에 종종 이용되는 국내에도 알려진 작품이다. 쇼핑에 의존하며 살아가는 현대인의 특성을 꼬집은 작품이다.

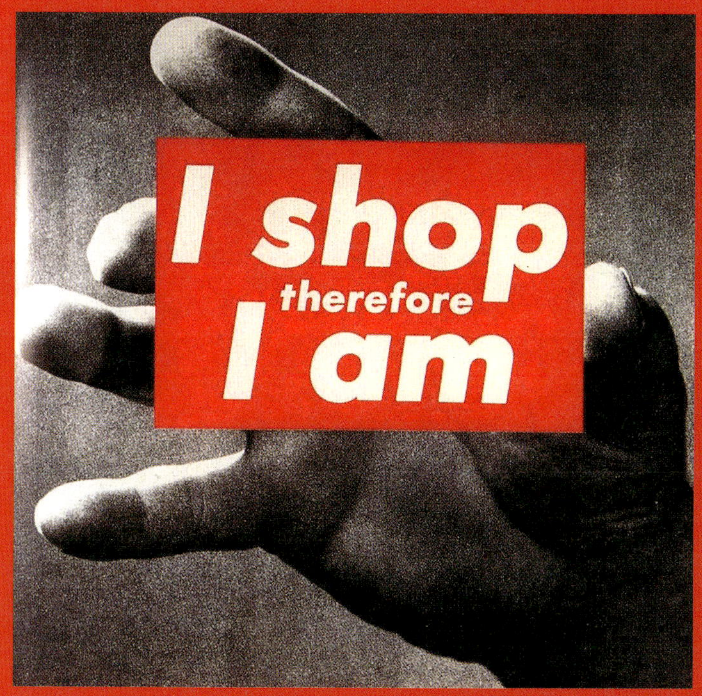

:: I shop, therefore I am, © 바바라 크루거, 1987

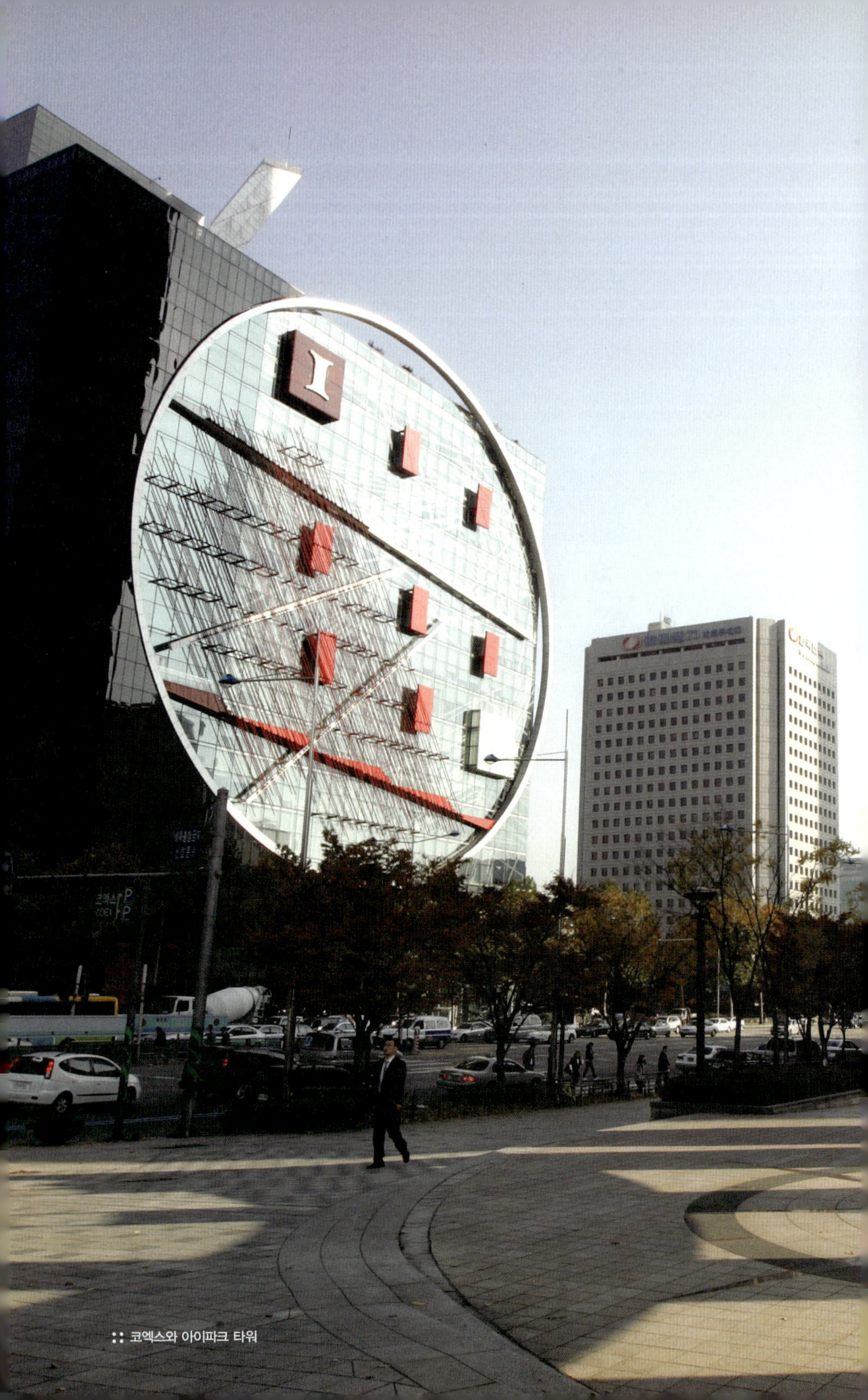

:: 코엑스와 아이파크 타워

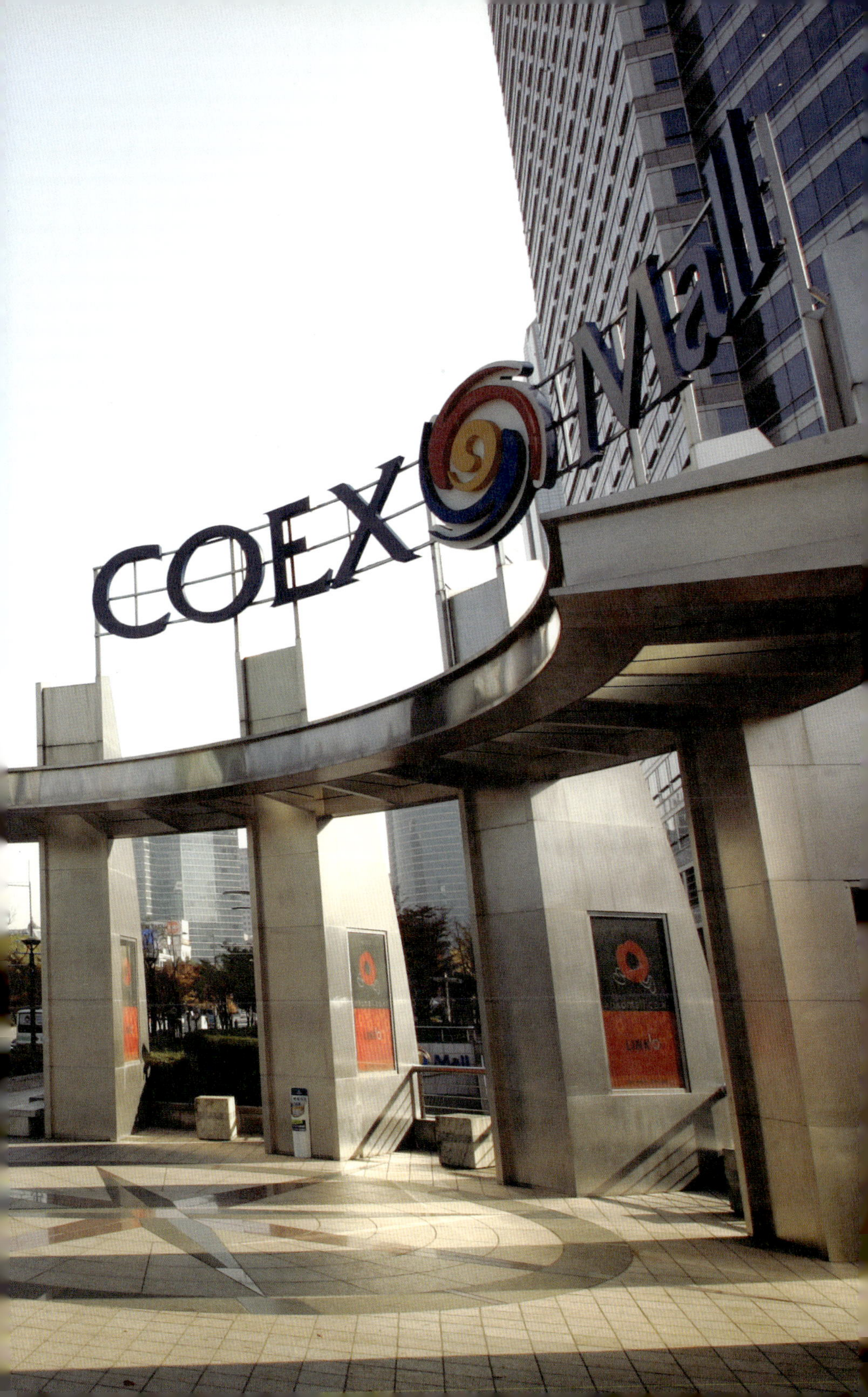
COEX
Mall

물질의 소유욕은 인간의 본능이며, 그러한 욕구를 충족시키기 위하여 우리는 일을 한다. 단적으로 말해, 우리는 쇼핑하기 위해 일을 한다. 이처럼 쇼핑을 목적으로 일을 하는 것이 맞는 것일까? 이성적으로 생각해 보면 우리는 행복해지기 위해 일을 하는 것이 옳다. 그러나 현대 사회는 반대다. 사람들은 일을 하기 위해 산다. 그러나 사람들은 일 중심의 삶이 허망하다는 것을 비중있게 생각하지 않는다. 현대인들은 일을 하고 쇼핑을 통해 즐거움을 얻기를 원한다.

이렇듯 쇼핑을 즐기려는 젊은 세대에 있어 코엑스 몰은 탐색되어야 할 신비로운 공간이다. 마치 보물을 찾으려는 듯 많은 젊은이들이 쇼핑과 엔터테인먼트적 즐거움을 얻기 위해 코엑스 몰을 찾는다. 어떻게 보면 이들에게 있어서 코엑스몰은 생활의 본거지이다. 이처럼 코엑스 몰과 같은 복합건물에서 많은 시간을 보내는 라이프 트렌드를 가진 사람들을 가리켜 '몰링족' 이라고 한다. 많은 몰링족을 쉽게 볼 수 있고, 몰링족이 즐기는 대상이 산재해 있는 곳이 바로 코엑스몰이다.

'몰링malling' 은 새로운 트렌드로 자리 잡아 가고 있다. 몰링은 단순히 물건만 구입하고 돌아오는 형태의 쇼핑이 아니라, 가족들이 여유롭게 쇼핑과 외식外食, 공연·영화관람·산책 등을 즐길 수 있도록 설계된 대형 ~~복합쇼핑몰~~mall 과 함께 나타난 현상이다. 몰링은 가족단위 쇼핑객이 늘고 주 5일제의 영향으로 주말을 어떻게 보내느냐가 중요해지면서 나타났다. 몰링은 '공간' 을 파는 개념이다. '쇼핑가街' 를 뜻하는 몰의 의미처럼 엘리베이터를 타고 다니는 것이 아니라 내부를 '걸어' 다닌다. 아이파크 몰의 내부 동선動線은 10km가 넘는다. 대형복합 쇼핑 몰에서 미팅·쇼핑·식사·오락을 한꺼번에 즐기는 새로운 소비 트렌드를 지칭하는 말이다. '몰고어' (mall-goer·몰 이용객) '몰랫' (mall-rat·몰 안의 젊은이들) '몰리' (mallie·몰링을 즐기는 여성) 등의 파생어도 몰링에서 온 것이다. 국내 최초의 복합 쇼핑 몰은 백화점과 호텔·지하쇼핑공간이 한데 모인 서울 삼성동 '코엑스몰'이다.

코엑스몰을 주로 이용하는 연령층은 10대부터, 20대, 그리고 가족을 동반한 30,40대 등 다양하다. 그 중 청소년들은 이용객들 중 많은 비중을 차지한다. 청소년은 감성적으로, 신체적으로 가장 예민한 시기를 거치지만, 그들이 일상에서 받는 스트레스를 풀만한 마땅한 장소가 많지 않다. 그래서 그런지 많은 청소년들이 코엑스 몰을 찾는다.

일본에도 청소년들이 많이 모이는 거리가 있다. 하라주쿠 거리에는 코엑스몰과 마찬가지로 앳띤 얼굴의 청소년들로 붐빈다. 지금은 시부야에 그 명성을 물려주었지만 여전히 이 곳은 청소년들이 자신만의 개성을 펼칠 수 있는 또래문화가 있다. 주말이면 라이브 밴드의 공연이 수시로 벌어지고, 청소년들은 그 음악에 맞춰 퍼포먼스를 벌인다. 주체나 객체의 구분 없이 모두 어울리는 것이다.

하라주쿠 거리와 더불어 10대들의 천국으로 불리는 시부야는 재미 뿐만 아니라 교육적인 측면을 고려한 공간도 있다. 이 곳에서는 천문 박물관, '코도 프라네타리움', 도쿄 전력의 '전력관', 그리고 담배와 소금박물관 등 교육적인 볼거리가 있다.

이런 일본의 사례에서도 볼 수 있듯이, 청소년들을 위한 공간에는 단순히 상업적인 면만 있어서는 안 된다. 상업적인 활동과 더불어 자연스럽게 배울 수 있는 장소가 필요하다. 즉, 공간 자체가 교과서가 되는 환경이 필요하다.

인간은 물질의 소유욕 뿐만 아니라 편안함에 대한 추구를 끝없이 한다. 그러한 욕구는 우리들이 창의적인 생각을 할 수 있게 한다. 코엑스 몰에서 길이라는 '밖'의 이미지를 '안'으로 끌어들인 시도도 바로 이런 창의적인 생각때문에 가능한 것이었다. 내부를 외부 공간처럼 꾸민 것이다. 사람들은 그렇게 연출된 공간 속에서 쾌적감과 행복감을 느낀다. 걸으면서 정보를 획득하고 시각적인 즐거움과 존재감을 느낀다. 걷는 것의 즐거움을 내부 공간에서 가능하게 하려는 의도가 코엑스몰에 스며들어 있다.

코엑스몰 입구에 들어서면 '산마루길', '호수길', '수풀길', '폭포길', '오솔길', '강변길', '계곡길', '열대길', '바다길'이라는 이름의 길들을 만나게 된다. 코엑스몰을 처음 접한 사람이라면 여러 갈래로 나뉜 길로 혼란을 겪는 경우가 많다. 마치 여러 개의 시냇물이 모여 큰 강을 이루고, 그 강이 모여 바다를 이루듯이, 좁은 길은 넓은 광장으로 이어진다. 광장은 또 다른 길로 이어진다. 각 길들은 이름에 어울리는 인테리어로 꾸며져 있다. 대개 푸른 계통의 대리석 타일을 이용하여 물의 모습을 표현하거나, 유리를 이용하여 투명한 얼음을 나타내는 등의 자재를 이용한 효과도 있다.

우리나라에서는 '걷고 싶은 길'을 조성하기 위한 다각적인 시도가 이루어 지고 있다. 하지만 길은 단순히 '걷고 싶은 길'이 되어서는 안 된다. 거리가 진짜 살아 남으려면 '쉬고 싶은 길' 그리고 '머물고 싶은 길'이 되어야 한다. 우리는 길을 만들 때 사람들의 이목을 끄는 화려한

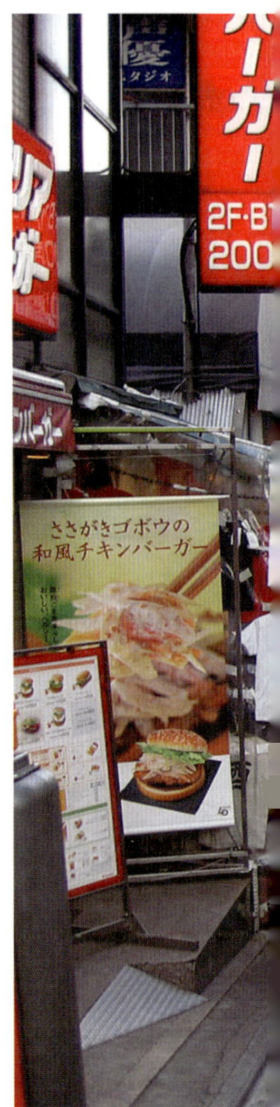

消火栓
FIRE HYDRANT
東鄕神社
東鄕記念館
生写真
NOA CAFE
WOLFGANG PUCK
EXPRESS
24時間営業
牛丼

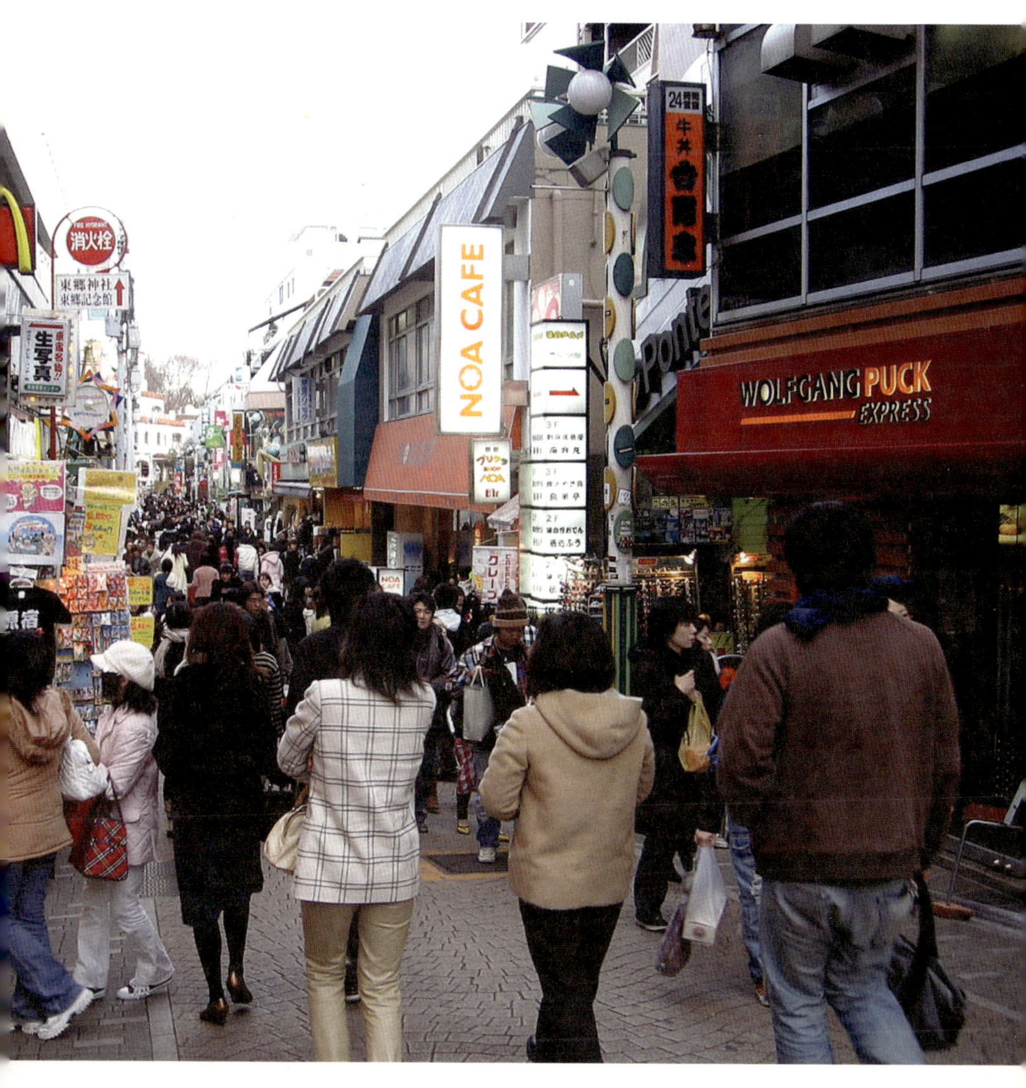

:: 일본 하라주쿠 거리

요소에만 집중하는 경향이 있다. 그러한 길은 사람들을 불러 모을 수는 있어도 사람을 머물게 할 수는 없다. 베를린의 길거리에는 화려함 보다는 소박함, 그리고 편안함이 있다. 곳곳에 벤치가 위치해 있어 사람들은 그 곳에 앉아 책을 읽으며 한가로운 한 때를 보낸다. 마치 공원의 한 부분을 가져 온 듯하다. 그러나 삼성역 코엑스 주변은 이와 대조적인 분위기이다. 사람들이 많이 모이지만 모두 걸어 다니는 사람뿐이다. 이제는 걷고 싶은 거리와 함께 머물게 하는 거리 또한 중요하다.

길의 개념을 차용한 코엑스는 여러 개의 지하 공간을 하나로 이어 마치 지하에 지하수가 흐르는 듯한 느낌을 주었다. 바로 '물의 흐름' 이라는 컨셉트를 이용한 것이다. 그러나 바다와 같이 넓은 코엑스몰의 복잡한 물의 흐름을 인지하는 사람은 많지 않다. 그래서 몇몇 주요 매장은 마치 깜깜한 바다에서 길을 안내하는 등대와 같은 역할을 한다. 즉, 사람들은 몇 개의 특징적인 매장의 위치로 코엑스몰의 방향감각을 유지하는 것이다.

01_ 코엑스몰

02_ 밀레니엄광장

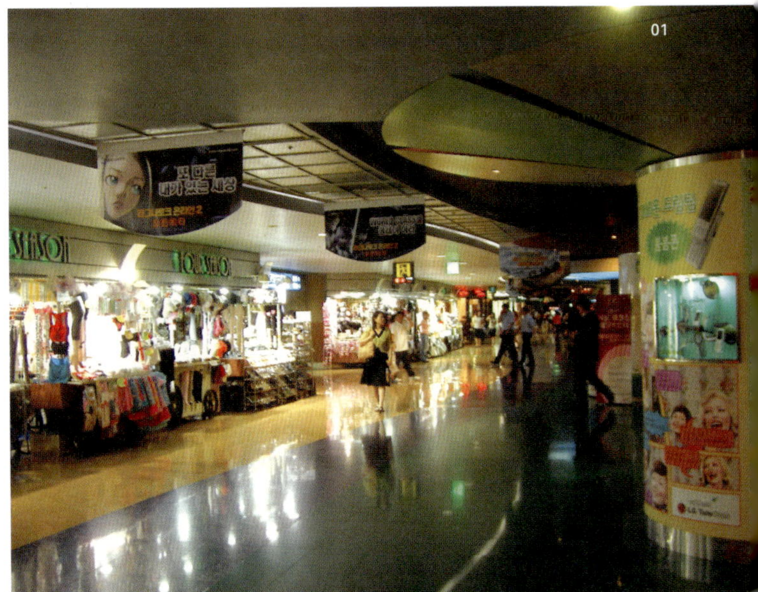

코엑스몰 입구부터 출구까지는 11개의 공간이 있다. 가장 먼저 접하게 되는 공간인 밀레니엄 광장부터 길 건너편 현대 아이파크타워가 바로 보이는 아셈 광장 까지는 마치 강변을 걷는 느낌을 준다. 코엑스 몰이 처음 시작되는 부분인 밀레니엄 광장은 연못이 있어 부드러운 느낌이다. '만남의 광장' 으로 이용되고 있는 만큼 오고 가는 사람들의 시선이 가장 많이 머무는 곳으로 많은 기업체들의 광고간판과 조형물이 있다.

코엑스몰 안에는 'Marche' 같은 패밀리 레스토랑이나 햄버거 전문점인 '크라제버거', 퓨전오므라이스집 '오무토 토마토' 등이 있다. 메가박스나 아쿠아리움, 아트 갤러리인 '아쿠아', 그리고 다양한 브랜드의 IT를 체험할 수 있는 공간들이 코엑스에 있다.

베를린의 포츠담 광장 주변에 위치한 '소니 센터 Sony Center' 역시 이러한 복합 공간으로 유명하다. 소니 센터에는 에스플라나다 호텔, 소니 뮤직, 소니 유럽

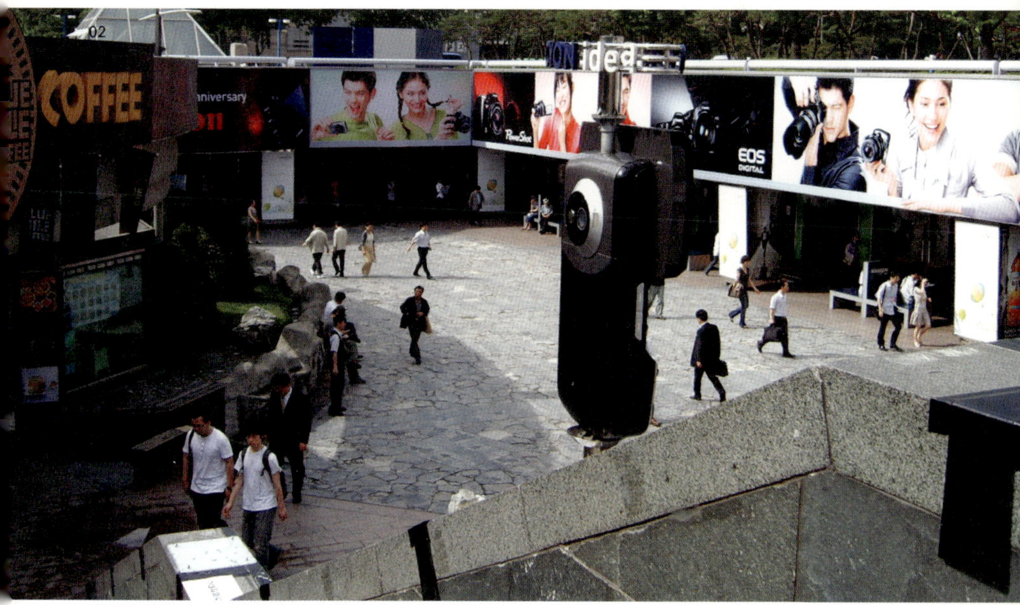

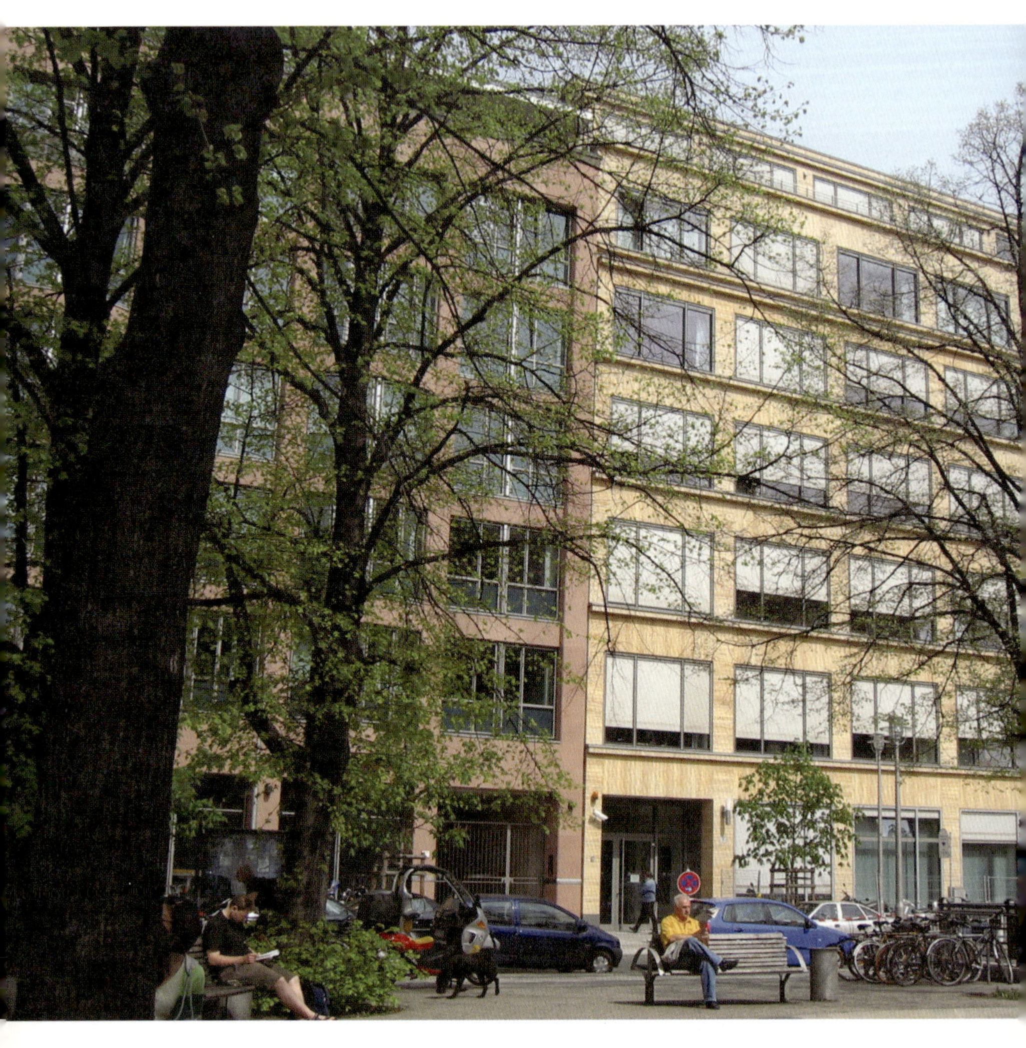

:: 베를린의 거리 풍경

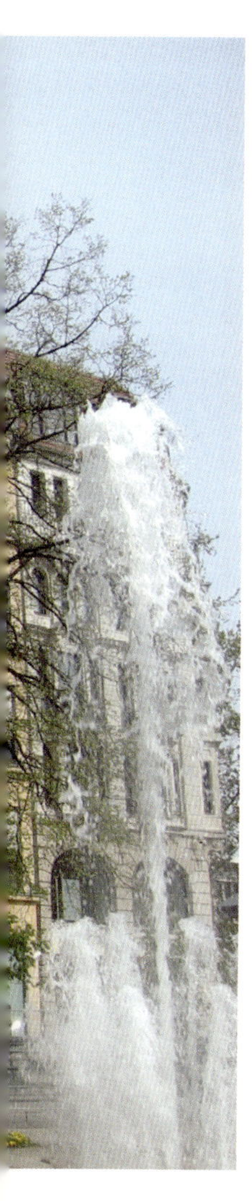

본사, 뮤직박스, 필름 하우스 등이 들어서 있고, 나머지 부분은 주거공간으로 이용되고 있다. 소니 센터에는 각종 게임을 즐길 수 있는 장소와, 음악을 들을 수 있는 등의 체험을 바탕으로 즐거움을 제공한다.

하지만 소니 센터가 시민들에게 더욱 사랑 받는 이유는 입구의 포럼Forum이라는 넓은 광장 때문이다. 광장 한가운데는 분수와 그 주위로 방문객들의 쉼터 역할을 하는 벤치가 있고 시민들이 축구 등을 관람할 수 있도록 배려한 커다란 스크린이 설치되어 있다. 또한 아이맥스 영화관의 벽면의 커다란 '스파이더 맨' 조각상은 광장과 센터를 방문하는 사람들에게 즐거움을 주는 펀fun이다. 최첨단 건물답게 무선랜이 설치되어 있어 누구나 자유롭게 인터넷을 이용할 수 있으며, 노천 카페에서 한가로이 맥주를 마시면서 여행의 피로를 달랠 수도 있다.

사실 광장문화를 유럽 문화의 전유물 정도로 생각할 수 있다. 그러나 우리나라에도 이와 비슷한 마당문화가 있었다. 마당에 모여 서로 담소를 나누고, 밥을 먹고, 술을 마시며 함께 어울렸다. 또 관객이 배우 사이를 비집고 들어가, 너나 할 것 없이 흥겨운 국악에 맞춰 추임새를 넣으며 마당놀이를 즐겼다. 이러한 문화는 서로에게 친밀성을 높이는 공동체의식의 어울림 문화이다. 이런 마당문화는 광화문 네거리의 광장문화로 나타났다. 도시가 인간친화적이려면 사람이 사람과 소통할 수 있는 공간이 많이 있어야 한다. 단순히 어떤 목적에 의해 인스턴트식으로 광장을 만들기

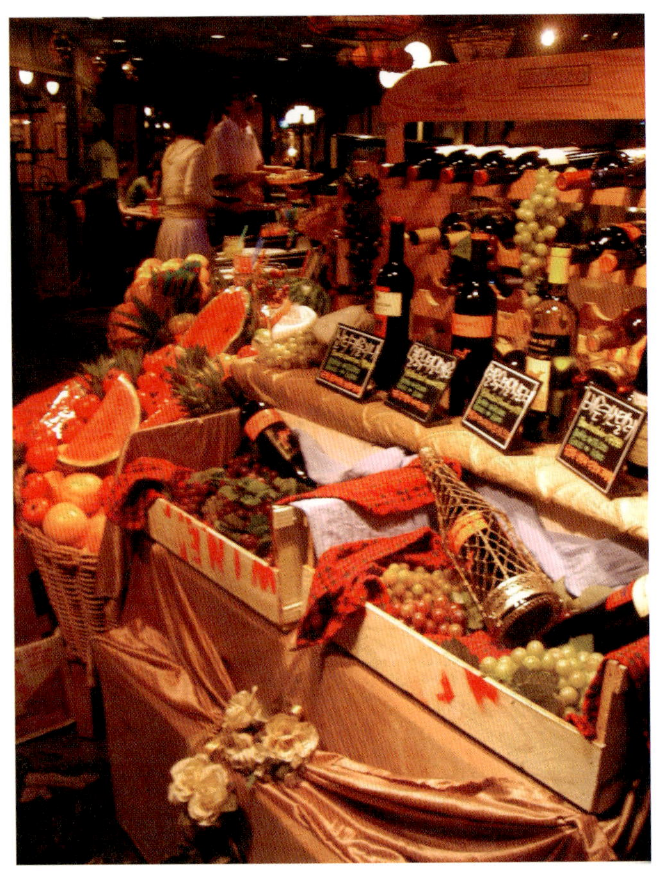

:: 다양한 메뉴, 마르쉐

보다는 평소 시민들이 마음을 열고 가까이 찾을 수 있는 공간이 필요할 때이다. 그것은 우리에게 '작은 행복'을 선사할 것이다.

활발한 광장문화를 볼 수 있는 소니 센터는 건축물 그 자체로 베를린의 브랜드가 되었다. 사람들은 '소니sony'라는 브랜드를 통해 건축물을 안다. 베를린에 들어선 소니센터는 복합공간으로서 사람들에게 편의와 즐거움을 제공하는 한편, 베를린을 대표하는 건축물로서 세계인에게 널리 알려졌다. 소니센터와 유사한 우리의 기업을 표방하는 건물이 베를린에 없는 것이 못내 아쉽다.

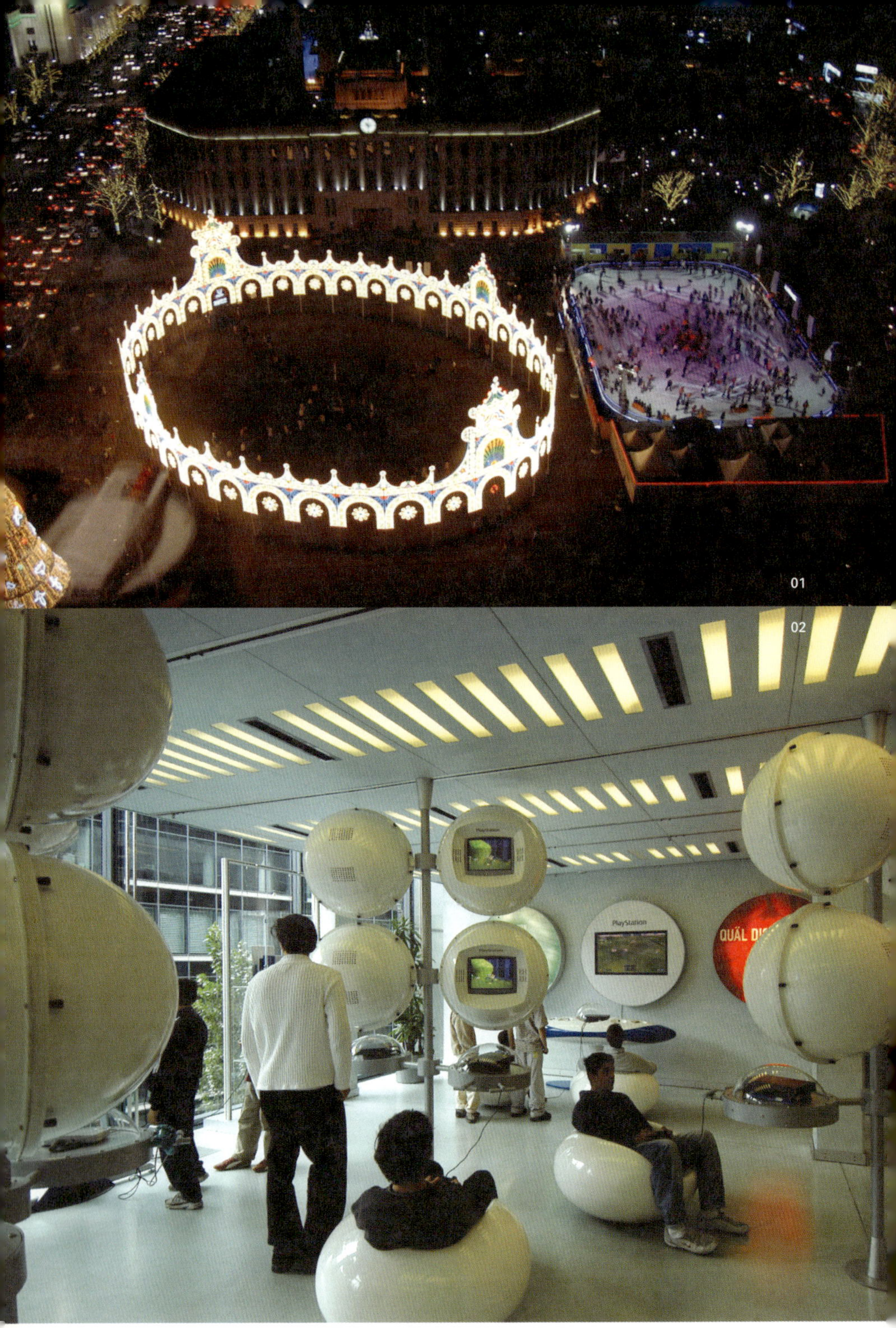

01
02
PlayStation
PlayStation
QUÄL DIS

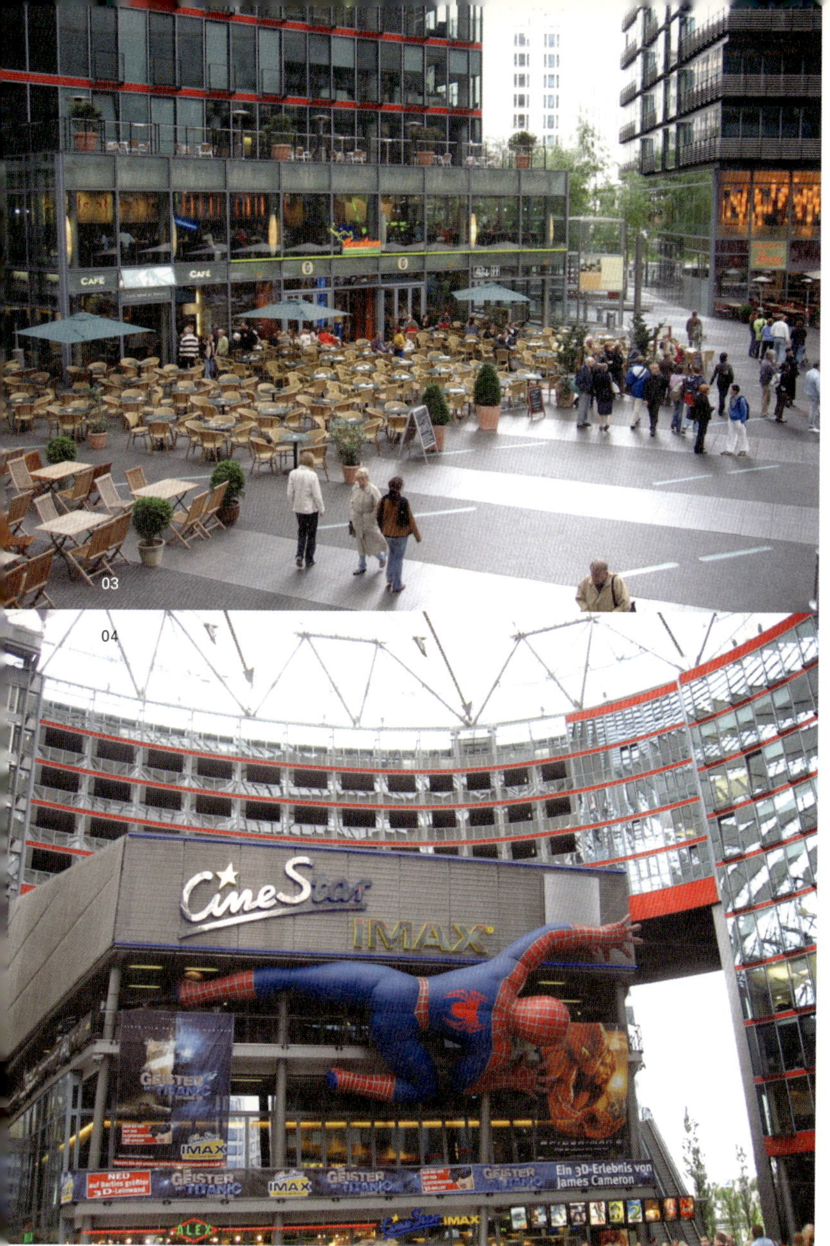

01_ 시청 앞 광장, '루체비스타' 축제, 2006

02_ 소니 센터의 매장

03_ 소니 센터 광장, 베를린

04_ 아이맥스 영화관, 소니센터, 베를린

메가박스 VIP 공간

십 년 전만 해도 쾌적하고 색다른 분위기의 나만의 공간에서 대접 받으면서 영화 보는 것을 생각할 수 있었던 사람은 얼마 없었다. 그러나 서비스의 질을 한 단계 더 높인 메가박스 VIP 공간은 다른 영화관과는 색다른 경험이다. 특별한 날에 한 번쯤 이런 VIP 공간을 이용해도 좋을 법하다. 여성들이 남성보다 이벤트를 더 좋아한다는 내용이 담긴 통계가 있다. 생일, 결혼 기념일 같은 날 기억에 남을 만한 이벤트를 만들고 싶은 사람에게 메가박스의 VIP 공간은 그 해법을 제시한다. 2000년 개관한 메가박스는 단순히 영화를 보는 것만이 아니라 생생하게 진행중인 문화를 느끼는 멀티플렉스적 개념이 강한 공간이다.

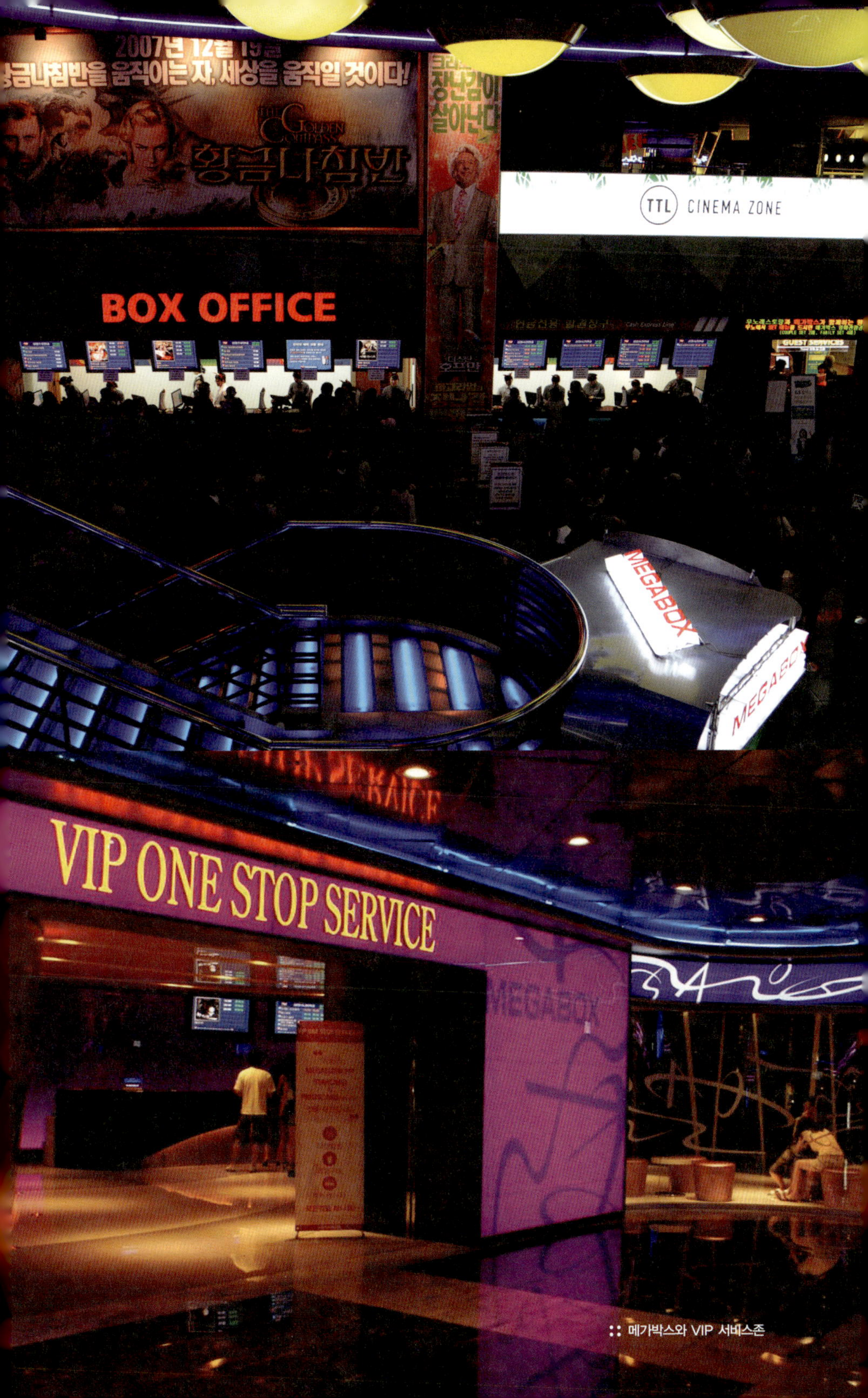

:: 메가박스와 VIP 서비스존

메가박스 VIP 존이 특별한 날 방문하는 공간이라면, IT 종합 체험관은 코엑스에서 부담 없이 쉽게 들를 수 있는 장소이다. 코엑스몰은 신세대들과 무역전시관으로 인한 외국인들의 발길이 잦은 곳이다. 신제품에 대한 시장반응을 미리 알아보는데 효과적인 장소가 코엑스다. 그래서 인지 삼성전자, LG전자, SKT 등의 국내 업체는 물론 마이크로 소프트, 소니, 애플 등의 외국 업체까지 무료 체험관을 운영하고 있다. 이곳 종합 체험관에서는 새로운 정보는 물론 체험을 통한 즐거움도 가능하다. 매장에서는 주로 mp3등의 신제품을 체험할 수 있는 공간이 마련되어 있다. 삼성전자 m-zone은 즉석에서 사진을 출력할 수 있는 포토존을 운영하기도 한다.

미디어에 관심이 있는 사람에게, 이러한 체험관은 마치 놀이터와 같은 공간이다. 관람 위주로 이루어진 대부분의 전시회에서는 작품을 만져 볼 수 없고, 사진촬영을 할 수가 없다. 하지만 체험관에서는 자신 마음대로 상품을 이용할 수 있다.

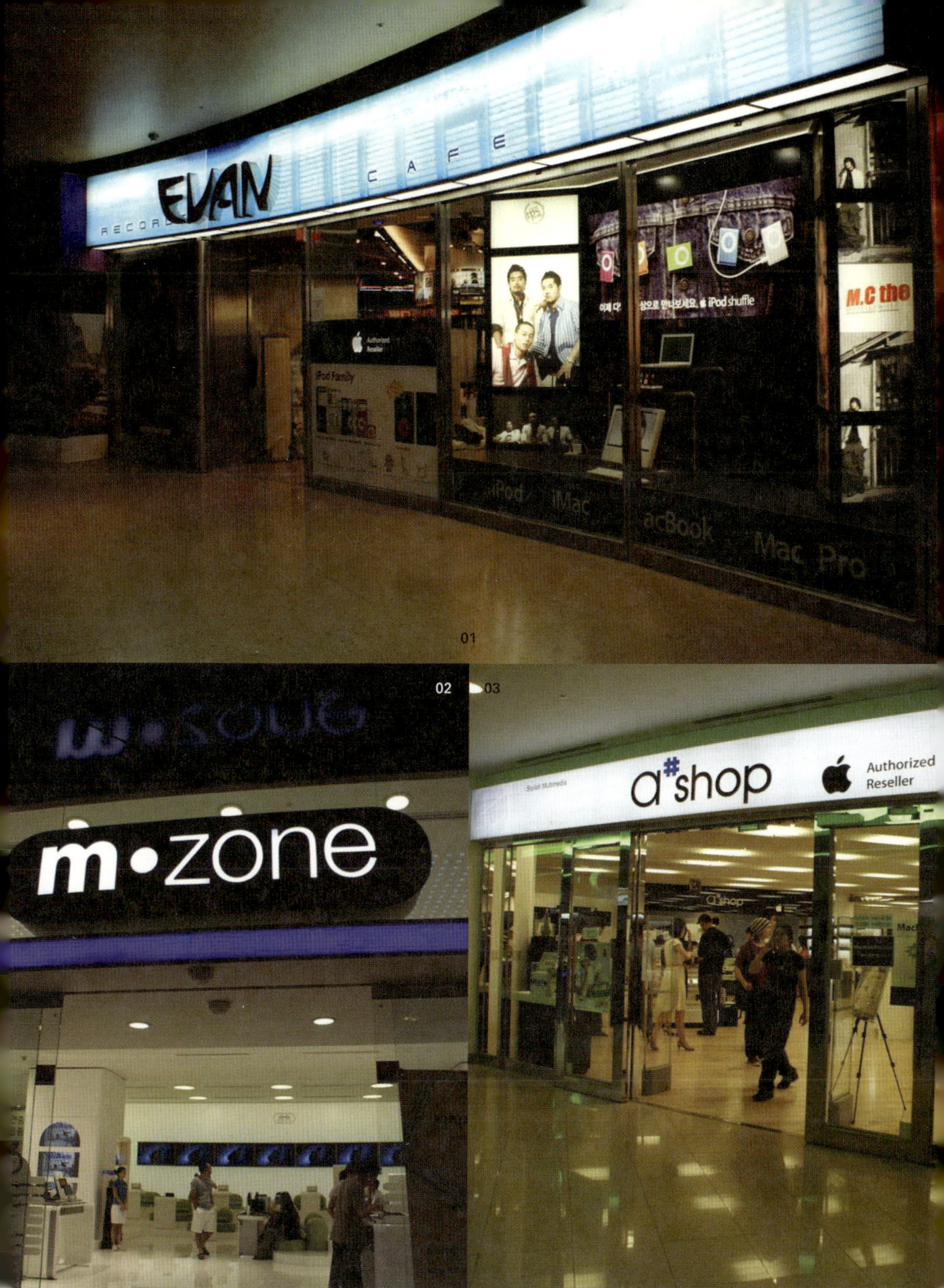

01_ EVAN

02_ m-zone

03_ 애플 숍

서비스 마케팅

고객만족은 고객이 상품이나 서비스를 경험하고 갖는 즐거움이나 행복감이다. 고객은 사랑을 받을 때 행복을 느낀다. 고객을 행복하게 만들기 위해서는 고객이 어떤 경우에 행복을 느끼는지 알아야 한다. 고객이 상점을 찾아오게 하려면 어떻게 해야 하나? 정혜전의 서비스 마케팅은 그 방법으로 다음의 전략을 제안한다.

첫째, 프로의식을 기본으로 갖춘다.
둘째, 고객이 관심을 갖게 한다.
셋째, 생동감있게 고객을 맞이한다.
닛째, 깊은 인싱을 준다.
다섯째, 신뢰감을 준다.

상점은 신뢰성을 줄 수 있어야 한다. 고객이 상점 점원의 말에 신뢰하도록 해야 한다. 신뢰는 마술처럼 고객이 계속 거래하고 싶게 만들기 때문이다. 상점은 진실성이 있어야 한다. 고객에게 아부를 하거나 문제점을 가림으로써 얻게 된 한 번의 이익은 곧 더 큰 손해를 낳게 할 것이다. 서비스 직원의 입장이 아닌 고객의 입장에서 이루어진 진실된 서비스는 고객의 가슴을 훈훈하게 만들고 감동을 오래도록 유지시킨다. 전문성은 상점이 갖추어야 할 필수항목이다. 인터넷과 통신시설의 발달로 고객들도 많은 정보를 갖고 있다. 서비스를 제공하는 상점과 점원은 고객의 전문적 수준을 이해하는 소양을 갖추고 있어야 고객을 이끌 수 있다. 또 점원은 정보성을 갖추고 있어야 한다. 고객에게 상품에 대한 충분한 정보를 주어야 한다. 융통성도 상점의 성공을 위한 필수항목이다. 숨이 막힐 듯 답답한 판매방식과 일처리는 고객을 도망가게 만든다. 점원은 고객의 입장에서 융통성을 발휘할 줄 알아야 한다. 사람들이 모이는 곳에는 그만한 이유가 있다.

코엑스 전시관

사람 많고 그에 따른 이야깃거리도 많은 삼성동을 대표하는 건물이 코엑스 컨벤션 센터다. 코엑스는 'Convention'과 'Exhibition'의 합성어다. 코엑스는 주말이면 전시를 보러 온 시민들, 업계 종사자들, 삼삼오오 친구들과 짝을 이뤄 모여든 청소년들, 손을 잡고 영화를 보러 오는 연인들, 친구들과 옷가게를 구경하는 사람들로 북적인다. 사람이 많이 모인다는 말은 즉, 이야깃거리가 풍부하다는 말과도 통한다. 또한 다양한 사람들의 니즈Needs를 만족시킬 수 있는 다양한 시설이 복합적으로 모인 원스탑One-stop 서비스가 가능하다는 것을 의미하기도 한다. 코엑스는 몰링족을 비롯하여 다양한 사람들의 소비 트렌드를 만족시키는 복합 공간이다.

코엑스 주변은 무역과 전시, 회의 및 오피스 시설과 코엑스몰, 백화점, 호텔, 공항터미널 등으로 구성되는 복합문화 공간이다. 코엑스 중심에는 '전시'가 있다. 보여줄 것이 많으면 많을수록, 이야깃거리가 많고 남들과 소통할 수 있는 기회가 늘어난다.

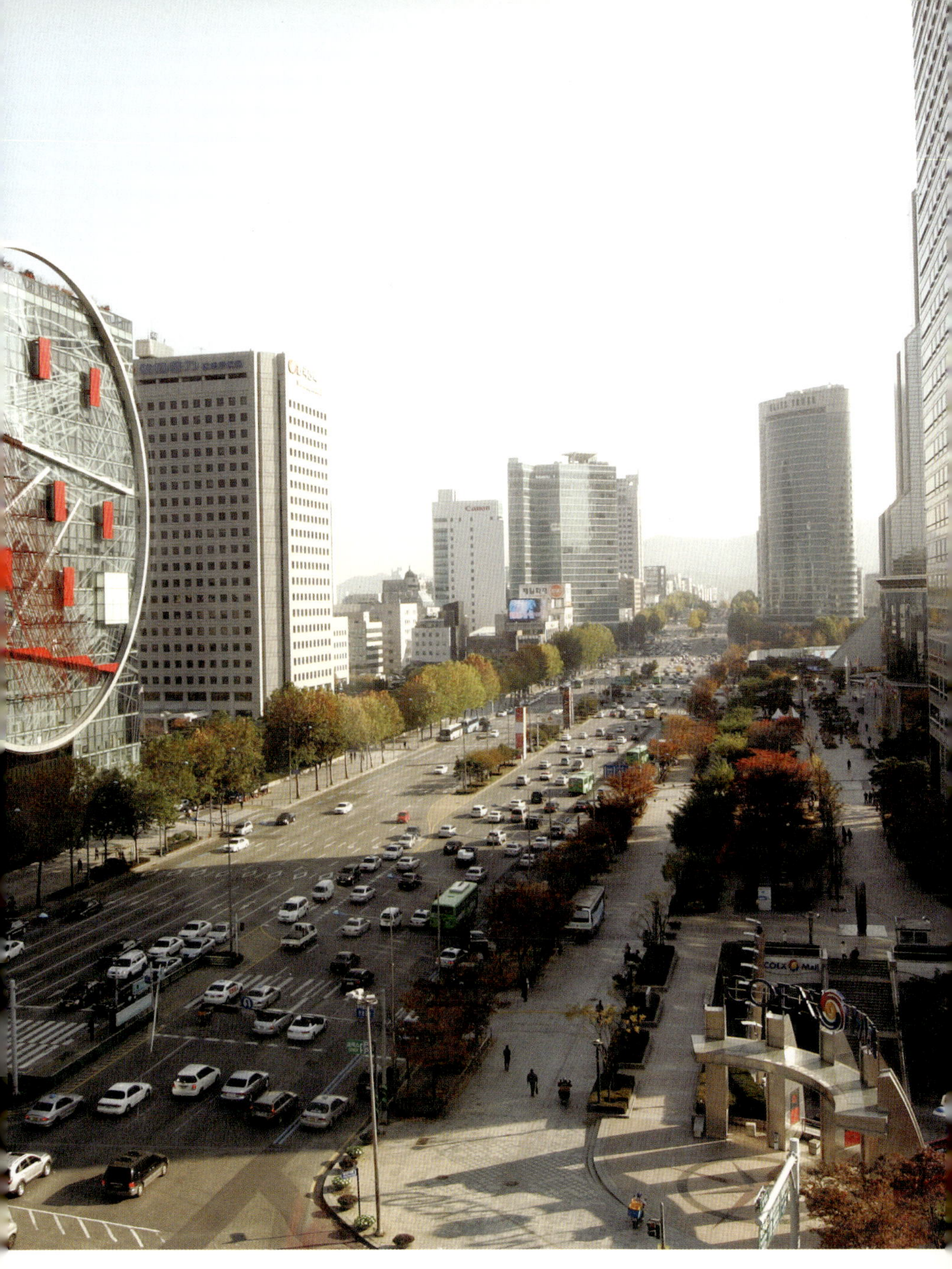

:: 삼성역 주변, 영동대로

2007 무역센터
국화 Festival
기간 : 2007년 10월 11일 ~ 11월 10일
장소 : COEX 동측광장, 피라미드, 밀레니엄
KITA COEX
COEX
East Gate

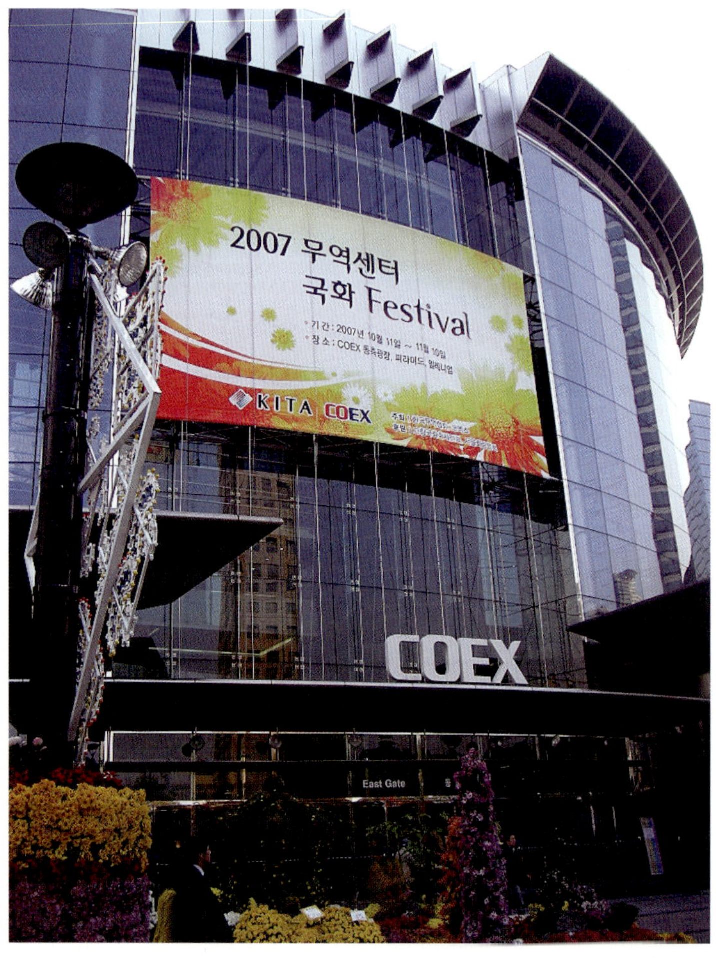

:: 코엑스 입구

최근 들어 다양한 정보의 모임을 기반으로 하는 박람회나 엑스포에 대한 회의론이 일고 있다. 과거의 전시는 새로운 상품을 전시, 선전, 체험하게 해주는 장이었지만, 인터넷이 보급된 지금은 새로운 상품의 존재를 실시간으로 알려준다. 사람들은 이제 홈쇼핑으로 새로운 물건을 접하고, 인터넷으로 그 물건의 특징을 살펴보고, 전화 한 통이나 마우스 클릭 한번으로 물건을 구입한다. 즉 새로운 상품이 등장하는 즉시 세계 어디에서든 듣고, 보고, 알 수 있는데 엑스포나 박람회가 무슨 의미가 있느냐는 것이다. 기존의 전시방식을 탈피해 새로운 전시방식을 모색해야 할 시점에 서 있는 것이다.

엑스포나 전시회가 성공하려면 단순한 상품전시 외에 관람객들이 직접 체험할 수 있는 요소를 적절히 복합시켜야 한다. 전시장을 사람들이 나들이 삼아 부담 없이 찾을 수 있는 곳으로 탈바꿈시키려는 것이 요즈음의 전시 추세다. 세계 유명 박람회 중의 하나인 베를린IFA에서는 안마사들을 고용하여 전시장을 둘러 보느라 지친 관람객들에게 안마체험을 제공했다고 한다. 또한 하노버의 월드 엑스포 2000에서는 현란하기 짝이없던 전시관 대신 일본의 유명 건축가인 도요 이토가 설계한 건강관이 인기를 끈 적이 있다. 이제 전시에서 상품의 전시만 고려해서는 안 된다. 관람객의 만족도와, 체험적 재미요소를 함께 고려하여야 한다. 코엑스에서 이렇듯 '전시를 통한 재미'는 중요하다.

크리스티안 미쿤다는 '제3의 공간'이라는 책에서 엑스포나 박람회에서의 지나친 자극에 관한 문제를 거론하면서 연출을 통한 휴식체험과 자연과 같은 느낌의 체험을 문제 해결의 해법으로 제안한다. 전시행사의 자극적 요인 때문에 피로하지 않아야 전시회를 즐겁게 둘러 볼 수 있기 때문이다. 체험은 영혼을 어루만지고 달래주어 방문객의 뇌리에 좋은 이미지를 심어준다.

거대 조각 작품, 현대 산업개발 I-PARK

삼성동의 영동대로에는 마치 한 폭의 캔버스 작품과도 같은 이색적인 모양의 건물이 있다. 커다란 원 안의 빨간 직사각형과 사선들. 창에 찔린 듯 건물 전체를 사선으로 뚫고 지나가는 커다란 관. 그리고 시선을 사로잡는 빨간색 입구. 도대체 어떤 건물일까? 종합쇼핑몰일까? 아니면 디자인센터? 아니다. 바로 현대산업개발 사옥, 아이파크 타워이다. 이 건물은 2004년 준공 후 독특한 디자인으로 강남일대에서는 '예쁜 건물'로 유명하다. 길을 걷다 보면 행인들이 발길을 멈추고 건물을 바라보기도 하고, 사진을 찍기도 한다. 마치 관람객들이 많이 모인 전시장의 인기 많은 전시품처럼, 아이파크 타워는 무역센터와 함께 버금가는 삼성동의 랜드마크의 역할을 하고 있다. 빽빽하게 놓인 콘크리트 건물을 보며 '삼성동 = 메마른 회색도시'라는 편견을 일시에 무너뜨린다. 인근에 위치한 코엑스몰이 서울의 핵심 상권으로서 엄청난 경

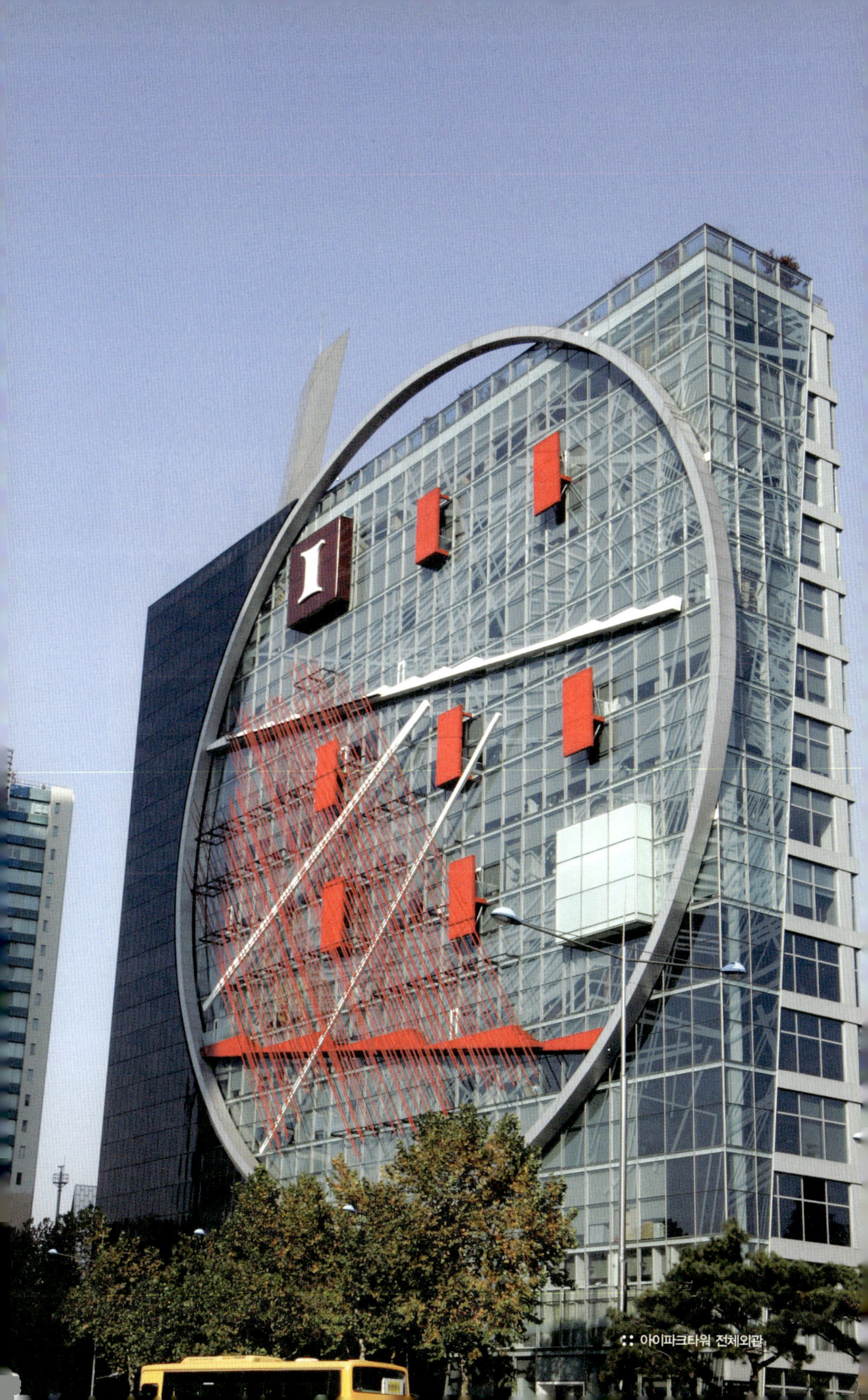

:: 아이파크타워 전체외관

제효과를 가져왔다면, 아이파크 타워는 메마른 회색도시에 활력을 불어넣은 건물이다.

아이파크 타워는 9.11테러로 사라진 국제무역센터World Trade Center의 자리에 새로 들어설 건물 '프리덤 타워Freedom Tower'를 설계한 다니엘 리베스킨트Daniel libeskind의 작품이다. 베를린 유대인박물관을 시작으로 맨체스터 노스 임페리얼 전쟁박물관과 덴버 미술관 등 문화적 건물을 위시해 쇼핑몰이나 호텔, 의료시설 등 상업시설을 위한 설계에도 참여했다. 그는 건축은 이론이 아니라 인생. 즉 삶이라고 말한다.

현대 아이파크 타워의 독특한 외관에서 무엇보다 눈에 띄는 것은 빨간색 입구이다. 일직선으로 뚫려있는 세 줄의 사선은 필름 구멍을 연상시킨다. 건물 외관의 원은 자연과 세계, 많은 사선들은 끊임없는 변화와 첨단기술을 상징한다. 원 안의 직사각형은 그러한 환경 속에 살아가는 인간을 뜻한다. 아이파크 타워에는 서울의 역동성이 담겨져 있다.

다니엘 리베스킨트는 건축은 '스토리텔링story-telling'의 역할을 할 수 있어야 한다고 말한다. 다니엘 리베스킨트는 '베를린 유대인 박물관'에서 유대인의 참상을 이야기한다. 회색 빛의 아연판으로 된 외관과, 사선과 다각형으로 이루어진 창은 마치 불 태워져 뼈가 드러나고 칼에 찔리고 도려내진 상처와 같다. 유대인 대학살의 아픔을 상징하는 것이다. 사실 리베스킨트는 유대인대학살 생존자인 부모에게서 태어난 폴란드출생의 미국인이다. 이러한 개인적인 배경이 작품 속에 스며든 것일까. 유대인 박물관은 사람들에게 가슴으로 스며드는 그 무언가를 준다. 유대인 박물관에는 가슴을 뭉클하게 하는 어둠의 과거가 있다.

01_ 베를린 유대인박물관 외관
02_ 베를린 유대인박물관 내부

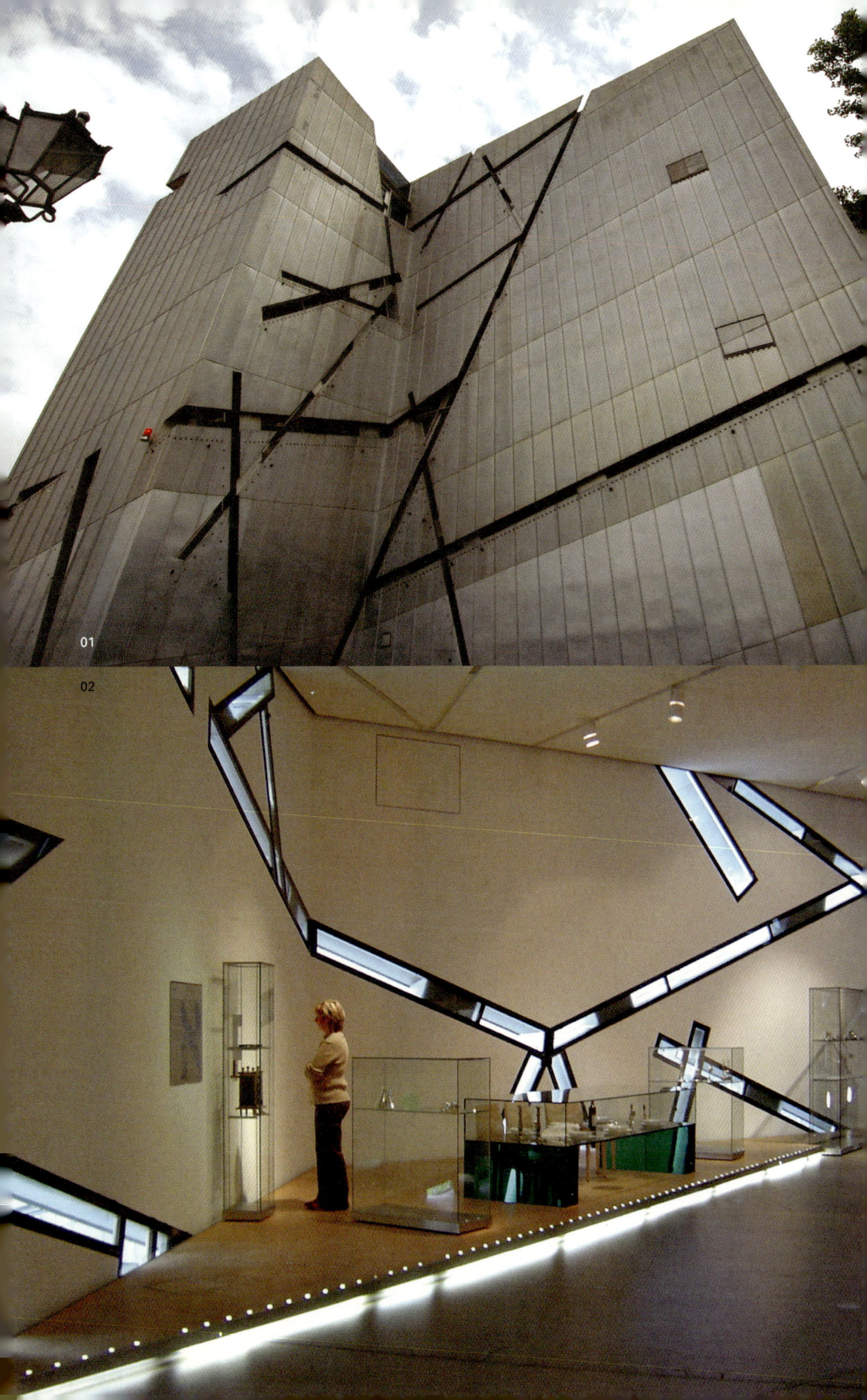

01
02

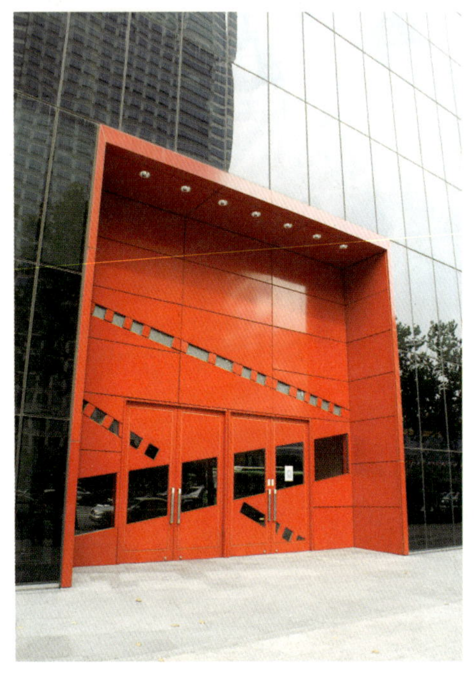

아이파크 타워가 삼성동의 랜드마크 중의 하나로 이야기 하지만, 이를 모든 이들이 공감하지 않을지도 모른다. 사실 아이파크타워의 디자인은 그가 과거에 이미 디자인한 내용을 그대로 옮겨 다시 사용했다는 비판을 받기도 한다. 또한 리베스킨트가 건물 외관설계만을 맡았기 때문에 내부의 공간의 기능과 충돌하기도 한다. 특히 건물전체를 사선으로 뚫고 지나가는 관이 아니라면 공간을 더 넓게 쓸 수 있었을 것이라며 불평하는 사람도 있다.

아이파크 타워의 빨간색 대문을 들어서면, 외관과는 다른 클래식한 분위기가 새어 나온다. 무엇보다 제일 눈에 띄는 것은 로비 오른편에 놓인 검은색 그랜드 피아노와 대리석 바닥, 따뜻한 조명색, 그리고 로비 전체에 공명하는 피아

458

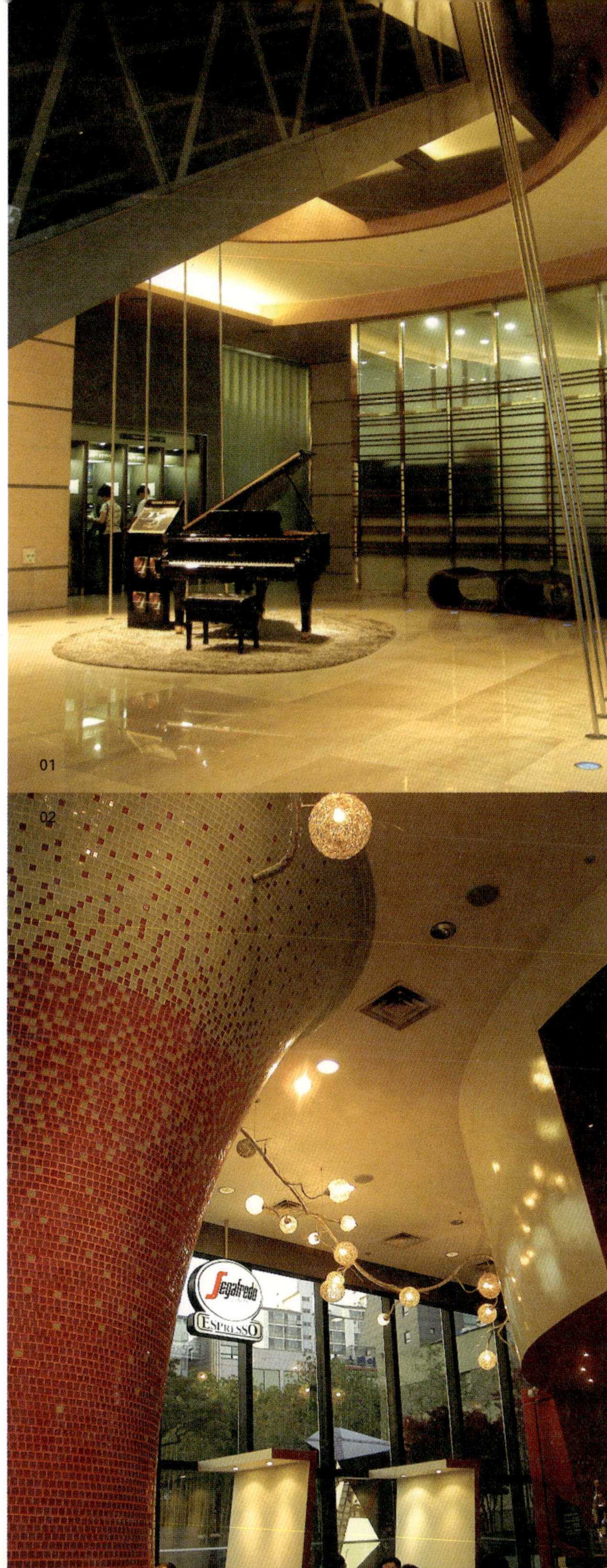

01_ 아이파크타워 1층

02_ 세가프레도 매장

노 소리이다. 이 소리는 마치 작은 클래식 연주회에 온 것 같은 착각을 일으키며 방문객의 마음을 편안하게 만드는 소리이다.

사실 아이파크타워가 영창악기를 인수한 현대산업개발㈜의 사옥이라는 것을 아는 사람이라면, 왜 로비의 피아노가 놓였는지 쉽게 이해할 수 있을 것이다. 건물 외관은 물론 건물 내부까지 예술적인 요소를 끌어들인 건물인 것이다. 포스코는 '소리 없이 세상을 움직인다' 라는 컨셉 하에 아름다운 소리를 내는 현악기의 현이 철로 만들어졌다는 사실을 소비자에게 인식시키기 위해 정기적인 음악회를 열었다. 그 결과 '철강회사' 라는 기존의 차갑고 딱딱한 이미지를 벗어났다. 건축회사라는 현대산업개발㈜의 문화요소도 이와 같은 마케팅 전략과 무관하지 않다. '건축은 삶' 이라 믿는 libeskind는 뉴욕에서 대연주가라는 호평까지 받은 적이 있는 음악을 공부했던 건축가이다. 그의 건축에 예술의 향기가 나는 것은 당연한 결과인 것이다.

조용한 로비에서 피아노 연주와 커피 한잔은 잘 어울리는 조합이다. 로비의 왼편에 위치한 세가프레도는 주문대를 포함하여 실내 전체가 빨간 타일과 정열적인 원색 레드 톤이다. 세가프레도는 에스프레소 커피 진문점납게 다양한 종류의 에스프레소 커피가 있다. 세가프레도에서는 커피뿐만 아니라 와인이나 맥주, 이탈리아 샌드위치인 '파니니' 와 케이크 등도 맛볼 수 있다.

아이파크 타워 1층의 S-line Motors의 투명한 전면유리를 통해 고급자동차들을 볼 수 있다. 이 곳에서는 2006년 8억 원대의 수퍼카 'SLR맥라렌' 을 전시한 것으로 화제가 되었던 벤츠를 위시해 스포츠자동차 등 대중들이 쉽게 볼 수 없는 고급 차들을 판매하고 전시한다. 자동차 전시는 아이파크 타워의 고급스러움의 격을 한 단계 더 높인다.

여느 빌딩과 마찬가지로 아이파크 건물에는 레스토랑이 있다. '얌차이나'는 조용한 분위기에서 식사를 즐길 수 있는 고급화된 차이니즈 레스토랑이다. 얌차이나에는 고급스런 인테리어와 깔끔한 맛이 있다. 북경, 사천, 광동, 상해의 정통요리뿐만 아니라 홍콩의 딤섬 요리도 함께 맛볼 수 있다. 얌차이나 인테리어의 오픈 키친은 식당을 찾는 사람들에게 음식에 대한 신뢰와 실내의 분위기를 활기차게 만든다. 이 곳에서의 식사는 식당을 이용하는 사람들에게 삶이 레벨업 된 것 같은 경험을 줄 수도 있을 것이다.

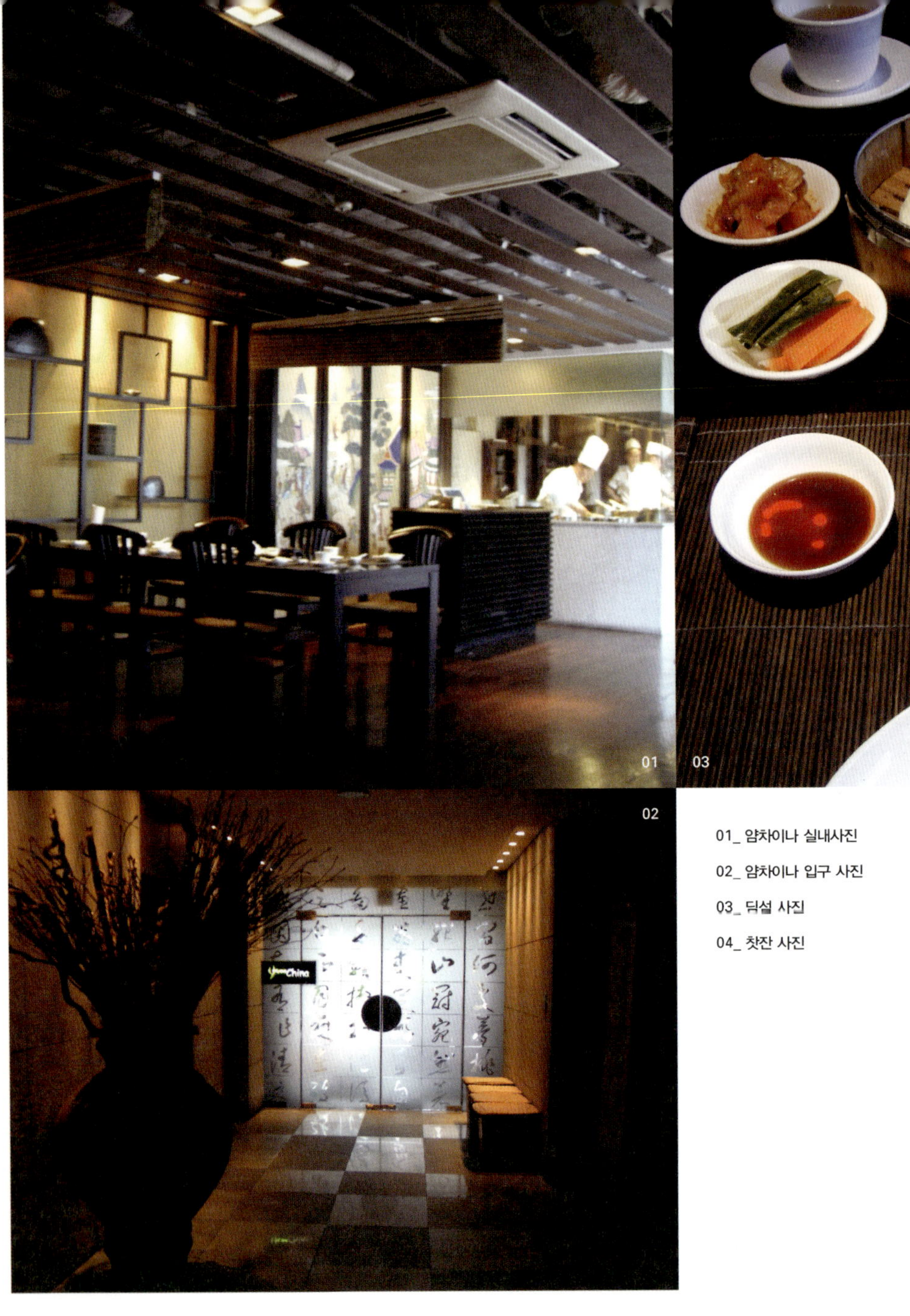

01_ 얌차이나 실내사진

02_ 얌차이나 입구 사진

03_ 딤섬 사진

04_ 찻잔 사진

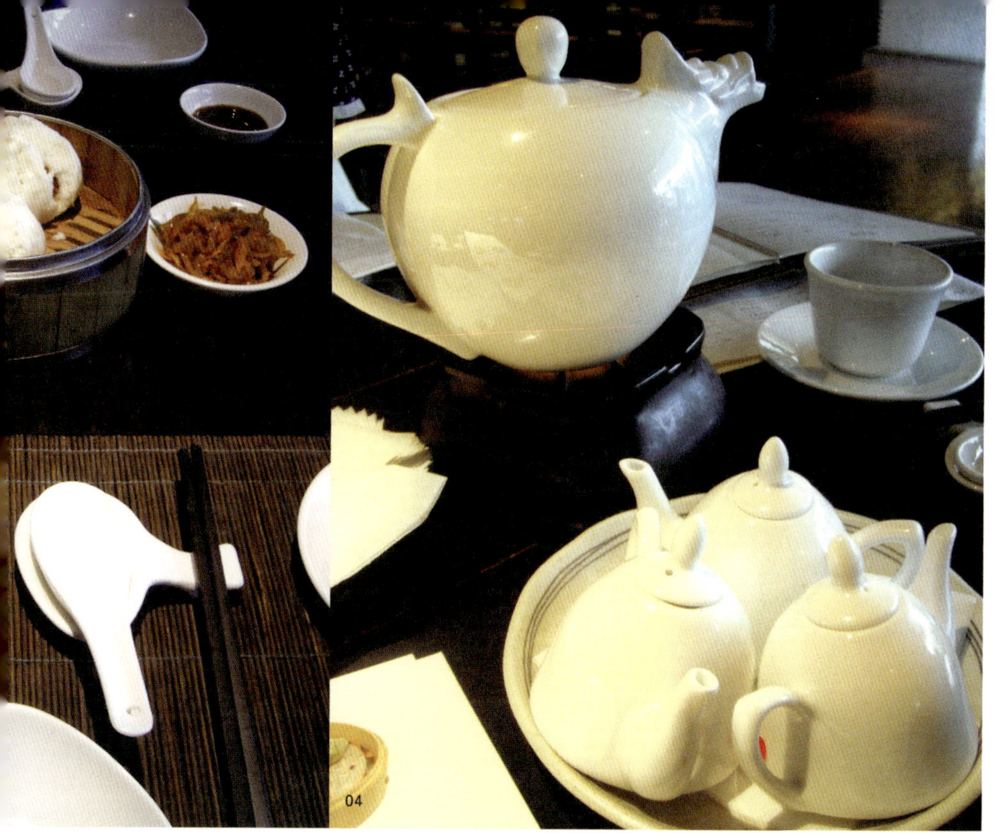

04

:: 레벨업

'대한민국 욕망의 지도'의 저자인 김경훈은 이 책에서 앞으로 우리시대 문화의 욕망을 지배할 트렌드로 스마트Smart, 청춘, 커넥팅Connecting, 체험, 위로, 레벨업Level-up, 그리고 크로스브리딩Crossbreeding을 손꼽는다. 또한 이러한 욕망의 배경이 되는 7가지로 복잡성, 고령화, 쿨 네트워크, 자극, 공포, 일상, 그리고 융합을 들고 있다. 즉 젊음을 향한 욕망은 끝이 없나고 말하는 사람들은 삶을 더욱 더 단순화시키고 싶어하며, 자기 자신에게 친절한 세상을 기대한다. 또한 메마르고 각박한 세상에서 위로 받고 의지하고 싶어하며, 네트워크의 연결 고리를 즐기며 온갖 다양한 체험을 원한다. 또한 융합과 교배로 새로운 가치를 추구하려 하며, 끊임없는 도전을 하고 싶어하고, 고품격 삶을 스타일링 하려는 욕망을 갖는다. 이러한 고품격 삶에 대한 욕구는 자기 자신을 '레벨업' 하고 싶어하는 욕망으로 표출된다고 김 경훈은 말한다. 고품격의 삶은 단지 사치스러움을 일컫는 것은 아니다. 자신의 일상을 재발견 함으로써 우리의 삶을 고품격인 삶으로, 즉 삶의 질을 레벨업 시킬 수 있다. 그러나 지금 우리는 이러한 삶의 여유 보다는 물질적인 레벨을 자신의 레벨과 동등시하는 트렌드를 쫓는다. 소형 아파트에 살면서도 명품 가방을 들고 다니면 돈 많은 친구들과 비슷한 레벨이라고 느낀다거나, 평범한 주부지만 최고급 찻잔과 식탁을 구비해 차를 마시며 독서를 하면서 자신 스스로를 스타일리시한 여성과 동급으로 여기는 것들이 바로 이런 '레벨' 에 대한 인간의 욕망이다.

∷ 대중 마케팅

파크 하얏트나 현대 산업 개발의 실내 레스토랑 얌차이나, 코엑스몰은 삼성 역이라는 위치적 특성 때문인지 다소 고급스런 분위기를 풍긴다. 그래서인 지 이 공간을 일반 서민이 이용하기에는 부담이 있다. 코엑스만 해도 상점을 방문한다 하더라도 주차요금을 지불해야 한다. 그런 점에서 코엑스나 그 주 변이 공간에서 훈훈한 인간저인 정을 느끼기는 어렵다. 그렇지만 코엑스는 전시장이라는 특성상 사람들을 받아들여야 하는 특성을 갖는다. 전시의 성공 여부는 단순하게 생각하면 얼마나 많은 사람들이 와서 봐주느냐에 달려있다. 그러므로 코엑스 주변을 누구나 쉽게 부담 없이 접근할 수 있는 공간으로 만 들 필요가 있다. 프랑스 역사에 따르면 중세의 프랑스에서는 상류층만이 예 술을 소비할 수 있었다. 그러나 시민혁명이 있고 나서 일반 시민들도 예술을 소비할 수 있게 되었다. 오케스트라도 따지고 보면 시민들에게 소비되기 위

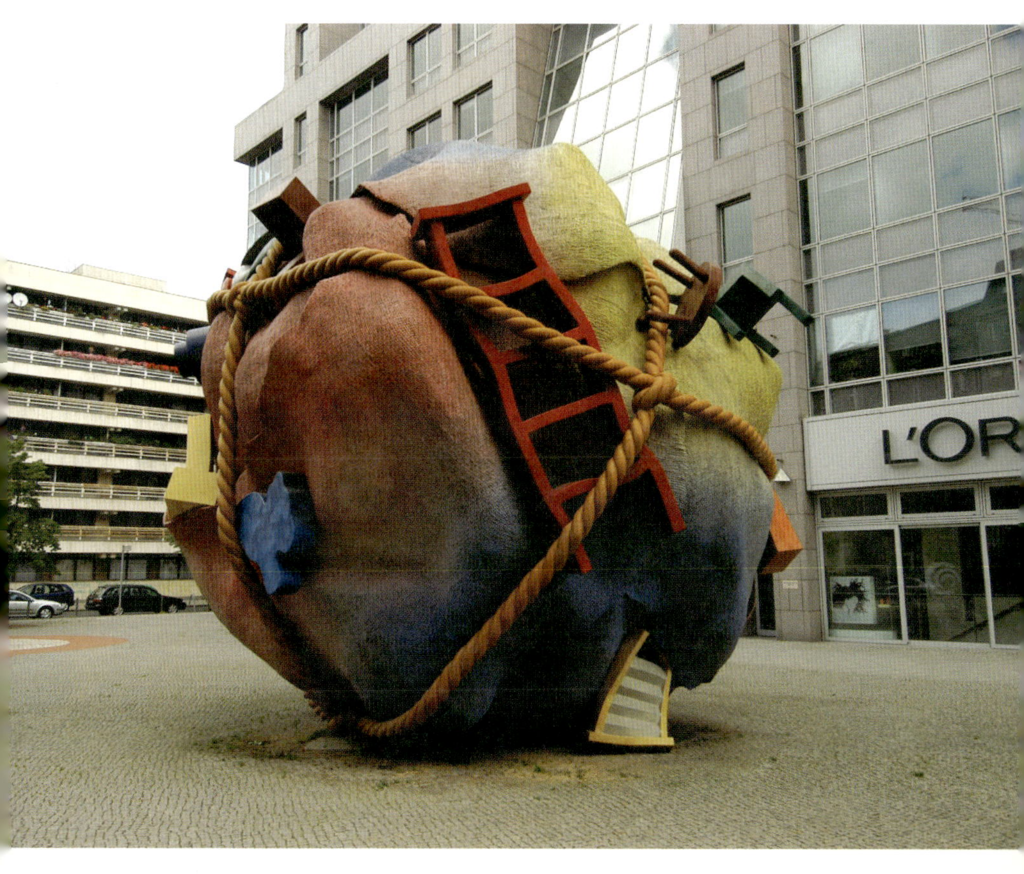

:: 베를린 길거리의 설치 조각물, ⓒ 클래스 올덴버그

해서 시민혁명의 결과, 만들어진 음악이다. 시민혁명은 자유와 평등을 시민에게 찾아 준 대사건이었다.

사실 엄격하게 말해 인간은 공평하다는 말에 나는 동의하지 않는다. 그러나 예부터 지금까지 한 가지 점에서 사람들은 공평하다고 생각한다. 그건 바로 인간이 공평하지 않다는 한가지 사실이다. 그럼에도 불구하고 우리는 평등사회를 만들기 위해 끊임없이 노력한다. 아직까지 클래식 음악은 상류를 대표하는 음악이다. 그러나 팝 음악이나 팝 미술은 대중들이 쉽게 접근할 수 있는 예술이다. 음악이나 미술을 대중들도 쉽게 이해하고 즐길 수 있게 되었다. 포스트 모더니즘의 건축은 익살스럽거나, 재미있는 형태를 만든다.

1970년대 초 '뉴욕 파이브'로 불리던 다섯 명의 건축가 중 한 사람이었던 마이클 그레이브스Michael Graves는 다른 4명의 멤버였던 피터 아이젠만, 찰스 과스메이, 존 헤이덕, 리차드 마이어와 함께 근대 디자인을 추구하였던 건축가로 지붕 위에 거대한 오리 모양을 만들어서 사람들의 시선을 즐겁게 하기도 하였다. 또 팝 아트의 대가였던 앤디 워홀Andy Warhol은 대중적인 디자인을 표명하여, 전통화단의 그 누구도 시도하지 않았던 일상 속 오브제 캠벨 스프나, 마릴린 먼로 같은 주제로 작품을 만들었다. 그는 그저 봐서 즐거우면 되는 것이 예술이라고 말한다.

이러한 대중예술처럼 이제는 앞으로의 공간도 익숙함과 편안함 속에서 대중들의 참여를 이끌어 낼 수 있는 곳으로 만들어 나가는 것이 필요하다. 또한 예술에 대한 참여의 평등, 공간에 대한 체험의 평등 등 평등에 대한 생각은 사람들의 접근성을 허용하여야 한다. 정상인 뿐만 아니라 장애인에 대한 배려의 공간을 만들어야 한다. 모든 사람을 고려한 대중 마케팅의 개념은 코엑스의 공간 디자인에서도 유효하다. 대중 마케팅의 전략에 의한 공간 디자인은 사람들을 자연스럽게 삼성역 주변의 상점들로 모이게 할 것이다. 이에 따라 상점도 번성할 것이다.

대중 마케팅의 반대편에 럭셔리 마케팅이 있다. 물론 럭셔리 마케팅은 많은 부가가치를 생산해 내는 전략이다. 하지만 럭셔리 마케팅만 있어서는 안 된다. 그와 반대되는 대중 마케팅이 있을 때 그 공간은 더욱 활성화된다. 코엑스가 그저 차갑게 대중에게 열리지 않는다면, 그 공간은 세련되어 보이기는 하지만 차갑고 인간을 배려하는 공간은 아니다. 공간은 사람을 위해서 있다는 것을 잊어서는 안된다. 사람의 위에 군림해서는 좋은 공간이 될 수 없다. 저마다의 특색으로 자기를 전시하듯 삼성역 거리를 지나는 보행인들을 보며 자기 존중과 자기 과시를 향한 인간의 욕망의 끝은 어디인가를 생각한다.

원스톱 서비스 복합건물

자신들의 내면의 세계까지 표현하려고 애쓰는 현대인들은 자기 자신이 멋지게 보이기를 원한다. 그래서 옷 뿐만 아니라 일상 생활에서 사용하는 물건들에도 많은 관심을 보인다. 그러한 욕구 때문에 사람들은 쇼핑을 하며 소비생활을 즐긴다. 그런 소비 생활에 있어 맘에 드는 물건을 사는 것도 중요하겠지만 그 과정에서 느낄 수 있는 쾌적감이나 편의성 또한 중요한 역할을 한다. 단순한 쇼핑이 아니라 이런 편의성과 쾌적성을 만족시키는 즐거운 체험의 장소로 만들기 위해서 생겨난 개념이 원스톱 서비스One-Stop Service이다.

원스톱 서비스는 복합 건물의 개념을 기반으로 한다. 다양한 의미에서 호텔도 원스톱 서비스를 제공하는 복합 공간이다. 코엑스몰 또한 쇼핑과 식사, 그리고 엔터테인먼트, 관람 등이 복합적으로 모여 있는 공간이다. 원스톱 서비스가 가능한 복합 건물은 현재 공간 디자인의 트렌드이다. 이러한 복합공간을 만듦에 있어 조각적 개념을 적용하여 예술 작품과도 같은 공간을 만든다

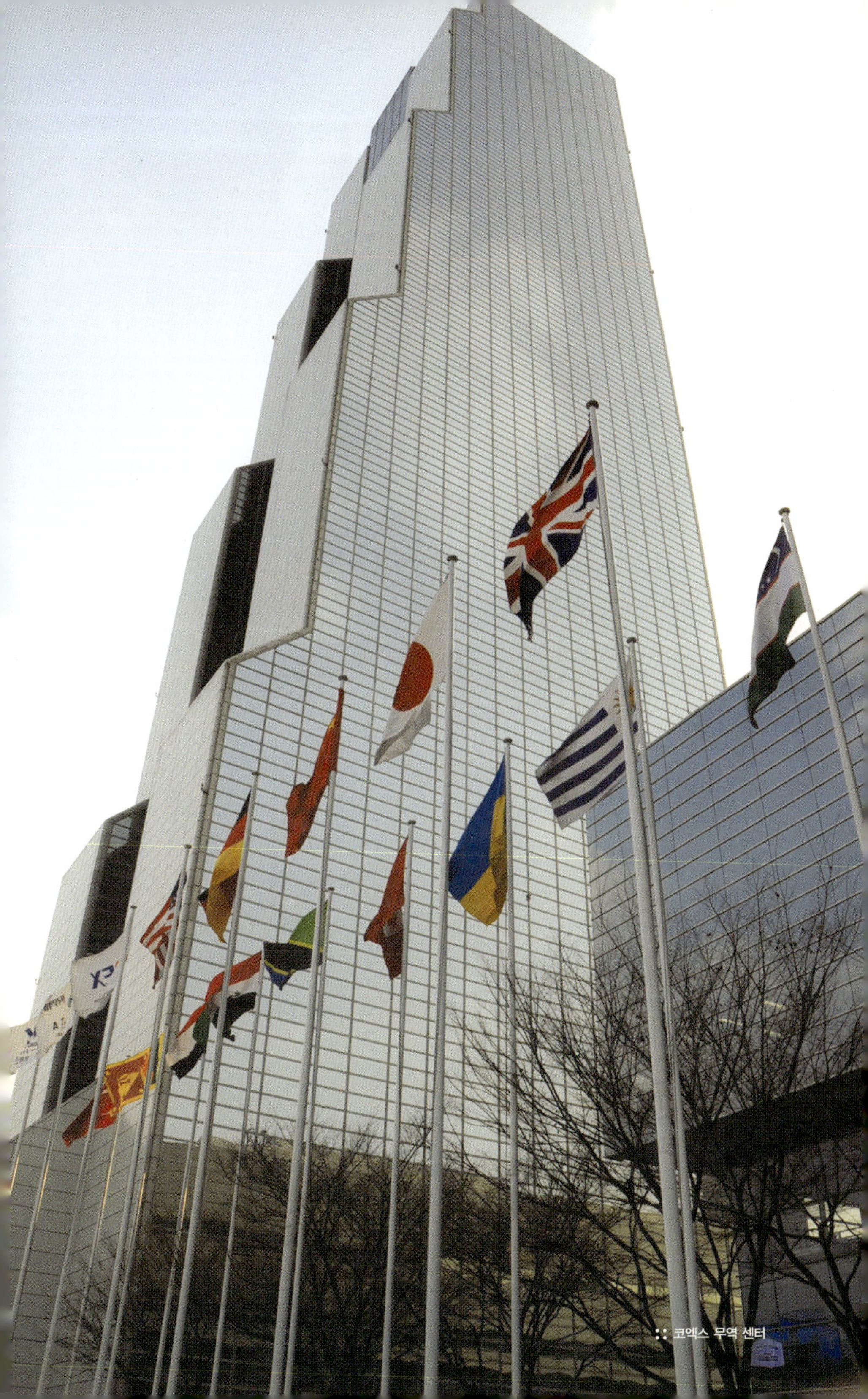
:: 코엑스 무역 센터

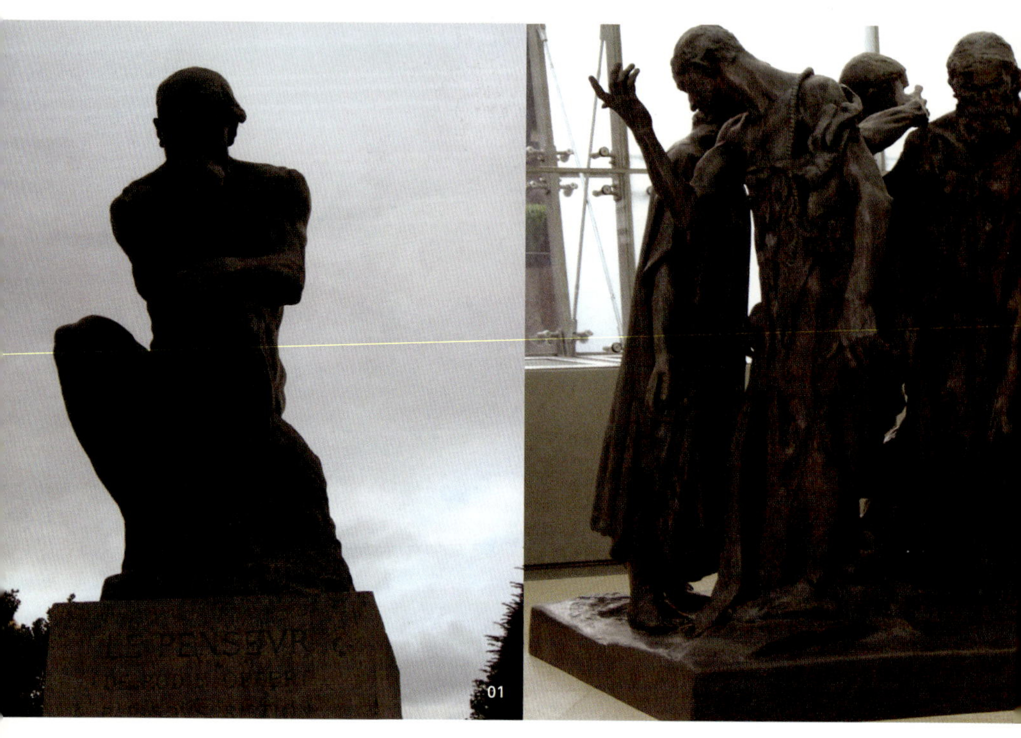

01

면, 이는 삶의 깊이와 향기를 더해 줄 것이다. 그 예로 운하의 형상을 딴 일본 후쿠오카의 '커널 시티Canal City'는 단순한 쇼핑의 공간이 아닌 즐거운 체험의 공간으로 디자인되어 많은 사람들을 불러들인다. 조각적 접근의 공간 디자인은 영혼의 상처를 치유해주며, 삶의 에너지를 충전시킨다.

조각은 전시되기 마련이고, 전시된 조각은 당연히 사람들과 교감이 되어야 한다. 로댕의 '생각하는 사람'이나 '칼레의 시민' 같은 조각품들은 사람들에게 뜻하지 않은 시각적 즐거움과 충격을 준다. '칼레의 시민'은 14세기 영국

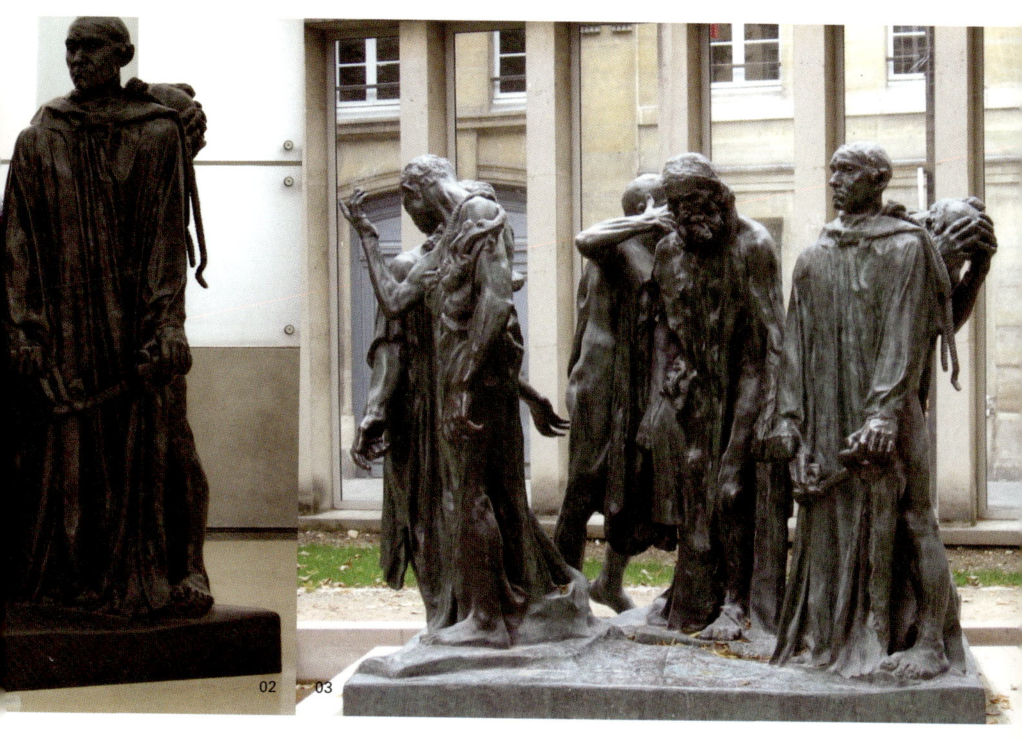

01_ 로댕, 생각하는 사람

02_ 03_ 로댕, 칼레의 시민

과 프랑스 사이의 백년전쟁에서 유래된 이야기를 조각품으로 만든 것이다. 영국 초기 왕 에드워드 3세는 기근에도 불구하고 11개월 동안 끝없는 저항으로 버틴 북부도시 칼레를 가까스로 항복시켰고, 그 저항의 책임을 물어 시민 가운데 여섯 명을 교수형에 처하려 했다. 시민들은 끝내 굴복했다는 굴욕감과 더불어, 그럼에도 살아 남았다는 안도감, 하지만 여섯 명의 희생이 있어야 한다는 슬픔에 잠겨 눈물을 흘렸다고 한다. 이 칼레의 시민에는 도시의 역사와 대중들의 이야기가 서려 있다. 칼레의 시민처럼 이야기가 있는 건축은 대중들과 교감하는 힘을 발휘한다.

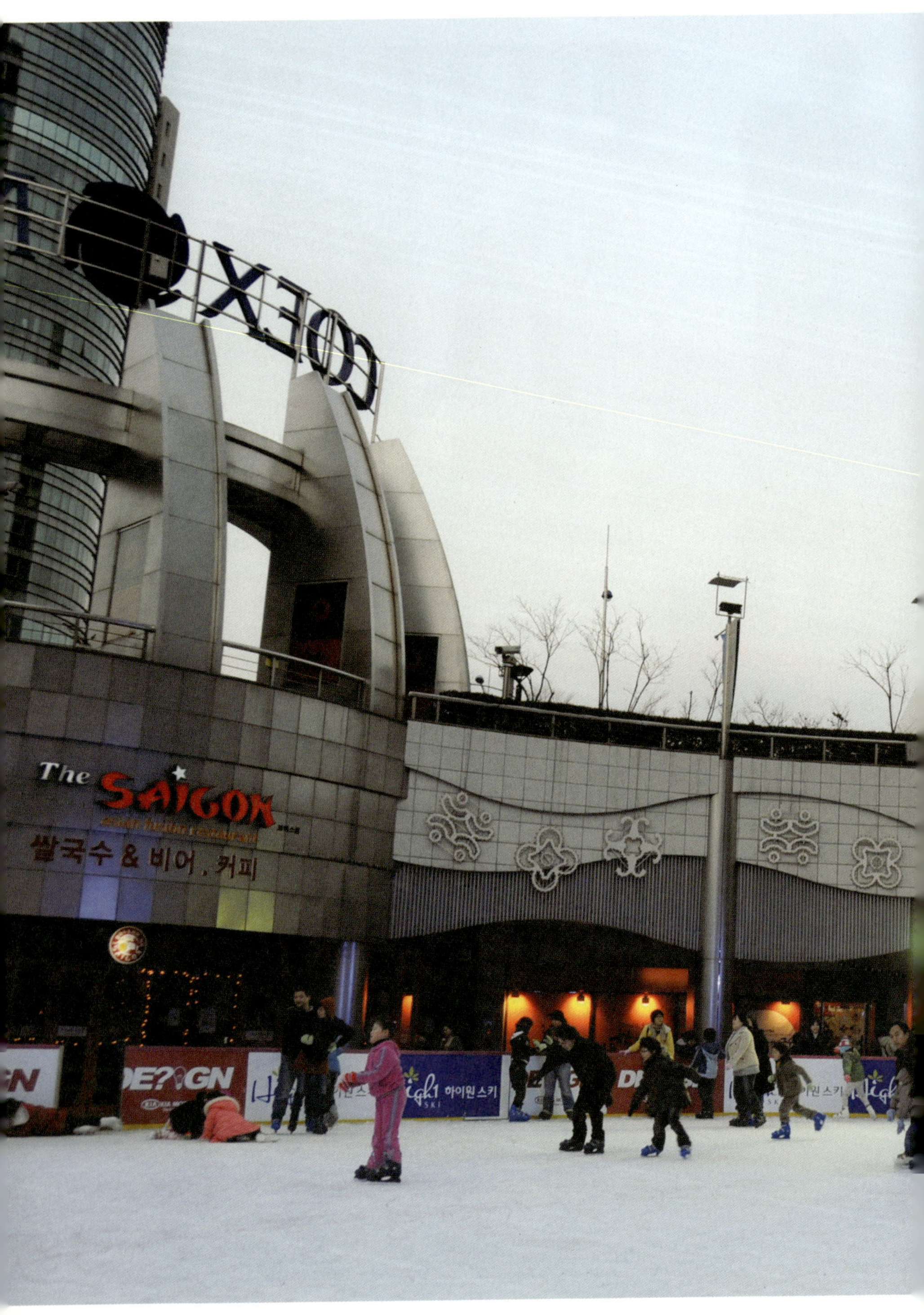

:: 삼성동, 코엑스몰, 아이파크

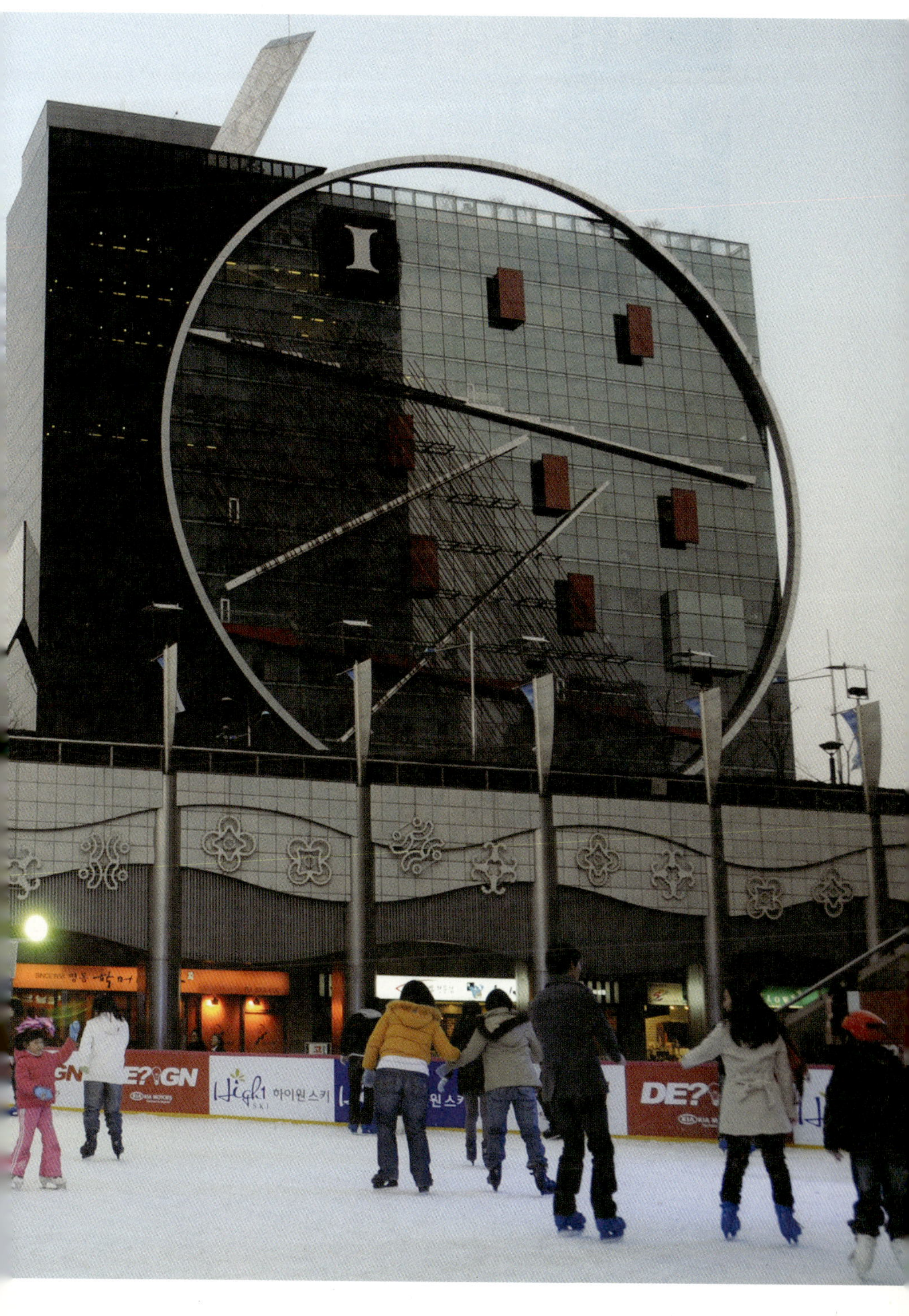

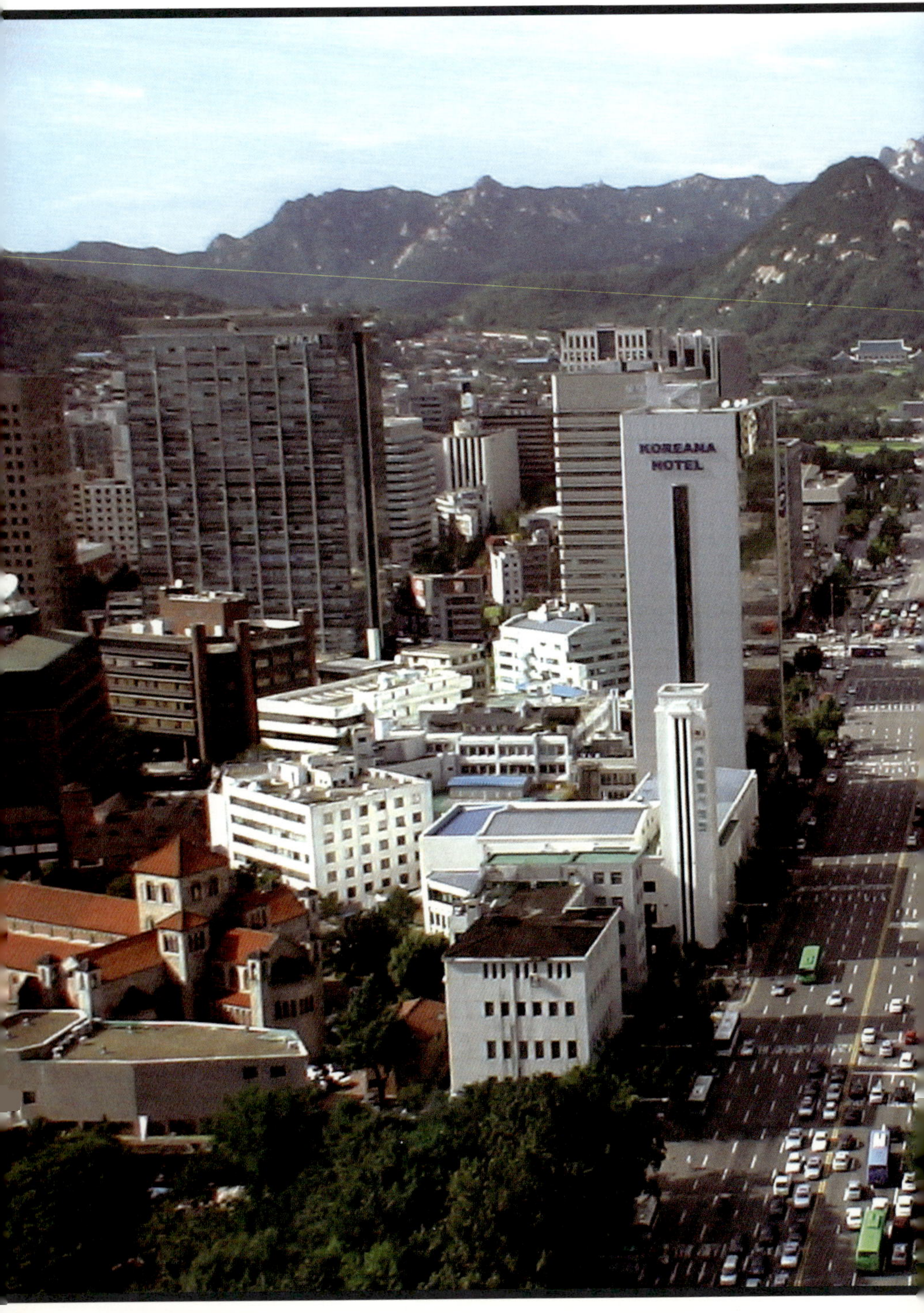

KOREANA
HOTEL

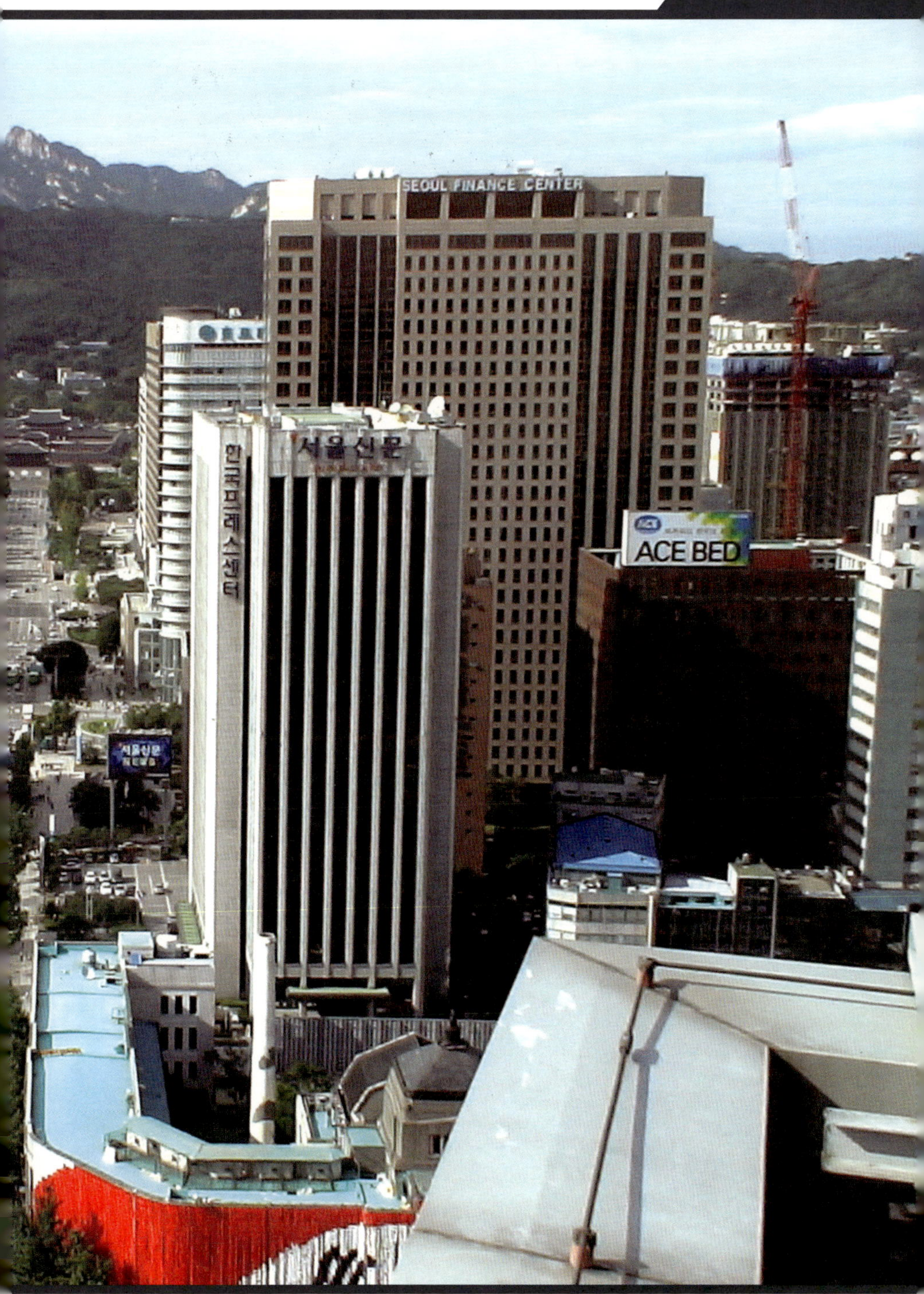
SEOUL FINANCE CENTER
한국프레스센터
서울신문
ACE BED

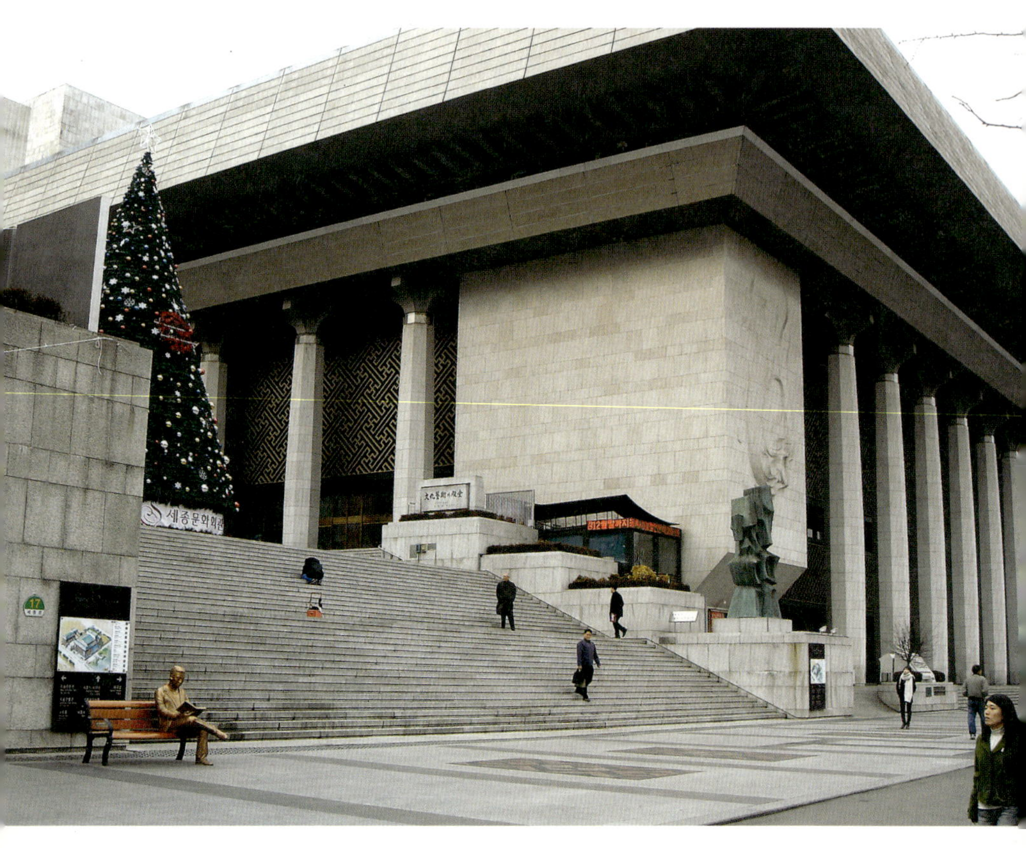

:: 세종문화회관

세종로는 서울의 전통과 축선을 갖는 곳에 위치한 주요 거리이다. 오래된 전통이 있기에 세종로에는 풍부한 이야기가 있다. 공간 마케팅은 공간과 인간 사이의 끊임없는 이야기Story를 바탕으로 펼쳐야 성공할 수 있다. 즉, 앞서 아이파크 타워를 설계한 다니엘 리베스킨트Daniel libeskind가 말한 것처럼 스토리텔링Story telling은 공간디자인에서 중요하다. 오랜 역사적 전통을 가진 공간은 그 긴 세월만큼이나 풍부한 스토리가 축적되어 있어 사람들에게 들려줄 수 있는 재미있는 이야기가 있다.

세종로는 이순신 장군의 동상에서 광화문으로 이어지는 왕복 16차선의 넓은 대로이다. 세종로의 양쪽 가로변에는 교보빌딩과 세종문화회관이 있다. 세종문화회관은 다양한 분야의 예술문화를 제공하는 공간으로 세종로를 대표하는 건축물이기도 하다.

하지만 세종문화회관을 오르는 계단이 시민들의 휴식 공간으로는 활발하게 사용되지는 않는다. 미국이나 유럽에는 소위 계단문화가 존재한다. 사람들이 계단을 단순히 이동통로로로만 사용하지 않고 다른 사람들과 어울리고 쉬는 공간으로도 활용한다. 유럽의 미술관이나 박물관 앞에는 의례 장엄한 계단이 있고, 사람들은 계단에 앉아 대화를 나누기도 하며 이어폰을 끼고 노래를 들으며 책을 읽기도 한다. 그 계단은 수 많은 사람들에게 휴식 겸 문화공간을 제공하고 있는 공간인 것이다.

베를린의 쌍둥이 궁전 앞 계단에도 사람들이 삼삼오오 짝지어 앉아 대화와 휴식의 시간을 갖는다. 하지만 우리의 세종문화회관 계단에서는 그런 광경을

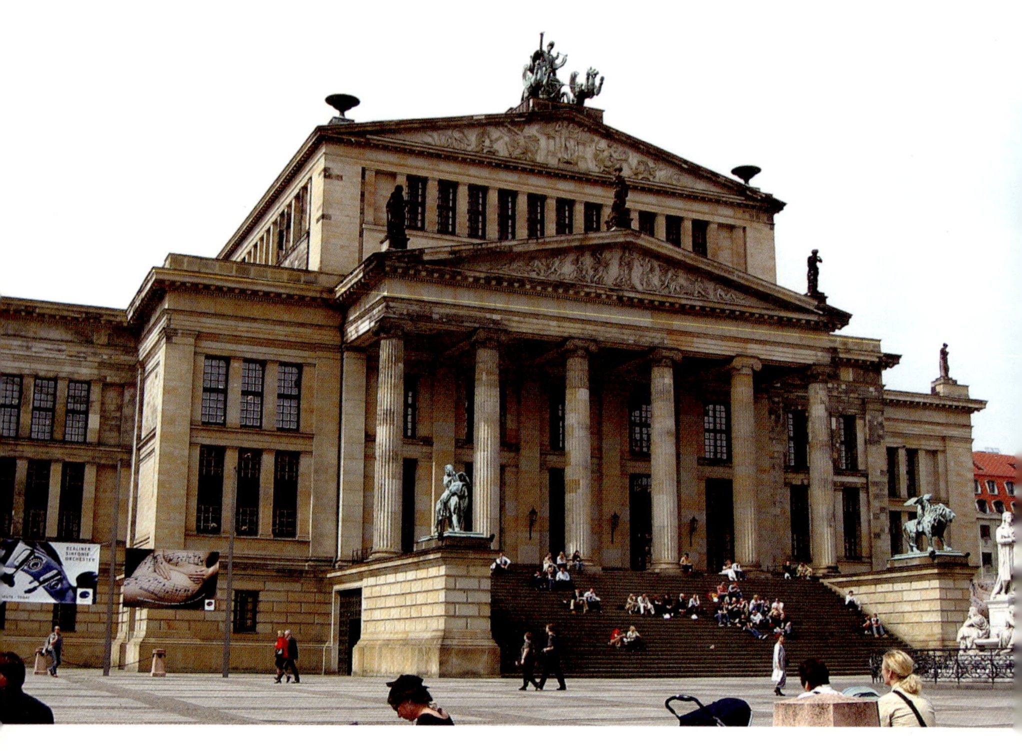

:: 베를린 쌍둥이 궁

480

보기가 쉽지 않다. 계단에 앉아 점심을 즐기거나, 지나가는 길에 잠시 앉아 노래를 듣고 책을 읽는 자연스러운 계단문화를 즐길 수 있는 여유가 아쉽다.

세종로는 서울의 가장 중요한 역사와 문화를 담고 있는 중심 대로로서 많은 스토리를 갖는다. 세종로 거리에는 지난 600년 간의 서울 이야기가 있다. 현존하는 경복궁은 600여 년 전 태조 이성계가 풍수적 배치원리에 따라 만든 정궁이다. 지금의 세종로는 어가御街의 육조거리였었다. 이런 전통을 이어받아 세종로는 현재도 정치, 행정의 중심 역할을 한다.

세종로는 역사에서 보여주듯 궁궐로 가는 길이었다. 그래서 궁궐로 가는 길의 느낌을 조금이라도 느껴보려면 지금의 교보빌딩에서부터 걸어가야 한다. 하지만 지금은 차들이 다니는 큰 대로 때문에 사람들이 걸어갈 수가 없다. 현재의 광화문을 천천히 걸으면서 접근하는 것이 불가능하다. 인도를 따라 자연스럽게 광화문이 연결되지 않기 때문이다. 정말 아쉬운 일이 아닐 수 없다.

'우리 궁궐 이야기' 의 저자인 홍순민 교수는 답사란 요즘 모습을 구경하는데 목적이 있는 것이 아니라 눈에 보이는 모습에서 시간을 거슬러 올라가 본래의 모습을 보는 것이라고 말한다. 그러면서 세종로 길가에 있는 빌딩을 모두 헐어버리고 그 대신 기와집들을 쭉 세워야 한다는 극단적인 말까지 한다. 그러나 이 말이 전혀 근거 없는 말은 아니다. 예전의 육조거리를 다시 복원하려면 현재의 빌딩을 헐어버려야 한다. 그러면서 동편에 '호조', '한성부', '이조', '의정부'를 들어 세우고 서편에 장예원, 공조, 형조, 사헌부, 병조, 예조를 다시 만들자는 이야기를 홍순민 교수는 한다. 그런데 웬일인가. 이런 것은 고사하고 세종로는 전투경찰차가 그 공간을 차지해 버렸다. 경찰차가 언제나 없어지려나. 경복궁으로 향하는 출발지점에는 랜드마크의 교보빌딩이 있다.

교보빌딩

미국의 건축가 시저 펠리Cesar Pelli가 설계한 교보빌딩은 1980년부터 현재에 이르기까지 광화문의 랜드마크적 건물의 위치를 계속 유지하여 왔다. 한때 신선했던 교보빌딩의 외관은 1980년대의 건축 전공 학생들에게 관심의 대상이었다. 외국 건축가의 작품이 많지 않고 고층건물이 많지 않던 그 시절, 교보빌딩이 사람들의 관심을 독차지 한 것은 이상한 일이 아니었다. 시저 펠리는 획일화된 정형미를 부정했다. 또 프로젝트에 맞는 가장 적절한 건축법을 찾기 위하여, 다양한 재료와 디테일을 디자인하는 꼼꼼함을 보였다. 그가 디자인한 고층빌딩은 마치 빌딩들의 집합처럼 보이며 대부분 최상부와 기단부는 부드러움의 디자인적 특징을 갖는다.

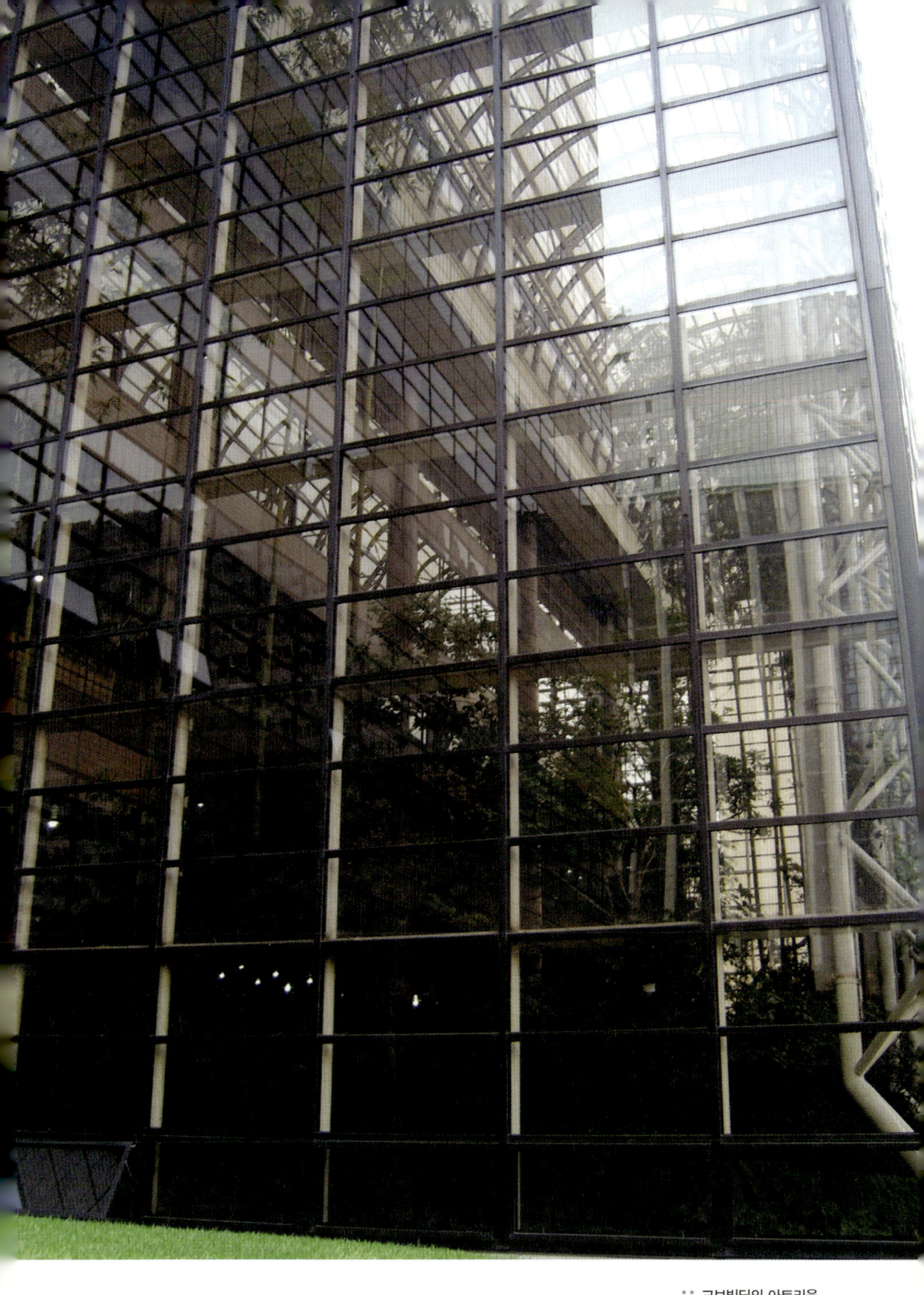

483

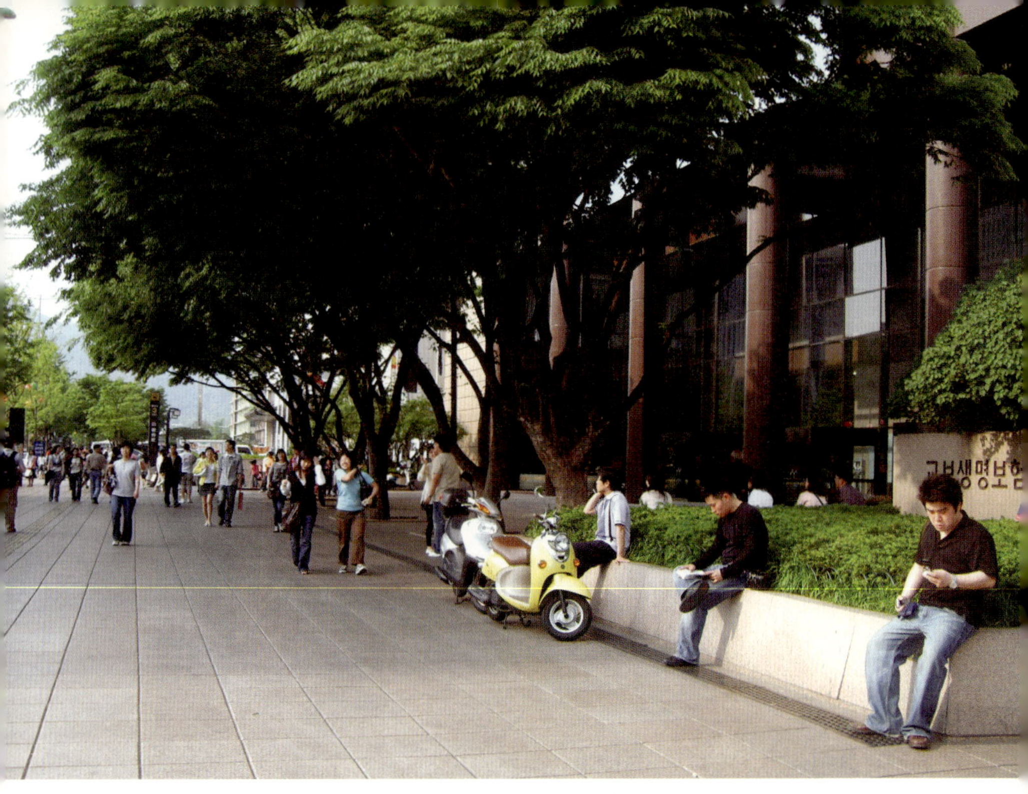

:: 교보빌딩 정문의 보행거리

교보문고가 생기기 전 종로2가의 '종로서적'은 서점 중에서 제일 유명한 서점이었다. 워낙 유명하다 보니 그 당시 대학생들은 종로서적을 만남의 장소로 많이 사용하였다. 요즘과 같이 핸드폰이 없었던 시절 만남의 장소는 중요했다. 그러나 이제 종로서적은 옛날의 명성을 뒤로하여 서서히 사람들의 기억 속에 잊혀져 가고 있다. 활발하게 현재 성업중인 교보문고, 영풍문고 등에 뒤져 더 이상 사람들의 발길이 이어지지 않기 때문이다. 종로서적을 만남의 장소, 또는 책을 구입하는 장소로 이용하였던 사람들은 이를 안타깝게 생각할 것이다. 종로서적이 차지하였던 서점 1위의 자리는 이제는 교보문고가 차지하고 있다.

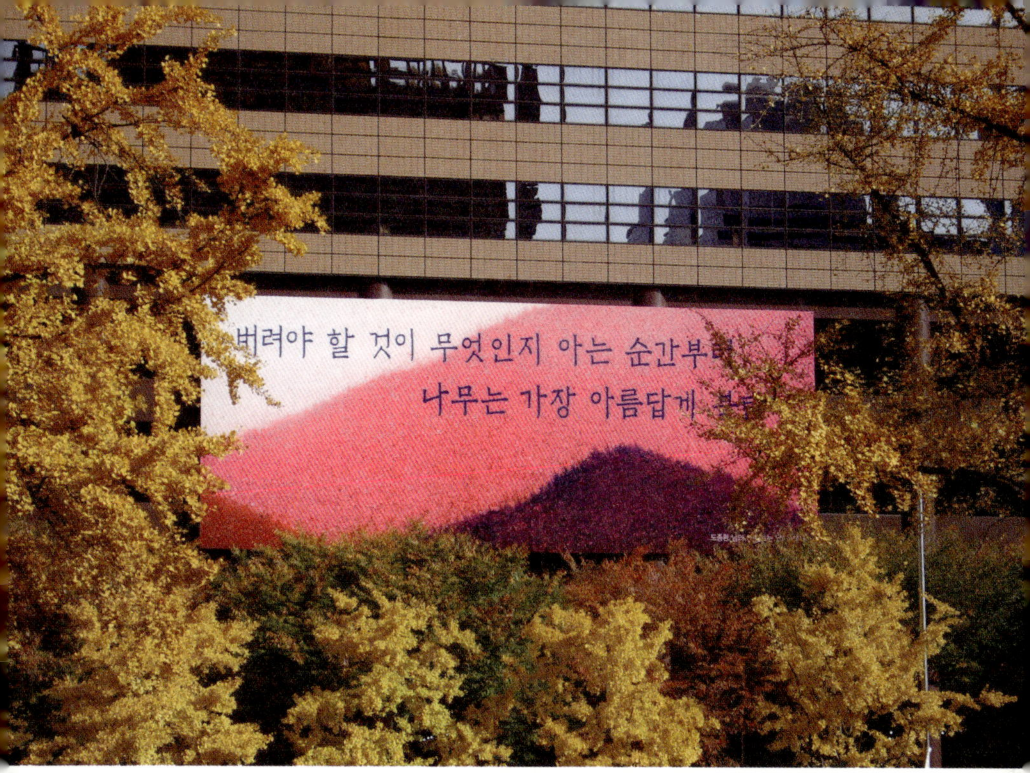

:: 교보빌딩 글판

교보문고가 성공한 데에는 여러가지 이유가 있을 거다. 그 중에서 한 층의 넓은 공간을 서점으로 만들었던 발상도 한 몫을 했다. 이는 좁은 공간에 여러 층으로 나뉘어 도서를 판매하던 종로서적의 공간개념과는 다른 것이었다. 교보문고에서는 층별 이동 없이 하나의 층에서 모든 종류의 책을 볼 수 있다. 그런 판매전략은 사람들이 편안한 가운데서 책을 살 수 있게 하며 이런 편의성은 결국 매출로 이어진다. 좋은 공간이 매출을 보증하지는 않지만, 매출의 촉진전략으로 공간을 활용하면 성공할 가능성이 많음을 보여주는 좋은 사례인 것이다.

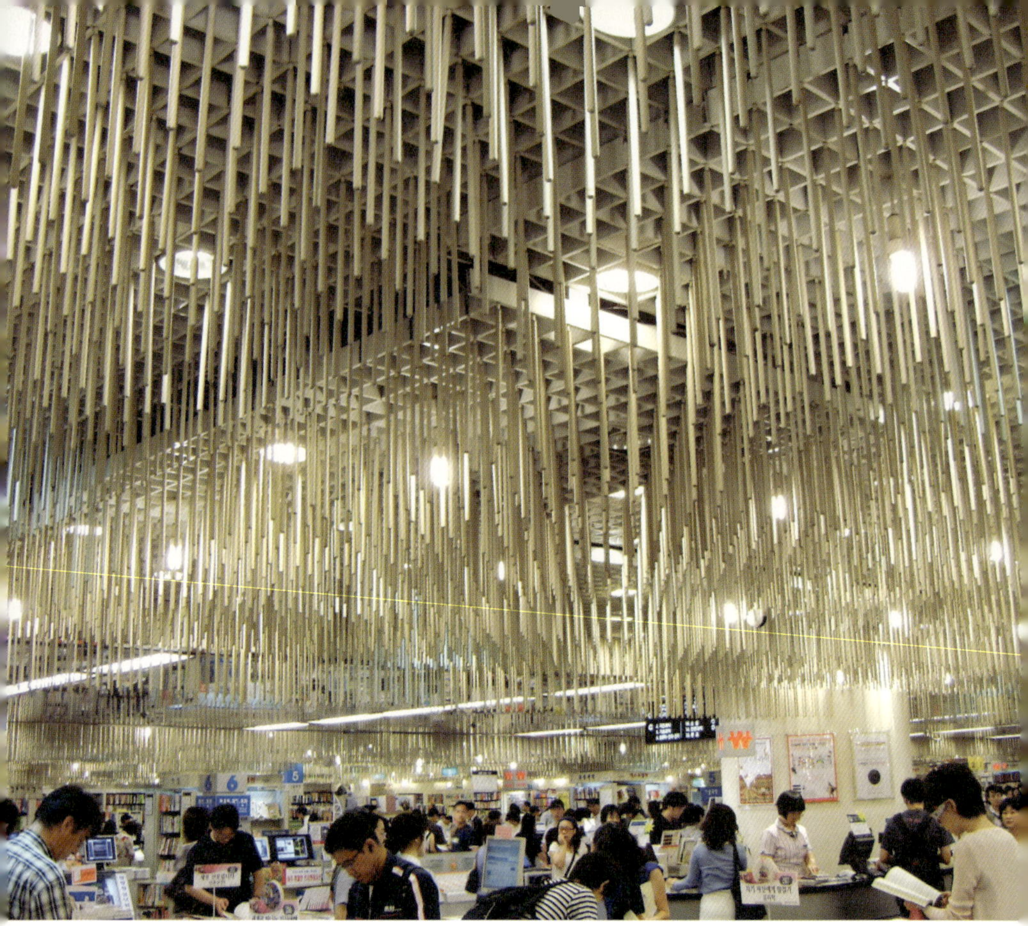

:: 교보문고

일반 시민들보다 교보빌딩에 상주하는 직장인들에게 잘 알려진 장소가 있다.
바로 2층에 있는 '라브리' 라는 레스토랑이다. 라브리는 정통 프랑스 레스토랑
에는 편안하고 따스한 분위기가 있다. 그래서 비즈니스 맨이나 커리어 우먼들
이 세련된 분위기를 즐기려고 이곳을 찾는다. 이 카페에는 프랑스의 정통성과
와인이 있다. 그래서 '포도의 길' 이라는 주제로 공간이 디자인 되었다.

486

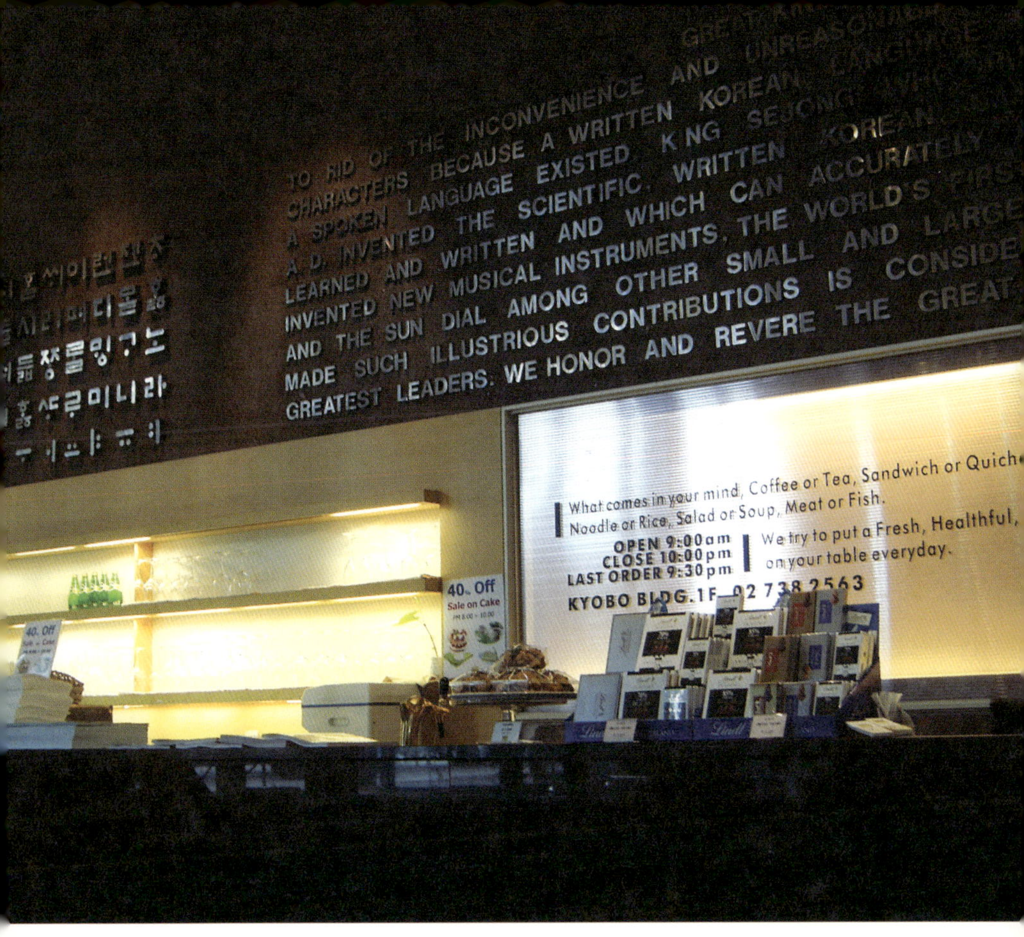

:: 교보빌딩 1층의 애비뉴1

유럽 스타일을 느껴보고 싶다면 이 카페를 찾으면 된다. 라브리 외에 '애비뉴 1'에는 도사람들의 호기심을 자극하는 디자인이 있다. 외국어가 범람하고 있는 이 시대에 내부에 부착된 훈민정음은 신선한 느낌을 준다.

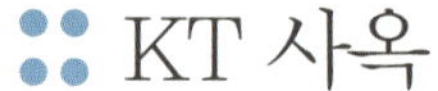

KT 사옥

카페를 이용하는 것이 부담스러운 직장인들은 최근 공개된 KT사옥의 KT아
트홀을 활용해 보라. KT아트홀은 KT 사옥의 공간을 떼내어 사회환원의 차
원에서 일반인들이 편안하게 이용할 수 있는 공간을 위해 제공된 것이다. 광
화문 노른자 땅에 세워진 공간을 일반 시민들에게 제공하는 옛날 같으면 상
상도 못할 일이 KT사옥에서 일어난 것이다. 또 이 공간은 '천원의 행복' 이라
는 이름하에 사람들에게 다양한 공연행사를 제공한다. 단돈 천원으로 직장인
들이 휴식의 공간을 준다는 발상이 신선하다. 사회 환원에 대한 의지가 만든
결과다. 값싼 가격으로 사람들이 문화를 접할 수 있도록 하고 그럼으로써 행
복하게 만들어 주려는 발상, 그리고 특별한 쉼터가 없는 곳에서 편안한 휴식
공간을 제공하는 것. 고객을 배려하는 멋진 생각이다.

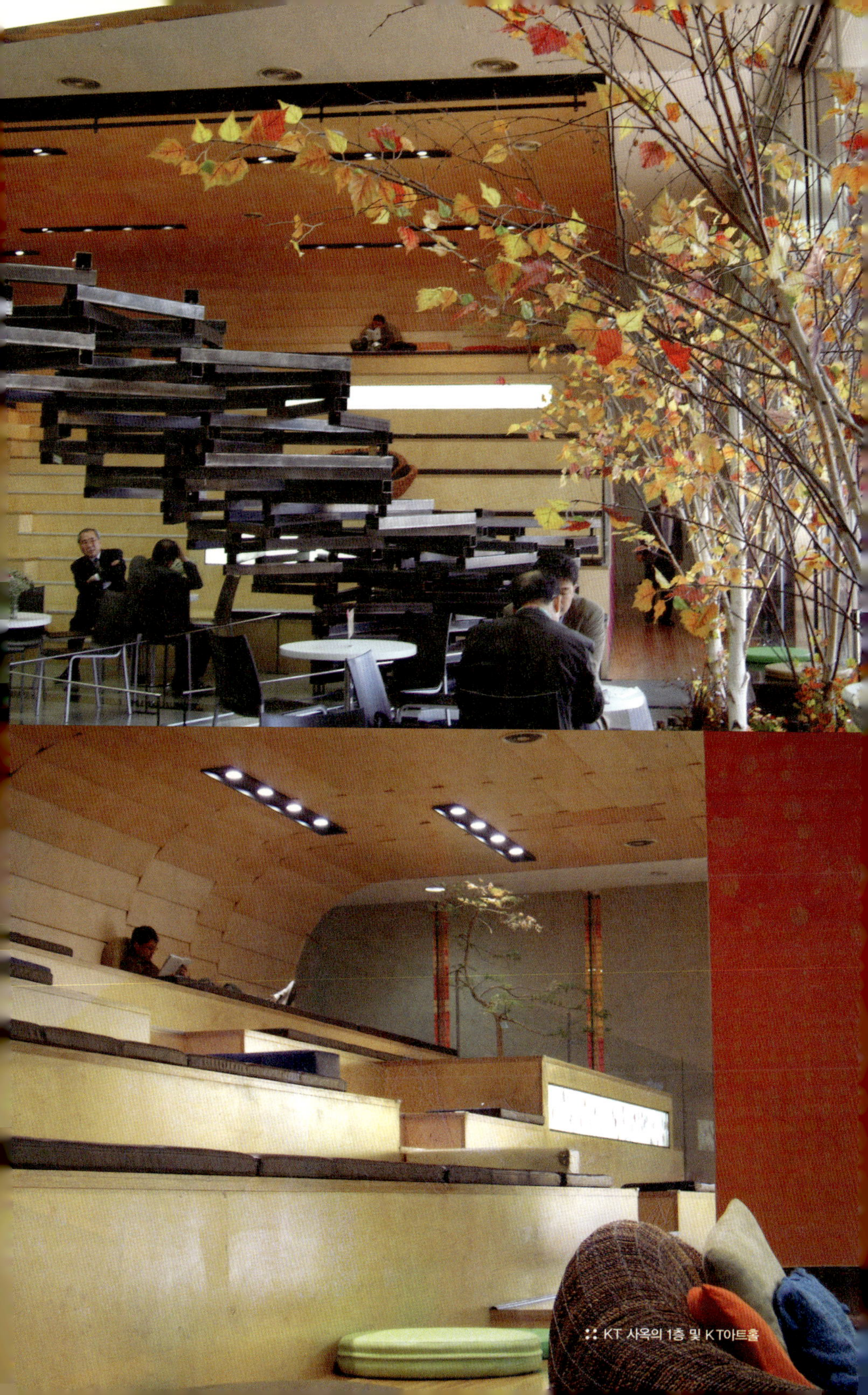

KT 사옥의 1층 및 KT아트홀

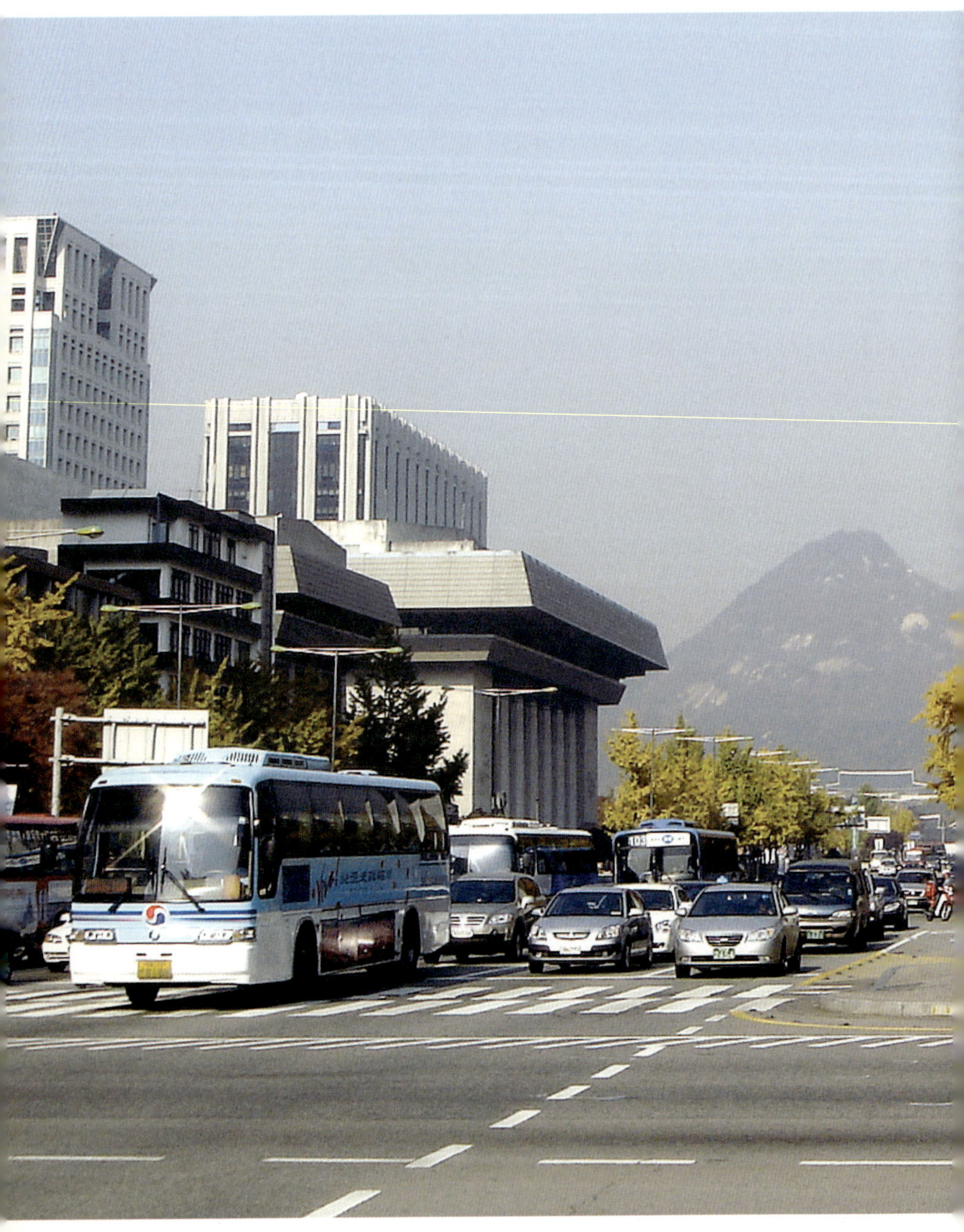

:: 광화문 세종로

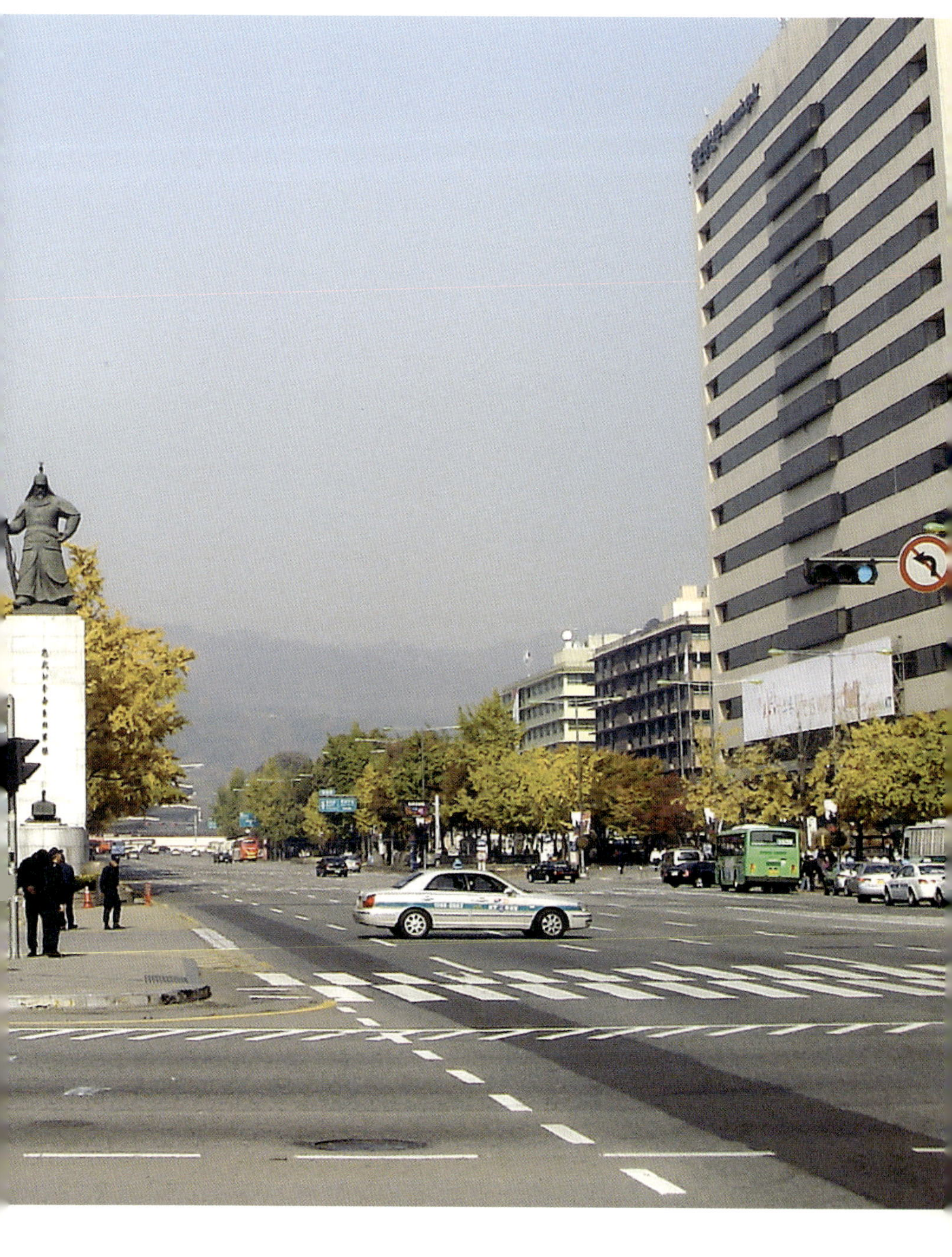

오래된 축선

프랑스 혁명 200주년을 기념하여 만든 신도시가 '라데팡스'이다. 라데팡스에 있는 신 개선문인 '라 그랑드 아르슈'의 거대한 건축구조물은 개선문과 일직선으로 이어져 있다. 그 일직선은 파리의 도시 축을 형성한다. 도시를 만듦에 있어서 축을 활용한 대표적인 사례이다. 파리의 개선문과 같은 도시 축이 국내에는 없었던 걸로 알아 왔다. 그러나 파리의 도시 축보다 더 길게 형성된 축선이 서울에 있다. 바로 세종로이다. 북한산, 경복궁, 남대문, 남산, 관악산으로 이어지는 축신은 인위적인 축선이 아닌 자연의 축선이다. 상제리제의 도시 축이 라 데팡스, 개선문, 콩고드 광장, 루브르 박물관을 잇는 역사축인데 비해 세종로의 축은 풍수지리설에 의한 자연의 생명축이다. 이처럼 세종로의 축은 자연의 기를 생각하며 결정한 축이다. 당연 자연축은 인위적인 축보다 고차원의 축이다. 파리에 가서 도시의 축을 보게 되면 나는 언제나 세종로의 축을 머리에 떠올리며 우리문화의 자긍심을 가질 것이다.

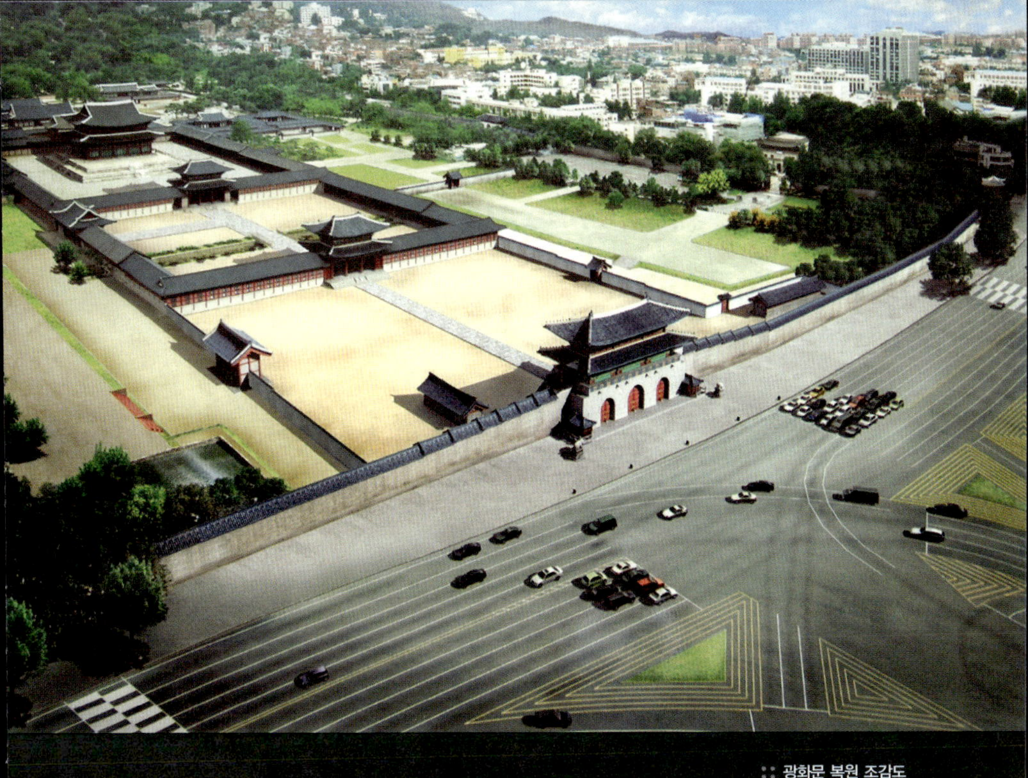

광화문 복원 조감도

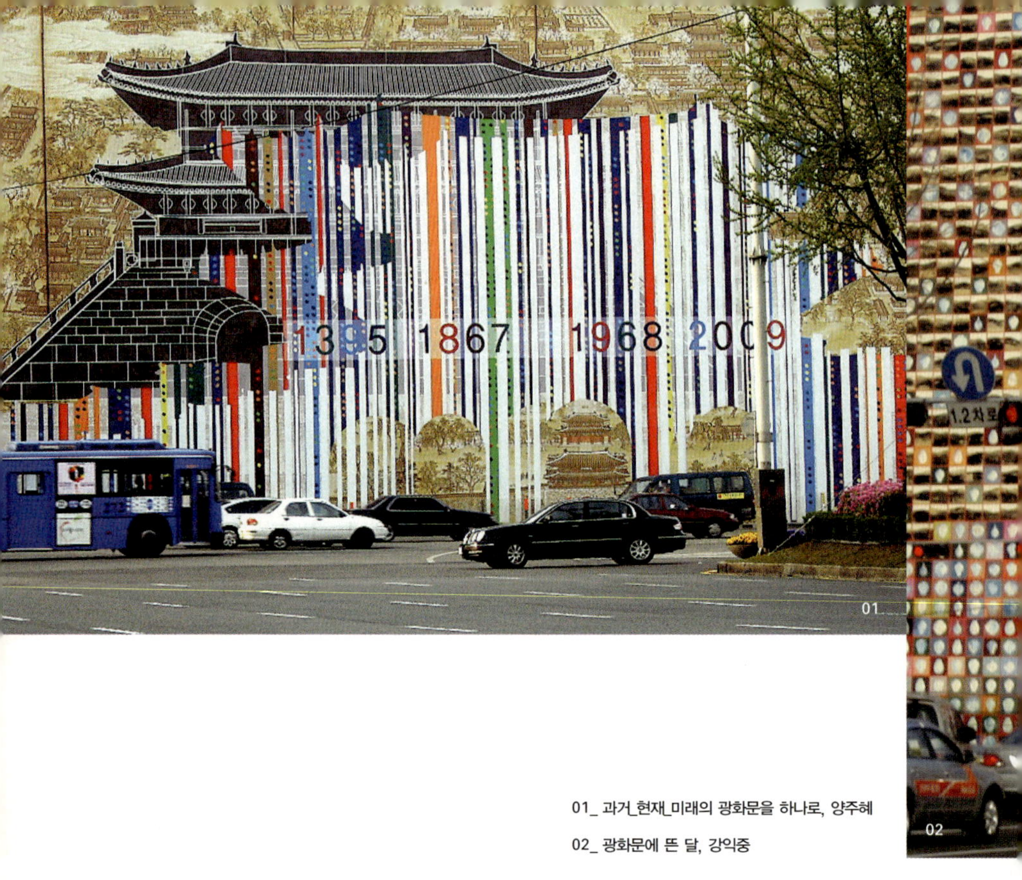

01_ 과거_현재_미래의 광화문을 하나로, 양주혜

02_ 광화문에 뜬 달, 강익중

도시를 만들어 나감에 있어 축의 설정은 대단히 중요하다. 왜냐하면 도시 형
성의 방향을 결성하기 때문이나. 풍수지리설에 입각하여 관악산의 정기를 받
고 있는 세종로. 로마가 영원하다고 하지만 세종로의 거리도 영원할 것이다.
경복궁의 궁전이 있고 역사와 전통의 분위기를 갖고 있는 곳이 세종로이다.
일제에 의해 광화문이 원래의 축선과 어긋나게 서 있었다. 그래서 일본인의
손에 의하여 망가졌던 축선을 복원하려는 노력이 진행중이다. 또 축선만 복

494

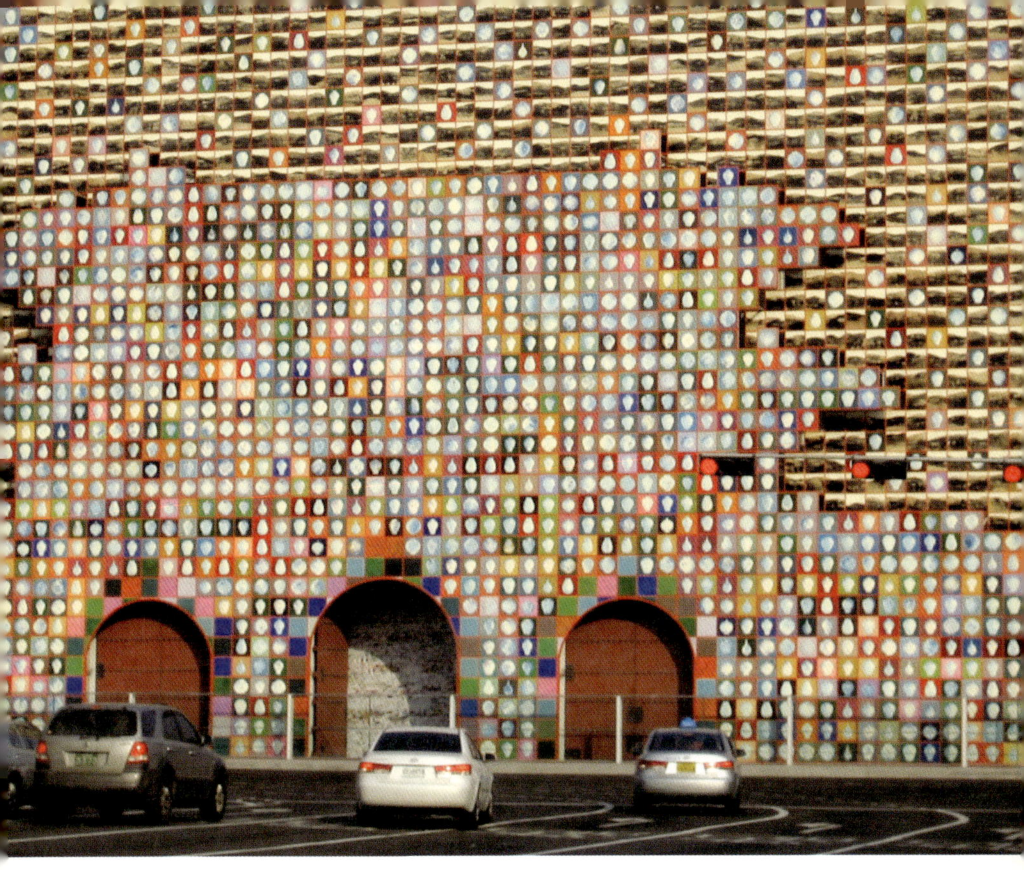

원하는 것이 아니라 600여 년 전의 복원거리를 복원한다고 하니 참으로 기분 좋은 일이다. 여하튼 요즘의 광화문은 복원 작업으로 한창이고, 현재 우리는 광화문의 본 모습을 볼 수 없다. 현재 광화문의 자리에는 강익준의 공사가림 막이 있다.

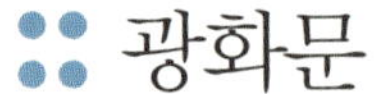 광화문

광화문하면 우리는 흔히 광화문 네거리를 머리에 떠올린다. 그러나 광화문은 엄연히 법궁 경복궁의 정문이다. 원래 광화문은 목조 건물이었다고 한다. 그러나 지금의 광화문은 목조 건물이 아니다. 철근 콘크리트 건물이다. 어느 건물이 그렇듯 철근 콘크리트 건물은 차가운 느낌이다. 우리 전통 건축 제대로의 맛을 느낄 수 없다. 이것도 언젠가는 예전의 모습으로 복원되어야 마땅할 것이다. 현재 광화문은 복원 열기로 한창이다.

건물 공사를 하면서 수퍼그래픽으로 공사 건물의 주위를 둘러 싸게 된 것은 그리 오래 전의 일이 아니다. 신세계는 리노베이션 공사 시 마그리트의 '겨울비' 작품을 가림막으로 채택했다. 이것은 그곳 주변을 지나가는 사람들의 시

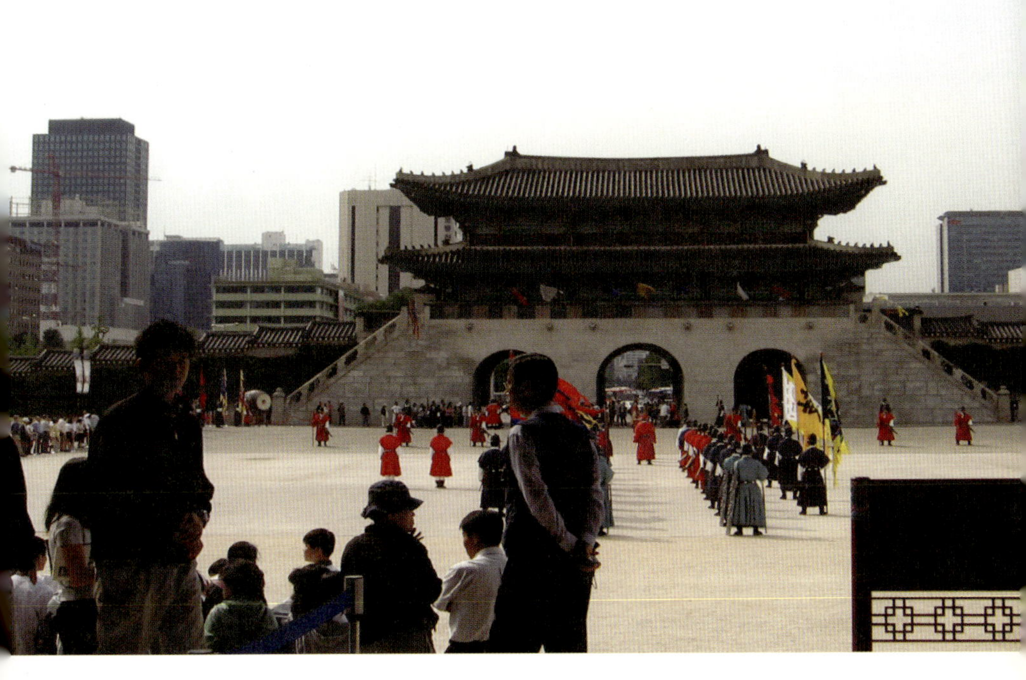

:: 복원 이전의 광화문

선을 끌기에 충분했고, 사람들은 작품을 감상했다. 그림을 볼 때마다 사람들은 제각기 다른 생각을 했겠지만 궁극적으로는 삶에 대한 생각을 하였을 것이다. 그것이 바로 예술의 힘이 아니겠는가.

마그리트는 겨울비라는 작품을 통해 현대인의 고독을 그리려 했다. 고독한 우리 도시인 중에서 그 그림을 보면서 바로 자기 자신을 대입해본 사람도 있을 것이다. 그러면서 일종의 동질감 같은 것을 느꼈을지 모른다. 그림이 사람의 감정을 움직일 수 있다면, 그 그림은 예술 작품으로써의 충분한 가치를 갖는다. 사람들은 신세계 건물의 마그리트 가림막을 인상깊게 생각했다. 미술 작품을 소개하면서 공사도 한 것, 바로 그것은 배려의 마음을 표출한 것이다. 예전에는 볼 수 없던 풍경을 보며 세월의 흐름에 따른 변화를 실감하며 환경에 대한 인식의 변화를 감지한다. 그런 인식의 변화가 경복궁의 수퍼그래픽도 만들게 했을 것이다. 양주혜의 수퍼그래픽의 중첩된 이미지들은 광화문의 옛 위치에 대한 흔적을 표현하고 숫자들은 광화문의 창건과 복원의 역사를 상징한다.

01_ 건춘문

02_ 건춘문 청룡

03_ 영추문

04_ 영추문 백호

05_ 신무문

06_ 신무문 현무

498

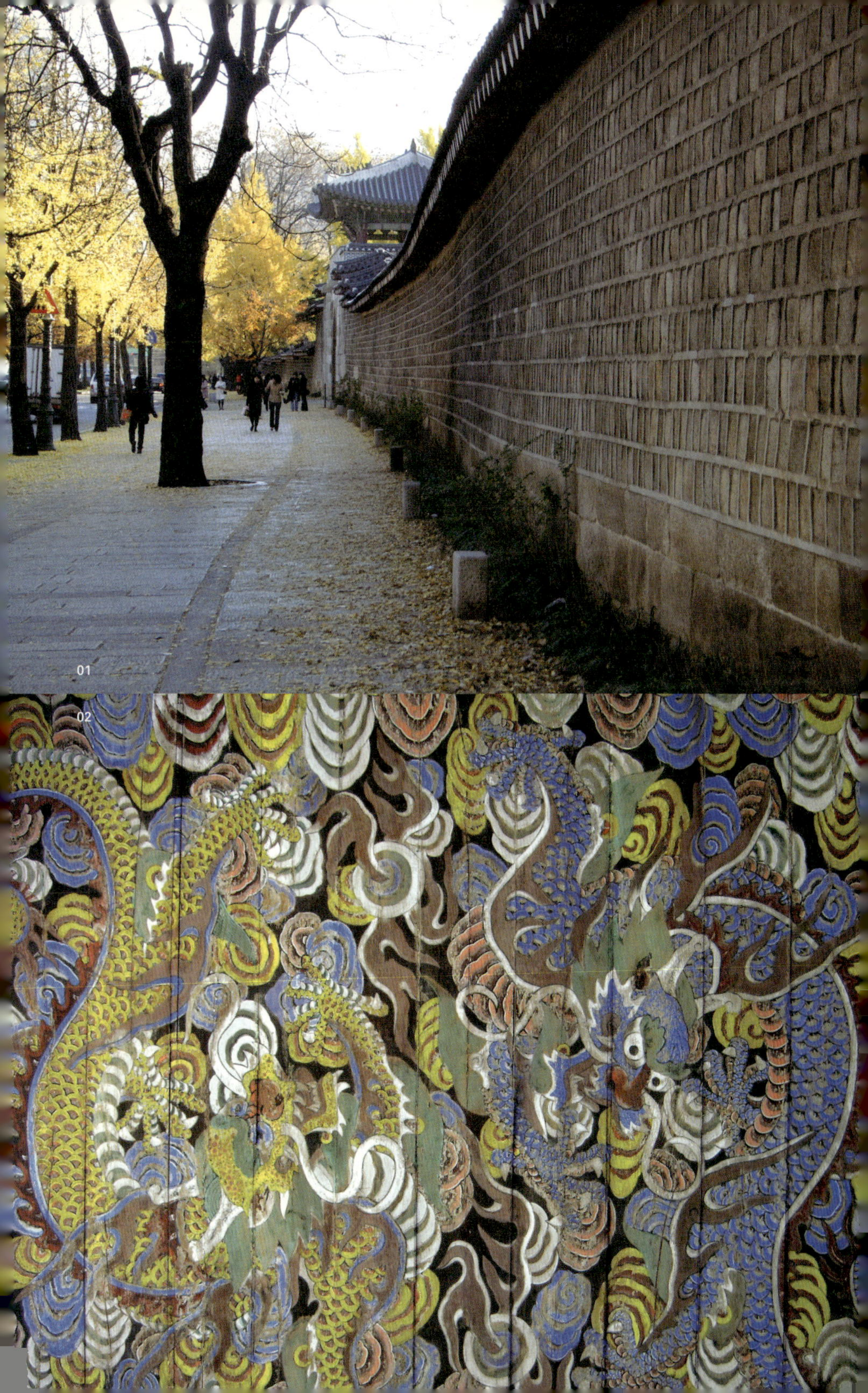
01
02

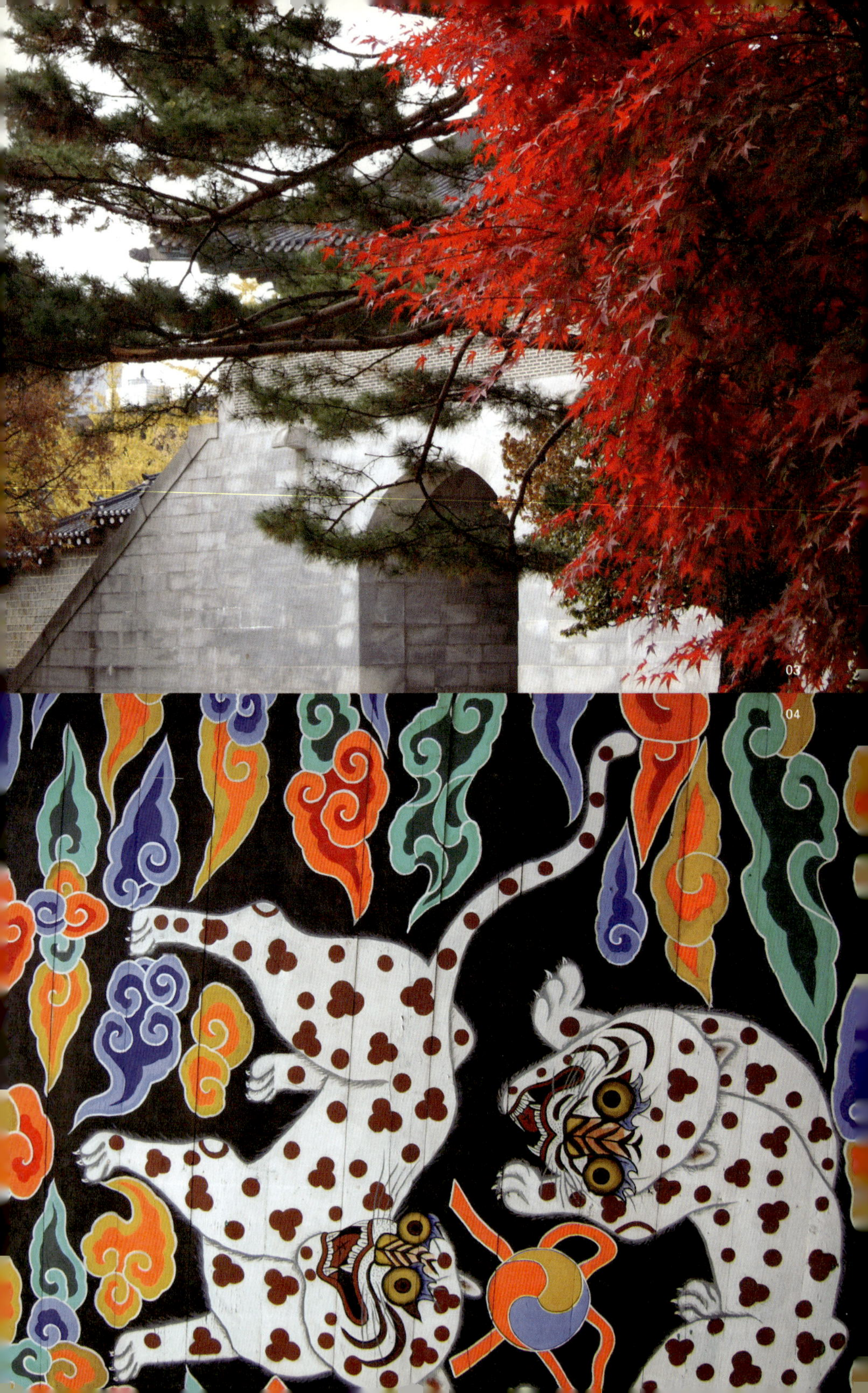
03
04

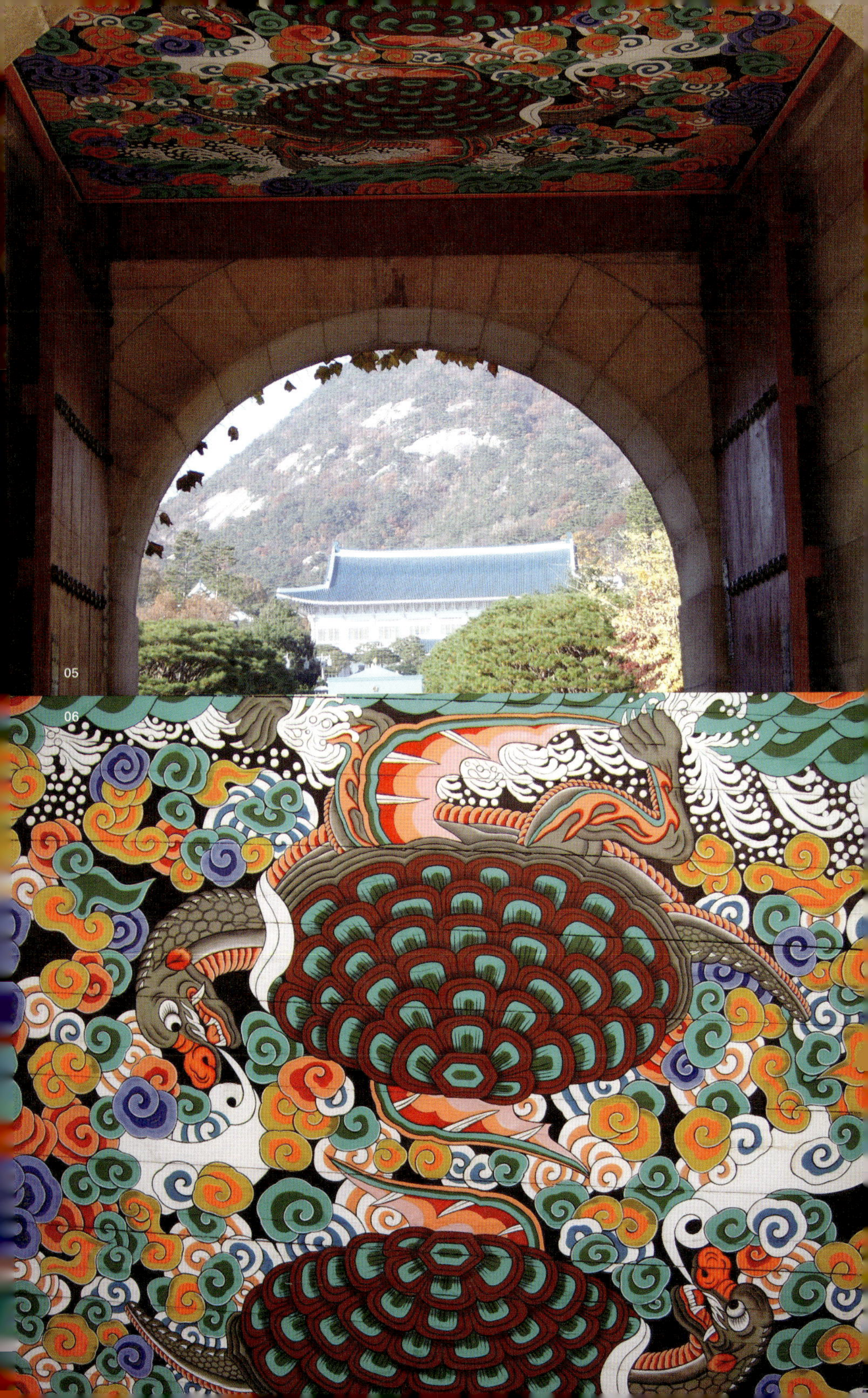

광화문의 그 자체 건물도 중요하겠지만, 광화문 앞에 가서 반드시 주의 깊게 보아야 할 조각이 있다. 그것은 바로 해태 조각상이다. 해태는 중국 고대부터 전해져 내려오는 상상 속의 동물이라고 한다. 해태의 등에 뿔이 있다는 것을 아는 사람이 그렇게 많지는 않을 것이다. 해태는 역사적으로 우리 나라의 사헌부와 깊은 관련이 있다. 사헌부는 시정에 잘잘못을 따지고 관헌에 비리를 조사하는 대표적 사법기관이었다. 그 당시 사헌부의 관원들은 해태가 장식된 모자를 썼다고 한다. 그러니까 해태는 사헌부의 상징적인 동물인 셈이다. 지금 해태가 놓여있는 곳은 원래 해태가 있었던 장소는 아니다. 분명 사헌부 앞에 그 해태가 놓였을 것이다. 그러나 그 장소가 어디에 있던 우리는 해태의 정신을 이어받아 정의로운 사회가 도래되기를 바라는 것이다.

여하튼 해태는 정의의 동물로 상징된다. 우리가 법원에 가면 흔하게 저울을 볼 수 있는 것처럼 해태 조각상을 쉽게 발견할 수 있다. 광화문 앞을 지나면서 해태를 보며 옛날의 사신들은 다시 한번 숙연한 마음을 갖게 되었을 것이고, 그 숙연한 마음은 정의를 구현해야겠다는 그런 결심을 유도해 냈을 것이다. 그래서 홍순민 교수는 광화문에 왔다 하여 그냥 쑥 들어가지 말라고 이야기한다. 광화문 좌우에 있는 해태를 한번 눈여겨 보라고 말하는 것이다. 광화문을 드나드는 사람이 있다면 한 번쯤은 해태를 보고 600여 년 전의 사람들이 어떤 마음으로 광화문을 지나갔을지 생각해 보는 일은 참으로 의미가 있는 일일 것이다.

이렇듯 문과 조각을 결합하여 굳이 말하지 않더라도 신하의 도리를 가르친 그 공간을 만든 사람들의 생각은 흥미로운 것이다. 그러나 요즘 해태를 알고 있는 사람이 얼마나 될까. 나는 어린 시절 해태를 그저 행정 구역이 바뀌는 경계 지점에서 발견했을 뿐 경복궁으로 향하는 광화문의 좌우에 두 마리의 해태가 있음을 인지하지 못했다. 광화문을 방문하는 사람이라면 반드시 해태를 주의 깊게 볼 것을 권한다. 그러면서 정의로운 세상을 꿈꾸는 그런 사람들이 많아지기를 기대해 본다.

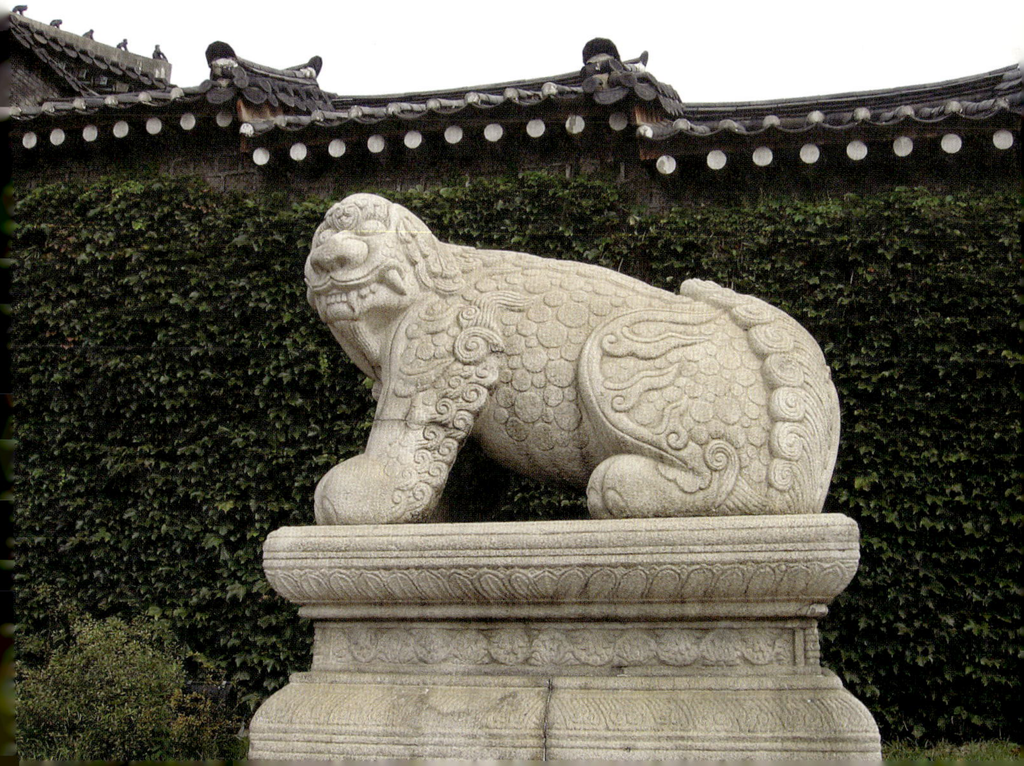

:: 해태, 경복궁

근정전

광화문, 근정전, 사정전, 강녕전, 교태전과 경회루는 경복궁의 주요 건물들이
다. 이 건물들은 일직선 상에 놓여 한 방향을 바라보고 있었다. 하지만 근정
전의 정면을 바라보기 전에 볼 것이 있다. 그건 바로 배경을 이루고 있는 산
이다. 배경이 어머니의 품이 되어 근정전을 품고 있다. 근정전은 각종 국가적
의식 행사를 치렀던 곳이다. 근정전의 앞마당, 회랑으로 둘러 싸이고 평평한
돌이 깔린 그곳이 바로 조정이다. 현재 조정 마당에는 별다른 시설물이 없다.
그러나 바닥에 깔린 평평한 돌이 특징적이다. 그 돌은 근정전의 운치를 더한
다. 우리가 흔히 보는 네모 반듯한 보도 블록도 아니고 표면이 바질바질 하지
도 않다. 바닥에 있는 돌 중에서 쇠고리를 발견할 수 있다. 근정전 기둥에도
고리가 박혀 있다. 그것은 햇빛을 막는 차일을 치기 위한 줄을 매기 위한 고
리들이다.

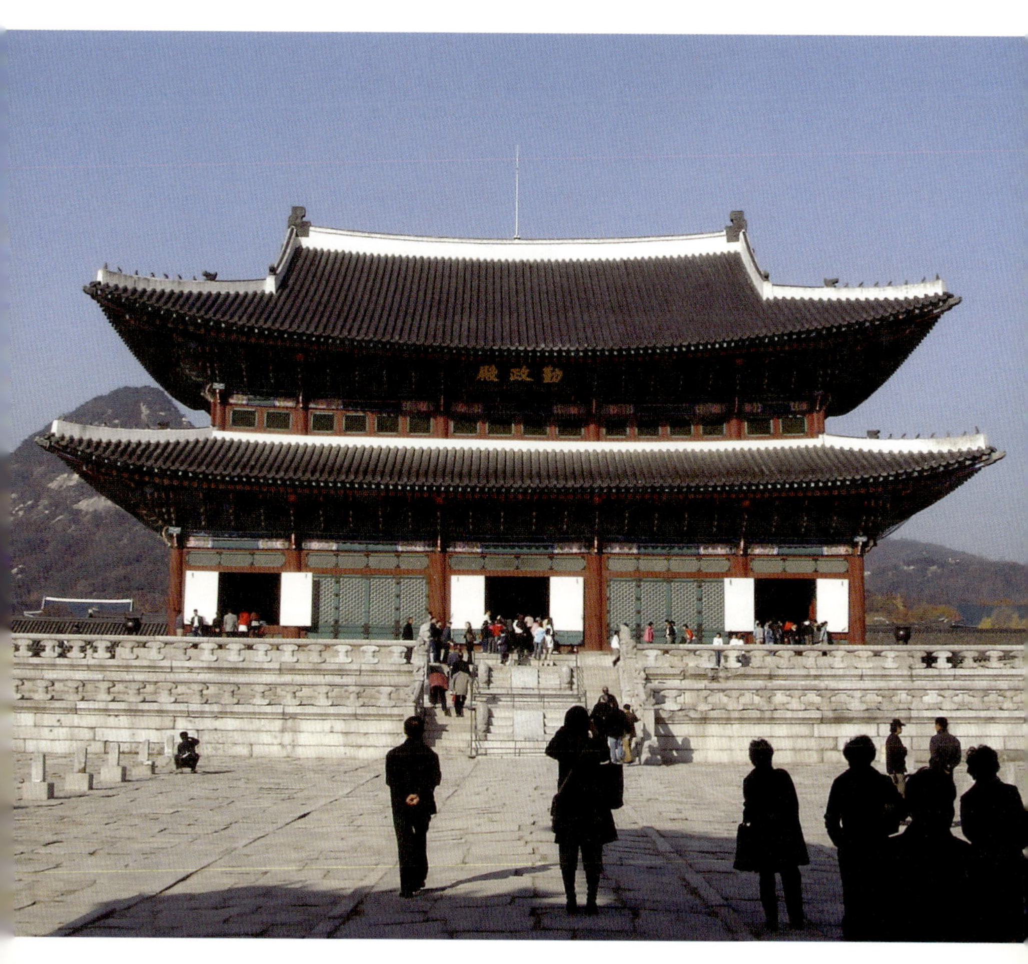

:: 근정전

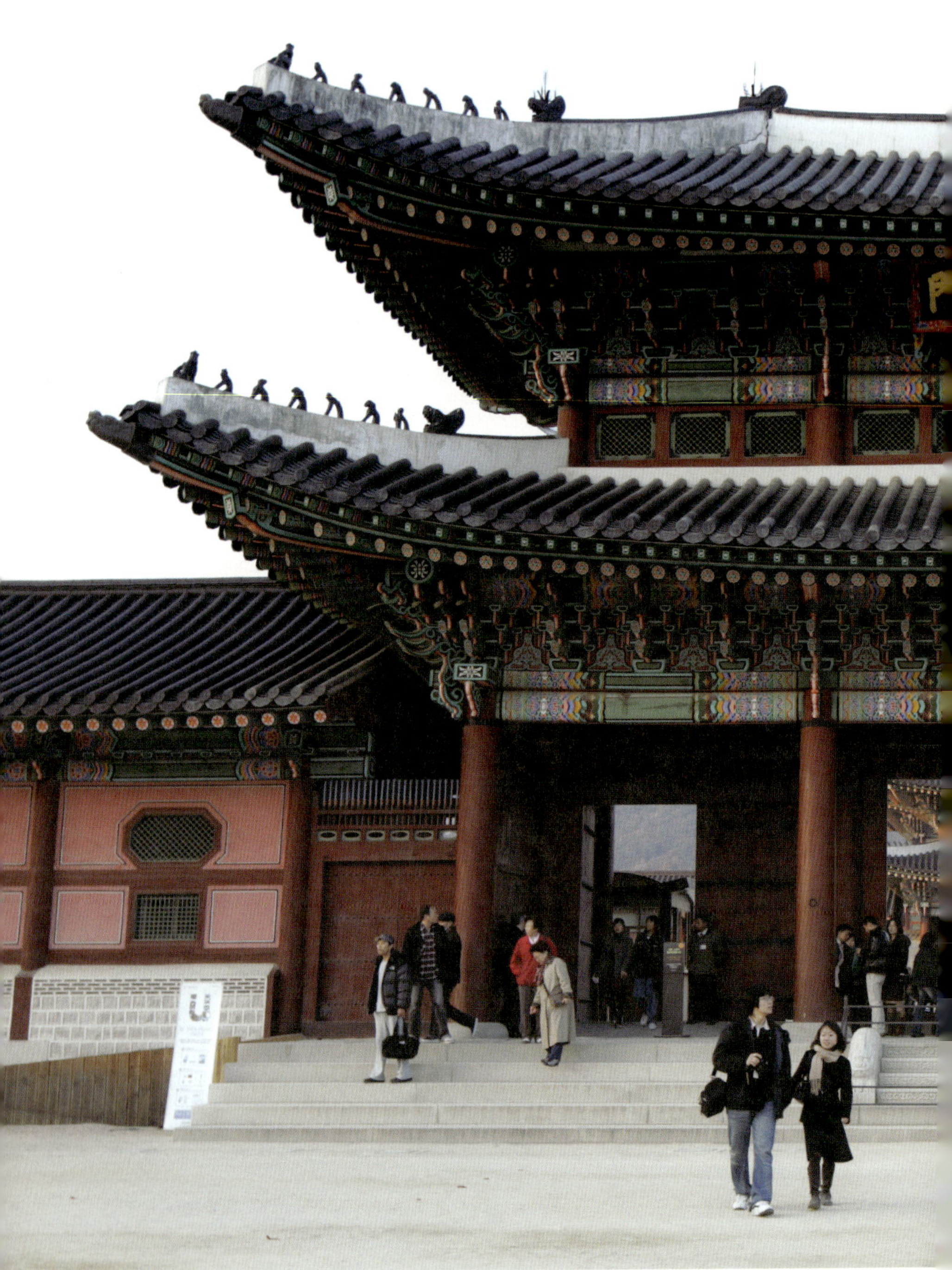

:: 흥례문

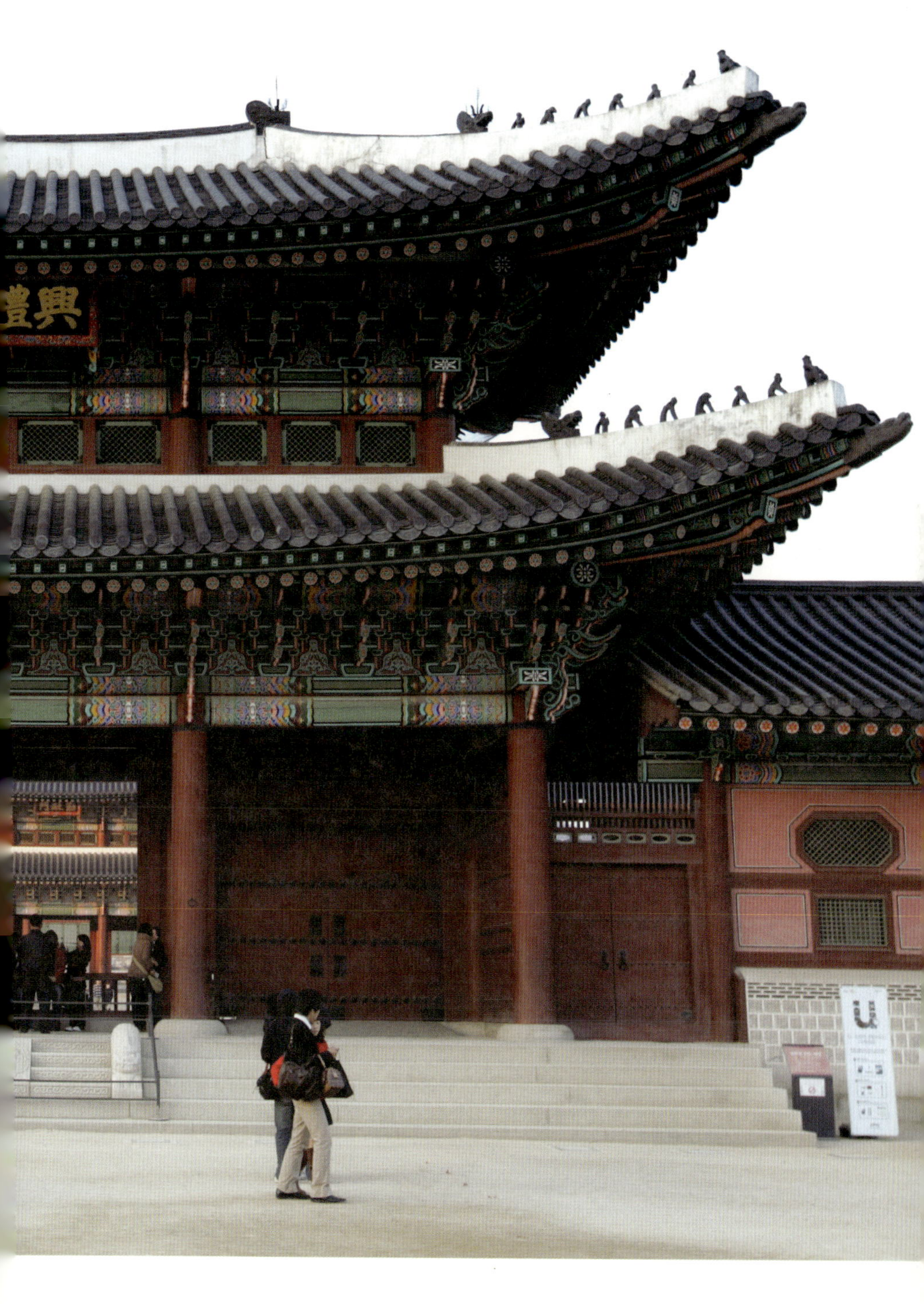

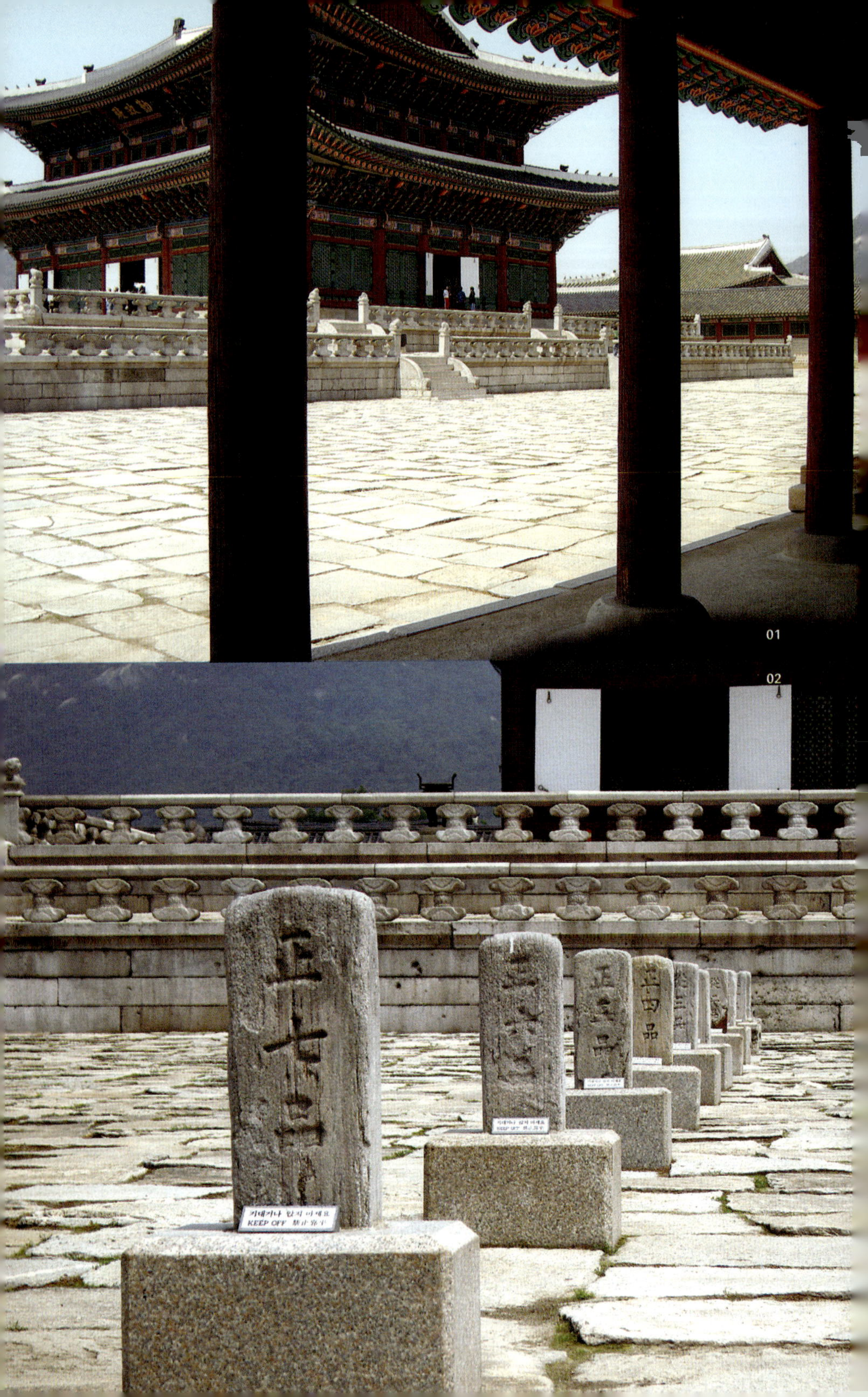
01
02

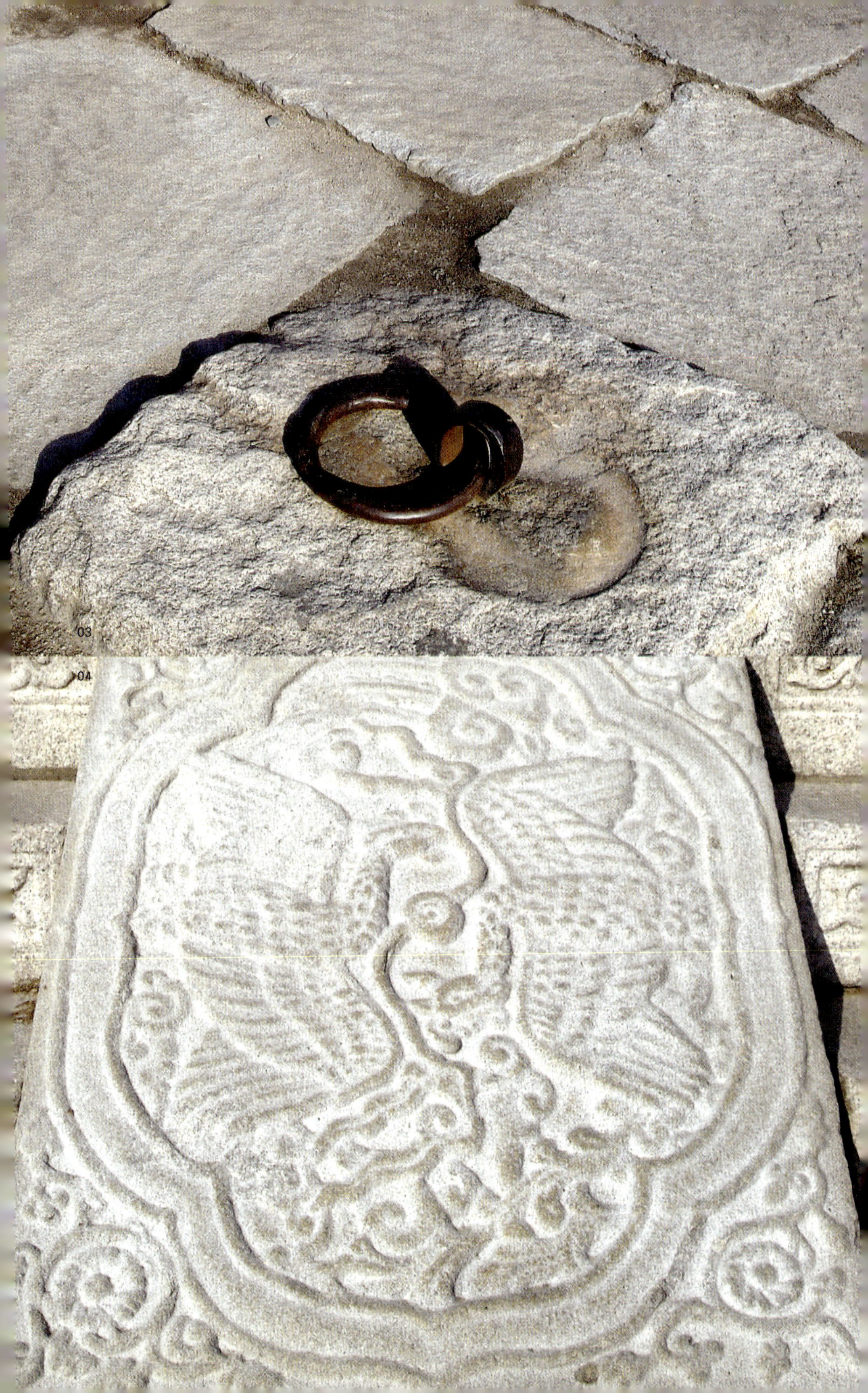
03
04

근정전은 우러러 봐야 하며 올라가 봐야 제 맛을 느낄 수 있다. 근정전의 높이는 건물의 격을 상징한다. 우리가 우러러 본다는 것은 존경한다는 마음이 있을 때 하는 행동이다. 근정전이 높게 세워진 것은 보는 사람의 존경심을 유발하려 했기 때문이다.

근정전을 오르는 계단에 커다란 사각형의 돌이 비스듬히 박혀있다. 가마를 탄 왕이 그 위로 지나가면서 그 돌을 보았을 것이다. 그 돌의 조각을 보면 구름 속의 새 두 마리가 날개를 활짝 펴고 마주보고 있다. 봉황이다.

봉황은 기린, 거북, 용과 더불어 신성한 동물이다. 그러나 실제로 존재하는 새는 아니다. 중국 고대부터 실재 하는 짐승들에서 여러 부위를 조합하여 관념적으로 만들어낸 새이다. "봉황은 오색을 띄며, 산짐승을 먹지 않으며, 산초목을 꺾지 않으며 무리를 짓지도 않으며 여행을 하지도 않으며 그물에 걸리지도 않으며, 오동이 아니면 앉지 않고, 대나무 열매가 아니면 먹지 않으며, 단 샘물이 아니면 마시지 않는다"고 홍순민 교수는 전한다. 봉황은 천하를 크게 평안하게 만든다. 왕에게 봉황을 보게 함으로써 훌륭한 성군이 되라고 이처럼 멋들어지게 계단을 장식한 것이다.

근정전의 기단에는 세 부류의 돌 짐승들이 있다. 첫째, 청룡, 백호, 주작, 현무의 사신이 있다. 둘째, 쥐, 소, 범, 토끼, 용, 뱀, 말, 양, 원숭이, 닭, 개, 돼지의 12지신이 있다. 근정전 기단에서 12지신을 꼭 봐야 한다. 그러나 근정전 기단에 12지신이 모두 있지는 않다. 일부 동물은 빠져있다. 범과 용, 개와 돼지가 빠진 것이다. 셋째, 이름이 분명하지 않은 짐승들은 서술을 보아야 한다. 이들 동물들은 곳곳에 흩어져 있다. 우리가 요즘 보는 근정전은 썰렁하기 짝이 없다. 그러나 임금이 이곳에 임어하여 활동할 때도 그렇지는 않았을 것이다. 사람이 살아야 그 공간도 생기가 넘친다는 말이 맞기는 맞는 모양이다.

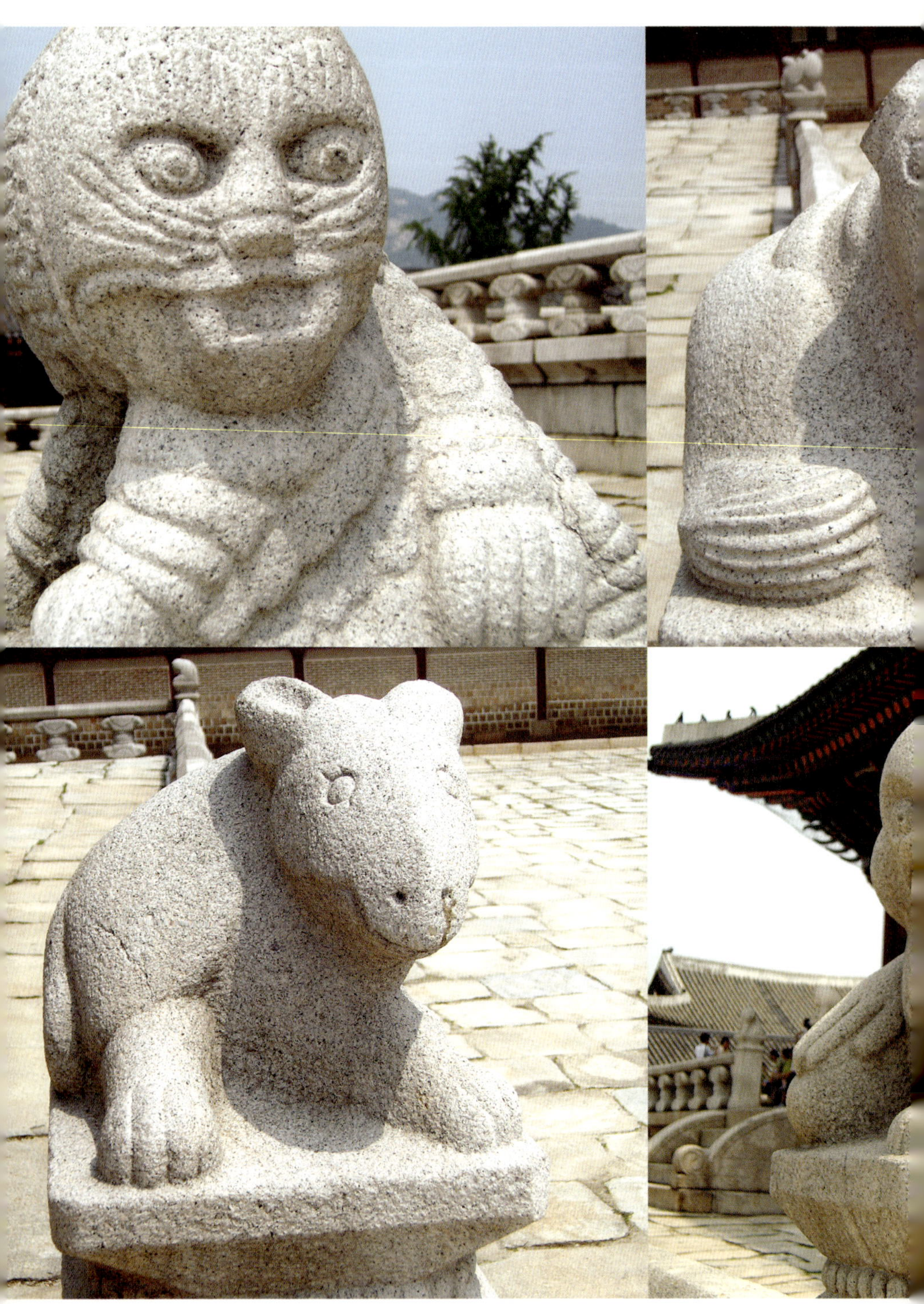

:: 월대 난간의 12지신상

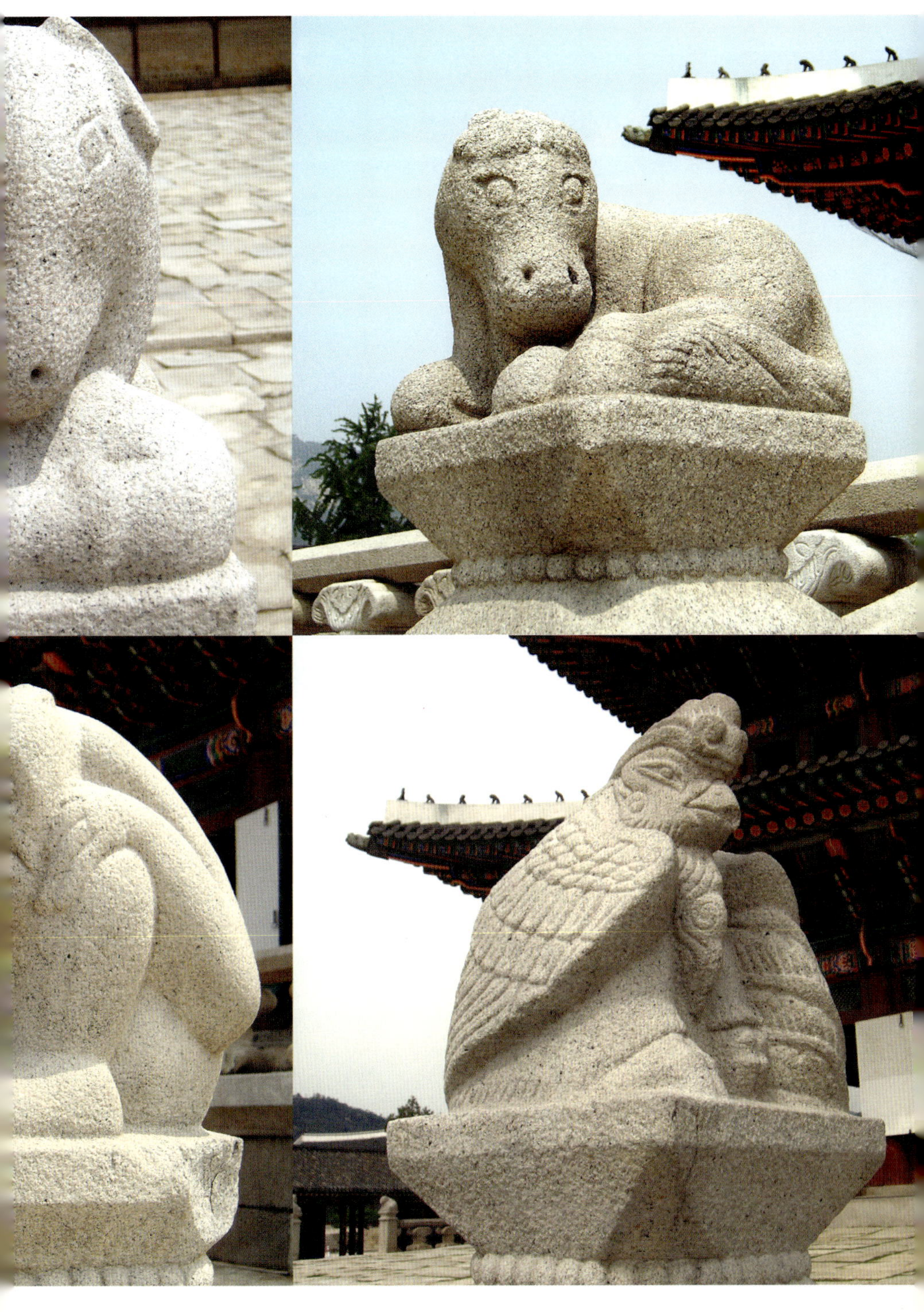

근정전의 내부에는 임금님이 앉았던 용상이 있고, 병풍이 있다. 근정전의 천정 중앙에는 칠조룡이 있다. 근정전 천장에 칠조룡을 보는 것이 근정전을 제대로 감상하는 거다. 용을 볼 때 무엇을 눈 여겨 볼 것인가. 용을 볼 때는 발가락을 보아야 한다. 용의 발가락이 셋일 수도 있고, 넷인 경우도 있다. 아주 드물게는 일곱일 때도 있다. 대개는 다섯 개이다. 그래서 이를 오조룡이라고 한다. 용의 발톱의 수가 무엇을 상징하고 있는 것일까? 그건 바로 용의 격을 상징하는 것 아니겠는가. 일반적으로 오조룡은 왕을 상징한다. 그런데 근정전에 있는 용의 발가락은 7개이다. 이건 무엇을 상징할까? 현재로서는 이 질문에 대한 답을 이야기 할 수 없다. 단지 독자의 상상력에 맡길 뿐이다.

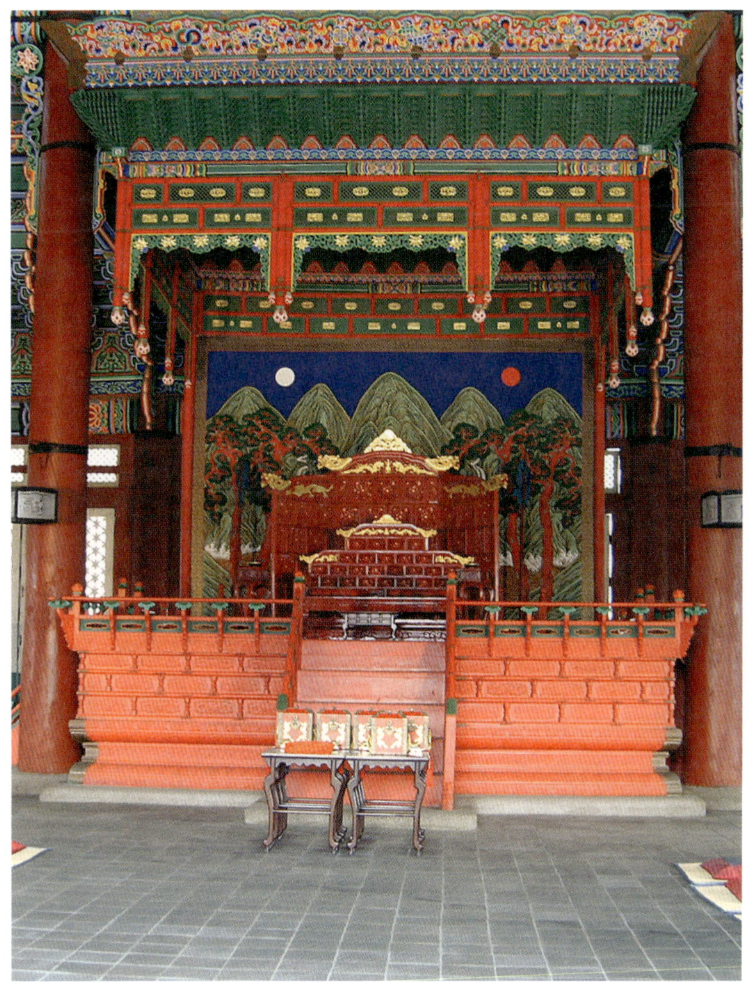

:: 근정전의 내부

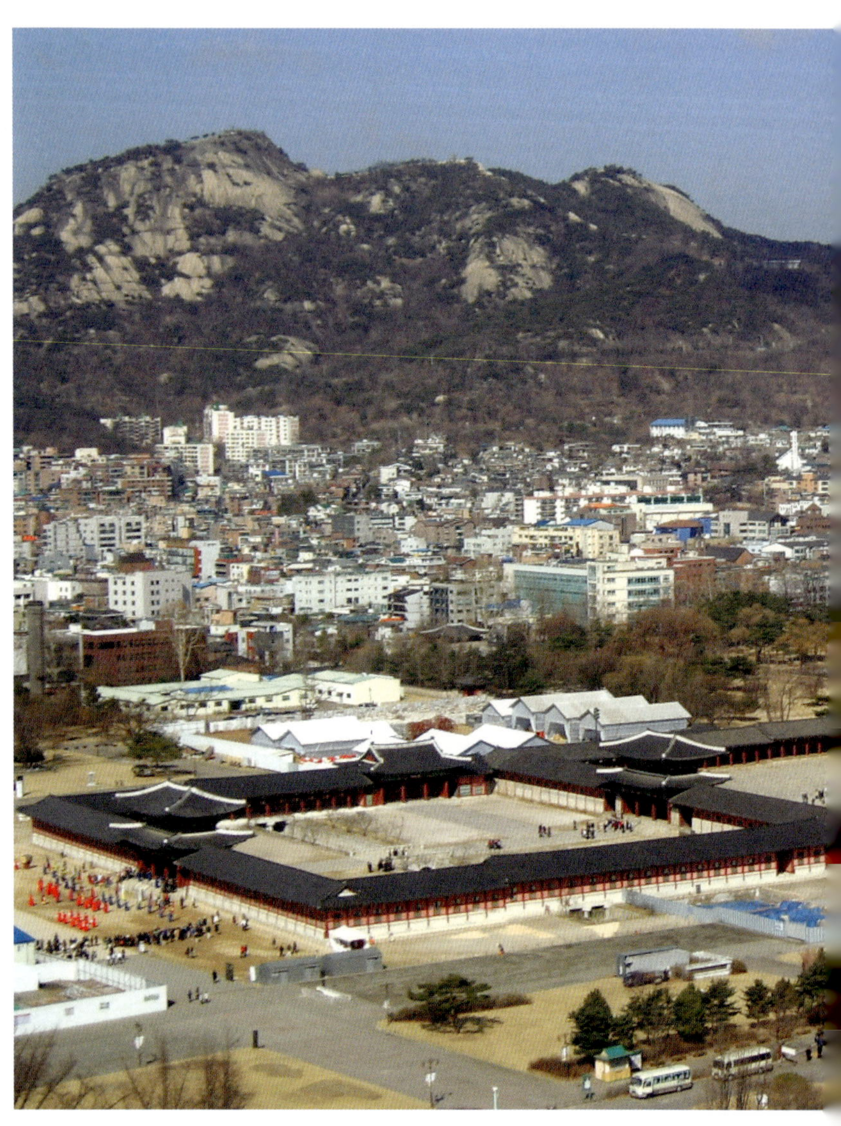

:: 서머셋 팰리스에서 본 경복궁 전경

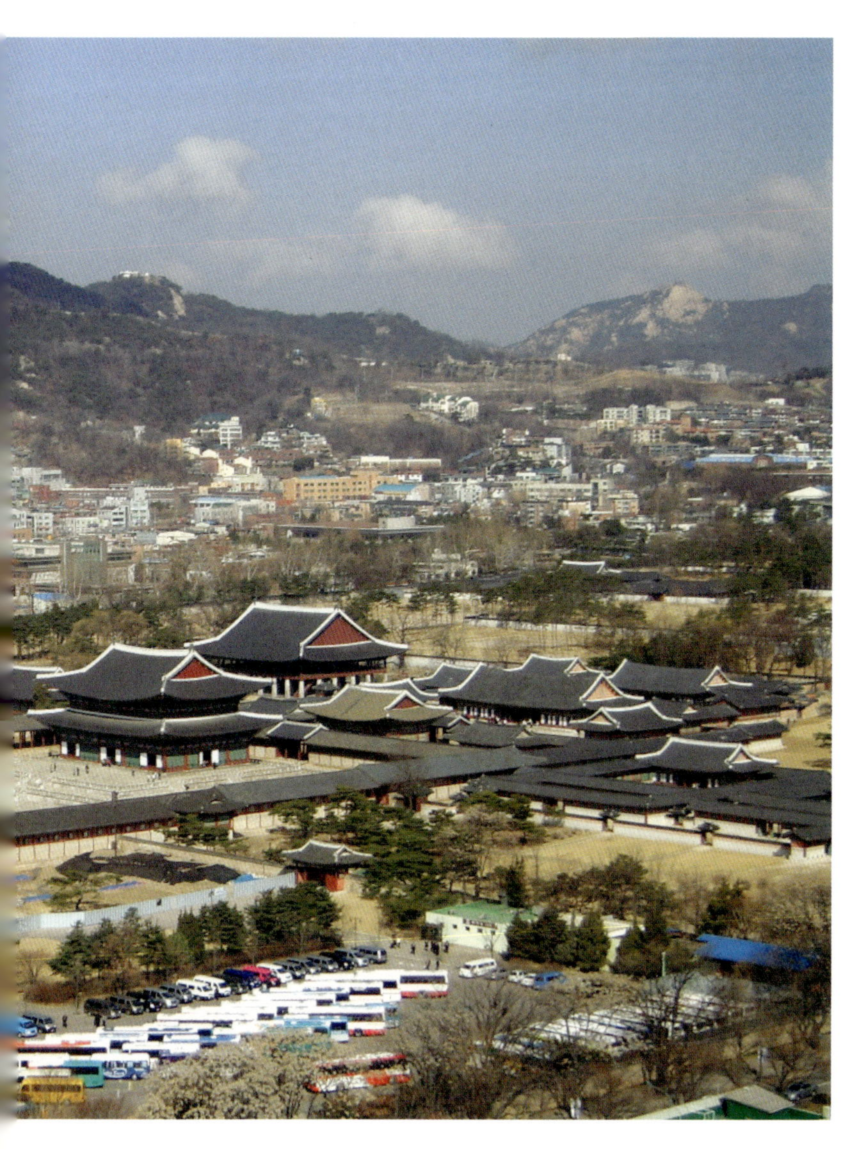

사정전과 강녕전

근정전이 왕과 외부에서 들어온 관료들을 만나는 공간인 외전이라면 사정전은 왕과 왕비가 일상적으로 기거하며 활동하는 내전이다. 그 가운데 사정전은 왕의 공식 집무실인 편전이다. 사정전에서 왕은 어전회의를 주재하였으며 공식업무를 이곳에서 처리했다. 일반사람들도 사정전을 보아야 하겠지만, 특히나 오늘날 인사권과 최종 결정권을 가진 사람들이 사정전을 둘러보면 더 좋을 것 같다. 왜냐하면 인사권과 정무결정권을 행사함에 있어 깊이 생각하라는 뜻이 담겨 있는 공간이기 때문이다.

사정전을 돌아 만나는 건물이 강녕전이다. 강녕전은 왕이 잠을 자는 곳이다. 왕이라고 해서 늘 공무만 처리하지는 않을 것이다. 또 평복으로 일상 생활을 해야 할 것이고, 쉬기도 하고, 편안한 대화를 할 때도 있어야 할 것이다. 강녕전은 왕이 그렇게 일상 생활을 하는 궁궐이다. 강녕진은 근정전이나 사정전보다 왕이 더 많은 시간을 보냈던 곳이다.

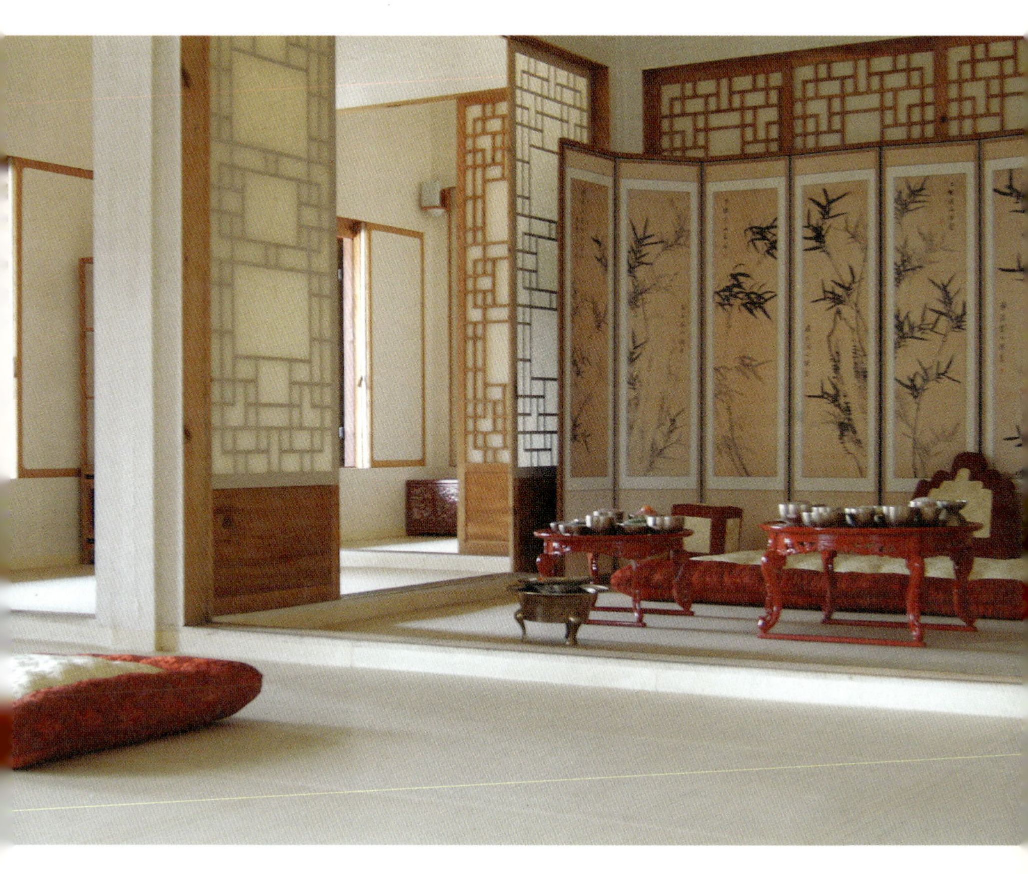

강녕전과 왕의 사적 공간

교태전

경복궁의 중심축에 일직선으로 배열된 건물들 가운데 마지막으로 있는 건물이 바로 교태전이다. 교태전은 왕비의 침전이다. 왕비도 공인으로서 궁궐 안에 살며 처리해야 할 업무를 많이 갖고 있었다. 교태전은 왕비의 업무 수행공간으로 볼 수 있는 것이다. 교태전에는 용마루가 없다. 교태전 뿐만 아니라 강녕전에도 용마루가 없다. 그렇다면 왜 침전에는 용마루가 없는가? 침전은 왕과 왕비가 동침하는 집이다. 왕은 용이다. 그런 용이 깃들어서 다음 대를 이을 용을 생산하는 곳이므로 또 다른 용이 위에서 이를 내리누르면 안되기 때문에 용마루를 설치하지 않은 것이다. 확실한 증거는 없지만 그럴듯하지 않은가. 교태전을 왕비가 왕에게 교태를 부리는 집이기에 이름 붙여진 것으로 생각하면 큰 오산이다. 이 말은 음양과 남녀가 서로 교합한다는 뜻을 갖는다. 음양이 조화를 이루고, 남녀가 서로 만나 교통하여 생산을 잘하기를 바라는 뜻이 담겨 있는 것이다. 왕과 왕비의 침전으로서 적절한 이름이 아니겠는가.

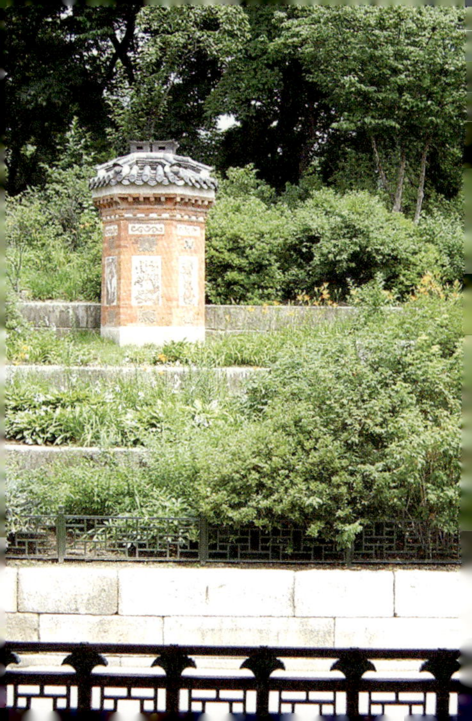

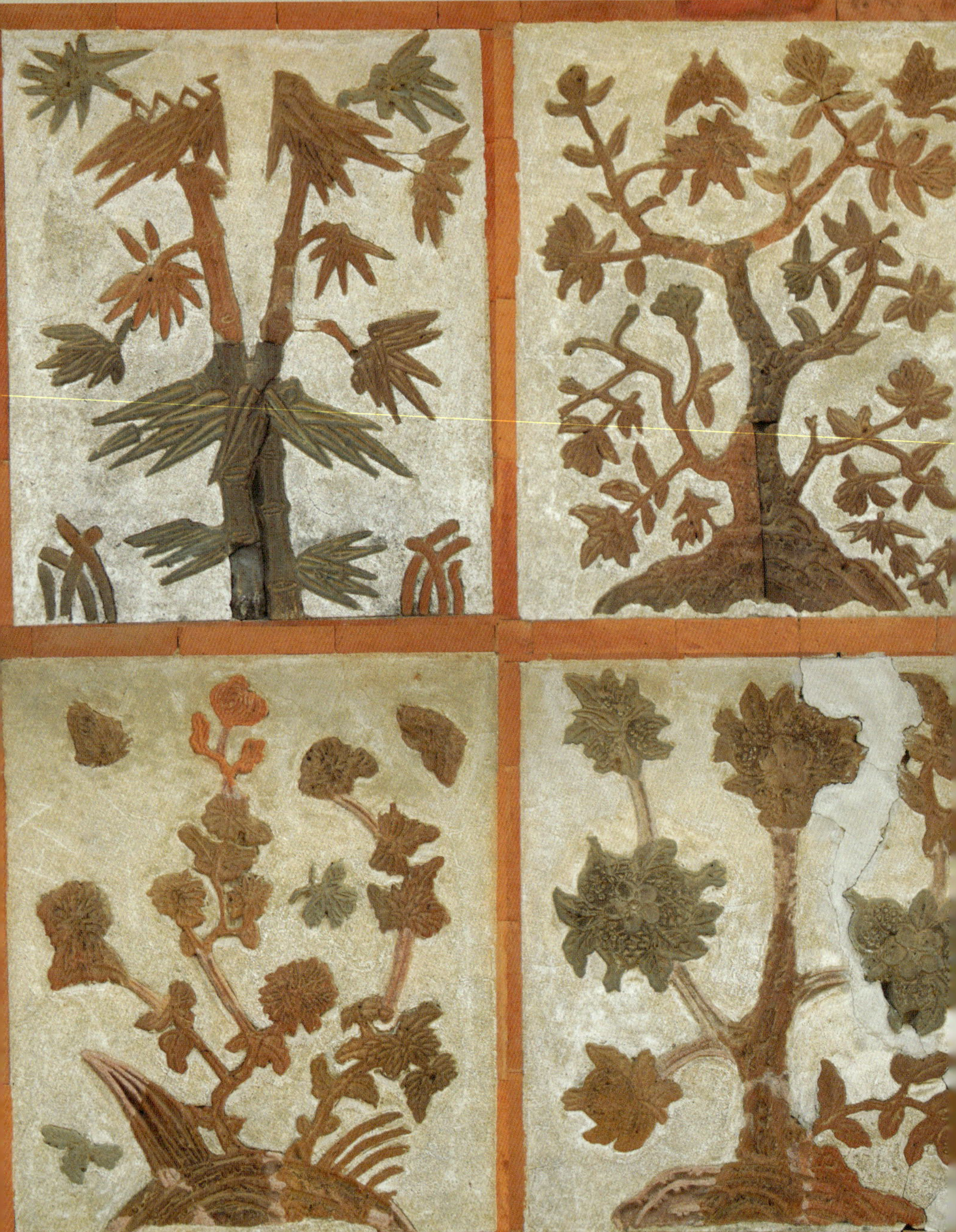

꽃담

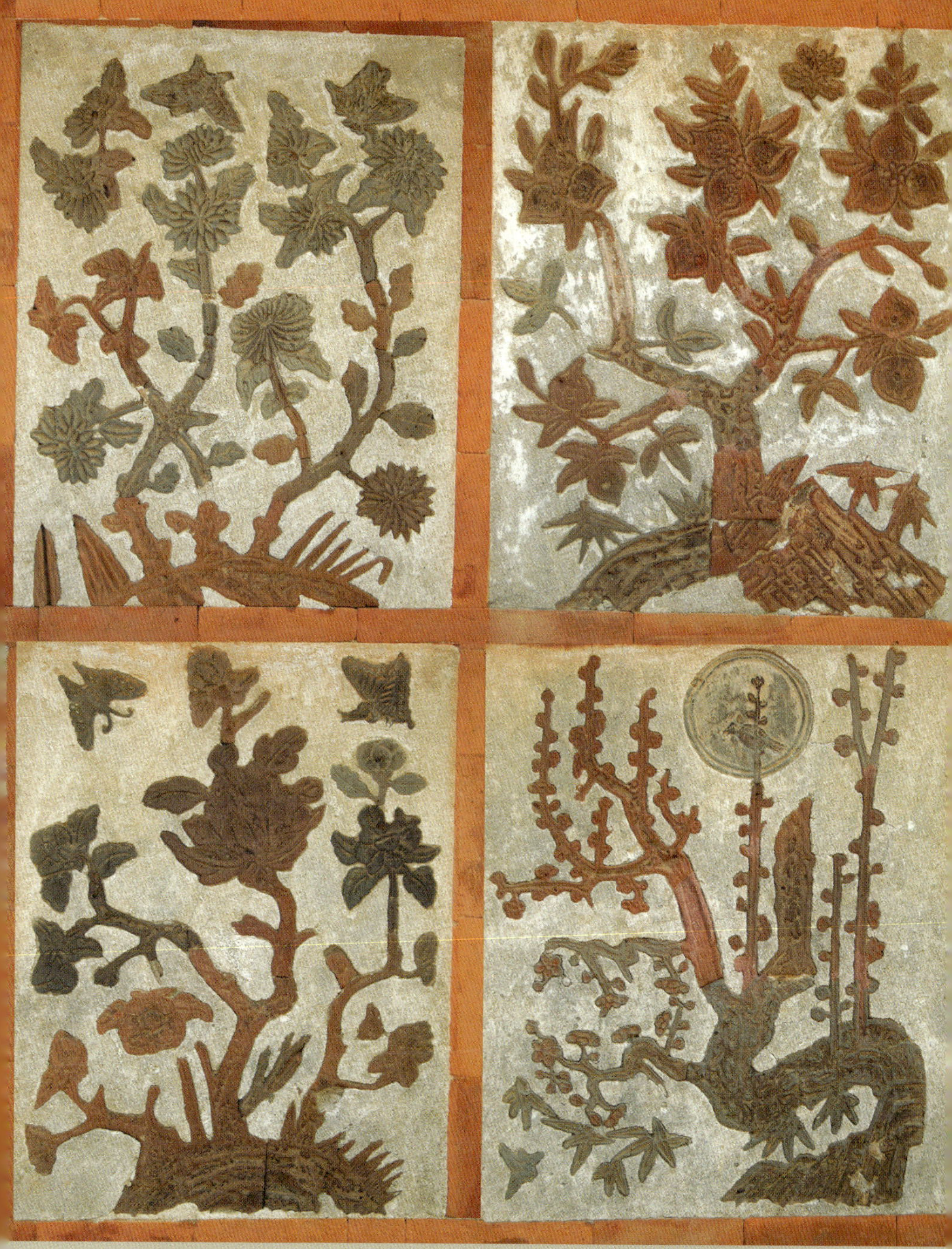

경회루

경회루 하면 생각나는 것이 있다. 학창 시절에 소풍이나 사생 실기대회이다. 소풍 때 가장 많이 모였던 곳이 경회루였고, 많은 학생들이 그림의 대상으로 삼은 것이 경회루였다. 그만큼 경회루는 경복궁에서 가장 유명한 건물이다. 경회루는 우리 나라 누각건물 가운데 으뜸이다. 그리고 근정전 다음으로 큰 건물이다. '경회'라는 말은 왕과 신하가 덕으로써 서로 만나는 것을 의미한다. 경회루는 팔각지붕의 형식을 띤다. 그렇기에 건물의 모양이 웅장하다. 일반적으로 추녀 마루의 끝부분에는 짐승모양의 조각이 있기 마련이다. 이 조각을 우리는 '잡상'이라고 부른다. 이런 잡상은 지위와 품격이 높은 건물에만 설치되어 있다. 근정전에 7개의 잡상이 있고, 숭례문에 9개의 잡상이 있다. 경회루에는 11개의 잡상이 있다. 우리나라 건물 가운데 가장 많은 잡상을 가진 건물이 바로 경회루이다.

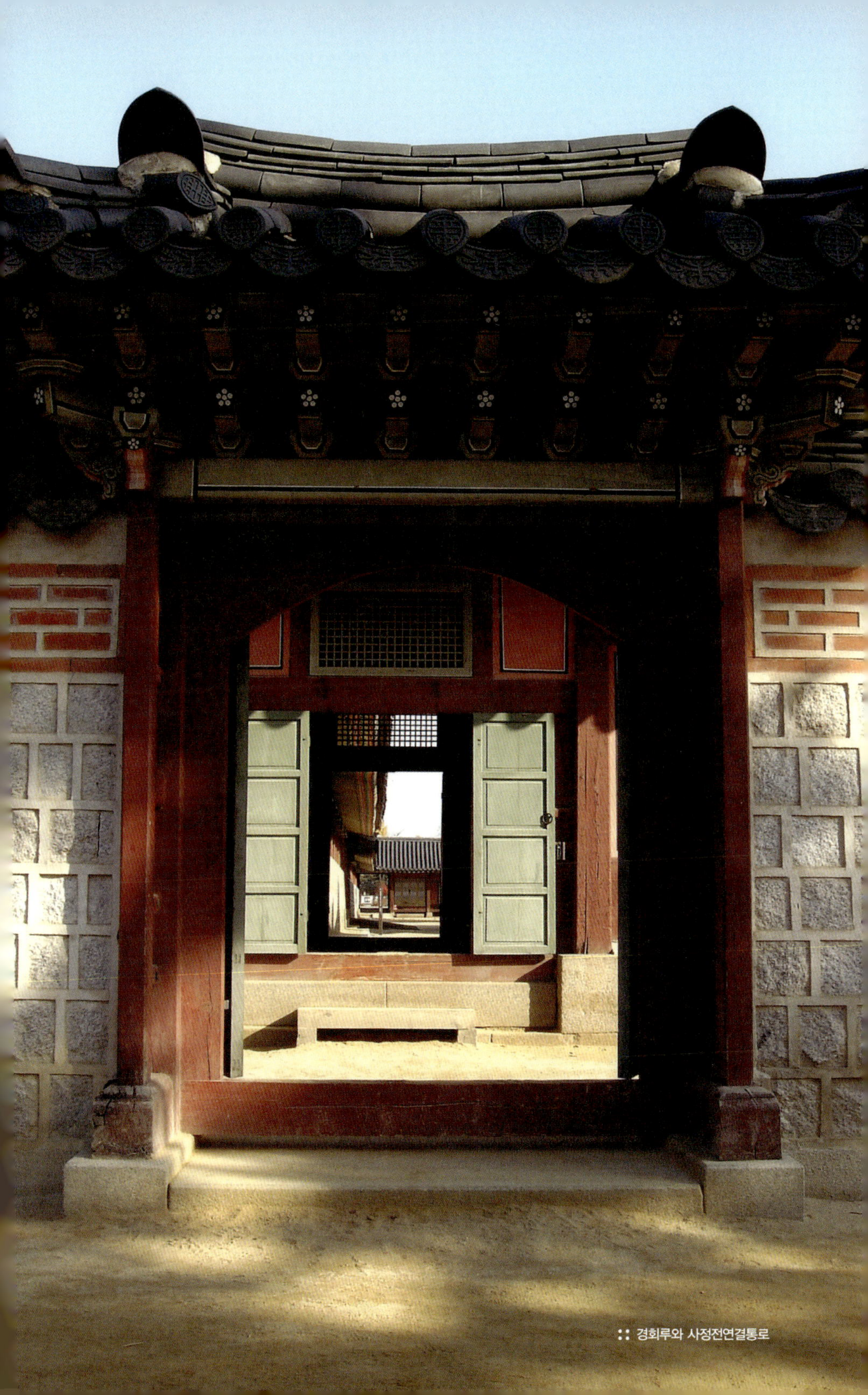

:: 경회루와 사정전연결통로

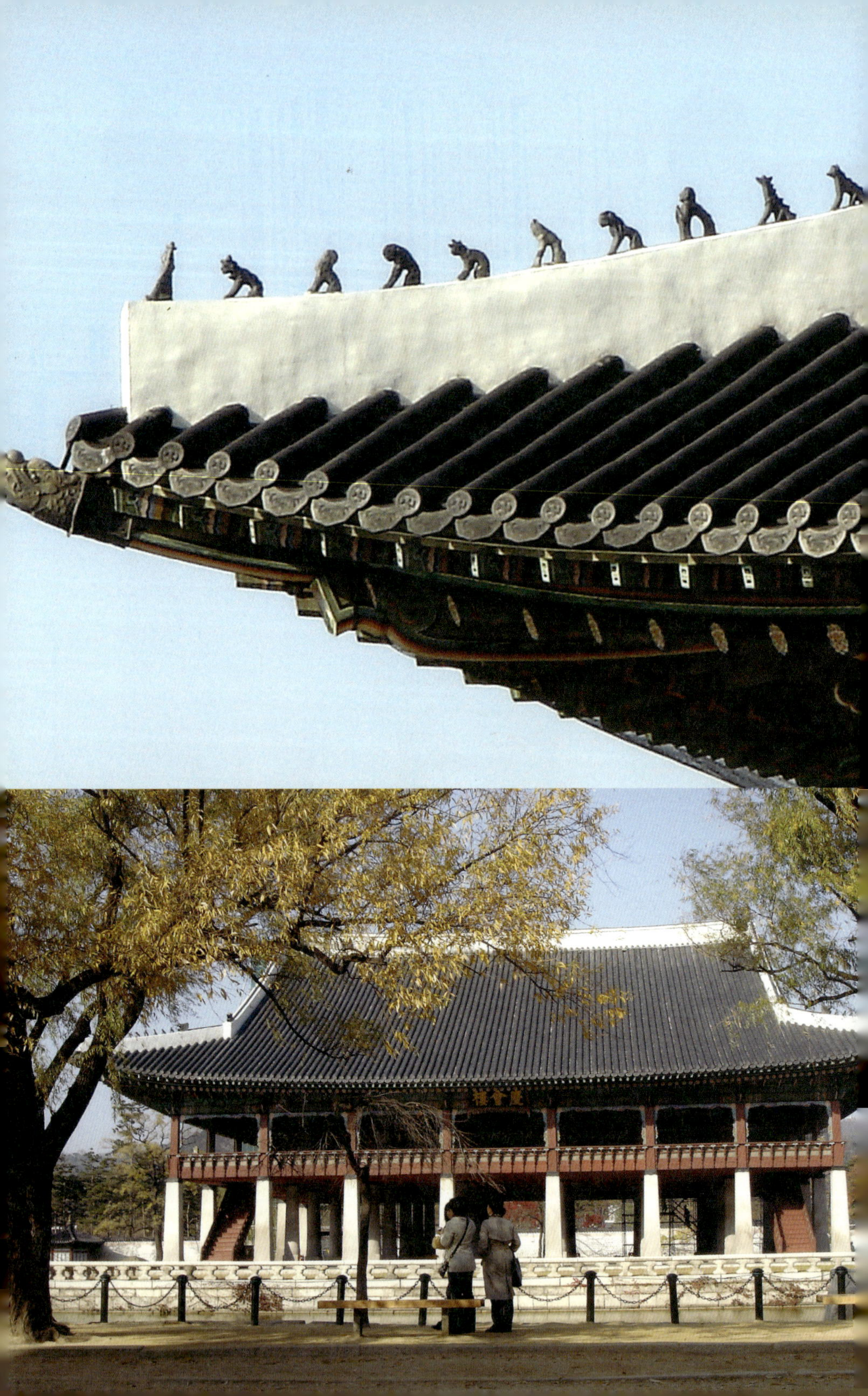

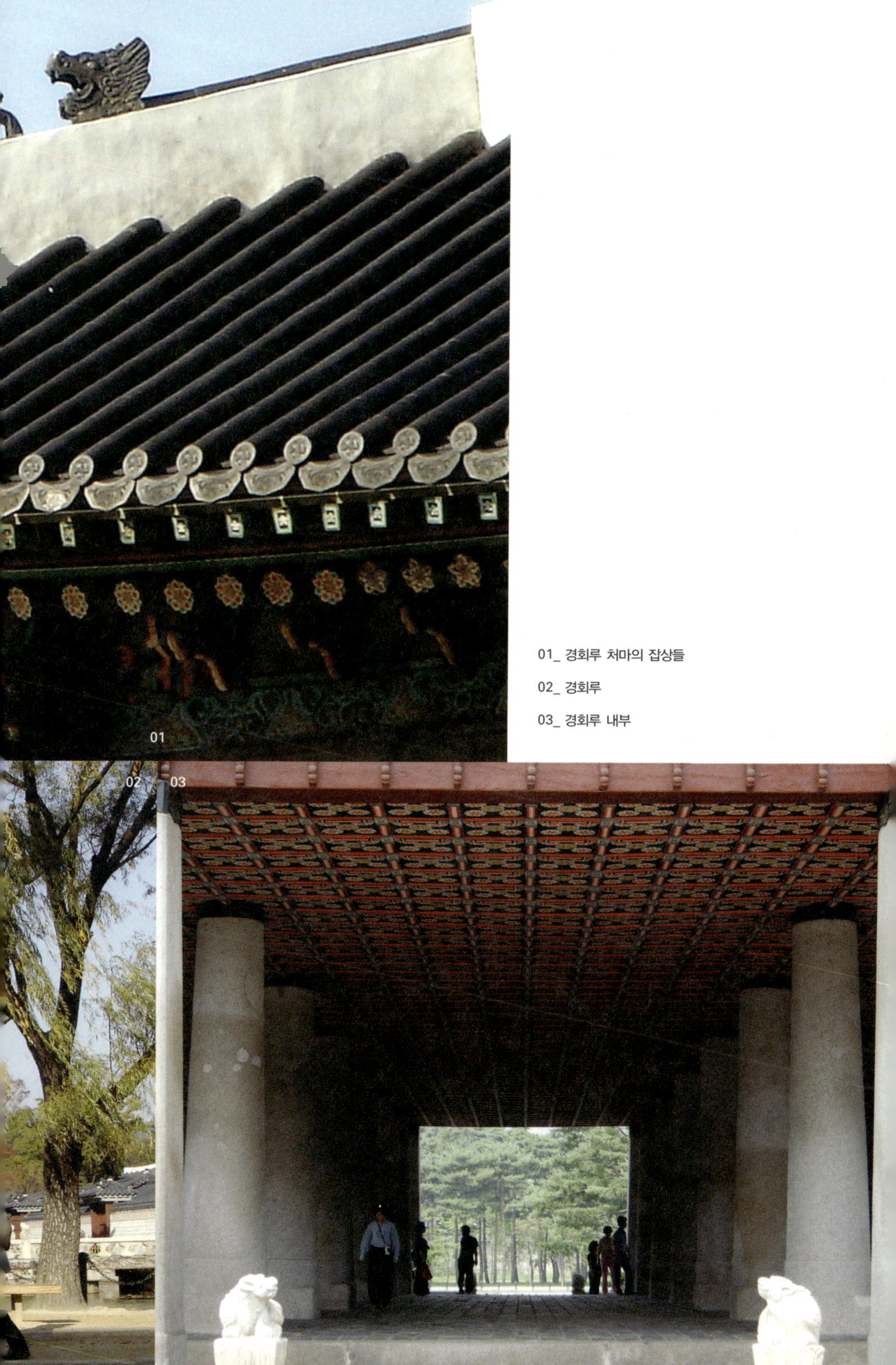

01_ 경회루 처마의 잡상들

02_ 경회루

03_ 경회루 내부

예전 경회루는 왕과 왕실의 전용 공간이었다. 경회루는 커다란 연못 가운데 섬을 만들고 그 위에 지은 누각이다. 우주의 이치를 반영하고 있다는 경회루는 천지인을 상징하기도 한다. 경회루는 기본적으로 왕이 외국사신이나 신하들을 모아 연회를 베풀던 곳이다. 경회루는 단순한 놀이터가 아니라 통치자로써 왕의 활동 공간이다. 그래서 예전의 대통령은 내외 귀빈을 초청하여 경회루에서 파티를 열기도 하였다. 경복궁에는 볼 건물도 많아 걸어 다니는 것 자체가 즐거움이다. 지면의 제한상 자세한 것을 설명하지 못하지만 앞에 설명한 사정전, 강녕전, 교태전, 경회루 이외에도 경복궁에는 수정전이 있으며, 궐내각사가 있다. 또 동궁이 있고, 자경전이 있으며, 향원정과 건청궁이 있다.

바쁜 현대인의 생활 속에 마음에 여유를 찾고 역사 속의 시간으로 되돌아 갈 수 있다는 그런 경험을 누가 피하려고 하겠는가. 흔히들 고궁을 찾는 것을 쉼터 정도로만 생각하거나 연인들의 낭만적인 공간으로만 생각하는데, 우리의 주변에 있는 공간에 얽힌 옛이야기를 알고, 그 공간을 거닌다면 우리의 인생은 더욱 더 행복해질 것이다. 옛것을 그대로 재현하는 것도 중요하지만, 그 공간의 옛맛을 사람들이 제대로 느낄 수 있도록 하는 차원에서의 노력도 필요하다. 광화문에 서 있는 해태를 보며 무슨 생각을 해야 할지를 이야기 해주고 근정전을 그저 피상적으로 바라볼 것이 아니라 그 주변에 있는 동물 하나하나를 자세히 살펴보면서 교감할 수 있을 때 우리는 진정으로 행복을 느낄 수 있을 것이다. 연인과 연인 사이에서 소통이 중요하듯 우리가 고궁을 사랑하기 위해서 소통이 필요하다. 고궁은 우리들의 중요한 메시지를 전해주지만 그 메시지의 의미를 우리는 많이 모른다. 하지만 고궁은 우리를 짝사랑하고 있다. 그렇기에 슬픈 사랑이다. 그런 슬픈 사랑이 기쁨으로 충만한 사랑으로 승화시키는 것은 우리들에게 달려있다.

관문각지
Site for Gwanmungak

이곳은 고종 10년(1873)에 건립된 관문각 터이다. 건청궁 내 장안당 뒤쪽에 위치한 관문각은
당초에 관문당(觀文堂)으로 불렸으나, 고종 12년(1875)에 어진을 봉안하고 관문각으로 고쳤다.
고종 28년(1891)에 러시아 건축가 세레친 사바틴(A.S.Sabatine)과 친군영(親軍營)이 공사를
맡아 2층(일부 3층)의 서양식 건물로 개축되었다. 최초의 양관(洋館)으로 불리기도 한 이 건물은
국왕의 서재 겸 집무실인 집옥재(集玉齋)와 대조를 이뤘다. 집옥재와 관문각 사이에는 서양식
기계추 시계탑도 세워졌다. 사바틴이 관문각에 기거하다가 명성황후 시해사건을 목격하여
고발 기록을 남기기도 하였다. 관문각이 헐린 시기는 광무 5년(1901)이후로 보인다.

Built in the 10th year of King Gojong s reign (1873), the Gwanmungak Hall
was designed to enshrine the portrait of a king. It is believed that Gwanmungak
was demolished no earlier than 1901. The hall was originally called Gwanmun-
dang, but changed its name to Gwanmungak in the 12th year of King Gojong's
reign (1875). Under the leadership of A. S. Sabatine, a Russian architect, and
Royal Guard, Gwanmungak was rebuilt in the Western style in the 28th year of
King Gojong's reign (1891). It was a two-story structure with part of it rising
three stories. As the first Western building in the Joseon Dynasty's history,
Gwanmun-gak provided stark contrast to the Eastern-style structure nearby,
Jibokjae, where the king read books and managed national affairs. The hall also
had the Western-style clock tower beside it. Gwanmungak is a meaningful
building in that Sabatine witnessed the tragic death of Empress Myeongseong
during his stay here, and he made records of her death.

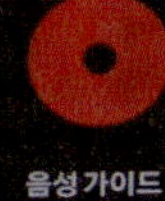

:: 경복궁 안내판

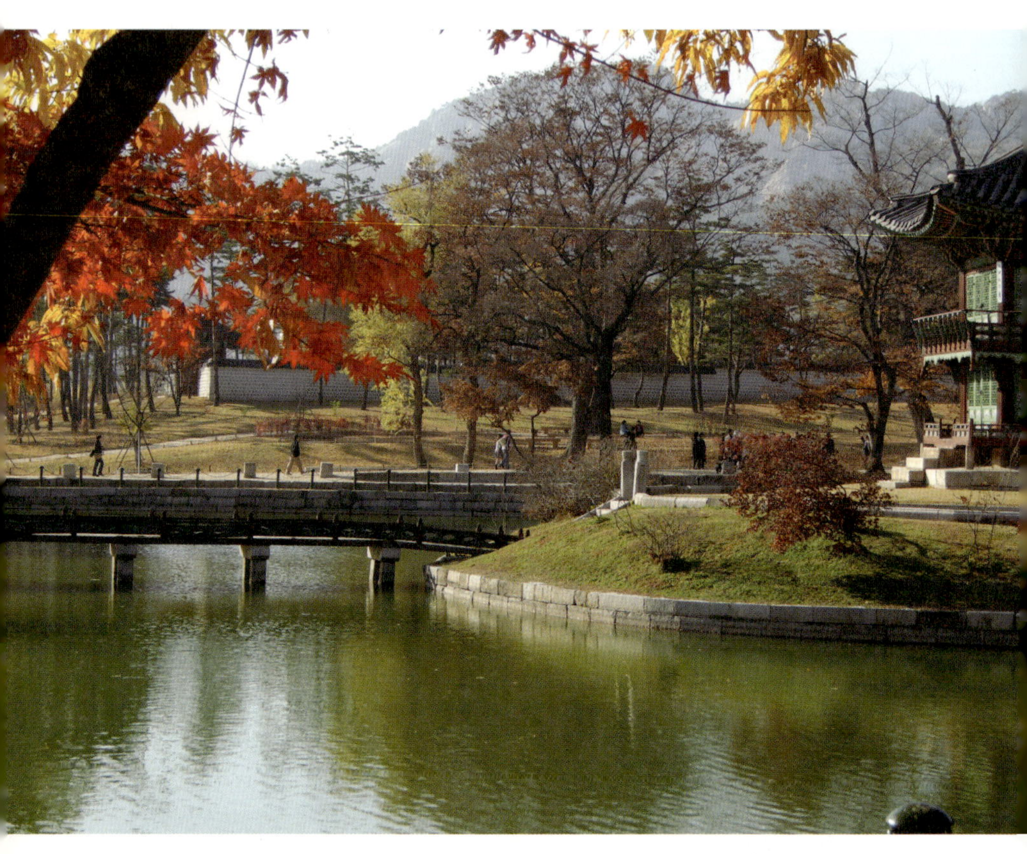

:: 향원정

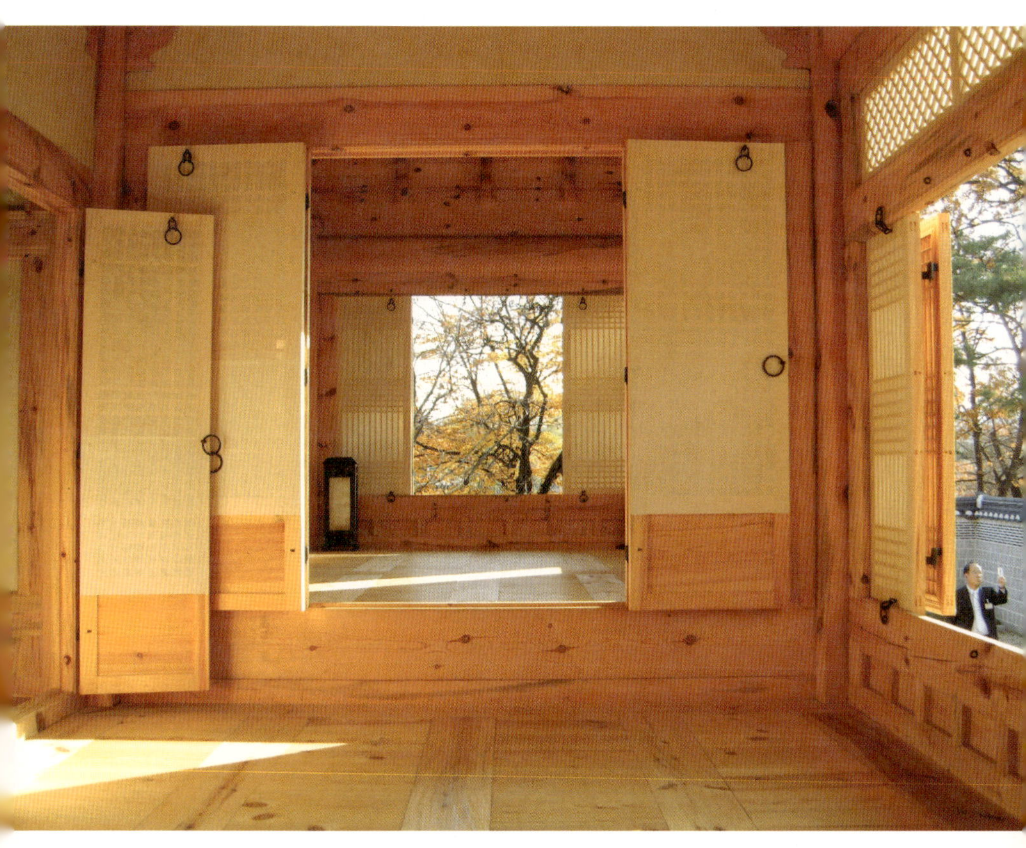

:: 건청궁 차경이미지

⠿ 역사 마케팅

프랑스는 파리 혁명 200주년을 기념하여 퐁피두 센터, 라 빌레드, 라 데팡스를 건립하였는데, 이는 혁명을 연결고리로 만든 역사 마케팅의 일환이었다. 특히나 라데팡스에 있는 라 그랑드 아르슈(신 개선문)는 개선문과 일직선상을 이루며 하나의 축을 이룬다. 개선문이나 라 그랑드 아르슈는 문이라는 형식을 통해서 통과한다는 의미를 갖는다. 이는 바로 과거를 통한 미래의 창을 의미한다. 라 그랑드 아르슈라는 그런 공간을 사용하면서 사람들은 프랑스 개선문과 나폴레옹을 생각하게 된다. 또한 프랑스 혁명의 과거를 통한 자유의 중요성을 생각한다. 이것이 바로 프랑스가 벌인 역사 마케팅이다.

우리 역시 이러한 축이 있다. 우리의 경복궁은 남대문과 일직선을 이루고, 다시 남대문 뒤로 남산과 일직선을 그 남산은 다시 관악산과 일직선을 이룬다.

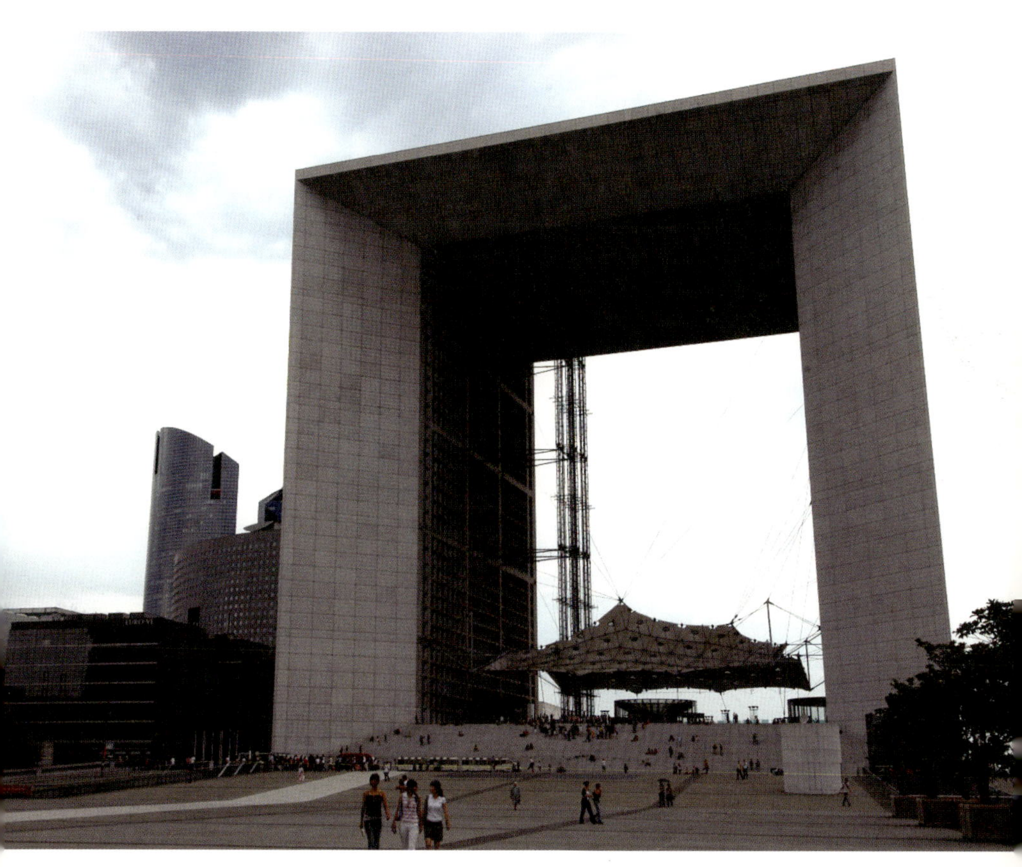

:: 라 그랑드 아르슈(신 개선문)

이는 프랑스 축선의 스케일에 견줘 뒤지지 않는 스케일이다. 비록 우리 경복궁의 역사는 세계 속에서 프랑스 혁명의 역사처럼 기록되거나 중요하게 다루어지는 않았어도, 이는 우리에게 피부에 와 닿는 이야기들로 구성된 우리의 역사인 것이다. 그렇지만 우리는 과연 이러한 우리의 소중한 역사를 얼마만큼 알고 있을까? 우리는 퐁피두 센터, 파리 개선문에 대해서는 잘 알지만 정작 우리 것인 경복궁에 대해서는 잘 알지 못하고 있다. 비록 경복궁에 대해 알고 있다 하여도 이 경복궁이 축선을 통한 거대한 도시계획에 의해 만들어졌다는 것을 아는 사람 또한 많지 않을 것이다. 역사는 우리 자신이다. 역사가 있었기에 그 정신이 이어져 우리 사회, 우리 자신을 만든 것이다. 많은 고층 빌딩들과 명품건축을 표명하는 건물들 틈에서 우리가 가장 먼저 할 일은 우리의 역사를 익히고, 바로 알리는 작업일 것이다.

그러나 안일한 역사마케팅 유치는 오히려 이런 역사의 중요성을 해칠 수 있다. 유명 사극 드라마를 위해 많은 돈을 유치해 지은 드라마 세트장을 역사마케팅의 일환인양 떠들어대며 사람들을 유치하려 경쟁하는 것은 역사를 빠른 시일 내에 인스턴트 식으로 뽑아내 돈을 벌겠다는 의도로만 이해된다. 이렇게 역사의 진정한 의미를 복원하는 것이 아니라 그저 보이기 위한 역사를 만드는 것은 역사의 겉껍데기만을 흉내 내는데 지나지 않는다. 이러한 인스턴트식 역사 재창조는 잠깐 동안은 사람의 이목을 끌겠지만 사람들은 곧 식상해 할 것이다. 역사의 껍데기만 있을 뿐, 알맹이가 없기 때문이다.

이렇듯 이제는 단순한 표면적 시도보다는 한국 도처에 깔린, 우리의 무관심에 의해 빛을 보지 못한 숨겨진 역사적 공간을 재발견하는 노력이 필요할 때이다. 경복궁 축선의 복원과 같이 역사적 사실과 그 실제 공간을 접목시킨 역사 마케팅은 우리의 과거를 알려 준다. 또 사람들에게 많은 흥미와 교훈을 선사한다.

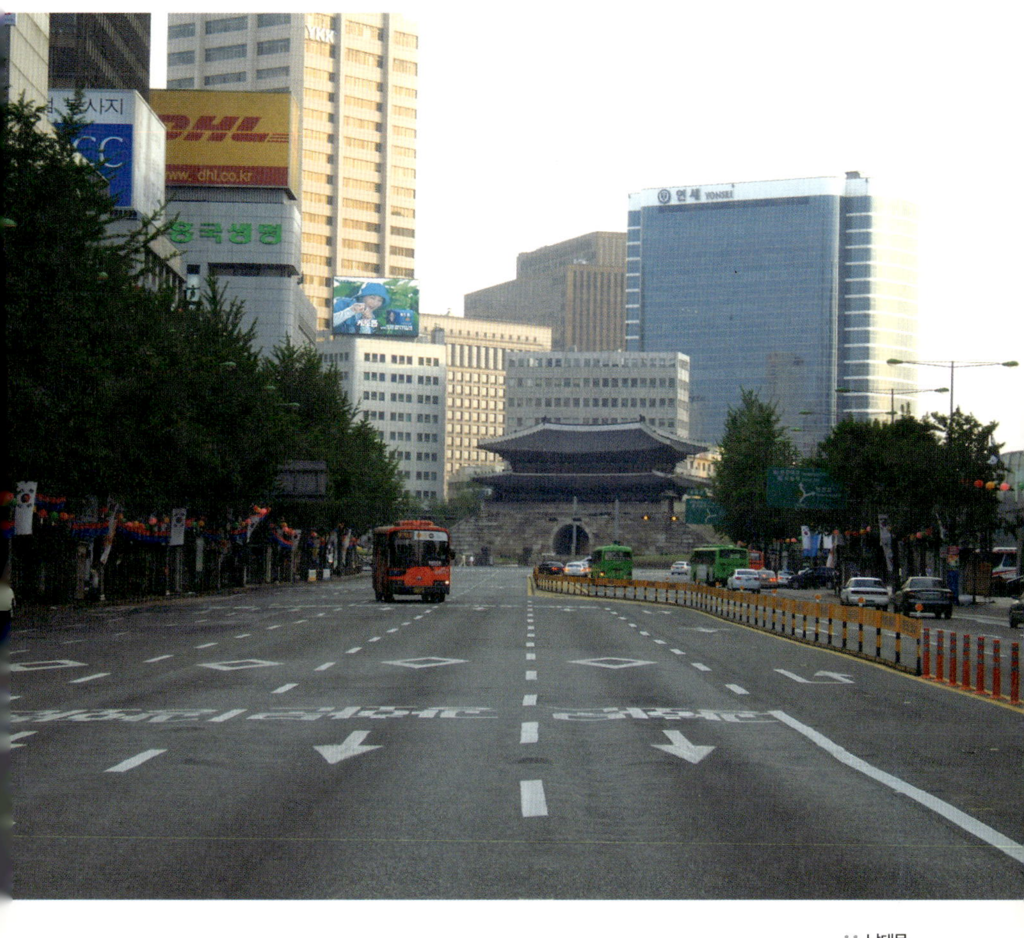

:: 남대문

광화문 사용설명서

새해를 맞을 때마다 나는 1년을 365일 12개월로 정한 것은 인간의 대단한 발명이라고 생각한다. 사실 따지고 보면 지난 해의 어제와 새해의 오늘이 크게 다르지 않다. 그러나 사람들의 마음은 크게 다르다. 비록 사람이 정해 놓은 것이지만, 사람들은 해가 바뀌는 것에 크게 영향을 받는다. 새해를 맞이할 때마다 사람들은 지난 해의 아픔을 잊고 희망을 갖는다. 연말이 되면 사람들은 잠시나마 지난 한 해를 뒤돌아보며, 새해가 되면 넘치는 삶의 에너지로 한 해를 다시 시작한다. 사람이 시간을 벗어 날수 없는 것은 엄연한 현실이다. 사람은 시간의 노예일 수밖에 없다. 그래서 사람들은 시간에 일희일비 한다.

연말이 되면 사람들은 그 동안 자주 못 만났던 사람들을 찾는다. 또 가족들과 즐거운 시간을 계획한다. 이와 같은 연말 모임의 대부분은 식당에서 일어나기 마련이다. 연말 모임에서 그 동안 자주보지 못한 사람들을 만나 이야기의 꽃을 피우면서 사람들은 많이 즐거워한다. 우리들은 먹고 마시면서 행복해 한다. 그러나 사실 따지고 보면 그런 행복도 순간에 불과하다. 그런 만남의 즐거움 뒤에는 채워지지 않은 뭔가가 남는다. 그리고 허탈하다. 그거 사람들과 마음의 문을 연 대화를 많이 못한 탓이기 때문이기도 하다. 아니! 내 자신 속에 침잠해 있는 소리를 듣지 못했기 때문인지 모른다. 진정한 나를 찾는 것에 목마른 사람이라면 연말 일정 중의 하루 쯤은 공연 보는 것에 할애하는 것도 좋을 것이다.

세종문화회관의 연말공연관람에서 우리는 삶의 격조를 높일 수도 있을 것이다. 12월 31일 펼쳐지는 제야음악회를 가족과 함께 관람해 보라. 제야음악회라는 이벤트의 특성상 인기가 대단하다. 관람을 원한다면 예약을 서둘러 하는 것이 필요하다. 제야음악회가 여의치 않다면 로미오와 줄리엣이나 노트르담 드 파리와 같은 대작의 공연을 관람해도 좋을 것이다. 또 연중 펼쳐지는 각종 음악회에도 관심을 기울여 보자. 클래식 음악은 들을수록 좋아진다고 한다. 너무 많은 것을 한꺼번에 들으려 하지 말고, 같은 음악을 여러 번 들어 음을 따라하는 수준까지 올려보자. 그러면 클래식이 좋아질 것이다. 어떤 클래식부터 들어야 할지 잘 모르는 독자가 있다면 베토벤의 소나타 비창, 교향곡 운명이나 합창을 들어보기를 권한다. 점심시간을 이용하여 음악을 조금 더 이해하는 고상한 시간을 갖고 싶은 사람이라면 세종문화예술 아카데미를 수강하는 것도 좋을 듯하다.

주머니 사정 때문에 공연관람이 어려운 사람이라면 흥국생명빌딩의 예술영화도 특별한 사람이 되어 잘 대접받았다는 생각을 갖게 한다. 일반 사람들이 보지 않는 영화를 봤다는 생각만으로도 우리는 얼마든지 특별한 사람이 될 수 있다. 영화는 우리들의 삶을 풍성하게 한다. 또 우리들을 무한한 상상력을 키워준다. 가까운 사람들과 일 년에 몇 번쯤, 시네 큐브를 찾아 보라. 분명 여러분을 행복하게 만들 것이다.

공연도 싫고 영화도 싫고 그저 분위기 좋은 곳에서 식사를 하고 싶다면 mad for garic이나 wood and brick을 권한다. 비교적 저렴한 가격으로 맛난 식사를 원하는 사람이라면 섬마을 밀밭집도 좋다. 광화문에는 양으로 배를 채우려는 사람들은 오션 씨푸드 뷔페를 이용해라. 옛 친구와 만나 식사를 겸해 술 한잔 하고 싶은 사람을 위해서는 파이낸스 빌딩의 배상면 주가가 있다.

삶의 지혜와 양식을 얻으려는 사람이라면 교보문고를 방문해 보라. 교보문고는 굳이 책을 사지 않더라도 시간 보내기에 좋은 장소다.

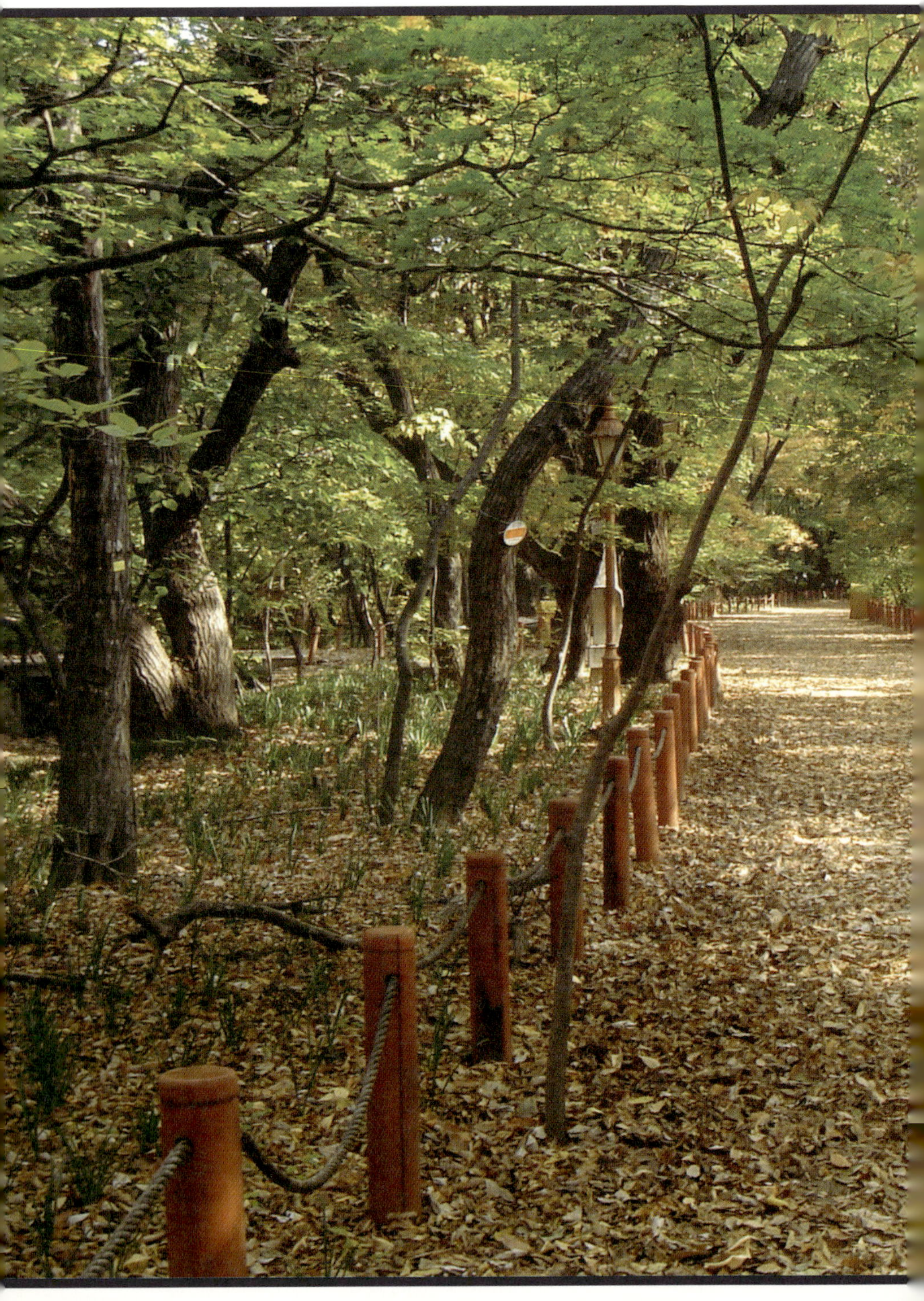

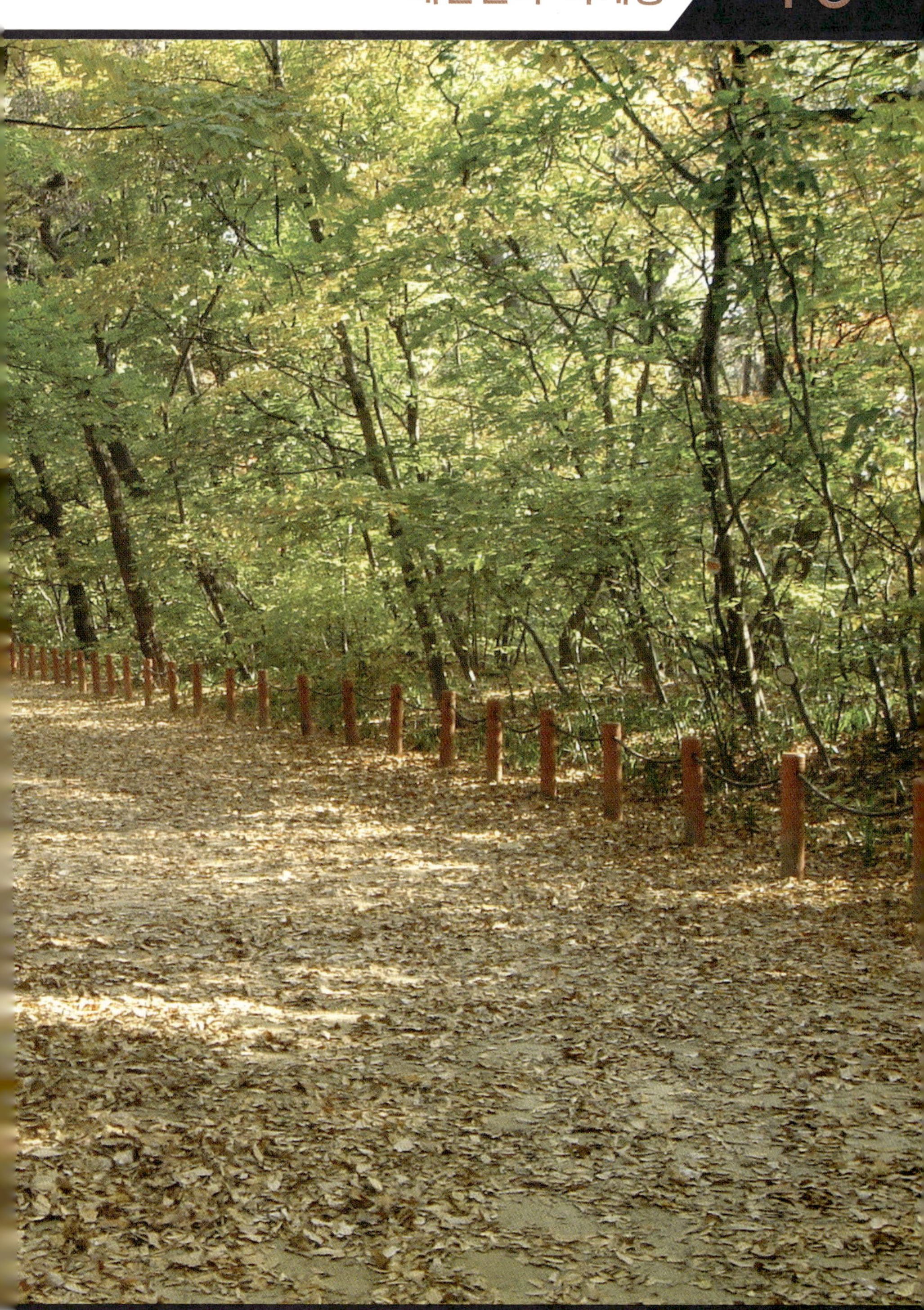

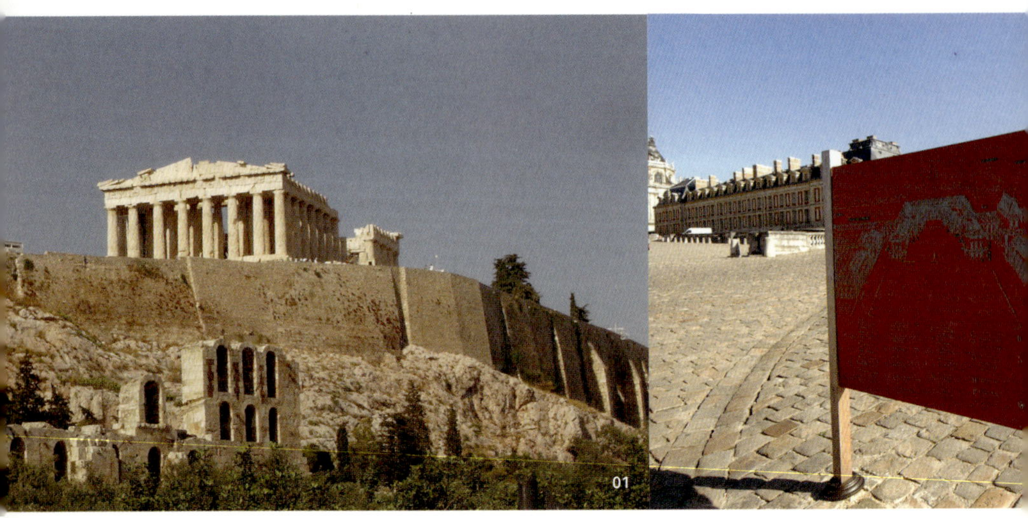

대한민국은 땅덩어리가 큰 나라가 아니다. 그렇다고 자연 자원이 많은 나라도 아니다. 인도의 타지마할, 이집트 기자의 피라미드, 아테네의 파르테논 신전, 베르사이유 궁전과 같은 세계의 주목을 받는 건축물을 갖고 있지도 않다. 조금만 주위를 둘러 보면 나름의 색깔이 분명한 나라들이 많이 있다. 미국, 캐나다 등의 아메리카 국가, 중국, 인도, 일본, 호주, 싱가포르의 아시아 국가, 프랑스, 독일, 이태리, 영국, 네덜란드, 덴마크, 스웨덴 등의 유럽국가들을 위시해 이 세상에는 세계적으로 널리 공인된 문화를 자랑하는 국가들이 많다. 모두 만만치 않은 국가들이다. 이들 나라와 비교해 볼 때, 대한민국은 역량에 비해 알려진 바가 미미하다. 대한민국의 가장 큰 역량은 뭐니뭐니해도 두뇌의 힘이다. 우리가 단시간 내에 경제를 부흥시킨 것도 따지고 보면 머

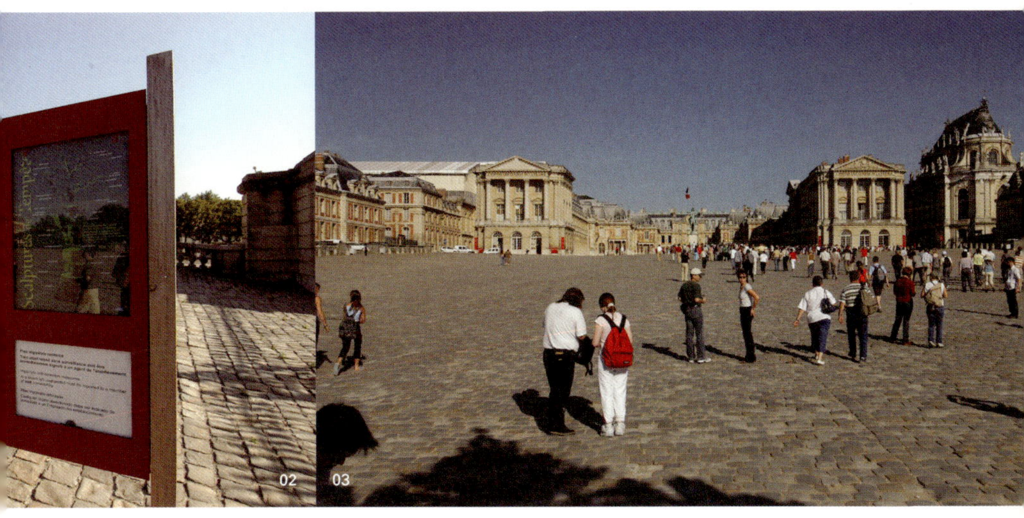

01_ 파르테논 신전

02_ 베르사이유 궁전 안내도

03_ 베르사이유 궁전

리가 좋기 때문이다. 그러나 머리가 좋기 때문에 우리네 한국 사람은 나보다 나은 다른 사람을 불편해 하고 인정하지 않는 경향이 있다. 어찌 보면 지독한 평등주의일 수도 있다. 그러나 이런 평등주의는 남과 같아지려는 경쟁심으로 일등주의를 갖게 만든다. 또한 평등주의 때문인지 한국사회에는 모두가 주인 공이어야지 조연인 것을 받아들이지 않는 풍토가 있다. 이건 바로 광고 '쇼를 하라' 가 대대적인 성공을 거둔 것만 봐도 쉽게 알 수 있다.

서양의 문화에 오케스트라가 있다면 한국에는 사물놀이가 있다. 오케스트라 와 사물놀이는 문화의 차이를 단적으로 보여준다. 오케스트라에는 지휘자가 있다. 지휘자가 오케스트라의 전면에 나서서 리드를 한다. 오케스트라에는 리더와 단원 간에 명확한 구분이 있다. 그러나 사물놀이에서 주인공은 명확하게 드러나지 않는다. 대체로 꽹과리가 리드를 하지만 모두 동일선상에 앉아서 연주를 하며 연주자들이 교대로 리더를 맡기도 한다. 이 또한 모두가 일등이 되려는 국민성을 반영한다고 볼 수도 있는 것이다. 우스개 소리이긴 하지만 '우리는 배가 고픈건 참을 수 있지만 배가 아픈 건 못 참는다' 이런 국민성을 가졌기에 우리들은 당연 세계 속에서도 일등을 꿈꾼다. 세계의 중심에 서서 세계의 문화를 주도하는 주인공이 되고 싶어 한다. 그러나 이런 주인공의 역할은 그저 가만히 앉아 있는다고 얻어지는 것은 아니다. 대한민국이 세계의 중심이 되기 위해서는 대한민국 마케팅을 할 필요가 있다. 그렇다면 대한민국은 어떤 마케팅을 하여야 하나? 정말 어려운 질문이다. 그러나 질문이 어렵다고 해서 답을 찾을 수 없는 것만은 아니다. 1948년의 건국을 되돌아보며 건국 100주년이 되는 2048년의 한국의 이미지를 머릿속에 그려보자. 그 이미지 속에서 바로 우리가 추구해야 할 대한민국 마케팅의 방향을 찾을 수 있을지도 모른다.

1948년 8월 15일은 대한민국이 자유민주공화국으로 태어난 날이다. 우리 민족역사상 처음으로 국민이 주권을 갖는 국가가 세워졌기에 그 의미는 무척이나 크다. 그러나 여태껏 대한민국은 세계사의 중심에 서서 세계문화를 선도했던 기억을 많이 갖고 있지는 않은 것 같다. 2048년은 대한민국이 건국한 지 100년이 되는 해다. 건국 100년을 맞이하여 대한민국은 세계의 중심으로 떠

오를 수 있을 것인가? 세계의 중심으로 떠오르기 위해 우리는 어떤 준비를
해야 할까? 세계화의 치열한 경쟁구도 속에서 살아남기 위해서 우리가 해야
할 선택은 무엇인가?

나는 미래의 선택을 위한 전제조건으로 '행복지수가 가장 높은 대한민국'을
최우선으로 꼽는다. 그래서 다른 나라 사람들의 부러움을 사고, 세계의 많은
사람들이 한국을 찾아오는 공간흡인력이 큰 그런 나라가 대한민국이기를 바
란다. 공간흡인력은 행복을 찾으려는 사람들을 끌어들이는 힘이다. 그렇다면
강한 공간흡인력을 갖기 위한 해법은 무엇인가? 그건 바로 행복론을 바탕으
로 공간문화 마케팅을 펼치는 것이다. 나는 공간문화 마케팅이야말로 치열한
경쟁을 하지 않으면서도 세계를 주도하고, 세계의 보편가치를 만드는 가장
최상의 전략이라고 믿는다. 또한 공간문화 마케팅을 대한민국 마케팅을 위한
성공전략이라고 믿는다. 대한민국 마케팅의 최종목표는 대한민국 국민을 넘
어서 인류의 행복지수를 높이는 것이다. 그렇다면 대한민국호는 어떤 방향으
로 항해를 해야 하나? 미래학자들의 패러다임 속에 대한민국호가 가야 할 방
향을 위한 여러 가지 다양한 신호가 담겨져 있다고 생각한다. 대한민국의 성
패는 아무래도 미래의 다양한 패러다임 속의 목표좌표를 어떻게 결정하느냐
에 달려 있다고 해도 과언이 아니다. 세계화, 사회의 여성화, 접속사회화는
미래 패러다임의 대표격이다.

세계화

요즘 살아가다 보면 '세계화' 라는 단어를 흔하게 듣는다. 그러나 세계화가
정확히 무엇을 의미하는지를 놓고 사람들마다 다른 견해를 피력한다. 어떤
사람은 세계화를 국경을 넘어 모든 사람들이 공유하는 그 무엇을 의미한다고
말한다. 또 어떤 사람은 지역적 특성을 강화하여 그 나라 특유의 문화를 발전
시기는 것이라고 말한다. 이 두 가지를 종합해 보면 세계화는 사람들이 공유
할 수 있는 공통된 보편가치를 만드는 일이면서도 차별화된 특수가치를 만드
는 일이기도 하다. 시작과 끝이 서로 통하듯이 세계화에서 보편화와 특수화
는 서로 통한다. 다시 말해 보편화가 가속화되면 될수록 특수화는 그만큼 더
힘을 받게 된다.

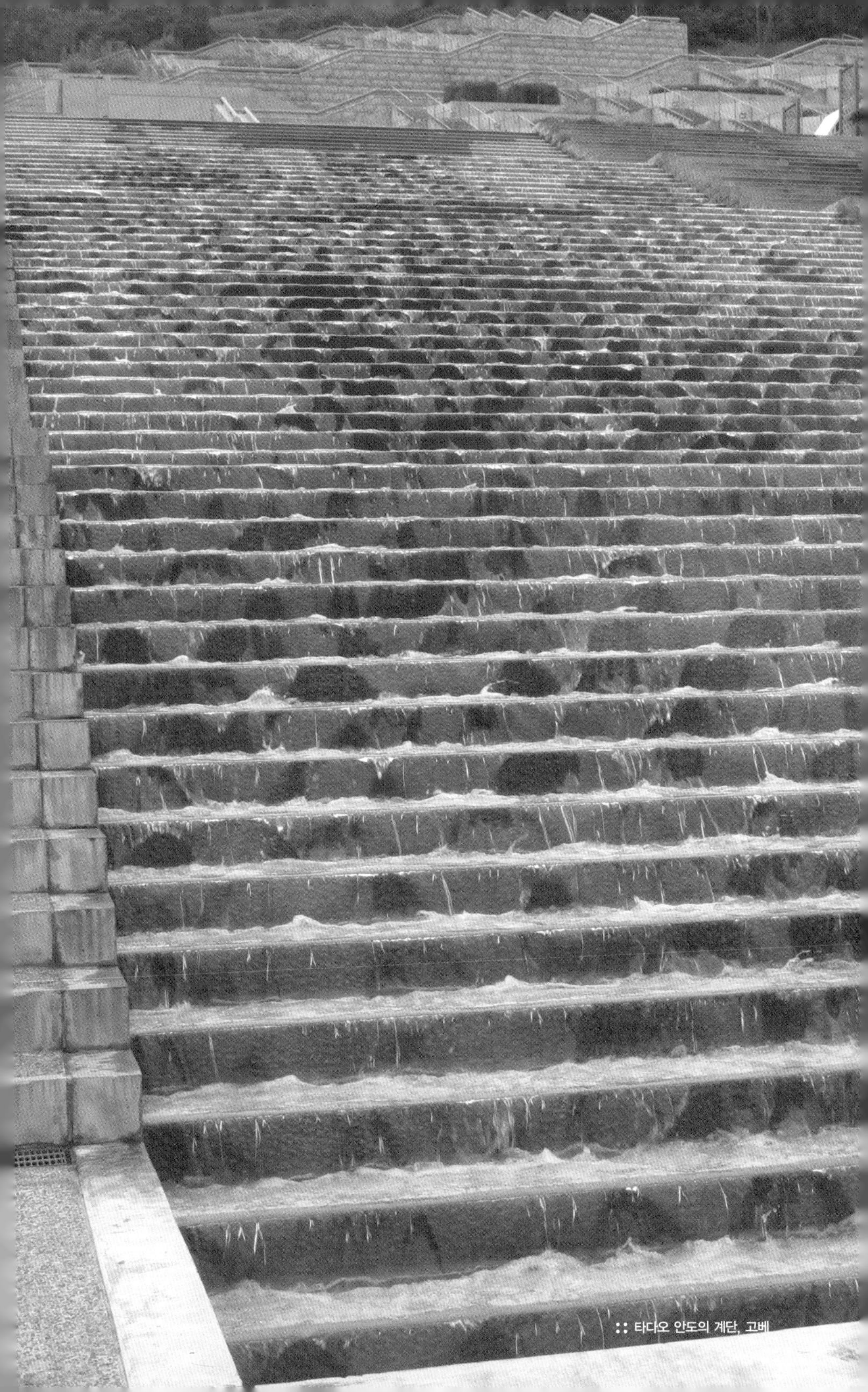

:: 타다오 안도의 계단, 고베

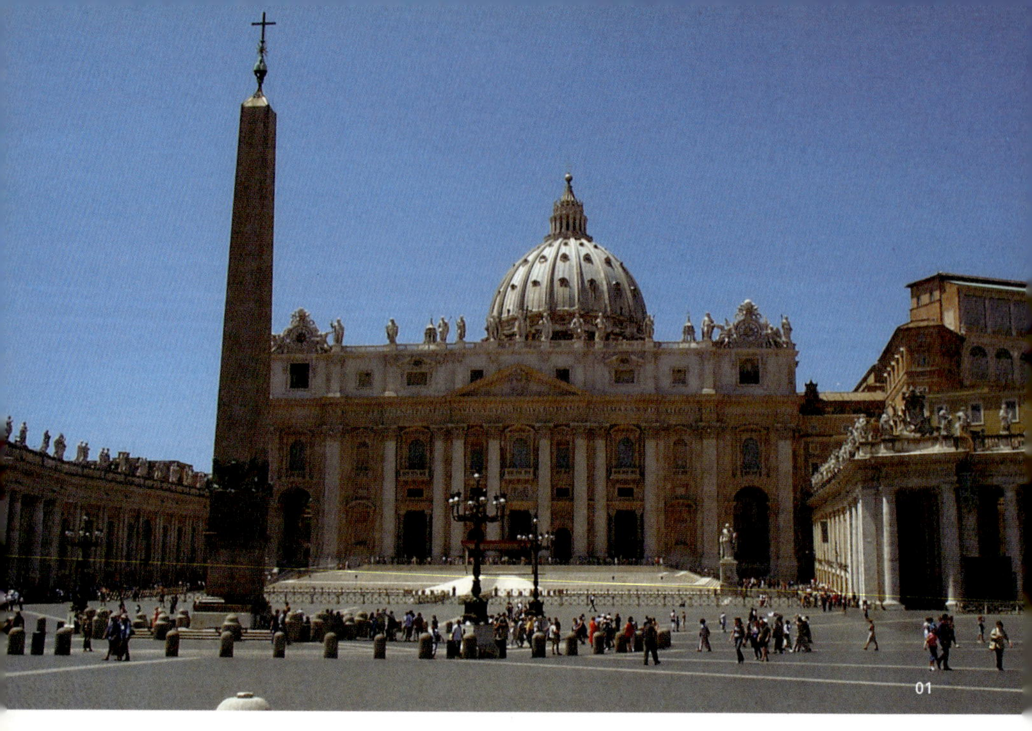

사람이 아무리 지식이 많다 하여도 사실 따지고 보면 사람들이 아는 지식이란 극히 제한된 내용이다. 지금도 지구에서는 엄청나게 많은 일과 사건이 일어나고 있다. 그러나 사람이 알 수 있는 일은 고작 자기가 현재 있는 장소에 관한 것과 세계뉴스를 통해 들은 것 정도이다. 인간인 이상 이처럼 단절된 상태에서 살지 않을 수는 없다. 그러나 인터넷이 등장하여 이와 같은 단절의 상태가 지구의 곳곳에서 조금씩 해소되고 있다. 세계화는 단절의 상태를 소통의 상태로 전환하려는 운동과 같은 것이다. 여기에서 소통의 상태는 정보의 공유가 전제되어야 가능하다. 정보가 공유되었다는 것은 다른 말로 말해 많이 알려졌다는 의미를 갖는다.

어떤 의미에서 세계화는 세계의 많은 사람들이 아는 브랜드를 만드는 일이다. 세계적인 브랜드를 갖기 위해서는 홍보도 홍보이겠지만 우선 최고가 되

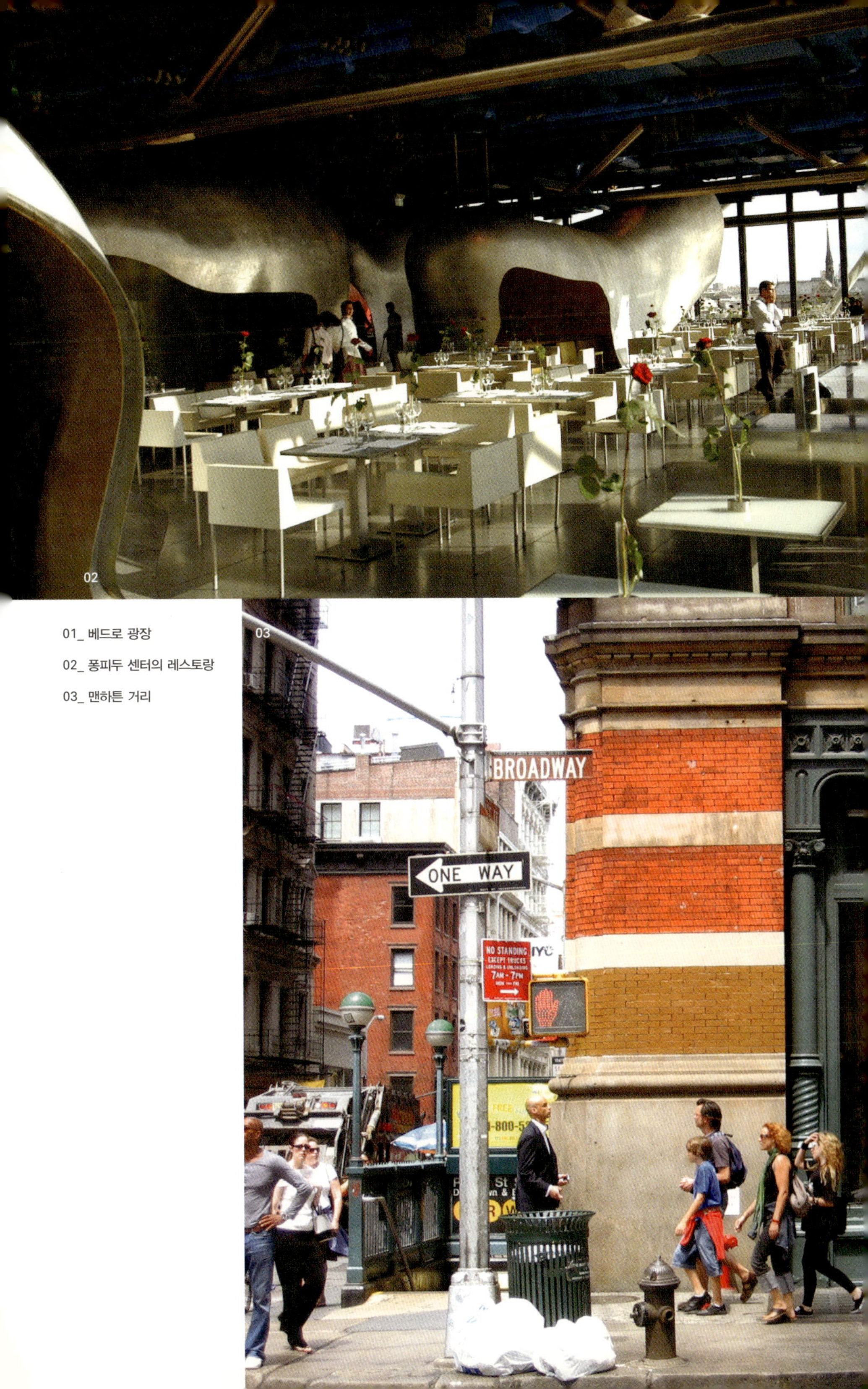

01_ 베드로 광장

02_ 퐁피두 센터의 레스토랑

03_ 맨하튼 거리

어야 한다. 도시 마케팅의 입장에서 보았을 때 세계 최고의 브랜드를 갖는 명품 도시와 명품건축은 무수히 많다.

파리의 루브르 박물관, 퐁피두 센터, 이스탄불의 성 소피아 성당, 로마의 베드로 대성당, 베니스의 베니스 광장, 시드니의 오페라 하우스, 빌바오의 구겐하임 뮤지엄, 뉴욕의 맨하튼 등은 이름만 들어도 알 정도로 세계화된 최고의 명품도시와 명품건축들이다. 물론 우리 도시의 세계화가 그리 만만한 일은 아니다. 앞에서 열거한 도시만 보더라도 그 도시들은 세계에 자신 있게 내놓을 수 있는 그 무엇을 갖고 있다. 예를 들어, 그들 도시에는 명품 건축이 있다거나 최고의 음악과 미술이 있으며, 생활 속에 스며든 삶의 낭만과 즐거움이 공존한다. 또 볼거리들이 많은 이 도시들은 우리들의 삶을 되돌아보며 사색을 하게 만든다. 그래서 그곳에 머무는 것 자체만으로 도시 방문자를 행복하게 만들기도 한다. 이 도시들은 많은 이야기를 담고 있다. 우리는 명품건축과 같은 하드웨어와 도시문화의 소프트웨어로 무장한 이야기가 있는 도시를 만듦으로써 대한민국 브랜드의 세계화를 모색해야 할 것이다.

이를 위해 우리는 있는 것은 잘 정비하고 새로운 것은 그 동안의 방식과 다르게 만들어야 할 것이다. 경제성의 논리로 지어왔던 건축보다는 문화 감성의 차원으로 명품건축을 지어야 할 것이다. 명품건축은 초기에는 세계 스타 건축가들의 도움을 받아 지을 수도 있겠지만, 궁극적으로는 국내 건축가가 디자인한 건물을 지어야 할 것이다. 우리의 건축을 세우는데 있어 우리의 건축가가 주도해야 하는 것은 당연하다. 왜냐하면 영국의 리처드 로저스가 이야기 했듯이, 아무리 세계적 스타 건축가들이라 해도 한국의 문화를 깊이 있게 알지 못하기 때문이다. 그러나 초기단계에 세계 스타 건축가를 초빙하여 이들에게 설계를 의뢰하는 것은 필요하다. 그들에게는 브랜드 가치가 있기 때문이다. 사실 해외 건축가는 브랜드 값만큼이나 디자인 실력도 우수하다. 세계 스타 건축가를 우리가 써야 하는 또 다른 이유로 세계 관광객을 유치하기에 유리하다는 점을 들고 싶다. 세계화의 입장에서 우리의 건축을 다른 나라 건축가에게 자유롭게 개방하여야 한다고 생각하기 때문이다. 좁은 안목으로 보았을 때, 이것이 조금 기분 나쁠지 모르지만 넓은 안목으로 볼 때, 그 건물 때문에 외국인들이 한국을 더 많이 찾고 한국이 더 많이 알려지게 될 것이다.

그러나 궁극적으로 우리의 건축가가 세계 스타 건축가가 될 수 있게 우리가 도와주어야 한다. 일본의 세계적 건축가 타다오 안도도 일본 사람들에 의해 만들어진 스타 건축가라는 말도 있지 않은가? 우리의 문화를 가장 잘 아는 사람은 결국 한국 출신의 건축가라는 데에 이의가 있는 사람은 없을 줄 안다. 결국 우리의 건축은 우리의 건축가가 주도하여야 할 것이다. 이러한 점에서 우리 건축가들의 많은 선전을 기대한다. 그러나 어찌보면 우리 건축가가 아무리 노력한다 해도 세계 최고의 서양현대건축을 만드는 것이 불가능할 것 같다. 그건 태생적으로 우리 것이 아니기 때문이다. 오페라가 우리의 정서가 아니듯이 서양건축은 왠지 우리의 유전자가 아닌 것 같은 생각이 든다. 이런 생각에 도달하고 보니 역시 세계의 최고는 우리 것을 했을 때 얻어지는 게 아니겠느냐 하는 생각까지 하게 된다.

결국 대한민국 도시의 세계화는 서양건축 스타일에 의한 현대화와 한국건축 스타일에 의한 전통화 모두를 해야 한다는 결론에 도달할 수밖에 없다. 그러나 도시의 세계화는 현대화든 전통화든 스타일과는 무관할지 모른다. 나는 개인적으로 스타일의 차원을 넘어 도시는 쾌적감을 줄 수만 있으면 스타일은 아무래도 세계화에 상관이 없다고 생각한다. 쾌적감은 즐거움이나 행복감을 자연스레 유발시키기 때문이다. 도시의 쾌적감을 모태로 한 도시 공간 디자인의 세계화는 사용자 중심의 도시 디자인에 의해서만 보장받을 수 있다. 그러나 진정한 의미에서 세계화의 완성은 우리 것만을 만드는 것에 머무르지

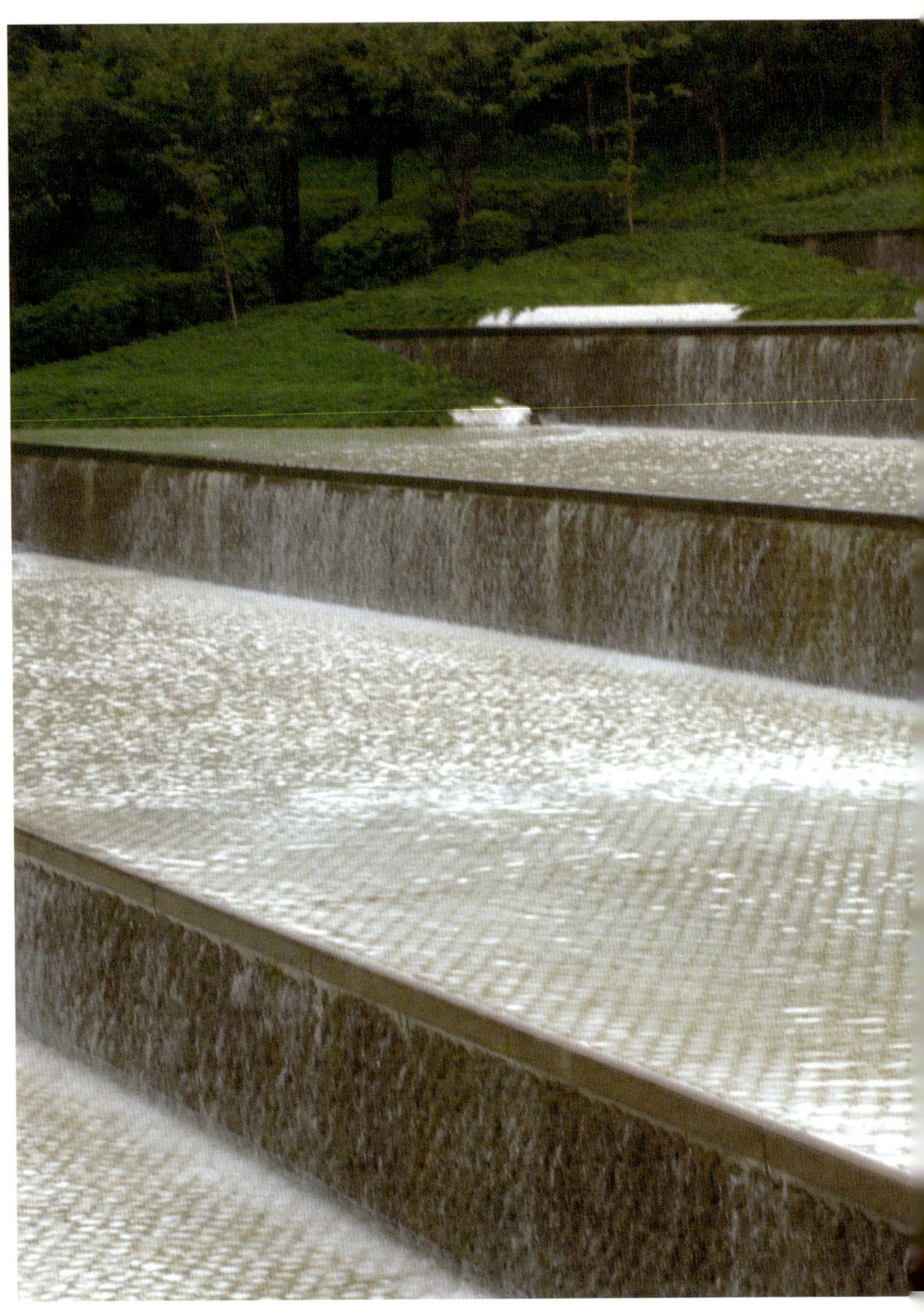

:: 타다오 안도의 계단

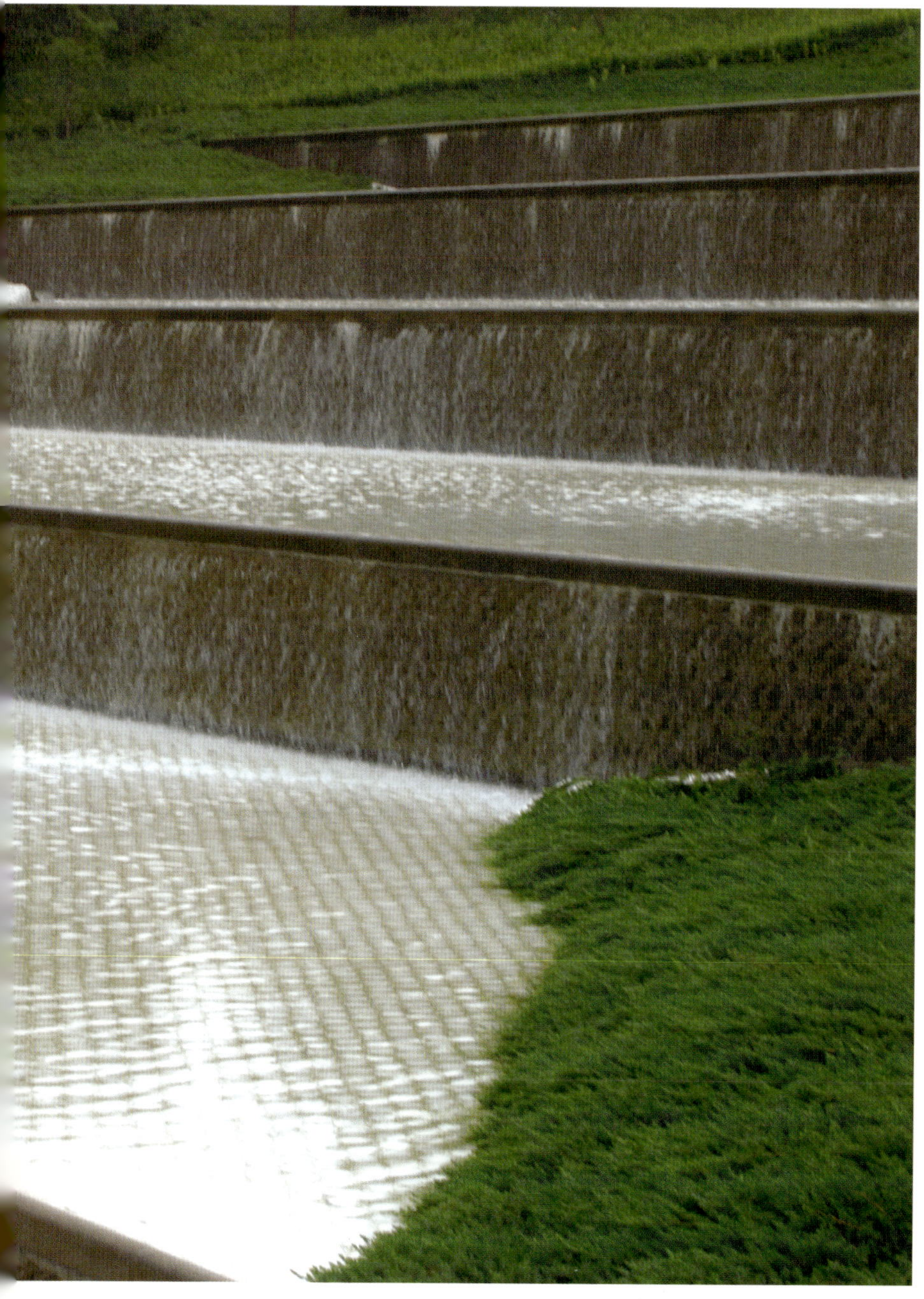

않고 타국의 문화를 지원하고 존중하는데 있을 것이다. 세계의 선진국들이
타 국가의 문화복원 사업을 지원하고 참여하고 있음을 우리는 주시해야 한
다.

:: 유적 복원 안내판, 앙코르 와트

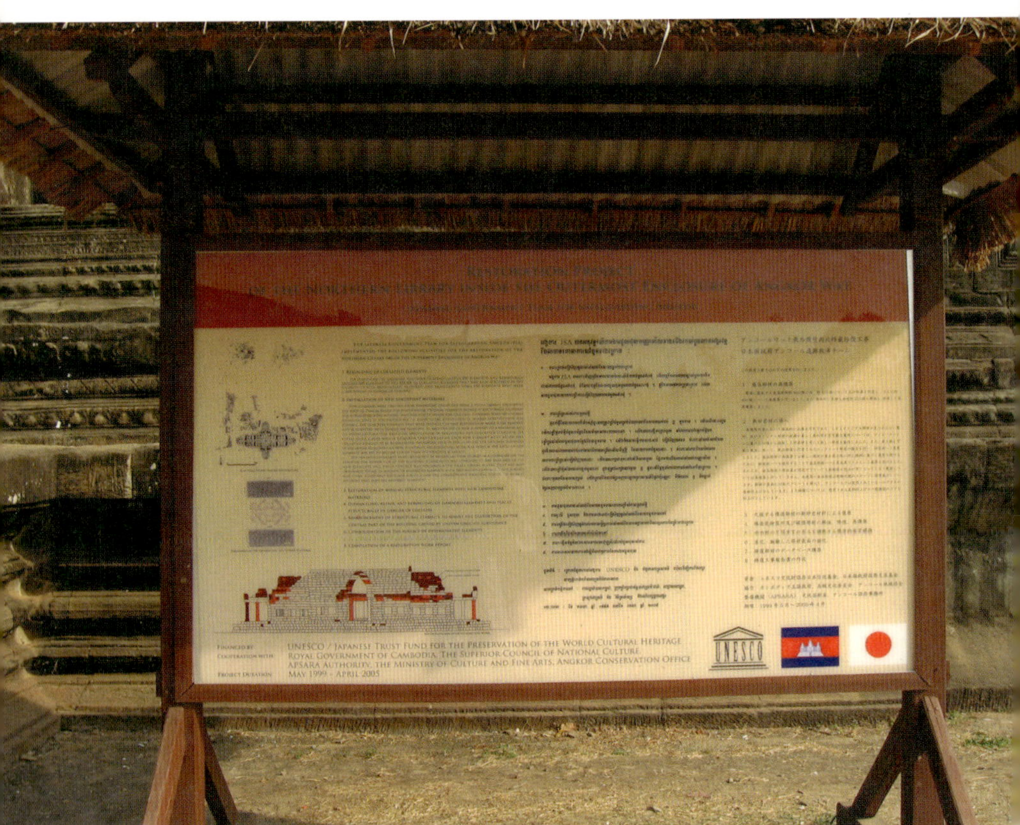

사회의 여성화

많은 국가가 급속도로 여성화를 진행하고 있다. 여러 분야에서 여성들의 활약이 두드러지고 있는 반면 테스토스테론에 중독된 남성들은 여성들과의 경쟁에서 뒤처지는 사례가 증가하고 있다. 이제 사회는 남성성보다는 여성성을 중요하게 여긴다. 가부장적인 사회는 급속도로 모계사회로 변하고 있으며, 미래는 여성성으로 대표되는 부드러운 사회로 질주하고 있다. 여러 가지 각도로 다양하게 그 해석이 가능하겠지만 나는 부드러운 사회를 감성이 풍부하고 예술의 정취가 넘쳐나고 원활한 의사소통이 가능한 사회라고 생각한다.

그동안 우리는 형태 위주의 건축물을 지어왔다. 이런 형태 위주의 건축물을 구성된 도시는 차갑고 획일적인 이미지를 가질 수밖에 없었다. 따라서 형태와 기능은 이성적인 반면 색채와 미는 감성적이다. 그 동안 남성에 의해 주도

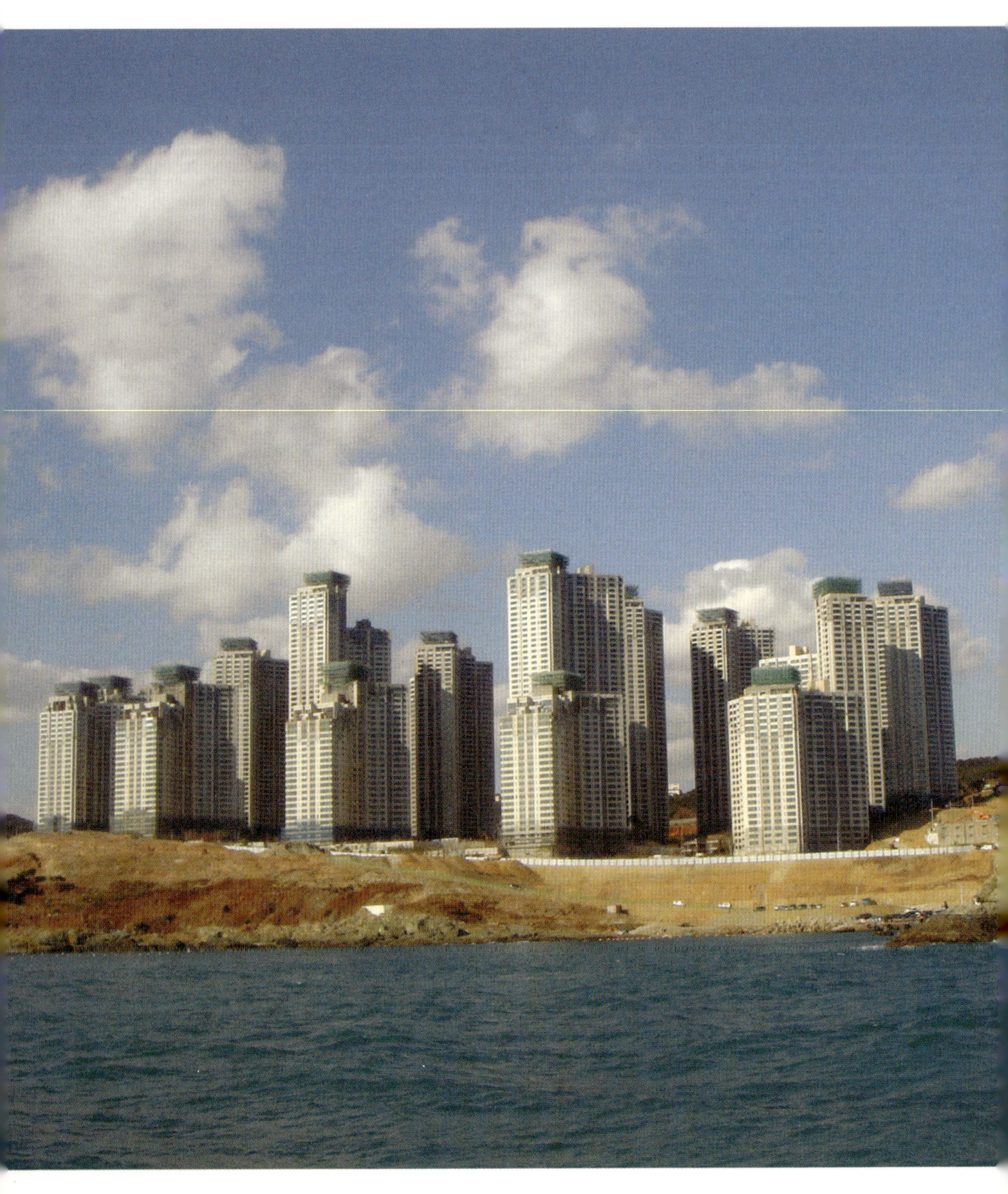

:: 부산의 아파트 주변 경관

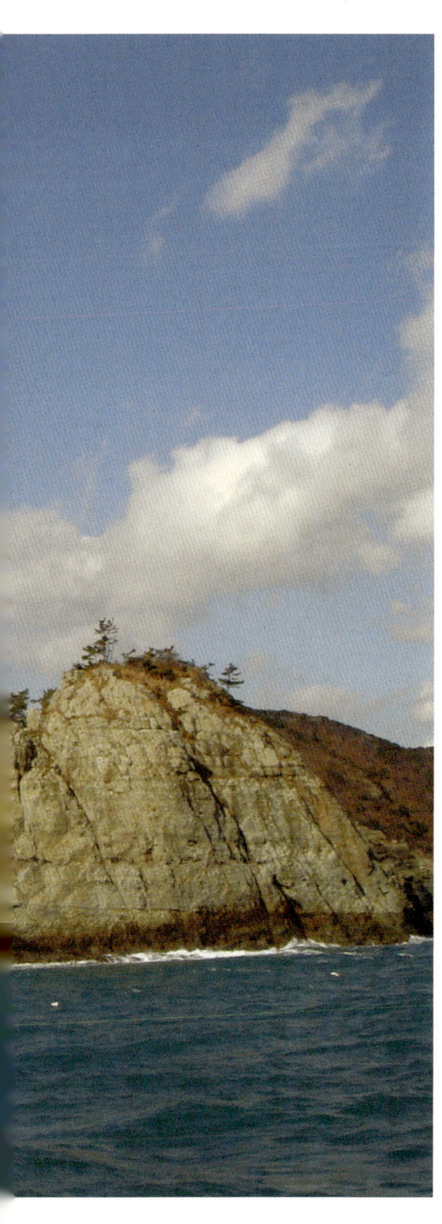

되었던 우리의 도시는 경제성의 논리에 의해 이성적일 수밖에 없었다. 그러나 사회에서 여성의 비중이 커짐에 따라 감성을 무시하고 기능만을 중시하던 이성의 건축도 점차 쇠퇴하는 경향을 보이고 있다. 이에 따라 직선 위주로 세워지던 건축에 곡선을 도입하는 건축물이 증가하고 있고, 색채의 중요성 또한 점차 커지고 있다. 이에 따라 미래의 건축은 감성의 건축, 체험의 건축을 향해 나아간다.

그 동안 우리의 건축은 여성들을 세심하게 배려한 건축물이 아니었다. 사정이 이렇다보니 여성들은 건물 사용에 있어 많은 불편함을 겪었다. 아니 여성을 위한 배려는 고사하고 사용자를 최우선으로 고려하지 않고, 시공의 용이성과 경제성을 생각하고 미적 아름다움을 포기한 건물이 주종을 이루어 왔다. 그래서 우리의 도시건축에서 보는 즐거움을 발견하기가 쉽지 않다. 감성의 건축은 사용자의 편의는 물론 사용자의 심리까지도 반영한 건물이다. 또 자연과 호흡하며 생리적 만족의 차원

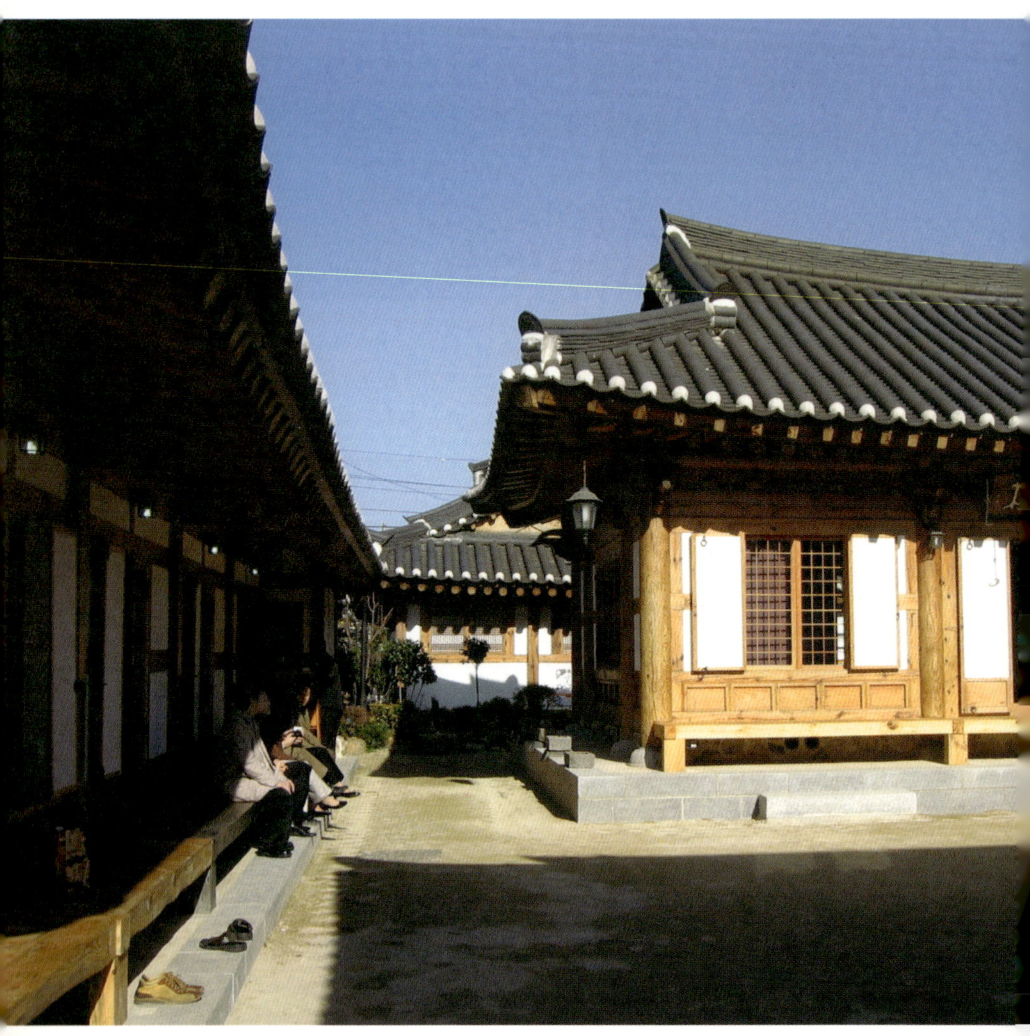

:: 전주 한옥마을

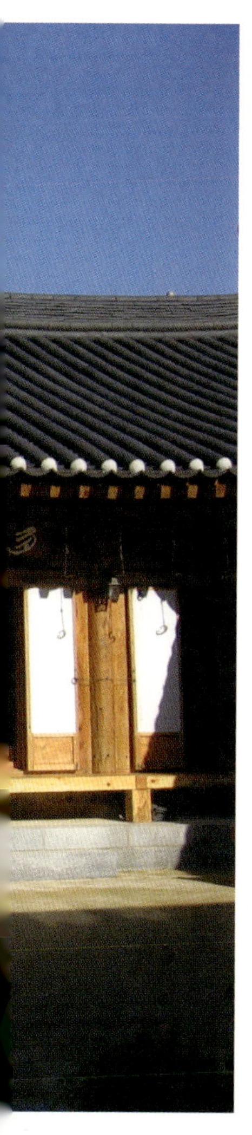

을 넘어 자신의 존재감이나 정신적 만족을 충족시키는 건축이다. 감성의 건축은 시각, 청각, 촉각, 후각, 미각 등의 오감을 만족시키는 건축이며, 사용자의 기분까지도 배려한 건축이기도 하다. 아울러 건축물 안에서 다양한 추억을 만들게 하는 건축이다.

예를 들어, 감성의 건축은 우리들에게 감동적인 음악과 그림을 제공한다. 또 장소 특유의 분위기를 만들며, 사람들 사이의 소통을 유발한다. 산업화로 인해 닫혔던 마음을 열고 인간애를 회복할 수 있는 출발점이 바로 감성건축이다. 이제 사람들은 밝은 미래의 보증수표로 믿어 왔던 합리성의 허구를 깨닫기 시작했다. 인간은 합리성만으로는 절대 잘 살 수 없다. 합리성은 인간의 본질과는 다소 거리가 있다. 합리성으로 대표되는 직선적 사고에 의해서는 인간다운 삶을 보장 받을 수 없다. 기존 건축 수준의 한 단계 위라고 볼 수 있는 감성의 건축은 우리가 싫든 좋든 여성화가 가속화되면 될수록 더 많이 만들 것이다. 그리고 궁극적으로 이러한 추세는 우리의 도시를 보다 살맛나게 만들 것이다.

:: 접속사회화

인간은 홀로 존재하는 개체이면서도 다른 사람과 어울리며 살아가려는 욕구를 지닌 사회적 존재이다. '사회적'이라함은 개별 존재로서 고립적으로 살아갈 수 없다는 사회의존성과 밀접한 관계를 갖는다. 이것은 사람들 사이의 관계를 맺는 사회 구성적 의미를 내포한다. 따라서 사회체계나 사회관계로부터 고립된 인간이란 오직 관념으로나 상상 속에서만 존재하는 개념일 수 있다.

인터넷의 보급에 따라, 한국사회는 오랜 기간 인간관계의 축으로 작용해 왔던 혈연, 학연, 지연과 같은 연고주의의 비중보다는 싸고 용이한 교류를 가능하게 하는 접속적 관계가 강화된 접속의 시대에 직면해 있다. 접속의 시대는 사람들에게 더 많은 여가활동을 가능하게 한다. 근로중심사회에서 여가활동은 삶의 최우선 순위를 차지하지는 않았다. 하지만 생활수준이 지속적으로 향상하게 됨에 따라 여유로운 삶을 추구하는 탈물질적 가치관을 추구하려는 사람도 늘고 있다. 인터넷과 같은 정보통신 매체의 발달은 제한된 인간의 능력을 극복시켰으며, 공간제약성도 해소시켰다. 일상생활에서 받아 들여졌던 직업 중심적 사고는 퇴색되고 있으며, 여가 활동 중심의 사고로 전환되고 있다. 이처럼 여가활동을 위한 접속성이 강화됨으로써 기존의 다양한 직업계층의 사람들은 여가활동을 통해 상호소통하거나 교류할 것이다. 퐁피두 센터의 광장은 상호소통 공간의 대표적인 예이다.

접속사회는 거리의 제약을 뛰어 넘는 많은 장점을 제공한다. 사람들의 위치를 파악하여 다양한 서비스를 제공하며 삶의 질을 높여 줄 것이다. 접속사회는 공간의 개념에도 많은 영향을 미칠 것이다. 사이버 교육의 확산으로 학교가 없어지거나 줄어들 것이다. 또 인터넷 뱅킹은 기존의 은행을 축소시키는 결과를 초래했다. 원격진료는 의료 서비스의 영역을 확대할 것이다. 이들 모두 접속사회가 주는 혜택의 결과 만들어진 것이다. 앞으로 접속사회는 점차 활성화 될 것이며, 접속사회의 최종 정착지로 유비쿼터스의 사회가 될 가능성이 많다. 특히 유비쿼터스의 도시는 도시인의 삶의 패턴에 일대 혁명을 일으킬 것이 분명하다. 사실 미래의 트렌드는 기술에 의해 많은 영향을 받을 수밖에 없다. 다시 말해 앞으로의 사회는 기술이 지배하게 될 것이다. 그러나 기술이 지배하는 사회가 긍정적인 면만을 갖고 있지는 않다. 인터넷 사회가 도래됨에 따라 투명한 사회가 되었다. 그러나 투명한 사회가 되다 보니 비밀이 없는 사회가 되어 버렸다. 과장해서 말해, 비밀이 없는 사회는 감시의 사회이다. 감시의 사회는 프라이버시가 없는 사회이다. 이미 우리는 감시의 사회에 들어섰다. 그건 도처에 깔려 있는 CCTV만 봐도 알 수 있다. 개인적으로 필자는 정부가 일방적으로 CCTV를 설치하는 것에 대해서는 반대하는 입장이다. CCTV는 꼭 필요한 곳에만 설치하여야 할 것이다. CCTV는 사회질서의 확보라는 장점과 감시사회의 가속화라는 두 얼굴을 갖는다.

∷ 감시사회

조지 오웰의 책에는 독재자가 수백만 명을 지배하는 모습이 냉랭한 시선으로 묘사되어 있다. 오늘날 개발된 도구들은 오웰이 상상한 것들을 훨씬 넘어섰다. 지금은 빅브라더가 마음만 먹는다면 비용을 얼마 들이지 않고도 소형 카메라와 녹음기를 모든 방에 설치해 사람들을 감시할 수 있는 시대다. 누구나 새 건물을 지을 때 아주 약간의 돈만 들인다면 감시 시스템을 설치할 수 있다. 사생활은 사라져버린 지 이미 오래다. 보안 서비스에서는 휴대폰 신호를 추적해 위치를 6미터 이내까지 파악할 수 있다. 모든 통화와 이메일도 감시가 가능하다. 9.11 테러가 벌어진 후 그런 감시가 심해졌다고 생각하는 사람이 많겠지만 사실 그런 일은 9.11 테러 이전부터 있었다.

모든 은행거래와 신용카드결제 내역을 볼 수 있는 누군가가 있다. 우리들이 방문한 웹 사이트도 파일로 저장된다. 정부에서는 원하기만 하면 개인의 카드 사용내역을 통해 소비의 경향을 알 수도 있다. 이런 것이 싫다면 현금을 사용해야 할 것이다. 그러나 앞으로 은행권에 RFID 칩을 삽입하는 날이 오면 현금을 사용해도 완벽하게 추적할 수 있을 것이다. 우리의 전화통화도 더 이상 안전지대에 있지 않다. 이처럼 투명한 사회! 얼핏 생각할 때 좋은 것 같지만 이 투명한 사회가 우리를 숨막히게 한다. 나에 대한 모든 것이 노출된 사회를 상상해 보라. 이것이 우리가 꿈꿔 왔던 유토피아 사회인가?

우리는 사생활이 없는 감시사회를 절대 원하지 않는다. IT강국으로 불리우는 대한민국의 이면에는 감시사회의 어두운 그림자가 함께 공존한다. 이러한 대한민국이 되어서는 안 된다고 생각한다. 이런 사회는 세계의 모델이 되는 사회가 아니다.

21세기에 대한민국이 세계문화의 중심에 서기 위해서는 IT 기술만에 의존해서는 안 될 것이다. 사회의 진정한 발전은 디지털화와 함께 아날로그가 공존하여야 한다. 이어령이 말한 디지로그를 추구했을 때 세계 속에서 대한민국이 마케팅 될 수 있다고 생각한다. 대한민국 마케팅은 디지털과 아날로그가 조화를 이룬 드림 소사이어티에 의해서 가능하다.

감시사회의 상반된 개념으로 드림 소사이어티를 생각한다. 세계의 보편가치를 확립하며 행복을 최고의 가치로 받아들이는 사회는 분명 드림 소사이어티임에 틀림이 없다. 롤프 옌센은 드림 소사이어티를 '이야기'를 바탕으로 성공하게 되는 새로운 사회라고 말한다. 이야기는 이성이 아니라 감성에 직접 호소한다. 드림 소사이어티는 감성에 바탕을 둔 사회이다. 드림 소사이어티는 행복 지수가 높은 사회이다. 사회 구성원 마다 행복하기 위해서 일하는 사회이다. 드림 소사이어티의 구현은 국가의 미래를 밝게 한다. 국가의 미래를 밝게 하는 드림 소사이어티는 국격을 높이는 일과 깊은 관련이 있다. 그렇다면 국격을 높이기 위해 우리는 무엇을 필요로 하나? 국격을 높이기 위해 우리들은 교양, 미, 상상력, 열정, 보편적 가치 등을 필요로 한다.

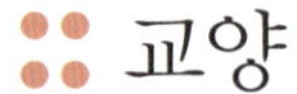 # 교양

일류국가는 일류국민에 의해 만들어진다는 것을 부정하는 사람은 없을 줄 안
다. 그렇다면 일류국민은 어떤 사람인가? 일류국민은 무엇보다도 교양이 풍
부한 사람이다. 교양에는 인간정신을 개발하여 풍부한 것으로 만들고 완전한
인격을 형성해 간다는 뜻이 담겨져 있다. 교양은 산업화로 피폐된 인간의 정
신을 복원시키는 능력을 발휘할 것이다. 교양은 우리들을 사색하게 만들며
삶의 질을 한 단계 높이는 역할을 한다. 교양을 쌓아 간다는 것은 행복을 연
습한다는 것을 의미한다. 우리가 보다 더 행복해지려면 교양을 더 많이 늘려
야 한다. 교양을 어떻게 늘릴 것인가? 책을 많이 읽고 음악을 많이 듣는 것이
그 방법 중의 하나가 될 것이다. 또 미술관에도 자주 가보고, 다양한 공연을
즐기라고 말하고 싶다. 공연에 갈 형편이 안 된다면 DVD라도 집에서 보라고
이야기 해주고 싶다. 이처럼 교양은 하루아침에 만들어지지 않는다. 교양은

자신도 눈치 채지 못하게 서서히 늘어난다. 이처럼 교양을 위한 지름길은 없는 듯하다. 그렇지만 그래도 교양을 빨리 쌓는 방법이 있지 않겠느냐고 반문하는 독자가 있다면, 슈바니츠의 '교양'을 읽기를 권한다. 방대한 유럽의 역사와 문학을 다루고 있는 이 책을 통해 서구의 근간을 이해하는 계기를 마련할 수 있을 것이다. 그러나 이 책은 양으로 보나 다루는 내용의 범위로 보나 빠른 시간 내에 주파하기에 만만한 책이 아니다. 로버트 루트번스타인의 '생각의 탄생'을 읽어 보자. 책을 계속 보는 것이 지루하다면 중간 중간 영화도 보고 공연도 관람하고, 음악을 듣고 소설과 시도 읽어 보자.

영화 라비앙 로즈나 노트 북과 8월의 크리스마스는 인생을 절실하게 생각하게 하는 영화다. 영화 라비앙 로즈를 보고나니, 라비앙 로즈의 주인공 에디트 피아프가 부르는 노래가 더욱 가슴에 와 닿는다. 에디트 피아프가 부르는 노래 거의 다가 우리들의 심금을 울리지만 난 특히 '후회하지 않아요'에 더 큰 매력을 갖는다.

청년기에 영화를 무척이나 즐겼던 사람조차 중년이 된 후에는 영화관을 거의 찾지 않는 경향이 있다. 이런 사람들에게 아무리 삶이 바쁘더라도 시간을 만들어 1년에 한두 번 정도는 영화관을 찾아보라고 말하고 싶다. 영화관에서 보는 영화와 집에서 보는 영화는 느낌이 크게 다르기 때문이다.

음악은 사람들이 외로울 때 영혼을 쉬게 하는 거실이 되어 주거나 사람들의 멋진 옷이 된다. 백건우의 소나타 전집은 내가 사랑하는 음악이다. 난 슈베르트의 '겨울 나그네'나 '노트르담 드 파리'의 보헤미언을 좋아한다. 그러니까 라보엠도 좋아한다. 나는 앤드류의 '세컨드 왈츠'를 들어보기를 원한다. 세컨드 왈츠는 장엄하면서도 흥겨운 것 같지만, 그 안에는 애수가 스며들어 있어 더 많은 매력이 있다. 장사익의 '찔레꽃'을 들으며 가슴 저려 하며 김영동의 '산행'을 들으며 명상에 빠지기도 한다. 이 모든 음악들은 나를 유토피아 공간으로 이끌어 준다. 조금 더 행복해지려면 자신이 좋아하는 음악을 많이 만들라고 말하고 싶다. 또 음악은 반복해서 들어야 제 맛을 충분히 느낄 수 있음도 말하고 싶다. 울리히 룰레의 '음악에 미쳐서'는 음악가의 생애를 통해 어렵게만 느껴지는 고전음악을 재미있게 받아들이는 길잡이 역할을 할 것이다.

나는 공지영의 소설 '우리들의 행복한 시간'과 이승우의 '그곳이 어디든'을 읽어 보길 권한다. 우리들의 행복한 시간에 나오는, 가슴이 아려오는 글 하나를 소개한다.

"은수는 깨끗이 치워진 방안에서 이불을 덮고 자고 있었습니다. 그 애의 붉은 뺨과 입술사이로 무슨 소리가 비어져 나오고 있었습니다. 나는 그 말을 듣고 싶지 않았습니다. 나도 엄마를 부르고 싶었기 때문이었습니다. 왜 우리만 여기 버려두고 갔느냐고 따지고 싶었기 때문입니다. 몇 번의 밤이 가고 아침이 왔습니다. 사흘째 되는 날인가 학교에 가려고 하다가 은수에게 다가가 보니 열이 내리고 있었습니다. 그 아이의 검은 고수머리가 땀에 젖어 흰 이마에 달라붙어 있었습니다. 그리고 잠시 후 눈을 뜬 은수가 말했습니다. "형아. 집안에 연기가 가득하다... 집안에 연기가 가득해." 은수의 눈은 그 이후로 희미한 빛 외에는 아무것도 볼 수 없게 되어 버렸습니다. 동생은 눈이 멀어버린 것이었습니다."

이승우의 '그곳이 어디든'에 나오는 구절은 왜 우리들이 이 세상에 왔는지를 알려준다.

"숫자로 셀 수 없는 단위. 시간을 초월해서 끝없이 이어지기 때문에 시간의 그물에 걸리지 않는… 그걸 영원이라고 부르지. 인간은 몇 십 년 다음에는 영원을 살아. 영원에 비하면 몇 십 년은 찰나에 지나지 않지. 그야말로 눈 깜짝할 시간이라고. 인간은 눈 깜짝할 동안 지상에서 살다가 그 집을 떠나 영원히 사는 집으로 이사를 가. 그걸 사람들은 죽음이라고 부르지. 영원히 살 그 집을 무덤이라고 부르고. 뭐라고 부르든 상관없지만, 무덤이야말로 오래 오래 살 집이 아닌가. 진정한 집이 아닌가. 그러니까 이 땅에서의 몇 십 년은 그 이후의 영원한 삶을 착실히 잘 대비하라고. 영원히 살 집을 잘 지으라고 주어진 거라고. 이 땅에서 몇 십 년 살면서 우리는 영원히 살 집을 짓는 거라고. 그래야 하는 거라고."

소설로 보는 인간과 인간이 사는 세계를 들여다 보는 것도 유익하지만, 인물로 보는 한국의 미술도 읽어 볼 만하다. 안휘준의 한국의 미술가는 그동안 우리가 등한시해왔던 한국의 미술을 이해하게 하는 길잡이 역할을 한다. 이 책에서는 조선초기의 안견에서부터 20세기의 김환기, 장욱진에 이르는 화가들을 소개한다. 이외에도 이 책에서 다루는 화가에는 이징과 김명국, 윤두서, 정선, 심사정, 강세황, 김홍도, 조희룡, 천여, 김용준 등이 포함되어 있다. 서양화가들에 대해 모르는 것을 부끄러워하면서도 우리의 화가들에 대해서 모르는 것을 부끄럽게 생각하지 않는 경향이 우리에게 있는 듯하다.

'천국에서 만난 다섯 사람'은 알게 모르게 우리가 살아가는 동안 얼마나 많이 다른 사람들에게 영향을 미치고 상처를 주는지 알게해 준 소설이었다. 또 한용운의 시 '그렇게 사랑합니다'를 시간 날 때마다 음미하고 싶은 시다.

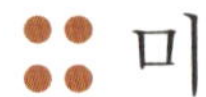 미

"복도에도 비가 새고, 경사로에도 비가 새고, 차고 벽은 완전히 젖었어요. 그뿐만 아니라 욕실에도 여전히 비가 새고, 날씨가 나쁜 날에는 물이 흘러 넘쳐요. 천창으로 물이 흘러들기 때문이죠… 이것은 당신이 책임져야 할 문제이며, 나는 청구서대로 돈을 지불할 필요가 없다고 생각합니다. 제발 이곳을 어서 사람이 살 수 있는 곳으로 바꾸어 주세요. 내가 법적인 행동에 의지하는 일이 생기지 않기를 진심으로 바랍니다."

사보아 주택과 관련하여 알랭드 보통의 '행복의 건축'에 나오는 글이다. 이 글은 거주성을 무시하고 설계한 건축가에 대한 건축주의 항변이다. 아무리 아름다운 건축이라 하여도 기능이 전제되지 않은 건축은 받아들이기가 어렵다.

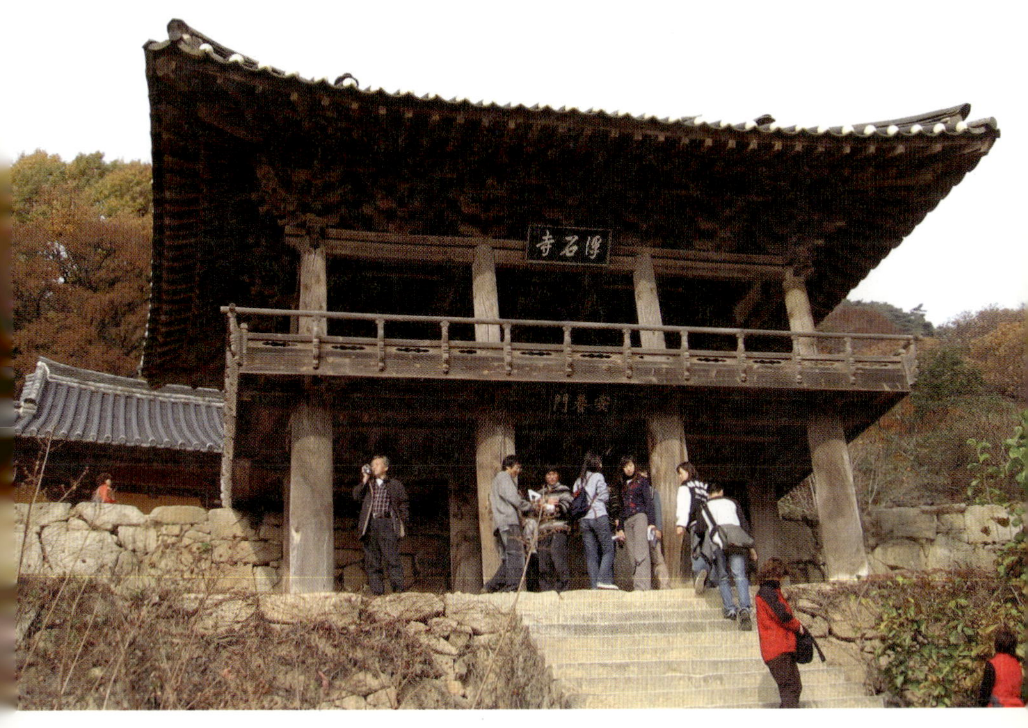

:: 안양루, 부석사

본질적으로 건물은 거주자의 생활을 지원해야 한다. 또 분위기를 만들어야 한다. 어떤 건물이 아름답다는 것은 단순히 미학적으로 좋다는 뜻 이상이다. 우리가 감탄하는 건물은 여러 가지 방식으로 우리가 귀중하다고 여기는 가치를 담는다. 이런 건물은 새로운 재료를 통해서든, 형태를 통해서든, 색채를 통해서든, 우정, 친절, 섬세, 힘, 지성 등과 같은 누구나 인정하는 가치를 보여준다. 아름다움에 대한 우리의 감각은 우리가 행하는 삶의 방식과 깊은 관련이 있다. 아름다움은 행복의 약속이다.

아름다운 건물을 보면 자연스레 기분이 좋아지는 것은 당연하다. 그러나 우리의 도시에서는 아름다운 건물을 찾아보기가 여간 어려운 게 아니다. 우리가 사는 도시의 환경은 회색의 도시다. 회색의 도시는 생기가 없고 역동적이지 못하다. 회색의 도시와 더불어 상자곽 형태의 사각형 건물은 도시의 획일화를 초래하였다. 이러한 획일화에 아파트도 한 몫을 했다. 수익성을 중시하다 보니 아파트의 모양도 천편일률적이다. 더군다나 서울에서도 모자라 이처

01_ 사보아 주택

02_ 숭례문

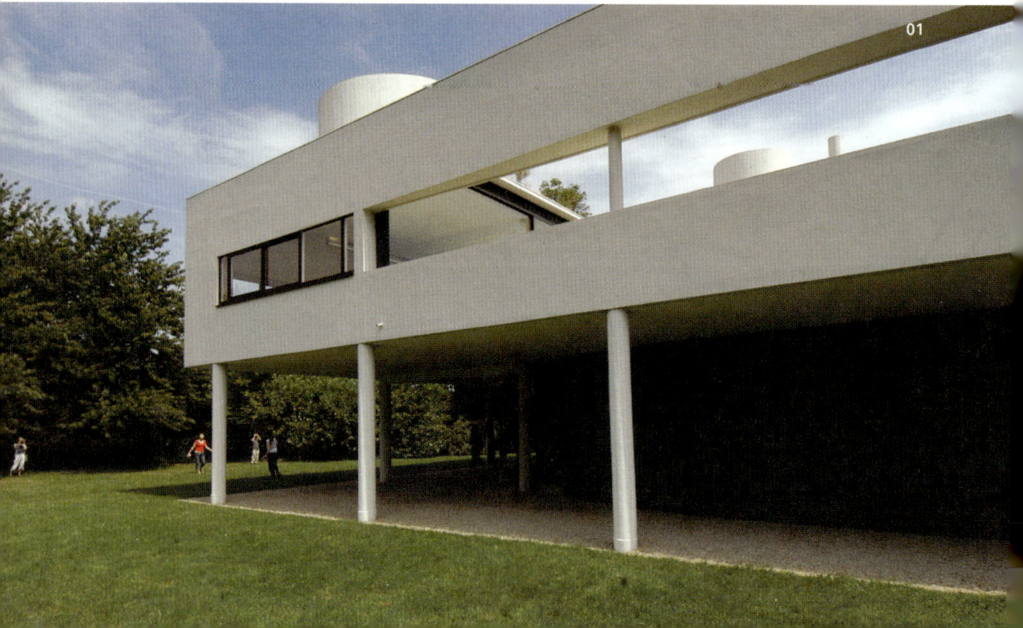

럼 획일화된 아파트가 전국에 퍼져 나가고 있다. 획일화된 아파트를 꼬집어
'아파트 공화국'으로 부른 프랑스의 학자도 프랑스에서 실패한 아파트가 대
한민국에서 왜 성공하고 있는지가 궁금한 모양이다.

나는 내가 살고 있는 도시가 역동적이고 활기가 넘치기를 원한다. 더 이상 경
제성의 논리만으로 다양성이 배제된 저급문화의 건물이 세워지는 것을 거부
한다. 나는 아름다운 건물이 들어선 아름다운 도시에서 살고 싶다. 아름다운
도시는 조형적으로도 아름답지만 색채적으로도 아름다운 도시여야 한다. 역
사의 숨결과 자연이 느껴지는 질서 있는 도시를 원한다. 파리, 시드니, 고베,
베를린, 로마, 테베와 같이 사색할 수 있는 도시를 원한다. 인공적인 상업도
시보다 사람의 냄새가 많이 나고, 세월의 풍상을 느낄 수 있는 도시를 원한
다. 그런 도시가 나는 아름다운 도시라고 생각한다. 아름다운 도시는 도시민
의 상상력을 키워주는 도시이기도 하다.

02

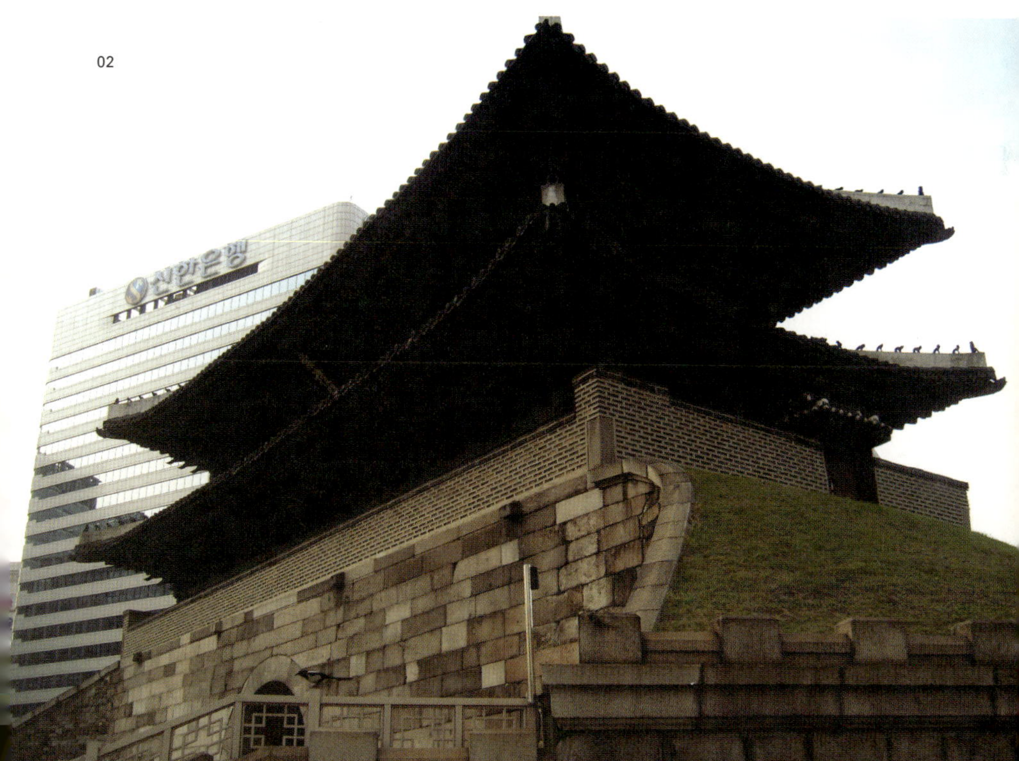

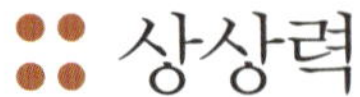 상상력

마사히코는 저서 '국격'에서 다음과 같이 말한다.

"젊었을 때에 감동의 눈물을 흘리며 책을 읽는 것은 누가 뭐라 해도 이
상적인 독서 방식이다. 정서는 독서를 통해 다져진다. 학교를 졸업하고
사회에 나오게 되면 특히 읽어야 할 책이 너무 많아서 명작에는 그다지
손이 가질 않는다. 심리적으로 명작을 읽을 여유도 없다. 명작은 학창시
절에 읽지 않으면 일생 읽을 수 없다고 생각하는 것이 현명하다."

누구나 상상력을 키우고 싶어 한다. 그러나 의외로 상상력이 풍부한 사람은
흔하지 않다. 그렇다면 왜 상상력이 풍부한 사람이 흔하지 않은 걸까? 그건
다양한 독서에 열중하지 않았기 때문이다. 상상력을 높이려면 특히 소설이나

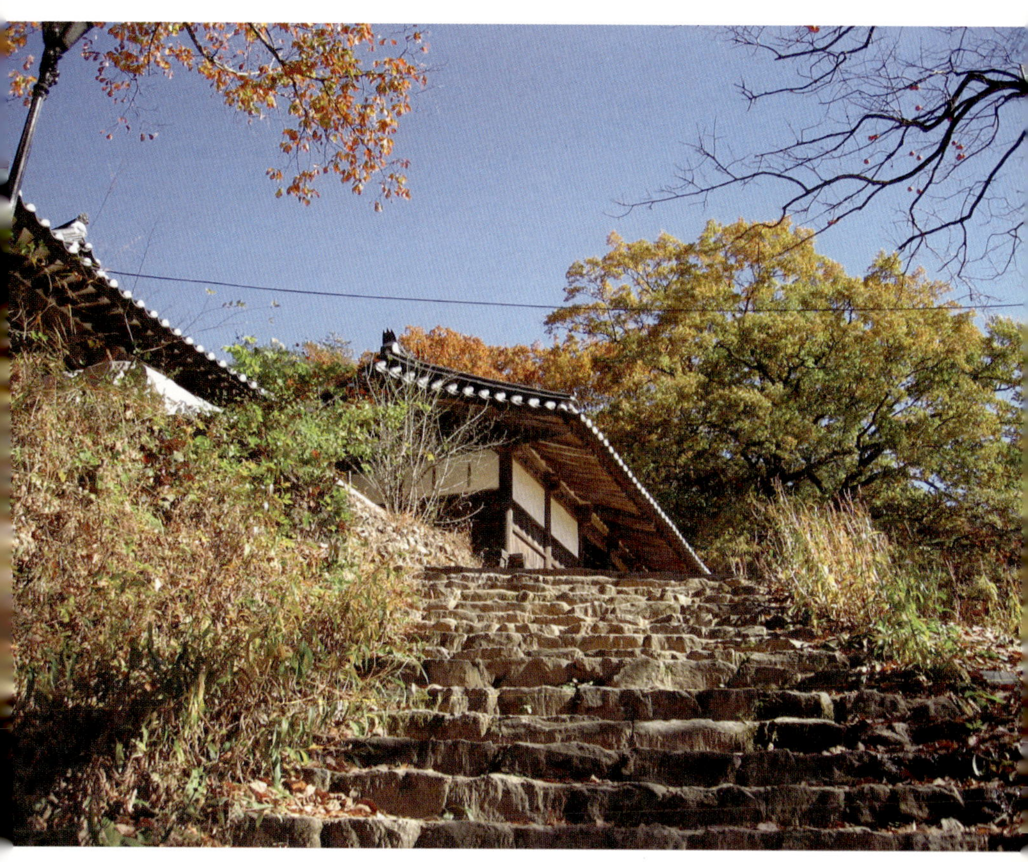

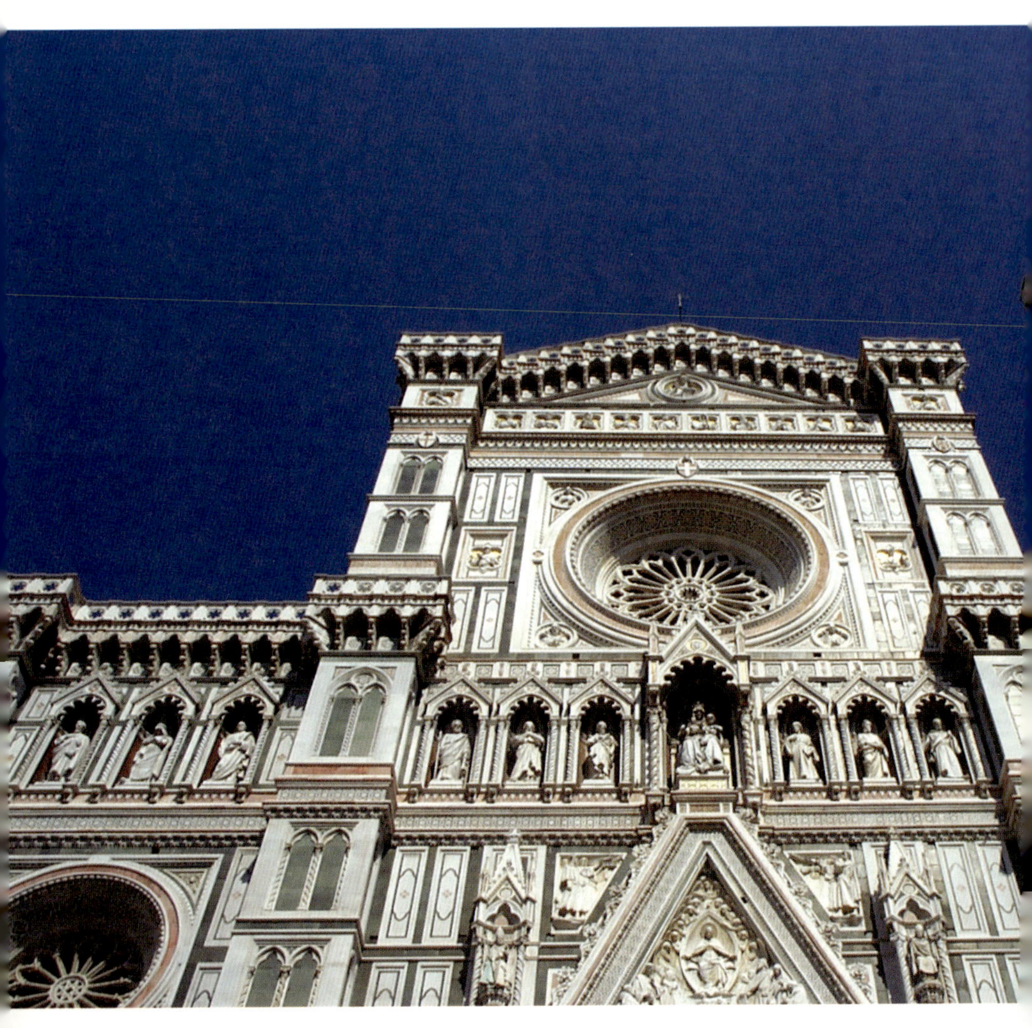

:: 꽃의 두오모

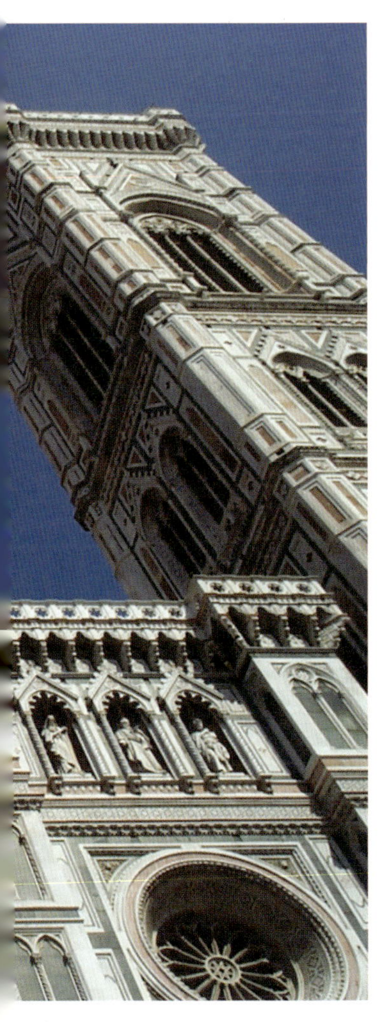

시를 많이 읽는 것이 좋다. 소설이나 시가 부담스럽다면 영화을 보거나 여행을 다녀보는 것도 좋을 것이다.

윤동주의 서시도 그렇지만 김춘수의 '꽃'은 삶의 에너지를 채워준다.

"…우리들은 모두 무엇이 되고 싶다. 너는 나에게 나는 너에게 잊혀지지 않는 하나의 눈짓이 되고 싶다."

그렇다! 누구나 무엇이 되고 싶어 한다. 이 말은 삶에 대한 열정과 결심을 생기게 한다. '무엇'이라는 시어가 압축적이고 추상적이어서 그럴 것이다. 이처럼 시는 구체적으로 무엇을 지시하지 않는다. 그래서 우리들을 상상의 세계로 빠져들게 한다.

'상상력!' 이 중요하다고 많이 들어 왔지만 정작 왜 상상력이 중요한지에 대해서는 들은 바가 거의 없다. 그래서 나는 상상력이 왜 중요한 것일까라는 질문을 스스로에게 던져 보았다. 그래서 상상력은 새로운 생각을 만들기 때문에 중요하다는 답을 얻었다. 새로운 생각은 우리들의 사고를 진화시킨다. 진화된 사고는 사회를 발전시킨다. 상상력은 창의력과 직결되는 능력이다. 상상력은 사회발전의 원동력이며 창작물을 만드는 거대한 에너지인 셈이다.

상상력이 만든 건축물은 세계 도처에 무수히 많다. 나는 그렇게 무수한 건축물들 중에서 프랭크 로이드 라이트의 접시꽃 주택Holyhock House를 좋아한다. 내가 프랭크 로이드 라이트를 좋아하는 이유는 사람과 자연 그리고 사람과 건축사이의 상호작용을 중시하는 건축이기 때문이다. 건축을 자연의 일부로 보고 자연에서 많은 상상력을 얻은 프랭크 로이드 생각은 요즘도 유효하다. 접시 꽃 주택은 글자 그대로 접시꽃의 문양을 주택에 도입한 주택이다. 접시꽃을 좋아했던 건축주를 상징하기 위해 지은 주택이 바로 접시꽃 주택이다.

건축가의 상상력이 돋보인 건물 하나를 더 들라고 한다면 나는 서슴없이 시드니의 오페라 하우스를 들 것이다. 사람들이 이야기 하듯, 바다의 돛단배를 연상하였는지 아니면 조개껍질을 연상하였는지 명확하지는 않다. 그러나 확실한 것은 시드니 오페라 하우스가 요른 웃존이라는 건축가의 상상력이 만든 20세기의 건축 아이콘이라는 점이다. 피렌체의 꽃의 두오모 성당이나 대한민국의 봉정사도 상상력이 돋보이는 건축물이다. 그러나 대한민국에서 이처럼 자연과 결합한 상상력이 돋보이는 건축물이 줄어들고 있다. 여러 건축가들이 세계적인 건축 아이콘을 만드려고 많은 노력을 하고 있지만 아직도 그 숫자가 미미하다. 세계건축의 아이콘으로 불리는 건물에 건축가의 상상력은 으레 나타난다. 건축가의 상상력이 대한민국의 마케팅이다.

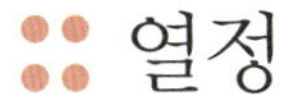 열정

대부분의 사람들은 생계를 위해 일한다. 설사 생계를 위해 일할 필요가 없다고 해도 천성적으로 일을 해야만 한다. 우리는 행복해지기를 원하고 행복해지기 위해서 일을 한다. 우리는 천성에 의해 일을 하지만 즐거움을 느끼는 일을 하고 싶어한다. 직업을 선택함에 있어서 물질적인 부를 추구할 것인지 아니면 정신적인 풍요를 추구할 것인지, 또는 다른 사람들의 기대를 따를 것인지는 자신의 열정에 따라, 그 결정이 달라진다.

돈과 삶의 궁극적인 가치추구는 생존을 위해 모두 필요하다. 둘 중 하나를 선택해야 하는 것이 아니다. 우리는 좋아하는 일을 할 때 최선을 다하므로 즐겁게 할 수 있는 일을 직업으로 선택한다면 성공은 자연스레 뒤따르기 마련이다. 관심과 흥미가 있고 열정을 일으킨다.

심리학자 매슬로는 말한다.

"가장 아름다운 운명, 누구에게나 일어날 수 있는 가장 놀라운 행운은 열정을 쏟을 수 있는 일을 하는 것이다. 사람들은 자신의 일을 노역, 출세, 소명 중 하나로 생각한다."

"먼저 자신이 하는 일을 노역으로 생각하는 사람은 자기실현보다 경제적인 보상에 초점을 맞추고, 직장을 지루한 일을 해야 하는 곳으로 인식한다. 그들이 출근하는 이유는 회사에 가고 싶어서가 아니라 가야하기 때문이다. 한 달에 한 번 월급을 받는 것 말고는 직장에 기대하지 않으며 주말이나 휴가만을 기다린다. 자신이 하는 일을 출세로 생각하는 사람은 주로 돈과 성공, 힘과 지위 같은 외부 요인에 따라 움직인다. 전임강사는 교수로, 평교사는 교장으로, 부사장은 사장으로, 편집자는 편집장으로 승진과 승격이 되기를 기다린다. 자신이 하는 일을 소명으로 생각하는 사람에게는 일 자체가 목적이다. 보수도 중요하고 출세도 중요하지만 무엇보다 그가 일을 하는 이유는 스스로 원하기 때문이다. 그는 내적인 동기에 따라 움직이고 자신의 일에 만족한다. 그의 목표는 자기일치적이다. 열심히 일하고 일에서 자기실현을 이끌어낸다. 일하는 것을 의무가 아닌 특권으로 인식한다."

어떤 학자가 매슬로의 말을 해석한 글이다.

세계적으로 훌륭한 업적을 낸 사람을 보면 하나같이 지칠 줄 모르는 열정을 가졌던 사람들이다. 바로 반 고흐, 르네 마그리트, 비틀즈의 존 레논, 환경설치 예술가인 크리스토 장 클로드, 한국근대건축의 선구자 김수근, 가우디가 그런 사람들이다. 가우디는 벽과 천장의 곡선미를 살리고 섬세한 장식과 색채에 온 열정을 다 바친 건축가였다. 사그라다 파밀리아 대성당은 가우디의 열정을 확인할 수 있는 대표적인 건축물이기도 하다. 이스탄불의 블루 모스크는 신을 향한 끝없는 영혼의 열정을 표출하여 만든 건물이다.

존 고든의 저서 '열정: 나를 위한 변화에너지다.' 는 열정의 중요성을 여러 각도에서 설명한다. 열정은 불가능을 가능으로 만든다. 열정으로 가득 찬 사회, 그건 대한민국 마케팅을 위한 성공 에너지다.

:: 신을 향한 열정, 베델레험

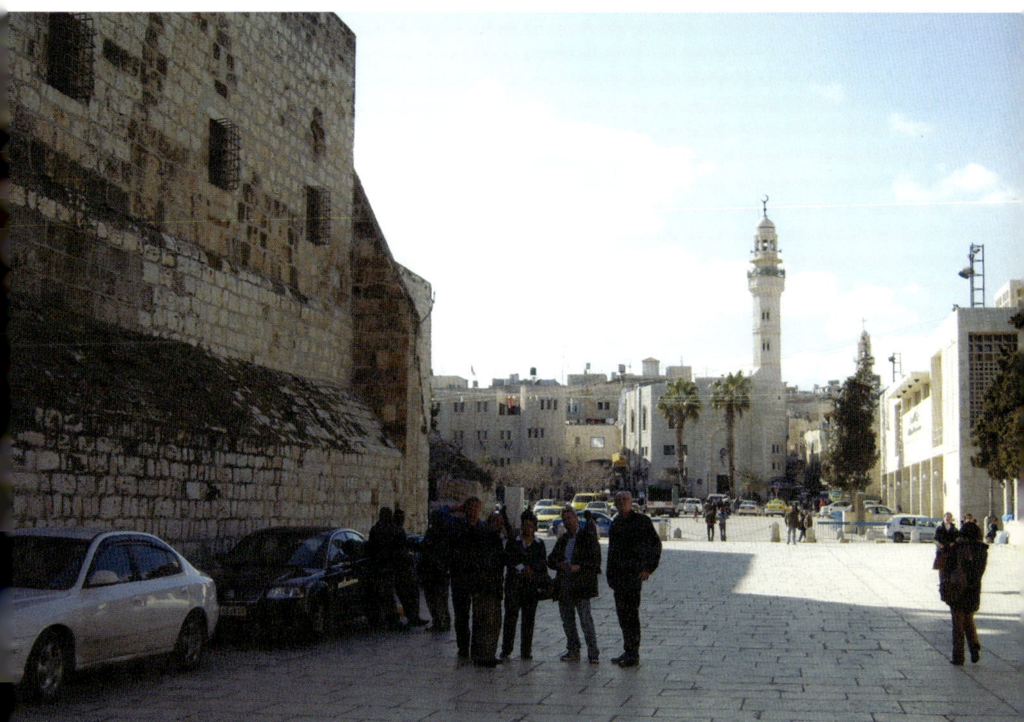

보편적 가치

목표를 설정하고 행동하면 지금 이 순간을 자유롭게 즐길 수 있다. 만약 우리가 목적지를 정하지 않고 여행을 시작한다면 여행 자체가 별로 재미없을 것이다. 또한 어디로 가고 있는지, 어디로 가고 싶은지 모른다면 갈림길에서 주저하게 된다. 목표를 달성하는 것과 마찬가지로 목표를 설정하는 것이 중요하다.

"스스로 노력하지 않아도 모든 욕망이 완전히 충족되고 아무런 희망이나 욕망, 투쟁 없이 사는 것보다 인간에게 더 큰 저주는 없을 것이다."

세상에서 중요한 게 많다고 하지만 사람만큼 중요한 게 있을까? 인간은 거의 모든 것들을 인간을 위해 만든다. 인간은 하물며 자연조차 인간을 위해 존재하는 것으로 이해해 왔다. 인간은 홀로 존재하지 않는다. 그럼 홀로 존재하지 않으면 어떻게 존재한다는 건가? 인간은 자연에 의해 존재한다. 또 인간은 다른 사람에 의해 존재한다. 다시 말해, 인간은 자연과의 관계와 사람 사이의 관계 속에서 존재한다. 네트워크의 사회로 질주하는 21세기에서 인간과 인간의 관계는 더욱 중요하다. 필자는 인간과 인간 사이에 맺어질 수 있는 다양한 관계 중에서 배려와 포용을 가장 중요한 가치로 꼽는다. 대한민국이 세계의 일류국가로서 타 국가의 존경을 받는 국가가 되기 위해서는 우리의 생활 속에 남을 배려하는 마음이 항상 묻어나게 해야 한다. 남을 배려하는 마음을 가지려면 우선 소통의 기술을 배워야 한다. 소통의 기술에서 으뜸은 바다와 같은 넓은 포용력이다.

소통의 사전적 의미는 '막힘없이 서로 잘 통하는 상태'를 말한다. 고인 물이 썩듯 소통이 이루어지지 않으면 사람과 사람 사이에 반드시 문제가 일어난다. 사람과 사이에서 소통이 없으면 그 곳에 행복이 있을 수 없다. 소통은 사람들이 행복이라는 목적지에 이르기 위해 반드시 거쳐야 하는 과정이다. 우리는 늘 사람들과 소통하고 있다. 서로 만나고 대화하고 함께 시간을 보낸다. 그러나 소통의 질은 높지 않다. 하루 종일 생활하지만 상대에게 자신의 솔직한 마음을 털어놓기가 쉽지 않다. 또 상대방에 대한 배려 없이 일방적인 소통을 하는 경우도 많다. "자신이 원하는 것만을 얻으려는 이기적인 상태에서는 소통을 할 수 없습니다." 박태현은 말한다. 소통은 부드러운 사회를 만드는 원동력이다. 이건 우리 대한민국이 지향해야 할 바다.

소통과 함께 우리 사회가 추구해야 할 가치가 또 하나 있다. 바로 포용이다. 남을 격려해 주고 허물을 안아주는 포용은 자신의 심장을 주는 것과 같다. 그러니까 포용을 받는 사람이 그것을 모를 리가 없다. 포용은 사람의 아픈 마음을 치유하는 능력이 있다. 존 스미스는 아버지에게 포용하라고 말한다.

"한때는 아빠를 이해할 수 없었어요. 한때는 아빠의 처진 어깨가 부끄러웠고요. 한때는 아빠를 미워한 적도 있었지요. 하지만 이제는 철없던 제 자신이 부끄러워지네요. 아빠! 사랑해요. 이제 당신의 발자취를 따

라갑니다. 그리고... 미처 전하지 못한 말 대신 아빠를 꼭 안아 드리고
싶어요."

볼팅하우스도 엄마를 안아 주라고 말한다.

"엄마를 생각하면 가슴이 따뜻해져요. 내게 엄마는 언제나 화풀이 대상
이었죠. 그럴 때마다 미안하다는 듯 미소로 답하셨죠. 엄마의 희생이 나
를 있게 만들었다는 것을 몰랐어요. 엄마! 저 참 못났죠? 그리고... 미처
전하지 못한 말 대신 엄마를 꼭 안아 드리고 싶어요."

이상에서처럼 문태준, 필립 빌랭, 필리스 볼팅하우스, 존 스미스는 보편적
가치를 이야기한다. 옛사람의 맑은 생각을 담은 다산어록청상은 이 시대를
살아가는 우리들에게 청정한 울림을 전한다.

"저녁 무렵 숲 주변을 산보하고 있었다. 우연히 한 어린아이가 다급한
목소리를 울부짖으며 참새처럼 수도 없이 팔짝팔짝 뛰는 것을 보았다.
마치 수 많은 송곳으로 창자를 찌르고, 절굿공이로 마구 가슴을 짓찧는
것 같았다. 하도 참혹하고 절박해서 얼마 못 가 곧 죽을 것만 같았다. 왜
그러느냐고 물어봤더니 나무 밑에서 밤 한 톨을 주웠는데 다른 사람이
그걸 빼앗아갔다는 것이었다. 아아! 천하에 이 아이가 우는 것처럼 울지
않는 사람이 몇이나 되겠는가? 저 벼슬을 잃고 세력이 꺾인 자나, 재물
을 손해보고 돈을 다 써 버린 자, 그리고 자식을 잃고 슬퍼 실성할 지경
이 된 사람도 달관한 사람의 입장에서 본다면 모두 밤 한 톨의 종류일
뿐이다. 그때는 죽고 못 살 줄 알았다. 하늘이 무너지는 것 같았다. 떵떵
거리던 벼슬자리에서 하루아침에 밀려나니 전에 내 앞에서 굽실대던 자
의 눈빛이 대번에 달라진다. 큰 집을 남에게 빼앗기고 셋집에 들어앉으니

세상이 온통 나를 비웃는 것 같다. 두고 보자고 이를 갈아도 마음만 아프다. 억장이 무너져도 속수무책이다. 하지만 가눌 길 없던 슬픔도 세월이 지운다. 다 건너와서 보니 그때 내가 왜 그랬나 싶다. 남 원망할 일이 아니라 내 탓임을 알았다. 그땐 그게 전부인 줄 알았는데 고작 밤 한 톨이었다."

다산어록청상에 나오는 글을 소개한 것이다.

우리가 물질적인 부를 축적하는 동안 정말 중요한 가치는 파산 지경에 이르고 있다. 1997년 조사한 미국대학 신입생 조사결과에 의하면 신입생의 75퍼센트가 부자가 되는 것이 인생의 목표라고 대답했다. 이처럼 많은 사람들이 물질적인 부를 목적자체로 인식하게 되면서 전체사회가 정신적 파산상태로 치닫고 있다.

여유 없이 눈앞에 벌어진 일에 급급하게 사는 현대인에게 경종을 울리는 이야기이다. 물질문명의 서구사회가 추구하는 합리주의의 직선적 사고는 사람들로부터 여유를 빼앗아갔다. 사실 여유만 빼앗아 간 것이 아니라 사람들 사이의 소통과 포용까지도 메마르게 하였다. 이런 관점에서 볼 때, 서양의 합리주의가 실패작으로 끝날 공산이 크다. 정신이 피폐한 물질만능주의는 수정되어야 함이 옳다. 세계의 중심역할을 하는 나라는 타 국가들에게 모범이 되는 보편가치가 있는 나라이어야 한다. 강자라는 게 뭔가? 그건 여유와 포용과 배려가 있는 자이다. 나는 포용과 배려의 보편적 가치는 일차적으로 대한민국의 국민을 행복하게 만들 것이라고 믿는다. 이렇게 되면 대한민국은 저절로 마케팅 될 것이다. 이와 같은 마케팅은 세계의 중심에 대한민국을 서게 만들 것이다. 포용과 배려는 대한민국이 세계를 리드하기 위해서 꼭 필요한 가치이다.

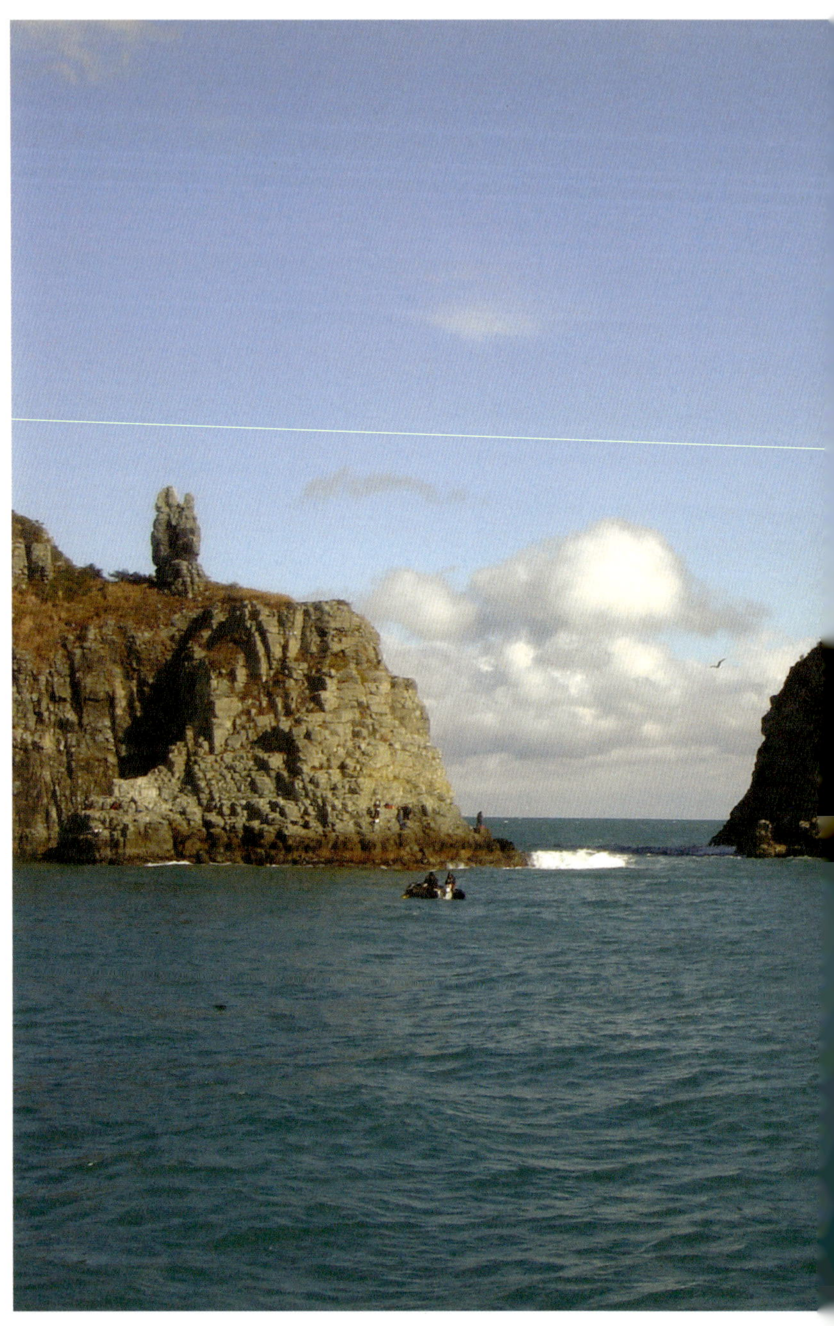

:: 오륙도

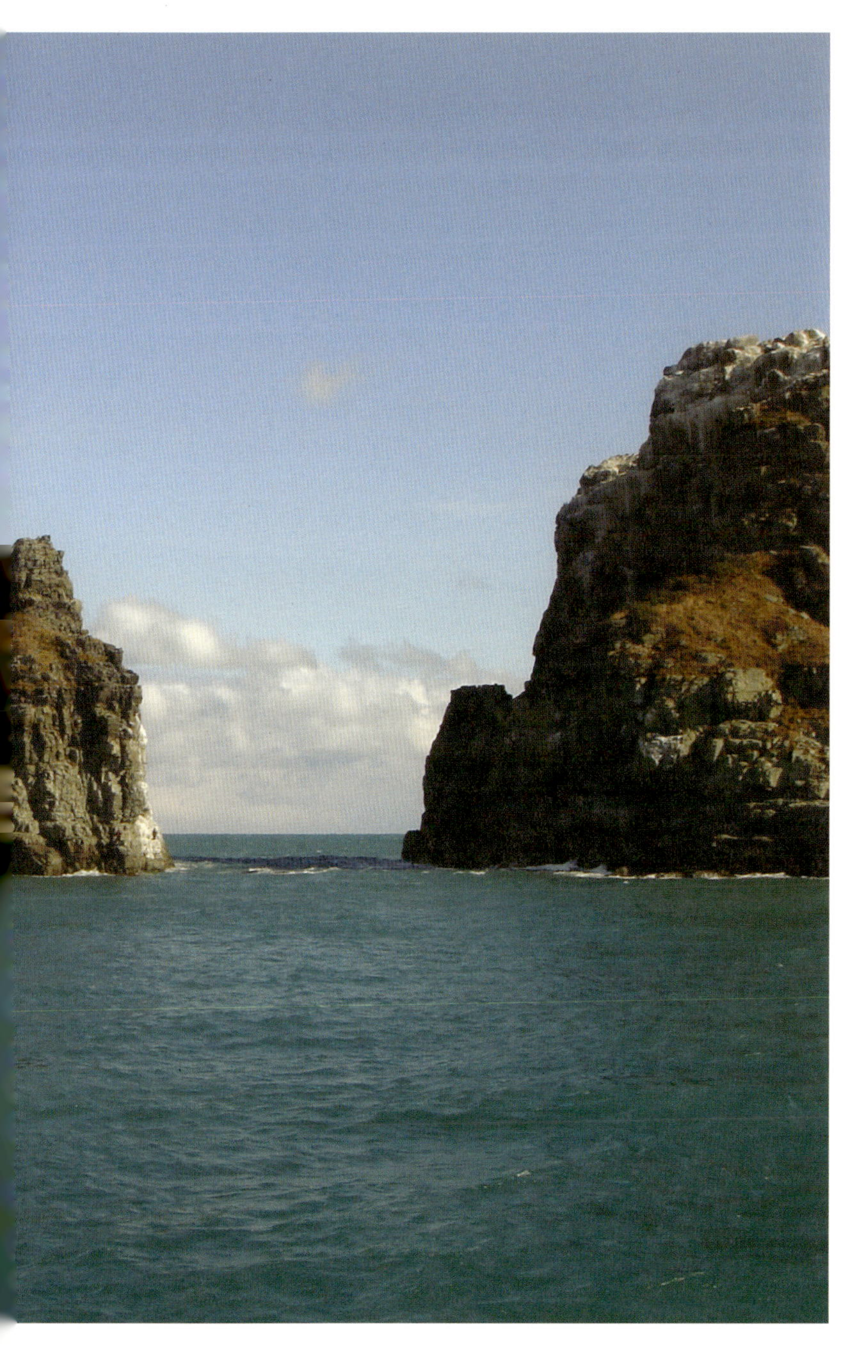

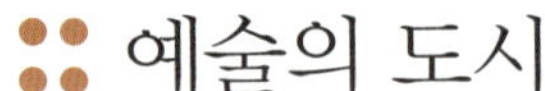

예술의 도시

예술은 사람들의 마음을 사로잡는 묘한 힘이 있다. 그래서인지 예술작품을 마케팅에 활용하는 '아트 마케팅'이 큰 효력을 발휘하고 있다. 예를 들어, 자동차 업계에서 아우디는 음악, BMW는 미술을 집중 후원한다. 또 폴크스바겐은 예술과 결합한 테마파크를 조성하고 있다.

아우디는 오스트리아, 짤츠부르크의 모차르트 극장 공연, 오페라 '마탄의 사수'를 후원했다. BMW는 앤디 워홀, 로이 리히텐슈타인 등 세계적인 아티스트들과 연계한 자동차를 만든다. 폴크스바겐은 자동차와 예술을 결합시킨 테마파크 '아우토슈타트'를 세웠으며, 베를린 국제영화제를 후원하고 있다.

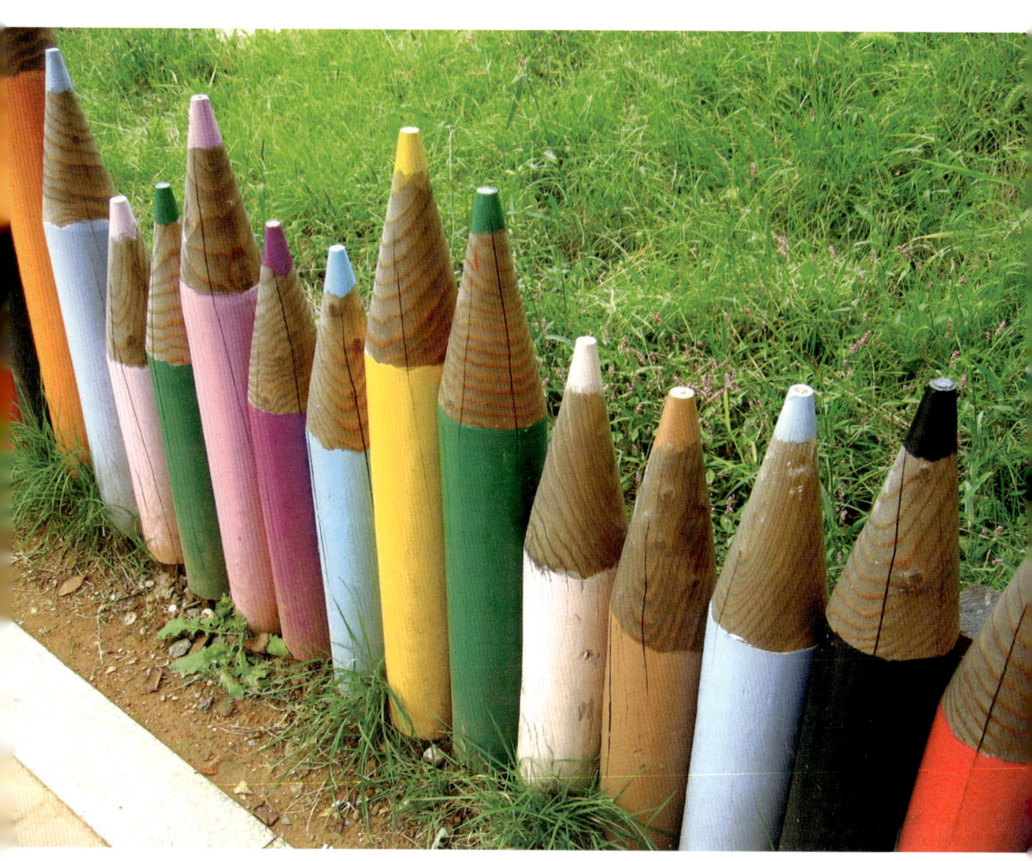

:: 헤이리 마을

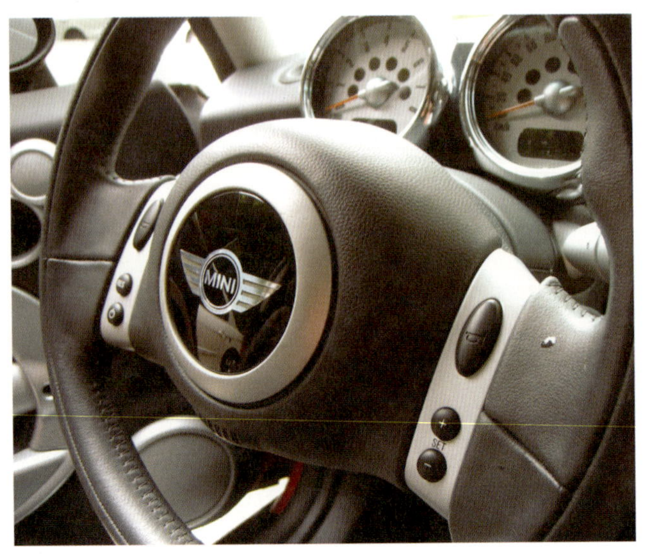

:: BMW

사실 예술을 마케팅에 사용하는 분야가 자동차 분야만은 아니다. 최신 트렌드의 하나인 아트 마케팅은 여러 분야에서 큰 힘을 발휘하고 있는 중이다. 어떻게 보면 베니스 영화제, 베를린 영화제, 칸느 영화제 등의 세계의 영화제도 아트를 활용한 도시 마케팅이다. 음악을 이용한 도시 마케팅으로 베를린 필은 도시를 바꿔 가며 유럽 콘서트를 정기적으로 개최한다. 또 비엔나에서는 음악 축제가 열리기도 한다. 오스트리아의 수도 비엔나는 '악성' 베토벤, '음악신동' 아마데우스 모짜르트, '가곡의 왕' 슈베르트, '왈츠의 황제' 요한 슈트라우스 등 세계적인 음악가들을 배출한 세계 최고의 음악 도시다. 비엔나는 도시 전역에서 열리는 크고 작은 음악회와 뮤지컬 등 각종 음악이 살아 숨쉰다.

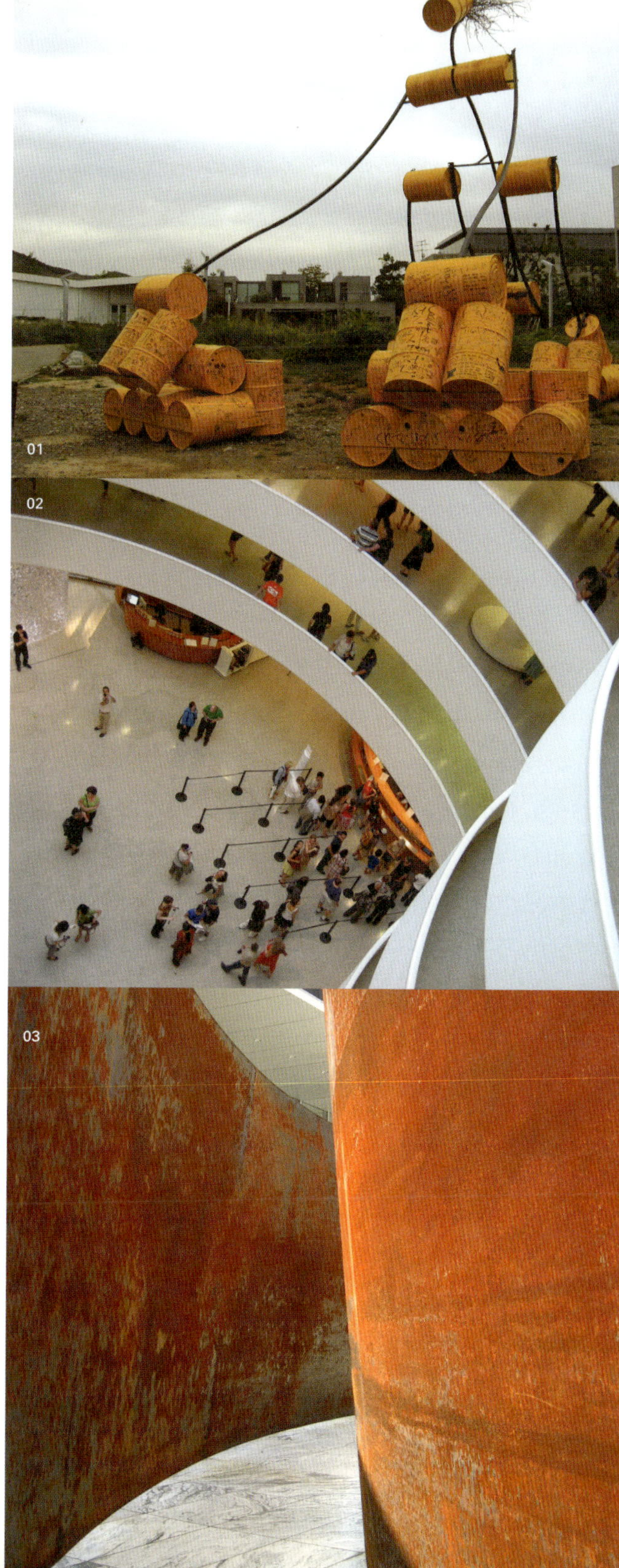

01_ 해이리의 설치조각

02_ 구겐하임뮤지움

03_ ⓒ 리차드 세라,
MOMA

비엔나가 음악을 브랜드로 하는 도시라면, 파리와 뉴욕은 미술을 브랜드로 하는 도시이다. 파리에는 오르세 미술관, 루브르 박물관, 퐁피두 센터, 로댕 미술관 등의 세계적인 미술관이 있다. 뉴욕에는 MOMA와 구겐하임 미술관을 위시하여 소호, 첼시 등의 갤러리 거리가 있다. 물론 대한민국에도 예술의 마을이 있다. 그 대표적인 예가 헤이리 마을이다.

이처럼 세계 각국의 도시들은 도시경쟁력을 키우기 위해 문화예술에 많은 관심을 보인다. 물론 도시경쟁력을 키우려 시동을 걸었다는 점에서 대한민국도 예외는 아니다. 사실 문화예술이 바로 국격이라는 시각이 대두되고 있는 현 시점에서 도시경쟁력을 키우는 일을 지체해서는 안 될 것이다. 그러나 지체하지 않고 무작정 서두른다고 해서 저절로 도시경쟁력이 키워지지는 않는다. 도시경쟁력을 키우는 방편으로 예술의 도시는 우선순위의 비중을 높여 추진되어야 할 방향이다.

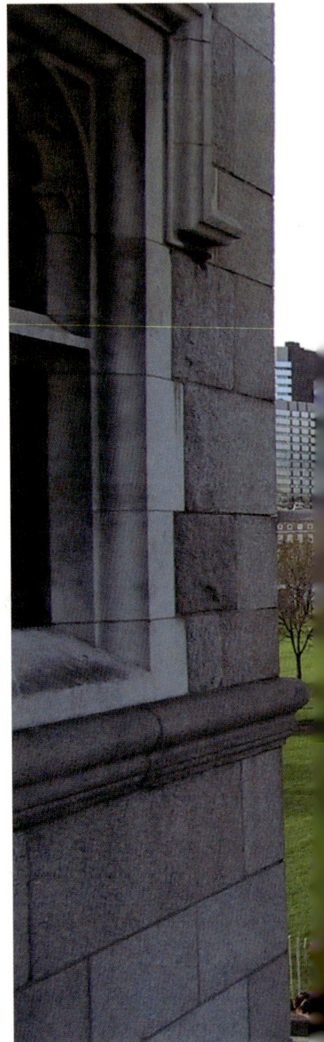

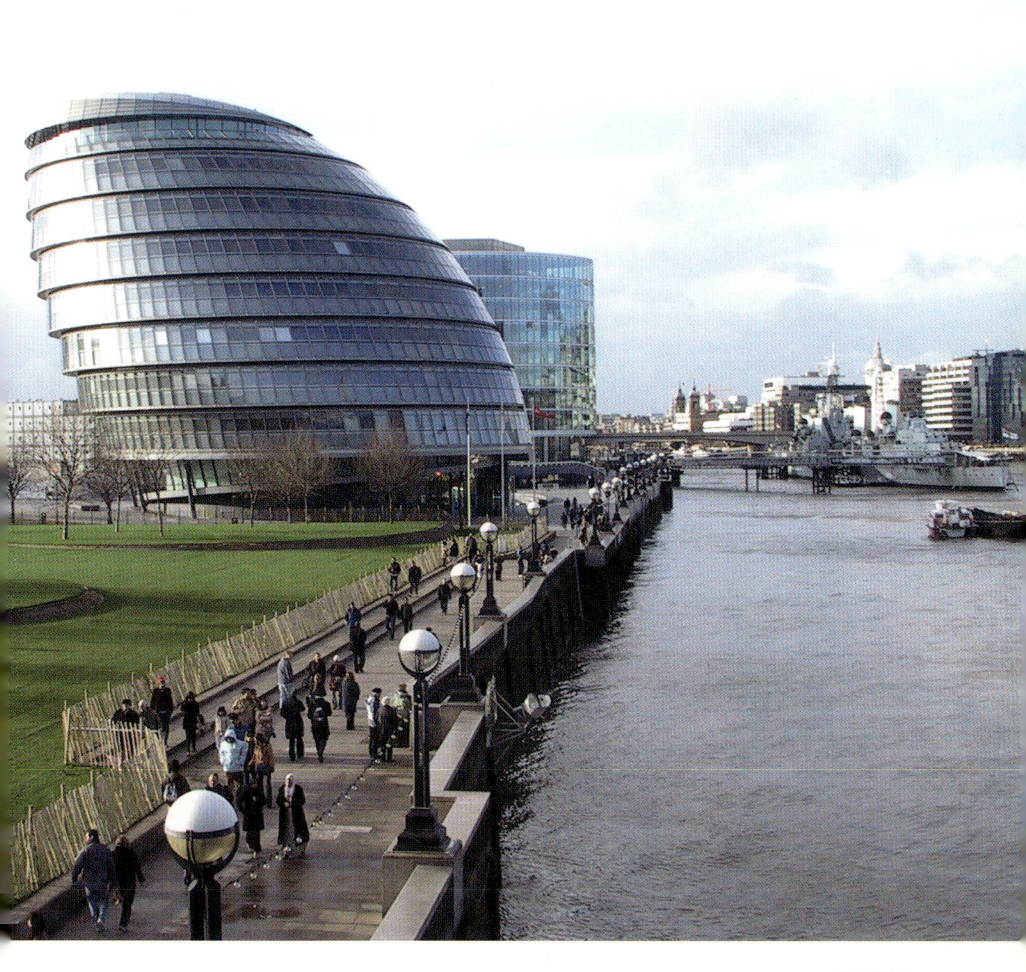

:: 런던 시청사

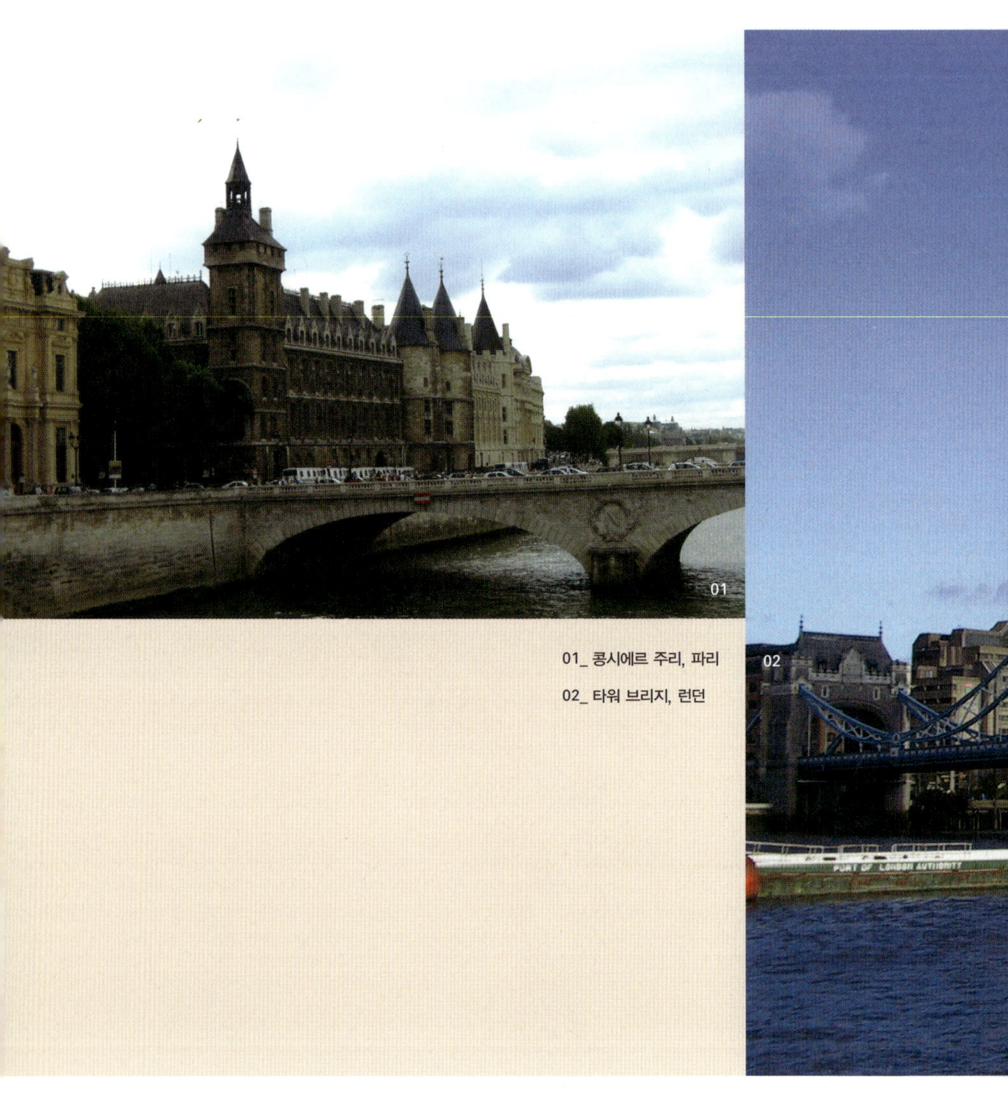

01_ 콩시에르 주리, 파리

02_ 타워 브리지, 런던

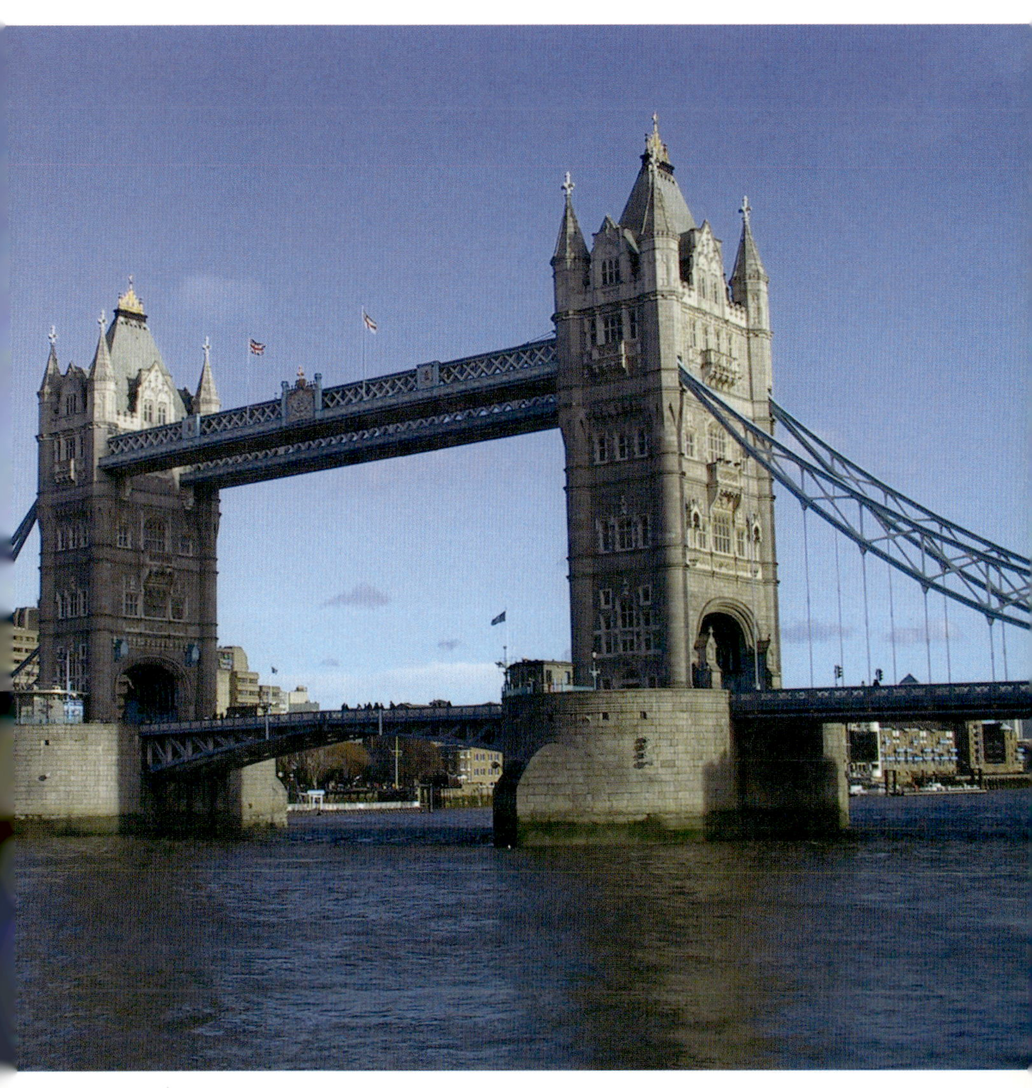

자연의 도시

"인간이란 좋아하든 싫어하든 본능적으로 생명체에 반응하며 자연에 대한 친화감을 갖고 있다. 자연자체가 고통스럽게 느껴지는 상황을 나는 단 한 번도 상상해 본 적이 없다. ... 엄청나게 큰 시멘트벽처럼 하늘을 뒤덮은 황폐한 회색 바위산들은 웅장하다기보다 섬뜩한 공포를 불러일으켰다."

은희경의 '아름다움이 나를 멸시 하다'의 '지도중독'에 나오는 글이다. 이 글에 따르면 인간과 자연은 불가분의 관계를 갖는다. 자연은 살아 있는 교과서다. 자연은 생활고로 지친 우리의 심신을 어루만져 준다. 자연은 마음의 상처를 씻어 주며 고독한 우리의 영혼을 매만져 준다. 지금은 아니지만 어린 시절, 나는 마음이 울적할 때마다 혹은 어떤 희망을 빌고 싶을 때마다 하늘을 올려다 보는 버릇이 있었다. 하늘은 나를 편하게 하는 존재였다. 그래서 요즘도 나는 사람들에게 자주 하늘을 보라고 말한다.

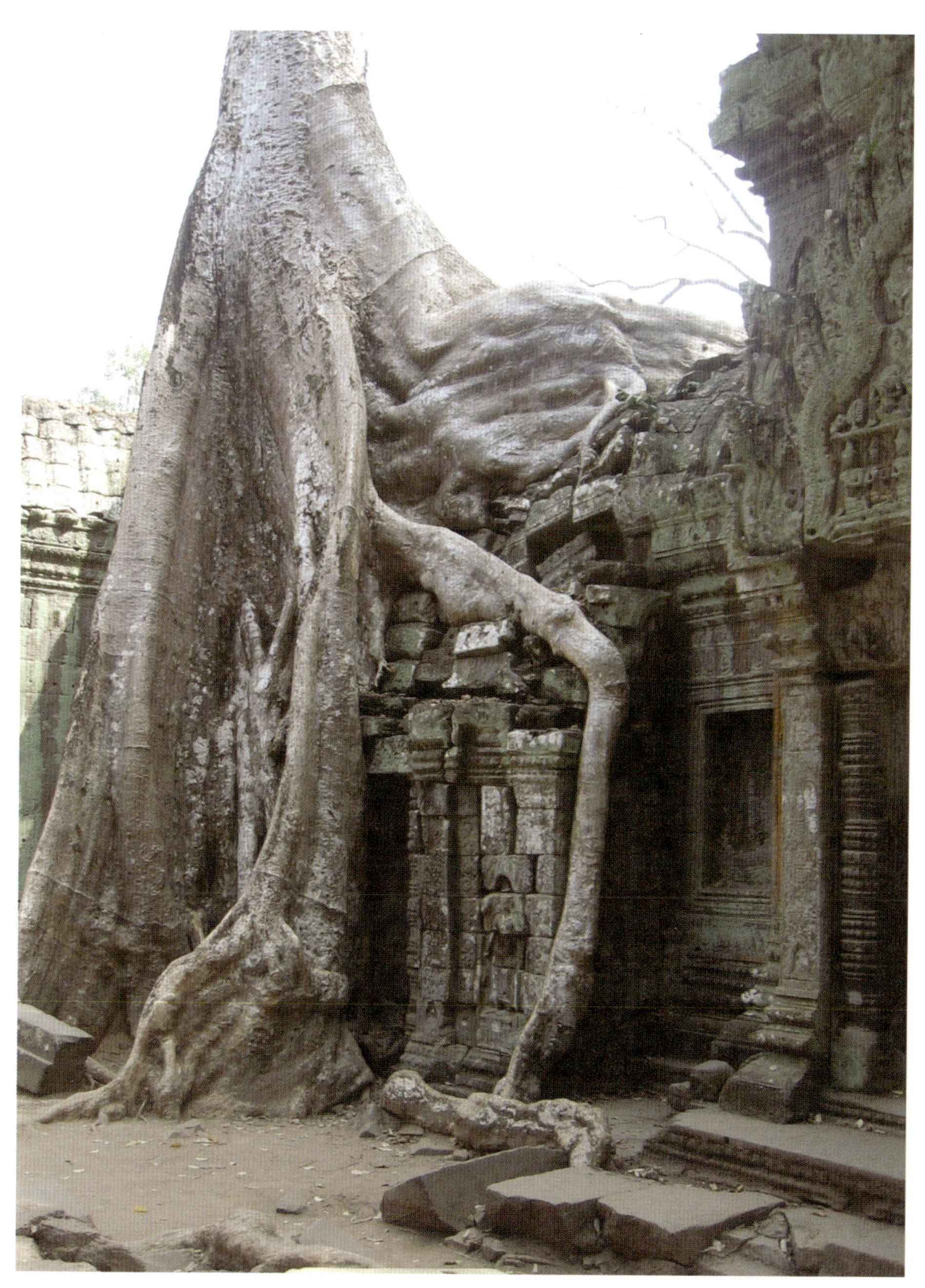

:: 앙코르 톰, 앙코르

사람들은 쉬운 말로 자연을 정복한다는 말을 한다. 이 얼마나 가소로운 이야기인가? 그저 산 정상에 한 번 올랐다고 자연을 정복했다고 말할 수 있는 걸까? 정말 가당치도 않은 소리다. 사람의 주제를 파악하지 못한 엄청 오만한 생각이다. 인간중심적 사고를 단적으로 보여주는 말이다. 자연은 사람의 정복의 대상이 아니다. 자연이 허용해야만 산 정상에 오를 수 있는 것이 사람이다. 자연은 사람에게 있어서 압도적인 존재다. 자연은 거대한 에너지이며 힘이다. 그래서 사람은 자연 앞에서 겸손해질 수밖에 없다.

우주의 광활함을 생각하며 한없이 작아지는 자신을 느꼈던 적이 있었다. 그때 나는 신의 존재를 부정할 수 없었다. 사실 우주까지 가지 않더라도 드넓은 바다만 바라보아도 거대한 파워를 실감하게 된다.

"바다에 오면 나를 지구에 던져 버린 파워를 생각하게 돼!. 나를 보낸 거대 에너지가 나를 다시 거두어 가니, 그 힘에 맡길 수밖에 없잖아? 바다를 보니 죽음에 대한 생각에서 마음이 편해졌어. 이 세상에서 함께한 사람들과 정말 행복했어. 혹시 내가 세상을 떠난다 해도 너무 애달파 하지 마. 왜냐하면 나는 행복하게 살다 돌아가는 거니까. 우린 모두 죽을 병에 걸린 거잖아? 단지 가는 시간만 다를 뿐이지. 나는 이제 언제라도 돌아갈 준비가 되어있어" 라고 말했던 어느 지인의 말이 아직도 머리에 생생하다."

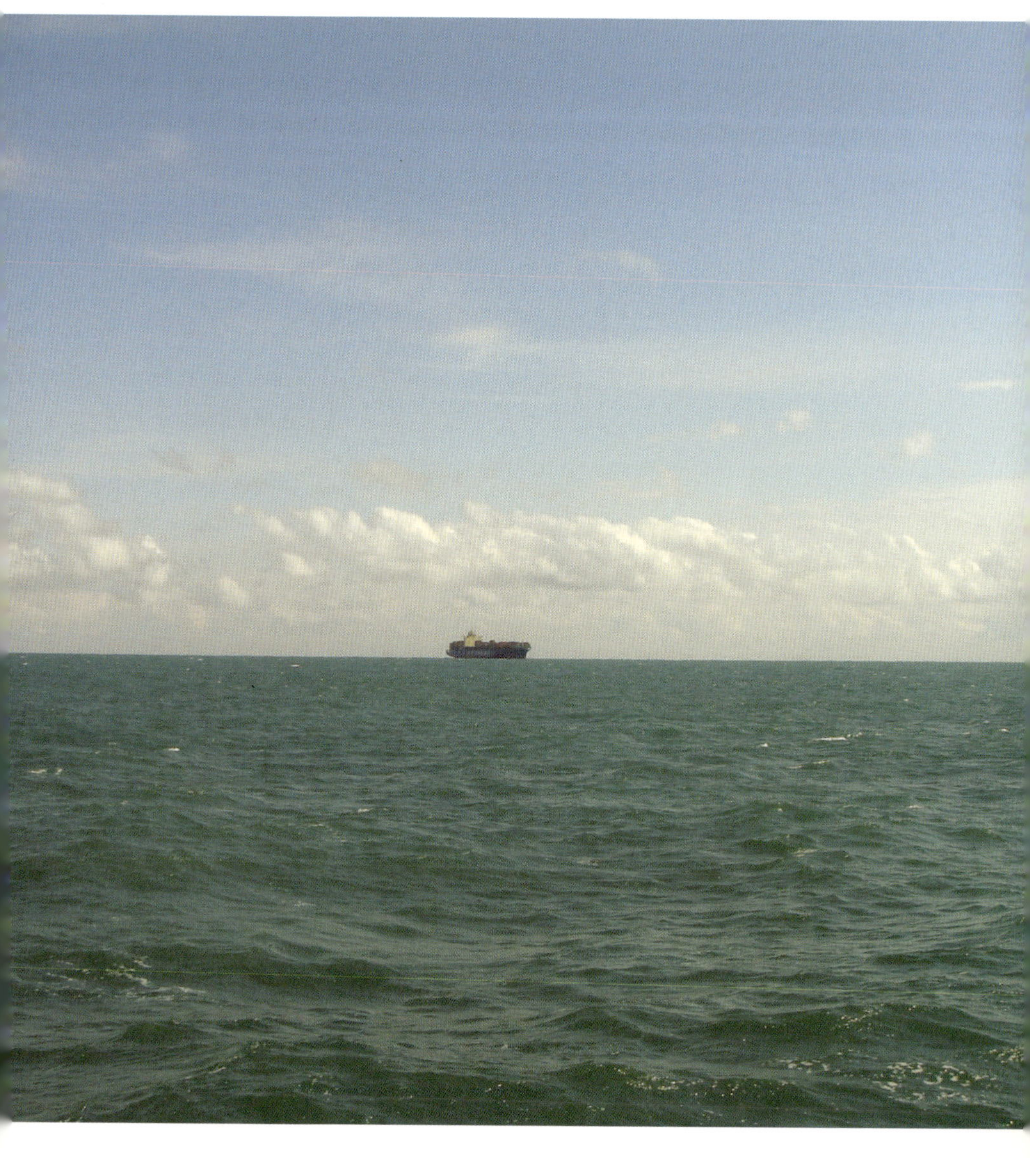

:: 부산 바다

자연은 이처럼 거대하다. 너무 거대해서 자연에 의지하는 것 말고는 사람이 할 수 있는 일이 아무 것도 없는 것 같다. 나는 자연에 의지한다는 것을 신에 의지 한다는 것과 동의어로 생각한다. 우리가 자연을 보며 마음 편할 수 있는 이유도 이 때문일 것이다.

도시에 이렇다 할 자연이 없다고 하는 것은 도시를 살아가는 사람들의 마음을 제대로 치유하고 있지 못하다는 증거다. 사람들이 이처럼 병들어 있으면 사회에 문제가 없을 리가 없다. 문제가 있는 사회는 그 사회구성원을 피폐하게 만든다. 심지어는 인간의 정신을 말살시킨다. 도시 속의 자연은 바다의 진주와 같다. 그러니까 자연은 도시 마케팅의 성공요인인 셈이다. 베를린의 쿠담거리와 스위스 루체른은 도시에서 자연이 얼마나 중요한지를 보여주는 좋은 예이다.

Urania
Das Düsseldorfer Komödchen
präsentiert
VIELFALT
Wall

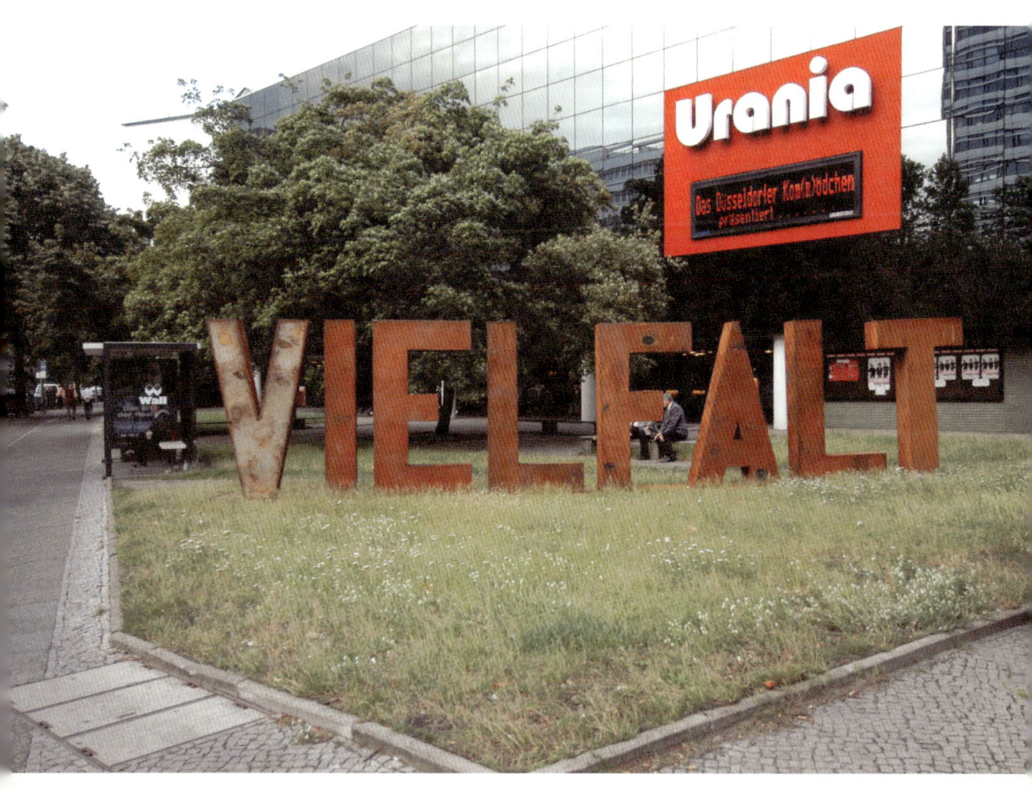

:: 베를린 쿠담거리

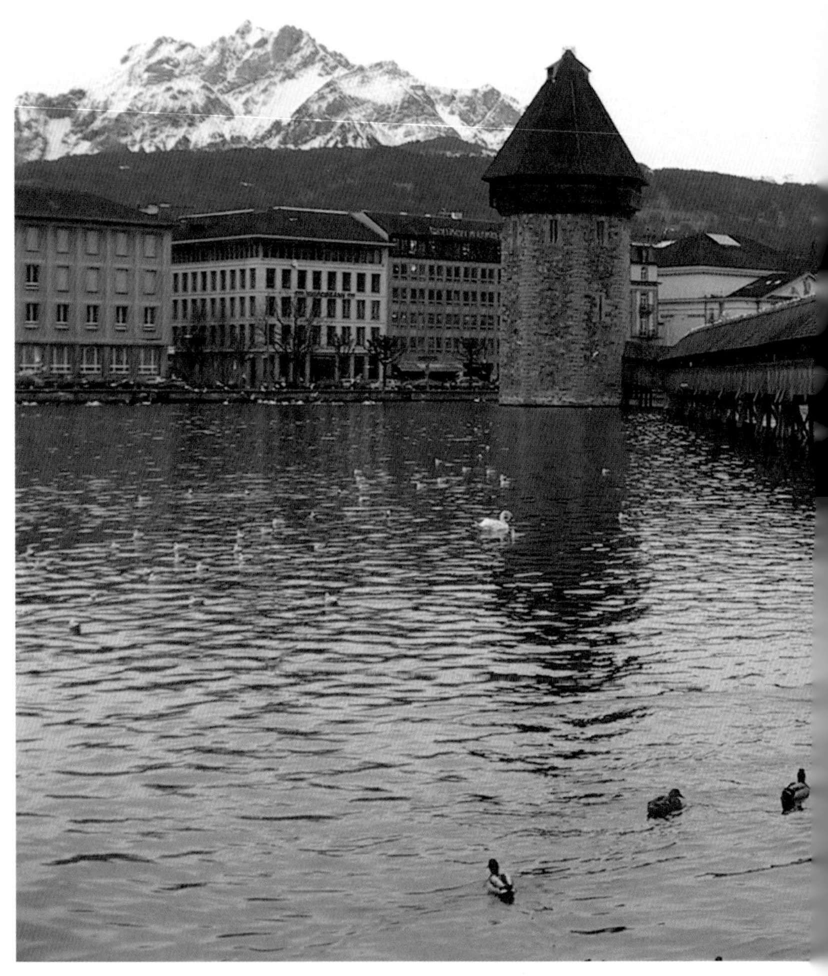

:: 루체른, 스위스

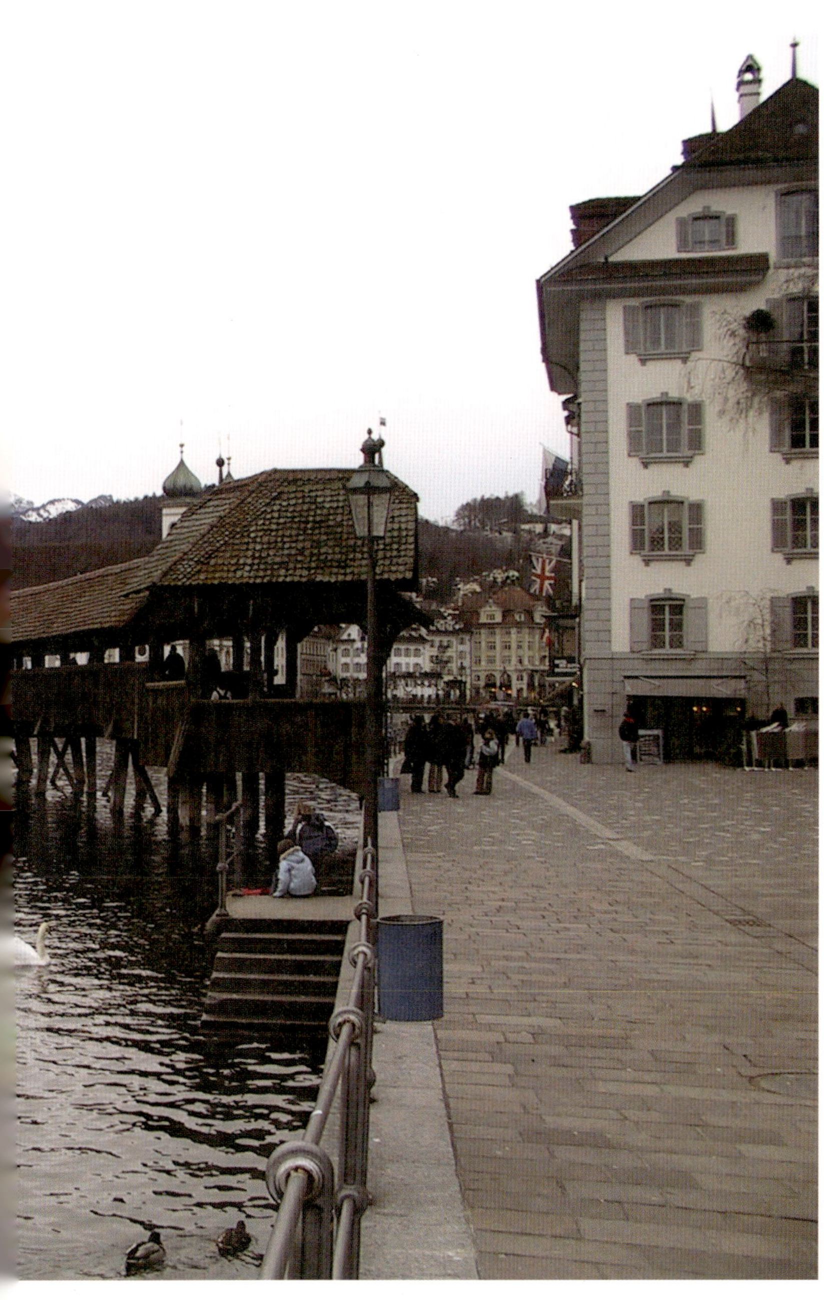

소통의 도시

우리들은 살아가며 인생의 대소사를 치르면서 생각과 감정을 함께 나누는 사람들을 필요로 한다. 함께하는 사람들이 있기에 즐거운 시간을 함께 할 수 있으며, 고통을 이겨내고 위로를 받을 수 있다. 사람은 다른 사람과 더불어 살아야 한다.

더불어 살아가려면 다른 사람들과 원활한 소통이 필요하다. 사람과 사람 사이에 소통을 원활하게 할 수 없다면 그 사회는 죽은 사회와 같다. 소통은 도시에 생기를 불어 넣을 뿐만 아니라, 사람들의 마음을 열게 한다. 소통은 사람들 사이에서 공명을 일으키며 파열한다. 소통은 서로를 이해시키는 구심점 역할을 한다. 소통이 있는 사회는 부드러운 사회이다. 그래서 우리는 도시의 공간을 원활한 소통이 가능한 공간으로 만들어야 한다.

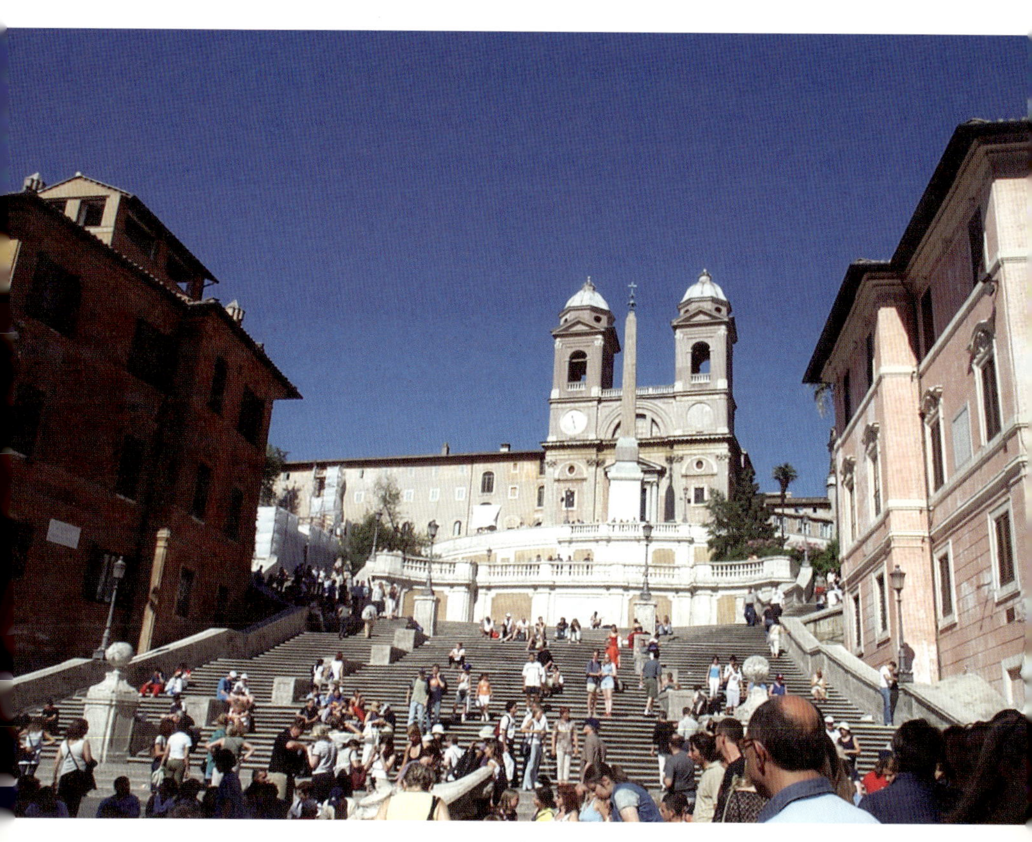

:: 스페인 광장, 로마

모든 공간이 다 그렇긴 하지만, 특히 광장은 많이 사람들이 동질의 경험을 가능하게 하는 장소이다. 광장은 사람들을 만나게 하며 사람들을 하나의 마음으로 뭉치게 한다. 광장은 집회의 장소이며 엔터테인먼트의 공간이다. 광장은 도시를 살아가는 사람들의 쉼터이기도 하다. 광장은 민주주의와 번영 그리고 공공성을 잉태하는 장소이기도 하다. 광장은 소통의 공간이다. 그래서 광장은 중요하다. 광장은 도시를 다이나믹하게 만든다. 광장이 도시를 다이나믹하게 만든다는 것은 세계적으로 잘 알려진 베니스 광장, 천안문 광장, 콩코드 광장, 베드로 광장, 스페인 광장 그리고 우리의 서울 광장만 봐도 잘 알수 있다.

도시가 발전하려면 광장이 많아야 한다. 광장이 많다는 것은 그만큼 사람들이 많은 대화를 한다는 의미다. 또 사색은 물론 다양한 놀이를 할 수 있다는 이야기다. 광장이 많다는 것은 민주주의가 발전했다는 증거이기도 하다. 서울에는 시청앞 서울 광장이나 광화문 광장이 있다. 그러나 이 광장만으로는 시민들이 필요로 하는 많은 소통을 할 수 없다. 우리는 지금보다 더 많은 광장을 필요로 한다.

공원도 사람들을 모으는 빈 공간이라는 점에서 광장과 비슷한 역할을 한다. 광장과 공원은 건물로 빽빽하게 들어선 도시공간을 살아가는 도시민에게 숨통을 열어준다 뉴욕의 센트럴 파크, 캘리포니아의 요세미티 공원, 런던의 하이드 파크, 파리의 라 빌레트 공원은 큰 규모를 자랑한다. 그러나 소통의 공간이 반드시 클 필요는 없다. 소통만 할 수 있다면 공간의 크기는 아무래도 좋다. 신들과 소통하기 위해 지어진 카르낙 신전처럼 큰 공간도 사람들을 소통시키지만, 헤이리의 작은 북 카페도 사람들을 소통시킨다.

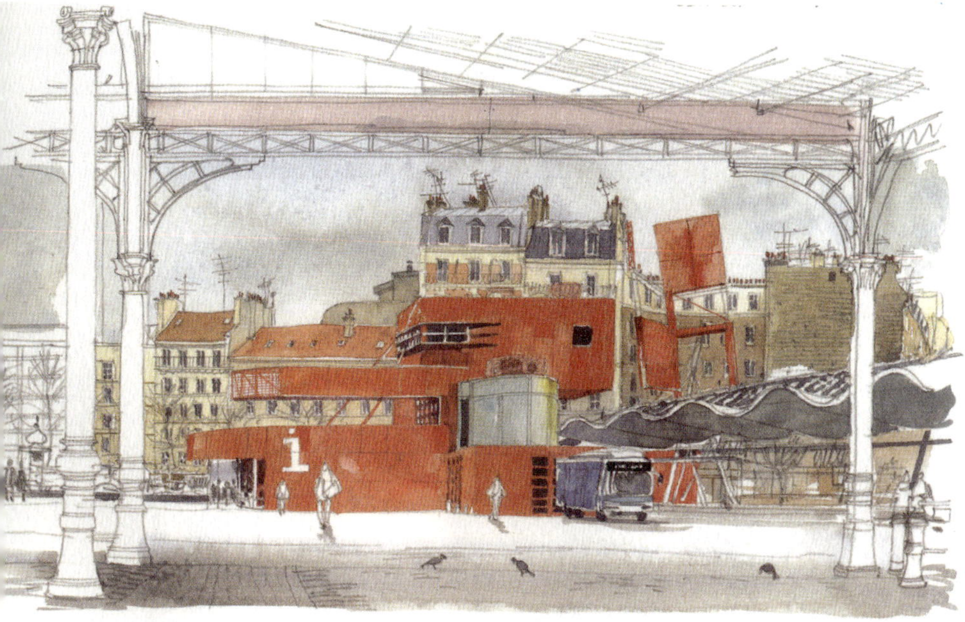

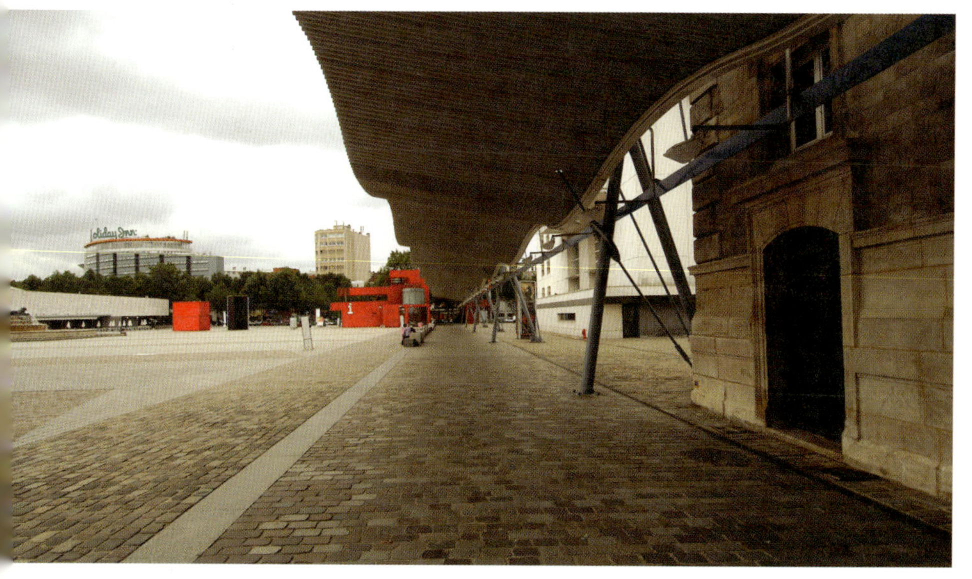

:: 라빌레트 공원, 파리

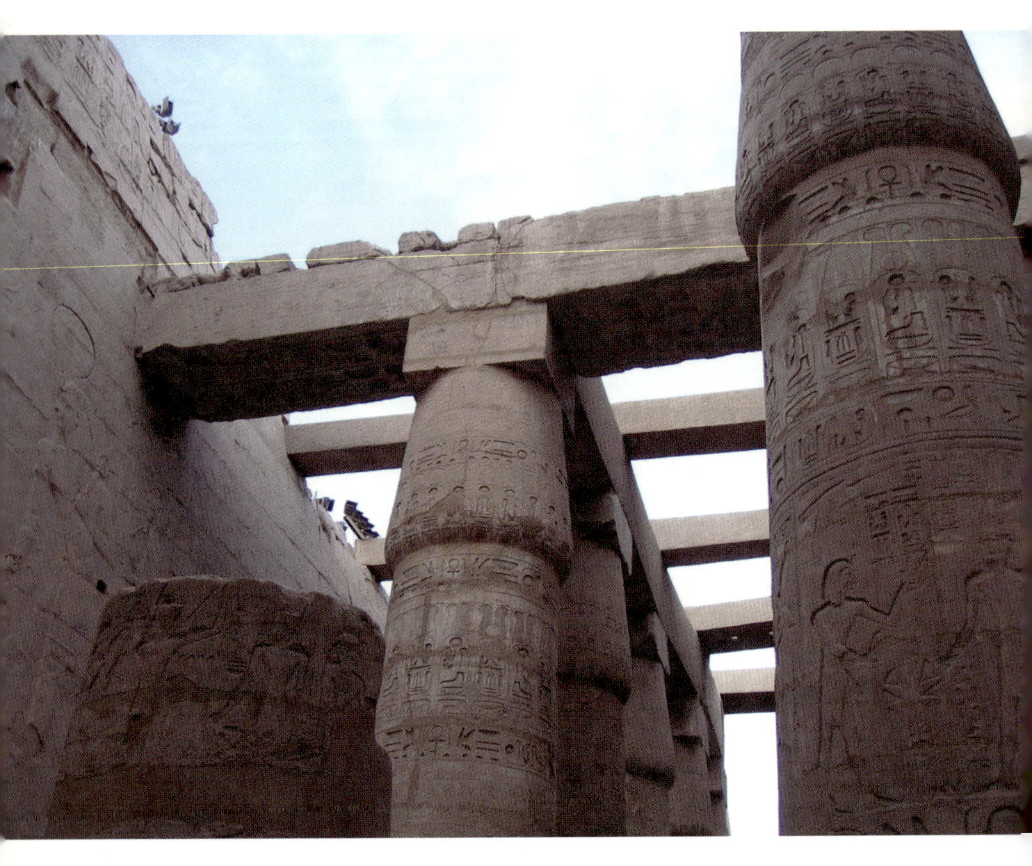

:: 카르낙 신전, 이집트

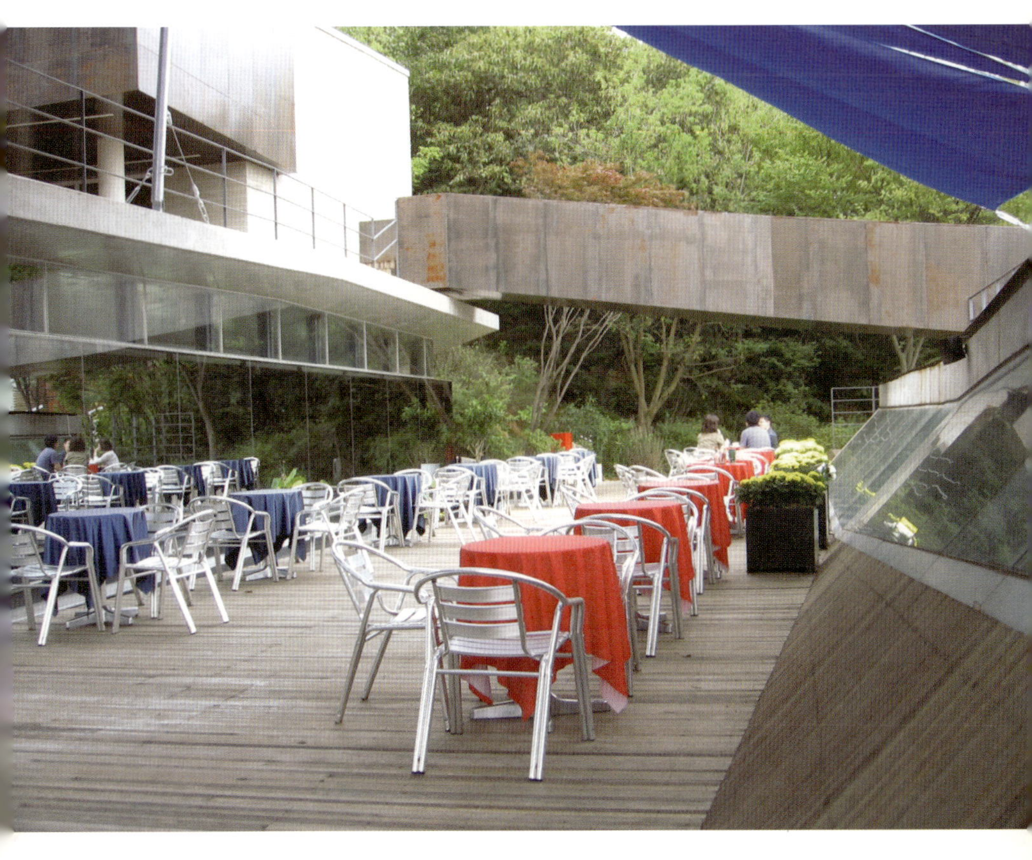

북카페, 헤이리

스토리텔링의 도시

"텔레스크린은 저쪽에서 오는 걸 방송하고 동시에 이쪽 것을 전송한다. 윈스톤이 내는 소리는 아무리 작은 소리라도 모두 걸려든다. 그 뿐만 아니라 금속판의 시계 안에 들어 있는 한, 윈스톤이 하는 짓은 다 보이고 들린다. 물론 언제 감시를 받는지 알 수 없다. 사상경찰이 얼마나 자주 그리고 어떤 계통으로 한 개인을 감시하는가는 추측할 수밖에 없다. 사상경찰이 모든 사람을 언제나 감시한다고 볼 수도 있다. 어떻든 그들은 하고 싶은 때면 언제든 감시의 선을 꽂을 수 있다. 그래서 사람들은 사상경찰이 자기가 내는 소리를 모두 듣고 모든 동작을 세세히 감시하고 있다는 전제 아래 살아가야 하고 또 그게 그의 본능으로까지 습관화 되어 있었다."

01_ 베니스 광장

02_ 베를린 거리

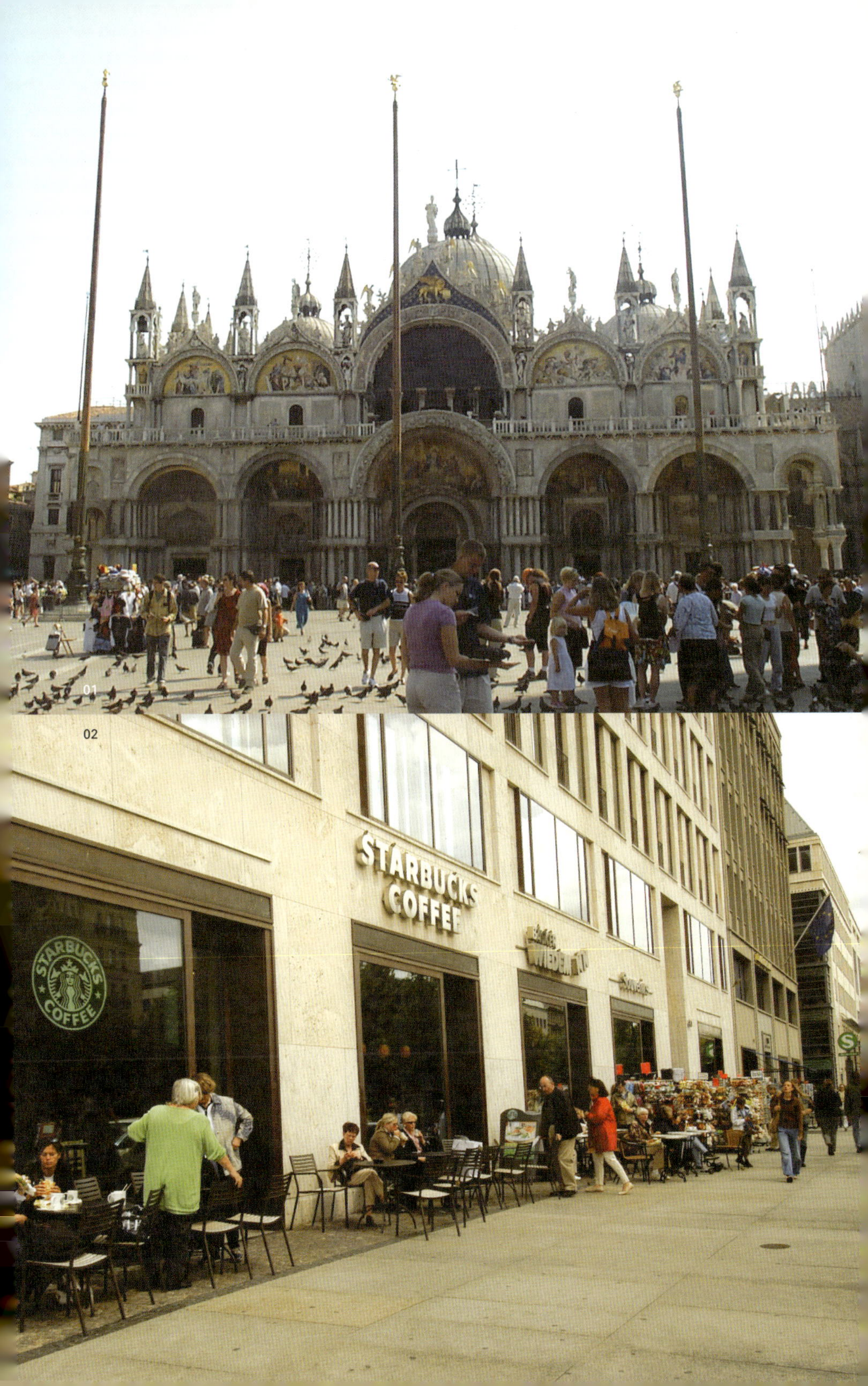

STARBUCKS
COFFEE
STARBUCKS
COFFEE

조지 오웰의 소설 1984년에 나오는 글이다. 이처럼 소설 속에는 재미가 있다. 소설에는 스토리텔링이 있기 때문이다. 스토리텔링이 없으면 소설이 아니다. 스토리텔링에 사람들은 흥미를 느끼며, 감동을 받는다. 또 사람들은 스토리텔링을 오래 동안 기억한다. 스토리텔링은 사람들을 웃음 짓게 만든다. 우리가 영화에 열광하는 것도 따지고 보면 그 안에 스토리텔링이 있기 때문이다. 이와 마찬가지로 도시의 스토리텔링은 도시민들에게 즐거운 재미의 체험을 제공한다. 물의 도시 베니스, 통일의 도시 베를린 신의 도시 앙코르 와트, 과거와 현재와 미래가 공존하는 파리, 영원의 도시 로마! 이처럼 일류의 도시에는 그 도시를 이야기하는 키워드가 있다.

다른 유럽의 수도들에 비해 상대적으로 역사가 짧은 베를린에는 제 2차 세계대전과 히틀러의 유대인 학살에 관한 이야기가 주종을 이룬다. 유대인 박물관, 국회의사당, 체크 포인트 찰리 등은 이야기의 주인공인 역사적인 건물들이다. 그러나 이들 건물만 베를린의 이야기에 참여하는 것은 아니다. 베를린에는 바우하우스 박물관, 베를린 필 하모니, 국립미술관, 소니 센터 등의 근현대건축물도 있다. 건물만 아니라 아인슈타인, 카라얀, 멘델스존, 헤겔 등도 베를린의 이야기에 한 몫을 하는 인물 들이다.

도시 앙코르에는 이집트의 룩소르 신전이나 카르낙 신전에 비견되는 크메르 문화의 앙코르 와트 사원이 있다. 세계 7대 불가사의 하나인 앙코르 와트는 건물도 건물이지만, 건물 구석구석 새겨진 조각이 보는 이의 탄성을 자아낸다. 나무 위에도 새기기 힘든 조각이 건물의 모든 돌에 정교하게 새겨져 있는 것이다. 얼핏 보면 앙코르 와트는 신들의 이야기를 다루는 공간 같지만

01_ 로마
02_ 앙코르와트

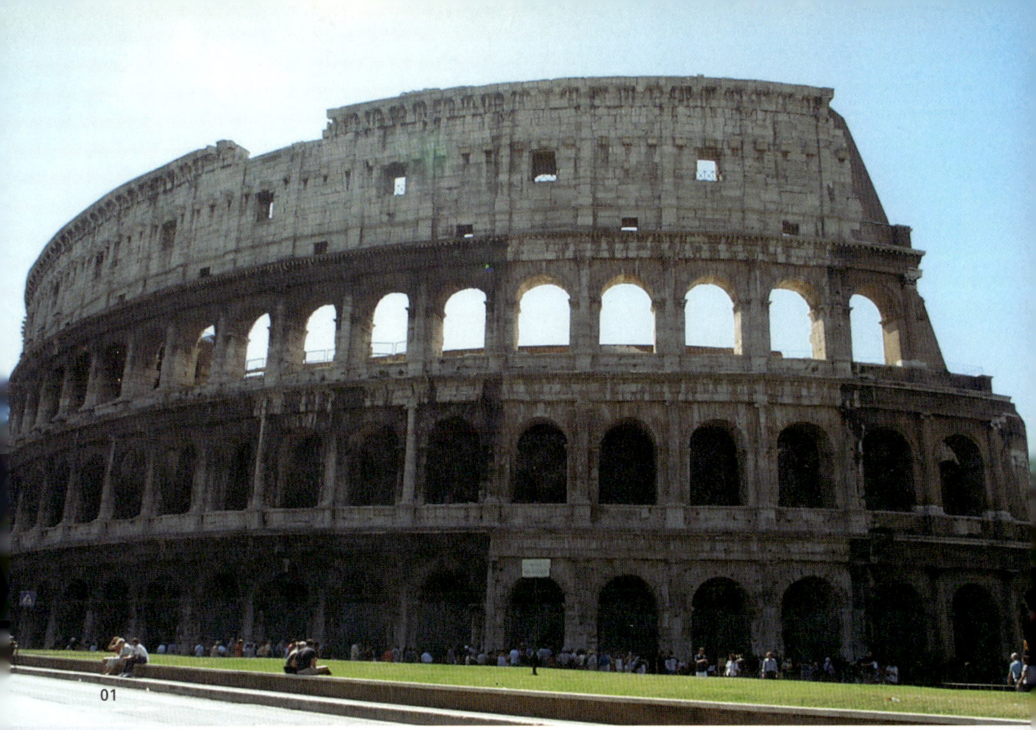

01

02

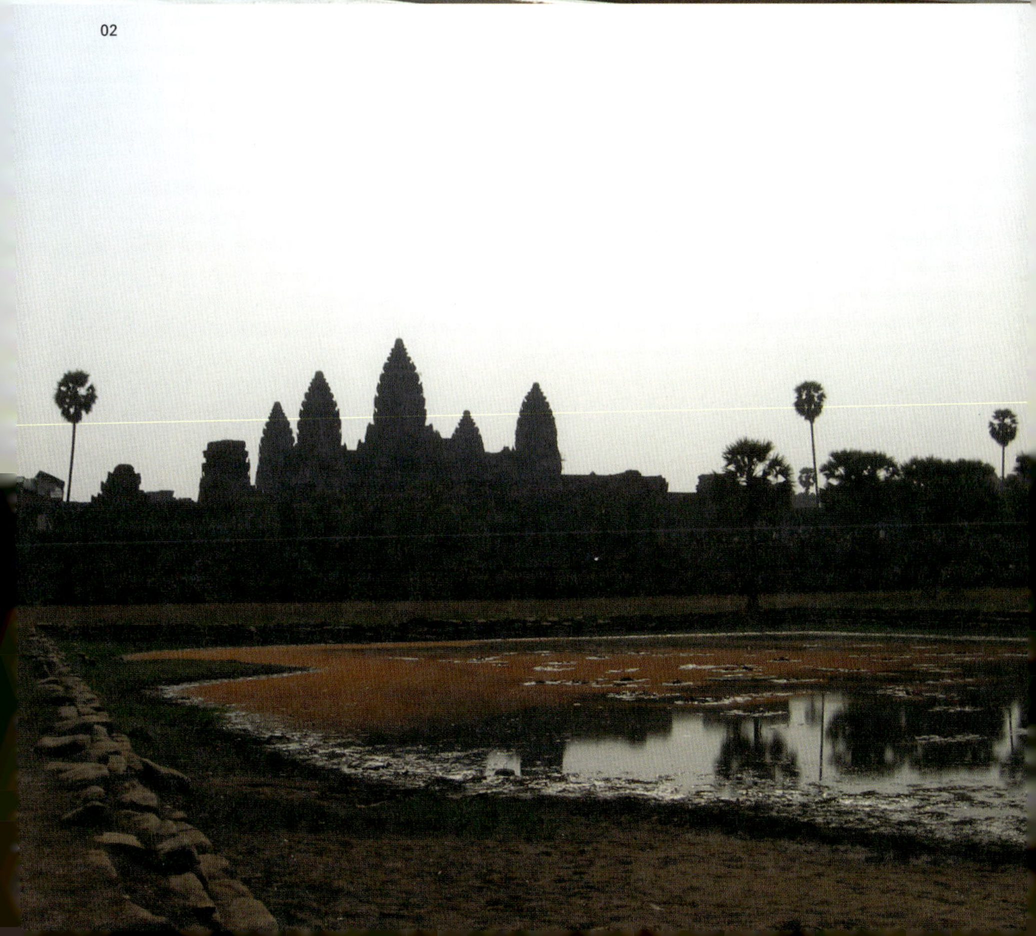

사실 따지고 보면, 세상만사의 인간의 이야기가 있다. 신에게 다가가는 길이 쉽지 않음을 상징하기 위해 만들었다는 앙코르 와트 사원의 가파른 계단! 이 가파른 계단은 온 정신을 집중하지 않고는 절대 안전하게 오를 수 없다. 물질에 사로 잡혀 사는 현대인들에게 들려주는 따끔한 교훈을 담고 있는 것이 바로 앙코르 와트 사원의 계단이다.

파리는 중세와 르네상스 그리고 현대를 볼 수 있는 도시이다. 중세의 건축물로서 노트르담 대성당은 소설 '노틀담의 곱추'로 더 유명해진 건물이다. '노틀담의 곱추'를 뮤지컬한 작품 '노트르담 드 파리'도 노트르담 대성당의 브랜드 가치를 높이고 있다. 시민혁명의 산실인 파리에는 콩코드 광장이 있다. 시민혁명과 관련하여 바스티유 감옥의 폭동은 프랑스 역사의 한 획을 그린 사건이었다. 파리에는 루이 14세의 베르사유 궁전, 나폴레옹의 개선문, 로트렉의 물랭루즈 등 이야기를 담고 있는 수 많은 건물들이 있다.

로마에는 콜로세움이 있으며 베드로 대성당이 있다. 영원의 도시로 불리는 만큼 로마가 말하고 있는 이야기는 수 없이 많다. 그래서인지 로마는 영화의 배경으로도 자주 등장한다. 영화 '로마의 휴일'과 '벤허'는 로마를 소재로 하는 대표적인 영화이다. 오늘을 살아가는 현대인들에게 로마제국의 탄생과 멸망에 관한 이야기는 호기심과 신비로움의 그 자체다.

스토리텔링의 도시는 예술, 역사, 자연, 소통 등이 서로 얽히고 설켜 만들어진 도시이다. 그러니까 우리가 지향하는 도시 마케팅의 정점에 다다른 도시인 셈이다. 스토링텔링의 도시는 도시 마케팅의 클라이막스와 같은 곳이다. 스토리텔링의 도시는 공간행복론의 도시이다.

01_ 앙코르 톰, 앙코르

02_ 콘스탄티노플 성벽, 이스탄불

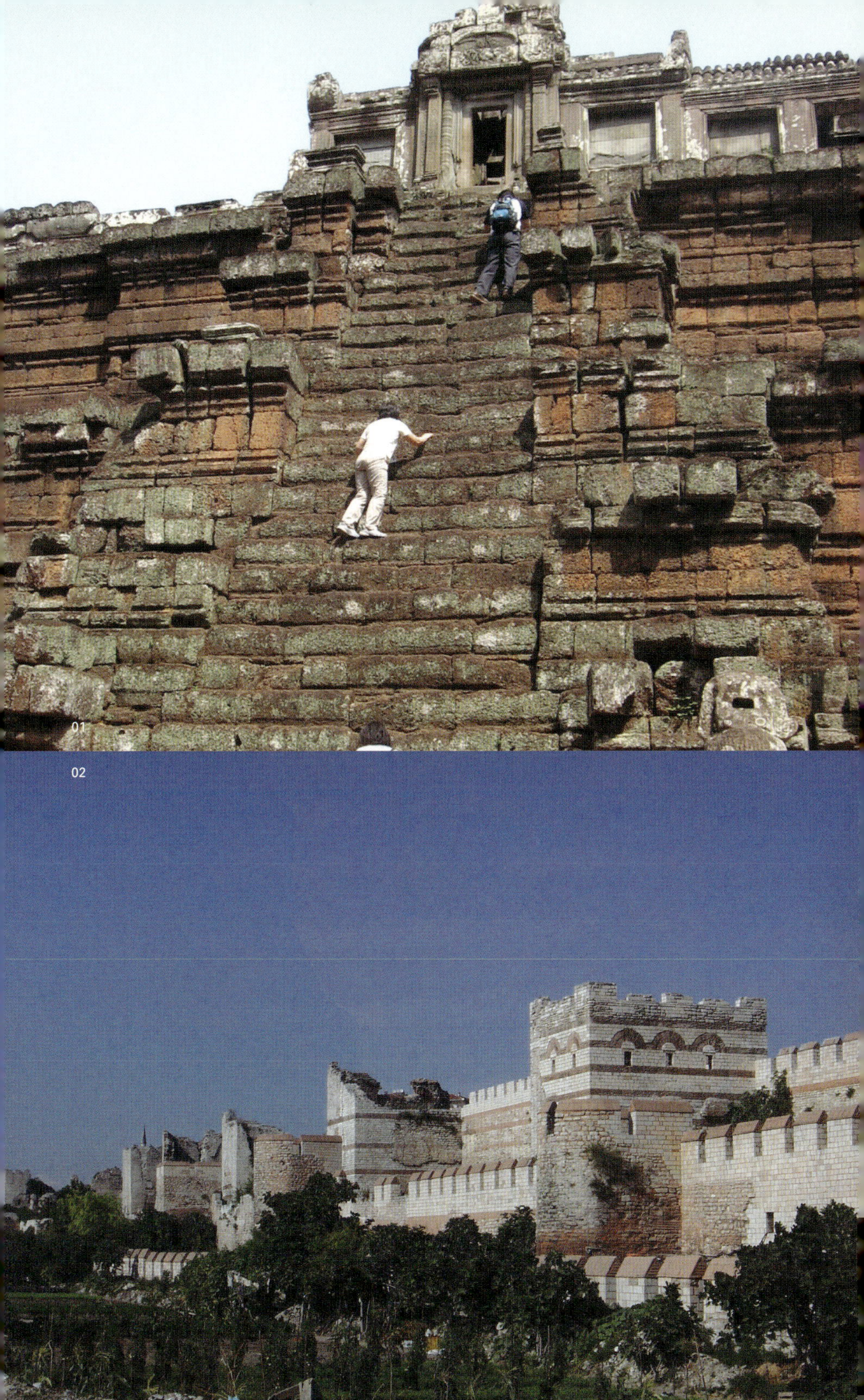

01

02

공간행복론의 도시

아리스토텔레스는 행복이 '심사숙고한 행동으로 표현된 영혼'이라고 했다. 프로이트는 행복은 곧 '일하고 사랑하는 것의 문제'라고 했다. 안네 프랑크는 말한다. "우리는 모두 행복한 삶을 살고 싶어 한다. 사는 모습은 달라도 행복해지기를 원하는 것은 누구나 마찬가지다."

탈 벤샤하르가 말하는 삶의 유형은 '현재의 행복을 저당 잡힌 성취주의자', '무료의 극치를 보여주는 쾌락주의자', '행복을 스스로 포기한 허무주의자' 등을 포함한다. 성취주의자는 미래를 위해 사는 사람이며, 쾌락주의자는 현재를 위해 사는 사람이다. 반면 허무주의자는 과거에 사는 사람이다. 성취주의자는 어떤 미래의 목적지에 도착하면 그 때부터 영원히 행복해질 것이라는 환상을 갖는다. 그에게 여행은 중요하지 않다. 반면 쾌락주의자는 오로지 여

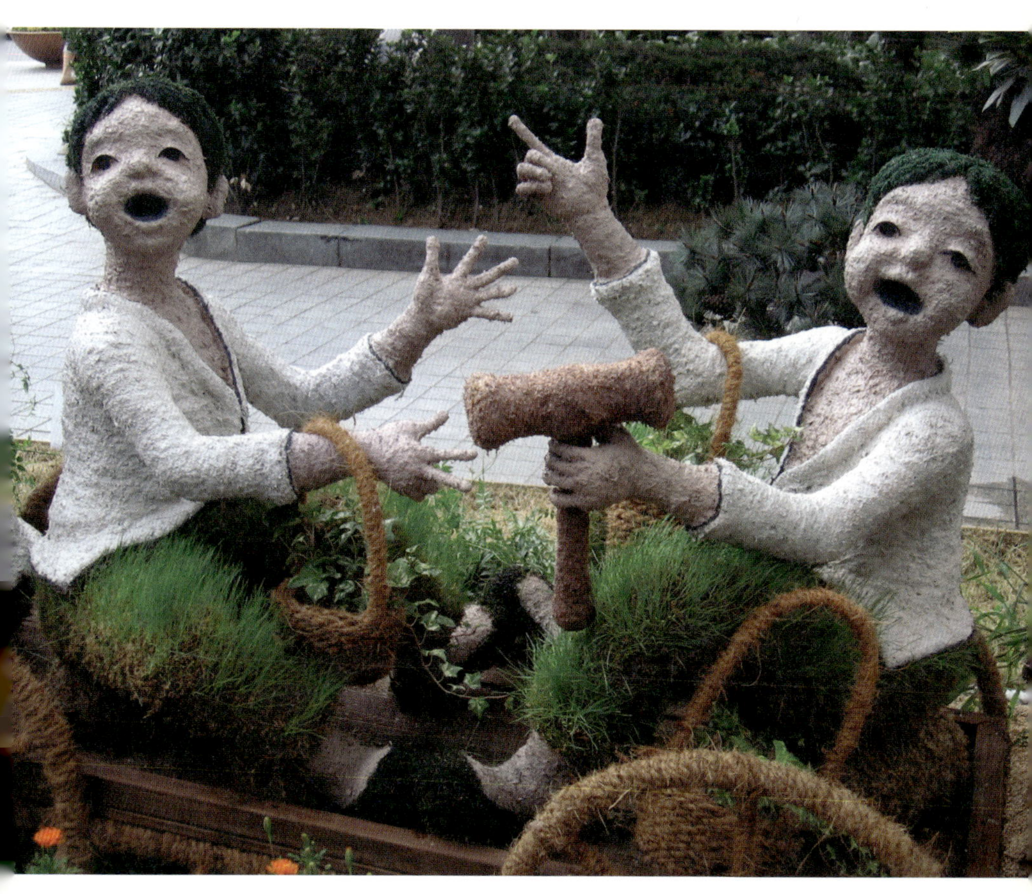

∷ 동아일보사옥 앞

행이 중요하다고 생각한다. 또한 목적지와 여행 두 가지를 다 포기한 허무주의자는 삶에 환멸을 느낀다. 성취주의자는 미래의 노예로 살고, 쾌락주의자는 순간의 노예로 살고, 허무주의자는 과거의 노예로 산다. 이상에서 보듯 어떠한 삶의 유형도 행복을 보증하지는 않는다. 행복은 이러한 삶의 유형을 어떻게 조화시키느냐에 달려 있는 듯하다.

공간행복론은 공간을 통해서 사람들을 좀 더 행복하게 만드는데 목적이 있다. 행복은 감정인가? 즐거움과 같은 것인가? 고통의 부재인가? 황홀한 경험인가? 행복은 현재에 대한 긍정적인 생각이다.

감정은 우리가 추구하는 모든 정신가치에서 중추적인 역할을 한다. 감정이 없는 삶은 상상하기 어렵다. 감정은 움직임을 유발한다. 감정은 행동을 추진하는 동기를 제공한다. 감정은 동기를 유발하므로 행복을 추구하는 동기에서 중요한 역할을 한다. 하지만 단순히 감정을 느끼는 것으로는 행복은 충분하게 충족되지 않는다. 행복하려면 긍정적인 감정이 필요하다. 즐거움은 충만한 삶을 위한 전제조건이다. 심리학자 나다니엘 브랜든은 "인간에게 즐거움은 사치가 아니라 절실한 심리적 욕구이다"라고 말한다. 즐거움이 전혀 없고 끊임없이 감정적인 고통에 시달린다면, 삶은 행복할 수 없다.

행복은 삶의 모든 영역에서 셀 수 없이 많은 긍정적인 부산물을 안겨준다. 지금보다 더 많이 행복해지려는 과정에서 우리는 기쁨, 만족, 사랑, 자부심, 경외감을 더 체험한다. 행복의 효과는 이에 그치지 않고 우리의 에너지 수준, 면역체계, 다른 사람과의 관계, 정신적, 신체적 건강과 같은 삶의 다른 영역까지 개선시킨다. 또한 행복은 자신감과 자존심을 강화시킨다. 자신이 존중받을 자격이 있는 가치 있는 인간임을 믿는 것은 삶에 있어 아주 중요하다. 우리가 더 행복해지면 자신 뿐만 아니라 배우자와 가족은 물론 지역공동체와 사회전체를 밝게 만든다.

행복을 추구하는 우리의 욕망은 자연이 우리에게 준 선물이다. 어떤 사람, 어떤 종교, 어떤 이념, 어떤 정부도 우리로부터 행복추구의 권리를 앗아갈 수는 없다. 행복 추구는 윈-윈 게임이다. 이 세상의 행복의 양에는 제한이 없다. 어느 한 사람이나 어떤 국가가 행복해진다고 해서 다른 사람이나 다른 국가가 불행해지지는 않는다. 행복추구는 제로섬 게임이 아니라 모두가 더 잘 살게 되는 윈-윈 게임이다.

우리에게 주어진 시간은 제한되어 있고, 해야 할 일은 너무나 많다. 이런저런 일로 눈코 뜰 새 없이 바쁘게 일만하며 살아간다면, 우리는 불행해지기가 쉽다. 만약 우리가 단순하게 살면서 스트레스 수준을 줄인다면 우리의 행복지수는 높아질 것이다. 행복해지고 싶다면, "의미 있는 목표를 가져라, 행복을 내일로 미루지 말아라, 감사와 낙관주의를 배워라, 사회적 관계에 투자해라, 스트레스를 관리해라, 몸과 영혼의 건강을 돌봐라, 다양한 공간을 알기 위해 노력해라." 책, '행복도 연습이 필요하다' 가 제안하는 행복을 위한 제언이다. 공간행복론은 공간을 매체로 하여 공간을 공급하는 사람이나 공간을 사용하는 사람 모두를 행복하게 만들려는 새로운 생각이다. 공간행복론은 유토피아를 위한 행동강령이다.

유토피아는 현재 존재하지 않는 미래일 수도 있고, 아니면 존재하는 현재일 수도 있다. 내 경우에는, 후자의 유토피아를 믿는 편이다. 행복의 공간은 힐튼 호텔, 아부심벨, 인도의 사원, 북촌마을과 정독도서관의 모든 공간에 존재한다. 단지 우리가 느끼지 못할 뿐이다. 나는 유토피아를 내 속에 존재하는 세계로 생각한다. 유토피아는 행복에 대한 느낌이다. 예술의 도시, 자연의 도시, 소통의 도시, 스토리텔링의 도시에서 우리는 얼마든지

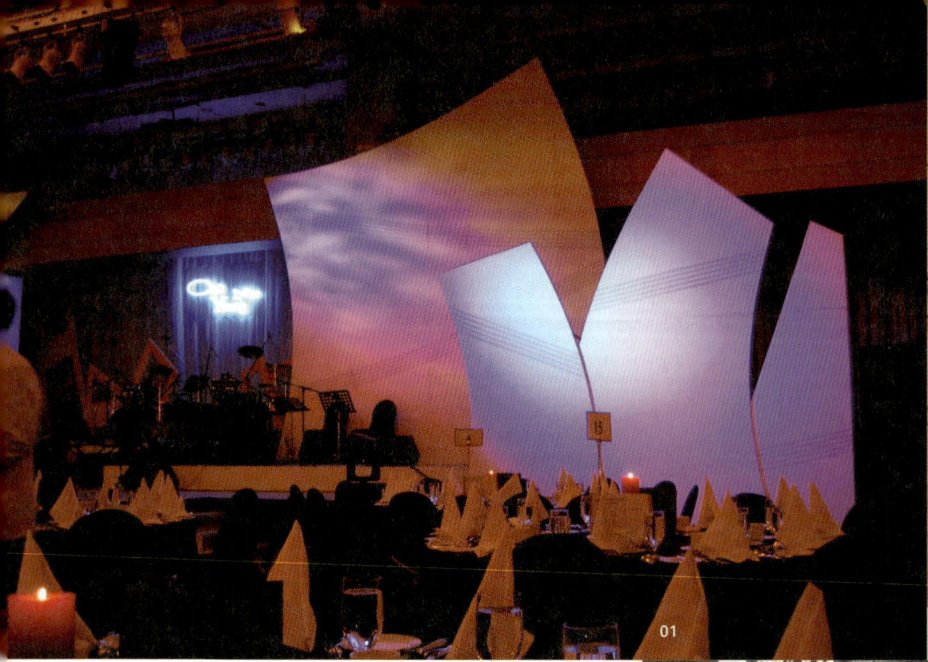

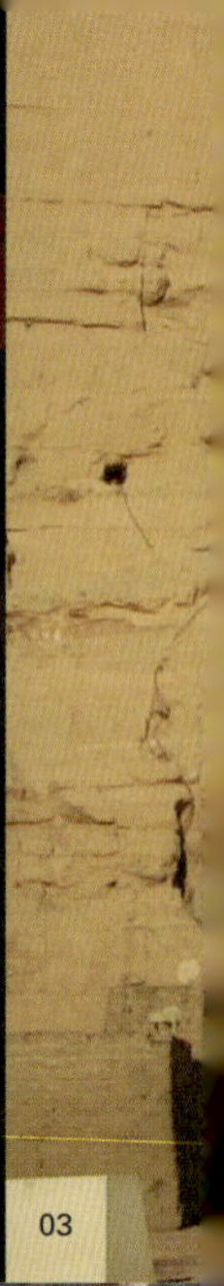

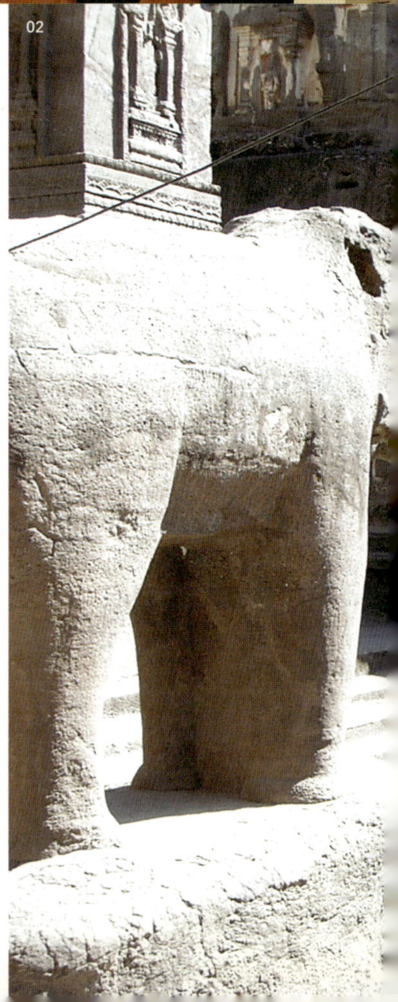

01_ 디너 쇼, 힐튼호텔
02_ 아부심벨, 이집트
03_ 인도의 사원
04_ ~ 05_ 북촌마을
06_ ~ 07_ 정독도서관

행복을 느끼는 것이 가능하다. 나는 도시
민의 행복지수를 높이는 것에 모든 가치의
중심을 둔, 대한민국 마케팅을 2084년 완
성할 것을 기대한다.

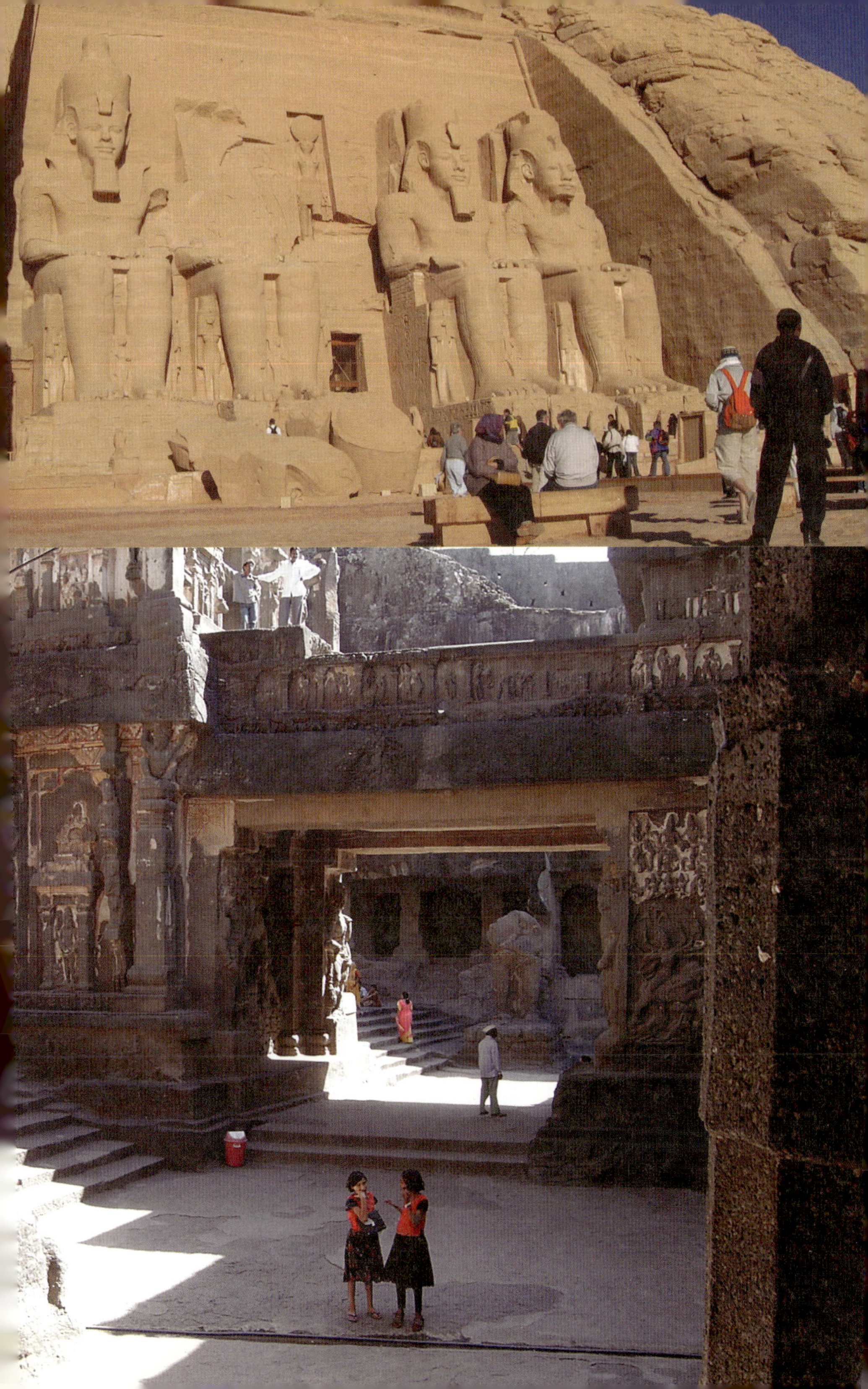

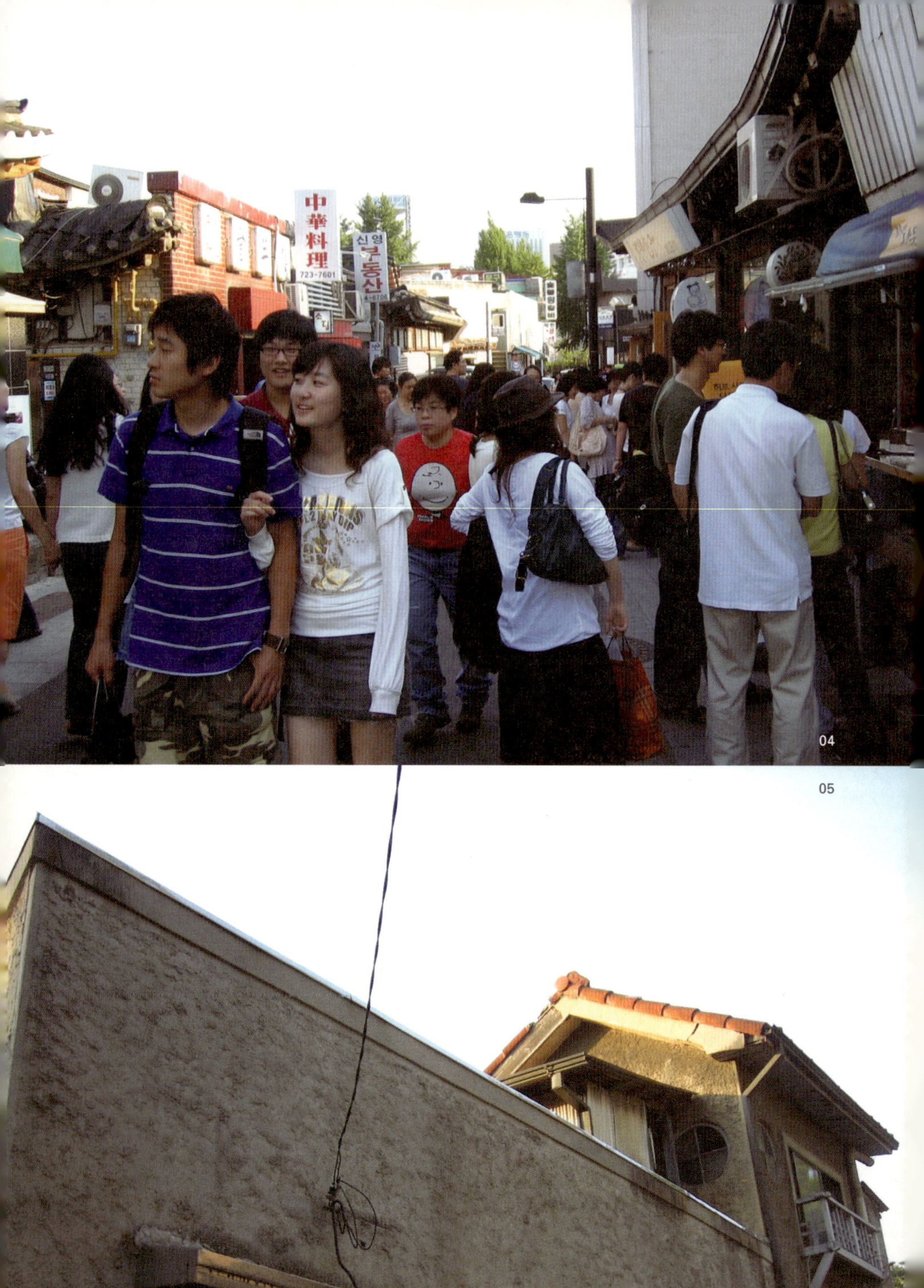

中華料理
신영
쿠동산
723-7601

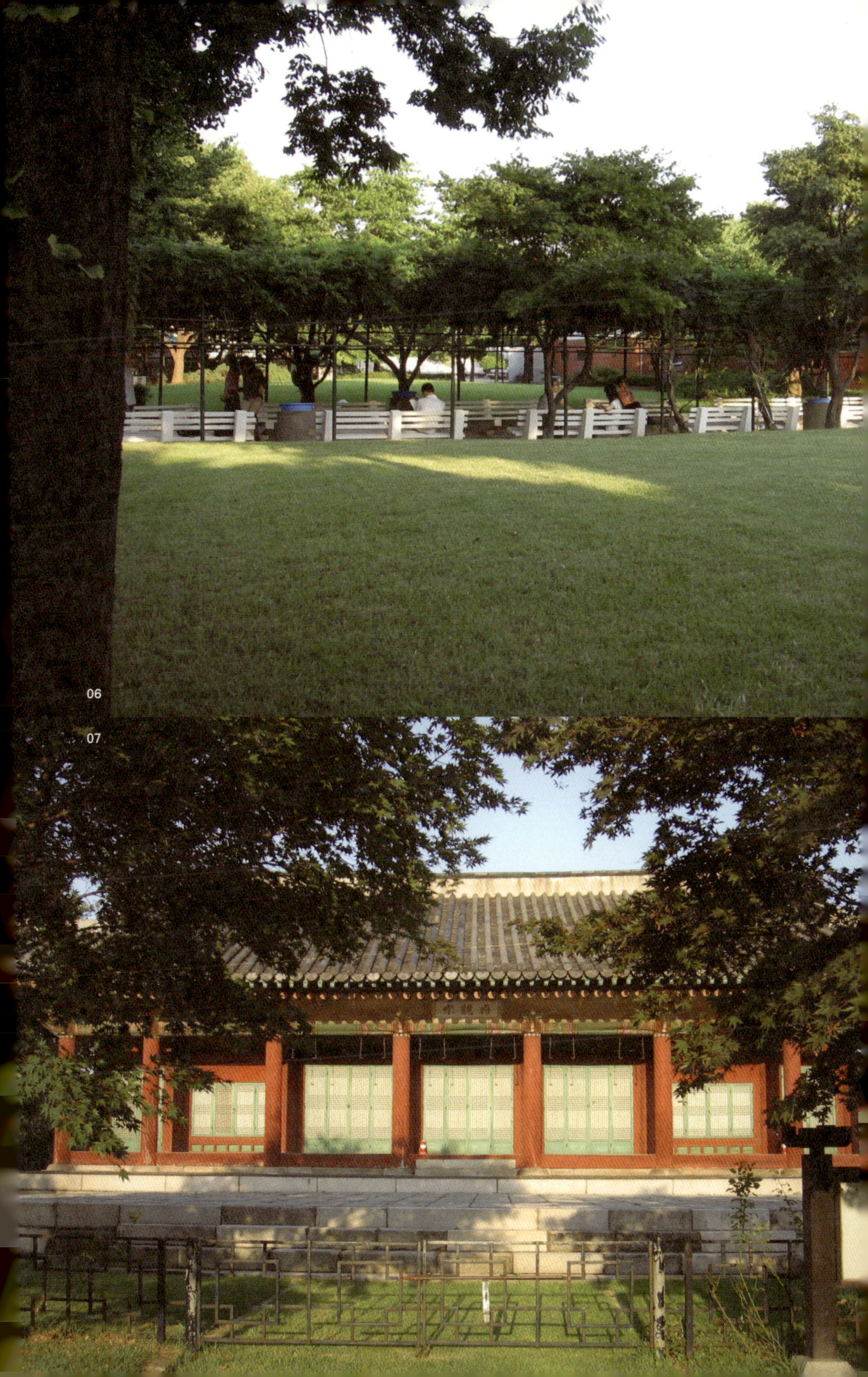

06

07

"바다에 오면 나를 지구에 던져 버린 파워를 생각하게 돼!.
나를 보낸 거대 에너지가 나를 다시 거두어 가니,
그 힘에 맡길 수밖에 없잖아?
바다를 보니 죽음에 대한 생각에서 마음이 편해졌어.
이 세상에서 함께한 사람들과 정말 행복했어.
혹시 내가 세상을 떠난다 해도 너무 애달파 하지 마.
왜냐하면 나는 행복하게 살다 돌아가는 거니까.
우린 모두 죽을 병에 걸린 거잖아? 단지 가는 시간만 다를 뿐이지.
나는 이제 언제라도 돌아갈 준비가 되어있어"

- 본문 내용 중